李苾沙 ——著

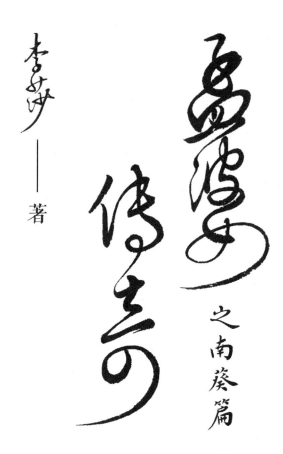

之南葵篇

敦煌文艺出版社

甘肃·兰州

图书在版编目（CIP）数据

孟婆传奇之南葵篇 / 李莎著 . -- 兰州：敦煌文艺
出版社，2025.6

ISBN 978-7-5468-2483-3

Ⅰ . ①孟… Ⅱ . ①李… Ⅲ . ①长篇小说－中国－当代
Ⅳ . ① I247.5

中国国家版本馆 CIP 数据核字（2024）第 004783 号

孟婆传奇之南葵篇

李莎　著

责任编辑：张家骊
策划编辑：王阿林　赵洁如
封面设计：董绍华
插画创作：董绍华
封面题字：季　风

敦煌文艺出版社出版、发行
地址：（730030）兰州市城关区曹家巷 1 号
邮箱：dunhuangwenyi1958@163.com
0931－2131579（编辑部）
0931－2131387（发行部）

三河市龙大印装有限公司印刷
开本 710 毫米 ×1000 毫米　1/16　印张 26.5　插页 2　字数 440 千
2025 年 6 月第 1 版　2025 年 6 月第 1 次印刷

ISBN 978-7-5468-2483-3

定价：78.00 元

苏牧

北京电影学院文学系教授、博士生导师，北京市高等院校优秀青年骨干教师（1996年），香港中文大学访问学者。北京电影学院"金字奖"第二届、第七届评审会主席。主要著作有《荣誉》《太阳少年》《新世纪新电影》，其中《荣誉》16次印刷，为北京电影学院、中央戏剧学院、中国传媒大学、上海戏剧学院、北京大学等国内著名艺术院校学生必读书。《荣誉》2004年获"中国高校影视学会优秀学术著作一等奖"，《荣誉》（修订版）2007年入选教育部中国高校"十一五"国家级教材，2008年入选教育部中国高校"十一五"国家级精品教材。

主要科研项目：北京市教育委员会2013年社科计划重点项目《中外电影大师精品解读》。

序一 青鸾舞镜与孟婆牺牲

在北京电影学院给学生上课时，我讲过侯孝贤导演的电影《刺客聂隐娘》。《刺客聂隐娘》是一部古装武打电影。中国古装武打电影有很多，其中李安导演的电影《卧虎藏龙》在精彩的武打背后，有着我们中国和东方的神韵。但是，我认为，侯孝贤导演拍的《刺客聂隐娘》更胜一筹。

为什么《刺客聂隐娘》更胜一筹？《刺客聂隐娘》拍摄的故事背景是中国唐朝，唐朝是中国历史上最伟大的时代之一。《刺客聂隐娘》表现了唐朝的精神。唐朝的精神是唐朝伟大的根本原因，体现在它的胸怀，它的壮阔，它的海纳百川。从人物角度讲，《刺客聂隐娘》中的人物窈七、道姑和公主身上都不同程度体现了唐朝精神。窈七是为爱情而牺牲，道姑是道家的行规和准则，公主是为国献身的伟大情怀。电影中更描述了青鸾舞镜的故事。

"罽宾国王得一鸾，三年不鸣，夫人曰：'尝闻鸾见类则鸣，何不悬镜照之？'王从其言。鸾见影悲鸣，终宵奋舞而绝……"

青鸾不舞，是因为没有同类。看到镜中的另一个青鸾（自己的影子），它误以为是同类，一夜起舞身亡。

青鸾起舞是为精神而死，为知音而死。不与鸡犬之辈同流合污，这正是伟大的唐朝精神。

女作家李莎的小说"孟婆传奇"系列中的孟婆，是古代神话传说中人物。李莎书写的孟婆的故事惊心动魄、优美动人。在李莎的笔下，孟婆不仅仅是美丽、善良、助人、达观的美的化身，如同《刺客聂隐娘》中的窈七，是性格刚烈、忠贞不二的女中豪杰。又如同《刺客聂隐娘》中的青鸾，三年不鸣，见到同类，终宵奋舞而绝。

"孟婆传奇"系列中的孟婆形象的光彩夺目、与众不同，与李莎的女作家身份相关。李莎是我中欧商学院电影课程的学生，她对电影的理解，独到深刻，感悟极佳。春节前夕，李莎告诉我：她要将她的小说"孟婆传奇"系列改编为电影剧本。

祝贺李莎，那必将是一部与众不同、出类拔萃的讴歌女性的电影，如同侯孝贤导演的电影《刺客聂隐娘》一样。

苏牧

2020 年 4 月 5 日于北京

序一　青鸾舞镜与孟婆牺牲

推荐者简介

毛利华

　　北京大学心理与认知科学学院副教授、博士生导师，九三学社社员，现任北京大学心理与认知科学学院工会主席。北京大学主干基础课《普通心理学》《社会心理学》，全校通选课《心理学概论》，线上线下混合式课程《探索心理学的奥秘》主讲教师。

序二　着眼当世，一心向善

　　孟婆或许应该算是中国民间最家喻户晓的名字之一了，而相对于神话传说中的人物，我更愿意把她看作是古老中国文明体系中极为关键的角色，因为她架起了生与死之间的桥梁。

　　对死亡的探究应该是每个人类文明最为着迷的话题之一，因为我们渴望了解生的意义，所以同样也在追求死亡的本质。在这个星球最近 35 亿年的历史当中，无数的生命在生生死死之间更迭，活过一世，完成传承的使命，一次又一次重复着同样的故事。直到几百万年前，人类的祖先阴差阳错地突然小小地打破了一下这个困住所有生命的当世牢笼，将思维的触角伸向了将来，我们意识到了将来，拥有了希望，拥有了对永生的渴望，也开始畏惧死亡。

　　人类文明的传承一直都在尝试着去理解生与死的本质以及背后隐藏的秘密，而对生的渴望和对死亡的恐惧使得人们努力地试图打通生死之间的壁垒，建起一座跨越生死的桥梁，衔接起生与死的世界。

　　古埃及人相信人死后不会消亡，会以灵魂的方式存在，因此他们将死者制成木乃伊，而死亡女神伊西斯（Isis）会引导亡者的灵魂依附其上，带着所有曾经的过往，以这种形式继续存在。古希腊人也相信灵魂不死，但是他们觉得死亡或许是一场净化之旅，能够使人们洗脱罪恶。柏拉图在《理想国》中描述的遗忘平原（Lethe）以及后来在但丁的《神曲》中拥有同样名字的遗忘之河（Lethe），都是为了洗净灵魂中那些罪恶的记忆，而将美好永存

下去。古代中国则用另外的形式诠释着生与死之间的承接，对个体来讲，死亡并不是结束，而是意味着抛开所有的过往，重新开启生命新的旅程。不仅是人类，万灵万物都被包含在这个宏大的轮回体系当中，重复却又独特地有序运转着。因此，或许古埃及人相信的永生是换了一种存在的形式，而古希腊人的永生意味着洗净罪恶后以最美好的形式留存。

古代中国文明则是彻底抛开所有的过往，无论美好还是罪恶，以全新的独立的个体继续存在。孟婆作为由死至生的最后一个环节，则是在奈何桥头用一碗特殊熬制的孟婆汤，使所有的灵魂忘却前世种种一切，重新开启新的轮回。在那个重启的轮回里已经不再是当世的这个我，所以在古老的中国文明传承中，人们会着眼当下，追求当世的长生，甚至超越轮回的永恒不灭成了个体跨越生死的最重要的手段。但是着眼现世并不意味着可以为所欲为，因为不同轮回中的个体其实并不是两个独立而不相干的个体。在这个系统当中还有另外一个真正贯穿始终而不变的最基本的规则，那就是因果报应，恰恰是这个规则使得整个轮回系统成了一个圆满的体系。

灵魂对前世的忘却只是个体层面的忘却，但是系统还存在着因果循环这个宏大的规则，记录着每个个体的因果，从而把无数个独立的轮回联系成为一个整体。"何为前世因，今生受者是；何为后世果，今生做者是。"这样也形成了中国传统文化当中敬畏因果、行为向善的特质。因此，中国人活在当世，着眼当下，但是却又讲求报应，一心向善。在这个轮回体系中，孟婆居于最关键的起承转合的位置，正是因为这个角色使得这个体系有序地运转。

李莎笔下的"孟婆传奇"系列恰恰描述了这种传统的文明特质，在她的故事里，孟婆作为一个普通而平凡的个体，在一个宏大的前生今世的故事中经历了人世间的爱恨情仇、悲欢离合。李莎讲的故事深深吸引了我，也使我看到了在这所有的文字背后始终流淌着的"经历当世，一心向善"，从而促使我想到了上面的这些文字。

而我也相信，每位阅读者都会从李莎的故事中获取自身的不一样的感悟。因为，或许孟婆是一个使得个体忘却前生故事的人，但是同时也是一个收集故事的人。她经历了在这个世间存在过的所有个体的一世一世的记忆，阅尽了人世间的悲欢离合、一切种种，那么她定也有自己精彩的故事。从传统的中国文化来讲，每个人心中孟婆的故事可能都是携带有自己前世的过往，今世的精彩以及对后世的理想吧。

毛利华

2020 年 4 月 8 日于北京

序二　着眼当世，一心向善

孟婆传奇之
南葵篇
MENGPO CHUANQI

作者自序

　　一百个人心中有一百个孟婆。或许，每个人想象中的孟婆都是截然不同的，包括那碗"孟婆汤"的滋味和功效，也是众说纷纭。想象一下自己手捧孟婆汤时的心情和生发的感慨，大概每个人都不一样，因为在尘世活过的人，每个人都有一番属于自己的际遇与感悟。

　　写这本书的初衷源自 2019 年初，彼时我正和清华积极心理学班的两位同学一起聊天。人到中年，大家都忽然感叹起现在社会上似乎很多人越来越缺少敬畏心。面对这种信任危机，好像没有特别行之有效的方法能够改变。

　　说起这些，忽然觉得小说、电影、电视剧都是现在的青年人关注得比较多的东西，如果能把这部分的力量好好使用，或许可以让更多的人了解更深的世间法则的自然运行。在我们忙碌的日子里，是否会在夜里抬眼看看天空的繁星，放下自己的执着，感受天道万物自然的运行呢？

　　想到这里，我忽然就决定以"孟婆"的故事来做基点。孟婆汤是一个深入人心的名词，我也曾经想过，若是将来自己终老之时，会不会不舍得喝下那碗孟婆汤？会不会对前世的生命还有所眷恋？其实也想过，若是自己可以选择性遗忘，会遗忘哪段回忆呢？细细思量了很久，觉得自己哪段回忆都不该去遗忘，哪怕是痛苦的、伤心的、失望的。这些都是构成现在的我的基础要素，既然是我的一部分，又怎么能随意地遗忘呢？只不过换种心态去看待过往的回忆罢了。这样想来，就没有那么多情绪的起伏和纠葛了。

　　小说中想表达的只有一句话：相濡以沫，不如相忘于江湖。这是我亲爱的大舅舅生前经常说的一句话，可惜他走得早，没能看到这部小说的出版。

但是我相信他在天有灵，一样可以感受到这本书承袭了他的一部分观念，亦能得知他永远活在爱他的亲人朋友们心中。

人生不如意为常态，小满即可。无论一生有何种经历，最终人还是要与自己和解。生是死之根，死是生之苗，天道自然，人道自为。

小说以中国传统文化的道学思想为基础，以孟婆的经历为故事主线。小说中的人物有你，有我，有他，在众生一体之中我们总能窥见自己的身影。

很感谢能邀请到我的两位老师：北京电影学院文学系的苏牧教授和北京大学心理学系的毛利华副教授，来为整个"孟婆传奇"系列写序言。两位良师都是启迪我深入思考与探索的灯塔。

谨以此书献给我挚爱的家人与朋友们，因为你们的支持，才让我可以尽情地学习探索，发掘那些未知的领域，体验更加丰富的人生。同时也以此书纪念所有我已经逝去的亲人们，生是一段全新的旅程，死也同样是一段全新的旅程。

天下人与事，都因岁月而物换星移。

李莎

2019 年于广州工作室

目录

楔子

夜风缓缓吹拂，暗色最为深重的虚妄境地里，一抹赤红色的光晕在忽明忽灭地闪动。顺着那光浮动的地方看去，是一只玉白如凝脂的皓腕。而那光则是缀在腕上的印记，似艳红藤蔓，纠缠着盛放出一朵名为曼珠沙华的花。可很快，朦胧的印记逐渐消失，皓腕的主人收起了袖口，她的唇边勾出淡然而释怀的笑意，轻垂眼睑，动作轻缓地将玉壶中的最后一碗汤倒入了自己手持的银盏中。

那碗澄净清澈的汤，叫作孟婆汤。

凝望孟婆汤的人，则是守桥的孟婆揽月。

她守着这座奈何桥，阅尽了千万魂灵的前世悲欢、爱恨别离，而如今，也终是轮到她自己走上这座承载着轮回、分隔出阴阳的奈何桥。

石阶相连，她繁复的裙摆逶迤身后，鬓间步摇摇摇晃晃，端着汤汁徐步踏上阶梯，纤柔背影流淌出了一丝淡淡的期盼。

而奈何桥下的牛头和马面则是静默地注视着她离去的背影，神色不喜也不悲，竟是有些肃穆且沉重。黑白无常也在这时匆匆赶来，他们询问起揽月的去处，牛头以眼示意，黑白无常循望过去，只见揽月的身姿已经越发模糊，尽管心有不舍，可任凭是谁也没有唤停她的步伐。

四位冥府使者伫立于桥下，他们早已看尽三界世事，但与此任孟婆相处的时日里，也着实结下了深情厚谊。虽说冥界之地见惯了生死，可有情众生，生魂不灭，离别之际，难免会心中不舍。

牛头听见身侧的马面低低喟叹，怅然道："一别过后，怕是再无重逢之时。"

这话极为触动心弦，黑白无常二鬼竟为之一颤，情难自禁地向前踏去一步，可又立即醒转，止住了那欲挽留的步伐。

犹记得她初来冥府那日，身携万丈紫光，头饰龙凤玉笄，眼里写尽了过往锋芒，仿佛她身后皆是红墙金瓦、天下繁华。

她自然不是一个尘世凡人，却也命中注定成了冥府过客。

正当沉浸于回忆之时，牛头抬手搭住了黑白无常的肩。他示意二鬼望向前方，黑白无常恍惚地看去，只见遥遥奈何桥的尽头，揽月正在回首同他们挥手道别，桥下四鬼看见了她鬓间步摇上的龙凤，仿佛已被注入了新魂，要跳跃着活过来。

这一刻，金光涌现，层层光晕笼罩在她的身上，而迎接她的正是一场如梦似幻的新生。

那梦境的中心，是龙与凤交缠着飞去的地方。

鳞光闪闪的身躯，逐渐幻化成紫珍古镜中的层层涟漪。镜子的这一端，冥帝和墨正在大殿之中注视着孟婆揽月的离去。他缓缓伸出手掌，抹去了镜中的波纹，一切仿佛又归于沉寂。

他敛了敛眼睫，静默自语："下一任孟婆即将出世，不知这次会是何人呢？"

话音落下的瞬间，古镜似在回应他一般，翻涌出袅袅雾气。透过迷蒙烟雾，和墨看到了一段往事：

沧溟神尊者，至高水神也。生于神界水域天，司乾坤水，有青龙身。初为神君，上古神魔之战，有大功于世，得天帝赏识。曾供女娲碧石，集五色而补天，杀黑龙以济冀州，与轩辕氏大败蚩尤于涿鹿。自共工怒触不周山，取其沧瀛神位而代之。玄冥亲赐水神印记，伏羲加之以沧海神袍。至黄帝之时，年近五千岁矣。其手握神界一方兵权，秉性冷而刚躁，嗜酒，亲妖……

偏偏此时，紫珍古镜里漫出大量污浊雾气，似是承载不了这段往事的重量。

和墨略微蹙了蹙眉，他轻轻挥手，古镜之中立即云收雾散，恢复了平静，映出了他亘古未变的惊世容颜。

身后传来禀报声，和墨侧眼去看，只见牛头与马面正在殿中颔首，带来消息："冥帝，孟婆揽月已平安离去。"

和墨闻言，脸上挂起了意味深长的笑，他顺势收起了紫珍古镜，对牛头与马面吩咐道："你等好生看管冥府，在我归来之时不得有任何闪失差错。"

牛头闻言，略显困惑，马面则是顷刻间恍然大悟，立即接下指令。

待到冥帝和墨拂袖离开，牛头跟着马面走出大殿嘟囔着："冥帝这是要去人间巡游不成？看那架势，怕是一时半会儿不打算回府了。"

马面"嘘"了一声，压低音量道："真不愧是牛头，当真是榆木脑袋。冥帝这是要去挑选新任孟婆，此等大事，岂能含糊？我等定要在这段时间打理好冥府上下才是。"

牛头一听，方才大悟，自是挠着头连连颔首。

马面同他一起绕过十里飘香的曼珠沙华丛，打算同黑白无常商量下管理冥府的大小事宜。

而身后的小鬼们正押着一队鬼众渡河，许是已得知还未有新一届孟婆上任，大伙都想着把鬼众先关押起来再作打算。队中有个女童手里拖着字画粘成的风筝，忽来一阵风，将其卷起，仿佛要穿云越雾一般直入高空。那风筝越飘越远，一直飘去了奈何桥下的忘川中。

如沼泽般暗寂的忘川并未忍心吞噬它，只打了几滚浪，将它卷成了孤舟，就像浮在水面上的一朵白莲，孤单又静美。

映衬着诡异空旷的冥府，仿若是冰与火的交织。

楔子

第一节

　　山巅之上风吹乱雪，连绵冰峰陡峭嶙峋，然而天却蓝得透彻，厚重云层之间缀着几只强健的秃鹫，它们展翅盘旋，正居高临下地俯瞰着昆仑雪峰上一行如蝼蚁般蠕动的黑点，那是不远千里而来的采药队伍。

　　风雪弥漫的前方雾气磅礴，沿途还会有七零八落的雪块砸下，靛青色的皂靴踩下一脚，雪便会没过小腿。前路举步维艰，身后的马匹也像是再难忍耐此等困苦跋涉，发出的嘶鸣声一次比一次悲怆。

　　而一阵刺骨寒风袭来，不留一点儿余地地割在面颊上，姬南葵因而停顿身形，领队的姬仁宣似察觉到了异状，立即转身同她道："你且上马去吧，前路更为陡峭，已是不宜步行，我不想你有分毫闪失。"

　　南葵摇头道："仁宣哥哥的好意，南葵心领了，可我也不想浪费马儿的体力。眼下已接近山顶，只需再坚持片刻便可翻越。在找到天香珑叶之前，还要尽可能保留马匹体力才是。"

　　姬仁宣自是拗不过她，便不再多劝，只得加快速度带领手下的精锐人马继续攀山。

　　从山脚到山腰，眼看着来到山巅，南葵早已不觉筋疲力尽，反倒是心中的五味杂陈令她备受煎熬。

　　世人皆知天香珑叶罕见，唯有到昆仑雪山上才能寻到此药，她只盼找到药草去救亲人性命。但，如若此行是竹篮打水一场空……她已来不及多虑，只因扑面而来的是呼啸的寒风，迷住了她的眼，扰乱了她的思绪。

　　紧接着，风暴夹杂着狂雪席卷向队伍，一行人马相互拉扯着依然难以立足，而南葵又是队伍中唯一的女儿身，她身材娇小，更是被腾空卷起，整个人如同被丢出去一般，四肢离地。

　　她眼前一片惨白，天旋地转间，她根本不知道究竟发生了什么，只听见耳边传来人体坠落的撞击声，她顷刻间觉得痛极、困极。

就在这半梦半醒间，暴雪停了。

仿佛过了许久许久，逐渐清晰的马蹄声传来，南葵昏昏沉沉地睁开了眼，映入眼底的是一株玉白的花。

在熹微的光线中，嫩黄的花蕊与赤色的叶片上还沾染着星星点点的雪花，南葵探出手去，轻轻地摘下了这朵花。

"南葵！"姬仁宣这时策马赶来，他跌跌撞撞地跃下马背，万分焦急地冲过来，扶起雪地中的堂妹，紧张不已地观察她身上的伤势。

出奇的是，南葵除了一点皮肉伤并无大碍。她展开双手，将掌心中的花朵捧向姬仁宣。姬仁宣一愣，又循着她的视线看向自己周遭。

刹那间，他惊呼着收紧了瞳孔。

无尽的皑皑白雪中，有小小的一团玉白花朵在风中摇曳身躯，样貌正如书中记载：昆仑有木焉，名曰香珑，生于雪峰之巅，而临白仞之渊，其叶为赤，花果茭白，茎非能长也，所立者然也。

"找到了……正是天香珑叶。"他惊喜道，"南葵，你果然与昆仑有缘。"

南葵闻言，欣慰而笑。

身后赶来的属下们见此情景，也一并欢呼道，"老爷有救了！"俨然把来时所遭遇的苦楚都抛在了脑后。

姬仁宣则吩咐属下将天香珑叶采摘完好，并放置进带来的特殊木盒里保存。待这一切完成，他示意南葵尽快下山，此地不宜久留。

南葵点点头，她飞身上马，随着姬仁宣一并朝山下冲去。

天边已经浮现出了炽火般的朝霞，南葵抬头望了一眼始终盘旋着不肯离去的秃鹰，虽心觉怪异，却也未作多想。

直到远离了山脚，众人决定稍作休息，姬仁宣便带头停下了马，南葵随在他身后，目光却落在了不远处的河岸旁。

此处距离昆仑山已远，所以小河的清水并未全部结冰，有名担着木枝的樵夫正在小心翼翼地过河。

南葵看见了他腰带间的一块凸起，似是用旧布包裹起的铁石。要说焰国百姓从不使用铁石，只因觉得落后而烦琐，倒是临近的几个小国擅长铁石取火。恰逢此时，一只振翼轻舞的蝴蝶落在了樵夫的纬帽上。

深褐色的蝶翅，略微有些许残缺，凉风轻拂，蝴蝶翅翼轻扇的弧度极为

僵硬。南葵不禁心生怜悯，此等时节还有蝴蝶能在寒冷中存活，实属不易，许是这世间的生灵都在顽强地与命运抗争着，使得她忽然想起儿时初次同父亲运送货物时遇见的一匹落单的野狼。

那野狼瘦骨嶙峋，将正值幼年的南葵视为美餐，它眼露绿光，獠牙尖锐，跃身扑向她的那一刻，却被身后迎上的父亲一剑砍下了首级。

剑锋无声无息，血液飞溅在南葵的脸上，炽热地烫。野狼的幼崽从草丛里"嘤咛"着走出，凑在野狼的尸体旁呜咽着。

父亲将宝剑收鞘，侧眼看向南葵的瞬间，彼此交汇了视线。年幼的南葵在父亲的眼里，看见了对命运的惋惜与悲悯，还有一丝诡异的狠戾。

生与死，在一瞬间便可决定，被他人决定，或是被自己决定，是胜负之分的界限，正如祸兮，福之所倚；福兮，祸之所伏。

南葵不知为何会在此刻想起过往，忍不住内心激荡地吸进一口气，意识混沌之际，忽然耳边响箭声起，箭矢笔直穿过她的耳畔。

她一怔，随即听见姬仁宣对她大喊道："小心！"

意识清晰的刹那间，她猛然看见面前一个手持长刀、面目狰狞的樵夫向她砍来，而那只蝴蝶的身躯早已破碎满地，一如冲到她面前为她挡下那一刀的姬仁宣的胸膛，鲜血似火焰，烧红了南葵的眼。

"是劫匪！"属下们纷纷飞驰而来，"保护小姐和少爷！"

然而河岸旁的草丛中突然跃起数不清的埋伏者，他们瞄准了这群惊弓之鸟，"嗖嗖"的冷箭射来，连弩箭雨飞天而降。几名属下措不及防地中箭坠马，在逐渐昏暗的山林之中，本就疲劳万分的一队人马已如瓮中之鳖。

而身负重伤的姬仁宣还在担心藏在马车上的天香珑叶，南葵只觉寡不敌众，匆忙之中赶快扶起姬仁宣翻身上马，她心中不停地懊悔着：早该察觉到的，焰国附近尽是些蛮荒小国，距离最近的便是弥国。那群战争逃兵早早就组成了凶狠的劫匪小队，目的就是打劫富有的焰国商队。而且她方才已经发现了不对，要是她能早点提高警惕的话，堂兄也就不会……

"让小姐和少爷先走！我等掩护，誓死保护药材！"属下们正与劫匪竭力厮杀，南葵眼看着他们一个个被劫匪残忍杀害。

她于心不忍，不得不下令道："全部撤退！别管身外之物了，要留得青山在！"

属下们得令，尽管心中犹豫，可还是要听从主人吩咐。他们尽可能地救起负伤的同伴，在仓皇中策马掉头，跟随在南葵的马后向着黑暗的山林狂奔而去。

在背身逃跑的刹那，南葵曾回过头去看，她看到了劫匪如恶鬼一般冲上马车翻找着金银财宝，当他们翻出天香珑叶时，竟露出了不屑一顾的神色，虽不情愿，却也一并掳走了；再看向死相凄惨的属下，已被苦苦等候的秃鹰围住，成了它们的腹中之餐……南葵心惊胆战地转回头，看着被她护在怀中的姬仁宣，以及染了她满手的鲜血，她的泪水开始涌出眼底。

皎洁明月挂于空，马蹄声急促仓皇。

南葵忽然觉得姬仁宣的身体渐渐瘫软，她心下一惊，当即不安地唤他道："仁宣哥哥，你且再撑上片刻，我马上就会找到落脚的地方的，你要撑住……"

姬仁宣的意识逐渐涣散，他的声音飘忽而浑浊："天香珑叶保存不当的话，只会形同枯草……落入贼手，暴殄天物……"

仅此一句，似能将她千刀万剐。

她咬紧牙关，泪水悄然流下。她虽深知他并不是在责难她，可她难以宽恕抛下死去的属下、舍弃天香珑叶的自己。

已是四更天了。

忽然下起了不合时令的夜雨，南葵离开客栈后，便冒雨前往雪峰。她的爱马乌重奔腾在静谧深沉的夜色山林里，马蹄踏在雨地中发出疲惫却震耳的声响。

雨水打湿了衣襟。

"吁——"

她突然勒住缰绳，停下来仔细打量四周。即便雨水造成的浓雾模糊了视线，可这周遭景色她此前必定是见过的。难不成，她是在兜圈子？而耳畔响起的则是几个时辰之前，属下对她的劝阻。

"属下恳请小姐莫要以身试险。"拦在她面前的人是玉衡，他是姬仁宣最为信任的属下，也是率领人马的队长，他义正词严道，"眼下，少爷已重伤昏迷，是生是死还要看能否顺利度过今夜。且我等好不容易才能在客栈中安顿妥善，小姐万万不可再折返回去。依目前看，来时的队伍，已不足半数，更是无法护你周全，即便小姐自小便与昆仑雪峰有着奇缘，但你方才提及的

那座险峰当真是从未有人到达过，如若再遇见劫匪，后果更是不堪设想。还望小姐三思才是！"

南葵自然知道众人早已身心俱疲，除去堂兄从鬼门关捡回一条命不说，玉衡更是双腿中箭、寸步难行。

"但天香珑叶的损失的确是因我下令而……"她低叹一声，垂了眼睫，却忽然转了话锋道，"罢了，这次就依了你。时辰不早了，大家都早些休息吧。"

话虽如此，夜半时分，她还是偷偷地跑出了客栈。如若无法将天香珑叶带回家，此行的伤与死岂不是变得毫无意义？

定要避开来时所寻的那座雪峰，而且此时夜深人静，劫匪们早已满载而归，自然不会逗留于此。可不幸的是，她偏偏迷了路，兜兜转转了许久也找不到那座更为险峻的雪峰。

她心中有疑虑，抬起头望着夜空，乌云遮住了残月，又一点点移开，露出了月华光亮。

待她重新回头，发现雨幕之中出现了一只闪着白光的蝴蝶。与在河岸旁看到的那只极为相似，不同的是，这只蝴蝶仿佛携着星月光辉，璀璨异常。南葵的眼睛顿时发亮，她立即驾马，向着蝴蝶飞去的方向前行。

跑着跑着，雨停了，寒冷之气扑面而来，南葵这才发现蝴蝶早已不知去向，抬头一看，赫然矗立在眼前的是陡峭高大的冰雪险峰。

她看呆了，竟不承想真的会有这般直耸入云的雪峦。厚重的乌云只能遮蔽住它的半山腰，它高大而轻狂地闪耀着满身银白，蔑视着脚下的万千生灵。

事不宜迟，南葵翻身下马，她将马儿拴好，又从腰间抽出自己的西域弯刀，然后一步一步地以坚固的刀身作为支撑攀登上山。

刚离开山脚，她便感到肆虐的风雪铺天盖地般环绕周身，腰带上挂着的刻有惊鸿图腾的铃铛随风起舞，清脆的响声跌宕起伏。

残月暗夜，积雪成浪，南葵迎着呼啸的寒风步履不停，她心中只有一个念头，那就是要登到山巅，摘下天香珑叶，丝毫顾不得自己早已透支的身躯。

就在南葵艰难地来到半山腰时，夜幕之中忽有一道闪电劈天而下，白光刺痛人眼，山巅积雪崩落而下，是雪崩！

南葵心中慌了起来，只见乱雪如同巨石一般滚来，一旦被积雪吞没，她必定性命不保！难道她今时今日注定命丧于此？然而身侧却忽然闪现出华光，她循光望去，竟见到一个山洞！

南葵心中惊喜不已，如同看见了生存的希望。由于自幼习武，她身手矫健，反手握住弯刀插在右方，继而一个飞跃便滚进了洞里。

说时迟，那时快，在她获得安全的瞬间，冰雪便如滔天巨浪一般奔腾而落，那力道足以将一座村庄夷为平地。

南葵惊魂未定地倚靠在山洞之中，她只觉全身疲软不堪，双眼沉重无比，而脑海之中又始终盘旋着姬仁宣的告诫：身处雪峰之时，万万不可轻易休息，一旦精神松懈，便再也醒不过来了。

她虽深谙此理，可整日的劳累与惊吓使她又疲又倦，或许心中知晓就快要寻找到天香珑叶了，令她有种如释重负的感觉，竟靠在山洞石壁上陷入了昏睡。

似梦非醒之间，南葵竟看见周身升腾起了袅袅烟雾，灿如霞光，而父亲曾说过，她出生的前一晚，父亲便梦到了一个华彩光亮的洞穴，这使得她觉得自己是被指引着来到此处的。

她心觉蹊跷，便缓缓站起身，顺着光亮的方向朝洞穴的更深处走去。

洞穴极大，洞穴四壁绘着令人眼花缭乱的精妙画卷，古老神秘，美轮美奂，令人觉得身处仙境。南葵茫然地打量着画中景色，海里有龙，鳞甲金光，蜷转圆弧，红白辉映，云端之上更是飞舞着成群结伴的仙子，她们手捧花枝，身穿霓裳，眉眼含笑，正朝天际的云阁飞去。

南葵应接不暇地看着，忽又察觉到壁画下注明的画中人物的时期与名称。她一时顿悟，身忽飘飘，如驾云雾，待回过神时，发现自己已身在壁画之中。

此时，正是上古时期，盘古开天地，女娲造后人，水域天的神君沧溟在神魔之战中立下汗马功劳。由此，沧溟得天帝昊天的赏识重用。他曾提炼碧青石给女娲娘娘，令其集齐五色石补天，而后，与女娲斩杀黑龙，平定九州，又与轩辕氏大败蚩尤于涿鹿。共工怒触不周山之后，他接替共工之位，成了第二任至高水神，名曰沧溟之神。由此得名沧溟。

自那之后，沧溟神尊司掌天地万物水源。为了取悦心爱女子，他便用神界"洛水"临月建立了一座空城"溯昭"。

孟婆传奇之南葵篇
MENGPO CHUANQI

洛水本身拥有灵气，日积月累，在百年后，城中诞生了灵，名溯昭氏，并很快将溯昭修建成了一座欣欣向荣之都。于溯昭中诞生的这种名为"灵"的生物，也是溯昭的守护者。"灵"生于天地自然之中，故"灵"可以净化三界之中的一切邪祟，让这些邪祟重新归于道与虚无之间。虽然"灵"能够吞噬邪恶之物，可邪恶之物往往最易化成幻象去蛊惑人心。那些被邪恶蒙蔽的凡人，常常会依附于自身的欲望，反而不愿意亲近"灵"。

红尘之人将"灵"唤作饕餮，认为其身如羊，人面，目在腋下，食人，丑陋似魔，是穷凶极恶之兽，连血液都寒如紫霜。

可饕餮孤高地站在如镜的水面之上，下方映出的倒影却是一名白衣女子。

她一袭月下绣白朝霞裙，拖尾缀满香浅笔墨水中月，妖娆婆娑的身形似惊鸿蛟龙，斜绾着双环髻，髻上别着一朵怒放的绿萼，低垂着优美似鹤的脖颈，纤柔风姿如珠玉一般光华流转。

南葵疑惑不已，心想：难不成饕餮的原型竟是一名绝色佳人？

正纳闷着，饕餮身后缓缓走来一男子。他头戴紫色玉冠，黑发流满长衫，眉眼略微上挑，三分像妖，七分似仙，瞳中盛着幽谷深潭般的暗寂水泽，冷淡清朗的面容上染着一层月华凛冽，尽显高雅清冷气韵，就连云雾缭绕的仙林与金灿如辉的晚霞都在他面前失了颜色。

南葵从未见过如此惊艳之人，一时之间竟讷讷如木，只能傻站着，仰头看他。

一树桃花从他身后纷落成雨，他望着眼前的少女，微微扬起嘴角道："水中倒影，真假莫测，世间万物，莫不如此，善恶相生，假作真时。"

南葵还未醒过神，更是听不懂他话中含义，懵懵懂懂之间倒在猜测着他是什么来头，许是画中仙人。

他见她仍旧神色错愕，便徐徐抬手，伸向她，道："此间奇妙，不如与我前去一探究竟？"

南葵似乎无法抵挡他的邀请，继而晕乎乎地将手放进他的掌心，一时觉得温润入心，他已反手握住她，二人相望，天地凝结。

她随他而去，不禁问他："我叫作姬南葵，你的名字是什么？"

他回她，只是云淡风轻的二字："和墨。"

南葵在心中记下了这个名字，却不知此时此刻她的肉身正蜷缩在冰冷阴暗的山洞里。

洞外狂风呼号，那具孤单无助的肉身早已昏死入睡，她的生命在一点一滴地被酷寒吞噬殆尽，唯独手中紧紧地攥着一株身形摇曳的天香珑叶。

想来也是极尽讽刺，她所处的山洞里，角落处竟长满了这稀世珍药。

耳边传来鸟鸣声，似是凤头鹀。

雾气缭绕的青松山林上，风是柔情似水的。

那风吹进了南葵的梦里，那梦是在她十岁的初春，她听见有人唤她的名字，转头去看，正是随叔父商运归来的堂兄姬仁宣。

也许是多日不见，南葵内心喜悦，飞快地跑到姬仁宣身边，撒着娇，吵着要姬仁宣陪她舞剑。姬仁宣虽有无奈，却也格外纵容。二人正欲前往庭院，可脚下的路却莫名发生了变化。原本青玉色的石路逐渐变成了红砖铺成的长道，富丽堂皇的城墙外两侧栽满了银藤，映着螭龙纹宫灯，甜腻芳香如瀑布泉水一般倾泻四溢，一团团锦绣般的花藤折损在脚下，她缓缓地抬起手，发现自己的身体不知在何时已经长成了十六岁的模样，再循声去看，前方廊下有一男子白衣清袖，仿若天上谪仙人。

他手持一把刺着云雁图案的官扇，腰间的红玉佩系着九转九结十八转靛色丝绦，踩着一双样式风流的墨蓝色乌皂靴，正怅然吟道："有一美人兮，见之不忘。一日不见兮，思之如狂。凤飞翱翔兮，四海求凰。无奈佳人兮，不在东墙……"

话音落下的瞬间，他慢慢看向她，她由此心中一惊，认出他的同时，喃声道出了他的名字："辜……振鹭？"

而他却默然地伸出手，将她引向前方的庭院，一贾一将正于棋盘上两军对峙。

那正是南葵的父亲姬牧弈与辜振鹭的父亲辜峤，他们在谈笑中布局棋子，杀机在不动声色之中隐现。电光石火之间，没人知道究竟发生了什么，南葵只看见他们二人在即将决出胜负的时刻轰然倒下，棋子于顷刻间散落满地，南葵惊慌失措地大喊道："父亲！"

"啪"的一下，南葵惊醒般地睁开双眼，发现自己正伸手想要抓住梦里残留的景象，哪知却是一场空。

她不断地调整着自己的呼吸，转眼的刹那，便看见自己身处一片无尽的

曼珠沙华丛中。

曼珠沙华，花开一千年，花落一千年，花叶生生相错，世世永不相见。传说这是冥府的花，而走向死亡与轮回之人，便是踏着这血红凄美的花朵通向幽冥之地。

倘若是旁人看到此景，怕是会惧怕万分，可南葵却面不改色，竟也欣然接受了身处之地的光景。她回想起在昆仑山洞里见到的壁画，只觉奇妙，又猜想着自己会不会已死，所以才能见到冥府之花。

长风飘忽穿来，暗夜了无生息，南葵感到一丝侵入骨髓的寒意，不由得抱紧了自己的双肩。她唯一担忧的是还在客栈里生死未卜的堂兄……唯有此事，令她心中挂念不已。

只是，她尚且不知，在她昏睡之时，冥帝和墨早已从紫珍古镜之中看到了有关她的前尘往事。

铜镜闪动着金色荧光，探尽三界往昔。那一世，"灵"化作饕餮之形来到人间，灵非妖，饕餮非仙，其兽形样貌固然令人惧怕，又因某种机缘得以幻化作娇娥美貌，闲暇无事时经过一书香门第，老爷姓卢，于县上做员外。妻子于氏，虽为美人却常年抱病，故二人膝下只有一女，岁及总角，名唤蔻伶。那日，饕餮偶遇蔻伶在门外嬉闹，险些被路过野狗咬伤，饕餮上前相救，得于氏感激，自是邀请在家中以宴道谢。

于氏见饕餮年轻俏丽，加之救下女儿，心中便平添几分好感。饕餮谎报了个名字，并自称家破人亡无处可归，恳请在府上做婢，也好有个住处。恰逢卢员外归来，见此女气韵不凡，又听闻搭救蔻伶一事，便在于氏的帮腔下收下饕餮做蔻伶的贴身婢女。

卢员外家中十分殷实，饕餮在此吃喝不愁，加上她能识字认书，很快就成了蔻伶最喜爱的婢女。她们同进同出、同吃同住，惹得其他婢女极为嫉妒。可饕餮却心怀大义，丝毫不计较他人对她的捉弄，反而以德报怨，时常帮助府中的婢女、下人抄写家信寄予亲人，久而久之，卢府上下从最初对她的排挤演变成了接纳、认可与赞许。

然而于氏顽疾不断，总是不能为卢员外诞下男丁，故此极为自责。而卢员外已过而立之年，始终后继无人，也难以在家族中立足。于氏曾为他纳妾数人，可进了府中的侍妾总是会离奇死去，久而久之，再没人敢做卢员外的妾室了。一日，于氏想到饕餮，恳请她替自己为卢员外开枝散叶，饕餮倒不是在意自己也会死，毕竟她是灵，自然不会轻易死去。尽管她可怜于氏卑微愚昧，可又不想让蔻伶感到孤单，便婉拒了于氏的提议。

于氏表面虽是释然，心中却有些记恨饕餮的不识时务。待到夜深人静时，于氏突发异想，她带着几名心腹下人前往饕餮与蔻伶的房间，打算强迫饕餮就范。然而来到门前，就忽见有妖影在纸窗上徐徐隐现。那妖物尖牙锋利，口吐蛇信，吓得于氏背上一直，她跌坐在地惊叫出声，引得卢员外与府上众人赶来。

惊乱之中，卢府上下都看到了映在纸窗上的恐怖梦魇——妖物盘旋在蔻伶的背上扭动身躯，而对面忽又飞出一只四脚恶兽，她冲向妖物疯狂地撕咬，并将其吞噬，待这一切告一段落，她再度化为人形，扶起了瘫倒在地的幼童。

夜风从府中庭院深处穿堂而来，"吱呀"一声，冷酷无情地吹开了木门，饕餮循望向门外，只见卢员外、于氏与府中的下人们都像见了鬼一样地盯着她的脸，她这才意识到自己的嘴角残留有血迹，赶忙抬手擦掉，又打算唤醒怀中昏迷的蔻伶，尽管蔻伶可能不会理解，但她企图告诉她真相：恶灵长久困在她的体内，导致每逢夜半时分，恶灵都会作祟，于氏常年久病与妾室连死都因此而起，好在她已经吞掉了恶灵，府上再也不会出现怪事了。

然而她却不知，此时的她在众人看来，更像是一匹丑陋的恶鬼。她不过是长着人的头，但她心狠手辣、眼珠外凸、血盆大口、锯齿尖长，必以人为食！

"杀……杀了她……"卢员外满头冷汗地指着饕餮，面色铁青地嘶吼道："她是妖物，她要加害我的女儿！倘若蔻伶已经死了，那下一个就是我，是你，是全府所有人！定是她害死了那些无辜的侍妾，今日她被我们撞见了原形，证明她寿数已尽，我等必要实行天道，杀死这妖物，免她祸乱人间！"

下人们有些胆怯，不敢贸然涉险，可于氏火上浇油地叫道："想想你们可怜的妻儿吧，妖物不死，你们的妻儿怕也命不久矣！"

只此一句，仿佛是恶毒的咒语，令以管家为首的几名家奴怒吼着冲向了饕餮。

许是吞噬恶灵令饕餮耗尽体力，她无力反抗，被来者按倒在地，他们对她拳脚相加，将手中尖锐的棍棒刺进她的身体、短刀插进她的胸膛、打折她的四肢，恨不得活生生地剥了她的皮。

孟婆传奇之
南葵篇

她在浑噩与剧痛之间被绑上了石柱，一把烈火从脚尖点燃，卢员外从书房中拿出箭矢，染上浓油，一箭射中饕餮的胸口，赤焰裹住了饕餮全身。

饕餮发出凄厉的咆哮，惊醒了蔻伶。蔻伶揉揉眼睛爬起身，映入眼帘的是一片地狱火海，她尚且不知发生了什么，甚至伴随着恶灵从她身上消失，她连同饕餮也一并忘记了。

于是，这一世，在凡尘之中历劫的饕餮就这样荒谬地死去了。

她出于善意吞噬了幼女滋生而出的恶，却被污浊之心蒙蔽双眼的肉体凡胎回报以怨。

善与恶，德与怨，天地不仁，以万物为刍狗，何为天道？何为德表？可怜了荒草萋萋的空地，一口枯水古井，掩埋了饕餮之灵的白骨。

镜中前尘至此散去，只因身为后世的南葵已然醒来。和墨似有若无地轻叹一声，拂袖轻挥，拭去了紫珍古镜中的最后一抹涟漪。

第二节

奈何桥下，牛头与马面原本正在促膝闲谈，忽然从轻拂耳畔的细碎风声中察觉到异样，马面首先站起身来遥望桥上，眼中满是困惑。

"鬼门已关上好些时辰了，这桥上怎会在这时来了一个女子？莫非……"牛头也跟着站起来，同马面一起打量那逐渐走近的身影，正是南葵。

她循着桥畔两旁的两生花走来，细细的花影笼罩在她身上，让她略显苍白的容颜蒙上了一层淡淡的红晕。

十八岁的南葵已经出落得美丽婀娜，眼角攀着几分懵懂的稚嫩，可谓俏若三秋桃，清若九秋菊。若年岁再大些，便也当得起"千秋无绝色，悦目是佳人"了。而最为夺人目光的，便是她的嘴角总带有一抹圆润，远看是美人含笑，近看又似桃花初绽。那张娇柔的脸上镶着柳眉与杏眼，肤白如玉，细腻如瓷，由于长年随父亲四海行商，她早已不是养在深闺的娇花，举手投足中尽显英姿利落。唯独一袭金白相织的束身锦瑟裙显现出了她女儿家特有的娇憨，尤其是红莲似的腰带拢着她的春柳细腰，更有种神来般的曼妙。偏生脚下踩着一双乌重的皂靴，倒是褪去了几分温婉，平添了些许洒脱。

牛头心中奇怪得很，如此绝色，不该是投胎队伍中落单的鬼民，再瞥一眼她那滑落下几丝碎发的倭堕髻，上头缀着一支样式不俗的簪，墨色长发如瀑般散落腰间，他当即恍然大悟地一拍手心，明了道："想来冥帝是今日回来冥府的，眼下又冒出这个样貌脱俗的美人，定是他带回的新任孟婆。"

马面闻言，不由得赞赏道："真是难得，你竟也有考虑真切的时候。"

牛头略微沾沾自喜，背手而立，笑道："那是自然，毕竟与冥帝相处上千年了，依我对冥帝的了解，他必当会寻回一个气韵不凡、灵秀生动、姿容娇俏、性情……"

马面狡黠地看向他，追问："性情什么？"

牛头也不知道自己为何停顿，倒也坦然道："没什么，我只是在想，历任孟婆的性情大不相同，虽与常人有异，可也不能说是古怪。"话到此处，他不觉地压低声音同马面悄声道："你观其面相，觉得此任孟婆是何脾性？"

"她眉清目秀，鼻尖突出，额头光洁，双唇红润，唇角含笑，四肢纤细，肌肤又是极白的，步伐虽轻盈却不乏力量，腰间佩戴的铃铛响动声格外清脆悦耳，有这般优势衬托……自然是个玲珑聪慧的柔美之人了。"

二鬼正议论得投入，那边却传来了脚步声，且不是一个，是一双。

牛头与马面一同看去，只见冥帝和墨不知何时出现在了面前，新任孟婆自然跟在他的身后，此刻正饶有兴致地盯着牛头、马面打量，和墨便同她知会了二鬼的名字，她微笑示好，二鬼狐疑着该如何称呼她时，和墨则是抬手轻挥，一朵曼珠沙华的印记霎时绽放在了她裸露在袖外的手腕处。

南葵只觉手腕刺痛，低头去看，那曼珠沙华的印记正在徐徐绽放。牛头与马面看在眼里，彼此交换个眼神，立即懂事理地向她恭敬问候道："属下见过孟婆姑娘。"

正如牛头、马面所言，曼珠沙华的印记代表了南葵正式就任孟婆。唯拥有此印之人才是孟婆真身，其他皆是分身幻影。

天下之大，三界皆知有牛头、马面、孟婆的存在。只是，世人时常会误认牛头、马面与孟婆只有一个，殊不知，他们真身的确只有一个，可分身幻影却有无数。否则，那满天下的亡灵又如何能在有限的时间里处理妥当？正如每个县域皆有县官、府衙，其目的便是处理大小事宜。牛头、马面与孟婆的分身也是如此。其分身分布在九州大陆各个角落，亡灵们被各地牛头、马面的分身井然有序地带走，再前往冥界的奈何桥，由孟婆的分身接引，递上一碗孟婆汤，来者一饮而尽，下了桥，渡忘川，才算是真正地进入冥府。

"所以与之相比起来，牛头马面的分身才称得上做事勤快，不仅夜以继日，还兢兢业业。"说这话的人，是一名身穿赤红盔甲的妙龄女子，她正同手下的阴兵眉飞色舞地说道："虽说牛头、马面的真身也是按规矩去执行差事的，可一旦到了歇息时辰，他们必然准点开溜，丝毫没有加班加点的意愿。哼，单凭这点，他们二鬼就比不上分身！"

围在她身畔的一群阴兵连连谄媚应是，称道："林将军所言极是，将军看事情就是通透！"她却在这时转过身形，望向站在曼珠沙华丛侧的人，露出一丝略显无奈但却宽慰的笑意，轻声道："原来是孟婆妹妹呀，你怎么躲得那般远？好些时候没见了，我可是十分想念你呢。"

冉冉……

当这个名字浮现在意识中时，南葵忽然感到自己的太阳穴一阵刺痛，刹那间，有关孟婆的记忆铺天盖地地向她袭来。

从人世坠落到冥府的死魂、携满了人间烟火的孤魂野鬼……众鬼之中不乏精明算计、心肠歹毒、争风吃醋者，却也有通透脱俗、心境澄澈之人……而历任孟婆的姿容则是匆匆闪现在她脑中，她们样貌皆是绝伦美艳，唯有性情大为不同，有生前叱咤沙场的孤勇女将，有行医救人的悲悯医者，也有历尽情劫的修仙之人……也不知为何，在南葵浑噩的思绪里，此前的孟婆都纷纷回到了冥府的奈何桥上，她们弹奏琵琶、轻舞水袖，霎时间芳香四溢，香烟袅袅。器乐更是应有尽有，既有古琴、瑟、筝，还有笛与笙，连钟、鼓、锣、磬等都一应俱全。其中一位姿容尊贵的孟婆慵懒地侧卧在玉石床上，皎白手腕撑着头，一缕青丝从鬓旁滑落而下，她极为沉浸地听着耳畔响起的弦乐丝竹声，闭目养神似的，一张口，却是对南葵道："世间万情，天上地下，如人饮水，冷暖自知。不知其味者，哪懂其忧思。你又生性贪婪，如何能情愿地舍掉一身欲念？"

可她的容貌很快就如烟一般缓缓散去，回荡在耳边的是和墨曾对某任孟婆说过的话语："三界六道，唯我冥界公平，所谓善者自兴，恶者自病，吉凶之事，皆出于身，红尘滚滚，若想参透，必要置身于中。在此做守桥的孟婆，自可阅尽人生百态、生死悲欢。"

这些交错繁复的记忆令南葵不由自主地蹙起了眉，难道这便是身为孟婆的过往、职责与迷惘？竟有数不尽的爱恨情仇、痴心妄想铺上心头，她猛然间闭上眼，似乎不愿再去感受那其中的悲苦、痛楚。

见她已经受到印记影响而逐渐明晰了孟婆的职责，冥帝和墨觉得时机已到，便同她道："你随我来。"

他的话仿佛具备魔力，令南葵情不自禁地顺从。

牛头与马面目送和墨与新任孟婆离开后，便急不可耐地跑去寻林冉冉，一路上，他们两个还在为谁先把这件事禀明林将军而争吵不休。

忘川幽幽，彼岸生花，和墨走在与南葵相距半米之遥的前头，他正在引她去往他的府邸，并不忘告知她："既然你已身在冥府，身上的衣衫就要符合身份，金色自是十分适合你。"

孟婆传奇之南葵篇

南葵闻言，不禁低头去看，这才发现自己的白衫不知在何时已变成了金裙，衣襟与袖口都剪裁得非常精致，领口是镶靛刺银小方领，显露出几分英气，着实衬她。

她惊讶地瞪大了眼，对此番法术不敢置信，和墨已经转了个弯，她赶忙跟上去。

当她随着和墨走上府邸中的石桥时，她分明看到整座石桥是浮空的，竟是飘在莲池之上。再看下方，莲叶下聚集着数不清的金鲤，见到和墨来了，金鲤们争先恐后地打招呼。

"呀！是冥帝大人。"

"大人今天也是容光焕发、风姿特秀。"

"大人身后还跟着一位俊俏姑娘呢，见她这身装扮，莫非是新来的孟婆？"

南葵嫌吵，和墨也恰时挥手令道："退下。"

金鲤们便乖乖地散去了。

南葵见状，心中有惊有奇，赶忙追上和墨问道："你便是用这般法术把我带到这里的吧？"

和墨似对"法术"二字感到不满，侧眼看向她，她却自顾自地继续问道："可你为何要带我来到此处？我又何时能重返人世？实不相瞒，我还有至亲在等待我去相救，只怕在此多留一时，他的性命就要减少一分。"

"你的肉身已陨。"和墨的语调是清冷的，声线低沉缓慢而婉转，仿若空旷山谷间的清水，潺潺连绵。他继续道："现在的你已是冥府的孟婆，你在人世的亲缘自打来到此处的那一刻便已断去，凡人俗体已不再是你的至亲了，你也不必再挂念他们。"

这一番话使得南葵不由得变了脸色，她恍惚间回忆起了自己确实昏睡在了山洞中，难道说……她在那时就已经死去？不然又如何会身处冥府？

"可即便如此……"南葵仍旧心怀疑虑，警惕地看向和墨，问道："为何偏偏要选我做孟婆？"

和墨并不急于解释，只道："你腰间的金铃样式不俗，可取了名字？"

南葵不以为意地回答："不过是串铃铛罢了，也配有名？"

"这世间万物都有它的灵气，风也好，雨也罢，即便是一只弱小的雀鸟，也能成为展翅可遮日的大鹏。而如此精美的铃铛竟然无名，着实可惜，便叫它惊鸿照影吧，其声音清脆，丝毫不输那曲调翩若惊鸿、婉若游龙的古琴，自该拥有一个好名，也算配得上你。"和墨说着，便侧身向南葵示意面前的府邸大门，巍峨壮观，肃穆深沉。

南葵仰头去看那望也望不到尽头的府邸，只觉这是一幢诡异神秘却清冷圣洁的建筑，而墨黑色的大门两旁，坐落着玄鸟石像，仿佛是冥府的信使。

"随我进来。"和墨语毕，门已大开，他带着南葵走进了冥界之帝的住处。

然而迎面扑来的竟是狂风乱雪，满眼皆是连绵不断的皑皑雪峰，一座接一座地从南葵脚下拔地而起。她屡次跌倒，浑身是雪，整个人极为狼狈，可她一抬头，偏生看见了近在咫尺的地方盛放着天香珑叶。她心中大喜，想着取药救人，拼命爬起身想去摘，哪料一次次扑空，天香珑叶越来越远，无论她如何努力也无法得到。

因此，她痛苦得几乎要哭喊出来，满心念及的都是卧病的父亲和重伤的堂兄。而周围景象在这时渐渐地恢复了原貌，没了雪峰，唯有庭院，曼陀罗开成了云，交织成素白色的原野。和墨走到匍跪在地上的南葵面前，俯瞰着她因啜泣而不停颤抖的双肩，低声道："羁绊于尘缘者，来此住处时会看到生前幻境，那代表着内心深处磨灭不去的殷切。纵使你尚未了却前缘，可眼下你已是孟婆，箭已在弦，便再无回头路可走。倘若执意盼望回到尘世，唯有清修，才可谈及还阳。"

南葵慢慢抬起头，泪眼婆娑，哽咽地问道："若是当真如此了，你可否将仁宣哥哥的消息告知于我？直到现在，我还不知他究竟是生还是死……"

和墨敛了敛眼，他抬起手，紫珍古镜立即呈现而出，镜中涟漪层层泛起，一位青年男子的身影逐渐清晰。

那男子正坐在榻前，面色苍白，宽肩之上披着一件玄色锦衣，胸前还包裹着层层叠叠的白布，上头染着已然凝固的血迹。他静默地坐在那里，眼神黯淡而绝望，已经不知呢喃了多少次了，或许是几十次，抑或是千百次。他看向面前的玉衡，再度喃声道："活要见人，死要见尸，你们都未曾动身去寻过她，又何来脸面同我咒她凶多吉少？"

玉衡心中自责不已，唯有颓然垂首，艰难地道出实情："少爷，小姐她是趁着大家熟睡之时偷偷溜走的。未能阻拦小姐此行，实在是属下的无能与失职。但……属下也检查过了，除了马匹和少量的干粮，她再未带走任何物

孟婆传奇之南葵篇
MENGPO CHUANQI

件，这说明她是想要快去快回的。然而昆仑雪峰崎岖险恶，她已独身一人前往五日之久，如今还未归来，即便不去搜寻，怕是也早已经……"

"住嘴！"姬仁宣不愿再听下去，几乎是惊惧万分地打断了他的话。

他恐一语成谶，怕肝肠寸断。

此般时刻，他控制不住地怨恨起自己，倘若他没有受伤卧榻，便不会不省人事，她也便不必孤身奔赴寒山之中了。他本应同她共进退才是，不承想却是护她不住。记忆消失的最后，他隐约记得她白色衣裙上绣着的碧蓝水纹，腰间金铃荡漾起曼妙婉转的音律，她回头来唤他："仁宣哥哥。"

思及此，终是悲从中来，姬仁宣顾不得身上伤势，竟起身拾剑，疯魔似的要去昆仑雪山寻回他的堂妹姬南葵。

玉衡与其他仅存的几名属下见状，纷纷冲上前去挡住他的去路，近乎哀求似的阻拦道："少爷！万万不可啊！人死都死了，你莫要再把自己的性命赔上！退一万步说，你总归要为老爷着想！"

这话着实令姬仁宣火冒三丈："你们竟胆敢——"

话还未全部说出口，门外忽然传来马匹的嘶鸣声，半炷香不出的工夫，一伙人便走上了客栈二楼，姬仁宣所在的房门被推开，为首进来的人正是他的父亲姬牧苓。

许是赶来得匆忙，他只身着素衣，却仍旧遮盖不住商贾之人的精明气韵。他眉宇间的川纹深邃成壑，下颚的胡须掺杂着花白，倒也平添了几分遗世独立的雅致。

见到老爷现身，玉衡等人立即躬身问候，姬仁宣则是面露困惑，蹙眉相问："父亲，你怎会来此处？"

"宣儿，你已离家半月有余，为父实在放心不下，便带人快马加鞭赶来寻你回城。"说罢，他的视线落到姬仁宣胸前的伤口，继而又责难似的望向玉衡。

姬仁宣则是没有丝毫犹豫地道："父亲，是我一时疏忽遭遇劫匪，与玉衡等人无关，更何况，我们已经损失了许多……"他再也说不下去，眼中悲戚聚积成渊。

而姬牧苓之所以来此，则是收到了玉衡的飞鸽传书。信中已是道明一切，他自然明晰现状，更清楚犬儿心思，可也只得无奈地叹息一声，对姬仁宣苦口婆心道："宣儿，南儿一事，为父已知晓。别说是你，我这个做叔父的也为之悲恸。但你要考量大局，为父已经老了，南儿的父亲又昏迷不醒，姬姓两家，往后全都要靠你一人支撑了，你又岂可任性妄为地再去昆仑雪峰搭上自己？难不成要置亲人于水深火热之中吗？倘若你有个三长两短，姬姓两家又该何去何从？我与你叔父以血汗铸就的百年商贾之业，岂非要付诸东流？"

姬仁宣心中很是动摇，却还试图挣扎道："父亲所言，孩儿不是不懂，可南葵也许正在等待我们前去搭救，而父亲也带来了人马，不如……"

姬牧苓打断他道："她已经离去五日了，昆仑雪山，冷酷无情，五日之久，你不认为一切都已经太迟了吗？"

此话令姬仁宣无法反驳，的确，就算是雄壮凶猛的野兽被困在昆仑五日都无生还希望，更别说是一名纤柔的少女了。

姬仁宣叹道："可天香珑叶已被劫匪洗劫一空，还应再组织人马去雪山采药才是……"

姬牧苓摇摇头，宽慰道："此事你大可不必担忧，在你们前往昆仑的时日里，南儿父亲和帝师辜峤的毒症已由宫中最好的御医控制稳定，只需在三个月中取得天香珑叶即可。眼下的昆仑暴雪呼啸，贸然前往必死无疑，务必静待月余，春暖花开之后再登攀取药，自是为时不晚。"

姬仁宣握紧了双拳，他自知父亲所言句句在理，且姬姓两家的的确确只有他一人可以委以重任了。既是这般，便不能再只顾私情了。然而想来也是可笑，即便现在不顾一切地去昆仑搜寻，能寻到的，怕也只有她的一具冰躯了。他竟是连最后一面也无法与她相见，姬仁宣心中酸苦不已，可又不愿老父为此劳心，只得吩咐玉衡收拾行囊，这便与父亲的人马返回南雀城了。

黄昏落日，余晖如火，姬仁宣翻身上马时，听闻玉衡身侧的属下悲叹嗫嚅着："想不到天香珑叶没带回，反倒赔上了小姐的一条性命。回去城后，可该如何同另一位姬老爷交代啊……"

这话刺痛姬仁宣，他蹙紧眉头，大喝一声"驾"，策马行在最前面，却又不由自主地一步三回头，身后雪峰越来越远，银白悲怆，掩埋生息，唯有那金铃清脆，萦绕耳旁。

他回过头，咬紧牙关，于心中对自己立下誓言，待到他完成为人子女的职责，他定要重回这雪峰之下，永生永世陪伴着她。

"砰！"

孟婆传奇之南葵篇
MENGPO CHUANQI

一拳砸向镜面，涟漪纷纷散开，南葵向紫珍古镜中的身影焦急地大声呼喊着："仁宣哥哥！我还活着，你不要难过，我没有死！"

然而，由于她扰乱了紫珍古镜呈现的影像，拥有灵气的镜子似乎是恼火了，迅速收起了所有画面，姬仁宣的身姿立即消失得无影无踪。

南葵这下急了，她转身寻求和墨的帮助，和墨却云淡风轻地告诉她："你的真身的确死了，现在的你，只是冥府的孟婆。"

南葵仍在狡辩，甚至不惜顶撞和墨道："是你诱导我来到此处的，我可不认为我已经死了。而且，我一定要回到人间和仁宣哥哥解释清楚，我不忍心他一直为我伤心！"

这话听上去自是有些蛮横无理，但和墨并未显露出丝毫怒意，反而是面不改色地同她道："倘若你无论如何都想回到人间再走一遭，那么，你必须去人间解开因果任务才可。"

南葵冷静下来，略一思索他的话，当即反问："你的意思是，唯有我应下担任孟婆一职，才可前往人间？"

"你的腕处已有孟婆之印，无论你应与不应，已然木已成舟。"

"物极必反。"

和墨却道："否极泰来。"

极盛而衰，月满则亏。南葵揣摩他话中的含义，斟酌着再问他道："那么，在我执行任务的同时，是否也能够去团聚并帮助我的家人？"

和墨淡淡一笑，道："自是没有规定不准。"回答这话时，他眼睛之中闪过些许的睿智与狡黠。

南葵心领神会，内心里已有了定数，便不再犹豫，道："如此的话，我愿接下孟婆一职，也望冥帝将我派往阳间执行我分内的任务，我定当不负期许。"

倒算得上是个识时务、明事理之人。但和墨却逐渐敛去了唇边那淡淡的一丝笑意，沉声对她嘱咐道："阴阳有别，凡灵不同，你与以往的历任孟婆皆是不同，冥府万年以来，孟婆皆是凡胎肉体投生，因种种际遇饱含执念而终。而你，并非凡胎肉体投生，故而灵魂之中便比她们少了很多执念。在此，我要与你约法三章，第一，你回到人间后不可随意使用法术，虽说你是新任孟婆，尚还无法自如地支配自己的能力，可你本性聪慧，自然也会渐渐水到渠成；第二，你身为孟婆，便也摒弃了凡人的特质，你无须睡眠也无须饮食，必要隐藏好自己的不同之处，免得旁人生疑，招惹不必要的是非；第三，不可使用你原本的身份出现在与你有关联的人身边，因为当你回到尘世之时，你的容貌将会发生改变，他们已然认定你死去的事实，贸然以原本身份现身，只会徒增烦恼。"

话到此处，和墨略有停顿，转而又道："不过，你在世的亲友如若对你情谊深厚、执念深重，他们自然会认出你，因为在他们眼中，纵使你容貌改变，也依旧是原来的模样。"

南葵听着，并没有参透其中最为深层的含义。她暗暗心想，照做与不照做，都不打紧，反正到了阳间之后，便都是她自己做主了。但唯有一点，她不得不提出异议，便缓下语气，讪笑着询问和墨道："你方才说我无须进食，但不进食必然会惹得旁人困惑，为了免此麻烦，我也应大大方方品尝美味佳肴才是，只有这一点希望你能允许，更是不要从我身上剥夺饥饿的感觉，毕竟人生在世，无法享受美食实在是天大的遗憾。"

和墨闻言，无可奈何地垂眼轻叹，忽地抬起食指，点在南葵额心，道："允了。"

这举动就如同是一种强烈暗示，渗透进了南葵的千思万绪中。顷刻间，她感觉自己的肺腑里回荡起了熟悉的温热，她知道，这是她要求得到的六欲之一。

南葵满意地笑了，心想着冥府大帝竟然是这般通情达理的角色，倒也不怕日后相处起来会有矛盾了。可冷静下来又转念一想，不由担忧起回到人世之后，亲友是否无人再会将她认出？如若那般，她又该何去何从？

然而多思无用，南葵不想乱了阵脚，便决定就此前去。和墨向她点头示意，念咒将她送返人间。袅袅轻烟散尽之时，南葵的身形已经消失无影。

和墨默然地伫立在空旷的宅邸之内，忽然开口低低地唤了一声："牛头、马面，出来吧。"

牛头、马面二鬼立即现身在和墨的身后，单膝跪地，恭敬垂首。马面首先道："冥帝，请恕属下不请自来，我等无意偷听冥帝与新任孟婆之间的交谈，不过是对此事极为困惑罢了。"

牛头也赶忙道出心中疑虑："正如马面所说，我等实在不解，为何冥帝此次会带一个生魂回到冥府任职孟婆？那少女并无因果在身，何德何能配做守桥之人？"

　　和墨并不惊讶于二鬼的困顿，只是再一次召唤了紫珍古镜，牛头与马面顺势抬头，目不转睛地凝望着镜中呈现出的景象。

　　那还是冥帝数年前去往人间的事情。夜色之中，冥帝踏在云端，俯瞰红尘，一处书香门第的庭院染上了昏蒙黑气，靠南的房屋里，屏风之后有一大一小两抹身影，分别是妙龄少女与总角幼童。而在黑暗之中，妙龄少女忽地摇身一变，展现出饕餮之形，她抬了抬头颅，犄角如珊瑚，威猛而妖冶，口中喷出一股赤色烟雾，张口露齿，獠牙尖锐，似要吞食面前的幼童。可幼童的背上却在这时扭曲着涌动出一团黑气，正是和墨所看到的笼罩在庭院之上的恶念。

　　原来饕餮在等候这"恶"现身。说时迟那时快，她毫不犹豫地张开巨口，长啸一声，随即将那恶念分毫不留地吞噬进了自己腹中。幼童的背部便因此而盛开出了一盏如睡莲形状的花灯，那灯的芯上跳动着金色火苗，饕餮在这时再次化为人形，她轻踏莲步，伸出纤手，将花灯缓缓地融进了幼童的体内，金色的光芒在瞬间便布满幼童背脊与四肢，那便是来自"灵"对恶念的洗礼了。

　　以善制恶，善可成灵。

　　而和墨将那一切尽收眼底后，恍然之间惊觉到，凡尘之中，不过总角之龄的幼童体内竟已蕴藏着如此深重的恶念，那么历经了悲欢、诱惑、折磨或是背叛的成年男女呢？他们心中的善是否能够大于恶？可见世间人心不古，稍有不慎，人间即变炼狱。那么，化身人形来此红尘的饕餮，必定是天地造化的契机。

　　只是，无论是当日的和墨，抑或是看到此番过往的牛头、马面，他们尚且还未知晓，饕餮既是灵也是贪，欲念横流，无餍蒙心，饕餮的每一次现身与选择，都将会改变天下定数，也会决定千万凡人的生死存亡……

第三节

　　而那户曾被饕餮造访过的书香门第，直至今日，也一直完好无损地坐落在人界的南雀城之中。数年过去，南雀城依旧人烟阜盛，街市通衢，自是一派繁华的盛世之景。

　　望着镜中美如幻梦的景色，牛头与马面不禁看得入迷，半晌过后，二鬼彼此交换了一个眼神，牛头问和墨："冥帝，此处便是那新任孟婆的故乡吗？"

　　和墨点了点头，再度指使紫珍古镜为牛头、马面两位属下展现出另一段往事。

　　其实关于此桩奇事，三界之中众说纷纭，唯有一面看透古今的紫珍之镜记下了其中的因果。因果说的是，天下大势，分久必合，合久必分，一场持续三年的天灾，令日渐衰败的西王朝彻底崩溃，群雄趁势并起，举旗扩疆，纷纷称王。于是，曾经号称"光明大国"的西王朝就此陨落，九州大陆被列王分割成无数小国，就连占据着百里之地的公侯也敢称王，"五步一诸侯，十步一天子"之说便由此而来。

　　然而战乱不休，百姓疾苦，焦金流石，蝉喘雷干，更有魑魅魍魉祸乱人间，一时之间，凡界红尘苦不堪言，又引来饕餮兴风作浪，吓得乱世子民皆是不敢在宵禁之后还点灯燃蜡，而舍不得易子而食的人家更是牢牢藏好自家幼童，生怕被饕餮叼去，饱了其腹。

　　作为上古四大凶兽之一的饕餮，以"贪"字著名。贪财为饕，贪食为餮，饕餮相合即为欲念。相传她有首无身，又有传她巨大凶恶，也有传闻她一口便能吞掉十亩田粮。世人怕她避她，甚至连她的名号都不敢提及，此兽之凶恶，普天下尽知。

　　然人间纷乱又出了凶兽，妖鬼横行，冥帝必须出面为民除害，从而保持

人间与冥界的安稳平衡，便有了他出巡人间之举。

要说那饕餮每逢六十甲子便会行走于人间一次，且说来也巧，世间势态的合与分也皆是在这期间出现。那饕餮由于贪食，口渴起来会吞掉一条长河，冥帝在途经山林脚下时看到了干涸的水洼，顺着走去，竟见到了鲜红的血浆。血水源源从枯树上滴落，昏蒙不清的夜色之中，冥帝看见饕餮埋首于树干上，正发出贪婪的咀嚼声。

冥帝走近老树，饕餮猛地俯瞰下来，绿眸流光，面目狰狞，獠牙染血，相如狮虎，她的身下躺着一条巨大的蟒蛇，开膛破肚，只剩下半截，血水流了一地，她正吃得津津有味。

这浓重的血腥味令冥帝难掩怒色，他心中想着，此处还只是荒郊野岭，这凶兽已然把山中修炼千年的妖蛇都吃得血肉模糊，又喝干了足以令几代商贾都取之不尽用之不竭的盐湖，一旦进了九州大陆，她岂不是要吞尽人间生灵？

"便该于此处将你降伏。"冥帝眼中寒光闪现，他从袖中抽出一把冰魄赤焰剑，以迅猛之势冲向了饕餮。

凶兽舔了舔嘴角血迹，竟是不知深浅、毫无畏惧地嘶吼着迎向了冥帝。而冥帝手中的冰魄赤焰剑利落挥下，剑锋汇聚，顿时化作鳞光闪闪的黑龙，长啸一声，张开深渊巨口，这令饕餮一惊，立即察觉不妙，猛地调转方向，逃之夭夭。冥帝携黑龙紧追不舍，奔赴几十里外的海域，黑龙在冥帝的驱使下飞速前冲，利爪探出，一把将饕餮活活擒住。

饕餮当即发出怒吼，甩动身躯拉着黑龙一起堕入海里，卷起惊涛骇浪，惹得电闪雷鸣，天海之间被她搅得水动风号、黑云翻卷，汪洋之中旋涡盘旋，饕餮竟趁势撕咬掉了黑龙脖颈上的一大块肉，令黑龙痛苦哀鸣，顷刻间化为一团黑雾烟消云散。饕餮抓住时机，再一次落荒而逃，她心中惧怕不已，自是血泪混着哭号响彻荒山旷野，途经之处，野花瞬时枯萎，绿草霎时成灰，她飞快地踏着四蹄火焰奔跑，可仓皇间瞥见身后的冥帝距离她越发接近，并不时地挥动冰魄赤焰剑，无数包裹着火焰的冰锥刺向她的身躯，划破毛皮，割裂骨头，痛彻肺腑，麻痹骨髓。

她的全身已然鲜血淋漓、皮开肉绽，猛一侧目，惊觉峰回路转、逃生有望，只见眼前是崎岖险恶的昆仑雪山，她打了几滚，躲入半山腰的一个山洞，妄图甩掉穷追不舍的冥帝。她正瑟瑟发抖地蜷缩在阴冷的洞穴之中，哪知冥帝如鬼似神地出现在她面前，一剑刺穿她的肩头，狠狠地将她固定在冰石之上。她惊痛万分，却不敢放声哀哭，只敢颤着身躯默默地涕泗横流，生怕一个闪失惹怒了冥帝，连元神都会被他撕碎。

冥帝深深地吐纳气息，眼底寒光泄露一股轻蔑之意，他像是在同饕餮说话，又似自言自语，冷声道："这兽竟与那寥寥几笔的记载极为不似，并非有首无身，且不仅有身，更是庞大不已，又有凰尾，着实丑陋可怖。"

饕餮战战兢兢地在心中反驳着："你冥帝杀伐狠绝，连我这上古饕餮都在三招之内败下阵来，冥帝才最为可怖。"

"今日是你失运，若不将你斩杀，你去往人间只会造成生灵涂炭。"冥帝轻叹一声，将剑抽出，正要砍断饕餮头颅，忽见她目光停留在了一处。

冥帝循望而去，只见洞内有壁画，画中有仙域，袅袅翠雾之下白塔高耸，湖面如镜，有一女子白裙绾鬓，蛾眉低垂，足履彩绘，气韵圣洁。饕餮看她看得入神，竟满眼皆是痴心向往。又瞥见此女旁边刻着名号：昆仑山圣姑，佑雪峰安宁。

冥帝倒也觉得这画中圣姑的确气韵非凡，待他再看向饕餮，只见洞内蓝光忽闪，如坠幻梦，虚渺之间，凶兽已不见，她竟化身成了圣姑之形，有模有样地踏着莲步俯身到冥帝面前，恭敬谦卑地垂下头。

冥帝略有惊色，但见她身姿婀娜，黑发如瀑，怯生生地抬起眼，除去眸中藏着凶绿之光，其他自是出神入化，竟也与那画中之人别无二致。

她甚至连发出的声音都是柔情女子之声，尽管笨拙，却也不失动听："小兽饕餮，见过冥帝……"

而透过紫珍古镜看到此处的牛头与马面不禁长舒一口气，他们二鬼擦掉额头冷汗，牛头则是悄声嘀咕着："连上古饕餮都在冥帝面前自称小兽，可见冥帝是有多令她胆战心惊了。"

马面讪笑着点头，忽又察觉到饕餮所化的圣姑姿容有几分似曾相识，揣摩了一会儿后恍然大悟，惊诧道："这不正是新任孟婆的容貌吗？根本就是一模一样！这……该不会是冥帝为其脱掉了凡胎，唤醒了她的原本形态？"

牛头一愣，连忙接话道："若真如此，新任孟婆是'灵'？莫非与那饕餮有所关联不成？"

看来二鬼并不愚钝，和墨满意地笑笑，又云淡风轻地为这两位属下解开疑惑："灵乃生于天地混沌之间，与天地同寿，不染尘埃，因此也不沾因果。

然，灵仰赖于天地万物，人间若有了因果，灵便需要帮人间清除这场浩劫。故此，人间的因果，即为灵的因果。"

牛头、马面仔细认真地听着，紫珍古镜上的画面继续浮现。

一旦凡尘人世出现战乱，紧随其后的便是山河疮痍，遍地饿莩。贫穷与死亡将催生出贪婪、心魔等恶之欲念，那"恶"藏在凡人的灵魂深处，伺机而动，待到时机来临，恶念如脓水般喷薄而出，必将倾覆天地。

冥帝便是考虑到了这些，才在心中做了决定。

他望着近在咫尺的美貌女子，不觉之间敛下眼睫，想着饕餮是存在于开天辟地之时的上古神兽，不仅能吞噬人心之恶，还会将其转化成乾坤之灵，于此乱世之中极有大用。可即便这般，也不能够放任她去逍遥人间，嗜食是她的天性，那份贪婪丝毫不逊于山洪火海，断然是改不去的，岂能纵容她去红尘加剧战势？

冥帝思量半晌，望了望画中圣姑，又望了望饕餮，继而伸出手去，却吓得饕餮忙向后躲。冥帝轻蹙眉心，冷声道："别乱动，我不会杀你。"

饕餮便不敢再动，只能瞪圆了眼睛，定定地看着冥帝从自己的太阳穴中引出了一缕灵识，那是她元神的一片。他将其绕于指尖，又探出另一只手送那微弱的元神腾空，混杂着灵识的元神逐渐化成一只金蝶，轻扇翅膀，缓缓地飞出了洞外。

"灵识投胎，元神成人，历劫凡尘，度脱红尘。"冥帝意味深长地留下这么一句话，转身便消失了。独留饕餮遗世孤立般地跪在山洞之中，她怅然地望向洞外，呼啸纷飞的乱雪、高矮不一的雪峰，仿若无尽的皑皑银白裹住了她空洞的心。却不知道，山脚之下，一队人马正在艰难地攀爬雪山、逆风而行。

暮色逐渐漫上雪地，隐隐流动的二十余个身影如同白夜中的墨点，显得渺小而绝望。为首的是来自焰国的姬氏兄弟——姬牧弈与姬牧苓。他们冒死前往昆仑雪山是为了寻到神铁，为当朝国君锻造彰显国君身份的绝世武器。

在此，便不得不说起当今局势。自从西王朝陨落之后，战乱至今已超过一个甲子。在这不断的纷争期间，唯有三国势不可挡，焰国、启国、黎国各据一方，自是三大强国鼎立。他们曾联手灭掉了不计其数的弱小国家，得以幸存的其他小国利用各种计谋艰难求生，同时也显露出了春风吹枯草般的强韧生命力，皆不容小觑。同时，三大强国的势力此消彼长，农、兵、商各擅一长，倒也暂且稳定了局面。然而，为了平衡，也为了长远打算，三国暗中彼此掣肘，不肯让其中一国过于强大，以免造成天下一统的"惨剧"。

九州大陆各国穷兵黩武，百姓们当真是苦不堪言，饥荒与疾病成了人们最大的恐惧。好在各国都认识到了"天下未统，战争不尽"，便各自奋发图强，纷纷改革变法，制造了表面友好与和平的假象，以此缓解国与国之间的冲突。可惜集团、权贵之间仍存在争斗，各国边界处依旧厮杀不断，小人物们的光景可谓惨淡至极。

而原本在三国中排名最末的焰国一如其国号，在短时间内如熊熊火焰般燃烧崛起，国君虽是少年登基，可在雄才大略的帝师辜峤与战功赫赫的大将军虞陶的辅佐下，国力猛增，又开疆拓土，开垦荒地，修桥建路，播种粮食，使国民享受到了繁荣，焰国也坐稳了三国之首，引得周边小国心甘情愿地朝拜与依附。且焰国国君颁布了生子嘉奖令，鼓励国民大肆生育，短短几年之内，焰国农业得到发展，军事上更加强大，加之虞陶将军的统筹规划，军队的战斗力大幅增强，焰国竟拥有了九州大陆上最为强大的战武卒。

遗憾的是好景不长，成就伟业不过三年，焰国国君便沉溺于自己一手创建的盛世王朝中不能自拔，他修筑宫殿，开凿运河，建造长城，选拔宫人，这般劳民伤财的行为使他逐渐失去民心。又逢国内大旱，天公久不施雨，由此在民间便诞生了造反势力，他们高呼国君无德，犯了天怒，信誓旦旦地要赶他退位，再立新帝。

民间出现造反势力一事传到朝廷，辜峤与大将军也遭到诸多臣子埋怨，众臣认为他二人身为国君心腹却没有维护其贤明，理应受罚。除此之外，身为帝师挚友的太傅姬氏兄弟也对曾辅佐的国君失去了信心，因此而萌生隐退之意，并双双暗中投身商贾。

唯辜峤执迷不悟，依旧道着我主英明，苦心孤诣地继续笼络朝臣。只是，姬氏兄弟意图辞去太傅一职并不容易，辜峤同他们道："都说昆仑雪山有神铁，可锻造绝世武器。其他各国国君也得知此消息，必定会登山寻铁。九州大陆谁人不希望得一宝物是世间仅有？既能彰显自己国君身份，又可实现那天下共主的预言，你二人也知道，曾有占星者于道观中道明——神器在握，无人与争。"

焰国上下自是明晰，辜峤的意图便是国君的意图。尽管他话中毫无威胁之意，可姬氏兄弟已是心领神会，倘若他们企图全身而退，必定要付出相

应的代价。然二人非但没有犹豫，反而坚定地应下此事，召集亲信，即刻起身。

彼时，姬牧弈的妻子王嫮已身怀六甲，掐算下来，再过月余便要临盆。但她挂念夫君安危，不肯独守府院，苦苦相求之下，自是随姬氏兄弟一同前往昆仑山去了。待到将夫人与随从在山下客栈安顿好，姬牧弈与姬牧苓便带着其余人马去往昆仑雪峰。夫人王嫮得知昆仑有圣姑保佑，她便日日为兄弟二人祈福，望圣姑保他们平安归来。

而山那头的姬氏兄弟已在雪峰之中兜转了十日，也未找到一丝一毫的神铁迹象。燃火休息时，姬牧苓见兄长姬牧弈若有所思，也是明白他在担忧山下的长嫂。又想到临行之前，国君设宴，诸臣赏舞，国君兴起，便放飞了笼中鹦鹉，又取箭射穿二鸟，故意令鸟的尸体落在姬牧弈脚边，着实是在羞辱他。姬牧苓知道，满朝的臣子都在等着看他们兄弟二人的笑话，他国多少士卒死在昆仑之中，尚未有一国得到神铁，所有人都在押注，赌他们兄弟的命值多少金。

"若是你有幸下山回国，必要妥善照顾王嫮与孩子，再让她为你寻一佳偶。她娘家表妹姿容不错，与你同岁，也到了适婚之龄。"姬牧弈忽然道出的这一番话令姬牧苓不知所措，或许兄长早已作好了有去无回的准备，反而是他，竟在幻想凯旋。

但，为何不可幻想呢？他斩钉截铁地否定了兄长的话，倔强地回道："要回一起回，要死一起死。"

姬牧弈只是笑得悲凉，叹道："寻不到神铁，怕是没有故乡可回。"

此行注定是场豪赌，他人赌的是他们兄弟的命，他们兄弟赌的则是余生的安宁。

数日过去，已有随从耗尽体力而死，众人携带的干粮也空空如也，只好渴了吃雪，饿了也吃雪。而昆仑雪峰多如牛毛，怕是翻不过半数，便要全军覆没。

而在一个晌午，姬牧苓靠在雪岩后头近乎奄奄一息，他恍惚间看到枯瘦憔悴的姬牧弈试图将自己的身躯拖拽下山。他知道，兄长一心想让他活着回去，姬氏兄弟死一个在昆仑，活着回去的那个才算有个交代。长兄如父，他怎肯让弟弟丧命于此。可年轻气盛的他又怎肯苟活，姬牧苓挣脱开姬牧弈的手，咬紧牙关，唤起随从，偏要以弱躯继续攀山。

他哪里知道，年长几岁的兄长早已察觉到了不妙，天上的日头转瞬隐去了云层后方，紧接而来的是乌云密布，寒风骤起，暴雪将至，偏偏老天不开眼，又让呼啸的雪崩漫天铺地地袭来，兄弟二人一前一后地站着，眼前景象如同地狱一般令他们绝望无比。紧急关头，姬牧苓一把推开了姬牧弈，刹那之间，姬牧苓被雪崩掩埋，而姬牧弈也被翻卷的雪浪腾空掀起，他只感到腰部重重地摔在了某处硬物上，继而双眼一黑，不省人事。

暴雪狂乱，风声若鬼号，姬牧弈仿佛陷入了一场长梦之中，他全身剧痛难耐，双腿以下更是麻木无知觉，他拼尽全力想要睁开双眼，可只是徒劳。奇异的是，他却能看见有身影走来，是个女子，一袭白衫，唯独看不真切她的脸，只感到她检查了他的伤势，又惋惜地叹声道："真是可怜人，寒冰入体，怕是此生都无法再去生育了。好在你有那快生产的妻子，也不怕无后。只是你那弟弟尚未娶妻，实在可惜……"

是谁？姬牧弈昏昏沉沉地探出手去，那女子握住他血肉模糊的手，姬牧弈感到可怖的凉，她却从掌心化出一团白光，治好了他全身的外伤，最后说道："昆仑来客千千万，算你心有虔诚。"

那话过后，姬牧弈再度失去了意识。也不知过去了多久，待他醒来时，发觉自己身在一个奇妙的山洞之中。满墙皆是令人眼花缭乱的壁画，他曾听闻王婼提及昆仑圣姑，又想到梦中所遇女子，再看向自己身上完好无损，便也来不及去看画中圣姑的模样，只赶忙跪下拜谢圣姑庇佑。偏巧这一磕头，磕到冰层上的硬石，定睛一看，哪里是硬石，分明是神铁，姬牧弈狂喜不已，真是踏破铁鞋无觅处，竟被他找到了昆仑神铁！

"谢圣姑指引，在下姬牧弈不胜感激，日后必朝朝为圣姑祈福，绝不含糊！"姬牧弈再拜了几拜，便赶忙用身上所携的利器凿破冰层，取出神铁，绑好背起，飞奔出山洞去寻姬牧苓的下落。

来时的随从都已被雪崩掩埋，可姬牧苓命大，被姬牧弈从深雪里翻了出来。更为奇异的是，他毫发无伤，睁眼醒来之时，对姬牧弈道："大哥，我梦见了一个白衫女子，是她救了我……"

待到次日五更，天色蒙蒙亮时。昆仑山下的客栈前，怀抱着襁褓婴孩的侍女终于盼到了姬氏兄弟衣衫褴褛、血迹斑斑地携神铁归来。

姬牧弈看见孩儿已然出生，欣喜万分地跑去相抱，问起王婼，侍女回答夫人在房内休养，是昨夜产下的小姐。还说当时天降红光，有一只金蝶飞进

了夫人的产房，实乃祥瑞之兆。

姬牧弈眼里噙泪，凝视着怀中的婴儿道："真是辛苦夫人了，若夫人醒了立刻通报我。这孩子可有名字？"

侍女摇头，回道："夫人盼着主公回来取名。"

姬牧弈想了想，忽然记起曾听闻一首诗——更无柳絮因风起，惟有葵花向日倾。他便道："就叫她南葵吧，南方之葵向阳而生，即便生逢乱世，也不可怠慢她，从今往后，她只需平安喜乐、无忧顺遂地长大便好。"

见二人看过孩子，随行的名医赶紧令人给他们沐浴更衣，准备了些许吃食之后，就急急忙忙地带着徒第一起将兄弟二人里里外外、仔仔细细地检查了一番。

忙活了一炷香的工夫后，名医松了一口气说："确无大恙，只是你们兄弟二人将来怕是……"话到嘴边却说不下去了。看着名医欲言又止的模样，姬牧弈顿时明白这趟昆仑之行，虽然得到了神铁，但自己也必将付出代价。

思及此处，他一脸坦然地说道："您直言相告便可，我兄弟二人能活着下山已然万幸，怎敢奢望更多？若是身上落下顽疾，也欣然相待。"名医抬眼看了看两人，轻叹一口气说："唉，你二人皆因在雪地恶寒之中过久，躯体末梢冻伤，特别是腰部以下更甚。所以将来无法再有子嗣。"虽说心中已有预感，但听到名医此言，姬牧弈还是身躯一颤，忍不住悲凉地朝弟弟看去。而此刻的姬牧弈脸色惨白，硬生生挤出一个笑容，安慰他说："大哥莫要挂心，生死有命，一切皆是定数。何况大哥已有大嫂，更有南葵。至于我，我一向不喜家中琐碎杂事，一个人倒也自在逍遥。"

话音刚落，房外就传来侍女欣喜的声音："主公，夫人醒了！夫人听说你们平安回来了，忍不住喜极而泣，正在房中候着。"

姬牧苓一听，忙拉着姬牧弈的衣袖向外走，边走边笑着说："大哥，快，我们一起去探望大嫂和南葵。"姬牧弈还来不及多想就从名医房中奔出。

姬牧弈刚走几步就听到婴孩的啼哭声，一时心急，竟大步流星地走入了主房，一把接过奶妈怀中哭闹的婴孩，自顾自地拍着小南葵的背，也不知是不是下手太重，小南葵哭得更大声了。满屋子的人看着姬牧弈笨手笨脚的模样，都忍不住笑了起来。

而站在身后不远处的姬牧苓只是静默地望着沉浸在得嗣之喜中的兄长，心中想到的皆是梦中女子曾呢喃过的他在雪难中得来的不幸。也许……这便是他的宿命。姬牧苓垂下眼，鼻腔感受到清冷花香，转头望去，山脚之下开满三月梅花，白的花瓣，红的花蕊，煞是悲凉。

那一年，姬氏兄弟从昆仑寻回神铁一事轰动了整个焰国，国君大喜，不仅允了二人弃政从商，还一并赐了千亩良田与金银绫罗，又分别赠了两栋富贵宅邸。哥哥在城南，弟弟在城西，地段皆是皇都南雀城的交通枢纽。南雀城位于焰国核心地带，三面环江，一面接陆，地势颇高，视野广阔，长街繁华，易守难攻，而昆仑一行令姬氏兄弟大难不死、因祸得福，又因姬氏家族势力庞大，一沾手商贾，便几乎垄断了焰国上下的货运贸易，特别是针对邻国的运输路线，更是由姬氏一族全权把控。

到了年底的腊月初九，严冬寒时，决定此生不娶的姬牧苓收养了一名三岁的战乱遗孤，取名姬仁宣。又过了十日，神铁打造的皇室武器终于握在了焰国国君的手中，自是宣布举国欢庆，设宴七天七夜。而华灯高照、烟花四起的夜晚，姬牧弈却独自守着书房中的木槿盒子出神。他打开木盒，里面藏着不足半尺的小块神铁，那是他私自留下的，即便连姬牧苓都不知此事。而正是为了这物件儿，他与弟弟都失去了生育能力，究竟是值还是不值？都说做官做仕，皆为辅佐国君，然而当今国君奢靡贪乐，后宫诸妃嬉戏成片，皇子公主多不胜数，那国君或许早已不是曾在群雄争霸九州大陆时奋勇杀敌的贤君了，辜峤也对那从深宫内部一直腐烂到百姓人家中的颓势视若无睹，唯他们姬氏兄弟清醒地从起伏的宦海欲念之中撤离，究竟是明哲保身，还是贪生怕死？凡人拘于所欲，系于所求，营营一世，碌碌终身，刑于死生，役于喜怒，又从何而来存在的意义？那窗外的热闹越是鼎沸，姬牧弈心中便越发凄凉，他低声长叹，手中握起那块神铁，而后略显疲惫地沉沉闭眼，似是假寐。

他做了一个长梦。

梦里的芦花铺天盖地地蛮横生长，风和云柔，霞光余晖染红一池翠水，忽然飞来一只金蝶，轻扇翅膀，引得落于此梦中的他朝芦花丛尽头奔走。就那样走着走着，他不知何时已走进一处长而深的回廊，檐上挂着琉璃灯，壁上镶着金玉瓦，如镜般光洁的瓦上刻录着乱花迷眼的记忆碎片。

那是一个女子的一生。襁褓时啼哭不止，孩提时牙牙学语，待到总角垂髫，便牵扯着风筝在芦花丛里欢欣喜悦，稚嫩的眉梢眼角绽开纯粹笑靥，那是她漫长生命长河中最为随心的时日。而豆蔻年华时，便学着扑粉蝶、绣鸳

鸢，针尖不小心扎破手指，一滴血珠惹得娘亲心疼。转瞬到了及笄之年，心中有了喜爱的少年郎，他的墨黑云靴踏过大片柔软的芦花，素手抱住她，在耳畔呢喃着生生世世、恩爱白头。纸鸢漫天，喜字朱红，缀满珠玉的嫁衣透迤身后，举案齐眉时俯首相拜，一烛红蜡燃尽春宵，鸾凤刺绣喜被竹枕，隔日晨曦穿透纸窗，他亲手为她挽起长发，层层叠起做高鬐，描眉点唇，一支玲珑玛瑙簪插进她发间，再为她戴上珍珠月牙耳坠，一吻情深，落在额心。

只是幸福过了弱冠，却不幸在了而立，疾病夺走了夫君与孩儿性命，唯留她孤身一人。她悲哭绝望过，怨恨眼下的太平盛世也不过是无人可诉相思的空欢。然而就在她生无可恋之际，手捧玉兰的道童敲响了她的门，道童来寻水，为救枯萎的玉兰。她虽不情愿，倒也帮了他，不承想那株玉兰在饮饱了水之后，于她家门前长成参天大树，叶间结满了勃勃生机，树下的泥土前围绕着金色蝴蝶，仿佛在告诉她，世间一切生灵都有知有觉，不可轻易损坏因果。她刹那间大彻大悟，曾经过往，皆是她的因果，而她只有好生活着，才能记住因果中的美好与快乐。

自那日之后，她悉心照料玉兰之树，历经不惑，迎接知命，走向花甲，临近古稀，她在玉兰那仿若生生不息的枝叶中看到了对自己的宽恕，与对悲伤的释然，一直到耄耋之年，她已垂老如枯槁，双手颤抖干裂，却用最后的力气以一把弯刀割断了玉兰树的树根，只是那树并没有就此枯萎，是她用身躯抵在树与花之间的裂缝，并与玉兰融为一处，整棵树更加容光焕发，而那把弯刀挂在枝丫上，系在刀柄处的红穗丝丝缕缕，每一根都随风延伸，逐渐围绕出了一条长廊，两侧墙壁上映满了她回忆中美好、难忘的过往。

三界之中，唯凡人脆弱，他们难逃一死，可每一个年岁、每一个阶段都有平凡却深刻的喜悦，日月代序，四季交替，人有生死，木有春秋，以情视之，悲欣交集，以心视之，恒在无更。生死有道，人世如川，往者来者，日夜无息。不愿赴死之人，必是舍不得人间美妙；执意赴死之人，必是求不得人间眷恋。而无论生还是死，唯有精神与意念永不灭，哪怕在死后化作一棵树、一朵花、一株草、一块石，却也能承载着前尘中的喜悦回忆永存红尘，映照进他人梦里。

姬牧弈在这时缓缓地睁开了眼睛，窗外喧嚣也尽数散去，天际隐隐发白，他却如同换了一人那般，眼里重新燃起了光亮，并飞快地以笔墨绘制出了一把弯刀的图纸，镀金刀身，通体金光，连同挥出的刀影也必是金色，一如梦中所见那般。

次年三月初，经过他精心设计，终是以神铁锻造出了一把秀气、纤小的金色弯刀，取名回廊，送给了年满周岁的女儿南葵做礼物。

南葵从幼年时便总坐在马车里陪同父亲货运，也不知是否机缘所致，每每来到暴雪狂乱的昆仑雪山之下，都会在半日之内迎来雪过天晴。因此，待到南葵年过总角后，但凡是途经昆仑山的货运生意，都渐渐变成她代父"出征"。

母亲王婼常说，南葵生于昆仑山脚，冥冥之中已有因缘。而圣姑对姬氏有恩，家族上下信仰圣姑，南葵作为姬氏后代，自有昆仑圣姑佑护。可随着年龄渐长，已满及笄之岁的南葵心中却总是对自己身处的国家充满疑虑。皇都南雀城的繁华，正是焰国强盛的体现，每逢夜间灯火通明，公子小姐络绎不绝，游湖泛舟客与吹拉弹唱者为南雀城带来了"不夜城"的雅号。犹记得某次货运归来，正值五更天，天边遥遥挂了颗启明星，面前的九衢瞿十街繁华热闹，书生在高楼看明月，舞女在台下挥水袖，佳人月下相伴，梵香衬着琴音，泛舟湖上。文人墨客书写夜宴，达官贵人推杯换盏，自是一片登峰造极的盛世之景。国人皆知国君懂得享受，可这喜乐的背后，又是何物作为支撑呢？南葵望着眼前海市蜃楼般的幻夜，透过浮华表象，她隐隐发觉焰国的繁荣已然悄悄腐朽，正在以不可挽回之势落向颓败……

紫珍古镜中的过往至此结束，牛头与马面心觉荡气回肠，也对新任孟婆的身世有所了解。冥府之中沉寂如夜，牛头、马面自是明白了和墨选择南葵担任孟婆的深意，他们便不再有所疑问，双双行礼告退。

而他们没有回去奈何桥，反而是再次前往冥界将军林冉冉的府中。那会儿林冉冉正在品茶，听过二鬼的来意后，她差点儿把茶水喷出来，挑眉问道："新任孟婆还没上桥熬汤就前往人间去了？便要让我帮她代理孟婆一职？"自说自话完了，她又猛地一拍桌案，回绝道："我不肯！"

马面欲言又止，林冉冉立刻摆手道："什么都不用劝，劝也是白劝，说过不肯，便是不肯。"

"并不是劝，而是……"

林冉冉不耐烦道："我要送客了！"

"而是冥帝和墨吩咐的。"牛头直截了当地丢出这么一句，林冉冉当即露出狐疑的眼神，并看向了马面寻求确认。

马面无可奈何地讪讪一笑，道："如若不是冥帝下令，我与牛头又怎有胆量来安排林将军呢？"

话倒没错，可林冉冉也不满冥帝为了一个新任孟婆来指使她。且不说她与那新任孟婆尚未打过照面，她自身的本职工作已是应接不暇，哪有余力替旁人做差？不过，和墨向来不会亏待她，更何况就算不计较后期酬劳，他所说的每句话在她心中也是有着相当分量的。

思及此，林冉冉不再计较，却也为了面子，对牛头、马面倒打一耙道："哼，都怪你们二鬼没有把事情讲明白，要是一开始就交代清楚，我又怎会拒绝？谁人不知，在这冥府之内，冥帝的话就是法令，我等岂有不从之理？再则，冥帝让我代理孟婆一职，绝对是认可我的能力和责任心，你们看看，这偌大的冥府里鬼差无数，但遇到事情，冥帝竟然只能倚重我一人，主要就是你们这些不长进的，净让冥帝大人不省心。快别赖在我这里了，速速同我去奈何桥上，冥帝的吩咐，不得怠慢！"

于是，在那之后的一段时间里，各处亡魂野鬼的口中都流传着相似的说辞：听说守着那奈何桥的孟婆脾气火爆，一言不合就要对鬼民动粗，好多投胎的在喝汤之前都会被暴揍一顿，好像只是无心说错了话，唉，真是让人闻风丧胆。不如，大家都先别急着死了吧？

第四节

　　南雀城的主街核心处有一家终日里客聚如潮的酒楼，名为魁味居。这条距离皇室深宫最为接近的长街上繁华热闹，坐落着数以百计的琳琅店铺，茶馆、戏院、歌舞艺伎样样不少，唯独酒楼只此一家，且只建了五层，一旦人满，便不再接待，楼里又有着事先预约的规矩，经营得倒是颇有几分傲慢之意。

　　可一些富家子弟、地方乡绅却热衷于光临此楼，不仅仅是因楼里的菜品精美，更为要紧的，是如果运气好的话，还能够借此机会去攀附那酒楼的老板姬仁宣。

　　诚然，这酒楼是姬仁宣的生意，那魁味居中的"魁"字既代表了一顶一的佳肴，也通了个另外的"葵"字。正如他在十七岁那年对十三岁的表妹许诺过的："从今往后啊，为兄便在这酒楼里烹饪出只有你才能吃得到的奇珍美味，如此一来，便可圆了你这小馋虫的梦想。"

　　她的梦想，便是吃遍天下佳肴。天上飞的、海里游的、林间跑的、地上爬的，只要是稀罕物，能吃的、好吃的，统统都要进她的腹。

　　便是这样想着时，重返人间的南葵已然来到了酒楼门前。

　　此楼的大门是夺目绚丽的金色，上面镶着奇珍异兽的朱红色图腾，衬托着楠木匾额上的"魁味居"三个大字。冥府一天，人间数日，那酒楼之内的景色倒也没什么变化，灯火通明之中流光溢彩，各色的胭脂袖在楼上挥舞，软语莺声，丝竹靡靡。这里不仅仅是来吃食的，还可以赏舞听曲，自有一番天上人间的惬意。

　　而好不容易回来了，南葵身处熟悉亲切的环境，心中着实涌上一股劫后余生的欣慰之情。她虽围着面纱，却也知毫无必要，毕竟周身林林总总的过客不可能认得出她究竟是谁，即便眼下就要去见姬仁宣，他也是无法认出

她的。正如冥帝所言，她容貌已变，旁人眼中的她又怎还会是那个名满南雀城、代父出征的姬南葵？思及此，反而有些扫了心里兴致。可天色已暗，家家灯火，处处管弦，她也不愿庸人自扰，便干脆落落大方地进去了酒楼。

迎她的人是店里的阿满，嬉皮笑脸地说着他那套陈词滥调："这位姑娘可真是走运，破天荒地赶上了我们魁味居有空座，否则不提前个十天半月预约，可是吃不上的！"

南葵被领着坐到了偏僻角落处，先同阿满要了一壶茶，又拿到食谱慢慢看。阿满不等她，又去招呼别的客人，她便四处张望起来，一眼便看见姬仁宣独自坐在二楼雅座。

木门半敞着，窗外花影婆娑，月华淡薄，他正自斟自饮，清俊容颜上挂着几分落寞，人也瘦了许多，锦衣是素素淡淡的竹帛色，外罩一层灰蒙的皂纱，案桌上放着的是那把她送给他的折扇，依然坠着她系上去的青丹流苏穗，又有几片白色花瓣飘进他房，衬着哀愁的弦月之色，便将他华贵的身姿勾勒出一股子凄凉，惹得瞥见这情景的南葵不由自主地眼眶酸涩，几乎落泪。

偏生阿满在这时跑了回来，不识时务地问她是否点好了菜。南葵忙擦拭眼角，调整好了情绪，她忽然刻意提高了音调，道："我要这道锦葵珠香。"

"锦葵珠香"这四字滑进了姬仁宣耳里，他手中的酒杯顿住，侧过头去看那楼下的女子。

她面纱遮脸，穿着金色窄袖华衫，发鬓绾成精致的流云状，上头插着一支绿翠玛瑙簪，远远看去，那簪子反倒像是野兽碧绿的眼眸，寒光熠熠。再看她腰间系着一串金铃，令他神色黯然，他起身朝楼下走去。

阿满还在困惑地挠头道："姑娘，咱们菜单上没你说的这道菜，你如何让我们做得出来啊？"

"明明就有。"南葵指着最后几页辩解道："这里写着的五道菜，名字都极为稀罕。我改变主意了，加上刚才那道，剩下的我也都要。"

阿满一看，忙道："那些菜不是给客人点的，店里的规矩旁人都知，没人会点那几道。姑娘你是生客才会不知情，还是换别的菜吃吧。"

南葵故作不依不饶状地明知故问起来："哪有写在上头却不让人点的道理？你倒是给我说说看，旁人不许点这菜，谁人可以点？"

"那是只有我妹妹才能点。"姬仁宣来到南葵面前，遣走了阿满，冷冷地打量着她。

南葵抬头看着他，惊讶之余，也有些无措，一时之间竟不知如何同他诉出思念之情，怕是即便能说，眼下的他也会不明所以、退避三舍。

而见她不言语，他觉得奇怪，便又道："姑娘可随意点其他菜品，至于后三页的菜单，是不供客人的，这是本店的规矩，还请姑娘见谅。"说罢，他尽礼数般地命人添了几盘特色小菜，拱手示意后转身离去。

南葵一急，起身追上他。他已绕过人群去了屏风之后的长廊，待她寻见他时，周围静谧无人，他在一处雅间中提起酒壶，正欲斟酒，抬眼见到她，神色疑惑之际，她先他一步道："我别无他意，只是方才听过你说的那番话而料想……你可是这酒楼的老板？"

他点点头，道："正是。"

"既是如此，我便高价买你菜单上那五道菜……"

话还没说完，他便断然回绝道："姑娘不必执着此事，区区几道小菜，自是不足挂齿，可即便你是以九州之内八千城池来换，我也是不会答应你的。"

"九州之内八千城池"这八字令南葵动容，默默垂眼，道："看来令妹在公子心中的位置，绝非金银所能撼动了。"

他却忽然痛心地叹道："却不知何时还能与她再相见，许是天上，许是黄泉。"

不，她就在这儿，在他的面前！南葵满心的思念就要一并倾泻而出，她想起儿时常与他说笑嬉闹的唱曲，便幽幽低唱道："狸狸斑斑，跳过南山。南山北口，夜狐急走。牛头马面，二十弓箭。上马琵琶，下马琵琶。驴蹄马蹄，缩了一只……"

这熟悉的歌谣令姬仁宣在一瞬间有些恍惚，他忽觉眼前之人似曾相识，腰间金铃惊鸿掠影，而他深知，这首歌谣是他教会故人的，连其中被他故意篡改的歌词都如出一辙。曾几何时，她会在替父出征、舟车劳顿时哼唱这曲子，山林里回荡的都是那清幽的狸狸斑斑……而接着，面前女子停下歌唱，问他道："仁宣哥哥，不知可否以此曲来换一道锦葵珠香？"说罢，她略有犹豫地摘下了面纱。

那一刻，她是怀疑且忐忑的，担心他无法将自己认出。可好半天之后，也没听见他的声音，南葵便不安地去打量他，只见他正不可置信地凝视着她，眼中有震惊也有喜悦，略显苍白的肤色逐渐泛起红光，然后他猛然惊醒

一般，像是被剧烈的想念与眷恋所支配，他急不可耐地迈出几个大步，伸手将她拥入怀中，紧紧抱住。

炽热的血液漫过全身每一寸肌肤，他感到自己的胸口直到指尖所有的血脉都在猛烈跳动，而她被他抱在怀中，对他的心跳清晰可闻，茫然地抬起手回抱住他，他因此而抱得更紧了一些，像要将她嵌入自己的身体里那般，哽咽着倾吐道："南葵，我的南葵……你当真还活着，我就知道你还活着……他们偏生说你死了，我始终不信，到底是盼回了你，到底是！"

南葵的泪水流下，她感激于姬仁宣对自己的这份情谊，若不是如此，他又怎会认出容貌已变的她？怕是在他的心中，她永远都是一种模样，是他心中根深蒂固的模样。可她忽然想到了自己与冥帝之间的承诺，更深知自己前路未卜，便慢慢推开了他。而接下来的时间里，任凭姬仁宣如何询问，她也不肯道出曾发生的一切。

良久过去，雅间里都只有一片沉默。姬仁宣似乎仍觉南葵的"死而复生"恍惚如梦，他竟有些语无伦次，念着这段时间以来，他每天都在酒楼里等着、盼着她出现。他知道，倘若她从昆仑归来，第一件事便是填饱肚子，而魁味居又比她的家宅更靠近城门，她必会首先经过这里。而他又怎舍得她饥饿难忍？所以他便一直等在此处，片刻不敢离开。

南葵静静听着，并不作声，直到听闻他提起她父亲还未醒来，南葵再隐忍不住内心悲苦，转身伏在姬仁宣怀中，泪流满面。她虽返回人间，但可怜的父亲却依旧卧病在榻，徒留姬仁宣一人面对一切，她不由得怨恨起尘世不公。

姬仁宣则轻拍她的背，并未打断她悲泣，他深知她定是遭遇了艰难困苦，她既不想说，他也不忍心追问，只柔声道："在我面前，你大可肆意哭泣，但见到家人之后，再不可这般哭哭啼啼了。"

听闻此言，南葵忽地止住泪水，随即转过身去拒绝道："我不能回去，仁宣哥哥，你也不能告诉任何人我在此处的事。"

"此话何意？"姬仁宣诧异地扳过她的身子，茫然道："你好不容易死里逃生，却不肯出现在其他亲人面前？"

"他们早就认定了我已死，我又何必再贸然现身？"

"但你今日却完好无损地出现在了我的面前，你定是心中想念我，才来见我的！"

"我虽来见了你，却不代表我一定要去见其他想念的亲人。"南葵蹙起眉，别开脸，叹道："仁宣哥哥，我只想在你这里暂住几日，往后的事情，我自有打算。"

他见她满脸的难言之隐，自然是不愿去为难她了。缄默良久后，他忽然站了起来，面向木窗，背对着她。

夜色浓重，残月凄凄，梨花瓣瓣入窗来。他叹了声："我知道了，若是你意已决，我听你便是。"

南葵不再作声，只是又将面纱重新戴上。姬仁宣侧眼瞥见这一幕，忽觉心中隐痛，仿佛察觉到她不愿示人的心思，无奈又帮不上忙，实在煎熬。

而唯一能做的，便是命人安排最好的客房给她，又亲自下厨做了她心心念念的锦葵珠香。阿满见状，很是奇怪，又不敢问。待到酒楼打烊后，他正欲回后院睡觉，却见到老板在那姑娘的客房门前来回踱步。

要说那姑娘来得属实蹊跷，非要点南葵姑娘才能吃的菜色不说，又莫名其妙地被老板好生招待了起来。且这等夜半时分，她房内竟然还亮着烛光，映照在纸门上的同样是她心神不宁的身影。阿满觉得自己不该再看了，便匆匆跑回房内就寝。

剩下姬仁宣守在南葵的门外，他有些疲了，坐到长廊的矮椅上，周遭灯光接连熄灭，静谧黑暗之中，唯有面前的烛光毫无倦意。而他也与那房内的人一样，皆是满怀忧思，难以入眠。

他心中早已有所猜疑，今日相见，困惑颇多，为何妹妹得以从昆仑雪山安然无恙地返回？人人皆知昆仑雪难不断，且众人也都断定了她已死的事实，甚至连他自己也渐渐地接受了这悲怆。而她此番出现，行事诡秘，欲言又止，也着实与此前的姬南葵判若两人。思及此，他望向窗外，见夜幕上繁星点点，忽觉日子距离中元节很近了。

每逢七月半，家中都会以酒肉、糖饼、水果等祭品举办祭祀，以慰在人世间游玩的众家鬼魂，并祈求姬姓家族全年的平安顺遂。父亲也会请来德高望重的道长诵经作法，大抵是为了消弭曾居住在此地的亡魂的戾气。其中印象最深的一次，是在三年前。当时他不懂父亲为何对亡魂格外敬重，还是前来的道长为他解惑道："在生命的天道轮转里，世间凡人皆是灵魂的寄主。离世之人，肉体虽已消亡，但灵魂还在，其命魂不灭。而人死后，灵魂会再经轮回，但这个等待的过程可能会持续很久，许是十几年或几十年，甚至更

长的时间。而在此之前，他们会以鬼魂的状态一直苦苦等待。其中，有的鬼魂会在曾经居住过的宅邸家中逗留，也能看见自己亲人的一举一动；有的则是到处游荡，成了孤魂野鬼，过着更为凄惨的日子。

"这时，如若亲人为他们做焰口超度或者摄召之后听经闻法，他们就能够得到天尊和神仙的慈悲指引，摆脱鬼魂的状态，走向更光明处。在等待轮回的日子里，他们与我等生者一样，都希望活着的亲人能分给他们吃食，更盼望着能给他们送去钱财。即使再入轮回，其命魂依旧是不变的，后人的香火及祭祀，先人的命魂依然能够接收，从而有了最直观的变化，即香火得以延续。

"历代宗亲超度与否、安稳与否，都可直接决定此家族后代的发展轨迹与承负果报。人有三魂，胎光主命，死之后魂回太和；爽灵主贵，死后魂归五岳阴间；幽精主衰，死后魂归水府；且人死后三魂七魄中只有一魂去投胎，所以，祭祀对于逝去的亲人有着非常重要的意义。无论逝去的宗亲血脉是否已经踏上轮回之路，他们都能接收到生者通过祭祀而传达的供养信息。"

想到这里，姬仁宣更为怅然。他静默独坐，周身的时间皆如凝固了一般。只是，他在心中对自己暗暗道着：即便南葵已是归来的亡魂，他也会待她如初，不如说无论她变成了什么，哪怕是草木石块，他也不会离她而去。

"毕竟，我可是盼了数不清的日夜，才将她盼回身边的啊。"姬仁宣以一双深黑得近乎融入黑暗的眸子凝视着她的房门，唇边挂着的笑意虽苦涩，却坚定。

待到隔日一早，蜡烛燃到了底，烦心一夜的南葵推开了门，竟然看见姬仁宣正站在长廊窗旁，负手而立。

南葵惊讶不已，问道："仁宣哥哥，你怎会这么早在此？"该不会他同她一样彻夜未眠？

姬仁宣闻声回头，只静静地望着面纱下的她，而后点头示意道："饿了吧？你随我来，已为你准备妥当了。"

魁味居二楼最南边的雅间，是专门留给贵客的。可说到贵客，无非是用来给南葵的特别招待。那雅间她曾去了无数次，连同其中摆设的水墨屏风上的竹叶数目，都已然能够倒背如流。当她推门而入时，发现餐桌上早已摆满了她平日爱到骨子里的吃食。

早餐自然是要清淡些，有焦糖油香包裹起来的芝麻饼，姬仁宣将其取名叫"白翠朱玉"。咬上一口，外酥里嫩，脆皮软馅，果馅儿里满满的五仁，翠白如玉，红果如朱，不知不觉间便吃光了一盘，再配一碗鲜虾青菜粥，还有茯苓做的糕点，南葵意犹未尽地舔了舔嘴角，感慨道："果然还是仁宣哥哥的手艺精妙，且又懂得我的胃口，真叫人感动不已。"可她很快便意识到这些正是姬仁宣连夜做出来的，毕竟白翠朱玉这等馅料必要新鲜的吃食，不能隔夜，自然不可能是提前几日做好的东西。更何况这是只为她准备的菜色，旁人岂会有这等口福？要不是因为她现身于此……唉，如此一想，南葵心生亏欠之意，略显局促地放下手中的空碗。

姬仁宣见状，反而失声而笑。他偏生在这时忆起了幼童时期的往事，想来南葵自小爱吃，见到美味总是双眼放光，恰巧那日，邻国小城一户没落名门到姬府谈货，同行的少爷年岁与南葵相仿，是个小胖子。他手里攥着一根七彩斑斓的糖人儿，舔得极为沉醉。南葵盯着他的糖人儿出神，其间还擦了好几次口水。小胖子冷冷瞥她，轻蔑一哼，竟然三下五除二地把糖人儿塞进嘴里吃光了，还挑衅地冲着南葵嚼个不停，含糊不清地炫耀着，不停地说着"好吃，好吃"。这可气坏了本性根本算不得柔和的南葵，她给身旁的姬仁宣使了个眼色，姬仁宣倒是瞬间领会了她的信号，可不免愧对良心，于是只在南葵伸腿将小胖子绊倒的时候，快速地抓着南葵掉头就跑，剩下小胖子在原地四仰八叉地"哇哇哇"喊疼。

待跑到无人的假山后头，还没等喘匀了气，南葵就怒冲冲地给了姬仁宣一脚，气不打一处来："这是你不肯踢他的代价，我明明给你使了眼色，你既不肯，便替他领了这一脚！"

姬仁宣有些委屈地揉着腿，但也不忘强硬地训斥她："不管怎么说，平白无故地打人都是不对的，他又是客，我怎能依你的脾气？你嘴馋又怪不得人家，快别这般虎虎生风了，再如何说你都是个女儿家。"

南葵涨红了脸，又气又恼道："你既知道我是女儿家，竟然还要用虎虎生风来形容我！"

"可你吃东西时的模样，当真是虎虎生风。"如今将这话说出口，姬仁宣的神情是极为怀念的。然而，坐在面前的南葵却再也不会因这四个字而大动干戈，反而用一种忧心忡忡的眼神看着他，早已不复幼童时的蒙昧与纯粹。

仿佛是心有灵犀一般，二人忽然之间陷入了沉寂，原本还有说有笑，这会儿便不约而同地满眼伤怀。半晌过后，姬仁宣将茶壶重新加热，端详着她

眼下淡淡的阴影，道："昨晚，我也同你一样一夜难眠。我知你有心事，却不知你为何不肯同我讲。"

南葵抿紧了嘴唇，确有难言之隐般欲言又止。姬仁宣忽地握住了她的手，情真意切道："南葵，我是要让你知道的，于我看来，无论你是人是鬼，是妖是魔，我都会与你并肩同行，绝不含糊。"

南葵的手指微抖，抬眼去看，姬仁宣望着她的眼神决绝而坚定，她到底是说出了口："仁宣哥哥，我的确是个死人了。"

姬仁宣眼中的惊色一瞬而逝，南葵见他似已坦然接受，反倒诧异地问他："你难道不害怕我吗？"

他苦涩一笑："生又如何？死又如何？我说过了，于我而言，你永远都是我的妹妹姬南葵，唯有这点不变。"

这寥寥几语着实令南葵心中感动不已，她心下一横，终究是对他全盘托出。从昆仑雪峰的山洞说起，一直到遇见冥帝成为孟婆，包括在冥府见到的种种，她统统说给了他听。

"至于容貌发生改变这件事，是因为脱去凡胎的因果。而我之所以戴着面纱，也是怕被魁昧居里的跑堂与杂役们见到生脸而起疑。我并不担心他们会认出我，毕竟只有对我情义深的人才能看到我原先的模样。而在旁人眼中，他们见到的都是孟婆的脸罢了。"南葵说到这，不由得深深地叹了一口气。

而这一番长谈，足以令姬仁宣在心中消化许久。他只是预料到南葵许是死后亡魂，却从未想过她会成为冥府孟婆。那么，如今的她已不是他记忆中的南葵，就如满园春草在野火之下付之一炬，隔年春天开出的娇艳花朵，也不再会属于曾经的过往岁月了。

姬仁宣脸上因此而出现追忆神色，南葵见状，明白他心中波澜起伏，却不得不谨慎地叮嘱他："仁宣哥哥，你要替我保密此事，不得告诉任何人。"

姬仁宣回过神来，默然点头："你大可放心，此事唯有天知、地知、你知、我知。"

南葵又道："正如我最初同你所说的那样，在我完成任务之前，都是不会去见父亲的。他老人家尚且还在昏睡之中，即便去见，也是徒劳。哪怕是他醒了过来，我也是不会出现在他面前，免得他在日后要经历失而复得、得而又失的痛楚。"

姬仁宣听后神色一顿，沉思一番，又心乱如麻，一开口便问："你要完成什么任务？"

"为冥帝来人间彻查婴灵一事。"南葵重新看向姬仁宣，眼神中是满满的信任。而姬仁宣也明白她的不易，即便她淡化了许多痛苦，可她已是经历了生死之人，且这一连串的变故足以让她的坚强崩塌，甚至溃不成军，哪怕她再如何强硬地想要掩饰自己的脆弱，他也能够感知得到她需要他做她的依靠。

姬仁宣握着她的手的力度更大了一些，他收起内心的迷茫，安慰她道："我虽是肉体凡胎，不及你现在的功力，可我也会拼尽全力协助。你尽管放心，只要我在你身边，便不会让你独自受苦。"

南葵感激地点点头，不忘嘱托他道："仁宣哥哥，我还有一事相求。待我完成任务之后，许是不会留在人间了，还望你能替我对父亲尽孝。"说罢，她从袖中取出一个锦盒，打开之后，其中藏着的正是天香珑叶。

见此药草，姬仁宣嘴唇微动，缓缓应下，心中却好似意识到在不久之后，仍会再一次失去她。然而脑中忽然闪现的一抹身影令他猛然清醒般地吸了一口气，他别开眼去，似替她作决断般地道出："昨夜无意入睡之时，我已书信一封，托人送去给他，邀他今夜来此一聚。"

提及这个"他"字，南葵愣了一愣。

"我未在信中说明你的事情，所以今夜是否要出面见他，也取决于你。"姬仁宣道，"且方才辜家的人捎话于阿满，说他一早进宫处理文书，约莫傍晚才能回府阅信，你也有一整天的时间为此事思量。"

南葵垂下眼睫，心头有弦因此而颤。不过是单单听见他的姓氏而已，都令她心神不宁起来。

可他是风中的薄雾，春枝上的花月，空谷里的幽兰，如琴瑟般风雅。

是她怕轻轻一触，会烟消云散的幻梦。

许久的沉默过后，她望向窗外，若有所思地摘掉了面纱。姬仁宣不想让她情绪低落，便邀她一同去城中寻稀罕的菜品，买回来做今晚的佳肴。南葵顺势起身，跟在姬仁宣的身后穿过长廊，见到阿满与店里其他的伙计时，他们皆无人将她认出，反而是窃窃私语着："这姑娘就是那个被老板亲自下厨招待的，她吃的可都是南葵姑娘才能点的菜色"，"那有什么大不了的？老板还把最好的客房给她住了呢，瞧，老板片刻不离地守在她身边，八成是一见

钟情，已经被美貌给迷惑得神魂颠倒"，"可老板不是只看美色的肤浅之人啊，不过嘛，也好也好，咱们这魁味居也是很需要一位风华正茂的老板娘了，大家伙儿还是尽早去讨好人家姑娘才是"……

偏生这些话都被南葵一字不漏地听进了耳里，她实在是又好气又好笑。

只是，总归是要让伙计们失望了。南葵心里想着，她自幼与姬仁宣一起长大，虽毫无血缘，却亲如一脉，兄妹情谊之坚，是山河江川都不可比拟的。

遥想从前，父亲姬牧弈与叔父姬牧苓皆十分疼爱她，但由于母亲早逝，她身边的亲人长辈皆是男性，连最小的姬仁宣也要年长她四岁，故此，男子们疼爱女儿家的方式便不会拘于小节，自是洒脱随心居多，少了些细腻造作。好在她自己的脾性也灵动活泼，天生便不是那柔情似水的娇媚调子。

姬仁宣对她常用的虎虎生风这等形容词，着实是配称于她的。想她三岁起便随着父亲东奔西走，从城南姬府跑去城西姬府，再从焰国渡去邻国，一路上混熟了那些来自天竺、东瀛、波斯的异域人，还时常会引发一种莫名其妙的自豪感。她自称见多识广、精明强干，总要把抓周时抓到算盘的事情向旁人炫耀。想来她出身富裕的商贾之家，接触到的同龄人自然也是非富即贵，个别纨绔子弟缺乏动脑能力，时常会膜拜她走南闯北的广阔眼界，甚至在好长一段时间内甘愿做她的跟班。

于是，打小时候起，姬仁宣就总会看见姬南葵的身后跟着一串高矮不一的公子哥，她自己得意地走在最前头……嗯，依然是虎虎生风。

唯独嘴馋贪吃这点，倒让她沾上了几分天真可爱。

一碟烤羊肉，一份拌辣藕，这便是南葵百吃不腻的小食。但这莲藕嘛，是时令菜，只在夏秋之际有，所以到了春冬时节，就靠变着花样地做羊肉来解馋。于是每逢春冬，城南城西两个姬府的下人身上都会染着一股子膻味儿，就连两位姬老爷的发鬓之间都挥不掉这略显刺鼻的味道。

除此之外，姬南葵也尤爱音律。对于她的喜好，姬仁宣虽然嘴上从不认可，行动上却极尽宠溺。在南葵十岁那年，也不知道他从哪里大费周章地寻来了一块通体无瑕的昆仑玉，并打磨成了玉笛赠予南葵。这等物件儿可着实令她欢喜，便总是贴身带着，行商路途漫长，寂寥之时取昆仑玉笛吹一曲家乡小谣，倒也能一解思乡之愁。

只是随着年龄渐长，之前跟在她身后的那群公子哥们也逐渐脱离了她的掌控，势必要说一不二地彰显他们的男子气概。首先，就要从对她的惩治开始。许是受够了她多年来的压迫，又嫉妒年长几岁的姬仁宣显现出的天人姿容，他们竟在她与姬仁宣吹笛作诗时同仇敌忾地跳出来笑道："还说你们两个不是郎情妾意，我娘说了，你们两个根本就是没有半点儿血缘的堂兄妹，整天黏黏糊糊地贴在一起，就像那诗里写的，妾发初覆额，折花门前剧，郎骑竹马来，绕床弄青梅。同居长千里，两小无嫌猜。十四为君妇，羞颜未尝开。洞房是今日，相待更……啊呀！"

姬仁宣十分茫然地看着被她揍倒在地的几名"壮汉"，实在无法表示赞同。最起码也该耐心地听人家把诗背完，可看到她气如猛兽的模样，他也只能上前去拍拍她的头，安抚道："气大伤身，我去给你做一道松鼠鳜鱼来消消气吧，最近刚学到的，吃不吃？"

她顷刻间收起凶狠獠牙，乖乖地顺从道："吃。"

那年的姬仁宣已年满十七岁，当真是"吾家有儿初长成，少年风流美如画，一把折扇染玉树，韵致天成可如仙"。便时常惹得一众千金小姐侧目偷看，皆是纷纷羞红了脸。但他天性内敛，言语不多，恰到好处，身上的乖顺之气自有一番优柔魅骨，着实能够让人大胆信任，更觉得世间难题没有什么是他解决不了的。自然了，这是姬南葵眼中的他。她从不知他的游刃有余是他常年夜半时读书、鸡鸣时舞剑的付出，也不知他满心的责任与义务，皆是要将姬姓两家的祖业发扬光大。

或许，在无人察觉的时刻，他总会意识到自己并不高贵的养子身份，从而拼尽全力地踏山越河，只为书写众人眼里的完美无瑕。

姬仁宣是无懈可击的，他的身上毫无破绽，大概只有在他亲手为南葵下厨时，才会泄露出那么一丝的人间烟火气。

而此时此刻，他正带着南葵一起走在南雀城最为繁华的长街上。

身在冥府虽不足三日，但人世间的热闹却更加鼎沸。南葵应接不暇地张望四周，仿佛她曾熟悉的一切在这般时候都是新鲜的了。想来在她离开之后，世间已过多日，必定会发生一些奇特之事，她心中好奇起来，便去询问姬仁宣。

奈何姬仁宣不是会顾及这些闲言之人，只管带她去老字号店铺里买些蜜饯果脯，正欲前往，却察觉到不远处的人群中起了骚动。

有一列威武的仪仗队途经于此，南葵与姬仁宣走过去，看到一辆华丽的

宫车正缓缓而来，百姓纷纷退避，无不敬畏。南葵只抬眼看了一看，见随行的女官皆骑着高头骏马，共四名，环绕宫车。那车被装点得格外雍容华贵，车帘上绣着鎏金凤纹，轻风携香来，吹起了帘子一角，露出了车内女子的曼妙容颜。

"是个美人。"南葵想。

周身百姓恰时议论道："这不是那位貌美绝伦的宠妃殿下吗？也是有段时日不曾出行此街了。"

"那是自然，她月余之前才嫁给国君为妃，哪还能像从前在将军府时那般自在？虽说如今正值圣宠，可国君之心向来善变啊。"

"但这南雀城近来的天大喜事也只有这么一件了，虞将军长女虞北棠姿容艳绝，深得国君厚爱，实乃皇后人选。"

听着耳边的七嘴八舌，南葵才知近来要闻无非是皇家韵事。再一转头，姬仁宣已经买好了蜜饯果脯带给她。南葵喜悦不已，但同时却情不自禁地惴惴不安起来，思忖着："他也极爱这家老店的桃心话梅，今晚酒楼相见，也不知他是否能够认得出我……"

第五节

　　像是察觉到了她的微妙心思，姬仁宣略微垂眼，故作云淡风轻地问她："你是在想今晚吗？"

　　南葵怔然一愣，继而神色踌躇起来，似忧思满满道："我只是觉得，好像已有一辈子没再见到振鹭了。"

　　姬仁宣转过眼，瞥见她面容上覆着一层复杂的幽微神色，那张因为历经变故而显得苍凉的脸也因提及"振鹭"二字而隐隐泛起了绯红。

　　或许，这世间也唯有他的名字，才能让她展露出不同的一面。

　　辜振鹭，他与南葵、仁宣二人自幼相识，与南葵青梅竹马。打从总角之龄开始，三人便终日同出、同进、同住、同食。而曾拥有一众跟班的南葵却偏偏喜欢追在辜振鹭的身后，似乎只有在那个时刻，在辜振鹭转身回应她视线的瞬间，她才会从莽撞的小兽变幻成温顺的小兔。而心思缜密如姬仁宣，他早已看透其中玄妙，自然是不会为此而争风吃醋。他打小便懂得适度行事，更是擅长将难以圆全的自我情感遏制在隐现初期，免得最终遍体鳞伤、伤人伤己。

　　遗憾的是，随着年岁渐长，姬仁宣越发觉得辜振鹭变得遥不可及，他的脸上总是罩着一层他参不透的雾气，如冰层下的寒水，仿佛稍不留神，便会溢出异样的暗色涟漪。

　　许是介怀于此，他才难以心安，总是要远远地注视着辜振鹭在面对南葵时的一言一行、一举一动。

　　其实，南葵自己也很难说清为何会在成为孟婆后率先来见姬仁宣，倘若是为了寻求那份只有在他身上才能够找得到的慰藉，她大可在相认之后离去便是，反正已然得到短暂相会的喜悦，又何必将一路见闻、悲伤忧愁、欢喜期盼都与他倾诉呢？而且也已见到他伤势痊愈，未留后患，便无须再担心

他了。若只是因为亲情与依赖，又何必如此贪婪地去渴求他的关注、体贴及呵护？

时而愚钝如南葵，她尚且不知这贪婪之后的深邃情谊，又或者是还在痴痴地被另一个名字身上的气息吸引。

辜振鹭是帝师辜峤之子，由于姬、辜二族交好，这份情感便也从父辈延续而来。南葵犹记得九岁那年冬天，某日晨间飘起了初雪，园内满树红梅开得正艳，帝师辜峤携夫人与爱子前来姬府做客，那会儿的南葵正在同姬仁宣炫耀刚刚采来的红梅，转身看到辜振鹭的身影，她便立即撒开姬仁宣跑向来者，倒是被同行的辜夫人一把抱进了怀里。

南葵自幼受到辜夫人宠溺，正因她娘亲时常卧病在床，父亲怜惜母亲身体，便将南葵交给乳母照看。而父亲也并未纳妾，因此，南葵缺失的母爱便只能从时常造访姬府的辜夫人身上获得，自是与辜夫人格外亲热。姬仁宣每每见状，都会知趣离开，剩下辜夫人左手牵着南葵，右手牵着振鹭，温婉柔语道："你们两个啊，一晃都已经长得这么大了，再过几年，等南葵到了及笄之龄，便可以顺理成章地嫁到辜家来做我的好儿媳了。"

一听这话，左右两侧的二人皆是反应不同。

南葵扭捏羞涩得恰到好处，振鹭虽神色羞怯，眼里却多了一丝迷惘，并夹杂着含糊不清的担忧。

迎面正巧撞见了姬牧弈，他像是早就已经听腻了辜夫人的这番话，虽心有余悸，却也只管笑道："两个孩儿尚且年少，且南葵又是姬某独女，被姬某溺爱成疾，自是要等到她长大成人后自行选择如意郎君才是。"

辜夫人的桃花眼含笑，语调轻缓柔情似水："父母之命，媒妁之言，岂能有自行选择的道理呢？那便是有违孝道了。更何况辜家世代将相，振鹭又是长房长孙，相貌品德也是绝佳，与古灵精怪的南葵岂不是绝配？"

还未等姬牧弈作答，帝师辜峤已大笑着穿过长廊而来，连连赞道："绝配，自是绝配！"

姬牧弈摇了摇头，感到极为无奈。南葵却难得地腼腆垂首，倒像是默许了。园内忽来凉风，卷起薄雪，吹拂过南葵的眼，她偷偷看向辜振鹭，这风扫过他的面容，似是眨眼之间，他已然成了风华正茂的翩翩少年。

待他十七岁时，面容已越发与他父亲相似，翩翩才俊，满腹书香，正是有匪君子，如切如磋，如琢如磨。便是这样一位冰清玉洁的尊贵名士，当真配得起惊人的绝艳。想来他的笔墨才情有目共睹，左手书法、右手丹青的造化更是让他名震焰国，朝廷众臣对他称赞不已，皇亲国戚也爱惜他。更有一把七弦琴，被他弹奏得靡音绕梁，一曲一调夸不尽，胜过天上月与星。偏偏又能进谏治国方略，便也得了国君赏识。大街小巷常年流传：焰国有辜郎，国之大兴也。

诚然，"辜振鹭"三字名扬四方，不仅引得各国名门望族尊贵女子的青睐，也在暗中拨动了她们的心弦。而他有此等美誉傍身，本应肆意风流、快活人生才是，偏偏他为人淡如青松，就连眼里透露的笑意都是浮于表面的，未曾到达过心底。好似那深宫朱门前的瑞兽麒麟，虽雕满了一身的锦缎花纹，却是冰凉冷硬，无血无肉，与世疏离。

然而这一切，旁人都尽收眼底，南葵却始终看不分明。一如那诗中所吟：

> 今夕何夕兮，搴舟中流。
> 今日何日兮，得与王子同舟。
> 蒙羞被好兮，不訾诟耻。
> 心几烦而不绝兮，得知王子。
> 山有木兮木有枝，心悦君兮君不知。

也曾彼此亲近如斯，如若不是意外发生，或许姬、辜二人的故事又将有另一番结局。偏逢那日中秋佳节，南葵风尘仆仆地从昆仑方向运货归来，其父姬牧弈喜悦于独女平安回府，自当在家中设宴，并请来了姬牧苓与辜峤作陪。

想来姬家后人唯南葵一女，姬氏兄弟自然对她宠爱倍加，而辜家早就认定与南葵之间的襁褓亲事，必定对其格外厚待。城南辜府也因小姐的归来而欢欣鼓舞，上上下下自是一派热闹喜悦之景。吃过了宴，不想让小辈觉得无趣，长辈三人便驱赶他们几个去外头游船赏灯。

南葵正值贪玩年纪，想着要趁中秋时节出去快活一番，便拉着姬仁宣与辜振鹭跑出府去。长街之上花团锦簇，人群中满是着意打扮的姑娘、公子，提灯赏玩的游人嬉戏欢笑，幼童们你追我赶，小贩们叫卖着糖人、月饼、豆粉糕，南葵胃大如牛，买了豆沙芝麻红糖馅儿的月饼吃个不停，惹得姬仁宣与辜振鹭面面相觑，禁不住为她的豪迈吃相打了个寒战。

　　路过挂满了面具的小摊，姬仁宣阔绰地买下了猪八戒的面具给南葵戴上。旁侧的辜振鹭不由失笑，连忙躬身，唤她"二师兄"。

　　南葵不以为意，直道自己好歹也是个天蓬元帅了。可走着走着，忽然就下起了雨，起先不大，很快便骤降如卵石，三人身上无伞，便赶忙跑到一旁的屋檐下避雨。

　　南葵抱怨天公不作美，且阴晴不定、喜怒无常。姬仁宣瞥见她手里的月饼已是湿淋淋的没法再吃，笑她骂天是次要，吃未尽兴才是关键。而辜振鹭却无心参与另外二人的唇枪舌剑，只盯着人家挂在檐下的灯谜出神。

　　"借其东邻米，烹出短尾羊，殷勤邀尔至，三人续文章。打一成语：（卷帘格）。"辜振鹭凝视着谜面陷入沉思，引得姬仁宣也环胸抱臂地加入了他这头儿。

　　剩下南葵一人百无聊赖，不得不凑到他们跟前左顾右盼。可半晌过去，她哈欠都打了七八个，辜振鹭还在固执地猜谜，便不怎么耐烦地喝声造势，想要吸引他的注意。反倒是姬仁宣舍不得她独自在那儿兴致缺缺，笑吟吟地看着她："嗯？"地询问示意，南葵朝他努努嘴巴，一脸无奈。姬仁宣宠溺地弹了她的额头一下，辜振鹭则是在这时猜出了谜底，满意地道出答案："欲盖弥彰。"

　　南葵谢天谢地地翻了个白眼，并未赞许他的才情，反而抱怨了一句："你总算记得说句话了。"

　　辜振鹭察觉到她言语中的不屑，倒也并未放在心上。只是暗暗想道：她毕竟是见过大世面的，与普通的深闺女子着实不同。又只被父亲抚养长大，难免会心直口快，且口无遮拦，倒也是快意恩仇的表现了，没什么不好的，更无须同她计较。反正她并非是能与自己论诗抚琴、下棋作画的女子，自幼性情热烈，灿烂如葵，又何必为难她呢？

　　暗中同她保持些许距离便是了，免得被她身上的火焰灼伤。他这样沉默了片刻，却令南葵不悦地皱起了眉，心想他定是在偷偷念她的不是，于是指桑骂槐地丢给他一句："少年老成。"

　　辜振鹭也不恼，反而纵容般地笑笑，打趣她道："酒囊饭袋。"

　　许是他的语气分寸拿捏得刚刚好，从不会惹怒南葵，自然令她觉得受用，她便得意一笑。雨势渐小，她率先跑到街上，挥手招呼二人快同她回姬府，免得待会儿又要被大雨耽搁。

姬仁宣同辜振鹭随上她的步伐，三人于满城烟雨中轻快奔走。小贩们来不及去寻油纸伞，便用简易粗布遮挡住了摊位上的食物。街道对面的姑娘们提着裙摆踮脚穿梭，狼狈之中也尽显纯美羞容。孩童们依旧嬉闹着彼此追逐，行人却渐渐稀少。冷月攀上树梢，携风带雨地铺下韶华星辉。辜振鹭在这时瞥见一主一仆两抹倩影拐进巷内，前头的主人一袭绛紫色纱裙，莲花鞋上沾染了泥泞水渍，她行色匆匆，似怕被人察觉，可又流连驻留，慌忙中回首，不经意间与辜振鹭视线交会。

秋雨重，夜露沉，转瞬即逝般一眼万年，二人眼中皆有惊诧、无奈与忧伤的复杂情绪，而她别过身，很快就离开了。这时的辜振鹭，也仓皇地移开目光，他这副心神不宁的模样被南葵看见，南葵禁不住去询问他发生了何事。他并不作声，脸色变得十分难看。

此时候的姬府堂内，酒意微醺的父辈三人谈起了姬、辜二姓的婚事。帝师辜峤率先提道："这南葵早已过了及笄之龄，是可以出阁的了。我儿振鹭就要弱冠，正是好时候。你我两家理应尽快择一良辰吉日，促成这段佳偶姻缘，免得节外生枝、夜长梦多。"

姬牧弈犹疑此话，不得不问："南葵与振鹭并不知从前的儿戏婚约是真，又何以有这节外生枝与夜长梦多？"

辜峤不经意间瞥向姬牧苓，唇边笑意似夹杂着敲山震虎的暗示："是真是假，牧苓要比他兄长聪明多智，自会明白我意。"

姬牧苓感受到了挑衅意味，不怒反笑，将他一军道："辜兄言下之意，我姬某人反倒会是那节外而生的枝了？"

辜峤略一冷笑，并未理他，只道："牧弈老弟，你承认也好，不认也罢，南葵与振鹭从前确已定下婚姻之约，我家夫人也屡次提及，你当日也在场，更是没有反对。眼下，他们二人也已长大成人，整日往来频繁密切，若就这般私会相好、你情我浓，却不结为夫妻，朱雀城内乃至整个焰国岂不是要笑我辜家不知礼节、厚颜无耻？"

姬牧弈却立即道："又不只是振鹭同南葵走得接近，仁宣也是其中一个，且他们三人只需问心无愧，旁人言语，理他作甚？"

辜峤摇头笑道："只怕有人问心有愧吧？"

这话剑走偏锋，反倒显露出辜峤心中压抑着的烦乱思绪。姬氏兄弟交换了眼色，皆是明白，辜峤也同他们二人一样，清楚南葵、仁宣与振鹭三个小

辈之间的情感纠葛。可子女们的婚姻大事，自要由他们自己做主才是，辜峤今日急于求成、言辞反常，总归不单单是为了南葵，更像是企图打消某种令他感到恐惧的顾虑。

这原因，八成是出在辜振鹭身上。

可姬牧弈也不想难得的家宴被各执一词的争论坏了雅兴，便提议去书房欣赏他近来从西域得手的一幅字画。辜峤却恍然想起自己带来了宫中御赐的寒玉棋，正是要与姬牧弈切磋棋艺的。

想来辜峤身为帝师，辅佐国君打理江山，劳苦功高，实在功不可没。而国君也多有赏赐，近来御赐的寒玉棋便是其中之一。

"这寒玉棋可是稀罕物，是战败的弥国进献给陛下的。其以檀木为棋盘，以寒玉制成棋子，听闻其触感温润却又清爽，奇妙无比。"辜峤命仆人从马车里捧了来，献宝似的对姬牧弈道："我始终记得你爱好下棋，便想着带这套名贵的棋盘棋子来让你开心。"

仆人在一旁谄媚道："姬老爷，我们家老爷自从收到这御赐之物后，都没舍得打开过，偏要等你来做这开盘第一人呢。"

姬牧弈听后，不由开怀笑道："这般殊荣属实厚重，辜兄真是有心了。既是如此，你我不如趁眼下切磋一盘可好？"

辜峤欣然接受，恰巧雨势已停，二人便转到庭院的石桌旁摆棋布阵。姬牧苓对棋艺兴趣不大，自愿为两位兄长沏好茶水，并亲自提壶前去。还未走到凉亭，便看到姬府大门敞开，三个小辈欢声笑语地跑了进来。

远远地，朱门之前，姿容绚烂的少女身侧站着的正是他的养子姬仁宣。玉雕一般的少年身上沾着淡淡的雨水痕迹，他们二人站得极近，他追着她眼里的那抹光亮移动着视线，而她看去的地方，则是身后跟上的那人。

稀薄轻透的月光照在来者面容上，朦胧之中有一种金丝般的华韵质感包裹着他的五官，又有廊檐上的水珠掉落，溅在他肩上，漾出绚丽的光晕。

她越过姬仁宣，转身对他笑，像是调侃了他几句，他不愿去理会她似的踱步走去前头了。

而那样的她，大抵是姬仁宣与姬牧苓都不曾见到过的，或许是只在辜振鹭面前才会出现的模样。

小狡诈、小心机，眼神里又有贪婪，而这般真实的显露，却是令辜振鹭避之不及的。

紧接着，他们三人看到了庭院这头的景象，一贾一将正于棋盘上两军对峙。

南葵一边喊着父亲，一边欢笑着跑向庭院。

而此时的姬牧苓与辜峤正于谈笑间布局棋子，杀机在不动声色中涌现。电光石火之间，没人知道究竟发生了什么，南葵忽然愣了愣，只见他们二人在即将决出胜负的时刻轰然倒下，棋子于顷刻间撒落满地。

南葵惊慌失措地大喊道："父亲！"

那便是姬牧弈父女在人世的最后一面，从那晚过后，即便再见，也是阴阳两隔。她不再是肉体凡胎的姬南葵，即便灵魂尚且留存人世，却也是物是人非了。

而待到御医赶来姬府时，已经是一炷香之后的事情了。为姬牧弈与辜峤二人诊脉过后，御医禀明屋内一众人道："帝师与姬老爷的确是中毒了，且是寒毒。"

姬牧苓焦急地问道："我们今晚同吃一宴，为何只有他们二人中毒，而我却没事儿？其他人也是未有分毫差池。"

御医解释道："并非饭菜有异，而是那寒玉棋子上带毒。"

南葵心中一震。刚才叔父已经将事情的起因说过了，那棋是国君赐予辜峤的礼物，如何会有毒？总不会是国君想要害父亲吧？可那棋一直在辜峤府上，国君又怎知道辜峤会与何人下棋？难道是辜峤下的毒？

但这天底下哪有自己毒害自己的道理？他辜峤也碰了棋子，同样中毒而倒了啊。

她这厢思绪如潮，御医还在滔滔不绝地道着毒性缘由："棋上之毒为寒玉毒，这种毒生长于岭南蛮荒之地，为弥国特有，乃是一种热毒，又称美人脱衣，其意为中毒者身体发热，脱衣解带，而寒玉恰好克制毒药的外漏。手指温热触摸棋子，融化毒药，通过毛孔渗入皮肤，从而中下此毒。可又有寒玉做引，毒性便不会立即发作，待到发作之时，已是中毒颇深。"

南葵听闻此言，心中不由恼火，急急追问："眼下最为重要的是如何解毒，可有解药？若是没有，他们二人性命又能保住几时？"

御医沉默片刻，而后叹道："毒积体内，暂时不会要了性命，但若不尽快解毒，后果也是无法设想。如今唯一能够解毒的，便是取一种能在体内生寒的药材，克制热毒。而这奇药叫作天香珑叶，只生长于昆仑山巅悬崖之

孟婆传奇之南葵篇

MENGPO CHUANQI

上，除去昆仑雪峰，再无别处可寻。"

昆仑虽崎岖险恶，但那山脚下已是南葵途经过不知多少次的了，倒也不会令她觉得惧怕。且眼下救人要紧，父亲与辜峤性命攸关，自是不能再容她迟疑。她看向叔父姬牧苓，对方领会她的意图，禁不住担忧蹙眉，偏生姬仁宣在这时也向南葵点头示意，这令姬牧苓更为难安，忍不住向御医提议："哪怕是请来枫离道长，以金针悬脉也无法解毒吗？"

南葵闻言，眼中也闪过一丝期盼。她清楚那有关金针悬脉的传说，要知道九州大陆上曾出现过的第一位女帝——揽月，便与此传闻息息相关。揽月还是公主的时候，常年多病，在奄奄一息时，是一位云游的道长用金针悬脉救回了她的性命。也是因此，这位女帝才有日后的丰功伟绩。可自那之后，金针悬脉也成为秘术，虽被医界推崇备至，却也无人再得此真传。唯那位枫离道长深谙此术，也是焰国之内一顶一的得道高人。

不料御医却深深摇头，无可奈何道："二位所中寒毒过于狠厉，即便是枫离道长擅用悬脉金针，也是无法逼出淤于体内的毒性。"

这话一出，已然是封死了退路。那么除了前往昆仑，便再无他法。南葵心觉刻不容缓，便不肯再多留，转身回房收拾行囊。剩下姬仁宣深深凝望姬牧苓一眼，父子二人皆是欲言又止，可一个没有多说，另一个也没有多劝，姬仁宣也匆匆退了出去，只随上了南葵的脚步。

此番出行必要速去速回，要带的东西无须繁复，干粮与水源必不可少，南葵常年在外，早已对此轻车熟路。等一切都准备妥当，她长长地出了一口气，才发觉自己已经满身是汗，手指也控制不住地抖个不停。她心猿意马地擦了擦额上的汗水，听到门外传来脚步声，转头看去，见是姬仁宣站在月色之下。

他神色凝重，惨白的月光映得他面无血色，尽显苍凉。

她怔了怔，读懂了他眼中的忧心，但也毫无心情听他多说一句，更怕被他看出自己早已乱了阵脚，便默然地转回了脸，连为行李打上结扣的动作都显得格外粗暴。

庆幸的是他只是沉默地站在她身后，直到她将回廊弯刀挂于腰间，正欲出行时，他才拉住她的手，沉着地同她道："南葵，接下来的局面，暂且交由我父亲与振鹭打理吧。"

她愕然，立即看向他，以眼神询问。

他道:"凭辜家在朝廷中的地位与威望,投毒之人也不敢再肆意行动。辜峤生死未卜,国君不久之后必会得知,便要有人向陛下述明情况,而振鹭是文弱书生,不宜远行,又是朝中名士,在陛下面前也有几分薄面,留他于此,最为合适。且其中缘由仍旧是谜,你我唯有归来之后才能从长计议。"

的确是用心良苦、考虑周全……可她却犹疑地问道:"你我?"

他点点头,毅然道:"此行你我,出生入死,绝无悔意。"

她肩头忽然一热,侧头去看,他的手搭在她肩上,清瘦的手掌极为有力,透出破釜沉舟的决意。

南葵重新抬起头,看着姬仁宣。

姬仁宣凝视着她的眼睛,义无反顾般坚定。

而他那晚的眼神,成了她日后多年刻骨铭心的记忆。没人知道此行是吉是凶,前路崎岖,雪峰冷酷,即便熟知昆仑四周地形的她也心中不安。唯有他的寥寥数语,安抚了她颤抖的双手,给予了她无穷的底气。

只是,不承想昆仑一行,竟会生生葬送了她的性命。倘若早知如此,他宁愿替她赴死,也不舍她芳魂殒落。

然而作为她的堂兄,虽无血缘,却无法在从昆仑归来后,为她做任何他希望为她做的事。也许只有他一人认定她没死,即使死了,也该有魂灵显现于他面前。

府中常请来做法的道长总会说:人身中有三魂,第一魂为胎光,是上天清轻之气所化,常令人身心清静,能得长生;第二魂为爽灵,是世间五行之气所化,常令人深思熟虑,耗人精神,生诸灾害;第三魂为幽精,是地下阴浊之气所化,常令人好色嗜欲,嗜睡昏沉。而人的元神由魂魄聚合而成。

魂能离开人体而存在,而魄则是依附形体才能显现的精神。

正如人有三魂七魄,一个有生命的人,其魂魄是团聚的,即生命的实相。一旦三魂七魄聚不成团,人,方会一死。魂魄分散,一是源于本命的消耗,二是源于坚固魂魄的力量不足。而魂飞魄散之后,性命将去往生,即要去阴曹地府喝上一碗孟婆汤,至此再无前尘记忆。如若是三魂七魄散失,各奔东西,生命如何再度出现?

然而,她又怎会是魂魄不坚之人?难道说,唯有"垂绝念神死复生,摄魂还魄永无倾",才可与她重新相见?

没人能为他找到答案,连他自己也迷惘无助,一连数日无眠,憔悴颓

败。旁人都道："少爷，你要爱惜体魄，南葵姑娘已去了，你莫要思念成疾，若是伤及肺腑，怕要引起在昆仑时受到的旧伤，只会惹得老爷痛心。"

他的确是要多考虑年老的父亲的。可他又何曾不知逝者已逝，追悔莫及？然而情难自禁，这又如何是他能够控制得住的事儿？直到体力不支，几乎昏厥之时，他才能进入梦乡。

那晚他睡得安稳，甚至还梦见了她。

他梦见她金裙如仙，孤身站在一座冗长冰冷的石桥上。她周身开满了浮生若梦的红花，岂料风沙袭来，红花成火，熊熊烈焰燃烧起来，吞噬了她的容颜与身躯。她朝他伸出手，肌肤却化作寒冰，化成血水于赤焰之中。

这梦令他惊醒，冷汗涔涔。窗外日光穿透纸窗，打照着桄上翠草，树梢的昏鸦变成了文鸟，簌簌轻雪落于池面。他坐直了身体，面容十分疲倦，干裂的嘴唇轻启，声音喑哑地念着一首诗："将仲子兮，无逾我里，无折我树杞。岂敢爱之？畏我父母。仲可怀也，父母之言，也可畏也……

将仲子兮，无逾我墙，无折我树桑。岂敢爱之？畏我诸兄。仲可怀也，诸兄之言，也可畏也。

将仲子兮，无逾我园，无折我树檀。岂敢爱之？畏人之多言。仲可怀也，人之多言，也可畏也。"

三人成虎，众口铄金。人言如汹涌拍岸的奔腾浪潮，他们都说她死了，非逼得他去相信。而他也不可表露出哀婉与缠绵的悲泣，且未曾寻到尸首，她生父尚未醒来，便无人来操办丧事，这世间哪有人死却无棺的道理？而他又顾及人言可畏，继续扮演可靠后继、可信养子的角色，不可再为她伤怀，毕竟时间久了，旁人会质疑：如若只是兄妹之情，何来这般久久难愈的痛不欲生？然而没人知道，单单是陪同她一起去昆仑寻药，哪怕遭遇危险，也是他最为幸福的回忆。可众口如蛇信，如火炉，如剧毒，熬炼他心，非要将其烧成壁画里的干花、药罐中的残渣。

他不愿让任何不相干的人察觉他心中的端倪，也不愿让迷失雪峰的她沦落成他人嘴里的飞短流长。

尧幽囚，舜野死，红尘滚滚，心有叵测，或许人与兽无异，皆为嗜血之徒，亘古难变。

他只是怜惜她，冷雪之中孤苦伶仃，不知去向。若有朝一日得以相见，他愿倾其所有，圆她一切心愿。

第六节

翠树浓荫，鸟雀啾啁，时间一晃便到了晌午。

姬仁宣早先与人订好了一批货物，不能误了时辰，便带着属下去城外验货。南葵独自留下，正在酒楼的后院里品着他特意为她备好的香茶。

她享受着暖阳与微风，心中感到十分放松。可手臂上的曼珠沙华印记忽然亮起了红光，她一惊，赶快起身，匆匆回房，待到锁好了门窗之后，她才来到铜镜前。果不其然，冥帝和墨的姿容已在镜中显现。

那是他们彼此约定好的联络方式，和墨会通过印记召唤她，而她只需找到任何一块镜面，便可通过灵识与他对话。

人间两日，冥府许是只过了半炷香的工夫，但南葵却觉得好似已经很久未与和墨打过照面了。她想着是否要先寒暄，和墨已然开门见山地同她说起了正题，竟是出乎意料地称赞她这初来乍到的孟婆做得滴水不漏，进展也算不错。

南葵却有些讪讪，只道任务进行得缓慢，今日出街，也不过是打探到国君娶了虞北棠这一桩小事，实在配不上冥帝的称赞。不过，能与堂兄姬仁宣重逢，她还是十分欣喜的。

和墨闻言，心觉这与饕餮有所渊源的新任孟婆倒有几分重情重义的侠骨，很是重视自身差事，也极为珍惜亲情，自是难能可贵了。他便宽慰她道："你所打探而来的岂是区区小事？正可谓大有收获。"

南葵有些困惑，不解地询问和墨："您这话，我不是很懂。您不如讲得明白些，也好为我指点迷津。"

和墨淡然一笑，长袖一挥，将南葵拉进了一个幻境。

这幻境是对过去的重现，南葵走在其中，见到山峦巍峨，碧海无边，头顶长云雾霭壮阔，苍绿神柏高耸入云，地面磐石坚立不移，奇花异草流光溢

孟婆传奇之南葵篇

MENGPO CHUANQI

彩。而就在那悬崖之巅，有一株威灵仙叶受雨露与阳光滋养，历经几十年后，终于修炼成精怪，就这样一天天地长得更高、长得更大，根茎渐渐长达半尺，只要再努力修炼数十年，便可拥有人形。然而，忽遇暴雨，威灵仙叶本来是不怕湿冷与酷寒的，可是南方天边飘来了一团袅袅黑雾，落在它的叶上，惹得它痒痒，禁不住打了个喷嚏，再顺便吸进一口气，不偏不倚，正好就着雨水把黑雾也吸进了根茎脉络里。

南葵见状，不由呼道："她吸进去的那一团黑雾好像不妙。"

和墨的灵识现身在她身边，背手而立，对她道："你且还记得我命你来人间要完成的任务是阻止婴灵吧？而那团黑雾，便是其中一个婴灵了。"

南葵刚想问精怪吞噬了婴灵会如何，和墨看她神色，大约猜出了她的心思，便指向前方要她继续去看那过往。

南葵看到了日出，看到了雨停，也看到威灵仙叶开始枯黄，它变得乌黑，像是中毒了一般开始神魂颠倒地摇摆，折腾了一段时间后，它颓唐倒地，似奄奄一息。却有一名采药女打扮的村童在这时爬上悬崖，大抵是来采摘稀世药草的，见到了又大又高的威灵仙叶，她欢喜地冲上前去就要摘掉，嘴里虽疑惑着这草为何焦黑如炭，手中却已掏出镰刀打算收割。

哪知这威灵仙叶的根茎忽然长出了一张遍布獠牙的血口，猛地咬住村童的手臂，欲将她整个人都活活吞下。

南葵目睹此景，当真是背脊一凉。她本想求和墨出手相救，但想到这幻境是过往发生的事情，便没有多嘴。而后，千钧一发之际，牛头与马面驾雾而来，他们出手精准狠绝，斩断了威灵仙叶的根茎，那草瞬时灰飞烟灭，而村童虽失了一条手臂，所幸性命无忧。

南葵因此而松下一口气，可她眼下已经拥有了孟婆的记忆，以及对"灵"的感知能力，自然知晓那附在威灵仙叶身上的婴灵的厉害。她心中很乱，赶忙询问和墨："倘若这便是婴灵，实在是危害极大。它惹得苦苦修炼中的仙草性情骤变，毁了她前程不说，还差点儿借她之力生吃幼女，若罪孽铸成，当真是罪无可恕了。所幸是牛头与马面赶来……难道，他们二人也在追查婴灵之事？可这婴灵究竟从何而来呢？"

和墨看着幻境中的远山，神色难辨："我也不知这婴灵的来处，但已有无数的婴灵从南方而来。想必，这炼制婴灵之人必定藏身在焰国南雀城之中。"

听闻此话，南葵忽而想起父亲与辜峤之所以中毒，是否与炼制婴灵之人有关？眼下也不是毫无头绪，她知道有那样一个人曾是父亲与辜峤的政敌，如若是他的话，倒也是有足够的动机的。只不过……

"只不过，此人的女儿嫁与皇帝做妃，已有了皇恩，而天道有令，三界若想彻查皇族亲故，必要有皇帝的亲自授意，任凭是仙人还是冥帝，都不可坏了此等规矩。"和墨再一次看透了南葵，并道出了她心中的忧虑。

南葵情不自禁地感叹："看来要想完成此事，绝不是我所想的那般简单了。说来也是真巧，他偏偏在这关口将女儿嫁给了国君。"

和墨道："世间万事，环环相扣，因你父亲中毒，你才会前往昆仑寻药，从而得知自己乃是饕餮的一缕神识转化，也是因此，你才会成为冥府孟婆。"

南葵不服气，反唇相讥道："这为你彻查婴灵一事，倒像是成了你助我寻找害父仇人的美差了。"

和墨也不恼，悠悠然道："我自当愿助你一臂之力，可如若你不是孟婆，我便是帮不到你的，而即便你当日未死，仅凭肉体凡胎，又如何能斗得过那面目不清，手段却胜似恶鬼的真凶？"

这一番话，令南葵无从反驳，但她生性自有几分烈辣，当然不愿去认同他，即便他是三界之中仅次天尊的冥帝。而话已至此，她索性说道："你话虽如此，可我却一直心存疑问，眼下更是不得不问你了。"

和墨做了一个请的手势。

南葵便大摇大摆地向前走去几步，竟是理直气壮地问他道："第一，为何我会命归昆仑？"

和墨清楚她早晚是要问这些的，反正也无须瞒她，不如同她娓娓道明："你虽已知道自身是饕餮神识所化，却不知其原委。而这事也是说来话长，当年正逢天下大乱，百姓困苦，焦金流石，蝉喘雷干，更有魑魅魍魉祸乱人间，一时之间，引来饕餮兴风作浪。作为上古四大凶兽之一的饕餮，以'贪'字著称。贪财为饕，贪食为餮，饕餮相合即为欲念。此兽之极恶，普天尽知。我身为冥帝，有惩戒妖兽、魔怪的义务，而为了保持人间与冥界的安稳平衡，我必要前往人间去擒那饕餮。"

南葵笑意淡淡，继续听着。

"饕餮生性残暴，凶猛好斗，与我过了三招后，她受了点儿皮肉伤，又诡计多端，使了计谋逃窜去了昆仑雪山。我一路穷追不舍，终于在那山洞里将她制伏于剑下。"和墨眼中浮过追忆神色，他不由得放缓了语速，沉声道，

"当日，那兽在我即将斩杀之际，竟被山洞中的壁画吸引。画中女子是昆仑圣姑，美丽脱俗，胜仙几筹。饕餮看得出神，而后又胆大包天地幻化成圣姑模样来向我跪地求饶，我念及她尚且存有一丝良知与善念，加上她对人世的向往与好奇，便引出了她的那一缕神识，去往洞外投胎，让其渡入红尘成人，得享红尘悲欢。"

南葵脸上的笑容渐渐隐退，她蹙起了眉，想到自己出生在昆仑山脚下，又想到与昆仑有着奇缘，便不可置信地问他："难不成，我就是因她的那缕神识才得以出生？倘若真是如此，曾在那个山洞中救下父亲与叔父的圣姑，以及我姬家供奉多年的圣姑，也都只是那饕餮在当日所化？"

和墨并不否认她的话，并道："如今，我已将你的来历告知于你。而昆仑山是你投胎之起点，也是生命之终点，这便是因果循环。更何况，昆仑雪山是天地初开时便存在的神山，我于那里引你灵识现身，令你吸收神山之灵力元气，也是为了助你快快塑造孟婆之身。冥府需要新任孟婆，而成了孟婆的你，才能尽早再返人间。"

想来这一切早都是冥冥之中注定好的因果，她的生与死，全然由不得自己掌控，尽管南葵极不甘心，却也唯有深深叹息的分儿。眼下，她已接受了孟婆的身份，彻查婴灵背后之人，义不容辞。

她的眼神渐渐狠绝，冷冷道："若那人真是毒害我父亲、令他备受折磨的元凶，我必要其为此付出百倍、千倍的代价。"

和墨斜睨她一眼，她敏锐地察觉到他的视线，忽又变换了表情，极为跳脱地展颜一笑，云淡风轻地继续问他："好了，我要问第二个问题了。除却我个人的恩怨不说，您这位高权重的冥帝派我去彻查婴灵的背后原因又是什么呢？"

和墨同她道："你随我来。"说罢，他朝前方悬崖的山脚处走去。

南葵跟上他的脚步，发现山脚下有一扇门，来到门前，和墨轻轻抬手，那扇门便幽幽地敞开了。

一阵浓重的血腥味儿扑面而来，呈现在眼前的炼狱之景令南葵刹那间目瞪口呆。

"这是冥界婴灵殿的幻象。"和墨伫立在哀风浩荡、四壁如血的幻境之中，向南葵道："无法投胎的婴灵暂居此殿，怨气尤重。"

惨绝人寰的婴儿啼哭声如擂鼓震天，让南葵汗毛竖起。那些婴灵尚且是襁褓年岁，不会说话，尚无智慧，只有团团黑雾聚在一处，互相撕咬、吞噬，却又不会死去，反复地残害着彼此，无法往生。

南葵看见了一张又一张扭曲的婴儿脸庞，她们悠悠荡荡地穿梭在地狱的烈火之中，有些婴孩的身躯残破、皮开肉绽，有的则是被火焚得面目全非、皮肤溃烂，由此可见，她们在生前遭遇过非人的对待。而仔细看的话，会发现这些婴灵皆是女婴，她们怨念颇重，使得呼喊出的悲鸣化作烈火，那团火焰汇聚成巨大的蛛网，有些过于弱小的婴灵便被吸附在上头，成为其他强大婴灵的食粮。南葵见到蛛网核心处有一个长出了七颗头颅的婴灵，她肚大流油，撑得皮肤透明，竟可看见她已吃掉了数十个婴灵，一张张七窍流血的婴灵脸孔在她腹里滚动、哀号，这般可怖景象令南葵顿感反胃，几欲呕吐。

和墨的眼底藏着悲悯之意，他怅然道："即便是婴灵，也依旧逃不过弱肉强食的厮杀，而怨念最重的婴灵会攻击同类，那只七头婴灵已被困于此数年，她是最早来到此处的，且她心中定有放不下的恨，也许……红尘人世中已不再有任何一个活着的人记得她了，她被迫在此，难以往生。"

南葵心中惊怕，不敢再去看，痛心地别开脸去，问道："为何她们难以往生？倘若投胎的话……"

话未说完，和墨便回道："并非不想投胎，而是不能投胎。人间有人利用上古邪术，夺婴儿之胎光，因无法附着于母体，便不能投胎为人，只能在这婴灵殿中长困。早先，九州大陆战乱不断，各国皆实行生男政策，从而导致死去的都是女婴。由于婴灵无法投胎，炼制婴灵之人方可收集到女婴的胎光。阴阳倾覆，千年轮回之际，星辰敛光之时，若是养精蓄锐，耐心地花费上十数年，集齐十万名女婴胎光，便可导致天发杀机。那么即使不再鼓励生男，大量被困于此的女婴婴灵也仍旧无法投胎，世间清浊终究不会改变，杀机也不会自行消弭。"

南葵一怔，喃声道："所以，你才要我去彻查此事。"

和墨点头道："没错。婴灵殿女婴婴灵积压，怒气冲天，浊气下沉，必然引得天发杀机，需要平衡天地之间清浊之气，才能引人归于正途。乱世出英雄，人间纵横捭阖者不少，然能平衡清浊之气，归天道位者，需要冥界的助力。而你是饕餮神识所化，又已借我助力成为孟婆，若能去平衡天地人间清浊之气，便可令阴阳两合、世归太平。"

南葵听到此处，便又心生困惑了，当即问道："可你是如何断定我能平

衡这世间清浊的呢？"

和墨面色微变，从南葵的角度看去，见到他微垂的眼中略有幽暗光芒一闪，他道："早在第一个婴灵出现之时，我便猜测人间有人企图炼制婴灵。那夺取胎光之行为，便是上古邪术炼制婴灵之法，那人野心颇大，似要制造天发杀机，待天地开一线时，逆天而行，为死人夺舍，而且可以重塑活人。而婴灵，是一张白纸，以婴灵去重塑活人，这些活人便会为那塑造婴灵之人的要求而活。又因为婴灵都是干净的，在重塑人的时候，会因为排斥而将人体内的恶释放出来，如此一来，天地之间充斥着浊气，便需要上古饕餮来将这些恶欲一并吞下。可惜的是饕餮已死，再等这兽诞生，便又要挨过漫长的一个甲子，世间早已改头换面，哪里容得下等待？但也有万幸，你是饕餮神识所化，虽是一缕，定然不如她强大，可正因如此，你也有无限的可能性，说不定有朝一日，你这分神将会超越饕餮的元神。"

南葵对此却毫无兴致，她更为在意的是自己将会被他"利用"到何地步。和墨则接着道："届时，我方可趁机夺回胎光，婴灵殿的婴灵便会转世投胎。待到她们怨气消解，新人换去旧人，出生的女婴才会重新增多。否则，人心不古，若顺他之意，以婴灵重塑人躯，会使得那些藏于灵魂深处的恶念喷薄而出，世将大乱，必成炼狱。"

和墨的这一番话，令南葵陷入了沉思。她自然清楚，婴灵并非孤魂野鬼。婴灵的存在，实属无辜，本因缘而聚，却因孽而散。然而，婴灵已受阴阳二气调和，具备了初识，此等情况下，怨力无以复加。故此，修行的道长会为了世人解决婴灵问题而超度作法，更会为婴灵单独设立牌位。且重视男丁而非女眷的陋习，南葵也是知情的。想来她的母国焰国便是如此，作为最为富饶的强国都难逃此法，更别提其他贫穷而落后的小国家了。据父亲说，二十年前，焰国为扩张军队、增强国力而颁布了生子政策。原本，这嘉奖的目的之一是为了增加男子数量从而促进劳作与粮食收成；其二，则是为了征兵。战争需要战士，必须要有充足的军力来维持国家安宁。

可此项国策颁布不久，便催生了医术的飞跃。民间出现了一种摸脉便可辨识腹中胎儿是男是女的"探脉"之法，于是生男或是生女竟成了可控之事，这不仅在短时期内降低了女性地位，更使女子的出生率骤然降低。而在这期间，焰国开始树立显而易见的父权制度，由此一来，继承权掌握在男嗣手中，国人皆认定只有男嗣后代才可绵延宗族，女眷则为外姓绝后之人。且对外扩张的战争不断获胜，朝廷早已明确男子在体力、思维等方面天然优于女子，一旦男子构成了一个国家的主要力量，那么无论是务农、经商，抑或是为官，女子必然会成为男子的附庸。因此，奖励生男之法在焰国已是根深蒂固。

虽然此法在初期的弊端尚未显现，可时间一长，十年、二十年过后，长久的灾难便降临于世，焰国之中的女子数量仅是男子数量的十分之一，这等可怕的对比使得肮脏丑陋之事在寻常百姓之中层出不穷。一女侍二夫事件屡见不鲜，买卖女子做妇的现象更是残忍至极，甚至会引发战争。焰国国内的地方望族会对周遭小国肆意发动侵略，目的是掳获适龄女子繁衍子嗣。

可即便是在女子如此稀缺的境况之下，她们也并不会得到应有的尊重与平等的对待。南葵本觉自己与此事并无太多关联，她只在意炼制婴灵之人是否便是毒害她父亲的元凶，至于男嗣女眷之事，她承认自己是略有冷眼相待的。想她虽为女子，但出身极高，身边一众男子对她爱护有加，她又天性争强好胜，便尚且无法与其他不幸的女子产生共鸣。唯独回想起一桩奇事，才令她意识到自己不能够也不应该撇清干系。

"有一件事儿，发生在我十三岁那年春时，我本不愿再去回想，可却觉得无数婴灵之中必然也有她腹中的一份吧。"南葵说起这往事时眼神极为慌张，仿佛当年之事令她刻骨铭心，时至今日，依旧惊魂未定。

和墨侧目看向她，静默地听她娓娓道来。

十年前，国君将白虎城赏赐给了曾参与献策有功的凛浦侯，而凛浦侯是南葵的母系亲属，故南葵要称他一声舅公。

南葵早逝的母亲旧姓南门，是富甲一方、官位颇高的望族。而南门家开枝散叶最为茂盛的要数凛浦侯这一脉，他一生有二十三子、七女，共三十个子嗣，虽成活者只有半数，却不影响其势力增长。这余下十五人中，唯有三女，其中一女难产而亡，另一女染病虽未亡，却残了。仅剩一女，年方十七，名皓绾，由国君钦赐翁主名号，人称绾姬翁主，系南葵姨母。

皓绾人如其名，肤白如月，青丝似缎，容颜美艳胜过花皇牡丹。她养尊处优，是凛浦侯的心头肉，加之兄长居多，她排位倒数第四，下头只有几个岁及总角的弟弟，更得府中上下万千宠爱，难免骄纵狂傲，便不食人间烟火，整日弹琴作画不问冷暖，唯独对侄女南葵疼爱有加，南葵也愿与之亲近。

某日艳阳高照，只有八岁的南葵随父前往白虎城拜访舅公，恰逢宅邸门前聚满人潮，南葵踮脚相望，见到姨母与侍女站在门旁，面前则有位玉树临风的男子。他衣衫华贵，腰间玉佩也色泽稀罕，虽不及姨母身上物件儿贵重，但依南葵所看，他最少也是个国戚。

然而，在貌美若仙的绾姬翁主面前，他卑微如尘，连同身后一众随从都恭恭敬敬的。他垂首低额，极为诚恳道："我已久闻翁主芳名，时常为佳人茶饭不思。今日相见，更是觉翁主传闻与画像中还要美上百倍。我也是诚心诚意，还请翁主允许我与仆人进府同凛浦侯提亲，今生今世，我虞榕非绾姬翁主不娶。"

皓绾却傲慢地冷哼一声，蔑视道："你不过是刚结束流放的没落贵族罢了，若不是你兄长近来在朝中地位有所提升，就凭你，也配同我攀谈？更莫说是共结连理了。"

这话倒是合情合理，堂堂翁主，其父是凛浦侯，白虎城之首，自然不是目前的区区虞家能够高攀的。只是当众羞辱一个心怀爱意的少年郎未免有些残酷，尤其是他面容姣好、气韵不凡，南葵不免会心疼他。

不过，虞姓之人绝非懂得"知难而退"，他们被流放数年，骨子里自有坚忍与强韧，这虞榕仍旧固执道："如翁主所言，长兄的确为朝廷效力有功，我虞家对陛下始终忠心耿耿，日后必定会位高权重，翁主嫁给我，不会吃亏。"

"日后？"皓绾嘲笑道："那便等你日后飞黄腾达时再来吧。"说罢，她便同侍女转身回府，众人四散，南葵和父亲也要去登门了，徒留他与侍从站在朱门之前，南葵瞥见他身姿僵硬，冰冷的眼神中看不出情绪。

或许是她还太小，不懂他藏着心魔的沉默。

然而，仿佛是一语成谶，在那之后的两年时间里，虞家一路征战有功，不仅为国扩张了大面积的领土，又为焰国进贡了其他小国的女子为婢，虞家长子虞陶自是得了国君厚爱，封赏不断，恩赐不绝，竟摇身一变，成为朝中新贵，抢尽了朝中重臣的风头。其胞弟也因辅佐兄长而蒙受皇恩，有幸被问及婚配之事时，道出心仪女子，便被国君亲赐凛浦侯之女为正妻。

大婚之前，必须履行六礼。一曰纳采，二曰问吉，三曰纳吉，四曰纳征，五曰请期，六曰亲迎。且聘礼是按皇室公主的礼遇奉上的，黄金二百斤、白银万两、马匹六十、金银茶筒各一双、绸缎千匹、驮甲二十、名玉

五十、如意八柄、活雁成对。雁为候鸟，顺乎阴阳之意，取其忠贞不贰，其余三十余种，如玄、纁、清酒、蒲、苇、卷柏、嘉禾、长命缕、五色丝、合欢铃、九子墨、舍利兽、鹿等稀罕物品琳琅满目，竟连龙凤呈祥的玉盘也有，真是礼待如王孙，令皓绾享尽了十万风光。

虞榕的种种表现，的确彰显了对皓绾日月可鉴的真情，连皓绾也信了这份以金银做保障的真情。想来她自幼骄纵跋扈，及笄后又得众多公子追求，如今得以嫁入与她门户匹配的虞府，自当觉得高人一等。

可惜的是成婚一年有余，皓绾的肚子却没有任何动静，虞榕虽对她宠爱如初，可心里免不了对她的刁蛮性子产生倦意。且皓绾发现他书房里藏着一幅画像，他每日都要去看那画中女子不下三回。皓绾心怀醋意已久，一日趁他不在，便前去打算毁了那画，偏生瞧见画中人与她长得一模一样，她当下大喜，只觉得虞榕定是深爱自己才偷偷为她作画，她又如何舍得撕掉自己的画像呢？

哪知半年之后，虞榕却纳了一位姜室回府。那位姜姿容与皓绾颇有几分神似，却比她更为年轻，更为娇嫩，脾性也更为顺从体贴。如此一来，姜便分走了虞榕近乎一半的心思，着实惹得皓绾大怒。可虞榕非但不理会她的泼辣，反而开始冷落起她来。姜也仗着年轻貌美，又得了势，在人前也胆大包天地打压起皓绾的威风来。皓绾哪里受得了这种欺辱，干脆一不做二不休，要娘家人把姜杀了。

不料中途失手，姜遍体鳞伤地跑回到虞榕面前控诉皓绾的罪行，这无疑是对虞榕与皓绾之间本就危在旦夕的情意火上浇油，他至此不再同她共寝，这般做派很快就在府中四散而开，连下人都敢笑皓绾被冷落，一些心术不正的，还会大言不惭地当着她的面讥讽。而她的侍女气不过，与之理论，当天夜里就被一众人等打折了腿，再没人能帮皓绾端茶倒水了。

虞榕那头也不消停，接二连三地纳了第二个姜、第三个、第四个，甚至更多，她们一个比一个年岁小，却清一色地都与皓绾的模样相似。然而他却不再看她一眼了，她被他的冷酷无情折磨得郁郁寡欢，整日唯有弹琴解忧，她指下的弦音凄幽哀怨，全然不像曾经那般意气风发、骄傲美艳。绾姬翁主的一颗心，已是千疮百孔，偏生雪上加霜的是，那年寒冬腊月之际，凛浦侯因在朝中与大将军虞陶意见不一而被虞家势力扳倒，凛浦侯被打入大狱，皓绾闻言，几欲崩溃。兄长们尚且未被牵连，可他们偷偷捎信给皓绾，恳求她

在这时能怀上虞氏骨肉，虞家或许会念及此等情分而饶南门家一命。

皓绾再也顾不得颜面，当下便去恳求虞榕。她将自己打扮得如当年他第一眼见她时那般美丽，她决心自此以后，为奴为婢一般地去伺候他，只要他能让她怀上一个孩子，救她父亲全家。男人嘛，终究还是在意肉欲的，他与她又是结发夫妻，此前虽冷落她，可她这般低声下气的卑微，虞榕毕竟也要心生怜悯。好在皇天不负苦心人，皓绾自那夜有了身孕，可这事却被虞榕的兄长知道了，他不仅责罚虞榕软弱无知，还命他想个法子将皓绾和腹中孩儿一起解决了，凛湃侯与他为敌，便是与整个虞家为敌，又岂能让仇敌的女儿怀上孽种？怕是日后成活，将是春风吹又生的祸根。

但虞榕念及夫妻情分，终是不忍，到底还是将皓绾放走了。可皓绾却无论如何也不明白身怀有孕的她为何还要被遣走，加之救父心切，她非但不肯走，还质问起虞榕的朝三暮四、负心薄幸，他可有半分做到当年迎娶她之时的承诺？她本是下嫁，虞家即便出了他兄长那样一个大将军，也到底是不如南门家的血统尊贵！

而虞榕最见不得她泼辣蛮横时模样，干脆脱口说出从未爱过她的事实。皓绾惊诧万分，不敢置信地念叨着不可能，且说那幅画，以及那画中的女子……

"翁主，你难道以为画中女子是你？"说这话的人，是带兵而来的虞家长兄，他目光狠戾，字字珠玑："我弟弟与我不同，他仁者之心，优柔寡断，倒是个十足的情种。偏生却在几年前途经昆仑，有幸于洞中见到壁画神像，回来之后同我等眉飞色舞地感慨藐姑射之山，有神人居焉，肌肤若冰雪，绰约若处子，不食五谷，吸风饮露。呵，竟是深深地迷恋上壁画中人了。自那开始，他托人画出仙子模样，藏于书阁之中日夜欣赏，又满天下地搜寻与画中人相似的女子，而你，算不上是最像的一个，却是最傲慢的一个。你可知你当众羞辱他时，也是在蔑视我们整个虞氏？他会不会憎恨你？我偌大的虞家又将在得势之后如何待你们南门一族？"

他的这一番话，令皓绾如遭雷击，她如何能相信自己只是一个画中人的替身？她的骄傲与美丽，竟因此而错付数年，这要她如何甘心？她本该要配天下最不凡的男子才是，却在今日落得如此凄凉惨败的地步。她随即发出一声疯魔般的怒吼，待到回过神时，她竟然已是冲到虞榕的书房，将他珍藏的画像撕毁成了千片万片，转头看见虞榕追了过来，她怒斥他道："我虽傲慢成性，可自从嫁与你后，我从未有分毫不守妇道之举，而我之脾性，你皆知晓，又如何在今日成了你厌恶我的借口？你再三纳妾，也不过是寻你想要的替身，是你自己逃不过心魔，却要我做你心魔的牺牲品！想来这些年，你寄居在你兄长的荣威之下不思进取，酒池肉林奢靡无度，冷漠待我不说，又联合你兄长害我父亲入狱，我怀上你的骨肉，你却无动于衷，竟听信你兄长言辞而对我起了迫害之心，倘若我南门家势力一如当年，又怎会轮到你等在此胡作非为？而即便我南门今日家道中落，你又怎可仗着得势而欺我有孕在身的女流之辈？难道多年来的夫妻之情，也抵不过你的心魔不成？"

虞榕被骂得不知所措，张口结舌，他兄长不似他这般举棋不定，堂堂朝中大将怎能容妇人在此口出狂言？他当即下令，武断判定皓绾腹中胎儿是女婴，而女婴无法为虞家光宗耀祖，不如就此打掉，反正绾姬翁主风华正茂，日后也还可再怀子嗣！

这令一下，便有手持棍棒的士兵冲向皓绾，他们面目冷酷，如鬼似煞，手中棍棒纷纷落在皓绾的肚子上，便是要以此种惨绝人寰的方式将她不足三月的胎儿活生生打下。皓绾无处躲藏，只能在无情的棍棒下苦苦哀号，她不得不向虞榕求救，祈求他能保住尚未出世的孩儿。

可虞榕生性懦弱，又不敢违背兄长，料想她怀的既是南门孽种，又是女婴，留下何用？他狠心别开脸，对兄长道："我不愿见她那般看着我，她的眼神实在让人心生寒意。"

兄长便命人剜去了皓绾的双眼，她再不必去看虞榕或是任何人了。而她身下已然一片血水，孩儿究竟是男是女，更是不得而知。那虞大将军说是女婴，便是女婴了，在场有何人能与他争？可怜她孤苦伶仃，救不下父亲，反倒赔上了婴孩的性命。早知如此，又何必让其在她腹中走上一遭，尝此痛楚？

只是孽已铸成，她没有回头路可走，加上万念俱灰，又是这般受辱，她摸索着爬起身来，料想这附近有一口深井，纵是决绝地跳了下去。绾姬翁主死了，凛湳侯也于狱中被逼自尽。其余四散的子嗣，皆疯的疯，流亡的流亡，南门这脉几乎于此而断了。坊间不知怎么就传出了这事，众人议论纷纷，说得最多的就是那翁主若怀上男婴，或许会救她和南门一脉的命。说来说去，也都是女子要比男子低贱，生来就要做男子的垫脚石。然而天道循环莫测，福祸相依相生，月盈则亏，乐极生悲。纵使命运残酷，也皆是因为人

人逃不出心魔。

"那年我只有十三岁，幸得国君旨意，只有我们姬家才能为姑姑与舅公送葬。或许，每个人的心里都住着魔，姑姑的心魔是她的傲慢、嫉妒，可害死她的人也不只有虞家长兄，她那毫不作为的夫君才是罪不可恕，终日里被心魔缠身，将壁画中人视为心头之爱，由此引发一场悲剧，他害死的人又何止是我可怜的姑姑？怕是有数不清的侍妾死于他手，也有不计其数的女婴在他府中消失，而他却全然不觉有错，实在可悲可怖。"南葵道尽这些，内心里是无尽的哀叹与苍凉。

和墨也未作声，只觉红尘人世，太多因私欲而毁人、毁己的过往，世人不知悔改，非要竭尽全力地去重蹈覆辙。可转念一想，南葵说起这些，足以证明她对婴灵一事有所觉悟，若是如此……

果然不出和墨所料，南葵很快便干脆地问他道："事不宜迟，我要提第三个问题了。关于此事，我该如何做才好？"

和墨略微露出了满意的笑容，他道："你所要做的，便是去查出究竟是何人打算要以婴灵塑人。等到天发杀机，我需要开启一条人间与冥界的通道，助婴灵殿的婴灵进入轮回，静候转世之机。届时，你的饕餮之身便要吸食尽那些巨大的恶念。"

诚然，十万婴灵的胎光无法正常回到冥界，只有借助天发杀机之时，才能打通天界、冥界和人间的三界通道。且冥界婴灵的怨气太重，需要冥帝以自身法力镇压，自是不能随意离开，所以才需要身为孟婆的南葵去彻查此事。

南葵想了想，精明地道："可我总不能两手空空地去涉足如此险恶之事吧？"

和墨早知她会这么问，只宽慰一笑："自是已为你准备齐全。"

说罢，他长袖一挥，南葵的回廊弯刀立即出现于半空中。不同的是，弯刀已受和墨点化，刀刃两侧出现凹槽，意为阴阳两面，一面血，一面泪。凡人以其血注入，可以窥探其记忆，而凡人以其泪注入，便可窥探其灵魂。如此一来，回廊弯刀自是能够助她一臂之力。

南葵笑了一下，心中也多了些踏实，接过崭新的弯刀道："这的确能帮我做很多事情了。"

且还有另一宝贝送予她。是一头巨兽，脸孔狰狞凶恶，身形巨大，四肢缠冰，蹄下却腾火。和墨唤他为君儒，并对南葵表明，他也是饕餮的分身所化。

南葵念着这名，想起那话：汝为君子儒，无为小人儒。看来是希望他人如其名了。

此兽将成为南葵的坐骑，可携南葵任意往返于三界。如不召唤，他平日里都在冥界等候南葵差遣，也可以摇身一变，化作人形随南葵左右。且他模样还是一名极其艳丽妖娆的公子，南葵自是极为满意。

同和墨道谢后，南葵问出最后一问："从何处入手彻查？"

和墨点头示意道："自然是从致使你丧命的天香珑叶开始查起。"

南葵眼睛一亮，心想着天香珑叶生长于昆仑之地，非但可以使人体产生寒意，说不定也能安抚那些被塑造出来的婴灵。毕竟那些胎光长期脱离母体，极易产生骚动，而天香珑叶作为稀世药草，自然是十分重要了。

第七节

　　待这些都已交代妥当之后，和墨自是到了离开的时候。南葵将宝刀回廊藏于腰间，恭敬地目送和墨离去。而后，她想着自己也应从这梦境中走出才是，可刚想唤醒自己的灵识时，整个人却被一股强大的力量拉去了另一个幻境里。

　　她有些许茫然地打量着这奇异的景色，如同仙境，美轮美奂，云端之上更是飞舞着成群结伴的仙子，她们手捧花枝，身穿霓裳，正嬉笑着朝天际那边的云阁飞去。

　　南葵见状，心觉有趣，便也想跟随仙子脚步去一探究竟。然而走着走着，她被脚下异物所绊，低头去看，竟是一个梨木雕花的酒壶。她疑惑地俯身去拾，酒壶却一蹦一蹦地自己跑了起来。她吃惊地去追，酒壶已带她来到阴冷幽暗的河畔，长泾犹如黄泉，铺满白骨与红花。

　　南葵心下一惊，立即察觉到这梦境是在奈何桥头。周围极其静谧，那酒壶也不跑了，"啪"的一声倒在了地上，便有一只玉白如凝脂的皓腕把它拾了起来，将壶中佳酿洒向桥下忘川之中，待到最后一滴烈酒倒尽，壶身便悠悠然地化作一股青烟，像是了却尘缘那般散去了。

　　夜风缓缓吹拂，一抹赤红色的光晕忽明忽暗地闪动。顺着那光浮动的地方看去，南葵看到那光是缀在皓腕主人身上的印记，似艳红藤蔓，纠缠着盛放出一朵名为曼珠沙华的花。

　　她与自己有着相同的印记，也就是说，她也是孟婆。可三界之中又怎会同时存在两名孟婆？南葵充满疑虑地又走近一些，见到站在桥上的女子一袭白衣，颇有几分仙风道骨的气韵。石阶相连处，她的繁复裙摆逶迤身后，鬓间步摇摇晃晃，正端着一碗汤汁缓步踏上阶梯。

　　见此情景，聪慧如南葵，顷刻间便恍然大悟，这定是前任孟婆前往轮回时的景象，而她认出了前任孟婆的姿容，正是她心中憧憬的传世之人——女帝揽月。

不承想在她之前担任孟婆的人竟会是如此传奇的人物，想来揽月守在冥府百余年，也必定历尽了千万魂灵的前世悲欢与爱恨别离。而如今，也终是轮到南葵自己走上这座承载着轮回、分隔出阴阳的奈何桥。

桥上每多走一步，揽月腕上的印记也越发朦胧，她的唇边勾出淡然而释怀的笑意，轻垂眼波，怅然道："必是揽月的宿命，无法目睹天下太平，可却能见天下隐现太平之希望，此已足矣！唯独……身在冥府做了近百年孟婆，仍旧不见故人来，实在抱憾不已。"

南葵闻言，当即顿悟，心想着"故人"二字，指的定是他。

当年，身为公主的揽月仅有十四岁，她打从襁褓里便体弱多病，父皇母后为她寻遍天下名医，皆是无果，就如孱弱病树那般残喘到了及笄之龄。某日，父皇梦到她将死，惊醒之后悲恸大哭，随即仓皇地跑去她的寝殿，果真见她已然奄奄一息，奈何宫廷御医为数众多，却全部束手无策。然而奇异的是，尚存意识的揽月竟听到了宫墙之外数十里、风拂玉佩摇动于空的簌簌声响。她嗫嚅着，希望能去墙外寻那玉，她认定他身上戴玉……父皇以为她是回光返照，定当圆她死前心愿，便动用所有侍卫去宫墙外寻戴玉的人。便也是巧，墙外果真有一腰戴狮形玉佩的男子。

他是云游于此的道人，名为枫离。

不知这算不算起死回生，揽月那时已经是断气了的，可枫离赶来之后，以金色的细针悬脉，约莫半炷香的工夫，她忽地倒吸一口气，竟是睁开了双眼。最先映入视线的，并非激动欣喜的父皇，也不是谢天谢地的母后，更不是周遭那群欢欣鼓舞的侍女与御医，她看进眼里的，唯有那名坐于她榻旁、面目清润、出世脱俗、风骨如仙的道人。

恍惚之中，她以为自己必定是死透了，否则怎会进入仙界遇见仙人？她甚至流下清泪，探手握住他道："多谢仙尊救我脱离病痛，从今以后，我再不必受疾苦折磨了……"

枫离眉眼含笑，回她道："公主不必多礼，只是从今以后，公主的确不必再受病魔纠缠了。"

而后几日，揽月清醒后才知，她并未升仙，而是起死回生。想来久病不愈的她居然能被救活，且变得生龙活虎，与此前判若两人，她觉得那名为枫

离的道人实在高明。一如他说的那般，有他的金针医治，她自是同缠人的病痛道别了。

由于枫离救下了公主，自然受到了皇室的礼遇。皇上与皇后对他感激不已，朝廷上下也都很敬重他，而为保全揽月的病症不再复发，他必要再为她悬脉数日，在此期间，不光是治她的病，他也会同她讲起人间大道。

只不过，天下大道可讲，但自身修行的道却不可轻传。揽月问他原因，他也会耐心地同她细细道明。

"其一，造化弄人，要人有生有死，有死有生。而修道者，偏要长生，以与造化相反抗。如若后人没有超群的毅力、绝顶的聪明、深宏的德量，结果注定失败。但败之后，不咎自己资质平平，却怪为师者妄语。口诀不灵，是多收一个徒弟，就多一层烦恼。因此非遇载道之器，不能轻传。"

揽月闻言，以手枕头，好奇地追问："听着倒是有点道理，那其二呢？"

枫离悠然接道："其二，凡事得来容易的，于人心中，便不会觉得贵重。一旦实行，必以游戏态度处之。世上人情，大都如此。而修道是一种最为高尚之事，若视同游戏，岂能有好的结果？因此，传道之人，时常故意刁难学道之人，以此来观察对方是否有诚恳之心志，自是不能够轻传。"

揽月做出感兴趣的模样："哦？那以枫离道人这般高洁的做派，也会刁难旁人不成？"

枫离瞟她一眼，慢悠悠道："公主听得不够专心，我方才讲的刁难是针对学道之人，区区旁人，又怎会是虔诚的学道者呢？"

揽月同情道："好一个虔诚，却要沦落去被刁难了。"

枫离拾起案桌上的一把折扇，继续同她道："我要同你讲其三了，这道，是三界万物与生灵所共有的，法是人类智慧的结晶，术是依法证道或护法行道的手段。道只有一，法，则有上、中、下三等之差别，术更有古今邪正巧拙利害之不同。道可以与众公示，与千万人听闻。著书立说，与全世界相见。法当按三等之阶级，选择上、中、下三等根器而授之，不可以一法教多人，免致扞格不通。术更须择时、择地、择人，从而酌量其可传与否。有几种秘术，虽能速获神效，却惊世骇俗，易招毁谤。若一显扬，必生反动，对于实行大有障碍。宁可秘而藏之，免致门外汉乱加评判。因此，不能轻传。"

揽月坐起身来，忽然不依不饶道："你便是不肯传道于我了，即便救我一命，却不肯授我道义，看来你认定我是愚笨的门外汉了。"

"你这话便说得言重了。"枫离有一搭没一搭地摇着扇子，解释道，"我接下来要讲其四，你就会明白其中缘由了。为师者当日学得口诀时，必定要发一种誓词。'不许妄传匪人，若妄传者，必遭灾祸'。此乃最平常之誓词，但也有更深一层的，'生受人天之诛，死受地狱之苦'，而既已发过这许多誓，许诺之人不免终日忐忑。因此为师者，日后传人，也会战战兢兢，恐怕自己偶不小心，犯了誓语，当真不能轻传了。"

揽月轻哼了一声，并不信他，问道："可还有其他借口？"

"借口算不上，倒是剩下最后一条——为师者自己当日得传真法，求来极为不易。或经过许多岁月，或历过许多艰辛，或受过许多磨折，或宿世机缘成熟，最后方能得诀归来。至此，他将认定自己生平所经历之过程是初学者的榜样。倘若资质平庸之人不合于他平日经历的苦难，他便觉得便宜了对方，也算是了坏了本心，因此，更不能轻传。

"为师者，传于弟子们之门内密法，皆有因缘际会。若是上等根器又福报深厚之人，自然可得传承。而这先天而来之根器品类，有道是：万般皆凭天，半点不由人。为人者只能广积福报、多施善种。"

说到此处，枫离若有所思地低叹一声，转而侧过眼，与揽月双目相对。少女的眼底神光变幻，如苍穹之中雾翻云涌，自有一股气势不凡的光华韵色。

这女子命中注定大难不死，或许，在日后将会有惊人之举。枫离暗暗想。

揽月的目光却移到了他腰间的玉佩上，是狮形的，长穗细密，玉珠交织，她用手指去轻轻触碰色泽不一的珠子，歪过头来略有思量地道着："当日我听见的声响，大概就是这些珠子撞击玉佩时发出的吧。"

宫墙之外，十里长廊，如此微小的窸窣声却传到了她的耳中，枫离竟因此而轻蹙眉头，喃喃道："祸兮，福之所倚；福兮，祸之所伏。孰知其极？其无正也。正复为奇，善复为妖。人之迷，其日固久。"

人有福，则富贵至；富贵至，则衣食美；衣食美，则骄心生；骄心生，则行邪僻而动弃理。行邪僻，则身死夭；动弃理，则无成功。夫内有死夭之难，而外无成功之名者，大祸也，而祸本生于有福，故曰：福兮祸之所伏。

塞翁失马，焉知非福；塞翁得马，安知非祸。红尘凡人，居安思危，饱

不忘饥，存不忘亡，福不忘祸。而他当日救她一命，于旁人眼中是福，可于他与她而言，未必非祸。

同年十一月，秋末冬初，雁群南飞，皇室围猎。揽月的体质已越发康健，自是参与围猎赛事，寻个开心。她本就资质聪颖，若不是被病痛耽搁，她早会在一众王孙贵族中崭露头角。几支精准的箭矢射出，她追赶的那只玉色长尾狐逃窜于林中。而第四箭射出，一箭穿心，长尾狐丧命树下，揽月兴致勃勃地抓起它来，竟发现树旁的窝里还有三只幼弱的狐崽。见此情景，揽月心生愧疚，只好将狐崽带回宫里饲养。枫离却劝她将其放归山林，以免违背天意。揽月向来尊敬枫离，对他的"吩咐"无不应从，唯独这次她一意孤行，枫离不再阻拦，只道："世间百态，皆有定数，因果循环，莫要强求。"

她抬头看他："若是如此，你曾经救我之事，岂不是有违天命？"

他垂眼："此时不可同日而语，你有你的宿命，我只是助你圆满。"

她不再说话，低头望着怀中的狐崽，殊不知，宫外已然爆发了民间起义，惊乱朱颜的战争接踵而至，血腥残酷的乱世序幕就此开启。天下人心大变，道义不能仅存于他一人之心，他常年行走天地，传世间大道，除去恶念，留下光明。待到为揽月收尾最后一针，枫离便不辞而别了。

他离开了壮丽的皇宫，再度踏上孤独而又坦然的前路。

次年春天，西王朝战乱升级，皇上因被篡位之人投毒而驾崩，皇后也被逼得疯癫坠河，剩下皇子公主分裂派系，乱党辅佐三皇子登上王座，可惜还未坐定五日，便遭到暗中策谋的臣子推下了台。又隔了数月，北方大旱，百姓无水，饿殍遍地，山河疮痍，公主揽月呼吁宫中停止内斗，必要先救百姓才能延续西王朝的命脉。许是看重了她的仁者之心，当年秋时，资历颇深的重臣们背弃了嗜血的八皇子，转而投靠揽月，并辅佐她一举成为西王朝首位女帝。

称帝之后，揽月实行枫离之道，爱民如子、修山架桥、开疆拓土、恩威并施，她在位期间的西王朝繁荣富强，一度达到鼎盛。史书记载她治理有方，是一代明君，也是传奇人物。只可惜她死后，继位之人昏庸失道，引发天降灾祸，终是害得西王朝大势已去、气数衰尽。

而此般时刻，女帝揽月已于奈何桥上饮尽了一碗孟婆汤，要去投胎轮回了。站在桥下的南葵则是静默地凝视着她的背影，直到她的身姿越发模糊，南葵叹息的同时，也不免在心间暗暗钦佩道：揽月曾是一国公主，经贵人相救起死回生，称帝之后挽救了风雨飘摇的西王朝。她胸有大志，是个烈性的奇女子。从守疆土、退蛮族、抑分裂，再到诛佞臣、行变法、奖农耕……虽仅在位十年，却创造了不可复制的神话。据史书所记，她病重期间苦寻后继之人，亲手传位给侄儿之后才肯放心地撒手人寰。那侄子虽极为博学，却也不是病魔的对手，次年年底，他便也因病离世了。到了最后，帝位落在不思进取的新帝手中，没出三年，西王朝悲惨落幕，九州大陆再次被列国切割陷入动荡局势。

而西王朝第一女帝揽月，身携万重紫光，头坠龙凤玉笈，她赏尽了天下繁华，感情生活也是被民间之人津津乐道。说书人道她心仪年纪相仿的侄子，因受到礼法约束才无法相守，只能将帝位传给他来弥补遗憾；也有其他版本说女帝揽月心仪蛮族之地的大王，所以才有女帝轻易退蛮族的丰功伟绩；更有甚者，谈笑女帝少时大病总也治不好，许是命格犯了天星，最后来了个道长使她起死回生，便是因此，女帝一颗心都落在了那道长身上，可惜道长有传大道之心，不会拘泥于儿女情长……

想必位居高位之人，总会有各式各样的奇闻故事缠身，众人夸夸其谈，或无中生有，或添油加醋，尤其对方是个女子。世人更喜欢的是她鬓间的风花雪月，竟不愿去仔细地瞧她创下的功绩伟业。

但南葵自幼年时期，便是崇拜着女帝揽月的。她自是十分厌恶那些被红尘俗客编造而出的逸事，有时遇见她心情不畅时，还会义正词严地同说书人理论一番，直到将对方讲得哑口无言她才罢休。

而眼下，南葵得知自己是继揽月之后的新任孟婆，内心更是升腾起了几分自豪之意。

清风拂面，彼岸花飞，大片飘摇的曼珠沙华丛中传来了悠远的琴声。

阵阵弦音如流光疾驰，又似朱蝶振翅，轻盈中流露出一股令人闻之动容的悲切。南葵不由自主地沉醉其中，闭眼享受，只觉这凄楚哀怨的曲调竟别有一番婉转曼妙的意味，更是情难自禁地想着：若是琴瑟如仙、名震焰国的振鹭在此，他的琴曲会否略胜一筹呢？

哪料耳畔忽然传来一阵急促的敲门声。

南葵猛地睁开了双眼，她这才从梦境中苏醒过来，见周遭景色是酒楼客房的模样，她便放下了心，转而问门外的人："谁？"

"是我。"姬仁宣的声音略显低沉，他顿了顿，方才继续道，"辜振鹭来了。"

南葵心下一惊，原来已是约定的傍晚时分。明知是时候了，可她却在这节骨眼上犹豫退缩起来。

所幸姬仁宣在这时解决了她的顾虑，道："我要先同他私下里谈些事情，他此前托人捎话给我，有要事告知于我，你且稍作等候，待时机成熟，我便会带他来与你相见。"

她像是释怀，又像是沮丧，默然地应了声："好。"

姬仁宣便转过身，朝来时的长廊走去。拐了几道弯，穿过月亮门，来到东侧厢房时，婢女正在给辜振鹭斟茶。

感到门外有身影浮动，辜振鹭眼角余光瞥见来者，立即站了起来。

姬仁宣略年长于他，辜振鹭又格外注重礼仪，每次见面都会恭敬相待。姬仁宣示意他不必拘礼，只管坐下。辜振鹭点头示意，却也没有立即照做。他今日穿了一身墨莲色的锦绣衣衫，外罩氤氲轻纱，下摆的暗纹浮现出斑斓孔雀与翠竹斜影，腰间挂着的是楼阁样式的白玉佩，恰逢木窗外夜风徐徐，吹进馨香花瓣，有几片落在他的皂靴上头，倒衬得他有三分愁绪、七分忧虑了。

姬仁宣坐到他旁边，中间隔着紫木雕花案几，同他道："振鹭，多日不见，别来无恙？"

"托仁宣兄洪福。"他说着，这才缓缓地重新坐下，神色谨慎地四处观望了一番。

姬仁宣明晰他意，起身检查了门窗，确定锁紧之后才安抚他道："放心，此处只有你我二人，门外嘛，大概也只剩树上的鸟雀了。"

辜振鹭便安了心，低声叹道："其实今日就算仁宣兄不找我，我也是要来见你的，我有要紧的消息要让你知晓。"话到此处，他的语调更为谨慎："近来朝中琐事颇多，坊间也极不太平，虞大将军今日在朝上决意出兵，欲讨伐进献寒玉棋的弥国。"

姬仁宣端起茶盏，蹙起眉头，他自然可以料想到虞陶出兵的理由，便道："怕不是要以辜峤中毒之事做引子吧？"

辜振鹭点了点头。

诚然，所幸那寒玉棋盘是送到了辜峤手上，若是陛下留下自行享用，遭遇毒害的岂不是要成了当今国君？

"正如虞大将军所言，那奇异之毒的确生长于弥国深山之中，周遭深林长河、荆棘丛生，除非是本国土著，否则无法适应当地气候，更别说得其物件。"辜振鹭思维缜密，条理清晰，字字珠玑，"再者，九州大陆皆知弥国出美人，前一次战败之后，他们为了讨好焰国而贡献美人无数，着实令弥国国民对焰国憎恨万分，若是因此而萌发了毒害国君的念头，也绝非不可思议。"

姬仁宣默默会意，意味深长地道："却不料寒玉棋被国君赏赐给了帝师。"

辜振鹭垂下眼帘，他与姬仁宣二人皆知，早在一年前的战乱之中，虞陶便想要斩草除根地将弥国灭掉，却遭辜峤阻拦。依辜峤所言，要平衡三国势力，不能急于表露野心，否则与焰国鼎立称雄的其他两国会团结周围小国来一举攻打焰国。

当日在朝上，虞陶对辜峤的瞻前顾后嗤之以鼻，但是国君却认为辜峤言之有理，毕竟辜峤曾是陛下的恩师，且辅佐他近二十年，自当结下了深情厚谊。

只是如今，辜峤已一病不起，且虞陶的女儿成了国君的宠妃，虞氏权势更增，故而在他提议出兵时，朝内的反对声寥寥无几。

"此前有父亲能制衡于他，可眼下，怕是已无人能够阻拦他讨伐弥国了。乱世之争，在所难免。"辜振鹭说这话时语气极为怅然与惋惜，便是因此，姬仁宣的心中泛起了思量。

他深知辜家有辜峤庇佑，在朝中一直如鱼得水，辜振鹭有顶好的阳关大道可走，一身的清高贵气也是骨中浑成。

只是，他不知为何会在此时忆起几年前的往事。

他护送特殊的货物前往边界，是受朝廷重臣的委托。许是担心货物有恙，朝中还特派了一行护卫随同，领队的人则是辜振鹭。说来也怪，他乃清雅文人，本不该蹚此浑水，可既是辜峤口谕，他身为辜家后继者自是不敢有违。

那时正值晚秋时节，辜振鹭还只有十五岁，姬仁宣虽同他幼时熟识，但那也只是私下里。而那日于货运途中相见，姬仁宣略有诧异，本想问他缘由，辜振鹭却一脸的公事公办，俨然愿做他父亲认定的可靠傀儡。

他从不会反驳辜峤的任何要求，抑或是吩咐。即便是要他违背本心，他怕也是会甘心顺从。

待到一行人到了边境小城，黄沙漫天，衰草斜阳，辜振鹭许是体力不支，坐在马背上有些摇晃。姬仁宣敏锐地察觉到了这点，又不想伤了他的自尊，便谎称自己累了，要整队人马停下，去客栈稍作休息。

可惜茶还没喝完一杯，便遇见了劫货的匪徒。好在随行护卫皆是铁衣长剑，姬仁宣甚至无须拔刀，数名不识好歹的劫匪便死于护卫之手。残月徐徐地攀上了灰白的天边，荒漠中下起了淅淅沥沥的小雨，辜振鹭的脸上溅到了战斗时的血迹，他嫌恶地以袖抹拭，转身瞬间，接到了姬仁宣抛给他的酒囊。

他眼中有迟疑，姬仁宣道在下着雨的大漠地带，只有喝了烈酒才能御寒。他虽不情愿，但也还是照做了。想来酒肉欢愉之事，大抵是不如琴棋书画能够引起他兴致的，周遭的年长护卫便有人笑他毕竟年少，时时刻刻拘束得很，待到年岁再长些，经历男女情事之后便会有所不同了。

他觉那话污耳，起身坐去了里头的位置。而那帮刚刚历经杀伐的大汉们只管喝酒吃肉，倒是无所顾忌地好生快活。

辜振鹭与他们是合不来的，他端着一碗清茶，沉默地遥望着外头的雨幕。直到听见脚步声，转而看到姬仁宣走到他对面，辜振鹭这才展露笑意，邀请他一同坐下。

也许旁人会怪他薄情淡漠，可他只是对同行之人有所挑剔罢了。他这一生，都将在盛世繁花之中被万人敬捧，是良才，是名玉，风沙不配沾染他，便是这样不食人间烟火之人，却格外钟爱姬仁宣身上的温润与宽容。

辜振鹭对他很信任，他对此也是深信不疑。但是否该在这时救他父亲醒来，姬仁宣却心有踌躇。可那毕竟是她冒死带回来的，必定是救人要紧。

姬仁宣从回忆中抽出思绪，随即将袖中一枚精致方盒取出，推到辜振鹭面前，说道："这是余下的天香珑叶，你拿去救帝师吧。"

辜振鹭神情微微一滞，手中茶盏不由前倾，里头的茶液漾出两三滴，他讶异地看着姬仁宣，一如当年接过那酒囊时的表情。

姬仁宣知道他想要问什么，毕竟在如此短的时间内寻到天香珑叶实属奇迹，如若不是已成孟婆的南葵重返人间，他们怕是很难得此神药。

但他也只是欲言又止了片刻，很快便打消了疑虑。许是自小一同长大的情谊打消了他追问的冲动，毕竟那一场昆仑之行里有他所想象不到的绝望。

他斟酌着用词，试探着问道："仁宣兄，这般时日过去，关于她的消息……"

姬仁宣却充耳不闻一般地只管提醒他道："天香珑叶的药效必要精细提炼方可生效，你回去府上之后，且要同经验丰富的御医一起制药，这期间要经过七日，药成之后服下，见效也要三日，而我已在昨天将此草交给了城南姬府的陈老医，想必他已经开始提炼了，不出十日，二老便会苏醒。"

辜振鹭默然点头。他虽欣喜得到了天香珑叶，可心绪还是控制不住地停在另一个人的名字上。但他又不便多问，毕竟昆仑一行，二人去，一人回，尤其是像姬仁宣这样的人，怎愿旁人触及自己的伤痛？

像是看出了他的心思，姬仁宣沉默了半晌，转而低声道："她已身埋昆仑，再回不来了。"

辜振鹭手指一僵，犹疑道："正所谓活要见人，死要见尸，尚且还未寻到……"

姬仁宣一摆手，示意他不必再说下去了："区区凡人肉身而已，何以抵抗昆仑雪难？若骨崩血尽，支离破碎，岂还能寻到尸身？所幸她最终找到了天香珑叶，也算没有枉费一片孝心。"

辜振鹭喟叹一声，情难自禁地为她感到伤怀。早在姬仁宣回来不久后，辜振鹭便得知了此事，奈何姬仁宣执意要隐瞒，怕的便是日后两位长辈醒来后悲痛欲绝，所以联合姬辜二府上上下下统一了口风：若二老醒来问起南葵去向，皆要谎称她在采药时受了伤，须在雪山之下调养数月才能归家。

"可纸终究包不住火，又能瞒到几时？往后还长，仁宣兄，你要往前看才行。"辜振鹭始终觉得长痛不如短痛，尽管他也十分惋惜，但却已经接受了事实，唯独今日见到姬仁宣，见他面容仍旧布满疲惫与憔悴，怕是还未走出锥心之痛。

但这话才刚说完，辜振鹭忽觉有破绽，他想着天香珑叶是南葵在最后找到的，可按姬仁宣所说，他连南葵最后一面都未见上，又怎会得到她寻来的天香珑叶？

他凝视着面前的姬仁宣，姬仁宣瞥见他的视线，竟也不躲闪，直视着他。

夜深人静，秋露如霜，皎月高挂，万物静谧，忽然传来敲门声。

"笃笃——笃笃——"

是南葵站在门外。她早已等不及，便私自寻到了这里。

姬仁宣早已料到她会沉不住气，心中叹息一声，目光重新投向辜振鹭道："振鹭，你替我去开门吧。"

辜振鹭闻言，眼露困惑。

姬仁宣轻笑着小声道："门外来人若是陌生女子的话，你就编个谎替我开脱吧，许是来找我哭哭啼啼的，我也有我不得已的苦衷，可却不喜欢惹人纠缠。"

他这话不免令辜振鹭略有羞意，想来仁宣兄玉貌华姿，必定是要招惹许多女子垂青的。接着，姬仁宣又道："但若门外是熟人的话……"话到此处，他笑意显得无奈了些，顿了顿，才道："若是熟人，那便邀她一同叙旧好了。"

辜振鹭尴尬赔笑，那敲门声再一次响起，这一回有些急促，令他忙起身去开。

"吱呀"一声，辜振鹭打开了厢房的门，只见月色之中站着一位身穿素白长裙的美丽女子。她领襟处印满了桃花，看似纯色衣服，略一举手投足，衣上的狴犴暗纹便隐隐浮动而现，衬着她那绝色美艳的面容，更像是仙山来客，且风流别致的如云鬟俏皮娇丽，腰间赤金铃声似涟漪撩拨水面，惑人心智，一双百蝶花样的芙蓉鞋，像极了画卷上那些国色天香的飞天神女。

辜振鹭看她看得入迷，可猛然意识到这陌生的面孔虽美，但也许是仁宣兄的……他便立即移开视线，不敢再去正视。然而，却听见她不敢置信地问道：

"你认不出我吗？"

他一怔，并未听懂她的话，唯有将目光再次停顿在她的面容上，只是匆匆一眼，而后是客气地颔首。

她愣在他面前，竟有种恍如隔世的凄凉。

而他忘记了要驱赶"陌生女子"，竟同身后的姬仁宣交代了几句，姬仁宣略显局促地起身走来，三人伫立相望，最终是辜振鹭意识到气氛怪异，便赶忙找了个说辞，匆匆离开。

他一步步从她身旁擦肩而去，她心跳剧烈，猛然间欲挽留他，可动作终究是停留在半空中，因为她深知，他所看见的她是另外的面孔，这无非是一场落花有情流水无意的终曲，所幸她今日得知了，早一点知晓，便早一点明了，又何必去苦苦相逼呢？

所以，她只是静默地望着他的背影逐渐消失，而她自己的整个灵魂都像是被抽得精光。

姬仁宣在这时走到她的身边，侧眼便能看见她苍白的脸色，只得提醒她道："人已经走了，你也不必多想了。"

南葵的眼中无悲无喜，她在此时回想起辜振鹭曾经对她有过的温柔、怜惜，或许也只是晚秋飘落的红枫，虽浓重，却坠如枯叶，转瞬成灰，不容她沉溺其中。可她仿佛还能听到从前在一起嬉闹时的欢笑之声，她垂眼看向手腕处的印记，心中已然有了定数，瞬间释然道："我曾无数次地幻想过今日相见时的景象，我也担心他会不会在最初认不出我，却没想到他始终都不知我是谁，着实令我感到非常气馁，如坠冰窟……"

姬仁宣不动声色地驳她道："你也不是没有坠过冰窟，还需要'如'吗？"

"说得也是，我在昆仑雪山上已经尝尽苦头了。"南葵的语调虽在打趣，心里还是难抑悲痛，她不想因此而落泪，却还是忍不住湿了眼眶，道："你现在会不会觉得，我这个妹妹很无用？"

姬仁宣宽慰地包容了她的无助与软弱，抬起手搂住她的肩膀，缓缓道："普天之下，也只有一个姬南葵，你若无用的话，那叫我去何处再寻到一个你来？"

南葵轻轻擦拭眼泪，倒是感动于姬仁宣的安抚："也的确只有你我兄妹才能认出庐山真面目，亲情之浓，着实不是旁的感情能够比拟的。虽无血缘，却当真是亲如一脉。"

听闻此言，姬仁宣的神色略有一变，良久，他低低吐息，沉声道："时间不早了，早些休息吧，我送你回房。其余的事情，待到明日再议。"

南葵落寞地点头，她随在姬仁宣的身边朝长廊的另一端走去，只觉周遭的红瓦粉墙似一条赤色巨蟒，若是稍有不慎，她便会被其吞噬。

而红尘之人皆是行走在这摇摇欲坠的七情六欲之中，她本以为自己成了孟婆之后会心境凉薄，却忘记了自己只是身份变更而已，至于内心，依然是从前的贪婪。她骨子里仍旧是个凡人，又住在冥府来者的身躯里，着实扭曲而撕扯。

穿堂夜风扬起她的裙角，与他的鬓边青丝。南葵望着他的侧脸，不足

片刻，他察觉到她的视线，略微侧目望进她的眼底，两人于月色中静静对视，忽又心领神会地一笑，仿佛此前所有阴霾，都已在这默契的笑意中一扫而尽。

而此时此刻的南葵也知道，她必须顾全大局，早日查出婴灵之祸背后之人，才是眼下最为重要的事。

七天时间过去了。

以天香珑叶为药引制成的解药已被姬牧弈与辜峤服下，再过三日，他们便会醒来。

在这夜长梦多的几日里，大将军虞陶已然出兵，九州大陆的形势似也因此而陷入了危急之态。

得知此事的南葵独自坐在房中沉思，她将喝光的茶盏倒扣在桌案上，烛火晃了晃，她想到自己接下冥帝的这项任务，也要尽早完成才是，且此事牵扯到父亲日后的安危，更是马虎不得。

但她并未将自己的怀疑告知姬仁宣，她当然不想将他牵连进来，前路坎坷，祸患交加，就连她自己行事，也必要一万个小心谨慎才行。的确，她最为怀疑的人是大将军虞陶。虽然那寒玉棋上的热毒生长于弥国境内，可虞陶曾在一年前征伐弥国，若想得到那毒，自然不在话下。再者，寒玉棋盘是他的女儿虞北棠同国君吹了枕边风后才送予辜峤的，想必也是受到了虞陶的指示才会刻意为之。而南葵会得知此事，也是说来话长。即便不知，她也能猜出几分，毕竟辜峤一死，虞陶在朝中便会少了一个强劲的政敌，也多了一个出兵的理由，自是无人能与他平分皇恩。

更何况，普通草芥之辈又如何能有能力制作婴灵呢？自然非权势与财富共存之人不可，如此可见，虞陶便逃不了干系。

倘若真的将婴灵重塑为人，那么虞陶将会建立一支绝对服从且无坚不摧的钢铁军队，篡位称帝，大展野心，届时，又有何人能阻拦他一统九州大陆？

除此之外，南葵猜想那日在昆仑山下劫走天香珑叶的匪徒，很有可能是受人指使，背后必定有主谋。可南葵并不确信此主谋和制作婴灵之人是否为

同一个人，而要想调查清楚此事，最快的方式便是委托辜振鹭去做。

他在朝中既有地位，也有人脉，而且他的父亲辜峤又是帝师，倘若他涉身此事，必定会自动吸引主谋的视线，也会令南葵的暗中调查更为方便。

只不过，她是不能出面向辜振鹭说明此事的，在他看来，她无非是一个陌生女子，又怎会信她帮她呢？

南葵思虑了半晌，忽然灵机一动，决意采取迂回战术。

她摊开手，楼阁式样的玉佩躺在她掌心，正是前几日辜振鹭落下的。可与其说是落，不如说是她使用法术得到的。通过物与物之间的媒介，南葵可以潜入辜振鹭的梦中，她早已计划好了。此时，夜半更深，他理应睡梦酣畅，南葵将曼珠沙华印记覆在玉佩上，朱色光晕微闪，在入梦之前，南葵于不经意间看到了他关于此玉的记忆碎片。

那是一扇青黛色的屏风，后头的身影踱步去了偏门，看不清她的模样，只依稀看见她捧着玉石钵里的小红鱼跑向后院的小榭。临水岸边，四面荷花，嵌岩怪奇，卵石莹润，梨木架上丹藤翠蔓，罗络其上。她将捧着的小鱼递给了等候于榭中的男子，正是辜振鹭。

他站在水榭台上，望向她的眼神极尽幽深，二人之间说了些什么，却是听不真切的，唯独小红鱼到了他的手中，又有一块玉佩由她从腰间取下，递给了他。

他接过那块玉，握在手中。夜风丝丝似酒香绕指，他衣衫下摆倒映在台下水面，月华氤氲，荷叶如碧。他又说了什么，促使她流下了泪滴，砸落在台阶上，而后便欲转身离去。

他情急之中呼喊她，她停住脚步，一袭春色锦裙闪动华光潋滟，而那一行顺着下颚流淌的清泪，像极了万丈雪原中的冰晶，纯粹至善。

他们的声音忽然能够听清了，他说：你我今生注定有缘无分，本是不该这般……

她的心似被巨浪翻转拍打的孤舟，反问他道：这般是哪般？你可是后悔了？

并非后悔，从不后悔。

那为何口出此言？

他不再言语，而是发出低声叹息。

晚风生凉，她终是留他一人独站夜中，玉佩的记忆至此结束。南葵百思不得其解，只恨自己看不到那女子的面容。可仅凭此段过往，足以体现辜振鹭与其之间有着甚为亲密的暧昧情愫。但南葵也来不及为此而感到忧伤，她身负使命，不再犹疑，透过玉佩，只身进入了辜振鹭的梦境。

他这梦与他的人一样，冷冷清清淡淡，满梦皆是白梅冷香盛放，交织成一片，四周成了素白色的纱幔。南葵一边张望一边走进梦的深处，欲去寻他的本体。

梦里有长街，有高岭，有翠山，有长河，偏生没有人烟。连客栈都是藏在紫藤花枝下的，衬着紫光闪烁出幽暗色泽，颇有些诡秘。就这样找了半天，南葵终于在一处道观前发现了辜振鹭。他打扮得有几分奇怪，背着书筐，衣衫褴褛。南葵便懂了，他这是梦见自己成了个落魄书生。

此般时候，他正在拜观祈福，嘴里念念有词，盼望此次能够修仙有成。

南葵笑了，心想着这个辜振鹭，梦里成了书生，竟是个不爱读书的，反倒向往起那虚无缥缈的仙术了。不过也好，要是梦里过于无趣，她反而不好施展身手。

紧接着，道观里扔出一签，上面写着"去东头寻山，山上有仙"。辜振鹭便背着行囊朝东边而去，一路风餐露宿，又逢连夜雨，着实吃了不少苦头。

到了东山，攀登途中先遇猛虎，又见巨蟒，野狼穷追不舍，秃鹫盘旋于天，他历经万难，终于爬到山巅，命都快没了半条，忽见峰顶之处镶着一座宫殿，守在殿前的玉雕石像似天女面容，拈花含笑，眼波欲流。他难移视线，心猿意马，恍然凝想，忽觉身体飘然，再一抬眼，发现自己竟已经腾云驾雾地来到殿中。

殿阁重重，繁复如幻，规模浩大，金瓦绵延，一宫二院三台五殿，每殿又簇着一座绿藤如瀑的园林，林中有台，台上有阁，阁间飞出数名风华绝代的仙子，唯有一名身着青罗裙衫的妙龄仙女停了下来，她眼眸清灵，容似皎月，双臂挽着长纱披帛，一双眼好奇地打量着他这闯入殿中的不速之客。

仙女貌美，惊动心弦，他看得痴迷，惹得那青罗仙子满面羞意，反倒是她率先垂下头去。

同行的年长些的仙子们见状，察觉到外来之人，当即怒气冲冲地冲过来，审视他道："哪里跑来的臭书生？胆敢擅闯长情仙宫？"

"怕也是妄想来求仙拜师、长生不老的，且他一双眼睛极不安分，挖掉

也罢！"

"不如将他做成人彘，杀鸡儆猴，看外头那群凡夫俗子谁还敢来造次。"

他听闻此话，吓得面色苍白，赶忙道出实情："仙子们饶命，在下一介书生，受到道观高人指点，前来此处修行求仙，且心意赤诚，绝无半点轻薄之意，还请仙子们帮忙引荐。"

有仙子轻蔑道："你心是否赤诚，不剜出来瞧瞧，在场谁人能够担保？"

又有仙子冷嘲道："他分明是瞧不起我等女仙，口口声声喊着引荐，怎就知道这宫殿定有仙君而非仙娥？"

"莫要同他理论了，干脆将他抓去后山，要他给仙娥捣药！"几个仙子抓着他，推推搡搡地把他拉进宫殿，一路颠簸，又将他扔去了后殿的地窖里，强迫他每晚都要捣出三缸药来。

地窖里堆满了外头见不到的稀世药材，罐子上写有名字，蜀葵、雪莲、龙涎香、红景天……数不胜数。

仙子们威胁他如若不好好做事，就杀了他，用他的血肉熬成汤给病重的仙娥补身。他自是恐惧，便乖乖地顺从做活，就这样劳累到了下半夜，他又累又饿，却连一缸药也没捣好。

他心中懊悔，想着修仙不成，稍有不慎还会丢了性命，这名为长情的仙宫哪里是住着仙人的地方？怕是比吃人的恶鬼还要可怕。

"你要用玉杵捣药才会快。"一个曼妙动听的声音响彻耳畔，他赶忙循声看去，只见白日里那身着青罗裙衫的仙子出现在身边，正指着他手中的木棍轻叹。她靠得很近，呼吸拂过他的脸颊，不由面红耳赤、手足无措。

她掩唇而笑，眉眼温婉，细如新月，取过放在药柜上的玉杵递给他，他忙去接，手指擦过她的指尖，她向后躲了躲，半晌，她轻声道："我叫白玉。"她腰间佩着一块色泽通透的白玉。

"小生姓辜。名……名是……"他却无论如何都想不起来自己后头的名字，只好讪讪挠头。

她并不介意，只道："那便是辜公子了。"

他壮起胆子盯着她的脸看，忽而正色道："小生与仙子，似乎在哪里见过。"

她并不讶异，缓缓一句，笑道："许是梦中故人吧。"

他也跟着傻笑几声，然后便在白玉的提醒下接着捣药。经由白玉帮忙，他这三缸药终于赶在凌晨完成，仙子们来取药时还算满意，便赏赐他饭菜和一张木床，并说如果他能坚持捣药一百日，便会向仙娥说明他来此的请求。他心中大喜，更加卖力地捣起药来。

每逢夜晚，白玉都会来到地窖里协助他，并和他说起这长情仙宫的来历。东山是座仙山，长情仙宫的主人是天君的小女儿，由于厌恶天上、人世乃至三界中所有男子才会躲来此山，建了这宫，宫里只有仙女，共九九八十一名。由于憎恶男子，但凡前来寻求仙术、拜师学艺的凡人们都被她派手下的仙女们给处理掉了，而他算是命大，赶上她犯了旧疾，缺乏劳工捣药才免去一死。

白玉劝他再过几日，待到仙女们都放松戒备后逃走便是，趁着仙娥还不知他的存在，赶紧保住性命。若是等到仙娥身体好起来，她不仅不会履行任何诺言，反而会变着法子地好生折磨他一番。

他叹息不已，想来到了此处，也已是心生懊悔，早断了修仙念想，倒不是不想走，而是十几日过去，朝夕相处，一来二去，他已是舍不得白玉了。可仙宫里规矩森严，他怕自己的心意会害她万劫不复，自是不敢表明。且不知届时自己会是如何下场，毕竟在他之前定有无数男子前来拜师，而他们是生是死，白玉也不知晓，唯有这地窖里装药的罐子在不停增加，每口罐子都有半米高，装满捣好的药草着实消耗体力，到了第五十日，他双手已磨出了厚厚的茧，那是血泡结痂后形成的。但比这更惨的，是仙女们时常忘记带饭给他，如若不是白玉夜夜前来，偷偷地把果盘和食物送给他，他怕是早就要饿死在地窖里了。

一日夜晚，他捣药累了，恰逢白玉出现，带来了蜜桃与饭食，还有宫外上仙奉给仙娥的莲子酒。她偷了一点出来，想让他尝尝鲜。酒格外好喝，蜜桃也十分可口，只是白玉不喜欢桃子，吃了几口便要丢。他觉得浪费，拿起她吃过的桃子，几口吃下了肚。白玉因此而脸红起来，他见状，也羞涩地笑了。二人正脉脉相望时，忽然听到上头传来金铁利器的铿铿声，并伴随着一众女仙的窃语声。白玉心下一惊，立即察觉不妙，可惜躲藏不及，地窖大门被打开，带领众女仙而来的正是宫主仙娥。她身穿金甲，眉如银月，手持长杖，面色肃穆，当即指责白玉道："大胆小仙，竟敢私藏人界俗夫，罪不可恕！"

白玉惊恐不已，脸色灰白，她颤抖着跪拜仙娥，只道自己并未私藏凡

人，而是帮他一同为仙娥捣药治病，再无丝毫逾矩之举。哪料围在仙娥身旁的众女仙信口雌黄起来，她们急于摆脱干系，抢着控诉白玉的罪状。道她私放凡人入宫，还与他日夜你侬我侬，好不羞耻。白玉百口莫辩，只怕自己会性命不保，但也知他被发现后定是必死无疑，便冒死使用仙术，将他扔出地窖。

他也怕白玉会被折磨，摔去外头后竟还要不知死活地跑回地窖里救白玉。但他一介凡人，岂能对抗法力高深的仙娥？还未等跑出几步，仙娥便已抓着白玉出现在他面前，她将白玉推到他身边，又丢给她一把仙剑，命道："去，把他的人皮给我剥下来做成药罐子，我便饶你不死。"

人皮做罐，是最好的药引，他当下明白了那些前来拜师的男子的下落，皆已成了他玉杵下的器皿。他心觉反胃，又惊又怕，白玉手握仙剑，迟迟不肯行动，仙娥知她是动了思凡之心，怒斥她道："修行成仙，最忌坏了规矩！七情迷心，六欲遮眼，五色令人目盲，五音令人耳聋，若无法摒弃这些世俗欲念，又怎配在我长情宫中为仙？你已苦苦修炼了三百年，平日里最为乖巧，从不会违背我的命令，可你今日竟鬼迷心窍，还要为了欲障而葬送前程，实乃大逆不道，罪恶滔天！"

"弟子不敢！"白玉苦苦相求，"弟子只求仙娥饶他一命，弟子愿为他承受所有惩罚！哪怕……哪怕是……"

他真怕白玉会替他被剥皮做罐，便恳求白玉不要再帮他求情，他愿一死，但望白玉不要受到牵连。

可惜仙娥虽是长情宫宫主，却残忍无情，她厌恶男子诡计多端、迷惑女子，阻碍她们的路途，贪恋她们的美色，简直罪该万死。

于是仙娥最后问白玉："倘若我拿走你的美貌，你认为他还会爱你吗？"

白玉不言。

"倘若我剥下你的雪白肌肤，你认为他还会愿看你吗？"

白玉沉默。

"倘若我要你们二人阴阳相隔，永世不见，你认为他心里可会为你留有位置，而不另娶他人？"

白玉动摇了。

"你从未踏出仙宫，不知外界险恶。世人都道情真意切、比翼成双，可鸟兽尚且只择一配偶，凡人男子却从未从一而终。你偶见男子动了春心也是情有可原，只要你今日立下誓言，从今好生修仙，摒弃心中欲念，且剥下他的人皮做成药罐，我便既往不咎。"仙娥故作大度，可见到白玉仍旧不肯行动时，她到底还是露出残酷嘴脸，恨白玉执迷不悟，休怪她不念旧情。

仙娥冷声道："白玉，你修仙不虔，思凡心重，触犯宫规，毫无悔意，今日必受天惩。"

说罢，仙娥手中强光闪现，她结成复杂的法阵，多半是打算要白玉的命。众女仙纷纷退下，表情各异，有惊恐万分的，有幸灾乐祸的，也有痛哭流涕的。剩下他在一旁目睹了天际云层翻滚，浓黑染上月色，咆哮声铺天盖地而来，一条长着金角的飞兽踏云而来，它口吐烈焰，身披刺刃，獠牙如箭，血口大张，嚎叫声如魔鬼嘶吼，那恐怖的叫声刮起了飓风，它又抖动身上刺刃，顷刻间便有万千支箭矢怒放而出，射向了白玉的胸口。

万箭穿心，血肉模糊，白玉的一袭青罗纱染成了凛冽血红。她就那样凄惨地惊碎了他的心。

当然，仙娥也不打算放过他，取出一个炼金的葫芦将他吸了进去。那葫芦本是用来囚妖的，可是捉到个凡人进去，倒也能炼成个新鲜的药丸子。他被囚在其中，许是过不了多久便会化为一摊血水。而葫芦里又分十八层，每一层都有痛苦惨叫的妖物，他只觉白玉死了，他再没了活下去的念想，不如就此化作丹药，永生不再超生。

南葵便是这时出现在了他的面前，她自是十分心疼他，哪怕知道这是梦，还是忍不住同他道："日有所思，夜有所梦，你心中定有执念，才会将情愫困于这无休无止的梦境之中。"

他双眼空洞，心灰意冷，双脚已渐渐融入血水里，吸引来了周围无数妖物。它们闪烁着绿眸，口流黏液，如蛆虫一般附上他的身躯，似要将他吞噬殆尽。

南葵抬起手，将那些妖物一只接一只地驱赶，并叹道："这些都是你的执念所化，仙也好，妖也罢，皆是来自你内心的影射。你既深陷于此，便会日日夜夜被苦痛所累，为何这般折磨自己？为何不向旁人诉说苦衷？又是什么阻碍你与心中的女子相守？又为何不肯结束你这恐怖绝望的梦魇？"

她知道，仙娥代表的是封建礼教，人皮药罐是道德约束，长情宫里最无情，众女仙是悠悠之口，白玉是他腰间爱不释手的玉佩，所托之人定是他的

心头好，而他自己是软弱无能的潦倒书生，虽向往仙缘，却放不下七情，又护不了所爱之人，自是一塌糊涂。原来他心里是这般看不起自己。

他浑浑噩噩地垂着眼，手臂已然被妖物吃掉了一只，而他仿若毫无知觉般麻木，仍困在自己内心的深渊旋涡中，执意道："梦魇又有何不好？现世无从眷恋，为何，我就不可逃避呢？"

南葵叹息道："既是梦，便总要醒来，一旦醒了，你又该何去何从？"

他喃声道："这梦中的一切便是我的全部，我愿意永远留在这里，哪怕无数次化作血水，但在此之前，我都能每日见到白玉。只要是能和她在一起，我根本不在乎这是否是梦，我宁愿在这梦中永不醒。"

南葵摇头苦笑道："你只是不想回到现世，你怕你在现世之中，连梦里这卑微的一切都得不到。你无法主宰你自己，更保护不了你想要保护的人，你只是厌倦做个傀儡。正如鸟儿食虫，花儿怒放，晨露蒸发，猛兽相残，虎毒却不会食子，没有了白玉，修成上仙于你而言，又何乐之有呢？你想要的绝非修行，而是你不敢面对的欲念。"

他因她的话，而略有清醒之意，不由得反问她："世间万物，又有何人能斩断欲念？"

"你若不愿去斩，便不必去斩。"

他犹疑地看向她："哪怕此等欲念邪恶至极，害人害己？"

"凡人皆有一死，善恶终是难分，正义也会长出獠牙，邪恶也不全是罪孽。"南葵向他伸出手，挽留道，"纵使你在梦中死过千百次，也阻止不了尘世中的善恶之争。你若不战，必会惨败，而放手一搏，未必会输。"

他默然片刻，转而看向她，眼里恢复光亮，问她道："你是谁？"

南葵抬了抬头，极为凛然道："我是来帮助你，也需要你帮助的人。"

他再问道："你要如何帮我？"

她回道："带你离开这纠缠不休的梦魇。"

他又问："而我要如何帮你？"

南葵贴近他耳畔，字字珠玑道："我要你在醒来之后，前往虎穴调查天香珑叶背后之事。定有人设局争夺神草，找到主谋之人，才可真正救你父亲。"

他一怔，悚然地盯住她的脸，南葵则微笑道："事成之后，你便不会再被这梦魇缠身了。白玉，也不会再于你梦中死去了。"

若想护你所爱之人周全，便是不愿斩断欲念，那么，封建礼教与道德约束必将成为拦住去路的荆棘。不拾起屠刀的话，又该如何对抗悠悠之口的屠戮？

或许他是要去行动了，为了让一切都浮出水面。

待到辜振鹭缓缓睁开眼，他感觉自己的脸上冰凉一片，抬手去摸，全部都是泪迹。

而窗外暗夜中，不知何时已是倾盆大雨，花枝骤乱。

悬挂在檐下的长明灯在乱雨中横飞摇晃，挂在窗前的白色帐幔如浓雾般飘荡。辜振鹭穿过这雾，走到窗前，凝望着寒雨夜幕，满眼哀愁。

今夜梦里，除了白玉，还有另外的女子出现。他虽记不清她的容貌，可在朦胧的记忆之中察觉到她与那日在姬仁宣酒楼里所见之人极为神似。

她竟知道天香珑叶与他父亲的事情……她到底是何方神圣？然而，这种怀疑不足片刻便消失了，辜振鹭心觉是自己朝思暮想此事，然后在梦里转移到他人口中对他说出。

是他想要去彻查父亲中毒背后的事情罢了，只是，他怕查出的人会让本就摇摇欲坠的一切都塌陷成灰。

暴雨铺天盖地，他垂下眼，似是心意已决地毅然转身，离开了窗边。

而另一边，南葵走出辜振鹭的梦境之后，对他将会帮助自己这件事已有十足把握。

至于她自己，便要从虞陶开始查起。就眼下来说，他是最有作案动机的人。冥帝和墨提供的婴灵线索，矛头也的确是指向了更为靠近皇室的人。想来，若是连和墨也不知道这炼制婴灵者到底是谁的话，对方必定是受到"天意"庇佑之人。

思量至此，南葵心中已有了定数。倘若整桩事皆是虞陶所做，她也要为百姓除去祸害才是。毕竟，乱世可不是焰国子民盼望的事情，解决了痴迷战争的虞陶，才能从根源上解决战争纷乱。

"眼下也唯有去战场才能靠近他。"南葵喃喃自语道，"只要取一滴他的血，就可以看清他到底是不是那企图塑造婴灵之人……"

事不宜迟，南葵决定立即起身。但外头下着暴雨，她又与和墨有过约定，非必要时候不得随意使用法术。这便有些难办了，她想着先去寻一把伞才好，正打开房门，却见到姬仁宣站在门外。

南葵不禁愕然道："仁宣哥哥，你怎么会在……"

姬仁宣莞尔一笑，侧身拍手，示意阿满等人把他亲手做好的饭菜端去南葵房里一一摆好。望着满桌的美味，南葵既惊喜又诧异，待到阿满他们退下之后，南葵不由自主地坐在桌旁准备大快朵颐，但又想到自己有要事在身，失落地打算放下碗筷，姬仁宣却按住了她的手，凝视她道："吃饱肚子才有力气赶路。"

南葵一愣："你都听见了……"

姬仁宣不置可否道："弥国离这里可不近，马车干粮自然是要备齐，路长夜深，也需有人在侧陪你聊天才好。这雨很快就会停了，吃完这顿美餐，你我便可上路。"

南葵看着他，恍然大悟，心想着知她莫若兄，他已然洞悉她的心。可她不能答应，正欲拒绝，姬仁宣却对她摇了摇头，神色坚定道："我虽帮不上你什么忙，但也决不会拖你的后腿，你只管放心去做，我自当为你打点后方，多一个人，多一份力。"

南葵犹豫地蹙起眉，道："那里可是战场，刀剑不长眼，即便我已有了另外身份，仍旧不敢说能护你周全。更何况——"

话还没说完，他打断她道："南葵，我方才说过了，你无须顾及我，我自会谨慎行事，且你即便不愿我随你前去，我也会在你离开之后前去弥国寻你，这一次，我定不会让你孤身涉险，哪怕是极微小之事，但凡是能够为你做的，我也绝不推辞。"

这番话情真意切，南葵怔怔地看着面前的姬仁宣，良久，相顾无言。

窗外的乱雨逐渐变小，榭台下的莲池里，有红鲤翻腾跳跃，激起片片涟漪，粼粼夺目，一如南葵内心深处的变化。

她若再横加阻拦，反倒会显得不近人情。她只缓缓地重拾银筷，静默地吃着饭菜，一碗清汤被姬仁宣盛好放在了面前，她探手端起，喝下一小口，暖汤入胃，却流进了心里，淡淡的温热包裹着她的心脏，令她有那么一瞬间，已然忘记了身埋昆仑雪山时的彻骨寒冷。

每当她身在他身旁时，她总会感到如沐春风、欣喜雀跃。可这种情愫又与和辜振鹭身在一处时有着极大不同，她很清楚自己对辜振鹭的喜爱，就连他唤她"南葵"二字时，她心跳都会快得受不了，脑子里更是一片空白，飘忽得很。但姬仁宣唤她的名字，在她听来却是平平常常的。只是他今晚的那番言辞极为令人动容，自是十分罕见的，所以才会令她有些不知所措。诚然，她始终都无法精准地描绘出自己对姬仁宣的感情底色，她习惯性地称此为兄妹之情，但如今细细思量，却又有着不妥之处。

然而，何来不妥？自是无解，而又错愕。

第九节

　　焰国历一百五十七年己巳日，虞陶大将军携国君旨意率兵西征，其骁勇善战令西部一众流民遭到镇压。同月，虞陶带兵昼夜兼程，驰赴边界弥国，势必要平灭此国。然，双方交战七日有余，弥为小国，却不畏侵略，誓要与焰军殊死一战。且弥人从开国时期便生活在生存条件异常严酷的地带，早已练就了坚韧的族性，他们深知此战必定惨烈，若不抱着视死如归的心态，便会不战而败，与其亡国，不如以死相拼。

　　自虞陶于城外颐指气使地下令"交国可饶，受俘免死"的那日开始，他们便号召国内所有男子携剑参战，就连八岁的少年也自愿为国效力。而一旦男子倒下了，他们的妻子、姐妹、女儿会接替他们持剑迎敌，即便明知本国兵力不敌焰军，依旧义无反顾地投身此战。

　　焰军此前从未想到过，与弱小的弥国之间的战争会是如此的惨烈与艰难。作为侵略一方，尽管兵力富足，却难逃对地势的生疏以及对水土的不适。弥国丛林遍地，荆棘繁茂，城内布局更是蜿蜒崎岖，岩山坚硬，屋厚如铁，弥人盔甲似石似钢，剑刺不穿，刀砍不进，于是几日下来，焰兵尸身成山，混着弥国民众的尸首，血流漂杵，伏尸千里。

　　这令虞陶陷入困惑之中。一年之前，他曾征战弥国，彼时虽已意识到弥人天性不屈不挠，但只要他愿意，当年的五千焰兵即可吞弥。倘若那时他再心狠手辣一些，弥国便不会有机会送上那盘寒玉棋了。然而，不过是弹指一挥间，弥国仿佛召唤了恶鬼一般变得判若两国、势不可挡，虞陶深感自己的军队是在同一种远古而洪荒的力量对抗，弥人更像是魔物，他们不怕痛、不怕死，歇斯底里，如被妖魔附体。就连他们身上的铁甲都像是受到了咒语点化，虞陶手持焰国最锋利的长剑都要费尽千辛万苦才能将其砍穿，这番局面，实在令他措手不及。

然而如此僵持下去绝非上策，虞陶身骑黑马，喘息剧烈，银色铠甲上染满鲜血，他的视线也被污血模糊了，而前方仍旧有数以百计的弥兵涌来，其中不乏步履蹒跚的幼童。他们嘶吼着、奔跑着，誓死捍卫他们的国家。而虞陶侧眼查看周遭情形，却发现心腹李副尉在半米外死不瞑目，身首异处。

这般景象，实属炼狱。可他不是平凡之人，他是虞陶，是焰国首屈一指的大将，只要他肯，世间就没有他千军万马踏不平的山河！于是他命士兵搬来了火球，再用弓弩，他目光凝定，喝令："放箭！用火烧他们，让他们吃点苦头！"

千万支火箭一齐射出，纷纷射向了赴死而来的弥人。

那些箭矢在空中划过的瞬间，高岭之上的南葵仿佛看到了无数流星从天而落，似烟火般四散而开，唯一不同的是，这些"烟火"在接近地面的时候爆炸开来，使得无数弥人血肉横飞、溃散成灰。原来焰军是在火球里放上了炸药，杀伤力瞬间提升了数十倍。

此时的南葵，正坐在饕餮君儒的背上，遥望山脚之下的城池，火海汹涌，哀号凄惨。而后，她略有惊异地道："该说不愧是虞陶吗？局势好像已经被他扭转了！"

微风浮动，枝丫簌簌，姬仁宣站在她的身旁，与她一同凝望着下界战况。可君儒在这时吐息出声，一口热气喷在姬仁宣肩上，吓得他一惊，却也不敢去看君儒。想来南葵根本不需要他去备好马车，二人骑上这饕餮，不出片刻光景便到了弥国，倒是省去了好些不必要的麻烦。

只是，下头一片火海惨景，令姬仁宣心有不忍。秃鹫与鸦鸟在他二人身边盘旋，天际被袅袅狼烟染得污浊，他长叹道："乱世颠沛，命如草芥，何来英雄可言？"

"好战之人皆嗜血，人命不过是他攀向荣华富贵的阶梯，白骨堆得越高，他走得越远。"南葵望着那片火海，眼中升腾起一丝恨意，冷声道，"又岂能容他兴风作浪？千万子民何罪之有？九州大陆的百姓需要的只是平稳生活，无人愿受流离之苦，而结束这一切，只需要一滴血，他的血……"

"将军！"

一声凄厉的呼喊声打断了南葵的思量，她循声望去，只见数名弥人冲破了火海，正团团围住一名极为年少的士兵。那少年约莫十三四岁的模样，已身负重伤，满面血污，俨然要因寡不敌众而命丧弥人刀下。

谁又料想得到炸药与火箭也无法剿灭此战中的所有弥人？哪怕只剩一人，他们也要作战到底。这些恐怖的鬼兽之躯，好似被奴役着、被操纵着一般，他们像是早已失去了痛感，有的，只是对弥国的誓死服从与护卫，偏偏是这种近乎疯魔的信念支撑着他们的肉躯不断前行！而这些，也打击着虞陶的骄傲与自信，他已经意识到了此战的艰巨，焰军士兵们的生命在此异国流逝，他们每一个人，都是他亲手培养出的下属，可他却无力救下他们……

"将军！救我！"

当那呼喊声再次响起，虞陶循着求救声找到了那张苍白扭曲的脸。他握紧手中利剑，不由分说地冲进重重围困中去营救那垂死的士兵。

他眼疾手快，将士兵拦腰抓到马背上，而后转动手中刀刃，挥向拦住他去路的弥人。

刀刃锋利，直接砍掉了弥人的脖颈，血液喷溅，那弥人在临死关头将手中铁锤掷向虞陶。铁锤刮去铠甲一片，虞陶侧身躲开，然而远处一支冷箭射来，不偏不倚，正中虞陶右臂。

他忍痛皱眉，心觉不妙，只能高声喝令道："撤退！鸣金撤退！"

鸣金三声，收兵之令。浩浩荡荡的焰军紧随焰陶撤离了战线，其中伤的伤，残的残，俨然失去了来时的气焰，甚至少去了一半的兵力。

南葵目送他们撤退之后，再看向所剩无多的弥人，鲜血污浊着这群残兵的肉躯，他们个个皮开肉绽、血肉模糊，却还是高举起手中兵器，为焰军短暂的撤退而欢呼高喊。竟也还有身背襁褓婴孩的妇女手持利刃，一齐为国呐喊。尽管她已筋疲力尽、劳累不堪，可眼里却闪着熠熠光亮，好似满怀殷切的希望。

然而何为希望？何为绝望？

战争与死亡，谁人不是牺牲一方？

护国者有功，侵略者有罪，那杀人者呢？哪一个死在刀下的亡魂没有爹娘，没有妻女？他们当真该死？只因他们弱小，就必要成为权贵的垫脚石吗？还是说，只为国君一人之令，便可屠戮百姓万千？

一人性命，竟要比万人贵重？

南葵不愿在此逗留，她心生厌恶之感，转身对姬仁宣道："上来吧，我们离开这里。"

姬仁宣有点踌躇地骑上饕餮的背，问南葵道："接下来要去虞陶的兵营吗？"

南葵点头，递给姬仁宣一样物件儿，道："待到兵营之后，你便替我去做这件事。"她贴近他耳边窃窃私语，姬仁宣的表情骤然起变，继而谨慎地收好了物件儿。

南葵摸了摸君儒的头，这兽领会其意，当即驮着二人四蹄踏云，很快便消失在了天际。

夜晚降临，异国暮色中散布着点点星辰，宛如一双双冷锐的眼睛，居高临下地俯视着飘浮着淡淡血腥气的弥国土地。

而弥国虽生在蛮族之地，荒凉贫瘠，但夜色却如沉墨一般纯粹，尤其是微凉的风，掺杂着翠绿松柏的清香，而这里只有常年不败的松树，因地势陡峭寒冷，其他植物很难存活，唯松柏坚韧不拔，任环境艰苦依然屹立不倒，一如弥人精神。

而剩余的数千骑焰军踏着夜色浴血回营后，已开始点起篝火铺开行囊。此处距离弥国主城数里开外，是偏僻且寸草不生的荒野地带，他们将在此驻扎多日，待到处理好士兵的伤势后再进攻。

时有时无的哀鸣声充斥着整个军营，这并不是一场胜仗，所以营内的气氛绝非高涨，反而异常低迷颓唐。

靠近中央地带的帐篷里不断有军医与小兵出没，那是虞陶的住处，他们自然是在为虞陶包扎伤口。动作麻利的传令兵为虞陶打来了热水，还端来一碗刚刚煮好的肉汤。传令兵小心翼翼地将换下的染血纱布放进另外一个铁盆里，再将干净的布块浸在热水中，消毒之后拧干，为虞陶擦拭臂上的血迹。待结束了这些，又为虞陶换好药草与纱布，再将干粮浸泡在肉汤里。他动作极为谨慎，以求不浪费一片干粮屑。而一遇热，干粮迅速膨胀起来，这种行军打仗时携带的食物便可以抵上一整天的饥饿。

"将军，请用。"传令兵将铁碗放到虞陶榻前，手上的血痕一览无遗。许是奔走在战场上传令时受到的伤，眼下只顾着伺候主帅，却没有顾忌自身伤势。

"你退下吧。"虞陶只一手端着肉汤，右臂的伤痛令他行动略有不便，他眉头微微一皱，吩咐传令兵道："去找军医处理伤口，没我的命令别再来打扰我休息。"

传令兵极度服从地端起血淋淋的纱布退出了军营，也许他并不明白虞陶

的冷漠只是希望他养好手上的伤。

剩下虞陶独自一人坐在帐篷中，他听见帐外传来女人的惨叫声，她们操着一口弥语骂着，虞陶也只能听得懂寥寥几句。想来女子是在战场时被俘而来的，一年前征战弥国时也不是没有出现过这种情况，谁让弥国人少，连女人也要派到战场上厮杀。

而在焰国，女人是稀罕物，虽然她们是用来生养孩子的工具，可还是没人舍得把她们逼上战场保家卫国。女人是一种珍贵的资源，能够操纵男子的身心，也是男子享乐的源泉。

所以每一次，虞陶都会默认手下将士的俘获行为，尽管他的军队纪律森严，可杀伐征战的士兵们需要排解很多恐惧与压力，弥国的女人正好可以弥补这份空缺。毕竟都是年轻小伙子，倘若他们喜欢，把弥国女人带回焰国也未尝不可，繁衍子嗣才是凡生大事，总比孤老无依来得好。

即便帐外的惨叫声不绝于耳，虞陶也可以做到充耳不闻。他并不认为此事有伤军纪，相反，他会从侧面鼓励士兵们将更多的女人带回焰国。除了杀光敌国的男人，抢走他们的女人也是焰国出征的另一目的。

毕竟吞灭一个小国，属于这小国的战争便会结束，那么九州大地上的战事又会少去一分，自是难得的好事。

战争固然令他厌倦透顶，可唯有杀戮，才能遏止杀戮。

虞陶的眼中流露出一丝疲惫，他放下手里的肉汤，忽然没了食欲。

早死晚死，都是一死。

浮上心头的"死"字令虞陶猛地失了一下神，如同某段回忆被人撕扯开来。他摇了摇头，余光瞥见帐上闪过一个身影，他以为是巡逻的士兵，便放松警惕躺下了。

他并不知道，距离他帐外不远的枯草丛中，传令兵已被迷晕在地上。姬仁宣收起手中的瓷瓶，正是南葵交给他的物件儿。其中藏着迷心散，是南葵提早准备好的。

姬仁宣打量一番四周，确定没人发现之后，他眼疾手快地偷走了铁盆里的血纱布，转身去与躲在丛中的南葵会合。

"这就是你要的东西了。"姬仁宣将血染的纱布递给南葵，眼里不经意间渗露出嫌弃的神色。

血淋淋的东西的确不讨喜，实在是很难为他，南葵体谅地拍了拍他的肩，要他暂且去营外和君儒等她。虽不情愿与君儒独处，但姬仁宣知道南葵有自己的分寸，只得悉听尊便。

看着姬仁宣悄悄地溜出营外后，南葵转过眼，心中充满疑虑。眼下虽得到了染着虞陶鲜血的纱布，可她却对一事感到不解。想来，那嗜血的虞陶位高权重，竟然会为了救麾下的小卒而不惜负伤，实在出乎意料。此事自是令南葵心有震撼，她总以为虞陶好大喜功、心狠手辣，却好似也有着不为人知的深情厚谊，可他既爱惜他人性命，又为何要不断征战杀伐？

难道……他是有所苦衷？南葵冷静下来，猜想自己对虞陶的怀疑或许是误会。毕竟在战场上，她的确看到虞陶为救人而舍身忘己。然而，眼见未必为实，婴灵之事刻不容缓，她决不能放过任何蛛丝马迹。

思及此，南葵不再犹疑，她取出虞陶的血，以指抹在回廊弯刀上，再借由孟婆神力，身为媒介的回廊弯刀立即闪现出粼粼金光，那光拖着南葵进入了虞陶的记忆中。

充斥着血腥气味的往昔深处，是铺天盖地的大雪，素白覆住了破败的皇宫，狼烟四起，尸堆如山。时值西王朝末期，起义兵如蜿蜒的蚁群一般肆虐地攻进了国君墙院里，他们逼迫昏庸无能的国君割喉自尽，又对大量的西王朝贵族进行屠戮。而一位发鬓散乱却面容姣好的妇人正在卫兵的护卫下仓皇地逃出府邸，她已身怀六甲，行动极为不便，时不时地张望后方跳跃的点点火苗，那是追兵手中的火把。她心惊肉跳，赶忙问道："虞郎呢？虞郎可还安好？他是否同我们一起离开？"

卫兵回她道："夫人，虞将军已在城外等候多时，还请夫人快些移步，也好与将军相聚！"

妇人闻言，不由得加快步伐，趁着夜色上了马车，一路快马加鞭地逃去城外。

她便是虞陶的母亲，而她口中的虞郎，便是虞陶的父亲。他们二人皆出身高贵，是西王朝望族之后，更与女帝揽月同出一脉。只可惜西王朝气数已尽，幸存的贵族为躲避乱兵追杀而不得不逃离故国、隐姓埋名。虞陶的父母便是这样忍气吞声地熬过了屠戮时期，直到风声稍有平息，虞陶的父亲组织残余的亲信与旧部，意图东山再起、复兴西王朝，而虞陶，便是在这般动荡血腥的时期降生于世。

打从幼年时期开始，他便被父母灌输"西王朝才是虞氏一族的故土，唯

有西王朝后裔血统尊贵而纯正，其余人士皆是下等奴隶，根本不配站在西王朝的领地上"。而他也深信父母的话是正确的，他目睹父亲集结了一支精良的军队，日夜训练，只为重归故土。年幼的他坐在房顶上凝望父亲带兵，夕阳余晖，燕鸟成群，那是他最快乐的时光，以至于每一次，他的嘴角都会禁不住上扬。在他眼中，父亲高大英勇、正直可靠，他希望成为父亲那样的战将，也迫切地想要持剑杀敌，好助父亲一臂之力。

母亲曾指着沧海的另一端告诉他："在海的那一头，都是我们的敌人。是他们抢走了我们的土地、食物和城墙，只有把他们全部杀尽，我们才能安枕无忧地享受和平。"

他困惑地问母亲："否则呢？"

"否则，人间无太平，乱世永无尽。"母亲说这话的时候，眼里布满了憎恨与悲痛，而虞陶叹息的则是海的那一端有那么多的人，要如何才能杀干净呢？要杀多久才能彻底呢？

怀抱着殷切的期盼与不安的疑问，以及种种矛盾的情感，虞陶缓慢而痛苦地长大了，在他的内心深处，对厮杀也有着隐隐的厌倦，可他不敢去承认，也不愿去面对，他只知道自己是西王朝没落的王族后裔，想要重回故土必要历经生死劫难，只是，他从未想过会那般快地面对父亲的死亡。

在虞陶十一岁那年，父亲带领苦心操练多年的军队杀回九州大陆。那个时期的纷争极为混乱，是九州乱世的顶峰。焰国虽已初显势头，却因地势分割严重，统一周边小国已耗尽兵力，更是不敢在这时期做出头鸟。然而，虞陶父亲的归来却成了一统山河的催化剂，他的军队训练有素、装备精良，引得众多虎狼窥探，可惜却败在了线人的叛变上。

那线人常年与虞陶父亲及九州大陆残存的西王朝后裔联络，待到线人确信时机成熟后，召回背井离乡的旧朝权贵，以虞陶父亲为首，曾经的西王朝旧部终于得以携军队渡海回乡，可却在登岸的那一刻遭到埋伏。或许，那一夜，是列国最为齐心合力的时刻。他们早先布局，联合谋划，目的便是将西王朝余孽一网打尽。

登岸傍晚，十万支火箭齐齐射出，虞陶的父亲死于万箭穿心，实乃不战而亡。大批将士被俘，九州各国意图将其军队收为己用。其中，竟有小国国君贪恋虞陶母亲的美色，当众出言轻薄。虞陶的母亲性情贞烈，抵死不从。她高呼西王朝不灭，对着旧时西王朝皇宫的方向拜了三拜，又怕暴露虞陶身份，便不肯看他最后一眼，只当保住虞氏名节，她决绝地抽刀自刎。

一夜之间，虞陶丧父亡母，容不得他为此悲哭，各国便逼着效忠他父亲的军队臣服。虞陶泪眼婆娑地混在军队之中，看上去只是个年少无助的战士。身为父亲心腹的副将姚副尉叮嘱虞陶：若想活下去，必要按捺住心中怒火，留得青山在，不怕没柴烧。少主苟活不打紧，要在日后为主公报仇雪恨才是！

可他自己却是个硬骨头，不肯屈服，还上斥天王，下斥乱世，便被众国国君判了车裂之刑。

最终，经各国商议，将那些不愿归顺的残余士兵一并流放到荒野之地做奴隶，修桥建路，开荒垦地。不知虞陶身份的看守在他的肩上烙下了奴隶的烙印，又为他拴上铁链，视他为最下贱的草芥。

他便因此在流放之地度过数年，日日饥寒交迫、食不果腹，许是他体质强于他人，五年以来，他虽瘦如枯槁，却得以苟延残喘。每条奴隶铁链长达百米，一条链子上要拴满一百个奴隶，这些奴隶同吃、同行，死了一个，再换上另一个，虞陶不知送走了多少链子上的同僚，唯独他这张刻着冷厉的脸从未更换，就连日夜鞭打他们的侍卫都记住了他的面孔。

他很聪明，知道如何保全自己。且他牢记仇恨，为了存活，他必须卑躬屈膝，选择顺从。每逢夜晚来临，在乱石堆砌而成的奴隶营中，他在睡前都要默念一遍当日害死他爹娘的仇人名字。每一个王的名字和脸，他都刻骨铭心，永生不忘。是强烈的仇恨与恐惧令他坚忍为奴，修桥、砌墙、挖山、刨金……他如一条没有尊严的丧家犬，为生存拼尽全力，恨不得四蹄并用，只为尽早博得一线生机。

而那一年，他十七岁，九州传来一个消息，列国纷争的局势日益加剧，被流放在此的奴隶要被召回去充军。他的奴籍握在一个名叫翠的小国手里，他也深知为翠那种落后的小国效力，必死无疑。可这是回到九州的唯一机会，他与其他奴隶皆得到了铠甲与长剑，就连脚上的镣铐也被解开了。

然而到了战场才知，翠国要面临的是其他四个国家的围剿，那些强于翠国的国家有着火炮与毒箭，动用枯瘦如柴的奴隶做补充兵已是走投无路之举，他目睹那些奴隶们被接连撕碎，甚至来不及看清发生了什么，血液便迷了眼，士兵们的惨叫声满耳，被恐惧支配的翠军已经支离破碎、四散逃亡，视线所及之处尸横遍野。

孟婆传奇之南葵篇 MENGPO CHUANQI

一名失去右臂的奴隶士兵艰难地爬向他，嗫嚅着："救我……救救我……"

他被这景象震撼，既惊又怕，痛苦挣扎一番后，竟仓皇地转身逃跑了。

他没去救那个人，他做了逃兵，依靠自身惊人的体力逃离了战场。并在四下无人的地方用手中利刃割掉了肩上的奴隶烙印，整整一块连着血肉的皮，被他硬生生地从身体上扯了下来，痛如尖锥钻心，他疼得满头冷汗，却始终不吭一声。

他趁着烽火与夜色逃离了翠国，不再有人得知他的踪迹，可梦里总会看见那些同他锁在一条链子上的奴隶都因他的逃亡而被翠国杀死，不是死在敌军刀下，而是死在效力国手上。

奴隶的领队侍卫认得他，战场上未见到他尸身，便知他是跑了。由此便拿与他共事的奴隶泄愤，所幸从战场上生还的也不多，只有十几个，将他们的头颅砍下来挂在城墙上，用来警示众人。

他在逃亡路中听闻了此事，从此，惹上了噩梦纠缠。夜夜噩梦将他折磨，那些奴隶伸着血淋淋的双手，质问他为何要弃他们不顾，更有那名向他呼救的断臂士兵斥责他见死不救。他每逢三更时刻都会惊醒，怨恨自己的狡诈，因此对列国的恨意又多了一层。

他觉得自己既然活了下来，摆脱了奴隶身份，就该正视自己与生俱来的宿命。他既是西王朝后裔，便与平庸二字终生无缘，而翠国的国君，也是曾逼死他爹娘的仇人之一。他从民间得知了翠国与焰、启、黎、弥四国国君将会面密谋，地点是翠国的王城别院，他决心行刺五国的国君，哪怕只杀掉其中一个，他也愿以命抵命。

那夜星月皆无，夜阑风静，他遥望天际所念之人，心想很快便会与其团聚。可惜了有所憾事，不能复兴西王朝，有违爹娘厚望，愧结深肠。但若报了家破人亡之仇，也算了结他小家长怨。大国已破，也不怕一己身死了。思及此，他便围上黑巾遮面，跳入别院欲行刺。

想来他自幼跟随父亲操练，一身功力并未因奴隶时期而退步，寥寥几刀便痛宰了院里的数名士兵，幸好有人高喊了一声"有刺客！护主公！"他循声找到线索，当即冲进了厢房，果然见到五国国君围坐其中。他出刀极快，以刃刺入一名国君的喉咙，那人当场毙命。再转身挟持住了另一个，刚想动手，在场却有个年轻的国君劝他道："侠士刀下留人，外头有数千精锐兵将，你孤身难敌千军。如若放下兵器，方可留得青山。"

他冷笑，责问道自己已杀了一国之君，怎会有活着离开此处的道理？便是一死，也要列王陪葬！

那人一怔，却道："你方才所杀之人只是弥国的使者，今日密会并无国君在场，且唯有我身份最高，却也只是焰国的王爷，你若为了这等身份之人赔上性命，可是不值？"

他愣了，便趁着这空当，门外、窗外涌进了无数卫兵，他们与他厮杀一番，最终将寡不敌众的他擒拿。

一众士兵将他拖到了院落之中，架起火把，严刑逼供，问他是谁人派来的奸细。他被五花大绑着拳脚相向，血水模糊了眼，神色却依旧凛冽冷锐，一身的傲气似是来自骨髓。坐在高座上的几国使者七嘴八舌地吵着要如何处置他，有说要凌迟，有说要火烤，唯独焰国王爷静默地打量他许久，他们二人视线交汇的刹那，脑中似乎都有恍惚之意。

焰国王爷忽然出声，命令众人安静，而后又漫不经心地摇起扇子，问在座的剩下三位使者："杀一人可利天下吗？"

启国使者说："如若杀他一人可救今夜在场的所有人，那他便理应该杀！且他杀了弥国使者，自有挑唆各国关系的嫌疑，他既不肯说清来路，不如一杀了之！"

"他想杀的不是弥国使者，而是九州的列王。"焰国王爷又道："你们瞧，他的眼里布满了恨意，自是有其缘由。而他能只身闯进密会别院，实乃孤勇之举。弥国使者的确无辜，但若我们今夜杀了他，他也将成为无辜者。杀人的应当是法，绝不应该是道义，也许他可以挽救一万、百万，乃至千万人的性命，只要将他用在恰当的地方，纾解他的恨，成全他的义。"

黎国使者愤怒道："王爷的意思是要留他狗命？这刺客功力高强，方才搏斗之中斩杀了我国数十名士兵，若他活着，岂不是要成为祸害？"

焰国王爷道："本王方才问过你等了，若杀他一人，是否可利天下。你们觉得一个人的无辜和一万个人的无辜，哪个重？"

众使者思量了半晌，彼此面面相觑，皆是口是心非道："自然是一样重。"

焰国王爷又道："九州古训，如有天灾，便去抗灾，如有人祸，便去问责，如逃避，便是恐惧。当今饥荒饿殍，尸望于道，是各国国君的无能，又何以怪罪祸乱源头？而今日若杀了他，则代表在座各位惧怕他，就算他死，

日后也会有其他刺客出现，你我杀得过来吗？此举无异于杀鸡取卵、涸泽而渔，只会滋生仇恨，而非良策。”

几名使者思索着他的话，倒也觉得言之有理，可素来与弥国交好的翠国使者却不得不怨道："此事发生在我翠国的领土上，若弥国问起，我又该如何交代是好？"

焰国王爷在这时起身，他轻摇羽扇，踱步走到那刺客身前。

虞陶抬起头，与他相视。

那一刻，虞陶从这年岁比他还要小上三四岁的少年王爷眼中看到了欲望、野心与期盼，那双黑白分明的清俊眸子中，丝毫不打算隐藏那企图一统山河的野心。

而在王爷看来，虞陶的眼里有着他渴望而不得的狠戾。那是一双堕入过地狱却急迫地寻找超生之路的鬼魂之眼，染着浓重黑暗，又明澈如素白冰雪。

也许他们都在寻找彼此身上的助力。

王爷向他伸出手，对他道："同我来焰国吧，若弥国追问此事，我便准你带兵去灭了弥国。"

他微微一怔，其余使者也不敢置信地指责王爷疯魔了，竟敢出此狂言，小心押错了宝！

但王爷却云淡风轻地转头看向他们，夜风拂过，吹动火苗，树上桃花纷落，起伏成赤红烟霞，一波接连一波，如雾如纱。他如画的眉眼弯出温和却残忍的杀机，问虞陶道："如果我收你做我麾下大将，赏赐你头衔与土地，而有人质疑我、忤逆我，该当何罪？"

他缓缓站起身，肃杀之色浮动于眼，染血的右手接过王爷递给他的宝剑，冷声回道："当诛。"

同年年底，焰国史册记载，十五王爷私建军队，有意篡位称帝。又私封虞氏为少将，重用有加。然，国君久病衰老，对宫中内乱无力插手，而十五王爷的党羽日渐丰满，虞少将带兵征战，先取翠王人头，又掳回大批弥国女子，是为焰国开辟"多生子"之策的第一人。

他与那十五王爷共同经历了半载内乱，又遇荆国来犯，直至尘埃落定之后，那场血腥的皇室屠戮之祸却也只在史册上被记载为天灾瘟疫，寥寥几语，便抹掉了上万人性命。十五王爷终于在群臣的辅佐下一举称帝，并在虞少将的帮助下铲除了不愿归顺者共计万人。

若再问，杀一人，可利万人否？

抑或是，以万人性命换一人，可值得？

焰国新帝继位的春天，全国上下都感受到了"变"。似有东风打破了长年累月的内乱争斗，带来了新的变革。人们都道新帝有虞陶在侧，胜仗不断，领土扩张，势必将成为九州大陆上的强国。

而虞陶也在新帝继位当日被封为护国大将军，地位之高，一人之下，万人之上。

可是日月交替，岁月流转，逐渐靠向而立之年的虞陶心中对战争的厌恶之情却是越发浓重。尽管彼时的焰国已与启、黎二国共为九州大陆上的鼎立三国，他也享有了国君曾在王爷时期许诺过他的一切：土地、宅邸、官职、俸禄，还有出身望族、美丽聪慧的妻子。

他似乎已然拥有了本该作为虞氏一族而该有的全部。但，倘若没有战乱，西王朝仍在的话，他又何必兜兜转转才得来今日？

乱世赐他颠沛流离，赐他命运多舛，赐他梦魇缠身。

他仿佛无法适应正常人的平凡生活，而已经与他同榻近十年的妻子总叹走不进他的内心，他将自己锁在血腥阴暗的炼狱里，每夜皆与过往的悲与痛博弈。

他走不出曾经，更不知要到何日才能实现母亲曾对他说过的"海的那边皆是敌人，若不杀光他们，人间无太平，乱世永无尽"。

如今的他，手握权力，野心勃勃，却始终认定唯有杀戮才可终止杀戮，若想盛世长存，必要统一列国。除了武器与鲜血，再没有其他办法能够换取和平。

故此，在焰国推行奖励生子政策的时候，他大力推崇；在国君发动战争时，他主动请缨。

于是乎，九州大陆上关于虞陶的传说也越发神乎其神。他是说书人口中的救世主，也是亡灵眼中的杀人鬼。曾有侥幸从战场上存活下来的残兵回忆起虞陶，他惨白着脸描述起虞陶一人可抵千军万马的屠戮之势，甚至可以仅凭一己之力攻下一座城池。

"那场战役发生在五年前，我虽生在弱小岚国，可我也是保家卫国的兵士。且岚国与世无争，从不挑起事端，只盼在夹缝中苟延残喘，依附强国以

保护子民无恙。但那日……那日虞陶只身一人从岚的山林中走进了岚的都城里……"那人面容半毁，颤抖着诉说往事，满脸皆是恐惧，连五官都狰狞地扭曲了。

那一天，虞陶身骑黑马，穿赤色铠甲，悠然地牵着马缰，踏着雨后泥泞，从紫竹林穿过，只身来到了岚国都城门下。

岚国国花杜鹃开得正茂，夜色也遮不住它的娇艳，璀璨鲜嫩，似与那地狱之鬼般的敌将嫣然展笑。

满城的繁花下，城上士兵视死如归地做好了迎战准备，聚集在此的全城百姓团团簇拥，他们的身躯止不住地哆嗦，婴孩放声哭泣，母亲为安慰他们啜泣着哼唱，歌声悲戚哀婉，是一曲哀歌。

> 隰有苌楚，猗傩其枝。
>
> 夭之沃沃，乐子之无知。
>
> 隰有苌楚，猗傩其华。
>
> 夭之沃沃，乐子之无家。
>
> 隰有苌楚，猗傩其实。
>
> 夭之沃沃，乐子之无室……

这如同亡国之音的靡靡曲调极为动摇军心，也有士兵握着长刀的双手颤抖不止，而城门下的虞陶抬起阴郁的眼，粲然一笑。

谁会在杀人时面带笑容？谁人会以剑为梯，刺进城墙缝隙中，只身跃进城内？谁人会连三岁的男童都毫不怜悯，一并斩杀？

第十节

"那不是人,是鬼,是地狱来的杀人鬼!他听不见求饶与呼喊声,他看不见血流成河的尸山,他只凭一把利剑就灭掉了岚国都城的十万余人,只一把剑啊!而待到他的部队赶来时,只见他孤高地坐在尸山之上,身虽浴血,眼却含笑。哪怕是天降豪雨,也洗不净他铠甲上的污血,试问谁不会惧他、怕他?便是他的属下见此情景,都会情不自禁地退去半丈之遥……是啊,那日发生的所有事,我死也无法忘掉,死也难忘……"那人说到最后,竟是呜咽着痛哭出声,幸存一事,于他而言,怕是终日里的噩梦。

然而,又有谁会知道,虞陶身下的白骨早已堆成了天阁。他略微低头去看,无数的尸身在他脚下血流潺潺,他们死不瞑目地凝望着他,像是在问:杀一人,当真可救万人吗?杀光你认为的所有敌人,世间便可永享太平吗?

他也找不到答案。

可他却无法停止去寻找答案。

从他割掉奴隶之印的那天开始,他便一直持刀斩杀,从未停歇。把他认为的忤逆者、居心叵测者、有意篡权者统统杀掉。可,为何即便如此,焰国仍有那么多的百姓爱戴着他?即便他烧杀掳掠、强抢民女、鼓励生子,却还是被众人敬仰?是他守护了焰国的安宁吗?是他扩张了国君的领土吗?万众与国君需要的是他,还是冷酷无情、杀伐果断的刽子手呢?

却始终没人能够给他一个满意的答复。

每当大战结束,他独自站在尸横遍野的战场上,闭目淋雨,天公降给他的仿佛是一场又一场的血雨。他的脑海里总是会浮现出父亲的万箭穿心、母亲的举剑自刎、断臂士兵的呼救,与焰国王爷向他伸出的手。

那只手,将他从炼狱中拉起,又将他推入另一个杀心诛魂的死穴深渊中。

他扪心自问:不知死后是堕入地狱,还是魂飞魄散?

也许，在他杀伐屠戮的一生之中，注定无法解救自己心中的枯槁与悲戚。也许，他早在随父母登岸的那一夜便已经死了，死在列国君王的审视之下，存活下来的，是名叫虞陶的如亡魂般的奴人，被焰国奴役，效忠于国君，哪怕他的目光逐渐流连于自己即将及笄的长女身上，奴人也不会有丝毫异议。

而立之年已过半，虞陶在世上的血亲却唯有两个女儿。直至出兵东征时，重逢流落在他乡的表亲虞榕，他才觉得虞氏血脉并未彻底断绝。回想当年父亲登岸，旧部的死伤与失踪者无从计数，当年仅有三岁的虞榕怕是凶多吉少。虽是远亲，但如今数年过去，见他还存活于世，虞陶自是大喜，当即带他回到了焰国。

只是，虞榕与南门一族的孽缘令这个表亲从此陷入了郁结之中，常年郁郁寡欢、卧病在榻，令虞陶开始怀疑自己的所作所为是否当真有违天道。

诚然，他行事残忍、冷血无情，可仍旧信奉光明磊落的原则。但他也会有动摇时刻，在谁人都察觉不到的夜晚里，他时常会长久出神，偏偏是小女儿意识到了他这多年的秘密，在某一个下着淅沥小雨的夜中，她来到独坐厢房的虞陶身边，望着父亲的眼神里尚有依赖，她问他是否有心事，他知她年少，且又不愿与她分享，便要她回房休息。

她却坚定地对他道："父亲，世间本就不是黑白分明的，也不存在完全的好人与坏人，我只知道我信赖父亲，而父亲手中的剑，也是在维护着深陷苦难中的子民。流血是必然的，但为了谁而流，却必要值得。杀戮终是不对，但天下需要有人来做这件事，愿做此事之人，必将被万众敬仰。"

虞陶悚然一惊，目光不自觉地投向她。她的眼里闪着赤诚的光芒，那种殷切与希望似乎唤回了虞陶迷失的本心，他忽然卸下了肩上的重担，竟缓缓地露出了微笑。

窗外夜雨清凉，风卷残花，远处天际已隐隐爬上了朝霞，似要冲破灰败乌云，以恩泽与慈光洒照三界。

"芸芸众生，皆是凡人，万般皆苦，我也未忘最初，如此，便无须迷惘……"虞陶喃声低念，侧眼看向梦境的最深处，神色黯然，泛起了肃杀之意，像是发现了窥视这一切的人。

隐藏在暗中的南葵因此一愣，紧接着，不知是谁在她的耳边摇响了金铃，南葵猛然睁开了双眼。

一滴血所带来的梦境竟是出乎意料的沉重，南葵的额角微微渗出汗迹，她已然从虞陶的记忆中走了出来。

周身静谧漆黑，她逐渐冷静下来，不由得思索起自己所看到的虞陶的往昔，竟没有丝毫关于炼制婴灵的蛛丝马迹，更没有同寒玉棋有关的线索。不如说，他根本毫无破绽。

难不成，他当真是清白的？

南葵似心有不甘地皱起了眉头，虽然她早已察觉虞陶并非借刀杀人者，可这好不容易才寻到的嫌疑之人就此洗去了污迹，实在令她一筹莫展、思绪全断。

她喟叹一声，正想着起身去寻姬仁宣，却发现四周浓烟弥漫，暗寂无人，便立即惊觉到，自己并没有离开幻境，而是进入了另一个更为深暗的幻境之中。

梦中梦。南葵意识到自己的处境，自知眼下已过于沉入梦的意识，必须倍加谨慎，否则稍有不慎，极有可能在这梦里长睡不醒。

她小心翼翼地走着，试图寻到出口。却看到上空与四壁皆是暗紫色的，且呈现出一层又一层的洞穴，穴里头睡着浸泡在胎水里的婴灵，而那胎水猩红如脓，包裹着相貌丑陋的婴灵，并发出"怦""怦"的心脏跳动声。

望着成千的婴灵，南葵既震惊又恐惧，她不知所措地向前踏去一步，每移动一下，脚心都传来如鼓的敲击声，这是婴灵们即将脱离胎水脓液的预兆。此时此刻，南葵竟觉得自己身在十八层地狱的底，满眼所见，尽是绝望。她深知自己必须要离开这里了，因为身体传来不适感，再沉沦下去，她必会被噩梦吞噬。

她便飞快地朝前方跑去，可路途无尽，耳畔妖风阵阵，婴灵们开始啼哭着醒来，南葵心下一急，竟摔倒在地，她赫然抓到了满手的苔藓，潮湿阴冷，低头一看，地上布满了猩红的脓水，正是婴灵之胎破裂而出的液体。果然，不计其数的婴灵破胎苏醒，她们哭号着、哀叫着，像是被召唤一般扭曲地汇集到一处，逐渐形成了一只肤色怪异、身躯庞大、蜷转圆弧、鳞片滴血的恶龙。它长鸣咆哮，盘旋于空，一跃到云端，拨开层层浓雾，伫立在焰国土地上的南雀城赫然呈现。紧接着，他张开血盆巨口，竟将整座城池都吞入腹中！

"不！"南葵惊叫出声，那是她的故乡，是她所有亲爱之人的故土！可那

恶龙却如对待蛆虫一般地毁掉了她的城，残忍无情！

　　南葵颓唐地瘫倒在地，见恶龙向废墟城池中吐出黑色浓烟，烟雾幻化成各种妖物，它们势要将断壁残垣都吃干抹净。她深知这恶龙正是和墨曾引她在紫珍古镜中所见的妖物，遥想沧溟神尊司掌天地万物水源，而为了取悦心爱女子，他便用神界"洛水"临月建立了一座空城"溯昭"。洛水本身拥有灵气，日积月累，在百年后，城中诞生了灵，名溯昭氏，并很快将溯昭修建成了一座欣欣向荣之都。于溯昭诞生的这种名为"灵"的生物，是溯昭的守护者。

　　可南雀城没有守护者，即便溯昭有着守护者，也难敌恶龙摧残，更别说是孤立无援的南雀城了。且那团由恶龙吐出的黑色浓烟仿佛具有独立的意识与智慧，它似乎察觉到了南葵，便以雾堆砌出一只金猊巨兽的模样。它嘶吼着扑向南葵，感知到杀气的南葵并未躲闪，她咬牙切齿地抹掉脸上泪迹，从地上爬起身，手握腰间回廊短刀，猛地挥起手中刀刃，用力砍向金猊巨兽。

　　刀刃锋利，砍进了金猊巨兽的脖颈，血液喷溅，它震怒咆哮，利爪袭向南葵，爪尖刺穿她的肩头，她用后脚跟抵住地面，拼死与之搏斗。金猊巨兽口流黏液，绿眸悚然，另一只利爪按住南葵的头，想要将她的头颅拧掉。

　　南葵忍受着剧痛，使出了全身的力气，大喝一声，竟挥刀劈下了它的臂膀。

　　金猊巨兽疼痛难忍，眼露残暴凶光，南葵已是疲惫不已，满脸的污血令她分辨不出眼前景象，她只觉自己像是一头浴血的厉鬼，在拼力与噩梦撕扯胶着。

　　"谁也不能阻止我……"金猊巨兽突然发出了低沉的人声，它斥责南葵道，"挡我者，杀无赦！"

　　这声音……南葵一惊，她似在何处曾听闻过。究竟是何处？是谁的声音？

　　金猊巨兽却在这时吼叫起来，如同传令一般，引来了成百上千条蟒蛇。群蛇"咝——咝——"地吐着信子，攀附、缠绕到南葵身上，紧紧地将她围起，任凭南葵如何挣扎也无济于事。群蛇拖着南葵一路滑行，南葵的身躯已经伤痕累累、鲜血淋漓，她被拖到了一片湖渊旁，群蛇交织到一起，形成了一双带有密集鳞片的巨大鬼手，一把抓起南葵，"扑通——"将其投入湖渊深处。

湖水冰冷刺骨，南葵顾不得伤口剧痛，一心想要游出湖面，可惜鬼手覆盖住了整片湖，将她死死地封在了湖渊之中。她张开嘴想要呼吸，却被湖水呛得喘不上气，手脚在水中踢打，竟发现自己的身体正在缓慢地向黑暗的深处下沉。

在这千钧一发之际，饕餮君儒咆哮着冲进了梦魇，他将南葵从湖渊里拖上岸，将她背到自己背上，飞速地逃离这座不断坍塌的城池。然而一人一兽却被拦在城池的门口，又是那恶龙吐出的烟雾，早已将整座城池封印住了。

君儒有些无措，这期间竟还有其他妖物试图向南葵喷射毒液，君儒略一抬颚，口中喷出冰锥刺穿它。绿色浆液溅了主仆二人一身，南葵厌恶地以袖擦拭，心中焦急地想道：若是再这样耗下去，迟早会被梦魇吞肉食骨，就连前来营救的君儒也难逃一死。可堂堂孟婆与神兽饕餮死在梦中，岂不是天大的笑话？

正懊恼时，偌大的城门前忽然游来一道赤色的光雾，它如光似闪电，以迅雷不及掩耳之势将城门破出了一个大小刚好的洞口，继而便消失不见。南葵见势，心中大喜，也无暇顾及那赤雾究竟是何方神圣，只赶快催促君儒趁机逃走。

饕餮君儒低吼一声，四蹄踏火，抓住时机，立即带着南葵从那洞口中逃了出去。

夜已极深。南葵是胡言乱语地呼喊着惊醒过来的，她仓皇地坐直了身形，鬓边发丝已被冷汗浸湿，待呼吸平稳下来之后，她眼神飘忽地循望向声源处，有人在一直唤着她的名字，她浑浑噩噩地看着他，姬仁宣见她恢复了神智，不由得露出了如释重负的笑容，他终于安心道："你可算醒过来了，我方才实在是无能为力，见你在睡梦之中的神情极为痛苦，我真不知该如何是好，便也只得……"

他没再说下去，因为南葵已然看到他左臂上血流不止的伤口，她眼中的明亮逐渐恢复，赶忙扯下自己的裙角布块，一边为姬仁宣包扎，一边口是心非地埋怨起来："便也只得以我的回廊弯刀来割伤自己，以你的血来打破梦魇的禁锢吗？实在是胡闹，你又怎知这种方式一定可将我唤醒？若是徒劳一场，你岂不是要白白伤了自己？"

姬仁宣好笑地看了一眼喋喋不休的南葵，她反倒凶他："你还笑得出来？可见是伤得不深了！"

他好脾气地道:"只要你能安然无恙,我便是再伤自己几次也无妨。"

姬仁宣对自己能派上用场这件事自是十分沾沾自喜的,而南葵也渐渐地冷静下来,包扎妥当之后,她轻轻叹息,若是没有姬仁宣的急中生智,她怕是要在梦里被折磨致死了。只是,可惜了……她略显失望地站起身,姬仁宣似是察觉到了她的低落,随她向前走了几步,谨慎地问她道:"莫非是没有得到你预期中的收获?"

南葵叹了口气,缓缓地点了点头道:"我要找的线索并不在虞陶身上。"

姬仁宣面露惊讶,还想再问,又见南葵脸色难看,他便知趣地噤声了。

而眼下,南葵深知自己不能在此施展法术。她虽为孟婆,身有神力,可此处是战场,戾气极为深重,稍有不慎便会被戾气反噬,所以梦里才会出现差池。所幸今日有姬仁宣在她身边,否则后果不堪设想。

只是,就在南葵于梦中挣扎的过程中,营外已然开始了新一轮血腥的屠杀。

尽管距离较远,但还是可以听见撕心裂肺的惨叫声。南葵与姬仁宣面面相觑,二人目光瞬变,却也不再犹疑,赶忙骑上饕餮前去那夜间的战场。

这时已经是四更天。据姬仁宣所见,虞陶虽已负伤,但却派出了麾下心腹带兵去偷袭弥军。所以在三个时辰之前,焰军便浩浩荡荡地整装出发,连夜进攻弥国的都城。由于白天时交过手,虞陶已深知弥军的能耐,便嘱咐属下带了满满十马车的火药与铁石,甚至还有绳索及铁链。南葵料想虞陶已经作好了充足的准备,凭他的谋略,早已将弥国子民看成了瓮中之鳖,虽然弥国都城建造得极为复杂,分外城、内城与子城,一城囊括一城,呈圆弧叠加状,据说是为了更有效地抵御外敌。可只需攻破外城,内城和子城便几乎是手到擒来了。

"因为外城驻扎着弥国最为精良的军队,一旦攻破,内城与子城里只剩下妇孺和平民,就连国君的皇宫也只是建在中间地带的内城罢了。"南葵自是明晰此事,只道,"虞陶当真是打算赶尽杀绝了。"

越靠近外城,空气中的血腥气便越发浓烈。身骑饕餮的南葵与姬仁宣俯瞰下方,弥都城门已然被焰军以巨石攻破,训练有素的大批焰军携带先进的火炮与毒箭冲进了外城,城内奔逃的百姓被纷纷射杀,血水积满街角,竟是流淌出了触目惊心的溪川。

火烛微漾,焰影摇晃,月光刺破夜幕,洒下一地哀怆凄凉。弥国国力本就弱，白日里的第一场战役已是艰难抵挡，早已损失大量兵力，元气大伤。甚至来不及喘息，便在夜里遭遇突袭，两方兵力相比，根本是判若云泥。

领头的焰军首领是身为虞陶心腹之一的常少将，他高举手中长刀，厉声重复着虞陶的命令："大将军有令，今夜要将此城内里的所有弥人清洗干净，但要杀男人、留女人！然一旦发现顽强反抗者，无论男女皆不可留下活口！"

"是！"兵士们齐齐领命，他们分成数支队伍四下散去，仿佛是追杀猎物的群狼，所经之处尸横遍野，弥都之内，一片炼狱景象。

城中百姓被敌军的铁蹄吓得破了胆，一片慌乱，纷纷四下逃窜。惨叫、哭喊、悲鸣声……不绝于耳。若说弥军士卒还可以对抗进城的焰军，可那些平民却只有被乱箭射杀的分儿。

孩童们在废墟中撕心裂肺地号啕着，他们三三两两地伏在死去的双亲身边不肯离去；被火药炸断一只手臂的弥兵还在四下寻找着自己丢失的手，殊不知身后飞奔而来的焰军欲一刀取他的头颅；也有身穿铠甲的女战士拖着受伤的恋人朝内城艰难前行，她企图躲进内城求救，哭叫着呼喊内城的守军打开城门，全然没有看见恋人的身躯只剩下一半，且上半身已然被开膛破肚……

也有被恐惧支配的弥军将领瑟缩在残垣之后不肯迎战，他涕泗横流，手中长剑颤抖不已。身侧的士卒不停地询问着他的指令，他却早已在战争之中失去了思考的能力，如同行尸走肉……

偏生是一位老妪，从她死去的儿子手上拾起了战刀。她已老如枯槁，却眼含恨意，面对家园被摧残践踏，心中愤怒如烈火焚烧。而一只柔软的手搭在老妪肩上，那是她身怀六甲的儿媳。二人彼此相视，坚定地点头，宁愿以身殉国，也要誓死守城。

即便焰军杀掉她们如同踩死一只蝼蚁，可国破山河碎，城毁万人奴，坚韧不屈的弥人绝不可被夺去家园！一旦外城被攻下，内城与子城很快便会覆灭，届时，弥国男子将被杀尽，女子将被夺去敌国为敌军生育直至死去，幼童老叟将成为滋养焰国土地的肥料，世世代代都将活在他国暴虐的统治下。

而身为弥国子民，又怎可见国破家亡！哪怕只剩下妇孺，也不惧残暴！

"天佑弥人，外城长存！"妇孺们发出嘶吼般的呐喊，齐齐举刀，砍向焰军。

众兵愣了一下，大概是想到少将的指令，女人不可轻易杀死。但对反抗

者，格杀勿论。于是他们没有丝毫犹疑地拉弓搭箭，满天而落的利箭射穿来者身躯，纵横交织的箭矢似凌空流星般滑落，一支又一支，妇孺们接连地倒在血泊之中，像稻草人一般不堪一击。

外城整条街道上剩下的活人已经不多了，少将带领士兵们挨户搜寻，可又觉得这样太浪费时间，干脆搬出了火油，倒在满地的尸体上，将其与房屋一并点燃，他们要将躲起来的弥人与弥兵统统烧出来。

焚尸的恶臭味铺天盖地，滚滚浓烟染红了天际，坐在饕餮背上的姬仁宣忍不住大口咳嗽起来，饕餮不得不飞得再高一些，以此避开烟雾。

而看着几乎将夜幕点燃的火焰，再听着尸体被烧出的嗞嗞声响，南葵只觉眼中所见皆是地狱之景。

尸山烈焰，怒火焚焚，那些被逼出房屋的无辜子民被火焰烧得惨叫如鬼，竟也有焰军对此放声大笑，笑声放肆，令南葵感到毛骨悚然。

"这便是战争……"南葵遥望下方，心有凄然。即便身处敌国，但她大可以孟婆神力来帮助弥国的无辜百姓，命饕餮开辟出一条道路供他们逃亡，可失去国家的亡国奴又能逃到何处？又有谁会庇护他们？要他们进入深山之中与野兽为伍，时刻面临着死亡的威胁？还是让他们流亡迁徙，在贼寇的追逐中丧命？

一时帮衬，却保不了一世。

自古皆是成王败寇，一将功成万骨枯，然而百姓何辜？幼童何辜？又是凭何来迫害弥人？为领地？为资源？然而每一个自认为效忠国家的焰军士兵都手染鲜血，又与野兽何异？

这究竟是什么世道？这善恶究竟如何划分？南葵心中受此震撼，无助、恐惧、凄凉到了极点，她想叫喊，却发不出声音；想哭泣，却流不出泪水。绝望与悲痛吞没了她，是在此时，一只手轻轻覆住她，她因此而回过神，转眼看向身侧，姬仁宣正担忧地凝望着她。

南葵喉头有些许哽咽，心却得到了抚慰。他的手极为温暖，化开了她此刻感受到的寒冷与战栗。

他声音压得沉沉的，轻声同她道："战争固然残酷，可有些事也只有你才能够做到。你可以用自己的方式，来帮助乱世中无辜的百姓。"

她领悟到了姬仁宣的深意，不禁感到一丝欣喜，自是因为他与她之间有着奇妙的默契。便是因此，她默然地垂下眼，沉声吟诵出了一段超度的经文：

茫茫三界，浩浩百川。轮回无暂息之间，生死有短长之日。世态炎凉，富贵乐修谁百岁，轮回运转，死生劫数几千秋。不说富贵，岂说贫穷；那其间焉谈王侯，或言黎庶。修为者，仙人引上天路；造恶者，夜叉推下奈河。受罪者，铜蛇乱咬，铁狗争食。骨肉随万里之波；尸骸丧千层之浪。桑田改过，更不来世为人；身别人间，永在阴司作鬼。积玉堆金，难买无常二字……

其声温婉缥缈，引得枉死在外城内的无数英灵慢慢地脱离尸身，他们抛下了人世的执念与痛楚，循着经文的指引排成一列，缓缓地走向了冥界。

而见亡魂得以超度，南葵也不禁如释重负地卸下了心头的忧伤。

乱世火海，风声细碎，吹过南葵与姬仁宣的鬓发，发出婉转千回的声调。凝视着逐渐消失的英灵队伍，南葵轻叹道："生死枯荣，流转轮回，但愿这弱小弥国的无辜子民都可在来世修得盛世安稳，享天下太平，再不必遭此浩劫磨难。"

姬仁宣看了她一眼，转头望向灰蒙天际，点头道："若天下皆太平，便是众生的福气了。"

南葵沉默着，透过乌黑云层，她仿佛能够再次看见痛苦悲鸣的百姓、被士兵虐杀的孩童，以及遍地的尸体与白骨……她想起父亲曾对她说，万物皆有轮回，可朝代不会任凭日夜更替而随波逐流。

盛世需要有人维系，需要有人支撑，需要无疆大爱。然而日光照不到的地方就会出现阴影，冤冤相报的仇恨始终循环无尽，漂泊在乱世之中的亡魂迷失前路，人心欲念啃噬着宦海中浮沉的子子孙孙，像是宿命结出的蛛丝，纠缠撕扯，代代不息。

然而，又有何人能够改变这千百年形成的局势？哪怕是以泪、以血、以生命与魂魄来铸就日后太平盛世，也会有人心甘情愿吧……思及此，南葵心中更是百感交集，她恍然发觉在成为孟婆之前的自己如同是不知亡国之恨的商女，如今见识到了世间百态，便也再难回归本心了。

而另一端，焰国迎来了清晨。

今日天气阴冷，没有日光，蒙蒙白雾将砖红色的宫墙渲染出一股阴寒之气，身穿素黑官服的辜振鹭正走在前往太子府的漫长官道上。

作为当今太子的太傅，他每逢鸡鸣时分便要起身入宫，直至酉时离宫，

其间都要尽心尽力地教授太子天下学识。而太子府在皇宫的南侧，进了宫中，除妃嫔王子之外的臣子便不得私自驾驭马车，辜振鹭便只能步行前往，为了不耽搁时辰，他都会提早出行。

这会儿走到了深宫内院，忽见一队威武的仪仗队途经于此。他余光瞥见一辆华丽的宫车正缓缓而来，宫女侍从纷纷退避到两侧，无不敬畏。辜振鹭也停下脚步，恭敬相迎，其间只抬眼看了一眼，见领头的宫女提着袅袅香炉，共四名宫女，皆环绕于宫车周围。那车被装点得格外雍容华丽，鎏金凤纹的车帘上绣着金丝线，风携香来，吹起了帘子一角，露出了车内女子的曼妙容颜。

女子也侧首循望而来，与他四目相对，彼此眼神交会，有微薄光线打透云层，笔直地照射在他们二人脸上，又有深深浅浅的清风拂过，上空浮来几朵重云，遮住了日光，使得宫车陷入了阴影之中，辜振鹭始终低首，躬身行礼。

而那女子，正是当今国君的宠妃、虞陶大将军的长女虞北棠。

想来辜振鹭早先便对虞陶心存偏见，又因怀疑他是谋害父亲的背后之人而加重了此念，故而对虞北棠的态度也是冷冷淡淡。

当宫车从他面前驶过，他转身正欲离开时，忽闻"啪嗒"一声轻响。他循声望去，只见宫车后遗落了一枚玉佩，刚好落在他的脚边。他俯身拾起玉佩，绛紫纹理，玉泽通透，只是玉的脉络中却隐透出一丝青翠。

宫车停了下来，宫女转身回来，竟是居高临下地命令道："大胆小官，还不快快交还玉佩。"

看来是宠妃遗落的了。还未等他将物归原主，那边便传来柔弱却坚定的声音："阿媚，休得无礼。"

"娘娘……"宫女见虞北棠已经走下宫车，赶忙低头行礼。

被两名宫女搀扶而来的虞北棠人如其名，着实如海棠娇花一般闪着熠熠光辉。她身着鹅黄色华裙，面颊微丰，柳眉下镶着一双桃花眼，朱唇轻点，耳坠芍药，长发如丝绢倾泻，倒是有股子清傲的气质。

自是与那人有几分相似……辜振鹭于心中如此想，却很快意识到失态，立即移开视线，不敢多加窥视。而她的美目则是停留在他脸上，有点惊奇似的，轻笑着数落宫女道："真是个眼拙的阿媚，这哪里是小官了？分明是当今太子的太傅辜大人。"

阿媚闻言，才惊觉自己尚未好好打量辜振鹭一番，立即侧眼去看，刹那间绯红了脸，赶忙怯懦道："大人，请恕奴婢莽撞，奴婢新入宫不久，尚未分得清大人们的衣衫官阶……"

　　辜振鹭略一颔首，以示宽恕，虞北棠则是面向他，道："有劳大人了，这玉佩……"话到这里忽然顿了顿，随即又道，"便送予大人了。"

　　辜振鹭一怔，赶忙推辞道："既是娘娘贵重之物，微臣理应奉还。"

　　虞北棠眼里含笑，是十分婉转优美的眼波："这玉佩今日被大人拾去，便是它选了大人，玉通人性，遇见有缘人不易，就请大人收下吧。且无论何时提它入宫都可畅行无阻，见玉如见我，宫里人都是明白的。"

　　辜振鹭诧异地凝视着她，她脸上笑意清丽娇俏，就仿佛早已知晓了某件秘密一般。而他再低眼去看玉佩上的那一抹青翠之色，辜振鹭苦涩一笑，道："那微臣便恭敬不如从命了，多谢娘娘赏赐。"

　　虞北棠转身离去时留给辜振鹭一个意味深长的笑容，是这抹仿若看透一切的笑，在顷刻间便化解了他心中的怨与怒。他竟觉得这个女子是不卑不亢的洒脱之人，倒也不似她父亲那般狠辣无情。虽觉唏嘘，却也有释然，但很快地，他又心情沉重，并对这般优柔的自己感到厌恶起来。他忍不住蹙起眉，不愿再于此耽搁，转身朝前方的太子宫殿疾步走去了。

第十一节

弥历长希七年十月己丑日，焰军入侵的战役历经二十余日，已接近尾声。外城已沦陷九日，内城被占领四日，最后子城的城门也在凌晨时分被攻破，虞陶率领属下直面子城内的弥国残军，率先开炮，首炮击杀弥国右方迎战将领，血肉横飞之间，其余一众精锐将领皆被焰军活捉。

虞陶深知以弥人的谨慎脾性，必定会在子城内留下不计其数的优秀战将来庇护最后的堡垒，他们的任务是保证皇室安全，可如今他们被统统生擒，弥国自然是气数将尽了。

子城内的弥国贵族理应感激虞陶放弃屠城。他本打算攻进子城，屠戮剩下的弥人，可就在接近子城城门时，他那份杀戮之心却渐渐地莫名淡化了。虞陶自然不知是有人将他的这份"恶"统统吸食入腹。因在远处，仍旧企图阻止战势发展的南葵与姬仁宣骑在饕餮背上纵观全局，她的眼睛闪动赤红光芒时，则能看到虞陶心中的恶念，那恶肆意蔓延而出，作为饕餮神识化身的南葵自然可以将其全部吸收。只不过，她尚未拥有饕餮的实体，便无法吸食虞陶灵魂里的恶念，也只能从此意念上来改变虞陶的屠城打算了。

眼下，焰军将被俘的将领们都被押到了虞陶的马前，为首的是一名须发花白的老将，他虽面容瘦削，却目光如炬，侧眼便瞥见被炸死的右侧部队的残骸遍地，血水悠悠流淌，扑进鼻中的尽是血腥之气。老将军霎时明晰，弥国遇此重创，已然丧魂失魄，再难挽回士气。或许余下将领只有归顺敌军，才可得喘息之机。他不求家国能重新崛起，只盼属下能够在投降后隐姓埋名地过凡人生活。于是他抬起头来，凝视着马上的虞陶，那眼神似在无声地恳求。

虞陶与他四目相对，视线交汇的刹那，虞陶略一蹙眉，继而不留情面地一挥长臂，下令将他斩首。

迟暮的老将反而露出了淡淡的欣慰笑容，他毅然赴死，仿佛同虞陶达成了某种不言而喻的誓约。

只一人死，得百人活，也是死得其所了。

长剑挥下，人头落地。目睹此景的弥国残军哀号痛哭，众将齐齐喊着老将的尊称，连同那些残肢断臂的伤俘也流下悲痛欲绝的泪水。那一剑斩下的不仅仅是迟暮英雄的头颅，也是一个战败国家仅存的最后一丝希望。

人们惧怕的并不是死亡，而是支柱的破碎。

虞陶在这惊动天地的哭喊声中静默抬首，一双戾眸望向云端，天际之上，乌云腾起，无人能看得见他眼角滑落的一滴泪，薄如蝉翼，转瞬逝去。却在泪珠落地的瞬间，一道金色的光芒将其穿透，是远处的南葵挥出了回廊弯刀，以刃为影，飞快地带走了那滴混杂着血污的泪。

从那滴泪中，南葵看到了虞陶埋藏在灵魂深处的记忆。

当年，虞陶的父亲登岸而亡，出卖虞氏一族的线人便是弥人。经由此事，线人一跃成为弥国王储身畔的亲信，却迫害了整个虞氏，使得虞陶家破人亡，被流放异国为奴。如今归来，似罗刹鬼的虞陶已然报仇雪恨，他攻破了弥国，令此国陷落成废墟，自是给破灭的西王朝与亡父、亡母，连同曾时刻处于绝望战栗之中的少年的自己一份赤诚的交代。

只是，在泪水滑落的空隙，那已被他刻意遗忘的温存终得以释放。

遥想当年，那还是弥国年号为青嘻时的第九年严冬。大漠飞雪，从战场上割印而逃的虞陶途经弥国外城，他已是衣衫褴褛、饥饿难耐，又逢大雪铺天盖地，他在冰天雪地中无依无靠，跟跟跄跄地行走在城边处。其间遭遇强盗袭击，被殴打、欺凌，那些踢打在他身上的拳脚如暴虐的雷击，令他觉得自己渺小如一只丧家之犬，全无招架之力。强盗们觉得无趣而散尽之后，他蜷缩在雪地里奄奄一息。寒风从四面八方涌来，马蹄声缓缓靠近，他艰难地睁开眼看去，飞雪之下，骑在马上的人是一位守城的小将，大概是因巡城而路过此处，见虞陶凄惨可怜，他心生怜悯，便翻身下马，从怀中取出了他的干粮，一个馒头和水袋，把它们统统递给了虞陶。

虞陶颤抖着双手接过，捧在掌中如获至宝。当然，那是生存的希望，是多日饥寒中的暖意。

守城小将策马欲走，又见大雪不停，便把自己的披风扯下送给了虞陶，并留给虞陶真切二字——保重。

一声保重，绝非施舍，而是祝愿。虞陶至此将他披风上的弥国之印刻在了心上，哪怕多年之后，当日的守城小将已成了头颅落地的白发老将，虞陶依然能够将他一眼辨出。

因雪中的一次善举，才得以救下残余军士的性命，虞陶虽然迫切地想要灭了弥国，以至于几次乱了分寸，丢了最为倚重的副将性命。可雪中送炭的一面之缘却又令他意识到了自己的以怨报德，他忽觉自己可以包容弥国，而非令所有弥人覆灭。

曾经的弥国也是九州大陆上一颗闪亮的珠玉，可惜天道无情，如今的弥国已是落魄颓唐。而身为英雄，不必斩杀弱小的草芥，强者理应包容弱者，一如当年逃亡路上的善意之举。

正是因此，他流下了那滴饱含愧疚的泪。

为当年的守城小将，也为如今的白发老将。

而回忆散尽，回廊弯刀上的泪滴也已干涸成烟。南葵眼中的赤红光芒褪回黑色，她似乎终于懂得了虞陶内心深处的真正想法。而她，也仿佛终于找到了化解焰弥两国之间争斗的办法。

她转过头，看向身旁的姬仁宣，两人相视，露出会心的笑。

一个笑意宽慰却带着些许苍凉，他想着她此后要更加深入险地，而他又无法护她周全，叹及此处，总不免哀戚。

一个笑意坚定且充满期盼，她恍然明彻，纾解凡人内心的恶念，不仅要靠吞噬，也需要循循善诱。

她坐在饕餮背上，望着下方被押送去焰军营帐的战俘，忽觉见到了转机。想来红尘滚滚，凡人一生，有功有过，绝非三言两语便能断定一人平生，而富贵贫贱、生死罪孽，皆有其各自造化。便是不能逆天而行，否则，岂不是成了冤亲债主？

所谓冤结，是为世间种种人际冤对引起的阴讼牵连、人鬼牵连、阴鬼受难与阳世受报。

在今生前世或长久以来，与芸芸众生有了不同的牵缠和纠葛。有的是彼此关心、照顾、帮助等而形成的善缘，有的是彼此争执、抢夺、侵犯、伤害、凌辱、杀害等而形成的恶缘。因此，便形成了冤亲债主的关系。

彼此的各种因缘，纠缠得越深，不论是良善的还是不善的，彼此就越容易在投胎转世后再次相遇。属于由情感引起的因缘，就要用情感的方式解决；同理，由物质或生命引起的因缘，就要以同等的形式偿还。轮回的根本实质，就是众生间冤冤相报，相互还债，永无止境。

想到此处，南葵不由叹道："总会有数不清的人觉得'我是好人，心地良善，从未起过害人之心，为何会有冤亲债主？'殊不知，无量劫来，身、口、意造作了太多的贪怨痴、杀盗淫、妄酒肉等恶业，跟无量无边的众生结了不少怨仇。"

姬仁宣打量着她说此话时的专注神色，倒也能够接下她的话继续道："所以，我们看到人临终时的痛苦现象，都会于心不忍。然而此种心境，便都是冤亲债主来算账。人的运气多取决于自己的善恶报应，最可怕的是冤亲债主上身讨债索命。在他们执行重大讨报之前，往往有征兆。若识得初期征兆，事先化解掉业债，方是最为明智之举。"

南葵点点头，赞同道："相比遭受报应，事后怨天尤人、悔恨交加，事先化解则要轻松千万倍了。"

而在一般情况下，阴阳交会出现更迭时，冤亲债主对于善良之人作讨报，必须以各种初期征兆作示警，让善良之人有机会事先发觉初期征兆，诚恳多做善事、多做功德来化解业障。故此，冤亲债主的纠缠是因果承负的一种结果。

既是如此，南葵便可放手去化解干戈了。她的唇边逐渐泛起一抹笑意，似是志在必得。

当天夜深人静之时，一匹快马疾驶进了南雀城帝师辜峤的府邸。彼时已经服药醒来的辜峤收到了信使交由府上的密函，上面烙着焰国火印，拆开来看，是一封谏言请命的信。

想来这密函没有署名，却又有着焰国望族才配持有的火印，着实令帝师感到犹疑。信中字字珠玑，言语恳切，且字迹又有几分熟悉，帝师猜测对方有着不能诉说身份的难言之隐，但所谏之言的确是为了当今的国泰民安着想。思量半晌之后，晕黄烛光下的帝师终是望向信使，点了点头。

十一月底的弥国，在帝师的调度下，国君已将弥国纳入焰国疆域，成了焰国的一座城，并更名为多宁。

多宁保留了子城，余下的将领成了城内的主要官吏，而为了和平共处远离战争，多宁城鼓励子民与焰国人民通婚，焰国也迁徙人口来到城内定居，且焰国国君钦赐给多宁城城主的，也是弥国国君的一位公主为正妻，目的是

让多宁城内的百姓感受到焰国对他们的尊重与重视，促使他们放下心中余悸，更为妥善地与焰国相融。

而通过收服多宁一战，大将军虞陶在朝廷中的地位更胜一筹，焰国国君已再无更为尊贵的官爵赏赐给他，便同意虞陶的长女虞北棠前去多宁探望驻扎城内的父亲。

一路上虽是坎坷颠簸，但护送的队伍却是极尽精锐。待到了多宁城外，护卫队留下半数人同多宁城的卫兵交接，其余人等则要带着虞陶取下的弥国国君人头返回焰国。

那天夜色已深，雍容华贵的仗义列队通过城门进了城内，虞北棠撩开车帘，看到街上的人烟稀少，心觉城内人口还需加快增多才是。可多宁城的气候极为干冷，比焰国南雀城还要令人难以忍受。

正逢她为此忧思时，一位身披大氅、头戴纬帽的卫兵靠近了她的马车，关切地问她道："娘娘可是对此地的气候感到不适了？"

虞北棠瞥见卫兵的帽纱下，是一张模糊的清秀脸庞。她对这人并无过多印象，只知是来接应的多宁人，但此人骑着的马极好，又能够接近她身畔，定是个地位不低的将领。

"并非不适，而是……"虞北棠以帕掩鼻，轻声道："与我此前来时的光景略有不同，心中便有些感伤罢了。"

卫兵牵着马缰的动作游刃有余，随着队伍缓缓前行，沉声问道："恕卑职斗胆相问，娘娘金枝玉体，怎会来到过此等蛮族之地？"

虞北棠听闻此话，心生警惕，反问道："这与将士有何干？"

那人淡淡一笑，恭敬道："是卑职唐突了，只不过料想娘娘定是初来此地，并不承想娘娘会在此前与这荒野城乡有过缘分。若是如此，当真是我等多宁人士的福气了。"

虞北棠反倒苦涩地笑了，轻摇头道："哪里是福气呢？想当年，我也是作为军医随父亲出征此地罢了。可惜却没有帮上忙，实在心生愧疚。"说到这，她像是回忆起了往昔，脸色渐渐变得难看。

那卫兵察觉到她的变化，引导般地道："战场无情，娘娘也不必自责，便是神医再世，也难以起死回生。"

"若是死于战场倒也是死得其所，偏偏是中毒身亡，可怜了那些极为年轻的灵魂……"虞北棠话到这里，眼神竟有些许黯然沉郁，她意识到交浅言深，当即放下了车帘。

而那卫兵吩咐其余人好生护送娘娘去城邸之后，便独自掉头朝东方奔去。快马疾驰，纬帽面纱在猎猎夜风中起舞，一双美目呈现在了夜色之中。

马上卫兵，正是南葵。

借由多宁与焰国融合之举，她能趁机混入多宁城中冒充多宁将士，并在得到了内心疑虑的答案之后，快马加鞭地奔回外郊的一处宅邸。

那宅不大，是战后遗留下的房屋，想必此前住着的是较为清贫的人家。而为了打探消息，南葵与姬仁宣便暂且安顿在那里，既远离纷扰，又可随机应变。

这般时候，姬仁宣正默然坐在屋内煮着一壶清茶，眉头深锁，似在担忧。

忽闻屋外传来马蹄声，他立即喜出望外地站起身，赶忙出门去迎接归来的南葵。

马匹被姬仁宣拴好之后，南葵从马背上跃下，顺手脱掉纬帽与大氅，急匆匆地朝屋里走去，边走边说："错不了，虞北棠的确亲身接触过热毒。但这种事她不可能全盘托出，能够在我的引导下说出一二已是意料之外了。而如我猜想的一样，她作为军医随军出征一事的确被虞陶掩藏了下来，很少有人知情，想必也是为了掩盖某种战术失误。"

姬仁宣沉静地为她沏了一杯茶，是他亲自调制出的香茶，而后，他有些不安地问道："你是从虞陶的记忆中看到战场上曾有虞北棠的身影一闪而过，才会借她来多宁之机接近她吗？"

南葵"咕咚咕咚"地饮下一杯香茶，痛快地抹了一把嘴，满足道："自然是了，否则堂堂当朝宠妃又怎会出没于血腥战场？必定事出有因，也如我所料。"

姬仁宣心中知晓，若不是南葵模仿虞陶笔迹写信给帝师莘峤，此战也未必会有这样好的结果。而选择匿名，也是为了虞陶着想。无论如何，是她在暗中结束了战争，又为所有弥人寻得了一个好去处，同时还料到焰国国君会派虞北棠前来探望，已不仅仅是一石二鸟了。想来，他的南葵妹妹已然变得可以独当一面，身为堂兄，姬仁宣内心里是既欣慰又落寞。这时，他见蜡烛快燃尽了，便又利落地换上一支，缓缓道："既然虞北棠知道这种毒，且有了解，那便是对寒玉棋盘之事略知一二的，而且，是有她的提议才将那棋盘

送去给了帝师，如此说来，虞北棠极有可能参与了此事。"

南葵凛然一笑，道："或者说，是有人利用虞北棠借刀杀人。"

姬仁宣愕然："南葵，这话万万不可乱说，你可知当今何人才能利用虞北棠？"

南葵却信誓旦旦道："自然是焰国国君了。"

姬仁宣作势要去捂住她的嘴，南葵却飞快地挡住他的手，并一点点地将他的手握在掌心，凝视着他的眼睛，眸中含光，同他道："此话并非毫无根据，国君年轻时确有雄才大略，但王侯将相有功有过，且他当年采纳了奖励生子之策，未必不是在为炼制婴灵而作准备。更何况，我在虞陶的灵魂深处看到了他对国君的敬仰与忠诚，甚至有一丝畏惧。"

姬仁宣微微蹙起了眉，问道："你便决定去寻找虞北棠与国君身上的疑点吗？"

南葵坚定地点头，这个性烈如火的女子不会因为一次失败而退缩，她的锋芒依旧不改，更不愿错失一丝一毫的希望。

姬仁宣见她是这般的毅然决然，也只得低叹一声，摇头道："前路漫漫，依你便是。"

而那之后的几日，南葵便依靠虞陶的那滴血所形成的媒介多次潜入他的梦境。再冒险进入梦境的最深处，在几乎抵达灵魂的地带寻找有关国君的线索。

那里有着被虞陶谨慎掩藏的过往，而过往中的情感竟是对国君的惧怕与崇敬。与国君年少相识的他自是明晰，国君并非旁人眼中那般昏庸无为，其定是在暗中密谋大事。他知道，国君已运筹帷幄许久，是舔舐利爪的猛兽，待他起身昂首的刹那，必将咆哮于山林，称霸天下。而此番出征，国君已有培养新任护国大将军的意图，尽管虞陶尚不会淡出历史舞台，可国君的野心早已不甘于三国鼎立。也是因此，虞陶才会将长女嫁予国君，自然是对国君表明了虞氏一族的赤胆忠心，也为今后奠定了长远关系。

南葵就这样摸索着虞陶的记忆，在极为阴暗的梦境角落里，有一段关于国君的过往。

那过往中的天色是蓝如碧海的，地上遍布翠绿芦草，柔软高壮，秋风拂过，荡起一波又一波绿色长浪。而在这高草的尽头，散发出一股腥臭的腐骨之气，有位身浴鲜血的少年拨开片片芦草，携着腰间的滴血长剑一路走来，而他身后不远的荒凉地带，堆满了如山般的尸骨，他便是曾浴血沙场的国君，脸上凝固着污血，眼里积着阴霾，手中提着一颗死不瞑目的头颅，那是他的姑父，而他敢于以五百死士闯入敌国王城，又凭一己之力削掉了残暴姑父的首级！

他也在那血腥之夜里身中数支流箭，却依旧誓死杀敌，几乎将拦住他去路的敌兵都砍成了肉酱。

世人都道国君少年称王，却不知其中辛酸。遥想他十三岁时，父王驾崩，彼时便有大国荆国来犯，企图趁人之危，一举攻下焰国，扩充领土。

父王只能停尸皇城，于他而言，这是何等屈辱！便只得向邻国求救，那国君便成了他日后的姑父。他屈身下跪，卑微如尘，以此为国求得了兵马，并骑马带军骁勇杀敌，十六岁的年纪便打败了荆国，解了围城之困。

可将兵马借予他的姑父，却是他一生之中抹不去的耻辱。他不得不献出回礼，礼物是其早已垂涎的、美艳无双的、他的亲姑姑。那一战免不了兵马的损失，他别无他法，只得牺牲了姑姑。偏生疼爱他的姑姑并不怪罪他，想来自他幼年时期起，姑姑便对他疼爱有加，幼童时期仅有的温暖与美好皆来自姑姑的音容笑貌，可他为了国家，为了子民，为了日后，竟只得将一个弱女子献祭给那似鬼般蛮横贪婪的凶残之人。

多年之后两国国君再次相见，曾经风华正茂的姑姑竟被折磨得如同七旬老妇，双鬓泛白，面黄枯瘦。他见此情景，望向那谈笑风生的姑父，心中恨意泛滥，眼里杀机涌现。

自他幼时起，至弱冠之龄，在权力游戏之中闪转腾挪。他如蛮荒蒿草般飞速疯长，逼迫自己不断强大，他懂得了阴谋阳谋，学会了玩弄人心，在乱世之中护自己的国家周全。短短七年光景，焰国已经富足壮大，再不容任何一个大国小觑。哪怕其中部分要归功于生子政策的推广，跟在他身旁多年的虞陶自是功不可没。百姓家中的男丁多了，征兵也就多了，虽然小的还没长大，但是家里有男丁，那长男便可前去参军，由此，焰国军力极为强悍，其他各国不得不礼让三分。

再者，他登基执政之后，首先便是与他国联姻，再以大量的金银珠宝贿赂他国君王，在这期间也曾依附他国，更不怕与虎谋皮。

他善用良才，又精于谋略，听取各路重臣谏言，逐渐令焰国国力稳步攀升，并静待时机，等到荆国因好大喜功而导致国力衰竭后，他携精锐骑兵，

千里奔袭，效仿荆国国君当年所为，一举攻入了气势衰败的荆国王城，斩杀君王，挂城示众，报了当年的围城之仇、停尸之辱。

同年，他与虞陶密谋大计，等到秋高气爽之际，只携五百精锐死士打入邻国王城内，因秋季是邻国蓄粮时期，将士们都卸下铠甲回乡收田，四下分散，聚不成军，他便是利用此时偷袭邻国，一路浴血杀进皇宫，削下了那残暴的姑父的头颅，将他忍辱负重多年的姑姑救出了魔窟。

也正是那两场惨绝人寰却收获颇多的战役，使得焰国疆域扩充，国力空前强大，一跃成为三大国之一。自此之后，他开始修建宫殿与运河，劳动力来自四面八方的战俘。焰国是九州大陆上唯一一个立下不杀战俘之策的王国，他们需要为焰国工作的劳工，如此一来，既可抚平刚刚征服地区的人心，又能平息战败国的复国情绪，也可缓解因连年征战导致的耕地之危。

于是，他成了九州大陆所有生民口中一个罕见的暴君。然而老天只给了他七年的时间，他急于求成的步伐不得不演变成强加给生民的暴虐脚步。他也有骄奢之心，虽能忍他人之不能忍、受过屈膝之辱，只因他心中有着更为崎岖险峻的山峰要去征服。至于其他败于他脚下的弱小国家，皆为浑浊泥潭，掀不起丝毫的浪花。

他诚然是高瞻远瞩，想他人之不敢想，做他人之不敢做，却也做尽了臭名昭著之事。无人能够洞悉他的内心，即便是伴他身侧多年的虞陶也看不清他的真面目。

或许，唯有在午夜梦回时，他才能在睡梦中回到那个洒满了夕阳余晖的山洞。手旁是姑父的首级，身上的伤口已敷满了药草，他浑浑噩噩地睁开了眼，已不知自己昏死在蒿草尽头的山洞中几日，身前响起枯叶碎裂的声响，轻盈的脚步声传来，他透过金色的夕阳看到一抹清瘦的身影。那是张像个幻影般缠绕着他多年，许是到死都无法释怀的脸庞。她手中的篮子里装着草药，裙摆上染着他身上的血迹，见他醒来，声音怯懦，支吾着退后。他赶忙道谢，又问她姓甚名谁，她犹豫许久，才小声回应道："我姓林，叫……"

她的面容逐渐清晰起来，却很快如铜镜般破碎成了千万片，一片片地刺进了南葵的眼睛。

南葵因此猛地睁开了双眼，她赶忙抬手触碰自己的眼，还好还好，两只都完好无损，这令她松了一口气。而后回忆起梦中女子的脸庞，总觉得像极了虞北棠。

"她姓林……"南葵喃喃自语，料想她许是国君年少时一段刻骨铭心的回忆。而转头时见窗外夜色凝重，姬仁宣正抱着干柴走进屋内，见她醒了，他眉梢眼角立即泛起喜悦之色，一边生火一边询问起她梦中进展。

南葵便将梦里的所见所闻都同他——道来，姬仁宣听闻之后沉默半晌，柴堆升起火光，他凝视着赤焰同她道："前几年，我在北方行商时曾见到过陛下修建的城墙，那长城蜿蜒如龙，气势壮阔，而当时看着绵延高大的长城空旷孤壮，城墙下的人家却炊烟袅袅，我且同当地人问上一句：城上为何没有炊烟？"

南葵笑他愚笨似的，闪着一双秋水般灵动的眼睛走到他身边，蹲下身来帮他烧柴，道："城上的烟是狼烟，若是狼烟燃起，便是战争爆发，可不是件好事。"

姬仁宣点点头，继续道："我自是可以想象到狼烟燃起的壮阔，可是，当我知道狼烟四起代表着战争爆发之后，便打心底里祈求长城之上，永世不要见到狼烟才好。"

南葵听罢，忽然就陷入了沉思。想来长城也好，运河也罢，都是由国君一手所建，雄伟壮阔的同时也令他背负了各方骂名。然而，这些千古奇观当真无用吗？

国君当真是百姓口中的昏庸暴君吗？

那梦境深处的一抹倩影，也足以证明国君并非冷血无情的君主，且与其说她与虞北棠相似，不如说，虞北棠与她相似。

而这时，南葵忽然紧紧皱起了眉，她竟从自己身为孟婆的记忆中看到了一张与这两位女子面容如出一辙的另一个女子。那模糊的身影由远至近，越发清晰起来，红衣配长枪，黑发如泼墨，眉宇间英气如刃，举手投足中自有浑然天成的娇蛮韵致。

她的名字叫林冉冉，是冥府位高权重的林大将军。

第十二节

　　冥府沉寂，彼岸花开。冥帝和墨见到南葵出现在自己殿中时，是一副匆匆忙忙的模样。而这个时间已是入夜，他正与林冉冉在切磋棋艺，二人皆是略显困惑地望着南葵，是林冉冉先发制人地质问她为何不经通报擅闯冥帝府邸。南葵闻言，一双眼睛睁得极大，从上至下地打量了林冉冉一番，这举动惹得林冉冉几欲发怒，聪慧如南葵，适时收起视线，而后又十万火急地招手唤和墨，便是要借一步说话的意思。

　　和墨对饕餮神识转世的南葵极为重视，他与林冉冉点头示意，拂袖起身，朝南葵走了过去。南葵立即贴近他的耳畔窃窃私语起来，和墨的表情也瞬息万变，剩下林冉冉盘腿坐在席间，心有愠怒。

　　想来这个冒冒失失的丫头就是自己素未谋面的新任孟婆了，要不是方才不经意间瞥见了她腕处的曼珠沙华印记，林冉冉也不敢相信此任孟婆会是这般年少。可令人不痛快的是这个孟婆一出现就是奔着冥帝去说悄悄话，全然没有把她这个冥府将军放在眼里，真是枉费自己一直代替她看管着奈何桥，连句道谢的客套话都没有。哼，实在是不明事理，便是要劳烦她亲自出马教训一番才是了！

　　正当林冉冉气势汹汹地搓一把鼻子，大步流星地朝和墨与南葵走去时，那二人忽然结束了对话，且和墨率先道："冉冉，你过来得正好，眼下人间战火连天，又有天灾降临，你且随孟婆一起前去人间处理事务，危急关头时，必要助她一臂之力。"

　　林冉冉一听此话，火气更大三分，双手环胸地轻蔑道："冥帝，恕我直言，你偌大的冥府有鬼差千千万，为何偏偏要派我前去？要知道我已经替她看管了好长时间的奈何桥了，没有功劳也有苦劳，现下可好，还要折腾我继续去为她作嫁衣裳？冥帝大人，你这份怜香惜玉的偏心不该这么明显吧？"

一旁的南葵闻言，不由"扑哧"一笑。

林冉冉作势就要发怒，和墨无视她的挤兑，继续温言细语道："你且尚不知情，便不要说这番不着边际的胡话。"

林冉冉伶牙俐齿，反唇相讥："我又如何能知情？你们两个的悄悄话也不曾告知我。"

南葵在这时上前一步，恭敬地同林冉冉作了一揖，笑容娇俏赤诚，客客气气地道："孟婆南葵见过林将军，这段时日多亏了林将军尽责守桥，我必当铭记在心。只是眼下事态紧急，还请林将军能够与我一同回去人间阻止大祸酿成，我会在路上与你细细说明情况。"

见南葵知趣有礼，林冉冉多少释怀了些，她生性爽快，绝非狭隘小气之人，便挥手要南葵不必客气，也无须生分，大家同为冥府做事，自当以姐妹相称，叫她冉姐姐就行了。只不过嘛，林冉冉不得不把丑话说在前头："既然冥帝已经吩咐了，我虽有不快，也是会同你去往人间的。但是冥府事务繁杂，牛头、马面与黑白无常各司其职，他们的分身也忙碌万分，自然是不会来帮衬你我的，而方才你说了人间将有大祸，区区你我二人，若是连个帮手都没有……"话到此处，她狡黠地看向了和墨，眼神充满了暗示。

和墨自是明白林冉冉的"诡计"，她无非是想要两个跟班来作威作福。但她所言也不全无道理，此行与往常任务的难度不同，的确需要更为强大的鬼差。于是他从袖中掏出两柄利刃，往空中一扔，两把玉剑倏地化成了两名俊美少年。

南葵见状，不由一惊，林冉冉倒是露出了满意的笑容，连连点头称赞道："看来冥帝十分在意这次行动，把看家的宝贝都拿出来了，三界之中有句古话，见玉剑如见冥帝，的确是位阶极高的鬼差了。"

"属下龙渊，见过冥帝、林将军与孟婆姑娘。"蓝衣裳的少年清俊温润。

"属下赤霄，见过冥帝、林将军与孟婆姑娘。"绿华衫的少年明艳锋芒。

南葵不敢置信地打量着面前的两名少年，明明方才还只是两把玉剑……

和墨却在这时将二人指引到林冉冉面前，并同她打趣道："将军，请笑纳。"

林冉冉会心一笑，眼波流转，是极为明丽的姿容。她合拳告别和墨，带着两名属下与南葵离开冥府，前往人间去了。

为了便于行动，龙渊与赤霄在平时都会化作玉剑存于林冉冉袖中，于

是，眼下便只有南葵与林冉冉二人骑在饕餮君儒背上。

南葵遵守承诺，将事情的来龙去脉与自己的任务都交代给了林冉冉，林冉冉听后陷入了沉思，"啧啧啧"地摇了摇头，眯着眼睛道："所以说，你在国君梦境里见到的女子与我及他的宠妃有着极为相似的相貌，而对方又姓林，你便认定我可以助你完成此事。"

南葵顺势点头："冉姐姐果真聪慧。"

林冉冉很享受被人夸赞的感觉，她思虑了一会儿，道："也许那女子是我的后世。"

南葵惊奇道："冉姐姐生前是有家室的人？已有子女？"

林冉冉立刻变了脸色，不满道："配让我生孩子的男子还没……"话到嘴边，又咽了回去，她不耐烦地摆摆手，"罢了罢了，别提我生前的事情，总之我没有子女，我口中的后世是指我族的后代，如若姓林，又与我相貌神似，必然和我有些许干系。你尽管放心，若当真如此的话，我很快便能把她的来龙去脉找出来。"

果然血亲的羁绊不可小觑。南葵心觉自己算是找对了人，不免心生喜悦。便催促君儒加快速度，她要尽早带着林冉冉回去同姬仁宣相见。

待到凌晨时分，天际发白，南葵于空中寻到了身在荒野地带的姬仁宣。他本是来此处打水的，但却见到战后的多宁城郊遍地孤坟，漫天盘旋的落雁，秋风凄凉刮断肠，他于心不忍，便驻留于此，为那坟上的墓碑一一拂去厚尘。

饕餮君儒四蹄落地，南葵与林冉冉翻身而下，望着眼前这国破家亡的景象，林冉冉好似触景生情般地皱起了眉。曾几何时，她也在战场上挥剑杀敌，也见过了数不尽的尸身与白骨，乱世飘摇，山河动荡，如何能叫人坦然面对？

秋风凄楚，姬仁宣闻声转过头，见是南葵归来，便踏着黑色云靴踩过大片的蒿草，走到了南葵身边。南葵向他介绍了身侧的林冉冉，又向林冉冉表明了姬仁宣的凡人身份，二人倒也见怪不怪地互相问候，至于旁事，姬仁宣绝不多嘴追问。而在广阔的荒野之中，只余下三人身影，倒显出了几分寂寥孤壮之意。

在这万籁俱寂之处，南葵瞥见了蒿草之中夹杂着的几朵零星小花，黄色花蕊，柔弱渺小。姬仁宣似是读懂了她的心思，俯身采下了几朵小花，放在了荒野之中的一座孤零零的坟上。南葵同他会意微笑，心中感激他与自己的默契。

而一旁的林冉冉却在荒地里翻出了几根红薯，她得意扬扬地高高举起，炫耀似的同二人道："看，我找到了宝贝！烤来吃吧，这吃食只有烤着吃才最为香甜！"

姬仁宣茫然地眨了几下眼睛，侧脸看向南葵，仿佛在问这便是南葵跑回冥府找来的支援干将？南葵也讪讪地咧嘴笑笑，她又怎知方才肃杀的气氛会被莫名得来的红薯破坏呢？

姬仁宣无奈地小声道："也好，爱吃这一点，和你必定是合得来了。"

南葵抓抓头："民以食为天嘛，就算是冥府使者也要填饱肚子才能做差事啊。"

三人便携着翻到的红薯回到山林中的屋内，打算共度一个惬意悠然的夜晚。

待到次日一早，性格急躁的林冉冉便携玉剑二人前往他处搜寻自己后世的线索了。

南葵与姬仁宣也不能浪费时间，他们化作流民模样前去打探虞北棠在城中的消息。很快便得知，虞军将在明日撤离多宁，返回焰国南雀城。南葵想着要赶在他们之前回到焰国，便与姬仁宣一同走了水路。

焰国四通八达的运河水路是由国君督造的，也正是因为这条流域几乎覆盖半个九州大陆的运河动用了大量的民力、财力，国君才被世人称为昏君。

而运河建成以后，焰王曾乘船出游一遭，携众妃嫔赏花品酒。于颠沛在乱世之中的贫苦百姓看来，自然是一番何不食肉糜的景象。

但如今乘舟于运河之上，南葵观赏周遭船来船往的熙攘景色，已觉得百姓的生活得到了些许改变。只要战争减少，百姓的生活也会逐渐富足了。

回途路上逢了小雨，这时节遇雨不免有几分怪异。然而运河水面上却因此而波光粼粼、水花成旋，煞是好看。数只橡木舫依旧没有停下穿梭的意思，竟有歌女走到船头，抚起了怀中琵琶，曲调婉转，歌声悠扬，凉风拂面，景色宜人。

南葵与姬仁宣并肩站在船上，细雨在肩头溅起细碎的珠花，姬仁宣正欲去向船家寻伞，南葵却道小雨淅沥，不必撑伞。姬仁宣转头见她鬓边发丝被蒙蒙细雨打湿，就像玉翠珠宝凝固在其上，莹莹闪烁，映进眼底，总有一种

心神荡漾的迷醉。

他情不自禁地抬起手，将她的发丝捋到耳后，轻声道："还是尽早回到船里吧，雨意凉薄，易感风寒。"

南葵惊觉他仍旧将自己当作一个普通人，会饿，会渴，也会生病。可她早已不再是凡人肉躯，偏生在他的眼中，她依然是他之前认识的南葵，仿佛从未有过任何改变。而这份温情足以令南葵动容，只是眼下也无心在兄长的宠溺中沉浸徜徉，想到身负的使命，她不由得喟叹出声。

姬仁宣察觉到她眼里的忧郁，问她道："可是因找不到接近国君的法子而心情不好吗？"

南葵苦笑道："知我者，莫若仁宣哥哥了。"

他自是心疼她为此伤神，想来船上皆是从多宁往返焰国内地的流民，他们二人装扮的模样混在其中倒也毫不突兀，更不会有人知道看似柔弱的南葵实则是结束了这场战争的幕后功臣。他也只能安慰她道："那位林姑娘已经前去搜寻线索，我见她行事利落，定是个稳妥之人，相信她很快就能为你带回可靠的信息，你且不要这般忧思，要信天无绝人之路。"

南葵闻言，心中想的却是林冉冉怕是不喜欢被人唤作"姑娘"，便提醒姬仁宣下次相见时改口称"林将军"。

他倒有些讶异地眨了几下眼，道："女儿家岂可做将军？"他本以为那姑娘身穿赤红铠甲只是冥府的规矩罢了，哪里想到她会是位金戈铁马的女将。

南葵眼里一副似笑非笑的神情，倒有几分得意道："仁宣哥哥此言差矣，普天之下，奇事万千，怎就不许女子叱咤沙场了呢？女将虽为女，却丝毫不输男，反而要略胜一筹了。"

姬仁宣哑口无言，也反驳不出，便也只得点头道："妹妹所言极是。"

南葵见他似有不服，半晌过后，缓缓道："仁宣哥哥，我曾在独自送货行商时偶遇奇事，眼下行路无所事事，不如便讲给你听吧。"

他淡然笑笑："洗耳恭听。"

遥想那年，南葵才刚及笄，虽是年少，却已能够独自带队替父经商。商队途经南方一处偏远小城时曾驻足歇息，便遇见了当地一户姓梅的人家。只是当年的南葵尚且不够透彻，如今历经了种种，再回想起那桩事来，自然有了不同的感触。

姓梅的人家已算是城中大户，听闻南葵一行人是大国前来途经于此的商队，便热情、好客地邀他们到家中吃宴小住。南葵不愿叨扰人家，婉拒了盛情之后，她带着商队找了一家较近的客栈安顿下来，正准备要店家准备吃食，谁知那梅老爷又前来请南葵到府上去。

看来对方的确是真心实意，总不能枉费其一番热忱，南葵思量片刻，便同几个愿意前去的属下一起去了梅家。

聊天中才知梅老爷也是城中商贾，家中虽不是大富大贵，却也衣食无忧。为了招待南葵一行人，梅老爷吩咐下人做了八个当地特色佳肴，又喊来梅夫人和女儿筠竹前来陪宴，实乃将其视为异国贵客。

梅筠竹当时年满十八，已到了婚配之龄，她知书达理，貌若天仙，是城中出了名的才貌双全。当地的许多仕宦子弟都排着队地来梅府提亲，可筠竹都看不上，梅老爷和梅夫人也看不上，倒是南葵今日出现，令筠竹眼前一亮，觉得她样貌清俊，姿容焕发，绝不是小城里随处可见的少年才俊。只不过梅老爷细细端详南葵一番后，讪笑着问："依老夫所见，公子你的年岁应比我家女儿小上一些吧？又见你身板还有些瘦弱，也不知能不能承担起生养儿女的重担。不过嘛，你还小，倒也不耽误日后继续长个头，说不定弱冠之时就可变得膀大腰圆了。"

一听这话，南葵与三名下属险些把酒水喷出来。想来出门行商，南葵惯以穿男装行动，一来是男装轻便，二来是减少不必要的麻烦，她虽认为男女平等，但世上不免俗人居多，与其浪费口舌争辩，不如加快行商脚程。然而，今日误打误撞地被梅家三口相中成了姑爷人选，可还是头一遭。

南葵正欲解释，属下霍廉却阻止了她，并同她耳语道自己已年方二十三，还未娶妻生子，不如将计就计，再来个偷龙转凤，由霍廉代她娶了梅姑娘便是。南葵闻言，虽不认可，却觉得有趣。她本就贪玩儿成性，倒也想看事态如何发展，便听了霍廉的话，暂且依了梅老爷。

回到客栈之后，南葵越发得意起来，她对着铜镜欣赏起自己的模样，又听见楼下客栈老板说起她的能耐，只一面就把那傲慢的梅家姑娘迷得神魂颠倒，还真是长了一副风流俊俏相。

到了隔日，南葵与霍廉换上相同衣服，又同样以一把折扇挡住面容，由南葵约筠竹出街游玩，中途再换上霍廉，竟也没被筠竹识出任何破绽。一来二去，霍廉与筠竹竟真的互生情愫，且待到时机成熟，霍廉也将事情的来龙去脉与筠竹全盘交底，筠竹非但没有责怪他们二人，反而感谢南葵促成了一

段佳话。

这可的确是意外收获，谁人会料想得到行商路上还会张罗起娶亲之事呢？南葵看了眼皇历，倒也来得及送货。可就在南葵携霍廉去梅府正式提亲时，却见门外守着数名金甲武人，府内也有不小的骚动，竟传来压抑的啼哭声。

南葵与霍廉困惑不已，却被拦在门外不准进入。二人很快便见到一名威严高大的男子朝门外走来，他穿着一身冰冷战甲，足蹬铁靴，腰佩长剑。在见到他的瞬间，南葵情不自禁地打了一个寒战。待到这些武人上马离开，梅老爷与梅夫人才哭哭啼啼地把南葵和霍廉迎进府里，悲悲切切道："那来者是我湘国当朝武将程家的侍卫，他们一连几日赶路来此，是为程家的长子登门提亲的。可我国上下谁人不知那公子程是个久病的瘫子，他打娘胎里便是个畸形，生下来之后胎记遍身，五岁了还不会走，如今已是而立之年了，又害了一身的怪病，整日痰水不止，歪眼邪嘴，连双手都如鹰爪一般佝偻着，偏生要我家的筠竹嫁给他来冲喜，这真是飞来横祸、挖心之痛啊，倒不如一刀杀死老夫来得痛快了！"

霍廉闻言，如遭一记霹雳当头，转身去看角落里的筠竹，她早已是哭成了个泪人儿，满眼皆是痛不欲生。而南葵更是气不打一处来，她为了自己属下的终身幸福便是不肯答应的，当即同梅老爷理论起来："梅老爷，你怎可将一女许给二夫？即便是他来提亲，可你早已是看中我来做你家女婿的，你大可把实情告知于他，难不成光天化日之下，他还能强抢民女不成？"

梅老爷哀着一张脸，连连摆手道："使不得，使不得呀！程家位高权重，哪是我等草民能够惹得起的？若是胆敢拒绝他的提亲，再把你同筠竹的事情摊出来，那岂不是要触怒了他们，害了两姓人家？"

南葵哼道："我是不信邪的，如今有皇天在上，后土为下，强权如何能与正义相抗？你竟看不见筠竹哭得有多伤心吗？难不成你自己女儿的婚姻大事都比不上拒绝强权来得重要？筠竹不愿嫁就是不愿嫁，许配给我家便是我家的人，哪里轮得到你来替她做主了？我这便追上那程家侍卫，将实情向他道明！"

梅老爷却哭喊着抓住南葵大叫道："你这不知天高地厚的毛头小子，休要连累了我梅家！你且是不怕死了，老夫全家几十口不能毁于你手！你骂我贪生怕死也好，责我畏惧强权也罢，总之筠竹是嫁定公子程了，是福是祸皆是她的命，你与她二人注定有缘无分，从今往后，便别再痴心妄想了！"

这话虽是不知情的梅老爷说给南葵听的，可那字字句句，却是诛了霍廉的心。他与筠竹二人痴痴相望，无奈于此时此刻，终究是不能彼此相拥。仅是五步之遥，却恍如隔世，二人泪流满面，无以言表。

硕人其颀，衣锦褧衣。齐侯之子，卫侯之妻。东宫之妹，邢侯之姨，谭公维私。

手如柔荑，肤如凝脂，领如蝤蛴，齿如瓠犀，螓首蛾眉，巧笑倩兮，美目盼兮。

梅氏筠竹，年方十八，貌美绝伦，双亲俱在，识棋懂律，吟诗作画，实乃上等。

择下良日，告别府城，凤霞披靡，喜冠缀玉，程公接洽，仗义来迎，浩荡出嫁。

湘国历七十三年七月初七，筠竹头顶红帕坐在喜轿里，抬轿的人笑逐颜开，欢喜地随着敲锣打鼓声高歌。而前方，通往此城前来迎亲的程公一家却停滞在了城门口，他们哀哭着伏在乌木的棺椁旁大放悲声，侍卫们在敲敲打打，吹丧的唢呐在白幡间奔丧叫哭，程公举着长香在棺木前祭祀，棺木的盖子还未合上，里头躺着身穿喜服的公子程，他面目惨白，双手交握，已是死得透彻了。

早在前来迎亲之前，程公便已有准备，公子程病入膏肓也不是一朝一夕之事，冲喜不成的话，便可让新娘和公子程冥婚，这话，他也是在提亲时便命人交代给了梅家。据侍卫捎话回来，当日的梅老爷是欣然接受的。程公也发自内心地感慨梅家以大局为重的高瞻远瞩，承诺定会在陛下面前为梅家美言，也好为梅老爷带去更多的商机运转。

而三炷香的工夫儿过去，喜轿队伍已经到达了城门处，映衬着白衣守棺人哀哭的，是抬轿轿夫们的满面笑颜。可见到此番景象，任凭是谁也笑不出来了，轿夫们的笑容逐渐散去，他们略显错愕地将轿子抬到了棺材前，这才瞥见自家少爷已经于迎亲的路上死了。

筠竹自打听见唢呐声时便已明白了自身的处境，她坐在轿子上默然泪流，手指紧紧地绞着帕子，听见程公在轿外高声命令道："还不快搀扶少夫人下轿，别让少爷等久了，快快行事，免得他在黄泉路上孤单！"

众人立即照办，筠竹恍惚地感到自己被撕扯般地拉下了喜轿，甚至不

准许她摘掉盖头，喜婆便强行按着她的头跪在地上，急匆匆地拜天拜地拜棺椁。磕头磕了三次，一次比一次重，磕破了额心，染得喜帕渗出了一丝血腥气。是这味道唤醒了筠竹的心神，她想起了霍廉曾带她放风筝时被割破了手指，她轻轻为他擦拭血迹，一丝甜腻滑过心头，筠竹猛然间挣扎起来，她的哭叫声格外凄厉，程公听见了立觉不吉，要人以布塞住她的嘴巴，又把她五花大绑，抬过头顶，被放进了棺椁之中。

冰冷的尸体触碰她的臂膀，她惊恐地侧眼去看，那尸身的嘴角竟留存着喜悦的笑意，她顷刻间泪如瀑下，全身战栗着呜咽不止。程公在这时爬上棺木，见她的身子几乎是压在公子程上头的，便不满地抓着将她移到旁处一点，只露出公子程的半个身子，这才心满意足地笑道："儿媳，你身体的一半挡在我儿上头，代表你可为他在阴曹地府遮风挡雨；而另一半你没挡到的身子，是为了他能方便在阴曹地府与你生儿育女。所幸你长得美，哭起来也是个美人，有你为我儿殉葬，他也是能做个风流鬼了。"说罢，他爬了下来，吩咐旁人盖上棺盖，必要钉得死死的才牢靠。

"合——棺——"侍卫竟吹响了号角，如凯旋那般荣耀。

而望着厚重的棺木一点点地隔绝了阳世，棺中被塞住嘴巴的筠竹用喉咙发出了惨绝人寰的吼叫。那叫声震飞了树林间的鸦鸟，它们拍打着翅膀仓皇逃窜，只留下一地乌黑的羽毛。

棺木的盖子紧紧地合上了，由于乌木极重极厚，便再也听不见里头的动静了。程公带着棺木离开了此城，他们要快马加鞭地赶回居住的皇城，将棺材埋入土中。

当南葵与霍廉一行人赶到城门处时，已是夕阳西下，余晖满天。梅老爷与程公如一丘之貉，为防南葵阻碍，竟骗了他们筠竹的成婚时日，还以梅夫人重病为由引他们去外城买药。

霍廉失魂落魄地翻身下马，身形摇晃地走到空荡无人的城门口，唯独一支遗落在地上的银钗成了他最后的念想。

他拾在手中，跪坐于地，神色颓唐，喃喃地语无伦次道："这钗是我送给她的，本是一对儿，眼下遗下一只，就像是我与她被硬生生拆散那般……真不知世间之事为何如此不公，我霍廉从未做过伤天害理之事，她梅筠竹也是娴静良德俱佳，怎就要这般捉弄我们，便是草民不配为人？手握权力之人便可为所欲为？哪怕投官陈诉，也不知去处，官官相护，又有谁人能真正为百姓做主？可怜了筠竹，终是我护不了她周全，终是我无官无职无权无势，我竟是不配为人……"他咬牙切齿地攥紧了银钗，连刺破手掌都浑然不觉。唯独泪水顺着脸颊滑落下来，他恸哭失声，整个人好似已然疯癫。

可这红尘浩荡，宦海沉浮，千秋万世之中，又会有谁人在乎一个弱女子的死，与一个寒门子的疯？当日南葵站在霍廉身后，见这般绝望景象，不免哀从中来，但也来不及再多作停留，她催促霍廉快些上马，送货的时间已然是不能再耽搁。

"只是，那之后的霍廉变得痴痴傻傻，整日胡话不断，逢人就喊天无天道、人无人伦，再也不能参与送商之事了。"南葵回忆至此，眼中流露万分怜悯，可又立即义正词严道，"但这便是人间规矩，古往今来，手握权贵者自是可以随意主宰旁人的性命，俗话虽说黄泉路上无老少，冥府要人三更死，那人绝活不到五更。但决定生死的，又真是冥界吗？那些肆意践踏生命的当权者可比冥府鬼差还要恐怖？只因人们惧怕权威，然而，他们又是为何惧怕？倘若男女平起平坐、寒门手握刀剑、杀人不问出身而问罪责的话，权力是否还能成为主宰人世的唯一途径？"

姬仁宣看着她，久久不语。

南葵的眼中逐渐浮现出恼怒神色，她望着壮阔的运河，紧皱眉头道："眼前的这片江水，皆是高高在上的国君所造。他自当有着许多不为人知的秘密，可世人看进眼里的，唯有他无人能及的权势与赤裸蛮横的欲念，又怎会知道他究竟在想些什么呢？或许，唯有我体会过翻手为云、覆手为雨的滋味后，才能懂得他的心中所想。"

姬仁宣闻言，思虑片刻，而后对她道："如若只是翻手为云、覆手为雨的话，为兄有办法。"

南葵怔怔地看着他，神色也渐渐缓和了下来，不由得困惑起姬仁宣在说什么傻话。

直至船只靠岸，二人随着一众流民经过城门关口回到了焰国，姬仁宣顾不得自己劳累，只想快些带着南葵去攀登焰国城门外最高的那座龄山。

龄山已是千岁有余，故而得其名。山高入云，青壁成林，白露横江，水光接天，千尺翠绿，万丈丛花，山鸣谷应，风传回音。登上山巅之人也有飘然如仙、招摇于云端之感。

是在这斜阳如画的景色之中，南葵心觉飘忽，她俯瞰山下细碎人烟，整

个焰国的疆土渺小如沙砾，而她若是愿意，仿佛抬手便可翻云覆雨。

南葵昂起下颚，闭上双眼，任凭清风吹拂耳边鬓发，心中忧愁顷刻间消散成烟。

乱世虽在脚下沉浮不定，她却能够在此得到短暂的惬意，不禁心觉宁静、胸怀壮阔。

姬仁宣走上前来一步，站在她的身边，侧眼便可看见飞鸟盘旋在他们身侧，羽翅扇动长风，好似可以挥走尘世风霜。

"这便是你说的翻手为云、覆手为雨。我曾经也数次攀过此山，却每每在半山腰处便放弃。"南葵心满意足地深深吐息，"如今终于登上了山巅，确有凌驾于世间万物之感，唯一不同的是，我也不会产生丝毫贪婪之意，只觉万分释然。"

姬仁宣凝视着焰国的大片土地，笑得风轻云淡，道："国君之心，自不能以平凡之意去揣测。想来他年少之时也曾手持锋刃，满身荣耀，而虞陶也甘愿为他拼杀皇座与天下，也为他挡下了许许多多的风沙与鲜血，必定是他有着旁人不能比拟的长处，才会铸造了焰国今日的盛世良辰、美景荣华。"

南葵感慨道："他二人当日也一定如你我这般，身处同一片夕阳景色、站在山巅俯瞰这繁茂土地，必然也会许下成为明君、爱护百姓、平复战乱、免去饥荒的信诺。然而人性恶善，千古至今，总是难辨、难断。而义与利者，人之所两有也。不能去民之欲利，而能使其欲利不克其好义也。虽不能去民之好义，而能使其好义不胜其欲利也。义胜利者为治世，利克义者为乱世。'义'与'利'，正是善恶双重。"

姬仁宣默然道："如同轮回的宿命。"

南葵沉下了眼，叹息道："沧桑红尘，代代不息，权势欲望，亘古难变。可怜的，永远只有平凡的百姓罢了。"

凡人生命不过短短几十载，如白驹过隙，却总是要以血泪铸就自认为恢宏壮阔的篇章。然而此时此刻，南葵却在心中暗暗决定，她愿以自身之力吞噬掉世间所有恶念，哪怕要颠倒日月星辰，要与诸神对抗，她也要将乱世的乾坤扭转。

即便凡人如蝼蚁、如草芥，也有权享受世世代代的和平。

第十三节

　　回到南雀城时，已经是三天后的事情了。

　　只是南葵与姬仁宣二人并未急着赶回魁昧居，反而是去了城中最为繁华的街市。

　　那条街也叫作隐市，由于坐落于城中最为边缘的地带，虽繁华，却龙蛇混杂，隐藏着整个南雀城中一切不为人知的秘密，故而被冠以一个"隐"字。

　　姬仁宣正带着南葵骑在马上，一前一后地走着，来到了一条幽深小巷，仿佛穿过巷子就能来到另外一个奇妙的地方。南葵起先觉得周围很静很暗，可是没想到转过巷角，眼前赫然出现一片熙熙攘攘、人声鼎沸的景象。

　　千楼万阙被灯火映得通明，繁华热闹扑进眼底。这里人来人往，有商贾，也有望族；有侠客，也有浪人。百业千行，碧眼胡姬，奇珍异宝，异域美酒。就连街角里都藏着当今皇室的奢靡秘事，氤氲暧昧的气氛无处不在。南葵瞥见一处摊位前的玉席上坐着一位姿容艳绝的妙龄胡姬，她一双蓝眸如暗夜碧海，身上挂满了翡翠玛瑙与镂空金铃，老板则坐在她身后的椅子上打着羽扇，对上门的布衣客人爱搭不理，直到有贵族打扮的老爷出现时，他才抬起慵懒的眼皮比画出一个"八"字，那老爷显然觉得太贵，回了一个"六"的手势，老板不依不饶，声称这胡姬的母亲是当今国君宠幸过的舞姬，这妙龄女子保不齐有着皇室血统呢。

　　南葵与姬仁宣对视一眼，彼此的神色都略显复杂。有关国君的传闻自然是有好有坏，而他们二人来到此处，便是为了打探与皇室有关的秘事，毕竟南雀城内只有此处才能畅所欲言，唯有找到线索，才能寻得突破。且国君也的确曾在不惑之龄时屡次三番地流连此地，必定会留下些许的蛛丝马迹。思及此，南葵又不动声色地打量起了四周，明晰了隐市是王公贵族聚集的秘

处，妖艳的舞女们在楼阁之中千娇百媚地挥舞绢帕，楼下的王孙公子摇扇相望，嘴角上挑，眼神浪荡，自是一派奢靡放纵的景象。

南葵不自觉地蹙起眉，心中想到，如若当年国君意在此地，必然也是有着日后成为昏君的潜质。

姬仁宣则在这时将身上的所有银两都拿了出来，交给南葵，嘱咐道："你不曾来过隐市，不知道这里的规矩。说得夸张些，在隐市，即便呼吸一口空气，都是要付上等价费用的。而且，必要先付价，由对方根据你的价钱来和你交换同等的东西，物、人、事、消息，哪怕是一滴水。"说罢，他示意前方刑台上竖立着的三个巨大的密封水罐，里头关着三名瘦骨嶙峋的男子，他们呼吸困难、面目扭曲，每个人的胸前别刻着不同的血字，即"偷水贼""弑父者""抢花人"。

南葵呆住了，定了定神，觉得恐惧，她转回脸道："水与花皆是物，未先付钱而被惩罚情有可原，但弑父之人……"

姬仁宣低垂眼，低声回了句："想必是没有付钱给前来收尸的差使吧，隐市的人是绝不会做白工的。"

南葵闻言，缓缓摊开手掌，望着姬仁宣交给自己的全部银两，不禁动容。从她以孟婆身份出现在他面前的那日起，他便义无反顾地与她一起投入了她需要完成的使命中。为了让她得到她想要的一切，他甚至可以付出所有，哪怕是去接近那危险的国君，他也是义不容辞。

如此，又让她如何能不感动？

而南葵正欲同姬仁宣诉说内心感激时，忽然瞥见了一颗极为璀璨光艳的赤色宝石，正是佩戴在那名被当作货物贩卖的胡姬颈上的。南葵眯着眼睛定睛去看，当真是颗价值连城、美轮美奂的赤炎石。只是这般名贵的物件儿，怎会出现在这种凡俗的摊贩胡姬身上？

"姑娘，你看了这么久，究竟是想买她还是买她身上的东西？"那摊位老板是位身形壮硕的八字胡男子，他的一只眼睛瞎了，灰色瞳仁像是颗琉璃珠子，正坐在长椅上抽着烟筒。

南葵看向他，她自知这颗赤炎石必定与众不同，许是真的来自皇室，可她手头上的银两并不足以带走这颗赤炎石回去研究，且目前也只是怀疑，如若草率行事，只怕不值当。

老板吐出一口白缭缭的烟雾，眯起眼睛打量着南葵与姬仁宣，像是看穿其心思般道："你眼光好得很，一眼便识出这石头是个好宝贝。不过，金银财宝可换不走它，唯有与之等价的东西才能将它带走，毕竟这可是百年前遗留下来的物件儿，只有皇室才配拥有。"

果然如南葵所想的那般，的确是来自皇室。

"难不成，真的是……"南葵思虑着，转眼看向姬仁宣，对方点点头，也觉得值得一试，她便终于下定决心般地对老板道："你方才说不要金银，那我该拿什么同你交换她脖子上的这颗石头？"

老板的声音如绕梁余音般空旷深远，他神神秘秘地说："你这嘴利的姑娘，不必刻意把宝贝说成是石头，你明知它贵重，就不要耍弄心机，做生意嘛，赤诚最为重要。且话说在前，这奴隶身上的任何一样东西都可以单卖给你，心、肝、手、脚，任何器官随便你挑，全买回去也可以，只要价格合理，都不在话下。但你嘛……肯拿出你身上最为值钱的东西来和我换吗？"

听闻此话，一旁的姬仁宣倒是头冒冷汗。他从这老板话中听到的皆是血淋淋的器官，而他可不想让南葵失去内脏与四肢的任何一处，这生意怕是别做了的好。

"我自然是肯的。"南葵的语气极为坚定。

姬仁宣一怔，赶忙看向南葵，欲劝她别做傻事。

"你倒是诚心，那我便不客气了。"老板说着，飞快地伸出手来一把抓住了南葵的手。

姬仁宣大惊失色，正打算撕扯掉那只手，护南葵周全，可老板已经心满意足地放开了南葵。而后，他将那颗熠熠生辉的赤炎石从胡姬的颈上取下，不以为然地扔给了她。

南葵因此而蹙了蹙眉，可她不打算再多留，便谢过老板，唤着姬仁宣一同去了别处。

路上，姬仁宣困惑不已地问南葵那人究竟从她身上拿走了什么，南葵却始终一言不发，脸色也算不上好看。

待到夜晚，皎月高挂，万物静谧，南葵与姬仁宣坐在隐市中最为偏僻的一家客栈里喝茶。店内客流本就稀少，眼下更是寥寥无几，除了他们二人，便只剩下店小二与在台上拉着二胡的盲眼说书人。

姬仁宣见天色不早，便催促南葵去楼上休息，一直不作声的南葵却在这时从怀中掏出那颗赤炎石，她凝视着鸡蛋大小的宝石出神，偏生听到身后传

来一声惨叫，是那盲眼说书人指着南葵手中的东西语无伦次道："孽债……血光孽债，怎就偏偏会……孽债啊！"说罢，他便跌跌撞撞地跑出了茶馆，惹得店小二一脸茫然地走过来向二人赔起了不是。

南葵并不在意，反而终于开口，问道："怎么，瞎子竟然也能看见宝石？"

店小二这才注意到南葵手里握着的赤炎石，不禁吃了一惊，而后面露难色，吞吞吐吐地说道："怕不是看得见，而是闻得见。"

南葵与姬仁宣面面相觑，不约而同地问道："此话怎讲？"

店小二挠了挠头，虽有为难，却也还是在南葵的盛情之下入座，继而同他们一五一十地讲道："二位定是不知这赤炎石的来历，想必也不常出没隐市。这赤炎石是秦老板的传家物，却也不是什么吉祥之物，倒不如说，是个祸害。"

南葵一听，像是有些懂了，不由喃喃道："难怪他要把这石头说得神乎其神，果真是虚张声势。"

姬仁宣诧异道："他竟没有从你身上拿走一丝一发？"

南葵摇摇头，道："我也奇怪此事，他故作神秘，怕的只是我们不肯带走这块赤炎石。要是祸害的话，倒也能够说得通了，毕竟他急于脱手。"

店小二心觉他们二人是上当受骗了，替他们感到晦气道："秦老板祖上七代，代代都因这块石头死得凄惨，隐市的人都知这东西是受了诅咒，如若秦老板没在不惑之年把它转手出去，那他也会步了先祖后尘，和老婆孩子一起惹上血光之灾。传言这块石头是有名字的，叫琬娘。"

南葵鄙夷道："这分明是个女子的名字，又怎会起作石头之名？"

店小二也开始神神秘秘道："正是女子的名字不假，且是在百年前和这焰国君主有所关联。那会儿焰国还不叫焰国，可当时君主的名字，却叫作焰。"

南葵催促店小二继续讲下去，她迫切地想要得到有用的线索。

小二将故事娓娓道来。焰公在十五岁时就被称公，只因其父驾崩，他又是长子，自当继承父位，统领国土，便是今日的南雀城。而在当日，焰公的领地名苏，只一城大小，且满城尽是男子，女子反而成了稀缺资源。据说是苏地气候温暖，水质偏软，妇女总是会怀男婴。

由于焰公刚毅勇武，年少有为，在其父生前便协助修筑城墙、抵御外敌，才有了当今南雀城的外城高墙。

焰公十九岁那年，已是他继位后的第四年。因他统治有方，苏的内部极为富饶，疆土虽小，却衣食无忧、牛羊成群，一直被其他邦国视为效仿的对象。正月期间，他害了一场大病，一直折腾了数月，痊愈之后便开始有些迷信药物，性格也有变化，也为日后的暴戾奠定了基础。待到春末夏初，焰公携将相臣子南巡，却没带他刚刚成婚的夫人，反而带着他平日最看重的上卿宗绍，以及素来贴心的近侍、左相，还有幼子及其乳母。浩浩荡荡的队伍一路向南，途经一片翠绿桑田，农妇们皆在采桑，仿佛是命中注定那般，焰公看见了那系着春色头巾的女子，周遭人们的视线皆被她吸引。

路过的人看见她，放下担子侧目注视她；田中的年轻人看见她，禁不住穿梭于她身畔，希望引起她的注意；耕地的人忘记了自己在犁地，锄地的人忘记了自己在锄地，只因为了仔细看她的美貌。

焰公自然也不例外，他透过车帘的缝隙瞥见她于田间忙碌的身影，就像耳畔忽有一阵清凉长风穿过，琳琅之间光影流离，他的视野因此而极为宽阔，白沙乱雪，晨星坠落，细雨绵长，万丈烟火，统统比不上她的容颜璀璨。焰公因此命人停下队伍，又派人去请那女子过来。但是纠缠之间，焰公见那女子推搡不从，他不准近侍对她动粗，便将其传唤回来，近侍则道："回禀主公，那采桑姑娘是林家女儿，名叫琬娘，年方二十，已有丈夫，正是郡里官吏。"焰公闻言，眼神黯然地望向琬娘，见她神色无惧，竟不怕他是权力巅峰的掌握者。幼子偏生在这时啼哭起来，乳母哄劝不好，焰公心生厌烦，重新启程，心间自是刻下了那惊鸿一瞥。

而南巡游玩不仅未令焰公宽心，反倒在旧疾上添了相思之病，他满心都对林琬娘念念不忘，忍不住派人去寻她，势必要将其带回城中。可林琬娘冰雪聪慧，察觉事态不对后便在丈夫的安排下逃去了乡下。焰公的随从扑了个空，只得悻悻而回。

结束南巡回到城中的焰公思念成疾，命画师依据描述画出了林琬娘的画像，日夜不停地画，直到画得真假难辨为止，且还要画上数份，再裁剪下来做成面具。宫中女子只有妃嫔，平日养尊处优的妃嫔又怎会顺从地假扮成出身底层的女子？但苏地本就男子奇多，连宫女都少得可怜，焰公只得将画像面具戴在男子脸上。

可久而久之，焰公已不能满足与替身倾诉衷肠，便开始抢夺民间的女子到宫里来做林琬娘的替代品。只是焰公喜怒无常，随着外敌入侵、领地纠

纷，他的性情越发暴虐，总是以折磨替身为乐，只因他深知，她们都是假的，全然不似他心中的那抹皎洁月光。

于是女子们纷纷想尽办法逃离焰公，若是不幸被发现意图，都会被残忍地赶尽杀绝。以至于两年光景，苏地民间的女子只剩下老妇和幼女了。妃嫔们虽恨焰公的冷落，却也怕丢了性命，便不敢有任何怨言。而焰公嗔怒于现状，就命人将宫中死去女子的皮肤剥下来，晾干血肉，保留肤质，再由画师在上头作画，势必要画出林琬娘的身姿与面容。

功夫不负有心人，那幅人皮图最终做出了一张惟妙惟肖的成品，焰公得到后如获珍宝，将其盖在一名貌如女子的近侍身上。这一次，他喜出望外，仿佛真的再次见到了林琬娘本人。可好景不长，近侍很快便死了，焰公只得再去寻其他合适的男子，但每一个躺在人皮图下的男子都不得善终。有的是在惊恐中死去，有的是心觉受辱而自尽，有的因嫉妒焰公移情而争宠，反被黄雀在后之人诛害……皇宫中一时之间乌云密布、阴暗晦涩，妃嫔们如处冷宫，男子们皆成面首，臣子谏言却被焰公当作谋反，他听不进任何劝谏，还斩杀了无数忠臣，恨不得整日与人皮图上的林琬娘沉溺于酒池肉林，不问朝政。

可日子久了，死去男子的尸身来不及处理，在宫中堆积成山，引发了疫病，仿佛是来自他们的恨意，瘴气一般的怨念凝聚在了焰公发鬓中的玉石里，长久积攒，使得焰公的身子越发虚弱。便有巫师谏言：唯有杀尽七百七十七个躺在人皮图下的美男子，使血液染红焰公发鬓上的玉石，以毒攻毒，才能治愈恶疾，重得康健体魄。

焰公对巫师所言深信不疑，威逼利诱、甜言蜜语地哄骗苏地各处的美貌男子入宫自投罗网。世人皆道焰公性喜男色，却不知那些年轻的生命有去无还。或许家中老父老母还在等候他们衣锦还乡、光宗耀祖，哪会料到孩儿统统成了浸满莲池的血浆与肥料。而杀死他们的过程，也是歹毒狠辣，有的被做成人彘，有的被挖去双眼，幸运一点的会死得痛快些，能留个全尸。也有无意间撞到此番景象的妃嫔惊吓过度，一夜之间疯癫呆傻，只管忙着投井自尽去了。到了最后，焰公已经攒足了七百七十六个男子的鲜血，只再需一个，浸在血潭里的玉石就可吸收全部精华，他再将其吞入腹中，自可痊愈。

在等候上卿将最后一人搜来宫中的夜里，焰公正独自泡在血潭里养精蓄锐。他不过年方二十四，样貌已如枯槁一般憔悴，曾经的意气风发好似只是大梦一场，他不知为何忽然想起自己的幼子，仿佛已有数年未曾相见过了。正这样叹着，大门"吱呀——"一声被风吹开，门外站着两个人，是上卿将最后一人带来了。

那人走进宫殿后，上卿便将大门关上退下。焰公顺势走出血潭，随意穿上锦袍，鲜血顺着他的鬓发滴落，流淌出了一地猩红。而焰公面前的人披着那幅人皮画，身段纤柔，宛若惊鸿。焰公将其上下打量一番，心里满意，便命其褪去人皮和衣衫。

那人得令后，顺从地将身上的一切都缓缓褪下，裸露而出的肌肤白皙如玉，婀娜曼妙。焰公正想着今日来者着实像是个真女人，可对方忽然掏出了腰间的匕首，以迅雷不及掩耳之势冲向焰公，举刀逼近他脖颈。焰公大惊失色，只因面前之人不是旁人，正是他爱而不得的林琬娘！

"是你……怎会是你……"眼前的这张脸，如梦魇一般日日夜夜缠绕着焰公的心，可待今日终于相见，他反而感到莫名的惊恐。

"陛下不必这般错愕，这些年来，你心心念念盼着见到的人不正是我徐林氏吗？"她愤恨地怒目相视，咬牙切齿地字字珠玑道，"想当年，你于春翠桑田之中轻薄我时便种下了恶果，是我家夫君不愿与你成仇才要我暂时躲避。本想着你身负天命，总会忘记那不足挂齿的一面之缘，可你身为主公，竟是做尽了天下荒谬之事。纵观这五年光景，你骄奢淫逸，十恶不赦，剥皮作画，淫乱后宫，视美色男女为玩物，将百姓子民当粪土，这期间，你可为人世做出过丝毫有用的贡献？且你竟听信谗言，滥施巫术，搅混天道，杀害了七百余人，只为你自己病痊愈。你连他们一生平淡生活的权利都剥夺了，你可配为君？你可配为人？仗着你手握天命便随心所欲，难道不知苍天有眼、报应可见？你竟连我的丈夫也不肯放过，只怕你早已叫不上那些死去男子的名字，更不知我丈夫是如何被你逼得自尽身亡！你偏生为了一己私欲，害得不计其数的子民家破人亡，你有失天道，不配为君！今日，我便要为我的夫君报仇雪恨！"说罢，林琬娘一刀刺进了他的脖颈动脉，而血液四溅的瞬间，焰公竟咆哮着张开嘴，如恶鬼一般咬断了林琬娘的手指，林琬娘呼痛欲逃，焰公虽抱病在身，却依旧力大无穷，他一把扯断林琬娘的腿，并迫不及待地咬住她的背。

凄厉的惨叫声充斥着整个内殿，焰公啃食着他梦寐以求的躯体，就仿佛终于能够与她灵肉合一，他竟喜悦得放声大笑。直到林琬娘没了呼吸，她死

不瞑目地躺在他怀里，身体残缺不堪，焰公这才心满意足地抱着她跳进了猩红的血潭。他长长喟叹，埋怨她道："倘若当日你肯随我回宫，世间又怎会有那些枉死鬼？一切罪孽，皆因你起，我不过是路过娇花，被花香引诱的过客，我饱受相思之苦，何罪之有呢？"

然而，由于七百七十七条性命的最后一条命是女子而不是男子，坏了规矩，血潭里的玉石被魂与血浸泡成了妖，所有死去的灵魂都禁锢在玉石里不得释放，焰公也因此死在了梦魇锁魂中。待到次日，臣子们前来寻他时，竟发现他在血潭里变成了一条黑色的长蛇，嘴里含着那块血色玉石，而黑蛇已是七窍流血而亡。

"世人贪婪，不知满足，恩怨悲欢，皆是因果。人心可怖，胜似妖鬼邪魅，一己贪欲也可毁掉一座城池。后人皆道：世上唯二物不可直视，一是阳光，二是人心。"故事道尽，店小二无尽感慨地长长叹息，"那焰公大逆不道、丧尽天良，可也曾心怀厚爱、为国贡献，倘若中途知错就改、造福于民，也可成就一代明君。可欲念使他乱了心智，违背了天道。自古福祸相依相生，花开过盛必萎，骄兵征战必败，由此可见是他咎由自取。自作孽，不可活。而那玉石却至此流传了下来，其中锁着七百七十七人的血魂，也曾落于当今国君手上。听闻他是在几年前途经隐市时得到的，但最后不知为何又回到了秦老板的手上，而现在，又到了姑娘这里。"

听闻此言，南葵心情极为复杂。她不由自主地想起了自己曾梦到的黑龙，而国君的先祖在死时又曾化作一条黑蛇，倘若为真，那此时必定和国君有所关联。难不成，这块赤炎石是在暗示着什么重要信息？曾经死去的七百七十七个亡灵，与当今企图炼制婴灵之事，会不会一脉相承？难道……炼制婴灵的人会是国君？

如此念头令南葵一惊，她不敢再细想下去，赶忙摇了摇头，制止了自己毫无根据的胡思乱想。若国君当真是炼制婴灵之人，那南雀城必定危矣。

可曾经令焰公朝思暮想的女子姓林，出现在当今国君梦里的女子也姓林……南葵困惑地喃声道："焰，林……"

店小二一听，当即明白她的困惑，便道："说起来，曾有人说过当今国君来隐市寻过一位林姓姑娘，而后又是如何，早已不了了之。隐市的人便都道是焰公与林姑娘的鬼魂作祟，要让焰公的后世与林姑娘的后世代代恩怨、世世纠缠。谁叫他二人皆有着害死七百多条，甚至更多性命的罪孽在身，那是他们的孽债，也是他们的因果。”

姬仁宣却蹙起眉，极为同情地悲悯道："林氏不过是一个无辜的女子，何错之有？面对强权压迫，她又有何良策呢？"

南葵并不赞同，辩道："手染鲜血者与灾祸起源者皆一视同仁，孽就是孽，罪就是罪，身处其中之人皆不可逃脱。林氏罪过，在于她貌美艳绝，且乃原罪；焰公作孽，在于他贪婪无度，便是造孽。一罪一孽，自是不可分离了。"

姬仁宣听罢，倒也默然点头。

南葵却更为忧思起来。眼下，最为要紧的是该如何顺着手中的赤炎石找到更为清晰的线索。她望向窗外夜色，禁不住焦虑道："也不知冉姐姐现在有何进展，若是能够尽快得知国君梦里的林姓女子究竟是何人，潜入国君的梦里便会易如反掌。"可又不免怀柔地叹息着祈盼："国君曾经的风流韵事，可不要似他先祖那般凄惨可怖才好。否则，又该是一场悲伤的噩梦了。"

待到隔日一早，天色蒙蒙亮，南葵醒来时不见睡在地铺上的姬仁宣。想来这间客栈空房只此一间，二人虽以兄妹相称多年，但总归毫无血缘，又是这般男女授受不亲的年纪，便一个睡在床上，一个睡在床下。可这般时候，姬仁宣的睡铺早已整理干净，南葵便赶忙起身出去寻他。

刚下了楼，就见他站在客栈门外，手中捏着一张信鸽送来的字纸。他闻声回头，望着南葵展颜道："城中来信，国君将在三日后出宫秋猎。"

原来姬仁宣一直都在暗中帮助她打探国君的行踪。南葵心中喜悦，狡笑如狐，道："今年的秋猎要比往年都提早了一些，当真是天公相助。仁宣哥哥，你我这便启程回南雀城吧。"

雍雍鸣雁，旭日始旦，南雀城郊的明古围场内正在忙碌地为迎接皇室到此秋猎而作着准备。

正所谓春蒐、夏苗、秋狝、冬狩，每逢这个时节，国君都会率领王公大臣、诸侯将相来此举行大规模的秋猎活动。

到了当日，一大早便起了蒙蒙雾气，早已混入围场的南葵按照吩咐在打扫着场内长殿里的灰尘与落叶。自打来到围场之后，虽仅有两日，可无论她走到哪里，都能听见场内小厮们议论着皇室的威风。

南葵静静听着，面无表情。直到殿外忽来一队人，负责开道的随从秩序井然，他们站在两侧让开路来，一辆马车缓缓驶进，车门打开，走下来的是位身穿月白底子赤红凤鸟纹锦袍的青年男子。他腰间配着一把金灿灿的弯

刀，于晨光之下闪耀着璀璨明艳的光晕，映着他那张好似人间美景般高贵的容颜。他一转眼，看向了南葵，却惹得她身后几名奴婢绯红了脸颊，只因他眉宇间的英气仿佛可以惊艳八荒山河。

"阿南，过来。"他命令似的传唤，南葵得令，立即顺从地走到了他身边。

他顺势吩咐其他随从道："你等把马车和行李安顿好，我有阿南一人陪同就行了。"

其余一众人等得令，乖乖照做。剩下场内的小厮与奴婢望着南葵离去的方向心生艳羡，而确定四下无人之后，南葵才无奈地看向身侧的姬仁宣，叹道："仁宣哥哥，你虽是姬氏一族的富庶商贾，又受邀至此，可今日的阵势是否有点太过铺张了？"

姬仁宣一边将腰间的回廊弯刀还给她，一边辩驳道："不这般神气一些，其余人等该欺负你了，你假扮成我的小厮，我便要让你风风光光地在此工作，哪怕只是工作一个时辰。"

南葵接过回廊弯刀，苦笑道："殊不知你如此引人注目，旁人倒是不会欺负我了，反而觉得我这小厮是你的男宠。"

姬仁宣哈哈大笑几声，连连说着不至于。

二人正朝围场内的正殿走去，迎面便有场内的官吏过来说，国君与将士们已经到了，请后来者从侧门入殿。

姬仁宣示意南葵跟着他一同从侧方走。

根据当朝惯例，秋猎之前，以国君为首，将在围场殿内上香祈福。场内之人只能于屏风之中静候，直到日落时分，国君携众将归来，才可在前殿设宴。而受邀前来的人员将按级别与官职划分座位，国君与皇后及皇子、妃嫔皆在主位，唯有被钦点之人才可同座。

而此时，南葵身为小厮，便只得站在重重帷幔之后。姬仁宣则要按照规矩站到受邀的商贾队伍中。南葵透过纱幔可以看到前殿所有人，这是她第一次与国君距离如此之近。

于是，她睁大眼睛去寻找国君的身影，透过浮动的人影，南葵首先看到了母仪天下的皇后，但视线很快便被仅次于皇后位分的宠妃夺走了。

那位宠妃身穿云霞纹饰的华衣，容颜极美，如海棠花般风姿绰约，一颦一笑皆是风情。而当今宠妃仅有一人可享其盛名，自是虞陶的女儿虞北棠了。那份浑然天成的尊贵气质光彩照人，只觉得皇后之位不及她尊贵，这宠妃之称，才真是脏了美人。

只是，虞北棠此刻的神情看不出悲喜，总觉她眉间带着些许郁色。

南葵犹疑地侧过眼神，看向了她身旁的瘦削男子，正是当朝的君主了。

为了便于狩猎，他衣着极为轻便，倒是特意在胸前与四肢关节处护上了坚硬铠甲。南葵细细地端详起他的尊容，年近知命，乌黑鬓发两侧掺杂了几缕银丝，容貌清俊，身形却有几分羸弱，可腰身又极为挺直，如晚秋的松柏，枯黄中也有强韧之意。且他一双眸子如浓夜星辰，明亮锐利，似能洞察世间秘事。他像是察觉到了帷幔后的视线，一道眼神如利刃寒光般笔直地逼向南葵，令南葵不由自主地低下头去。她仿佛终于明白了虞陶为何会臣服于他脚下，原来国君之命相竟然有如此强大的压迫感。

南葵的呼吸有片刻的微滞，很快又重新抬起头。这一次，她在人群中寻到了一个穿着月色胡服的男子，他眉目清冷，下巴微微扬着，显得气韵出众，也因此使得身上有种天生的傲气。南葵自然是立刻便将他认了出来，正是许久不曾谋面的辜振鹭了。

他与人群保持着三步之远的距离，独自负手站立于殿门旁，身侧的两株芭蕉衬着他的衣衫，如一支翠玉碧簪，遗世独立，又逼得人不敢直视，仿佛连瞧一眼都会亵渎他满身光洁。只觉他如同来自远古洪荒世界、天地混沌初开之时的翩翩仙客。

无论何时相见，南葵的一双眼睛总是会不由自主地追着他跑。他看向何处，她便看向何处，也是因此，只有她发现他的目光落在了虞北棠身后的女子身上。

要说殿内满堂的女子，皆为王孙贵族，个个打扮得光鲜亮丽，锦衣华服，唯独一妙龄女子超凡脱俗。她站于宠妃后方，那个位置代表她是虞北棠的妹妹。南葵曾听闻虞陶有两个女儿，长女虞北棠，至于幺女虞北栀，大概就是这出尘女子了。

她比虞北棠年轻几岁，面容相似之余，显得有几分青涩。其双眼灵动，气若幽兰，当真是人如其名，似白栀一般淡然秀美，虽不及长姐美艳光华，却有着一股我见犹怜的娇弱。

只见辜振鹭正目不转睛地凝视着她，神色复杂，似有千言万语要诉说。

南葵困惑地眯起了眼，她心想着：莫非辜振鹭与虞北栀之间有什么秘密

不成？仔细打量虞北栀，竟发现她与辜振鹭梦中曾出现的仙子的样貌如出一辙。可看客皆知，虞陶与帝师辜峤二人向来水火不容，而辜振鹭又是出了名的孝子，所以，深谙此理的辜振鹭又怎会飞蛾扑火？他是个明事理的人，断然不会犯糊涂的。

南葵心里正百感交集，却见殿内的围场场主宣布秋猎仪式拉开帷幕，一行人在国君的带领下翻身上马，浩浩荡荡地进入围场的山林之中。

第十四节

　　不计其数的马匹奔腾在荒漠般的沙地之中，四周林木匆匆闪过，如白驹过隙。以国君为首的王公贵族们纵马驰骋，驱赶着鹿群进入包围圈，而后围圈射杀。

　　惊慌失措的鹿群在奔跑中一只只倒下，面对眼前的步步紧逼，一只幼鹿无路可退地站在断崖之上瑟瑟颤抖。它的眼睛大而清澈，乌黑之中渗透出凄绝，倒映其中的是逐渐逼近它的猎手，幼鹿无助失措，几块碎石从它蹄下滑落，跌进了湍急的怒河之中。

　　不知为何，国君忽然缓缓地放下了手中的长弓，只是静默地凝望着面前的那只幼鹿。

　　可偏偏有一支冷箭从国君的身后射来，不偏不倚，射中了幼鹿的心脏。它瘫倒在断崖上一命呜呼，血水顺着它的毛皮流淌出一条蜿蜒的暗路。

　　国君因此而回身循望，一眼便看见了手持弓箭的虞陶，听到他沉声相问："敢问陛下手中的箭，是因何而迟疑呢？"

　　国君闻言，眼神似有一黯，云淡风轻地回道："寡人并不愿为一只弱小的鹿崽而浪费箭矢。"

　　"不以恶小而为之，不以善小而不为。"虞陶策马迎上来，意味深长地邀请国君道，"陛下，林中自有凶猛野兽在等候被天子屠戮，还请陛下准许微臣一并同行。"

　　国君重新牵起了缰绳，略一昂首，允道："有将军相助，再如何生猛的野兽也会哀号。"

　　二人便驱马奔向更为幽深的林中，而尾随其后的辜振鹭从树后走了出来。他慢慢地勒住马缰，犹疑着该不该继续跟上去。但这附近再无他人，如若追得太紧，便会被他们察觉到自己的马蹄声。

正当他为此踌躇之时，忽然听见后方的草丛里传来簌簌声响。声音很大，也许是头野猪。辜振鹭立即从箭囊里抽出羽箭，搭在弓弦上，屏息等待野猪现身。

只是从草丛里钻出来的不是野猪，而是一名骑着黑马的妙龄女子。辜振鹭手中的箭下意识地射了出去，那女子非但没躲，反而面不改色地侧过身，羽箭刚巧钉在她身后的树干上，她看向辜振鹭，一脸欲言又止的神情。

辜振鹭坐在马上，望着身穿绛色胡服的女子缓缓走来，由远及近，撒落一地清冽光华。

秋日重云遮住了残阳，又一点点移开，她身上仿佛携满了光耀辉芒，踏着清风，离他越来越近。

二人目光交汇在半空，他忽然双眼一亮，试探地问她："这位姑娘，你我可曾在何处见过？"

她闻言，略显狡黠地淡淡一笑："梦中长情宫，白玉送药杵。"

辜振鹭一惊，右手不自觉地护住了腰间佩戴的玉佩，缓缓蹙起眉头，问她道："你究竟是何方神圣？"

不错，那场梦中人的模样的确是眼前的这张脸孔，是她指引他逃离了夜夜纠缠他的梦魇，也是她在梦里引导他去寻找毒害他父亲的线索。无论是天香珑叶，抑或是昆仑劫匪，都是来自她的指点，而如今，她就这样赫然出现在了他的面前，以至于毫无真实感可言。

周遭静谧，树影斑驳，她的目光略有闪烁，却也忽然有了勇气一般，便策马再走近了几步，直到彼此之间的距离近在咫尺，她终于对他道："早在很久之前，你我便是故人。振鹭，我不是神，也不是圣，我是你应当记起的人。"

辜振鹭目光暗沉地盯着她，似乎就快要想起了什么，可马上又摇头拒绝承认，不敢置信道："不，这不可能，倘若真是如此……可你明明已经……"然而，他心中却已然十分清楚，打从上一次在魁昧居见到她时，他虽怀疑她是姬仁宣的情人，可余光瞥见她腰间的金铃，便在那时有了一丝疑虑。

倘若她还活着，倘若她只是变了模样，倘若，倘若一切假设都是真的，那么今日站在他眼前的人，便是那个托梦于他的人。

见他的表情逐渐从震惊到平和，她终于笑了一笑，以一种熟悉的打趣腔调开口道："只是换了一张脸，你便认不得我了吗？难道说从前的种种过往只是浮萍，被风吹尽，便全散了吗？"

他心下轰然，忍不住翻身下马走向她，他仰起头，深深凝望她的容貌，因他是典型的世家子弟，即使心绪烦乱，也是要不断压抑内心的情感，于是说出口的便是略显淡漠的责怪："如果你早已从昆仑平安归来，又为何要躲躲藏藏？为何不正大光明地与众人相认？还有你的模样，又怎会变得……"

南葵避而不答，表情因回想起了昆仑之事而变得阴郁。辜振鹭极会察言观色，当即明白是自己问了不该问的，便埋下头去深表歉意。南葵不愿他有所愧疚，赶忙宽慰他道："何必向我道歉，本就是我欺瞒你在先。"

辜振鹭却深深叹息，自责道："你又何曾欺瞒过我呢？定是你遭遇了种种我所想象不到的境况，且未能在最初就将你认出，也必然是我的修为不够。"毕竟，姬仁宣似乎早已认出了她的身份。

他既然这样说了，南葵也并不否认，唯有心中遗憾的是：相认的过程竟是这般沉重。而草丛里传来窸窸窣窣的响动声，他二人担心隔墙有耳，便赶快寻到了一处僻静的地方，确认四下无人之后，才敢放心交谈。

是南葵首先问他道："你这次前来秋猎，可是为了追踪我交代给你的事情？"

辜振鹭自是点头，又打量起南葵的衣着，谨慎地道："你这身衣服虽是便于狩猎的胡服，可里头的衣襟露出了小厮的装束，若是像我这样凑近来看的话，定会识穿你是在小厮的行装外头罩上一身胡服，会让一些有心人怀疑起你的身份。"

南葵微微叹息，道："眼下也顾不得太多，我会竭尽全力地小心行事，毕竟能扮成商贾的小厮混进围场，都要感谢我叔父兄弟二人曾为国君效力尽忠过。"

辜振鹭点了点头，道："的确，陛下特批仁宣兄与皇室贵胄一同来此围场秋猎，自是难得的殊荣了。"

南葵这时看向他，赶忙问道："倒是你，天香珑叶被劫一事可有查到什么线索？"

他一听这话，神色便流露出些许遗憾，惭愧道："我一直在查，却也没有太多的进展。毕竟从你去昆仑到如今，也过去了许久，那些流寇早已踪迹全无，彻查起来颇为困难。"

这也不能怪他，那些山野流寇随便找一座山头就可以躲藏数年，想要在

短时间内查出他们的踪迹的确极为艰难。不过，当日劫匪的臂上有着缭乱的图腾刺青，而在弥国战场时，南葵曾注意到弥军士兵的身上也有着相同的图腾刺青。

"听闻是他们民族的先祖传下的古老图腾，像狼，也像狮。"南葵暗示辜振鹭可以此处作为新的方向。

辜振鹭默默地记在了心上，二人各自将马匹拴好在了树旁，并肩坐在林中，彼此之间相隔一寻，似在刻意躲避着什么。四面风来，树杈轻晃，辜振鹭从腰袋中拿出一块绢帕，里面包着几颗青梅制成的糖糕，他递给她道："你从前便很喜欢小食，但我这里只有这些，不知能否合你的口味。"

那五枚青梅糕极为精致，做工也很讲究，像是出自御厨之手。南葵拈过一枚品尝，觉得极酸，不过内里层次还是十分细腻的，她只管心直口快道："可惜少了些蜂蜜作配。"

"你不喜酸。"他垂眼，轻声道，"但是酸味爽口。"

她敏感地察觉到了异样，反问他道："当真会有人喜欢酸苦之味吗？"

他落寞一笑，缓缓道："酸、甜、苦、辣，皆是人间百味。一如苦能回甘，涩能生津。"

看来这糕点并非给她准备的。想来也是，他根本不曾料想会于此处遇到她，又怎会特意为她备出小食呢？且此时此刻，他虽与她同坐，却保持了一份恰到好处的疏离，俨然是对她设下了心防。如此一想，倒也颇为伤人，他悉心以绢帕包裹青梅，却不是为了她。而看似体贴地赠她品味，也只是他一贯的风雅做派，谈不上有情有义。这也不能够怪罪他了，本就只是她一厢情愿，他怕是早就认定她葬身昆仑山脚，何必徒增悲思呢？即便辜家二老有意撮合他们二人喜结连理，但若是有一方无心，便终将会沦为落花与流水。她是个死人，又是奈何桥上的孟婆，他自然不该喜欢她，也不会喜欢她。只是，一想起他望着虞北栀时的表情，她还是难以自拔地心头绞痛。其实她都明白，不过是不愿过早地承认罢了。忍不住想道：今日过后，索性再也不要相见为好，她不必念起旧情，他也不必再刻意疏远，反正，她也不再是曾经的那个姬南葵了。许是天意弄人，今生注定有缘无分。

远处重峦叠嶂如翠，长风徐徐绕云萦水，南葵微微侧眼，小心翼翼地打量着他的容颜。心中情愫复杂悲酸，一如残存在口中的青梅之味，涩后是苦，哽在喉头。

辜振鹭感知到她的视线，却没有回头望她。在他心里，她仍旧是那年相见时，令他感到惊艳的模样。哪怕褪去了稚嫩，也还是残留着青涩。

五年前，她十三岁，他也只有十五岁。想来儿时也曾时时刻刻腻在一起玩乐，只是那会儿少了些性别之分，他从未将她当作女子。直到她独自带领商队出行三月有余，再次归来时，她像是变了模样一般，出落成了翩翩少女，四肢纤细，脖颈修长，好似在短短的时间里长高了许多，以至于他在最初未将她认出来。

唯一无法忘怀的，是她在那日的一颦一笑，铃兰印花缀满了她的锦衣，外罩银红色纱衣，腰间配着的弯刀金光璀璨，刀鞘上挂着一串镂空铃铛，走起路来，蹦跳出清脆曼妙的声响。

她走在商队的最前头，同身后属下有说有闹地谈笑风生，即便脸上蒙着一层风尘，也掩盖不住她面容的美丽。而他就站在姬府的门前，一直看着她策马而来，携着夕阳的余晖，穿透了他当时那落寞孤寂的灵魂。

如今想起，她的确也曾如寂夜中绽放的烟花，照亮过他心中的灰暗。可无奈的是，烟花璀璨，终是太过短暂。她耀眼如火，似太阳般锋芒毕露，他试图靠近，却总被灼伤。那时的他并不懂得她表达情感的方式，而后才渐渐明白，他与她并非绝配，无非是水面上曾漾起的层层涟漪，偶然触动过彼此心弦，却承受不起任何的风吹草动，哪怕只是一句话、一个眼神、一次立场的变换。他是孤独的，她是炽热的；他清冷，她燃烧。冰与火，竟是两重天。

尽管有着父母之命、媒妁之言，他与她仍旧渐行渐远。于是，不知从何时起，他将对她敞开过的心门，默默地关上了。任凭她再如何热烈地敲打，他也做不到再邀她进门。

可究竟是从何时开始变化的，他自己也不清楚。思及此，他不由得将视线投在了她的脸上。

南葵察觉到了他此刻的目光，也能凭借自己对他的了解而猜出几分他心中所想，低声道："其实，你现下看见的我的模样，并非是我改变的模样。不如说，我的容貌从未改变，所见之人不同，看进眼里的才会不同。"

他回想起曾在魁味居中见到过她，那日，是姬仁宣邀他前去的，也就是说……辜振鹭盯着她，轻叹道："想必在仁宣兄的眼中，你仍旧是从前的样子。"

南葵似有失望地垂下眼，半晌之后，才苦涩地说道："我曾以为，在你眼中我也会是。"

辜振鹭一怔，眼神随之躲闪起来，他欲言又止了数次，继而还是移开了视线，脸上的表情也逐渐黯然，仿佛极为挣扎也极为痛苦，最终决绝地站起身来，背对着她道："我们还是尽快各自行动吧，此番接近国君的机会难得，莫要错失了这天赐良机。"

他的声音很平淡，甚至有些许冷漠。她先是愕然，但很快便平复了心绪，替他说道一般："为了行事不露出马脚，你我再见还是故作不相识为好，免得惹人猜疑。"

他低了低头，像是松了一口气般道："如此，也好。"

说罢，他解开拴在树上的缰绳，翻身上马，又最后回头看了一眼南葵，然后便离开了。而南葵站在原地，怔怔地发了一会儿呆，如梦初醒地抬眼看向天空，不知不觉中，已经是傍晚时分了。

当天夜里，明古围场在前殿设宴极尽奢华。

这会儿已接近黄昏，夕阳渐渐爬上天际，器乐班子跟随侍女前来，他们一个个捧着琵琶、古琴、瑟、筝，还有笛与笙，连同钟、鼓、锣、磬，二十多人的器乐阵，井然有序地落座，开始弹奏曼妙曲音。

数不清的王孙贵族围坐两侧，满脸皆是整日狩猎后的酣畅尽兴。高座正中央，坐着身穿锦袍的国君，皇后与宠妃伴在他身侧，宠妃的族妹则坐在仅次于宠妃的座位上，据说是被国君钦点。

众人纷纷举杯，齐祝国君赐臣民这良辰美景，国君回敬众人，便是在这时，所有歌女舞姬忽然鱼贯入场，在丝竹迭奏声中踏歌而舞。她们身姿曼妙，风情万种，一时之间花影风动，桃花婆娑，如同天上人间。国君凝望着这景象，心情大好。

而坐在殿内左侧位置的三皇子玺正一边小酌青瓷杯中的佳酿，一边打量着高台之上的父王。

据说父王八岁被封为王爷，十八便登上皇位，眼下已执政数十年的他在满堂的谄媚声中笑得一如既往地温文尔雅，平和而沉静，而都说二哥的模样最像父母，不似他自己，眉宇间都是戾气。

可论资质论相貌，玺认为自己都要胜二哥不知几筹，倾向于玺的朝中党羽自然也是多不胜数，偏偏父王格外偏爱二哥蕴。

思及此，玺心生妒意。眼下，最为紧要的便是时机。他又饮下一杯，目光越过父王，落在宠妃左侧的那抹身影上。

今夜的虞氏幺女仍然是美艳绝伦、光彩照人。她正目不转睛地观舞，妩媚的桃花眼中含笑，似盈盈水泽。玺看她云鬟峨峨，修眉联娟，戴金翠之步摇，皓腕玉白如瓷，腰肢又是那般纤细，仿若一折就断，他不自觉地幻想起自己的双手抚揉过那玉体的滋味……不禁有些心神荡漾、意乱情迷。

正当他思绪混沌之时，耳边忽然传来惊叹声。他循声望去，只见场上一名舞姬正在独舞，腰身灵活如雀，上演出一曲惊人的霓裳飞天。她纵情旋转，翩若惊鸿，又宛若游龙。四肢缠绕着的金铃相互碰触，响声悦耳动听。那透明面纱下的容貌灿如春松，好似仙子一般。

玺侧身去问旁桌的四弟道："这领舞之人是谁？"

"好像是围场里的小厮，叫阿南。"

"小厮统统是少男，又怎会是舞姬？"

四弟挠挠头："我也是听旁人说的，可能听得不够真切吧。"

玺托着腮，再不言语。

待到一舞结束，席间的姬仁宣小心谨慎地起身去了殿外。辜振鹭瞥见了他的背影，心中想着还未曾找到机会同他攀谈，转眼又看见方才那名领舞的舞姬追上了姬仁宣的脚步。辜振鹭像是察觉到了什么，缓缓低下了头。他凝视着手中酒杯里的清液，倒映在上头的自己的面容略显阴郁。而恰逢此时，他余光瞥见主位上的一抹倩影不见了。辜振鹭正困惑于她去了何处时，却见她的贴身侍女悄然来到自己身边。侍女面有难色，紧张兮兮地向他伸出手来。他一怔，赶忙接过她递来的东西。

夜空星辰闪耀，姬仁宣头顶星辉，站在偏僻的矮亭之中。四周静谧无人，只有檐上烛灯将晕黄之色流泻在他身上。

这时，披上小厮长衫的南葵左顾右盼地走到他面前，她确信没被任何人察觉到异样，而姬仁宣见她来了，当头便是数落："南葵，你实在是乱来，怎可不同我商量便混进了舞姬之中？如若引起皇室的注意，便会惹上许多不必要的麻烦。"

南葵则是耸耸肩，不以为然道："已经引起注意了，你没见席中那几个皇子的眼珠子都要贴在我身上了吗？"

他略显愠怒，叹了一声："皆是酒色之徒，无一正人君子，且眼神下流，

胜似轻薄！"

南葵却十分冷静道："仁宣哥哥，你放心好了，我行事是有分寸的。而且此次秋猎，想要接近国君的绝非我一人，他的几个皇子也在暗中布局。如此的话，何不'借刀杀人'？只要能尽快得到国君或是宠妃的血液与眼泪，我便能更快找出线索，铤而走险也算值得。"

姬仁宣倒是知道焰国皇子们之间的水火不容，三皇子玺与二皇子蕴划分为两派，已经明里暗里地为立储之事多次争得头破血流。的确，当今太子之位仍无人继任，群臣也十分焦急，那两位最有可能成为太子的人选必定会利用秋猎之机来除掉彼此。

自古皇室多残杀，手足之情与皇位权势相比起来，实在是轻如鸿毛。

思及此，姬仁宣便沉声道："若是真如你所预想的话……"

"届时，便可以坐收渔翁之利了。"南葵的笑意里夹杂着几分奸诈，她志在必得道，"无论是宠妃的血还是皇子的泪，都有助于我从中找出国君的破绽。再加上冉姐姐与振鹭那头的线索，我必定会揪出炼制婴灵的背后元凶。"

闻言，姬仁宣有些紧张地问："振鹭已经认出你了？"

南葵并不打算隐瞒他，诚实地点点头："他已经知道我就是姬南葵。"

姬仁宣得知此事，虽有几分惊讶，倒也松下了一口气，很快便释然道："毕竟也是自幼便在一起长大的，只要多加接触，难免会发现端倪。反倒是他在最初认不出你时，我才觉得奇怪。"

南葵其实想说，认不出她倒也不足为奇，辜振鹭对她的感情仅仅止步于青梅竹马，并无过多深厚情谊。像他那样性情淡薄的人，许是从未开过花的铁树。好在……

"好在仁宣哥哥一眼便认出了我，才不至于让重返人世的我沦落成孤魂野鬼。"南葵真心实意地道出此话，不免心怀感激。

姬仁宣听闻此话，微微一笑，他赞许道："你已身为冥府孟婆，即便世间无人记得你，你也不会是孤魂野鬼。冥府中人也会给你冥途路引。"

南葵略显诧异地反问："仁宣哥哥也知冥途路引？"

姬仁宣低声道："我也是从古书上看到的，相传，宁夏人莫容非的鬼魂，某日附在当朝太仓知州某幕僚身上作祟，借其口大呼：'归屿，归屿，胡不归！'知州知其为鬼，询问了缘由。他说自己之前来投奔远亲，前太仓刺史赵某，但却被拒之门外，饥饿穷困而怨死。现在赵某已迁至他乡，但鬼无路引，不能出境。他乞求知州哀怜穷鬼，赐给路引。知州便召房吏写一公文，咨明沿途河神关吏，放莫容非之魂归故乡。之后，幕僚的病不医而愈。想必，书中记载的路引就和出城所需的令牌一样，若无关文或路引，鬼魂也寸步难行，自是无法出境返乡。即使偷偷逃跑，也会被鬼差缉拿驱逐，由此可见其作用甚为重要。那地下冥途定是遍设关卡，如无冥途路引，守关鬼卒便不会放行亡魂，甚至加害亡魂。而冥途路引，便是死者去往阴间的通行令牌了。"

南葵感叹姬仁宣的博学，且她自己也是通过继承了孟婆的记忆才看到这些规矩的，但也还是炫耀般地同姬仁宣道："话是如此，但书上一定不会教你路引的作用，其实，路引是望亡魂凭此引畅行冥途关津，不会有险阻，是为了解救亡魂的苦楚，拔渡亡魂，以便早日脱离地狱之苦。只不过，一般死于非命者是不可能顺利拿到路引的，因而多成为孤魂野鬼，怨气较重，且不能正常投胎，这时候就需要超度。"

姬仁宣便问："要如何超度呢？"

南葵细细道明："所谓超度，就是帮助那些怨死的鬼魂讨到一纸牒文，让其能顺利通关。根据旧时说法，一般有官爵之人手书奏文焚烧，也可起到发牒之作用。此外，具有法脉传承的道士、法师也可申文奏表，其作用也是一样的，这便是超度了。法师须书符奏表，说明所办何事，超度何人，并请相关神灵派遣兵将办妥相关事宜，才算超度成功。若仅念诵经文超度，通常治标不治本，这也是为何由道士来超度较为灵验的原因。"

姬仁宣默默点头，自是全部听进了心里。他品味着南葵的那番话，也觉得与放河灯是同样的道理。

河灯能够寄托后人对先人的思念，也意味着厄运随着逝水东流，一去不返。想他幼年时也曾随养父在河畔旁寄放荷花灯，他还记得那种灯的模样，皆是底座上放着灯盏或蜡烛，在中元夜与清明夜放在江河湖海之中，任其漂流。如今想来，放河灯的目的便是普度水中的落水鬼和其他孤魂野鬼了。

正所谓沿水设祭，"水者，阴也。"五行中水为阴，水是逝者由此岸渡到彼岸的必经之路，水可济万物，而灯可照明三界。要渡河，总是免不了一盏牵引之灯。所以，放河灯有"度鬼""照冥"的作用；以此仪轨与水火炼度遥相呼应，可谓拔摄死者之大成妙法。其目的是"度出冥孤独之魂"，也是一种驱鬼活动。它以斋孤、普度的形式，使孤魂野鬼得到一种安慰，以免

扰乱活人，保证祭祖的正常进行。这是对十方孤魂的祭奠，对祖先的祭奠：千百盏河灯放入水中，可照亮九幽黑暗地狱，为鬼魂引路，以脱离苦海。

正当二人切磋"学识"之际，忽闻前方不远处的树下传来窃窃私语。若再仔细一点听的话，会发现那竟是极为压抑的啜泣声，断断续续地起伏，似怕被旁人听见般谨小慎微。

南葵与姬仁宣心生疑虑，面面相觑，心想着除了他们两个之外，又会有何人隐于此？

然而，由于与冥帝有约在先，南葵身处凡间，非紧要关头不得使用法术，所以即便是一身法力，也是无法肆意妄为的，自然不会凭空得知对方是何许人也。但她又极为在意那哭声，便决意悄悄去接近。姬仁宣察觉她的意图，赶忙阻拦她。南葵小声安慰他不要担忧，只管在原地等着她回来便可。向来是拗不过她的执着，姬仁宣只好无奈地放她前去。

夜色沉寂，四下清冷，南葵小心翼翼地循着哭声的方向走去。矮亭前头有一处莲池，转过莲池，便见到了一棵巨大的合欢树。可惜时节不对，树上繁花已谢，只剩红叶无风自落，是在那低垂的树杈缝隙之中，南葵见到了两个半遮半掩的身影。

距离不算远，依稀可见那二人身上朦朦胧胧的不俗韵致。且莲池中碧水充盈，梨木架上紫藤长蔓，衬出了一股子幽怨而氤氲的暧昧气氛。那二人彼此凝望，眼神情深至重，腰间佩戴的一抹白玉的光泽划破暗夜，照亮了他们的容颜。

南葵一惊，赶忙伏下身形躲进假山后头，只因瞧见了他是辜振鹭，而亲昵地靠在他肩头的女子是虞北栀。

想来今夜月色正好，恰逢秋猎，又是花前月下，妙龄男女幽会此地诉说软语温言也是人之常情。可南葵万万想不到的是，那屡次出现在辜振鹭梦中的女子，与那白玉之名的寄托，竟统统都是来自虞陶的幺女！

此般时刻，虞北栀正默默地流泪，梨花带雨中自有一派娇柔风情，池中翠波随夜风闪动华光潋滟，辜振鹭便探手去为她擦拭颊上泪痕，那一举一动甚是轻柔，像怕仅仅是这么微不足道的触碰都会亵渎了她，而他满眼，皆是情难自禁的怜惜，恍若全天下能映进他眼中的只有一个虞北栀。

南葵看在眼里，不由心头一震。要知道辜振鹭那种冷冷清清淡淡的为人，居然也会有这般动情的一面，她忽觉心中绞痛，迅速转身靠着冰冷的假山，低头去看，自己的双手竟不自觉地颤抖起来，且她连呼吸都不敢尽情吞吐，仿佛一旦呵气，某种情感就要在胸腔中决堤。

而辜振鹭与虞北栀并未察觉到南葵的存在，他们沉浸在彼此相拥的缱绻缠绵里，早已看不见世间他物。恍惚之中，南葵听见他同她低缓地呢喃着："你且要信我，待到时机成熟，我便会去向家父家母道明这一切，我们不会一直这般偷偷摸摸的，你莫要再为此伤怀流泪了。"

他说什么？

难道，他果然早就同虞北栀私订终身了吗？

想来也是，南葵回想起他的梦，以及他每一次望向虞北栀时的眼神，那些日思夜想是不会骗人的，他与她，果真是一对苦命鸳鸯了。

"可辜家与虞家一直水火不容，若是真的被他们得知此事……"虞北栀说到伤心处，越发难掩泪流，"到了那时，我真怕，真怕连见你一面都是痴心妄想了……"

他慌了起来，像个幼童一般无措，只管忙着哄她，连连承诺道："你怎又说起这样的丧气话？上一次我们不是都说好了吗？我今生是无悔的，也不会再退缩了，除了你，我誓死不会娶旁人。"

好一个誓死，好一个无悔。原来正人君子如辜振鹭，也是躲不过绝色美人的朱砂泪。曾几何时，南葵还会怪辜振鹭冷漠无情，今日看来，他哪里是冷漠，哪里是无情，无非是将一腔爱意捧到了别人面前，任凭刀山火海，任凭万丈深渊，他也是只爱卿一人般地孤绝了。

南葵垂下眼，眼前忽然模糊不清，耳边则传来窸窸窣窣的脚步声，她懵然地抬头去看，姬仁宣已经来到了她的面前。

莲池那端的景象，他已是尽收眼底，便苦涩地轻叹一声，低头望向南葵道："想哭就哭吧。"

南葵如梦初醒般地皱起眉，沉声道："何出此言？我不会哭，也不愿哭。"

姬仁宣探手擦过她的眼角，将指尖上的湿迹递到她面前，语调极轻地问："那这又是什么呢？"

南葵倔强地抬起袖口擦了擦脸，不再多言，转而大步流星地朝来时的路走了回去。

一路上，她步子极快，心里的愤怒与屈辱也越发强烈。她很想大喊大

叫，又怕惊动晚宴中的人们；她也想痛哭流涕，又觉得会失了自己颜面。倘若方才的勉强只是嘴硬，那眼下的难过才显得滑稽了。

是啊，她是个骄傲的人，她姬南葵打从出生那刻起，就不曾落于人后过。她事事要强，能文能武，又能带着属下行商出门，丝毫不输给任何一个同龄异性。她不甘心平庸，也不屑坐于深闺，她知道自己的价值，便去顺应自己的心。可偏偏是这样要强的性子，便不会是能让他辜振鹭青睐的女子了。

但，她又是个已死之人。

是冥帝携带着死亡赋予了她最崇高的体面，她成了孟婆，不再是凡间的寻常女子。思及此，她略冷静下来，忽而回想起自己孤孤单单地死在昆仑山洞里的那一日。

就像是一个清醒的梦。虽然明知是场梦，却始终无法醒来。

那么寒冷的冰窟，阳光无法照射进来，她甚至不知道自己经历了何等痛苦的酷寒，也许在昏睡之前，她已经瑟瑟发抖如一条蛆虫，抑或是被黑暗吞噬却不自觉地以为那是生存的希望。她虽在死后得到了体面，可在死去的那一刻，却是极为悲惨的。没有人陪在她的身边，没有人见证她的离世，唯有孤独伴随着她，浑浑噩噩地被冥府召唤，进入来自地狱的、引诱着她的梦魇。

只是，在当日的奄奄一息之际，真正浮现在她眼前的人是谁呢？她期盼着能最后一眼见到的人，究竟是谁呢？

第十五节

是昏睡之中的父亲吗？

是将她视作珍宝的母亲吗？

还是被她记挂于心间的辜振鹭呢？

她回忆不起，当时，只觉全身冰冷，昏蒙之间总以为眼前会出现炽热的篝火，她恨不得整个人都跌进那团火焰里，像野兽一般在炙烤之中翻滚取暖。可身上的寒冰却蒸发成水汽，令火堆一点点地熄灭。她便又被酷寒吞噬，只得瑟瑟发抖地蜷缩在黑暗之中。是在那时，耳畔竟不停响起混乱的呻吟声。他们在悲哭、哀叫，统统是那些死在这洞穴里的灵魂，死后化成孤魂野鬼，逃不出这洞，自是无关转世投胎。而她也在担心着自己是否会和他们一样，孤苦地死在此处，冻成一块坚冰，最终和其他人一样腐烂，连白骨都不会有人能找到——也许，除了那个人，也一定没有旁人愿意冒险来寻她的尸首吧？

真是遗憾，她在死前都无法见他最后一面。他也全然不知她死得这般悲戚，被饥饿、寒冷与恐惧折磨得意识混乱，竟急迫地期待着——快一些死掉吧，快一些，快死。

死了才不会再感到痛苦与绝望，反正她也是回不去他身边了。

"振鹭……振……鹭……"她垂死挣扎般地唤着这个名字，冥冥之中，她仿佛感到他的手在抚着她的脸颊。她顺着他的牵引回到了府院后的那棵梧桐树下，他为她吹奏一首优柔之曲，而后又将他的玉笛转送给了她。

可很快，她心下一惊，立即察觉到了不对。

是啊，不对，这不对……她怎么会叫出振鹭的名字呢？那个时候，送给自己玉笛的人并不是辜振鹭，那时的她只有七岁，她还尚且与辜振鹭素不相识，在遇见辜振鹭之前，一直陪伴在她身边的人是……

孟婆传奇之南葵篇

MENGPO CHUANQI

"南葵。"

熟悉的声音回荡在耳旁，素白的光亮中，呈现在眼前的面孔令她无比留恋。因为每一次，他都会温柔地念着她的名字，每一次，都会亲自下厨为她备出她喜爱的吃食……

然而她却做不到和他道别，在死前的最后一刻，她从齿间喃喃脱口出的名字是："仁宣哥哥……"

声音落下的刹那，所有的过往都从眼前消散成烟，黑暗不留情面地将她包裹，唯有一滴晶莹的泪珠从她眼角滑落，几乎是在瞬间便冻结成冰。

当日情景历历在目，此时此刻，站在僻静翠竹林间的南葵陡然间如梦初醒，她睁大了双眼，这才意识到自己曾在濒死之际的心意。

辜振鹭并非是她的心心念念，是呀，她只是忘记了而已，忘记了自己在临死之前最为期盼见到的人是谁。

"如此一来，更是没有必要执着于振鹭了……"南葵恍惚地自言自语，仿佛终于大彻大悟。

经历了一场生死，她终于明白了自己对辜振鹭的感情。也许……也许从来都不是爱慕。如若不是因为父辈的期待，她也不会顺从。想来辜振鹭也同她一样，皆是当局者迷，他们二人心中的执念，不过是放不下的责任罢了。是多年来理所应当的媒妁之言牵绊着他们的步伐，却从未来得及真切地扪心自问过：是否真的爱慕着对方？

辜振鹭自然是早已心属他人了，而南葵今日见到他与别的女子幽会，她也不是为此伤心欲绝，反而是震惊大于悲痛，待到平静下来，她此刻竟觉得心间豁然明朗。

身后的脚步声逐渐清晰，姬仁宣缓缓地跟上了她。可他不愿打扰她，只凝视着她的背影，等她整理好自己的思绪。小的时候，他曾觉得她胆子奇大，什么都不害怕，但随着年龄逐渐增长，他发现她也是个有着脆弱一面的女子。

思及此，他越发担心起她，终是忍不住轻声询问她道："你还在哭吗？"

她摇了摇头，转过身望着他，似笑非笑地叹道："眼泪无用，我也不想为无关之人伤心难过。"

他苦笑，走上前来，拍了拍她的头，道："怎能说是无关之人呢？他就算不再是你的心上人了，也还是与你一同长大的青梅竹马。"

她再次深深吐息，长叹一声道："死去的人和活着的人本就毫无可能，我不该执着于此。倘若他能幸福，我也该为他感到欣慰，且待我回到冥府之后，于他而言，我早晚会是一个无关之人，世间活着的人很快就会将我忘记，再如何深远绵长的感情，也敌不过死亡。"

他闻言，若有所思地重复着她的话："你说得对，死人与活人，本就没有可能。但，还是会……"

接下来的话，他没有再说下去，只是默然地别开了脸。而南葵并没有注意到他的难言之隐，只是将自己腰间一直珍藏着的金铃摘了下来。那是辜振鹭在她十四岁时送给她的生辰礼物，他很少会送东西给她，而这串铃铛，也是他对她唯一一次的示好。可如今，南葵将金铃放在了翠竹林下的泥土里，如今的她，已经不需要这份珍贵之物了。

风沙会将其掩埋，竹叶会将其覆盖，南葵从袖中取出那支小巧精致的玉笛，缓缓地吹奏一曲《宫阙月》，与曾经，与过去，与金铃告别。

> 心之忧矣，如匪浣衣；
> 静言思之，不能奋飞。
> 靡不有初，鲜克有终；
> 我姑酌彼兕觥，唯以不永伤……

略显哀婉的一曲终了，南葵好似再也回想不起同辜振鹭相处的时日。唯独能记得他送她金铃的那天清晨，她刚在后院舞剑结束，正欲回房，看见他在外头轻叩她的木窗，手中携着一串璀璨的金色铃铛，像极了炫目的葵。

而见她出现，他的神色有些愕然，倒也彬彬有礼地将金铃交给她，说了些什么她不记得了，因为碰巧姬仁宣也随后而来，他自然会记得她的生辰，她无意识地捧着金铃望向姬仁宣，见他从逆光之处走向自己，笑起来的时候，眼睛里仿佛盛满了繁华星辰。

一如此般时候，他静静地走向她，她则是收起玉笛，望着他走近，他便将事先备好的点心拿出来，解开绢帕，呈现在眼前的是她素来喜爱的樱桃脯。

他微微讪笑道："昨日准备得匆忙了，调味许是差了点，但也记得在其中加入了蜂蜜，免得樱桃做脯之后酸涩，谁让你总是喜吃甜食。"

南葵怔了怔，很认真地拿起一块樱桃脯吃下，仔细地品尝味道后，极为感动地同他道："是很甜，不酸不涩，也很爽口。"

他便笑得更为放心了一些，催促她把点心吃光。南葵默然照做，心中不由得佩服起姬仁宣来。从小到大，无论她开心，抑或是难过的时刻，他总会随时随地为她准备出许多美味的吃食，在不经意之间便化解了她的悲伤，且从不抱怨，也风雨无阻，以至于南葵从不敢想象没有他在身边的日子，自己该何去何从。

而正当南葵沉浸在这柔暖温情中时，远处忽然听得一片惊呼声乍起。隐隐有火光呈现在前殿上头，还未察觉到发生了什么，就见围场内的数名小厮跟跄地朝这边跑了过来，边跑边喊："不得了，不得了啦！殿内起火了！"

南葵与姬仁宣互望一眼，立即奔着火光的方向跑去。可前路已被浓重的烟雾模糊，南葵根本辨别不出方向，只能依稀从呼喊声感知到殿里的人都已蜂拥而出，如蝗虫掠食一般四散奔跑，唯有小厮们提着水桶灭火的身影极为清晰，许是因为他们的衣衫赤红夺目的缘故。

可……好端端的，怎么会突然起火？

"难不成这是那几个皇子的诡计？"南葵喃声低念，不禁觉得皇子们还真是急性子，才只是秋猎的第一晚便火急火燎地按捺不住了。只是不巧的是，在这浓烟弥漫之中，南葵与姬仁宣走散了，她虽不担心他会有何安危，却还是急于寻找到他的去向。

南葵正准备呼喊他的名字，却听到几米之遥的地方传来塌陷声响，是一座小树被燃烧的火焰焚倒了，惊呼声不绝于耳，也不知是否有人因此而受了伤，又不知是谁惊慌失措地大喊道："有刺客！快保护陛下！"

刺客？

南葵困惑地蹙起眉，她努力地透过浓浓烟雾去看，见到无数黑影挥着长剑奔向同一个地方，应该就是国君所在的位置。而那些护主心切的黑影，定是精锐的御林侍卫。只是……侍卫们又是如何能确定国君身在何处呢？

南葵本想追上他们的步伐，一同去接近国君，这可是难得的良机。然而，一个身姿轻盈的黑衣人拦住了她的去路，南葵以为是危险，正要拔出腰间的弯刀与之对抗，谁知对方却赶忙扯下面纱向她道明身份："别紧张，是我！"

听这声音……南葵愕然道："冉姐姐？"

林冉冉也没心情同她寒暄，嫌恶地捏着鼻子说道："这浓烟可真够呛人的，连我这种没有感官知觉的冥府使者都要受不了了。"

　　南葵忍不住翻了翻白眼，心想着她只是想要抱怨罢了，如果没有被冥帝保留下嗅觉的话，又怎可能嗅得出烟雾是否浓烈呢？不过，眼下最要紧的还是："你怎么突然回来了？可是寻到了什么有用的线索？"

　　林冉冉也不再装模作样了，松开手，伸了个懒腰，慢悠悠地道："这里不是说话的地方，你我去那殿上头吧。"

　　还未等南葵同意，林冉冉已经抓着南葵一跃而起，眨眼的工夫便站到了有七层塔之高的前殿檐顶上。脚下铺满了璀璨绚烂的琉璃瓦，南葵眨了眨眼，立即询问林冉冉道："为何你可以在凡间肆意使用法术？冥帝明明吩咐过我，非必要关头不得……"

　　话还未说完，就被林冉冉打断了："你是你，我是我，你我各司其职，虽同是冥府中人，又有谁说过你我的行为皆要相同？倘若真是那般，我又该如何帮你完成使命？"

　　这一番话，自是令南葵无话可说，但她还是忍不住猜疑起冥帝对林冉冉有"特殊待遇"。不过，眼下也不必拘泥于此种小事，南葵向前走几步，站于殿之顶端，居高临下地凝视着下界的熊熊火海。由于身处高处，自是可以将烟雾中的人影一览无遗，且每个人的面容与方位都看得格外真切。南葵敛了敛眼，默然询问林冉冉道："既然你来找我了，必定是有事要告知于我。且不说旁的了，我先问你，你可知这火事起因？"

　　林冉冉走近她身边，指着下头那群仓皇逃命的贵族，又指了指另一端胆怯无助的妃嫔，悠悠然地慢条斯理道："这群人面兽心的贵族啊，统统各怀鬼胎，他们同时投靠了皇子玺和皇子蕴，为的是一方惨败之后还能去站队登基的另一方。且有的妃嫔还与皇子玺有染，可也不仅仅是皇子玺，你看那边那个穿着紫衫裙的美人，她位分最低，从未被国君宠幸过，怕是不甘心老死于宫中，便勾搭上了皇子蕴暗通款曲。他们都爱慕着国君，但又都恨不得国君死，又爱又恨，爱而不得，令他们在无知无觉之中生出了心魔。"

　　南葵的眼神黯下来，语气也逐渐变得悲悯，她叹道："心中之魔，皆因欲念。欲念越重，魔便越妖。"

　　"心魔勾动天火，从众人的悠悠之口吐露，火苗汇聚成了火海，却烧不尽心里的魔。"林冉冉的目光落在了皇子玺的身上。想来他定是认为这大火

是天公助他，可螳螂捕蝉，黄雀在后，就在皇子玺带着自己的亲信企图弑父之时，却被尾随身后的皇子蕴与其党羽偷袭。

数道刀光向着毫无防备的皇子玺背后刺去，他到底还是死在了一同习武、一同吟诗的手足刀下。

火海暗夜之中，皇子蕴将染血的剑扔进了身旁的莲池，他高喊着刺客杀了皇子玺，引来周围的一阵混乱。想来他可以趁热打铁，一鼓作气地执行他弑父篡位的计划，可御林侍卫总是寸步不离地护在国君身侧，即便是浓烟滚滚，他们也可在第一时间寻到国君。但凡有他们在，谁人都无法接近国君半步，那御林侍卫的首领，便是全身散发着肃杀之气的大将军虞陶。

他身上的气息令人在一里之外就可感受得到，甚至会不由自主地背脊发凉，哪怕是在这难得的时机中，皇子蕴也不敢贸然行动。

好在浓烟与黑暗能够将他与党羽的身影隐藏，已然除掉了皇子玺这个最大的障碍，便不必被贪心与急迫扰乱了心智。皇子蕴趁着混乱逃去了别处，而国君却似乎早已将他的一举一动尽收眼底。

"他自然对自己骨肉的行径了如指掌。"林冉冉若有所思地望着国君，神色也变得复杂起来，"他比旁人高明的地方，大概是他已经掌握了控制心魔的方式。身为红尘之人，外魔与心魔皆是魔。然而外魔并不可怕，内在的心魔才是最为可怖的。凡人受心魔操控的话，极有可能做出伤天害理、大逆不道之事，人为善为恶全于心欲念想之间。福起祸起，与心俱来。"

"欲降心魔，必先平其心，定其性，治其欲。心平则魔难生，性定则魔难侵，欲治则魔微。"南葵低声道着，她思虑着自己所说的这番话，停顿半晌后，转头看向林冉冉，再次问道："那么，你是否已经寻到了与国君有关的线索？哪怕只有丝毫。"

林冉冉沉默片刻，忽而蹙起眉，淡然道："他梦里的女子，的确是我林氏后人。"

南葵又问："可知其名？"

"只有姓氏，而无名字。"林冉冉似有不悦地哼了一声，道："无非是个林氏而已。"

南葵从她的话语中察觉到了几分忧伤，以及一股莫名的遗憾。虽不知其原因，却不由得心疼起她来。

半晌过后，南葵才谨慎相问道："那这林氏与国君之间究竟发生过何事？"

林冉冉平淡地回她："我与你不同，并无借由媒介窥探他人梦境的能力，我只有将全部线索找齐，才能透过线索去看到其过往。眼下只找到了半数，还不能知悉全部。"

南葵轻轻地叹了口气，心想着也好，总不能过于急迫。而在这时，天空忽然下起了淅淅沥沥的雨，很快便成了滂沱大雨。熊熊火海慢慢地被暴雨熄灭，只剩下湿漉漉的烟雾随风飘散。

这雨清凉如冰，却无电闪雷鸣，缠绵中夹杂春意，倒也颇具柔情之感了。南葵顺着雨幕望向头顶，见到龙渊正站在云端操控云雨，赤霄则在一旁控制风向，二人配合默契，很快就平息了火势。南葵对那两位投以赞许的目光，认为他们是得力干将。林冉冉却不以为意地耸了耸肩，还极为自豪地同南葵炫耀起冥府的牛头、马面，说他们也不逊于这两柄玉剑，不过经由她调教下来，这龙渊与赤霄在日后必定要超过牛头、马面与黑白无常，搞不好会成为冥府最强的鬼差。

待到浓烟渐渐散开，下头混乱的人群也慢慢地归于平静，方才的惊心动魄仿佛只是一场来去匆匆的噩梦。由御林侍卫保护周全的国君下令清点死者与伤者，他显然还不知皇子玺已命丧黄泉。

而熙熙攘攘的人群之中，姬仁宣正在张望四周，南葵知道，他定是在寻她。不忍他担忧自己，南葵便同林冉冉嘱咐了几句，林冉冉自有分寸，二人约定数日之后再交换消息，说罢，便各自散去了。

此时的姬仁宣还在询问旁人是否有见到南葵的踪迹，他焦急地形容着南葵的容貌与身形，对方听闻之后，指了指他的斜后方，姬仁宣连忙转头去看，只见南葵正向他跑了过来。

姬仁宣悬着的一颗心终于落了地，但却冷冷地打量一番南葵，确认她毫发无伤之后，责备道："你跑去哪里了？不是说过不要私自行动吗？刚刚的火灾那么危险，你要是有何不测，我该去何处寻你？"

南葵却凛然无畏道："我这不是好端端地站在你面前吗？况且只是一场火灾罢了，奈何不了我的。"

姬仁宣叹气道："你总是这样天不怕地不怕的，可我不是你，我会怕。"

南葵愣了愣，一瞬间，她不知该作何回应，仿佛这才恍然惊觉自己从未把姬仁宣的感受放在心上过。因为他从不会埋怨她，也不会怪罪她，她便以

为那都是理所应当的。但这一次，他的确是义正词严地表达出了他的不满。

南葵有些不好意思地耸了耸鼻子，可始终说不出致歉的话来。姬仁宣自是深知她的脾性，也不曾打算让她为难，只从袖中取出了那块包裹着樱桃脯的绢帕，云淡风轻道："还剩余几颗，你这会儿要是饿了，就暂且用来填填肚子吧，果脯总会饱腹。"

南葵默默地收下，其余小厮悄声唤南葵回房就寝，南葵欲言又止地看向姬仁宣。

他只道："你我明日便会再相见了。"

南葵似恋恋不舍地点了点头，缓缓转过身去，同小厮一齐离开。

寝房里，小厮们都道今年的运势怕是不吉，毕竟为期十天的秋猎在第一日便发生了大事。南葵无心参与他们的睡前话题，可她身为孟婆，根本无须睡眠，但为了不让旁人起疑，只得闭上眼睛假装入梦。

窗外风声萧萧，流泉潺潺。尽管南葵闭着眼，可白日里发生的种种却依旧历历在目。辜振鹭与虞北栀之间的秘密幽会、国君那深不见底的缜密心思、林冉冉寻到的只言片语、由心魔而生的烈焰火海，以及姬仁宣望向自己时略显哀伤的眼神。

思及此，南葵忽然心烦意乱，便翻了个身，又慢慢地睁开双眼。她看向窗外夜空，漆黑苍穹之中，点点繁星似火，她想到了迷途在冥府之中的万千婴灵，不由得在心中叹道：那些无辜的女婴却连这样平常的夜晚都不曾见到过，实在是可怜可悲。

但愿她能尽早还她们自由。如此想着，南葵有了些倦意，再一次闭上了眼睛。

第二天一早，围场里的狩猎活动又再次开始，众人跃跃欲试地挑选着场主新带来的一匹匹骏马，仿佛昨夜的大火只是黄粱一梦，并未在这些王孙贵族的心间留下丝毫的阴霾。只是，皇子玺失踪一事还在彻查之中。谣言说他已经死了，被烧成了灰，所以才会找不见尸身。可皇子玺的母妃德妃誓死不信，哭哭啼啼地哀求着国君要为皇子玺的事情做主。想来皇子玺也算是国君较为宠爱的子嗣，他自然会派一队精锐人马在围场里去寻下落。但忧伤归忧伤，秋猎是先祖留下的仪式，必要有始有终地进行，国君不仅要为大局着想，也是为了焰国日后的年年丰饶。

而秋猎第二日的规矩则与第一日不同，由于皇家要选出十一支狩猎队来以示皇威，围场场主则要挑选出一批精干小厮来做另外一支狩猎队，以此来凑齐十二部，寓意十二地支。

要说小厮之中也不乏能力出众的佼佼者，且大家都明白，围场的那支狩猎队只是用来衬托皇家威仪的角色，成员只要不失围场颜面即可。但偏生这届场主年轻，又有骨气，非要挑出二十名身姿不凡、体能充沛的小厮来参与切磋较量。

最初，南葵这样娇小的身躯是入不了场主法眼的，当然，围场之中无人得知她是女儿身，只觉她是个腰身孱弱的俊美少年。可她强烈表示自己从小便擅长骑术和箭术，绝对不会输给在场任何一个威武高大的骁勇之人。禁不住她的软磨硬泡，加上确实人手匮乏，场主只好选她做了最后一名参与者。

十二支狩猎队已全部集齐，每一队二十人，在围场木栏处以一字方阵排开，胡服各以朱、霁、靛、黛、缃、苍、琥珀、天青、茶白、莲青、竹青和松霜绿为底色，骑手们头系同色锦带，额心上皆有一块鹌鹑蛋大小的丹红玉，背携弓矢，腰系箭囊，坐骑颜色不一，自是集结成了一片波浪般起伏的各色光海，远远望去，真是难得一见的人间美景。

南葵身穿松霜绿色的胡服，身骑一匹毛色锃亮的黑驹，她时而望向第一骑队的领头人，正是一身朱色胡服的国君，唯独他的衣襟镶了金丝，日光之下显得格外尊贵。

待到围场场主宣布狩猎开始，十二队骑手马蹄翻飞，溅起泥土无数，南葵快马加鞭地冲向最前方，试图与国君比肩。

她的骑术的确精湛过人，仅仅是半炷香的工夫儿，已然逼近了先行出发的朱色骑队。可没想到那骑队忽然改变了方向，为首的国君朝着左边的山林深处奔去，南葵反应不及，自是落下了好不容易追上的那段距离。

她心中不肯服气，再度调整好马缰，策马去追，偏逢鹿群迎面跑来，她面不改色，动作利落地拉弓搭箭，几支长箭激射，接连射中了两只壮鹿，一雌一雄，当场毙命。

因箭杆上系着各狩猎队的记号，途经于此的其他狩猎队见识到了南葵的箭术，皆是满脸的惊叹与赞许。

"这围场十二部的骑手好生厉害啊！"一位身穿黛色胡服的贵族来自第四队，是个眉清目秀的年轻男子，与他同行的都是天青色骑队的皇室子弟，看其资质与气韵，倒像是个侯爷。

　　他们见南葵技艺精湛，便颇有兴致地凑到了她跟前，那相貌俊美倜傥的侯爷明眸如星，眉飞入鬓，笑容满面地同南葵商量道："没想到你这小厮虽身为杂役，骑技却了得，箭术也非同凡响，若是你肯把射杀的两只鹿算于我二人名下，我等便为你在场主面前美言几句，也好助你在日后晋升为主子。"

　　只动动嘴巴就想换走她猎下的鹿？未免有些厚颜无耻了。南葵心中生气，正想同这人理论，那边的清俊男子已经阻止同伴道："胡展兄，'横刀夺爱'可算不上正大光明，休要把我一同算进去，我且还是要靠自己多打几只猎物的。"

　　那叫胡展的男子却不依不饶道："就凭你？哼，在这紧要关头倒是清高起来了，难不成你忘记晨间同皇子蕴他们打过的赌了吗？"

　　清俊男子闻言，有点哑口无言，半晌之后才执拗地辩驳道："但作弊也绝非正人君子所为……"

　　就在他们二人意见不合之际，后面又有几名其他骑队的人马追来，胡展见状，直念着迟了迟了，这下换不走鹿了。

　　南葵却满脸的不以为然，她本就没打算同意他那居高临下的提议。恰逢此时，一只花色皮毛的野兔从树洞下头探出了毛茸茸的脑袋，在场众人皆是亮了眼睛，纷纷屏住呼吸，悄然拉弓上弦，瞄准了花兔。

　　"嗖——"

　　一支箭以迅雷不及掩耳之势射了出去，不偏不倚，正中花兔的头。那花兔打了几个激灵便咽气了，南葵立即翻身下马，兴高采烈地拾起了战利品。

　　其他人都悻悻地收起了弓箭，又艳羡又嫉妒地打量着南葵。可紧接着，两只拖着火红尾巴的野鸡从山林里冲了出来。它们企图以惊人的速度逃离这重重险境，几名男子低声叫着："快放箭！别让它们跑了！"

　　乱箭如暴雨一般从天而降，密集的箭雨之中，肥硕的野鸡灵活躲闪，然而说时迟那时快，一匹黑马已经冲到了野鸡后方，骑手的骑术精湛绝伦，马蹄在骑手的操控下几乎腾空踏云，鞍上之人抽出腰间一把金灿的弯刀，一手以箭为攻，一手以刀为守，两侧夹击，几乎在瞬间便将其中一只野鸡的脖颈割断了。

　　草地上，血溅四方，南葵将那野鸡捡起，与野兔一起放在了自己的马背上。胡展与那清俊男子皆在心里暗叫一声好箭法，简直就是飞禽走兽的克星。

南葵骑在马上，回过头向身后的一众人等威胁道："不准把那雌雄二鹿身上的箭矢拔走，它们是我打下来的，若是谁敢盗窃而走，我便要他们与二鹿同一下场！"

话音落下，身后人等都是一阵冷汗，谁也不敢再去打那两只鹿的主意了。便是在此时，迎面吹来一阵长风，南葵迎风而行，风速又快，吹走了她束发的锦带，一头乌黑柔亮的青丝随风舞起。她这下意识到糟了，略显仓皇地看向其余人等——果然，旁观者皆是满眼愕然，倒是胡展率先明白了状况，指着南葵的脸，怔怔道："原来这身怀绝技的小厮，竟是个女扮男装的姑娘。"

第十六节

　　临近傍晚，天气冷涩，没了日光，蒙蒙秋雾将砖红色的高墙渲染出一股阴寒之气。许是方才刚下过一场淅沥秋雨的缘故，房檐下滴着水珠，几抹撑着紫竹伞走在石路上的身影在清风中摇曳着。她们是为来客引路的，正在去往宠妃寝居的路上。

　　到了宅邸，侍女们收伞，为南葵让出一条路来，恭敬道："姑娘，这便到了，请随奴婢入宅。"

　　南葵颔首，踏入大门时，腰间系着的回廊弯刀随她的动作晃了几晃。

　　虽然身处远离皇宫的围场，但安顿宠妃的宅邸依旧富丽堂皇。此处的色调是金与红，庭院的设计竟都是流线型的，衬着水潭中养着的金鲤，显得十分奢华。坊间传言国君最为宠爱的妃子虞北棠奢侈无度，铺张靡费，如今看来，实属如此。

　　走进大厅，引起南葵注意的是身前半米处立着的一座山水图屏风，上面绘着泼墨画卷，有身影从屏风后缓缓走出，正是那宠妃虞北棠了。

　　同围场秋猎第一日相比，她今日的衣饰则较为简单，一身胭脂之色，只有长袖上绣着碧水波纹的图案，配着鬓上青绿色的步摇与脸颊两侧的耳坠，倒是更能显现出她骨子里带着的华贵之气。

　　见她迎面走来，南葵极为恭敬地躬身行礼，道："在下姓孟，单字葵，参见林妃。"

　　虞北棠道："起来吧。来人，赐座。"

　　侍女们遵命，为南葵搬来了一把椅子，拿好锦垫，端上香茶。

　　南葵刚一坐下，虞北棠便轻笑一声，凤眼睨她道："你方才称呼自己是'在下'，可是习惯了扮装小厮？"

　　南葵被她这惊鸿一瞥的笑意惹得有些面颊微红，不由得挠了挠头，讪讪笑道："回禀娘娘，在下……小女子女扮男装一事，并非有意欺瞒，小女子有不得已的苦衷，还请娘娘……"

"本宫又没有怪罪于你，何必如此介怀此事？"虞北棠说话间眉眼旖旎娇艳、顾盼生辉，当真配得起光华照人，她慢条斯理道："本宫今日传你来此，是白天时听闻旁人说起有一个厉害的骑手猎到了两只鹿、一只野兔与一只野鸡，而且，还是个姑娘家。我便想着要见识一下这个了不起的姑娘的尊容，所以才特意派人邀你来了。"话到此处，虞北棠饶有兴致地打量起南葵，半晌过后，她赞许似的微笑道："果然气韵不凡，又是个难得的美人，连一身硬气的胡服也遮掩不住你的清丽，且还技艺超绝，真是非比寻常的良才呀，想不到这小小的围场里还藏着你这样资质惊人的女子，倒不枉费本宫专门召见你了。"

南葵谦卑地颔了颔首，道："多谢娘娘夸赞，但小女子不敢当，娘娘过誉了。"

"人人艳羡之实，你也无须谦虚。"虞北棠莞尔一笑，端起案桌上的茶碗，轻声道："其实，本宫今日召你前来，是想问擅长骑射的你，是否看得出本宫也有参与秋猎的资质？"

南葵闻言，自是一惊，道："娘娘千金之躯，怎可与我等草芥同舞呢？"

虞北棠笑得俏丽，但却有些若有所思，她凝望着茶碗里的清液，轻描淡写般说着："你不必如此抬举本宫，不瞒你说，早在入宫之前，本宫也是骑过马、射过箭、肆意驰骋的，然而如今……早已物是人非了。作为女儿家，身处后宫，已然只得拈花描眉，这是普天之下所有女子的宿命。只不过……"说到此处，她微有遗憾地轻叹，"本宫自是十分欣赏那些可以自由主宰自己人生的人，鲜活的生命总会令人心驰神往，也唯有看到他们，本宫才能找回曾经的自己。"

诚然，南葵早就猜到了虞北棠会想要见她，只要她在狩猎之中表现出众，自然会引起一众皇亲的格外注意。好在虞北棠没有让她失望，一切都在按照她的计划有条不紊地进行。再者，当日在弥国的一面之缘，南葵也在与虞北棠的攀谈之中得知了这位娘娘曾出没战场之事，既然如此，南葵料想她的身上也会有着不为人知的线索。

更何况凭南葵这般来看，虞北棠并非传闻中那般无智无德的红颜祸水，相反，她的每一句话里都透露着隐隐的坚毅，南葵感知到她是一个心怀抱负

的女子。想来世上又会有谁人知道，高贵的林妃也曾做过军医，也曾不辞辛苦地奔走于血腥沙场上行医救人呢？

"那时的本宫，为了不惹闲言碎语，也是同你这般女扮男装……"虞北棠静默地垂着眼，像是忆起了从前往事，眼中泄露出造化弄人的无奈。

旁人常道，自古美人无须才情，国君英雄只愿她们莺歌柔情，何曾在意过她们皮囊之下的万千思量？一张貌美的皮相遮住了林妃的智慧，竟无人知晓她心中的万丈豪情，包括她的父亲在内，也未曾真正地、主动地了解过她的内心。

身为女子，似乎注定了只有一条路可走——嫁人做妇，生儿育女，世世代代，皆是如此。

若女子做了官，便是不成体统；若女子成了器，便是强势刚硬。仿佛每个女子的最终归宿都是嫁人生子，也唯有生下男嗣，才能算作是母凭子贵。于是帝王后宫佳丽三千，妃嫔之间总会争相斗艳，攀比的竟全部都是容貌与青春。然而谁会去思考，以色待人又能几日久？花朵娇美，终要衰败，绽放的瞬间极其短暂，可它在凋零之前又得到了什么？

为何女子们要把毕生的精力都投入到男子身上？为了情？为了爱？为了欲？还是为了执念？这其中，可有一处是为了自己？

即便是倾城艳绝的美人，也要活在男子规范出的条条框框之中，如何做才会获得男子的喜爱才是她们更为在意的事情，却因此而放弃了自己的全部，竟未曾有人感到过可悲吗？

反而是虞北棠这样怀揣自己心思的女子，才为世间罕有。

思及此，南葵竟觉得极为悲凉地长长叹气，再深深吸气之时，忽然嗅到了虞北棠身上的一股奇异味道。

清清冷冷，若有若无，是香灰的气味。

凡人自是不会察觉如此微弱的气味，可南葵身为孟婆，又被冥帝保留了嗅觉与味觉，她的感官更是超乎寻常，自然能够嗅出衣衫上残留的余味。

只是围场之中，虞北棠是在何处染上的这种香灰？不，南葵已然十足了解围场内的所有殿室，没有一处地方摆放过这样的香灰，而此种东西之所以会染上其味……

必定是虞北棠私下里在进行祭奠。南葵心生困虑，想着何人值得她亲自祭奠？且还要逢着秋猎之时偷偷行动，想必是要避人耳目。

南葵打量起虞北棠，借由她方才所说的那句"不想惹闲言碎语才会女扮男装"而顺势道："娘娘，请恕小女子斗胆相问，娘娘为何想要在军旅之中女扮男装呢？"

虞北棠望着南葵，道："自然是不能被其他士兵发现本宫是虞大将军的女儿，未出阁的女子，怎可随意抛头露面？若是想要救人，就要暂且委屈一下自己。"

南葵含笑道："娘娘慈悲为怀，也是虞大将军的福气。"

虞北棠却叹道："慈悲？身而为红尘之人，又有何资格来讲慈悲二字呢？你今日狩猎拔得头筹，本是杀戮，而本宫召见你来并赞赏有加，也是维护杀戮，自是配不起'慈悲'二字。"

南葵道："不知娘娘可曾听闻，人生有四种境界。一是要'把自己当成别人'，此是'无我'；二是要'把别人当成自己'，这是'慈悲'；三是要'把别人当成别人'，此是'智慧'；四是要'把自己当成自己'，这是'自然'。而众生一体，同体大悲，由小我、大我到无我。只有万物其一，物我不分，心灵才能真正安宁快乐。娘娘既能宽恕我女扮男装，又接纳我射杀生灵一事，于我而言，又怎非不是慈悲呢？"

虞北棠细细品味着南葵的这一番话，倒也释然地笑了。只不过，她有一点极为在意："说起来，本宫从未同你讲过行军之事，你为何会知道呢？而且，端详你的面容，总觉得曾在何处与你相见过，今日的会面，并非你与本宫的初次相识吧？"

南葵面不改色地微微一笑，恭敬道："娘娘福泽天下、美名盛誉，且我自幼行走江湖、行商押运，或许，是我曾在兵荒马乱之中受到过娘娘的照拂。"

虞北棠眯了眯眼，道："那可真是凑巧。"

恰逢此时，门外传来整齐的脚步声，一声传令也适时响起："陛下驾到——"

南葵闻声，赶忙随着虞北棠一同起身恭迎，尚未换下胡服的国君已然在侍卫的簇拥下踏门进来，一把扶起正欲问安的虞北棠，沉声道："虞妃不必多礼。"

虞北棠额首的同时站起身来："谢陛下。"

国君正欲同虞北棠交谈，余光却瞥见了跪拜在一旁的陌生面孔，是个

身穿胡服的女子。他略一蹙眉，转正了身形，上下打量起南葵，见她的胡服为松霜绿色，自是表明了围场小厮的身份。但她青丝垂在鬓边，随意地以竹绳绑起，虽素面朝天，却可见其容颜精美如画，眉宇间也有英气与娇柔并存，猛然间想起今日曾听闻十二部中有一女子射猎惊绝，难不成，便是此人？

国君走近南葵几步，令道："抬起头来。"

南葵凝视着眼前的一双乌皂靴，上头干净得竟没有丝毫泥泞，胡服边襟刺满了金线，她淡淡地笑了，顺从地抬起了脸，缓缓地迎上了国君那居高临下的审视。

她与他，从未如此之近地相视过。

国君垂着眼，望进南葵幽深的眼底，敏锐地察觉到了她逐渐隐去的笑意，与她身上那股异于常人的神秘气韵。

半晌过后，不辨喜怒的国君重新开口道："你便是那冒充小厮混入围场的一等骑手？"

这便是天子，举手投足之间威慑力十足。难怪杀敌无数的虞大将军也在心中惧怕着他，的确是深刻进骨子里的冷峻严肃。不仅南葵感到前所未有的压迫感，就连身为宠妃的虞北棠也是发自内心地尊他、敬他。

此刻，担心国君会怪罪南葵的虞北棠率先为其求情道："陛下，这位孟姑娘也是有着难言之隐，绝非有意冒充小厮，还望陛下——"

国君抬起手，示意她不必再说。

虞北棠自然是把话咽了回去。

国君又向身旁的内侍使了个眼色，内侍立即心领神会，朝身后一众侍卫和侍女挥挥手。

杂乱的脚步声接连响起。

"你姓孟。"待旁人都散去，国君才命南葵起身，问道，"为何要冒充小厮？"

南葵不卑不亢地站起来，姿态也极为坚定，不疾不徐道："回禀陛下，小女子无依无靠，为了讨生活，自幼便行走江湖，也算幸运，得一众善良之人传授了许多生存技能。曾在山林中狩猎，也曾被商队雇佣押运货物于昆仑山脚下，而此次扮作男子混入围场，同样是为了获取丰厚的酬劳。早在秋猎开始之前，我便从告示上看到招募小厮的消息，有钱财在前，自然是当牛做马也在所不惜。"

国君目光轻慢地落在南葵交叠在腹前的双手上，作为女子的手来说，的确算不上细腻，且有些粗糙，骨节也很明显，如若不是常年历经风雨，倒也不会如此。

"你方才说，你曾受雇押运途经昆仑山脚下。"国君静静地看着南葵的眉目，好似在搜寻着某种他企图获取的痕迹，"可是受雇于姬氏商队？"

"回陛下，正是。"

"原来如此……"国君轻缓吐息，略有释然道，"这般说来，你定然也参与了天香珑叶的运送行动，也多亏了你等功臣的视死如归，才令寡人的爱卿与旧友从黄泉路上拾回了性命，寡人理应感谢你等，尤其站在寡人面前的，又是一位在秋猎之中打败众多皇亲贵族拔得头筹的好猎手。"

南葵一怔，好似不敢相信自己所闻。她虽欣喜于从国君口中听到父亲与帝师性命无忧一事，可令她不敢置信的却是国君在此刻流露出的情谊与真心。

昏庸无道的暴君竟也会这般彬彬有礼、有情有义吗？南葵似不愿相信，她牵动嘴角，不算自然地接受了国君的夸赞："谢陛下赞誉，只是，小女子愧不敢当。"她顿了顿，尽可能地以一种云淡风轻的语气说出："陛下也许尚不知情，在运送天香珑叶的途中，姬氏商队一度遭遇劫匪，那位领队的姬姓少爷在当时身负重伤，而另外一位姬姓小姐则为了寻回珍贵药材命丧昆仑，我等苟延残喘之辈，实在不敢替他们二人承受此赞赏。"

一旁的虞北棠闻言，情不自禁地露出了悲伤的神色，国君也久久沉默，深表遗憾地喟叹。良久过后，国君再次道："寡人觉得，你与寻常女子大有不同，也极为惊讶，想不到焰国还有你这般心怀大义、言辞不俗的女子，实在令寡人感到欣喜。从明日起，你便跟着寡人的部队一同狩猎。"

南葵惊了惊，赶忙跪谢道："陛下鸿恩，小女子虽有惶恐，但也是备感荣耀，请陛下放心，小女子一定不会让陛下失望。"

国君却在这时望向虞北棠，眼神中隐现一丝宠溺，沉沉道："也都是虞妃的功劳，若不是虞妃召见，寡人也想不起要见一见这样的好猎手。"

虞北棠轻笑，柔情似水地对国君道："陛下狩猎了一整天，早饿了吧？臣妾已嘱咐奴婢们做好了晚宴，只等陛下前来用膳。"

"虞妃有心了。"国君点点头，示意南葵也一并留下吃宴。

于是，被传唤的侍女们端来了各色佳肴，黄焖鱼翅、烧鹿筋、爆炒凤舌、五珍脍、水晶羹、群仙炙、莲花饼、酒菊白鱼、五味蒸鸡……皆是只有身处皇宫才能见识的菜色。南葵唯有见到美食才会情难自禁，她吃得很欢快，虞北棠见她吃得欢快，便也吃得欢快了起来。国君很少见到虞北棠这样眉开眼笑，心中也觉得新鲜。

待到酒足饭饱之后，南葵恭敬地告辞离去，一路上警惕地环顾四周，确信没有任何人尾随她，才谨慎地走向了姬仁宣的住处。

秋猎有着许多烦冗的规矩，收到邀请前来的参与者都要入住围场，这也是规矩之一。而住处的位置也分等级，作为商贾之后，姬仁宣的住处要偏远一些，但他本人并不介意，不如说，他对远离人群的"世外桃源"生活反而乐在其中。

而当南葵出现在他的庭院中时，他正在独自下棋，见她来了，他示意屋内道："我留了一碗围场特意做给宾客的绿豆羹，你去尝尝看。"

南葵连忙摆手："吃不下了，吃不下了，我再如何胃大如牛也是吃不下分毫了。"

姬仁宣感到惊奇地以眼相问，毕竟嗜吃如命的南葵从不会拒绝任何美味。于是，南葵便把今日所经历的一切都细细地告知于他。

约莫一炷香的工夫过后，姬仁宣已经听得真真切切、完完整整，他一边走着棋局，一边回道："关于你今日的狩猎壮举，我已是有所听闻。以这般形式引得那位宠妃亲自召见，也着实有点儿破釜沉舟的意味。"

南葵得意地沾沾自喜道："巧的是国君也去了她的住处，我这一计堪称连环奇谋。"

姬仁宣摇摇头："分明是运气加成，单凭女扮男装一事，倘若那国君真的降罪于你，下场岂不是不堪设想？"

南葵忙道："不会的，那国君并非坊间——"话到此处，她却缓缓地停了下来，感到震惊：难不成，她是打算为国君辩解？为那个被世人嫌恶的昏庸国君？

不过只是一面之交，她又了解他几分？又如何能断定他是否如坊间传闻的那般残暴无能？

思及此，她意识到自己的唐突与不严谨，便感到挫败地垂下了眼。姬仁宣也不去拆穿她此刻的心思，将手中棋子挪到"将军"的位置，沉声问道："我自知你此番行动是为了引起皇室的注意，而能被虞北棠召见，的确没有枉费你的苦心。你方才也说了，她身上有许多奇怪的地方，那香灰之味便是其一。不如，先从此处入手？"反正秋猎还有八日才会结束，时间也算宽裕。

姬仁宣的建议令南葵眼睛里重新有了光，她冷静地点了点头，道："的确，那香灰的味道很特别，也不是寻常时候能嗅到的，我料想她之后还会在这上头做些文章。"

"也算是今日得来的重要线索。"

"而且，国君邀我明日起同他一起狩猎，我不仅能够正大光明地接近虞北棠，也可以时时刻刻地接近国君。"南葵灵机一动，当下有了一个新计策，便向姬仁宣道，"不如，我派出君儒去咬伤他，便可顺理成章地得到他的血液。"

"万万不可。"姬仁宣的神色一凛，阻止南葵道，"如若国君真的在狩猎途中遇到这般庞然怪物，又身负伤势的话，不仅负责守护国君安全的侍卫将会丧命，连同围场上下百余人也会被一并株连九族。国君自是会降罪于疏忽之人，毕竟猎场之内的所有猛兽都是有其数量的，场主没有在事先查明场内有饕餮这样的上古神兽，便已是天大的失职。且在凡人眼中看来，饕餮是恐怖的魔怪，若是追踪其源头来，还会害得一批无辜之人赔上性命。你是孟婆不假，可其他人皆是凡胎肉躯，又何苦连累他们因此而丢了脑袋？还是要从长计议为好。"

南葵听罢，有些不甘地努了努嘴巴："这般说来，倒成了我莽撞唐突了，我也不过是希望尽早完成使命。"

姬仁宣轻轻叹息，抬手覆住南葵的手背，意味深长地安慰道："我清楚你身负压力与责任，且这是接近国君的难得良机，你想要好生把握，自是人之常情。可知己知彼，才能百战不殆，更何况，你也不是那种会殃及无辜百姓性命的荒谬之人。切记，物极必反，切莫心急。"

他的话，不无道理。南葵沉默了片刻，而后，终是认同地微微点头。

姬仁宣则是宽慰地笑了，他抬起手，宠溺地揉了揉她的头，那动作轻缓温柔，令她心中不由自主地升腾起一股暖意。

"仁宣哥哥，我还有一事要告诉你。"南葵的语气也随之变得温和，她略微侧过头，非常自然也极为心安地靠在了姬仁宣的肩上，欣慰地说道，

第十六节

183

"国君在今夜的晚宴上说，我父亲与辜叔叔已经苏醒了，且性命已无大碍。如今我想，不管之后我是否能与父亲相见，得知此番消息，我已是心满意足了。"

姬仁宣释然地吐出一口气，虽说他早已知道伯父他们会在服药之后醒来，可毕竟当时走得匆忙，未能亲眼所见，如今得知这个天大的好消息，他自然感到欣喜。便也侧了侧头，轻靠着南葵。

二人再未多言，只静坐在月色之下，忽觉尘世静谧，繁星交映间也是一派良辰美景。风声细碎，只此相伴，依偎韶华，远处外亭有人抱琵琶，弦声曼妙，声声弹，今朝有忠义之言，也有猎场之上马蹄利箭。

却皆不如，他与她在静默的此处，坐看月中天。

翌日清晨，天色微沉，乌云厚重，无风无雨。

领头的狩猎队伍策马疾驰在郁郁葱葱的山林之中，浩浩荡荡的马蹄溅飞泥草，为首的国君身穿朱色胡服，遥遥领先于队中其他猎手。他余光瞥向身侧，距离他最近的便是骑术精湛的南葵了。

南葵感受到国君的视线，越发炫耀似的加快了马速，企图更为靠近他一些。

只不过，如若超越了国君，反而会落得一个僭越国君的罪名，所以南葵必须谨慎地拿捏好分寸，控制自己的马匹与好胜心。

然而，跑着跑着，南葵却发现朱色骑队的其他人都不见了，她便勒紧马缰，困惑地望着身后。

很快地，国君也察觉到了异样，调转方向，慢慢地走到南葵身边询问："其他猎手呢？"

南葵只得摇头，表示自己全然不知。但又立即心头一震，眼下，除了她与国君之外再无旁人，她不禁觉得这是个获取国君血液的好时机。

正当她的右手谨慎地覆上自己腰间的弯刀时，一抹跳跃在草地上的红光却刺痛了她的眼。

她顺着光源望去，竟看到一个巴掌大的红玉盒子被人遗落在杂草之中。南葵感到奇怪，她翻身下马，走过去拾起了红玉盒子，又走回到国君的马前，恭敬道："陛下，这红玉盒子看着极为贵重，定是朱部之中的某位王公遗落，不如打开来看看其中的物件是否稀罕？"

国君望着这个盒子，面色难辨："这盒子的样式，并非寡人宫中所有。"

南葵心想，若不是焰国皇室的物品，又是何人能有资格涉足此猎场？可她到底还是好奇，便私自拨开了盒子的卡锁，把盒盖一掀。

国君敏锐地察觉到不妙，猛地提醒她道："快丢掉！"

可惜为时已晚，盒子里的气体已经散发而出，如袅袅妖雾一般四散开来，几乎是在瞬间便将周遭景物染成了一片猩红之色。

一股浓烈的刺鼻味道弥漫而来，仿佛要充斥整个山林。南葵立即明白，这是毒粉，遇到外界刺激便会形成毒雾，模糊视线是其次，吸入毒粉则后果严重。

轻则昏迷，重则丧命。

必然是有人想要谋害国君。

南葵意识到这一点，赶忙去确认国君的安危。他已然吸进了毒粉，此刻，正昏倒在马背上不省人事。南葵伸手探他的鼻息，起伏还算稳定，她不由得松了口气。可她深知，若是再持续吸入大量毒粉，只怕会有生命危险。于是南葵撕开自己的胡服一角，打成罩状系在国君眼部以下，确保他在保持呼吸的同时能以最低限度吸进毒雾。

所幸这种凡间毒物对于南葵这样的鬼差是毫无作用的，如此也好，她倒可以放心自如地行动。

可令南葵猝不及防的是，周围忽然传来密集的马蹄声，她根据经验依稀能够辨别出马匹的数量。一、二、三……至少有八匹马疾驰而来，许是这迷雾也扰乱了他们的视线，所以马蹄的声音断断续续。

四下无风，便吹不散这浓雾，南葵遵守与冥帝的承诺，依然没有选择使用法力。她将自己的马拴在国君的马缰上，然后翻身跃上国君的骏马，将他的身躯护在自己身前，正准备策马前行，周身便飞来如雨的乱箭。

竟是要射杀她与国君。

南葵反应迅速，加上成为孟婆之后，她的感官要比身为人类时灵敏百倍，于是很轻易便避开了第一波攻击。

她的身上只有回廊弯刀和三十支羽箭做防身武器，好在国君腰间佩着宝剑，她毫不犹豫地抽出那把绝世长剑，握紧剑柄，大喝一声，驱马疾驰，欲离开山林。

"对方只有八人，不必惊慌，保护国君性命要紧。"南葵喃喃自语地盘算着："如若对方使用的也是围场内的弓箭，最多一次可连发三箭，一袋箭矢

三十支，马匹两侧只能佩两袋，八个人的话，四百八十支箭，而方才已经射出一批，最少也已失去了二十四支箭。眼下，我只需耗尽他们的箭矢，再同他们近身较量……"

果然如南葵所料，最初的攻势一过，接下来的箭雨也大为减弱。为了保证他们不再增加人手，南葵要先将他们引进山林间最为险峻的地带，如此一来，即便是后续加入者也很难在短时间内确定她与国君的具体位置。

第十七节

　　身后追杀的铁蹄如群狼，他们纵马疾驰，穿过林中干涸的溪流，越过惨遭毒杀的野兔尸体，急急奔向东南方，那里的雾气逐渐消散，视线也越发清晰。天色接近晌午，乌云泛起血红色，长风破空而来，吹得浓雾四散，八名追杀者中有一人落于后方，他途经巨树之时，仿佛感到马匹在刹那间放缓了速度，周身景象也如同停滞了一般，便是在电光石火之间，树后的南葵迎面而来，反手一剑，利落地划破了那人的喉咙。

　　惨叫声尚未发出，鲜血四溅，那人身亡坠马，落地声惊起前方同伴的察觉，他们勒马回身，见到南葵匆匆朝反方向逃去，马背上的国君仍未苏醒，余下七人立即调头追赶。

　　幽深树林中惊鸟乱飞，巨树之森遮天蔽日。南葵瞥了一眼身后，那七人皆戴着青色面具，只露出眼睛，全然看不出其本来面目。

　　怕是有备而来，那面具也一定能阻隔毒雾。

　　"解决掉了一个……"南葵低声自语，垂眼看向伏在马背上的国君，此等紧要关头，她自是期盼着他能尽早醒来。毕竟凭她一己之力，尚不知能否在那七人的追杀下全身而退。

　　身后忽然弓弦声起，南葵怔了怔，下意识地将身体倾向左侧，瞬间，一团火光裹挟着长箭从她的右侧钉在了前方的树干上，只擦过她脸颊的皮肤，隐隐现出了一条朱红色的血痕。

　　还未等她摸清状况，又有几支火箭从身后接连飞来，连同那远远的追杀声也一并响起："先杀了那个女骑手，国君还未苏醒，务必趁此时机将他二人击杀！"

　　南葵催促着骏马加快速度，巧妙地躲开了数支火箭，并在心里计算着他们所剩的箭矢数量。本想再消耗一些，却忽然感到身下一倾，是骏马的前

孟婆传奇之南葵篇
MENGPO CHUANQI

腿被射中，整匹马嘶鸣着向前跪下，南葵眼疾手快地抓住国君的手臂，拖拽着将他拉到始终跟着他们的另一匹马上，再迅速地斩断两匹马之间连接的缰绳，而后不得不放弃那匹负伤的骏马，继续逃命。

但是，她深深嗅了嗅空气中的味道，猛然惊觉前方不远处是断崖，而断崖下方则是湍急的瀑布。这般时节，水温必定寒凉彻骨，她倒不要紧，国君是肉身之躯，即便躲过了追杀，又如何能在寒水里保住性命呢？

可身后的马蹄声越来越近，她已然没有过多的抉择时间，正在一筹莫展之际，马背上的人吃力地睁开了眼，艰难地嗫嚅道："只管……向前……"

南葵愣了愣，惊觉于他竟然在如此之短的时间里恢复了意识，那毒粉明明浓厚狠辣……

"前方是断崖和瀑布。"南葵收回思绪，紧张道，"水温太凉，必定会顷刻毙命。"

他的呼吸很沉重，似在用尽全身力气与吸入体内的毒粉博弈："寡人是在命令你，寡人的决定不容置疑。"

南葵蹙起眉，她不再犹豫，心下一横，回答道："遵命。"

在得到她回复的那一刻，国君才心安似的重新闭上了眼睛。

他像是做了一个梦，一个充满鲜血的噩梦。梦里的他被拖到了一片湖渊旁，有一双巨大鬼手抓起他的身躯，将其"扑通"一声投入湖渊深处。

湖水冰冷刺骨，他一心想要游出湖面，可惜鬼手覆盖住了整片湖，将他死死地封在了湖渊之中。他张开嘴想要呼吸，却被湖水呛得喘不上气，手脚在水中踢打，却发现自己的身体正在缓慢地向黑暗的深处下沉。

待他猛然间睁开双眼时，天色早已暗黑无光，周身是丛生的茂林，他靠在一棵老树下，四周倒是极为隐蔽，可想要站起身，却晕眩得重新坐了回去，一个声音从前头传来，她说："陛下，还请不要轻举妄动。您吸进体内的毒粉还没有完全消散，怕是仍旧无法随心所欲地行走。"

国君循望过去，见是那身穿胡服的女子坐在马旁。月光冷淡，照在她身上，将她整个人都映得极为苍白，仿佛不似人间来客。

国君的心中忽然升腾起了一丝惧怕，像是将她同某个人的身影重叠到了一起，他的眼神里泄露出了隐隐的慌乱，好在他很快就认出她来，不由得松了一口气，竟脱口而出："原来是你。"

南葵盘腿而坐，手臂环在胸前，略一挑眉："陛下是将我错认成旁人了吗？"

国君的神情立即回归了冷漠，全然不去理会她的问题，只努力地在脑内寻找着失去意识之前的记忆。他依稀记得自己嗅到了一股奇异的气味，那味道使他全身无力，很快便昏厥了，之后，便遭到了追杀。

是刺客。

南葵见他一言不发，便将手中的水囊丢过去："放心，没有毒。"

国君的手因毒性而有些颤抖，费了好大工夫才拧开水囊，他眼神冷厉地投向南葵，沉声问道："你究竟是什么人？"

南葵微微一笑，回道："不过是一个女扮男装的小厮罢了。"

她的语气云淡风轻，并不似此前那般毕恭毕敬，且她竟能带着当时昏死的他逃过刺客追杀，他恍惚中感知到敌方的人数绝不少于五人，而她身形瘦小娇弱，自己的体重几乎是她的两倍……

"寡人欠你一条命。"无论如何，他说这话时，语气是诚挚的，他的确是感激她相救，并且，也有几分佩服她的孤勇。他很多年不曾见过这样特别的女子了，想来这世间打算杀他的人多得不计其数，而愿意救他的人，却是寥寥无几。

"恕民女斗胆——"南葵顺势道，"既然陛下觉得欠我，那到了日后，也必要奉还这份人情才是。"

国君略显嘲讽地淡淡一笑，道："焰国上下，不，是九州之内，敢同寡人讲条件的，你可是头一人。"

南葵却道："但凭借一己之力救陛下脱离险境的人，也不多见吧。"

国君抬了抬眼，望见头顶瀑布湍急，又见彼此衣襟潮湿，旁边还有一簇被熄灭不久的篝火，可见她的确护驾有功。只是，令他感到意外的是，她竟没有在他不省人事的时候取他首级。如若她也是刺客之一，或是被刺客收买，为保全自身性命，将他交付对方也是人之常情。

毕竟，恨不得他死无全尸者多如牛毛，而她却从未惧怕过他。思及此，他反而觉得有趣，低笑一声道："寡人像你这般年纪时，也曾无所畏惧，且深信乾坤可扭转，日月可取替，也觉得红尘之中，唯一己之力可称王称尊。"

南葵笑问："难道陛下今日不再如此认为了吗？陛下虽已年过不惑，再不似弱冠风华，却已手握万里山河，身处权势巅峰，又有什么是如今的陛下不能改变的呢？"

国君的眼睛黯了黯，沉声道："即便能将乾坤扭转，却也留不住一只翩飞离去的蝴蝶。"说这话的时候，恰巧有一只红色翅膀的蝴蝶翩跹地从国君面前飞过。那蝴蝶似留恋，似迷惘，驻留了一阵后便飞走了。

只见那红蝶越飞越远，逐渐消失在苍白的月色之中，南葵重新转过头望向国君，忽然问："陛下是否相信，人死之后，会有精魂残留于世间呢？"

国君的面色一僵，沉默地凝视着南葵。

南葵不动神色地细细道："民女自幼便游历四方，曾听一位道长讲过，万物皆有灵，哪怕是还未出生的娘胎里的婴儿，也有其灵识。他们自己在母胎中具备了思考能力，心脏开始跳动，倘若这个时候被突然堕胎，或意外终止生命，他们的怨念便会极大。如同人死后，精魂仍然存在于这个世界，如果不是寿终正寝，枉死的人在死前会具备极强的怨念，从而成为怨灵。如果运气好一些，这些婴灵也会重新投胎，且投到寻常人家中，无非三种情况：报恩、要债、脱生。"

"报恩者成长顺利，有出息，有成就，父母无须操心烦忧，且在日后，报恩者会如乌鸦反哺一般孝顺赡养双亲，光耀门楣。可若是婴灵在投入腹中时又被杀害，将会恩将仇报，善缘变恶缘，滋生仇恨。"

"要债者顽劣多事，体弱多病，是非不断，顶撞打骂双亲，或先天残疾，此后花光父母钱，非但不会孝顺双亲，反而会拖累父母。如若杀他于腹中，本来便亏欠于他，眼下又会欠下一条性命，仇上加仇，怨气深重。"

"脱生者只为当一回凡人的子女，其恩怨不明不显，平淡无波，与父母缘薄，一世自力更生，自生自灭，从不劳累父母，对双亲也谈不上亲热或仇恨，不过是借由二老之身，想来人间走一遭，享受前世残留的过往。倘若杀了他，不给一次机会，也将会令其心生不满，铸成冤孽。"

"这便是精魂残留于世，导致婴灵怨念的来源。"南葵的表情逐渐变得严肃，如同身临其境一般，接着循循善诱道，"传说，所有的亡灵都要经过刀山火海，而后才能到达忘川河，再上奈何桥，最终投胎为人。但这些婴灵从未经历过人世间的罪恶，他们大可直接到忘川河，但却无法渡河投胎为人。因为成人死去时，都有亲人在葬仪里烧的纸钱、衣物作为渡河之资，而婴灵却没有。且不光是流产，那些死在母亲肚子里连阳光都未见过的孩子，都是由赤脚大夫直接送去埋葬了事，没有葬仪，没有名字，没有忌日的奉养，更没有陪葬物，甚至没有衣物蔽体。这些孩子不但没有受过母亲的任何爱护，更没有受过生而为人的一切礼遇。"

"这些枉死的婴灵无一物在身，无法渡过河川，只能徘徊在河川边。无食可吃，无水可喝，日夜啼哭。他们只能一直向家乡和父母所在的人间方向哭号，渴望得到父母的祭祀，早日渡河转世为人。虽是如此，生活在现世的双亲，仍旧不曾给予任何形式的祭祀和供奉，如此年复一年，婴灵得不到双亲任何东西，对其父母的怨念更大。"

"然而，婴灵要渡河投胎，另外一个方法便是附在血亲的身上渡河，所以因怨念积累而导致永世的血债咒怨。有些家族会出现怪病、意外、暴毙，都可能是婴灵作祟。因他们没有超度，无法得到往生，没有入土为安，魂魄无依，弥留现世，循着血缘找到亲人，纠缠作祟，造成父母兄弟姐妹的伤害、意外、厄运连连，甚至失去生命。"

"很多时候，人们的无知、愚蠢、贪婪与侥幸心理都导致了因果的失衡，怨念积攒，厚如冰层，从而导致永世的血债咒怨，生生世世，亘古不息。"

"一日结怨，三世报还。"

《太上五斗金章受生经》曰：'人之生也，顶天履地，有阴有阳，各有五行正气，各有五斗，所管本命元辰，十二相属。且甲乙生人，东斗注生，丙丁生人，南斗注生，戊己生人，中斗注生，庚辛生人，西斗注生，壬癸生人，北斗注生。注生之时，各禀五行真气，真气混合，结秀成胎，受胎十月，周回十方，十方生气，包罗元始。'"

"人，在没有出生、还处于胚胎的时候，也是秉阴阳二气，受五斗注生。而婴灵怨气难散，活人受罪遭苦，也难得到神明与自心的宽恕。胎儿尚未做任何恶行，却被无端终止生命，就像一个从未烧杀掠夺的善良之人，被判了残酷的车裂之刑，且还是被自己最亲之人伤害。这种痛苦冤屈是极其大的，且难以化解。

"若选择堕胎，堕胎之后男女双方，即刻就被各种业障包围缠绕，短时间内根本无法走出困境。或许可以逃脱世间法律的惩罚，因果的业力绝无漏报的可能。"

"堕胎流产，胎儿不得脱生，丧于母腹之中。怨念结成，徘徊不去。或留恋父母，不肯投胎。或有妇女，难产而死，堕入血湖。婴灵循着血缘的感应找到亲人，纠缠作祟，造成父母兄弟姐妹的伤害、意外，对父母的运势有非常大的消极影响。"

话说到这里，国君的神情看不出悲喜，也没有丝毫的起伏，他平静如初，只是以一种冷淡的语气反问南葵道："你同寡人说这些，所谓何意？"

南葵一惊，像是不敢相信国君会无动于衷，反而令她哑口无言。好半天之后，她才局促地道："陛下，民女所说之事，陛下不觉得可悲、可怖吗？焰国百年来男多女少，试问有多少女婴在尚未出生之时便死于娘胎呢？如若不是因此，焰国男女人数也不会如此悬殊。"

她的这一番话，如同声声控诉，直指国君的皇权根基。

于是国君当即震怒，厉声斥责她道："大胆！"

南葵并没有惧怕，依旧不卑不亢地凝望着国君，只听他字字珠玑道："你莫非是在暗示寡人冤死了不计其数的女婴不成？一介小小的女流之辈，也敢放肆地评判寡人的是非功过，你可知，就凭你方才那番言辞，寡人即刻便可将你凌迟处死！"

南葵微微抬头，义正词严道："那么，陛下处死的将会是一个心系家国、问心无愧的义士，自是焰国与陛下的损失。"

国君闻言，顿了顿，忽而又放声大笑起来。然后，他站起身来，舒展了一番自己的四肢，毒性已然全部退散了，他恢复了原本的体力，几个大步走到南葵的面前，居高临下地审视着她，一转手，动作利落地从她的腰间抽出了佩剑。

那是她带在身上的，属于他的剑。这把剑以昆仑神铁打造而成，只有拥有国君之血的人才能将其从剑鞘中拔出。然而，剑身上已染上了血迹，说明她能够得心应手地使用这把剑。

"寡人当初为了得这把神剑，曾对铸剑之人提出过两个要求：一是血脉，二是斩鬼。而铸剑之人更换过数十位，皆是以血以泪铸成这把天下独一无二的神兵。所以，此剑不仅可以杀敌，也可杀鬼。"国君用手指抹去了剑身上的血迹，眼神淡漠地瞥向南葵："你并非寡人，自是不知寡人曾经历过怎样的炼狱，你且生在富饶、安逸的年代，理当感谢寡人，是寡人维持了眼下这艰难的和平，无人有权来对寡人进行评判，人不能，鬼不能，即便是神，也不能。"

南葵仰着头，望着他微蹙的眉、冰冷的面容，毫不躲闪地问道："可陛下是否知道，这如假象一般的和平背后，流淌着多少人的鲜血？"

"万骨尸山，填满海川。"国君将佩剑收入了鞘，他听见不远处传来了马蹄声，数量很多，大抵是来寻他的侍卫队，于是他命南葵率先骑马离开，并嘱咐她今日之事不要对任何人提及，最后又道："你既能使用寡人的佩剑，便绝不会是寻常女子。待到择日再见时，寡人将会查明你的底细。"

南葵在心中暗想，若要查清一个孟姓女子的底细，在凡间来说，可不是一件容易之事，即便对方是焰国国君。但马蹄声越发接近了，且依据国君的判断，那队伍是他非常熟悉的，自是不会再有危险。更何况，他身上的毒性已全无，凭借他的武艺，倒也不会有何闪失。于是南葵翻身上马，向国君告辞后，便匆匆地返回围场。

今日所遇状况极为意外，任凭是谁也不会想到国君竟在狩猎之时遭到追杀。只不过，那群刺客究竟是何许人也，便不得而知了。正如国君所说，盼着他死的人，当真是多得不计其数。

只是，南葵可惜的是没有在国君昏睡的那段时间取得他的血液，明明有那么好的机会，恐怕今后都不会再有第二次了。

究竟是为何没有下手？

也许……是她期盼着他的心存一丝身为明君的良知？抑或是她自己不愿相信他是炼制婴灵的幕后元凶？还是说，她担心在看到国君的过往记忆后会产生动摇？

会动摇什么？她怕动摇的是什么？这一次，南葵竟感到了迷惘，对国君，对和平，对繁华，包括对她自己。

众生皆苦，凡人最甚。善与恶，从来都没有绝对。善者会作恶，恶人也有善举，然而，她纵是不知三界之中，是否真的存在纯粹的恶，与至诚的善。

秋深露重，夜色沉谧，忽然下起了雨。在临近围场的一片山林中，南葵不得不放慢了速度，以免泥地湿滑，马蹄倾覆。

雨下得不小，树林里有落单的幼鹿一闪而过，也有群鸟站在树杈上抱团取暖。

马驹奔驰，一路平稳，本应拐向北头，可南葵忽然把马一勒，硬生生地停了下来。

大颗大颗的雨珠从南葵的脸颊上流淌而下，她微微眯起眼，透过雨幕看到了不远处的一株老树下，有个女子的身影在破败的亭中烧着纸钱。那亭虽已残破漏雨，却足够遮蔽她的身躯不受冷雨拍打。且纸钱在火堆里燃烧发出

的红光格外刺眼。所幸此处极为偏僻，才不易被旁人察觉。

那女子穿着一身白色素纱衣，乌黑鬓发上插着一支淡雅的青玉簪子，身旁焚着香，还有些许供品。她的裙摆上已经溅到了污水泥浆，可她却全然不顾，仍旧念念有词地将手中的纸钱扔进火堆里。

南葵嗅了嗅空气中的味道，是那股奇异的香灰气味。

而当那女子缓缓抬起头时，南葵看清了她的面容，不由自主地深吸了一口气。果真是虞北棠，真没想到，她会在这样的大雨中来祭拜，且在她喃喃自语的空隙中，有晶莹的泪珠从她的眼中滑落。

南葵腰间的回廊弯刀因此而闪烁出一丝金光，那光化作一道利刃，飞进雨帘之中，刹那间便将虞北棠的那滴泪带回了南葵的刀尖上。

大雨倾盆，除了雨声，滚滚红尘在此刻显得格外沉寂。南葵探出手指，轻轻地触碰凝固在刀尖上的那滴泪，有关虞北棠的过往云烟随之扑面而来。

这段记忆从虞北棠的及笄之岁起始，南葵透过朦胧与氤氲看到她的过去。那一年，她只有十五岁，是娇花一般的年岁。

在那样的年纪里，她遇见了父亲的副将。那是位近来刚刚晋升的少年将军，年方十八，有着清秀的眉眼，全军唯他一人喜穿素白披风，且身手非凡，作战骁勇，多年的血腥杀伐也未曾将白色披风染上半抹猩红，由此得来"千军万马避白袍"的赫赫威名，属下们都尊敬地称他为白袍副将。到了最后，演变成了白副将，尽管他不姓白。

虞北棠虽出身武将之家，却对战争与刀枪充满了憎恶。她认定兵器只会夺人性命，百姓不想看见鲜血，也不想看见疾病，他们需要的是温饱与和平。所以，当其他同龄的姑娘们学着刺鸳鸯、绣桃花的时候，她总是偷偷跟随家中的管家学医采药，并在私下里称管家为"师父"。只有她一人知道，管家在来到虞家做工之前，曾是游历民间数十载的赤脚医者。

可父亲虞陶极为反对她行医救人、抛头露面，焰国本就男多女少，姑娘家是十分金贵的，嫁入一个权贵人家做妻才能巩固虞家在朝中的地位。且名声与贞洁才是一个女子最为重要的东西，自是不可做任何出格之举，以免惹来闲言碎语，坏了虞家的盛名。

可偏偏虞北棠性情刚烈，自是不愿受此教条的束缚。但又怕给父亲惹上麻烦，她便只好女扮男装，尾随父亲混入军营，与之一同出征。

是在巡视焰国边境的时候，她第一次与白副将相见。原本，他只当她是军医的小学徒，见她面容姣好、身形瘦小，便情不自禁地格外照顾她。而虞北棠本身也是极为厌恶武将的，她不似自家妹妹性情娇柔，与父亲关系极好，她恰恰相反，总是惯于同父亲对着干，更是多次表明自己看不惯父亲的打打杀杀。所以起初，她对白副将表现得十分冷淡，偶尔也会出言不逊。白副将几次都吃了钉子，惹得旁头士兵笑话起白副将总被一个小医徒训斥。

由于此番驻扎只是为了提防他国难民偷入焰国，一群将士便也都极为放松，趁着虞陶外巡的空当，几位将领拉来一匹骏马送给白副将，算作后补的晋升礼。

那马的性子烈，白副将三番五次都无法驯服它，最后一次更是直接被从马背上摔了下去。好在只是手腕处破了点儿皮，恰好途经此处的虞北棠见他对伤势不以为意，直道他是莽夫之勇，催着他去一旁，来给他包扎。

二人在溪边树下独处，虞北棠认真谨慎地为他清理伤口，他却满不在乎地笑着道："我堂堂白袍副将又不是个姑娘家，哪需要因为这么点儿皮肉伤便包起纱布？倒怕让士兵看见，会笑话我。"

虞北棠哼了哼，故意加重手劲儿道："听副将这话，可是在瞧不起姑娘家个个都是柔弱女流了？"

白副将有点儿吃痛地皱眉，但唇边笑意并无褪去，只轻巧道："如若姑娘们不是柔柔弱弱的，又怎能体现我等男子的用处呢？只可惜我还未娶妻，也没个姑娘来要我去护她周全。"

她忍不住笑起来，有点儿轻蔑他的意味："原来赫赫威名的白袍副将都没有姑娘喜欢啊？你平日里对士兵们摆出的冷峻眉目倒是自在舒坦，难不成见了姑娘便要手足无措了？"

白副将也不恼，反而是耍起了嘴皮子，盯着虞北棠低声道："若是有个姑娘长得像你这样秀丽柔美的，我只管娶了她便是，还哪里会管她喜不喜欢我，我喜欢她就行，且我发誓只娶她一人，绝不纳妾纳小。便要只和她恩爱白头，将她供作珍宝。说起来，你家中可有姐妹？可都长得像你这样好看？"

虞北棠被这话羞红了脸，瞪着他道："我，我怎就秀丽柔美了，我比你们这些粗野莽夫更有男子气概！而且我就算有姐妹，你也休想！"说罢，她用力系好绷带，起身背着药箱走掉了。

那背影在夕阳下显得气鼓鼓的，令白副将感到头疼地搔了搔鼻子，不禁喃声自语道："我总不会有断袖之癖才是……"

孟婆传奇之南葵篇 MENGPO CHUANQI

　　这担心倒也是多余，待到秋天，凯旋的白副将与其他将领被虞陶邀请到府上赴宴。一众十几人恭候在虞府的堂内，虞陶携妻女出现，白副将恭敬问安，唯独看到虞北棠时，他先是匆匆一眼，而后一眼便成了两眼，对上的正是一张似曾相识的脸。那日，她眼中含笑，略带顽皮的模样，肤白如瓷，双鬟流云，身着藕荷色的长裙，腰间系着金色的芍药花带，俏丽中透露着华贵气韵，令白副将看呆了眼。

　　她倒趁着无人注意时，笑嘻嘻地走到他面前，悄悄耳语一句："白副将，今日为何心不在焉的？你该不是忘了当日许下的承诺了吧？"

　　堂堂白袍副将意识到自己爱上虞大将军的长女虞北棠，就是在那样的一个瞬间。但这件事也值得庆幸，起码他明白了自己并不喜好男色。只不过，求亲路上有阶级的鸿沟，自是不免坎坷。她是虞大将军的长女，而他只是虞家军麾下的一名副将，俸禄宅邸自愧不如倒是次要，最要紧的是如若过早表明心迹，只怕会被虞陶派去前线。

　　总之，白副将很苦恼，但虞北棠却觉得他是一个难得的正人君子。起初，她的确认为他是个有勇无谋的莽夫，常年在沙场上出生入死，拼的是刀光剑影，又怎会识得几个大字？偏生他文武双全，素白的披风向来一尘不染，连同眉眼身形都要比那群粗野将领清秀几分。更何况，他从不会在女子的温柔乡中流连，若寻不到心爱女子，他定有孤老终生的决心。这般月白战袍、汗血宝马，他到底是个姿容耀眼的英雄，又有哪个女子能逃得过他一双杏眼的注视？

　　虞北棠又是个正值芳华的妙龄少女，正所谓"有女怀春，吉士诱之"，他虽有苦恼，却仍旧停不下对她的爱意。如此一来，倒也是桩两情相悦的美事。可惜要移步地下进行，二人皆怕被虞陶知情，毕竟眼下未到公开的时机，谁也猜不透虞陶心中在想些什么，弄巧成拙绝非他们心中所愿。她便也只得继续隐瞒着身份，也瞒着父亲，屡次女扮男装混入军营，为的是更为靠近他，也为多救一个负伤的士兵。

第十八节

那一年，正值焰军首次攻打弥国时的酷暑。

此番入侵是偷袭，弥国人没有丝毫准备，焰军只用了一个晚上，便占领了弥国的外城。外城名叫沧河，是当时弥国人口最多、面积最大的城池。而沧河一战，守城的八千弥兵全军覆没，数十位将领力战而亡，由于尸首堆积成山，又来不及处理，很快便在城中爆发了霍乱疫病。

短短十日内，沧河城内的百姓接连染病而死，一户人家八口死七口视为寻常，唯独剩下一个幼童，也只能同那已经开始生蛆的尸体共同度日。

战后的沧河城已是一片人间炼狱，被焰军屠杀的无辜百姓暴尸街头，群蝇围绕在尸山上边嗡嗡作响；而被追杀的妇孺们不知身上已染了病，慌乱中跳崖入河，溺死之后污了水源，民众喝了水，自是接连发病。由此一来，粮食与水便成了稀缺物资。城内苟延残喘的商人们将米面卖出了天价，连一碗脏水都贵得出奇，却还是会遭到疯抢。

末世穷途，战乱无情，那些不知还能活几天的商贾们却在心安理得地赚着染血的钱。尚且健康的妇女被焰军统统抓住关了起来，就像圈养了一群牲口。若是有谁家男子敢来偷偷寻自己的妻子，想都不用想，肯定要被发现他们的焰军活活打死，再把尸体挂在城门上头，排列成行，杀一儆百。

太多太多的残酷之事在这里上演，每日无休无止。日月明明都可更替，可这杀戮与疫病，仿佛永远都看不见尽头。

目睹了这些的虞北棠自是心中绝望悲怆，可她又无奈于自己眼下的身份。在不知情的旁人眼中，她不过是一个冒充男子混入焰军军营的小医徒，又该如何去劝阻父亲莫要斩尽杀绝？即便她敢以真实身份去请求父亲，铁血冷酷的虞大将军又怎会将她的劝诫放在眼里呢？

她唯一能做的，只有整日忧心忡忡地奔走于病患百姓之中，企图以自己

的力量去拯救他们的性命。哪怕，他们是敌国的子民。

"你不能再冒险去接近病人了。"那日夜晚，远离军营的山脚下，白副将同她秘密幽会之时，终是不得已地阻拦她道，"我虽清楚你是医者仁心，可疫病传染速度极快，你整日同那些染了病的弥人接触，实在是过于危险。"

虞北棠闻言，叹息道："连你也觉得弥人死不足惜吗？哪怕是无辜的三岁孩童？哪怕……是被当成奴隶一样供焰军士兵们取乐的良家妇女？"

白副将轻蹙起眉，无奈道："你知道我不是那个意思，我只是担心你。"

她却郁郁寡欢道："真不知这战争还要持续到什么时候，我听士兵们说，父亲明日要带兵去攻打内城，你也要一同去吗？"

白副将点了点头："这是自然。我身为副将，在战事上必要与将军同进同退。不过，你且放心，将军自有分寸，明日内城一战，将是弥国的终局，待到战后回到焰国，我便会去向将军表明心意。"说到动情处，他握起她的手，"北棠，我今生来世都是不会负你的，我信你也与我一样。"

虞北棠望着他一身白衣，皎然出尘，是她在对这场可悲战争感到迷惘时的唯一安慰。这一次，她微微笑了，也紧紧地握住他的手，凝视着他说："只要你我心系一处，便没有人能够把我们拆散。"

那个时候的他们，尚且不知，不远处的虞陶已将一切尽收眼底。他骑在黑马之上，抬起左臂，一只雄鹰扑腾着翅膀落在他的肩上。他从鹰爪上取下了写有军情的信件，展开来细看，眼神便更为黯了下去。

上头写着帝师辜峤的谏言，劝诫虞陶明日带兵撤回焰国。可虞陶却将那信撕成了碎片，扬手随风而去。他笑辜峤是见不得他功高，竟说得出要他撤兵的蠢话。眼下正是一举攻下弥国的好势头，没人会在这乘胜之时听信什么"穷寇莫追"的无稽之谈。

"百无一用是书生。"虞陶讽刺一句，转身离去的时候，一袭夜风穿过，吹散了他铠甲上的血腥之气。

像是察觉到了蛛丝马迹，这边的虞北棠心慌意乱地看向了虞陶消失的方向。

她不安地蹙起了眉，因风中熟悉的气息令她深信，方才……一定是虞陶来过此处。

倘若他早已得知一切……思及此，虞北棠的心中竟生起了难言的惧怕，且那时的她仍旧不知，明日于她而言，将会是怎样的肝肠寸断。

阴沉沉的天，电闪雷鸣，胯下战马被逆袭而来的狂风碎石击得嘶鸣不断，白副将正跟随在虞陶的身后迎风而行，可身后不断传来士兵跌落悬崖的惨叫声。他回头去看，却被风沙迷眼，根本看不清来时的路了。

　　说来也是晦气，今日在前往内城的路上就遭遇暴雨，现在雨势越来越大，距离内城还有过半的路程，道路又极其崎岖蜿蜒，连马都难以攀登，难道真要让将士们在杀敌的路上就全军覆没吗？

　　"将军！"白副将终是忍无可忍地请命道，"恕属下斗胆相劝，今日怕是不宜出战，还请将军下令撤退！"

　　伏在马背上的虞陶听闻"撤退"二字后仰望天际，乌云密布，闷雷乍响，狂风卷起，暴雨滂沱，他蹙了蹙眉，厉声令道："前进！内城就在眼前，怎可撤退？全速前进！"

　　白副将只得听命，心中的惧怕却越发深重。他情不自禁地想着，为何外城通向内城的这段路上竟无半个弥兵？虽说突破外城时弥人毫不知情，以至于在没有准备的境况下丧失了数千兵马，可在焰军占领外城的那段时间里，弥军足以在内城之中整装待发，即便弥国兵力与焰国相比无异于是以卵击石，但，焰军在明处，弥军在暗处……

　　很快地，他的思绪被战马的哀鸣声打断，马蹄踢到了崖上的路障，几欲翻滚落崖，白副将不得不勒住马，但他的爱马受惊过度，已是不听控制。为避免被惊马甩下去，白副将只好翻身下马，谁知脚下一顿，竟踩到了一具躯体。

　　白副将惊觉不妙，猛然低头去看，那躺在地上装死的弥人当即睁开双眼，歇斯底里地大吼一声跳起身来，并将手中的泥块按在了白副将的身上。

　　仿佛一石激起千层浪，地上爬起了数不清的弥人，他们似早已埋伏在此，只为等待此刻视死如归的绝地反击。

　　糟了！虞陶终于意识到情况不妙，可早已来不及带兵撤退，只能眼睁睁地看着那群如厉鬼一般的弥人视死如归地扑向他的士兵。如若不是他反应极快、率先策马跃去了半山腰，只怕也会被弥人死死抓住，同归于尽地共坠悬崖。

　　雨势渐小，一场堪比修罗场的厮杀告一段落，悬崖石路上的弥人们已所剩无几，他们只能以生命来阻拦虞军入侵内城，且以一命抵一命的孤绝，换走了焰军数百人性命。

那悬崖下是万丈深渊，坠入其中，定是粉身碎骨。

而待到一切结束，虞陶与残存的士兵纷纷翻下了马背，他看见不远处有件白袍格外显眼，走近一看，才发现那白袍上头染了血。

白副将的死，倒是得了个全尸，也是唯一一个没有被弥人拉下悬崖的焰军将士。他是中毒死的，最初那个弥人将肮脏的泥土抹在他身上的时候，毒素渗入了脖颈。那是弥国盛名的剧毒，叫"美人脱衣"。这种毒散布于岭南蛮荒之地，唯弥国独有。一旦接触人体肌肤，便会通过体温令毒性发作，瞬间侵蚀五脏六腑。若用毒较多，不出半炷香的工夫，中毒者就会在痛苦中毙命。

虞陶望着满脸血污的副将，看到他死不瞑目，不禁面色沉重。可他也深知不能将这具尸体带回营中，一旦被士兵们得知白副将是死于毒杀，那中了弥人埋伏的事情便会被公之于众。虞陶又怎会容忍自己出现如此战略上的失误？又怎能容忍被早就劝诫过他退兵的帝师当成笑柄？

他在思量半晌后，终于做出了一个残酷的决定，他命余下的士兵将炸药全部搬运出来，堆成一座矮矮的小山，在淅淅沥沥的小雨中，士兵们点燃了炸药的引线。

虞陶这才率兵返回军营，而在刚刚回到山脚下的刹那，悬崖上便传来了爆炸的巨响。通向内城的那段山路被炸毁了，连同白副将的尸体，一同化作了灰烬。

他将白副将的死掩埋在了废墟之中，无论是毒杀，抑或是中伏，都将在火光之中灰飞烟灭。

断去通向内城的山路，身在内城中的弥人将会被切断水源，他们会因饥渴而慢慢死去，哪怕是重修那段路，也要耗费大量的人力与物资。弥国，已然气数将尽，只待他择日带兵来袭。

而这一战之后，他虞陶，依旧是万人之上的焰国将军。他不过是失去了一位年少有为的副将而已，比起为副将痛心，他反而有些担心在得知此事后长女的心情。尽管，也只是转瞬即逝的忧虑。

那晚的风格外彻骨，凉而寒，潮而湿，军营里的篝火都被吹灭了好几堆，等候虞陶与众将士凯旋的属下们正团团围坐在各自的火堆前。而虞北棠始终心神不宁地在军营大门外来回踱步，她想着若是逗留于此的话，便能第一眼看到父亲与白副将回来时的队伍。哪怕暴雨刚停，哪怕夜深风硬，她被冻透了身子也不肯回到里头去等。

只是，生在帝王将相家，本身就是一件可悲可叹的事。她从很小的时候就明白自己有着许多无法随心掌控的事情，甚至连真正的喜怒哀乐都不能够表现出来。她的父亲是一位武将，更是一位前朝遗民，然而他却放弃了曾经无比强烈的复国意愿，并心甘情愿地做了一个名为焰的国家的刽子手。

他杀了许多人：敌国人，本国人，男人，女人，孩童，老者，一切他认为该杀的人。

她从不认为父亲所做的事情是正确的，但他是她的父亲，她必须强迫自己去尊重他、认可他。但唯有这件事，真正地将她击垮了。

当残月缓缓爬上天际，虞陶带领残余的士兵们遥遥归来时，她是第一个看见他们的人，便忍不住向前跑了几步，直到虞陶发现了她，也认出了她。

她站在虞陶的马前，她的父亲因此而勒住了马。其余的士兵却兴高采烈地朝军营奔去，他们迫不及待地要与同伴们描绘火药炸断悬崖山路时的震撼，也要炫耀打了胜仗，哪怕死去了很多人，可毁了去往内城的路，便是莫大的胜利。

唯有她一言不发地凝视着马上的父亲，因为，她没有看见白副将的身影。

他没回来。

白副将，没回来。

眼泪顺着她的脸颊淌下，她甚至不为父亲生还而感到喜悦，明明是这样好看的女子，眼神却因恨意而泛起了杀气。可她只有一双行医救人的手，她没有武器，也不会用剑，只能死死地盯着虞陶，就好像他从没给予过她养育之恩一般。她恨他。

她恨到咬牙切齿地质问他："为什么偏偏是他死了？为什么死的人不是你？怎么偏偏就是他？"

虞陶猛然间皱眉，并非不满她的怨恨，而是他看到自己的长女忽然捂住了胸口，他赶忙翻身下马去扶她，她却憎恶地甩开他的手，刹那间，一口鲜血从口中喷出，她眼前一片漆黑，接着，如同魂飞魄散一般地倒了下去。

虞陶冲上前去抱住女儿，才发觉她是这样轻，轻到撑不起这一身医徒的行装，轻到好像再没了血肉。

虞北棠的确死了，那个曾发誓与白副将永不分离的虞北棠，彻彻底底地

死在了那一夜。而后的她，再也不会去冒充医徒行医救人，再也不会相信善能抵恶，再也不会对虞陶露出笑容了。

她自认足够了解她的父亲，知道白副将的死与他脱不了干系。她更憎恨虞陶什么都不解释，仿佛白副将的死对他而言，根本不值一提。

打那之后，虞北棠只整日静坐在深闺之中绣花刺凤，不愿与旁人交谈，连对素来亲近的妹妹也是冷漠相待。

她怨气极重，打从内心深处厌恶着战争，以及那位借由战争而得到辉煌荣耀的父亲。以至于在很多年后，她才会在送给帝师辜峤的寒玉棋上面下了毒。

当年白副将的死，已在她心中种下了仇恨的幼苗，她以怨去灌溉，幼苗逐渐长成了参天巨树，几乎可遮天蔽日。

她企图使辜峤与父亲反目成仇，更希望帝师能够阻止她父亲的决定，她不过是想要阻止战争。

然而，终究是弄巧成拙。

她使用的毒量明明足够谨小慎微，绝不会伤及辜峤性命。且她之所以选择这种热毒，无非是想要引起辜峤的注意，进而查出父亲当年隐藏的白副将的真正死因，还白副将一个清清白白的交代。同时，也希望借此来打压父亲的气焰，削减他那日渐膨胀的野心。

可是万万没有想到的是，这一切竟全都失控了。那毒几乎害得辜峤丧命，又平白无故地连累了姬姓商贾。更有甚者，此举竟为父亲攻打弥国找到了再合适不过的借口。如若不是辜峤中毒，朝廷便不会去查那毒的来源；查出之后，更是促使虞陶向国君请命出征弥国。父亲的此番做法，在表面上是要为辜峤讨回一个公道，实则是不分青红皂白地想要剿灭弥国。借刀杀人，实在狠毒。

只是，父亲为何会对弥国如此耿耿于怀？

她知道，弥国一天不灭，父亲便一天不痛快。只怕，当年白副将的死会牵扯出他的秘密。而父亲不为人知也不愿为人知的秘密，又会是什么呢？

"可不管是什么原因，都不该拿你的命来做他的挡箭牌。即便他是我的父亲，我也无法原谅他。"此时此刻，在一片雨幕之中，虞北棠继续烧着手中的纸钱，袅袅升起的薄烟混着雨水，自是形成一片苍凉的迷雾，她漆黑的眼睛空茫却充满执念，紧紧盯着火光，喃喃自语着："今天是你的忌日，已经过去这么久了，我也再不是当年的青葱少女，可你，永世都将是白袍少将。多可惜啊，你在十八岁便死去了，竟连我现在这副沧桑的模样都见不到。真是太遗憾了。"话到此处，她自嘲般地哭哭笑笑，是因无法阻止战乱而悲，更是因无法为心上人昭雪而恨。

南葵仍旧在不远处凝望着这一切，那滴泪带来的梦境已然散尽，眼下回归了现实，她心中不禁怜悯起虞北棠来，竟私心觉得，不如令这可怜的宠妃永远活在白副将尚且还在人世的梦境里。

想来女扮男装冒充小医徒的那些年里，这位看似金枝玉叶的娘娘已然见过太多鲜血，她的内心并非如她外表那样华光璀璨，她不过是卑微地渴望并祈求着战乱终止，世间再无民不聊生，然而她却始终束手无策。

诚然，她痛恨战争，当真是恨绝了那些所谓的血债血偿与冤冤相报。如果没有那次对弥国的偷袭，白副将或许就不会死，他和她或许还好端端地相守在一起……可偏偏，报应为何要落在他与她二人身上？他们又做错了什么，怎么就要阴阳两隔？

虞北棠一直都没有找到她想要的答案，这些年来，她活得浑浑噩噩，像是一具空有皮囊的行尸走肉。眼下，她仍在对着那烧尽了纸钱的火堆说着重复的话，去年说过，前年说过，自从他死去以来，她几乎每年都诉着相同的话语。

"你不要恨我入宫去做妃嫔。"她的声音很轻很柔，缥缈空旷，就仿佛他还在世那般与他二人耳鬓私语，"其实，原本要被纳入宫中的人是我的妹妹。还记得那日父亲回到家中唤我二人质问，是哪一个随皇亲入宫时赏了花。原来是赏花时遇见了国君，那一眼，得了国君青睐。我自然知道不是自己，那除了我，便只剩下与我长相有八分相似的妹妹了。"

要说这虞北棠与虞北栀二人虽相差四岁有余，可相貌却出奇地相像。一定要说有何不同的话，便是姐姐更为端庄，妹妹则更为秀丽。

可惜妹妹虞北栀自幼孱弱多病，听说是母亲怀她的时候赶上虞北棠调皮，爬树时摔下来，伤了腿，母亲怕长女落下毛病，便整日整夜地亲自为她敷药，一来二去地折腾了三个月，恰好是怀孕的关键期，便是因此，虞北栀在忧思多虑的母体内失了营养，出生之后连哭声都是气若游丝。

虞北棠在长大后得知此事，不免心生愧疚。她最初学习医术，也是为了更好地照顾柔弱的妹妹，不希望妹妹再喝那些极苦的药水。

可作为医者，最不愿意看到的便是病患与杀伐，她女扮男装随军救人，也不过是想要以微薄之力去救助更多需要她这份能力的人。

只可惜，她最想救的男子，却死在了她看不见、触不到的地方。

打从那日开始，她的心也随之一同死了。回到虞府之后，她日哭夜哭，就那样伴随着郁结熬过了两年。妹妹十分心疼她，也曾陪她一同哭诉道："姐姐，既然他已经死了，那就是他的命数，都已经两年过去了，你要好生活你自己才是，要是再这样下去，只怕连你也要性命不保了。"

虞北棠满脸泪痕地望着窗外月色，喃喃道："这可真像是一场梦啊，我竟不知梦是会醒的。只是，我曾以为只要心怀善念，便可战胜世间一切邪恶。战乱是恶，杀戮是恶，鲜血是恶，我始终以善去医人，企图扭转这天下大势，却不承想，到头来，连自己心爱的男子都护不周全，又谈何拯救天下苍生呢？岂不是痴人说梦吗？实在是个笑话，荒谬至极。"

身为妹妹的虞北栀默然垂眼，悲切叹息道："若众生不肯自救，便无人能救。"

虞北棠低下头，望着自己的双手，颤声道："手无寸铁之人，又要如何能自救呢？刀剑无眼，铁马无情，这天下大势的确非我一个女子能够左右，人心叵测，善恶难分，即便是生身父母，也不知他们心中所想。"

提及父亲，虞北栀欲言又止，终究还是无法为父亲做任何辩解。

"我以为，父亲虽杀伐无数，却仍心存善念与良知，可如今看来，也是我一厢情愿的空想罢了。"虞北棠幽幽道："他是知道我与白副将的事情的，更是早就知道了我女扮男装混入他军营的事实。一切都瞒不过他的眼睛，可他从没有拆穿过，大抵是觉得我与白副将之间的情意只是游戏，他根本没有放在眼里。反正日后，你我都将是他手中的棋子，是他妄想掌控天下的工具，既是工具，又怎配去爱自己想爱的男子呢？然而，我的心上人已经尸骨无存，日后，我又要如何挺过去呢？就算你和你心爱的人无法长相厮守，但最起码，他还活着，你还能够见到他，心中也还能存有一个念想。"

听闻此言，虞北栀震惊地抬起眼，像是在问她怎么会知道。

虞北棠却苦笑着对她说："我是你姐姐，又怎会不知你的心思？父亲尚且不知，你又如何能瞒过我呢？你我是姐妹，又皆是女子，便不必互相为难，我知道你的苦衷。没错，我是不愿你步上我的后尘。妹妹，死，其实不难，一了百了的事情，比什么都简单，偏生活在一个失了爱人的世上，才是最为煎熬的。倘若要你也和我一样生不如死，我还活着做什么呢？我便要把希望留给你，至少，你还有一线生机，而我是早已没有了。"

虞北栀忽然察觉到她接下来要说的事情，当即摇头拒绝，虞北棠却心意已决，泪眼里漾出一个淡淡的笑，她说："我会替你入宫。"

虞北栀的心中"咯噔"一声。

紧接着，虞北棠的泪水流淌下来，她探手去握妹妹的手，哽咽着说："那日，你赏花时遇见国君，他对你一见倾心，才会要父亲送你入宫。可父亲也不知是你同国君相遇，他还在等我们去给他一个满意的答复。其实这对他而言，是你或是我，都不重要，他并不在意国君看上的是谁，重要的是，他的女儿会成为后宫的妃嫔，他手上的筹码又多了一枚。好在，你我二人相貌难辨，虽不是双生，却也格外神似。所以，我不会牺牲你的幸福。我已是失了心的人，便要成全你的今后，只要有一线希望，我都要留给你。你的归宿，只有你想要嫁的人才是。"

虞北栀已是泣不成声，她紧紧地握住虞北棠的手，泪如雨下。

"谁人不想得位永世不渝的爱人呢？谁人，会真正地去爱一个妻妾成群、后宫三千的君主呢？"虞北棠痴痴道，"帝王将相家的女儿，若不能与心爱的人喜结连理，那便嫁谁都一样了。可是北栀，你不一样，我把希望留给了你，你便不会同我一样。"

只一人牺牲，便可成全另外两人，乃至整个家族，自是一桩划算的美事了。

那晚过去不久，虞北棠便接下国君的旨意入宫为妃。据说她出嫁时极其风光，毕竟是国君钦点入宫的妃嫔，又是虞陶大将军的长女，自然是得到了极高的礼遇。而在宫中不久，她便得了宠，很快就晋升为国君身畔的宠妃。由于她素来喜欢穿白色华服，国君便赐她一个皓字，也是她自己从众多名号中选出来的。

奴婢们私下里称她是宠妃娘娘，国君则习以为常地叫她阿皓。

有时午夜梦回时，她也会呢喃着"阿皓，阿皓"。国君从不在意，虽会笑她奇怪，但也只觉她是在梦里呼唤自己罢了。

只是，那个字，是白袍的皓。

白袍不姓白，复姓夏侯，单名为皓。

而从此，她可光明正大地冠以他的名字，就算父亲多次听闻国君唤她此

名，也是不敢有任何质疑。他自是深知她的意图，却又不能戳破。想来父女反目成仇，也不过是一夜之间的光景，彼此心中都对破裂的关系心知肚明，可谁也不愿率先去谅解对方，更没打算要去弥合那血淋淋的伤口。这般皮开肉绽的较量，竟是来自女儿对于生父，真不知是何等可悲的怨孽。

雨渐渐小了，南葵将虞北棠流淌下的眼泪，都借由回廊弯刀收集了起来。

她静默地将那些晶莹、悲伤的泪珠封在刀刃上，看着它们汇聚在一处，形成了一层薄薄的水雾。而此时的她，也不想再打扰虞北棠祭奠她的心上人，于是，她骑着马离开，朝围场的方向缓缓而行。

雨后的山林格外静谧，泥土气息浓郁，混杂着野花的芳香，一人一马走在其中，竟有一丝莫名的哀伤。南葵回想着虞北棠记忆中出现的无奈与迷惘，一如她曾经的复杂心绪。

她们都一样恨着战争，憎着杀戮。

可纵然这乱世凄凉无道，就连和平都如同海市蜃楼般飘忽不定，但既已选择了何种道路，无论其坎坷、艰难或崎岖，都必要有始有终地走到尽头。

想必，即便是万人之上的国君，也有他心中不被世人理解的坚守。

也许，每个人眼中所看到的红尘景象都是不同的。虞陶眼中的国君是带他脱离泥沼的救世主，而虞北棠眼中的国君……

思及此，南葵探出手，轻轻地触碰刀刃上的那一层水雾。

透过水雾，将会从虞北棠的记忆中看到有关国君的过往。

第十九节

　　无论是王公贵戚还是草莽英雄，若想登基称帝，必要承受常人所不能忍，行常人做不得之事。帝雄英勇有谋，才能盖世，东征西讨，血流成河，最终才能开疆拓土、建立帝国。

　　国君可享受他的战果，锦衣玉食、金银珠宝、酒池肉林、美色奢靡，哪怕被他器重的臣子们仍旧会在私下里议论他的骄奢荒淫、被他选入后宫的妃嫔们争风吃醋、被他赋予生命的皇嗣们尔虞我诈，这些都不足以令他停下追求心中欲望的步伐。

　　而那偌大皇宫之中，也仿佛每一个人都没有真心。

　　虞北棠当日身着嫁衣走进皇宫时，便是那样的感受。

　　记忆深处的那一天没有日光，蒙蒙白雾将砖红色的宫墙渲染出一股阴寒之气，坐在宫车内的虞北棠轻撩车帘，望着冗长得仿若没有尽头的长宫之路心生不安。

　　这里明明是皇宫内院，是天底下女子们能够进入的最高贵的地方。可她越发接近后宫，却越发迷惘。随着宫车的轻微颠簸，她一颗心悬在清冽的微风之中，周遭静得听不见丝毫杂音，竟不知自己究竟是要去往何处了。

　　只见那高大的宫墙巍峨壮丽，久经历代血与阴谋的磨砺，散发着一股登峰造极的凌厉气息。匆匆而过的侍女们衣香鬓影，又值桂花婆娑、芳香如云之际，阴郁的氛围里布满腐烂氤氲，宛如身临早已枯败的仙境而不自知。

　　那日，她在婢女们的伺候下净身、沐浴、更衣，必要确保她是干净的、纯洁的，又为她换上白色单衣，只在腰间系了一条朱色腰带，松垮垮的长衫却奇妙地勾勒出了她纤细的腰肢，婢女们赞叹她腰细如灵蛇，宛若惊鸿，又似游龙，肌肤白得像粉扑一样，软得柔情蜜意的，必然会令陛下日夜钟情。

　　赤裸的话语令她感到羞愤，可在一望无际的皇宫之中，眼下的她也只能

任人鱼肉。

待夕阳落下了山，夜色攀上了树梢，积压许久的大雨滂沱而下。

婢女侍从们手中的伞被暴雨打得湿漉漉的，他们生怕雨水浇在虞北棠身上，极为谨慎地将她送进了国君的寝宫。

宫墙里的琉璃灯被狂风打灭，内罩都刮破了，电闪雷鸣吓坏了去关窗的守夜侍女，连花枝都被狂风压得折了腰。

殿内空旷昏暗，只有两侧烛光微弱，婢女们皆已退下，虞北棠一人孤立在大殿中央。只见一缕袅袅烟雾从前方的白色帐幔中飘飘而出，闻起来，竟也令这雨夜染上了一抹心醉之情。

她犹疑地向前走去，隔着床幔，望见里头有一抹倩影坐起身来，光洁的后背映入她眼里，又听到娇羞的轻呼。虞北棠猛然低下头，心中又惊又羞，正欲转身，床幔中另一个挺拔的身影撩开了纱幔，他披上了床畔的一件素袍，站起身来走向了她。

虞北棠不敢抬头，只觉他越走越近。她心跳如鼓，不禁屏住了呼吸。

那身影停在她面前，遮住了她眼前的光亮，她听见他冷声问道："见了寡人，为何不行礼跪拜？"

虞北棠并未立即照做，她只是努力冷静下来，平复心绪道："我……怕惊扰了陛下。"

他一把捏起她的下巴，逼迫她与他对视，如炬一般锐利的眼神扫过她的容颜。他的脸上看不出喜怒，虞北棠只见他面容的轮廓如斧削，略显沧桑，却不失俊美，想他年少之时也是一副美玉姿容。

"你在寡人面前，怎敢以'我'相称？"

虞北棠心里怦怦急跳，惴惴不安中竟脱口而出："陛下并没有三头六臂，我为何会不敢呢？"

他凝立不语，忽而淡淡一笑："你要比那日赏花之时勇敢多了。"

虞北棠本担心他会识出破绽，竟未承想他当真没有看穿她并非那日赏花之人。正松了一口气，她突然被他拦腰抱起。虞北棠心惊胆战地被他抱着走向床幔，听见他对罗帏里头的人令道："滚出去。"

那女子慌慌张张地穿戴好了衣衫，然后跌跌撞撞地下了床，又对国君恭敬地跪拜，继而才默默地退出了大殿。

虞北棠心中也是惶恐不安，整个人被他粗鲁地扔进帷幔里，满床的暗香氤氲，令虞北棠一时间慌乱无措，满身是汗。

"寡人赐你封号，从今夜起，你便是四等侍嫔，封号林。"他的语调不容置疑，可眼里却没有任何光亮。

也许旁人都会受宠若惊地跪谢这等荣耀的恩典，毕竟还未侍寝便已得此高位，实乃破例而行。然而对于虞北棠来说，再高的位阶也不过是一杯馊了的老酒入腹，品不出丝毫醇香，只剩辛辣与愁苦。

她的册封礼很快便举行了，短短月余之内，便又升为妃位，除却得了封号，又被国君亲赐名字，她一时之间成了盛宠的林妃阿皓，是皇宫内所有奴仆们抢着巴结的林妃。

国君喜欢去她的住处，他说她就算什么都不做，只站在那里让他看着，都是件令他欣慰的事。

"你的面部轮廓，最为相似。"他的手总会触碰她的眉心、她的眼睫、她的脸颊，且说着一些她听不懂的呓语。

然而，在他坐拥三千佳丽的偌大后宫之中，她只是盛宠，而非独宠，他也会在兴起之时去往其他妃嫔的温柔乡中。

想来后宫的美人多不胜数，皆是柔情似水的温香软玉，她们的绣帕上刺着同床共榻的鸳鸯，全身上下都摇曳着惑人魂魄的香，国君给她们绫罗珠宝、众多仆从，为此，妃嫔们更加热衷于在他的面前争相斗艳，时而场面荒淫，时而酒池肉林。

她们就像是他把玩在手中的玉珠子，一颗又一颗，琳琅满目地堆积成胭脂红粉的高殿，殿内皆是琳琅玉石、金块珠砾、朝歌夜弦……

在虞北棠眼中，这一切都是靡靡之音，是无数血泪换来的海市蜃楼。她厌恶这不知乱世愁苦与百姓悲忧的富丽皇宫，更觉得自己是被关在鸟笼里供国君一人取乐的金丝雀，她存在的唯一价值，仿佛只剩下"宠妃娘娘"这四个字。

可是，后宫中的万千女子，又有谁会在意高墙之外的天地是怎样一番景象？

战场上的士兵们在为国家征伐厮杀，残垣断壁的修罗场上铺满身首分离的尸体，铠甲上爬满了虱虫，年少的死者暴露野地无人收埋，无家可归的百姓衣衫褴褛，孤童饥饿难捱、朝不保夕，马车上挂满了男人的头颅，马车后绑满了抓获的妇女……

"猎野围城邑，所向悉破亡。斩截无孑遗，尸骸相撑拒。"

当时的她不自觉地呢喃出此话，身旁的国君竟略有惊色，一把抓住她的手腕问道："你方才念了什么？"

她自是畏惧国君，并不敢坦诚相告，只急忙求饶道："臣妾是一时糊涂，想到多年来的战乱，心中略有感慨，才情不自禁，还请陛下恕罪。"

国君毫无责怪她的意思，反而是叹道："阿皓何罪之有呢？不过是寡人在许多年前也曾听见过这首诗罢了，如今从你口中念出，自是令寡人更加怜惜于你了。"

果然如国君所说，自那之后，他对她似乎更为上心，像是觉得她与别的妃嫔不同似的。可尽管如此，虞北棠仍旧不敢有丝毫僭越之举，她始终觉得国君对她是宠，而非爱。既不是爱，便容不得放肆。

她是这般明白事理、明哲保身，可旁人却不似她这般聪慧了。

犹记得那日夜已深，国君已在书房里批阅奏折整日，念及虞北棠宫中的药香茶，便命人要虞北棠送茶来。

虞北棠得了令，便乖乖地携侍女带茶去他殿内书房外头，只将茶交给门外的侍卫，自己并不敢去打扰他。

国君是喜怒无常的君王，他从不允许任何人进入他的书房，哪怕她是宠妃，也知不可自讨没趣的道理。他每天都要处理一百斤竹简重量的公务，半分都不能少，天下的大事小情，他都要尽在掌握之中。虞北棠曾透过门缝遥望里头的景象，匆忙中瞥见过一幅巨大的九州疆域图悬挂在书房墙上，图上的红色如血一般连成一条长线，唯有终点才是他野心的尽头。

偏偏在虞北棠正欲离开之际，贵妃胡氏摇曳着婀娜的身段款款而来，见到了虞北棠，她居高临下地抬起了下颚，虞北棠知趣地行礼问安，胡氏并不将她放在眼里，只管带着侍女大摇大摆地朝国君的书房走去。

守在门口的侍卫拦住胡氏，道明陛下不允许任何人进书房，就算是贵妃娘娘也不例外。而胡氏性情向来泼辣，她不管不顾地赏了侍卫两个耳光，然后挑衅般地对虞北棠轻蔑一笑，继而迈着莲花碎步走进了国君的书房。

虞北棠并不以为意，争风吃醋之事断然是不会发生在她身上的。可接下来，她却听到书房里传出胡氏的惨叫声。

只见胡氏和她的侍女狼狈地以跪姿退出了书房，原本精致华贵的鬓发已凌乱四散，脸色苍白，花容失色，正哭哭啼啼着。

而将她逼成此状的，正是手持利剑的国君。

他每多走一步，胡氏的惊惧便多增一分，她不停说道："臣妾知错了，是臣妾莽撞，求陛下饶命……"可国君依旧面不改色，仿佛根本不将往日旧情记挂在心上。

虞北棠目睹着这景象，一时之间哑然惊慌，侍女则是哆哆嗦嗦地抓着她的衣襟，哀求着："娘娘，我们还是快走吧。"

明明知道不该在此处多留，可虞北棠却僵硬地怔在原地，根本挪不动自己的身形，她的眼里满是冷酷可怕的国君与失魂落魄的胡氏，一个高高在上，一个卑微入尘，形成了一副天与地般永难逾越的对比。

"陛下……宽恕臣妾吧……臣妾再也不会犯了，再也不会……"胡氏连滚带爬地向后退着，此时此刻，看国君向她走来的身影就如同是地狱恶鬼。

国君背对着他的书房，里头有光照出来，将他的影子拉得极长，映在墙壁上，似一只尖牙利爪的鬼影。他抬起了手中的利剑，高高举过自己的头顶。

虞北棠不敢再看，猛地将脸别去了一边。

那缩在墙角已无路可退的贵妃发出了撕心裂肺的号叫：那些挣扎、哭泣、嘶吼、哀叫……连同血液喷溅的声音一齐散发着腥重的气味。

半炷香的工夫过去，一切归于沉寂，虞北棠心惊肉跳地慢慢转头，看向那角落。

顷刻间，她瞪圆了双眼。

满身是血的胡氏如烂肉一般倚靠在墙壁上，眼睛一动不动地盯着前方，竟是死不瞑目。而她的侍女同样鲜血遍身，只不过，染在身上的，都是她主子的血。

见过了方才那般景象，她整个人已痴痴傻傻，摊着双手，如断线木偶般颓唐地小声喏喏着："陛下万岁，贵妃娘娘金安，爹、娘，孩儿入宫伺候的是娘娘，是贵妃娘娘……陛下万岁，贵妃娘娘金安，爹、娘……"

虞北棠目不转睛地凝视着眼前的一切，唯独身旁紧抓着她手臂的侍女早已惊得颤如苇草，哭得泣不成声。

国君这时将手中利剑别回腰间，又向侍卫伸出手，侍卫立即恭敬地奉上一块洁白的绢帕。他细细地擦拭着喷溅到手背上的血迹，抬头时看见了虞北棠。

微弱的光线下，虞北棠原本红润的脸色只剩下残月般的白，她看着国君慢慢地走向她，身后的侍女因此而发出惊叫，竟是瞬间跌坐在地。

虞北棠下意识地低头看了一眼侍女，很快，便又抬起视线，望向了站在面前的国君。

他眼中似有愠色，低垂眼睫，凝视着她道："夜里风凉，你送来茶后，便该早些回去歇息才是。"

谁会在刚刚残忍斩杀一位伴于枕侧的妃嫔后，还会这般平静地谈话？就好像什么都没有发生过。于他而言，刚刚死去的，不过是一只微不足道的蛆虫。

虞北棠抿紧了唇角，轻缓地吐息，而后竟鬼使神差地抬起了手，轻轻地拂去了他脸上的那几点血迹。

他略蹙了蹙眉，却也没有责怪她做此行为的意思。

可很快地，虞北棠如梦初醒般地收回了动作，她赶忙躬身道："陛下之令，臣妾自当遵从。"说罢，她唤起地上的侍女，一同离开了这空旷昏暗的大殿。

而虞北棠前脚刚走到外头，后脚便伏在石柱旁干呕不止。侍女哭着拍打她的背，这主仆二人自然都是被吓坏了。

"娘娘，奴婢入宫久，早前曾听闻陛下会杀掉触怒他的妃嫔，之前是莲妃娘娘，据说是耽误了陛下批阅奏折的时间，被陛下一怒之下杀了。"侍女啜泣着擦拭眼泪，声音止不住地哆嗦，"奴婢原本是不信的，可今日亲眼所见，奴婢当真是吓破了胆……陛下真如传闻中一样无情冷血，想来贵妃娘娘陪伴他多年了，不过是贸然进了他的书房，再怎样说，也罪不至死啊……"

虞北棠斥责侍女莫要再说下去了，小心隔墙有耳。

而她自己在此时此刻，又何尝不是潸然泪落呢？

诚然是伴君如伴虎，可她的枕边人，究竟将人命视作何物？在他的眼中，她是否也只是随手便可摧毁的玩物？

思及此，虞北棠不禁为自己日后的命运感到凄惶。

那般令人恐惧的国君，似乎没有心。

抑或是他的心早已被他的欲望与野心所占据，再容不下其他。只是，不知是不是虞北棠多虑，她感到他每每注视她，都像是在透过她的躯体去凝望另一个灵魂。

也许他并非无心无情，而是在那被车轮轧过落叶枯枝的泥路上，曾有携着满身清冷梅香的人出现在他的面前，从此他的心里便载满了无声静夜，与满山盈谷的素白梅花。

一如他总是抬起手去轻抚她的脸颊，像是怕弄伤她那般温柔，唤着她："阿皓，你穿素色衣服时甚美。"

美如林中人，其姓也为林。

虞北棠的记忆逐渐散去了，而弯刀之上，当她的最后一滴泪干涸时，突然涌现出大量破碎的片段，鲜血、哭喊、残肢，还有一个跪在尸体前的少年号啕崩溃……南葵因此痛苦地捂住了头，像是承受不住回廊弯刀带她看到的血腥画面。

待到泪水全部蒸发，回廊弯刀的颜色也从金色褪回到原本的铁灰色，南葵这才舒出一口气。她困惑地抚着回廊的刀身，自言自语道："刚才看到的最后一幕究竟是什么……是有关国君的过去吗？"

只是，为何会看到那样的往昔？南葵猜不透其中究竟，忽而又暗暗想到，那国君心中最为重要的究竟是什么呢？从虞北棠的记忆来看，她自是十分畏惧国君，但也能得知，国君对待她的态度与其他妃嫔相比，的确有所不同。

"他赐给她的封号是个'林'字。"南葵察觉到其中的蛛丝马迹，"难道，在国君的心中，真的会将那个姓林的女子记挂数年？"

如此看来，那个姓林的女子反而更像是个狠角色。而等待林冉冉将全部线索找到也是至关重要的。因为，南葵感觉自己已经离国君的过去很近了，如若将他的过往一览无遗，说不定就能够找出炼制婴灵的元凶了。思及此，南葵快马加鞭地赶回围场，明日一早，还要同国君的马队一起狩猎。

待到她回到围场时，已是万籁俱寂。

想必国君已由侍卫护得周全，南葵自是不必再挂念他的安危。

只是围场的大门已经紧锁了，但她身为小厮，场主在夜晚清点人数时竟然没有发现少了她这个狩猎队的骑手吗？

南葵心有困惑，但还是将马拴在了大门前的树下，再借助自身强健的体魄迅速翻上墙去，虽说费了些力气，好在安稳落地。

她拍了拍手上的灰尘，对自己"宝刀未老"的翻墙能力感到骄傲。

正欲回小厮们的住所，她忽然听见身后有簌簌的响动声。南葵愣了愣，

都这个时间了，还有谁会在此处行动？

她慢慢转过身形，顺着靴子往上看，一身青玉色的单衣，裁剪得极为合体，腰间系着的细带也是毫不含糊的精致。这般时刻都注意仪容的人自然不会是旁人了。

"仁宣哥哥……"南葵的目光对上他的视线，略显尴尬地道，"都这么晚了，你怎么还没睡……"

姬仁宣盯着她的眼神算不上温和，反倒是有一丝难得一见的愠色。他背过手去，转头看向树上挂着的长灯，沉声道："我料想你是会翻墙进来的，若不见你安全归来，我又如何能酣睡入梦？"

南葵歉意地走近他："实在是回来的路上耽搁了，害你担心，是我对不住你。"

姬仁宣的视线从长灯上转向她，语气中有隐隐的责怪："我自是想到你有要紧的事需要处理，眼下至关急迫的事，便是你所认定的事了。即使如此，又怎是对不住我呢。"

南葵听出他话里的无奈与妥协，事到如今，他即便是整夜担心她，却也不会再迁怒于她，反而是接纳了她的一切决定，并尽可能地去说服自己相信她。

相信她可以保护好自己，也相信她不会莽撞行事。

可"谢谢"这样的话，南葵总是吝于出口，她深知定是姬仁宣帮她蒙混过了小厮住所内的人数清点，不然平白无故地少了个活人，这围场之中定是要闹开一阵。

但今日发生了太多，南葵也不知该如何同姬仁宣说起，只好对他道："我已平安归来，夜又这样深，仁宣哥哥，你还是赶快回去歇息吧。"

姬仁宣倒也不急着离开，他的目光再度飘去那檐下的长灯上，据说是场主为了恭迎圣驾而亲自更换的异域风情的名贵长灯，灯罩上绘着仙山云海、缥缈楼阁，与雷兽云母、紫电奇光，他静静开口道："方才，我做了一个梦。许是等你等得焦急，又熬得疲了，便在此灯下假寐了片刻。醒来后，你便出现了。"

南葵沉默地凝视着他此刻的面容，长灯映着浮绘，打出明暗不一的光晕，笔直地投在他轮廓上头，染出了星月交替时的波光流转，竟在一时之间令南葵挪不开目光。

半晌之后，她才缓缓问他："是什么梦？"

"一个骇人的噩梦。"

"何以言怪？"

姬仁宣轻摇了摇头："想必是坐在这灯下的缘故吧，被灯纱上面的浮世绘扰乱了心神。正所谓日有所思，夜有所梦，人有理智，但也都会有着魔的时候。凡人一世，不过是在与隐藏于心中的洪荒巨兽抗争。是兽性，是魔性，即便无欲无求如我，也不例外。"这话说完，他长长吐出一口气，顶着忽明忽暗的光晕，整个人显得有些恍惚。

南葵不禁因此而有些动容，她下意识地再向他走近一步，探出手去，欲去触碰他。

可那动作却在刚刚抬起时便停滞了，因他不留痕迹地向后退了半尺，然后对她说："人若有了软肋，便总是关心则乱。一旦放纵这股心绪，想必会延伸成执念，从而滋生嫉妒，渐成怨恨，总归是副丑陋难看的面目。"

便要及时收手。

南葵低垂着眼，缓缓地收回了自己的动作。

姬仁宣略一低头，气息沉缓悠长，似无奈低吟："夜深了，回去吧。"

南葵点点头，跟上他的脚步。

沿着静谧无声的小桥走，他在前面，她跟在后头，谁也没有再多说一句话，直至到了小厮的居所，姬仁宣才静默地转身离开。

那一晚，南葵躺在自己的床铺上盯着窗外的星光出神。

身为孟婆的她本就无须睡眠，哪怕是今日发生了一连串的紧急事件，她也不会因此而需要休息。她已不是凡人，自然不再脆弱。只是，姬仁宣的那番话令她久久不能平静。

兽性、魔性、执念、欲望……原来不仅仅是国君，即便是看似温良纯善的仁宣哥哥，也有着他心底深处需要控制与对抗的魔物。

那么，她自己呢？究竟姬仁宣的魔物是因她而起，还是她用自己的魔性扰乱了他？世间之事向来孤掌难鸣，南葵自然不能将自己置身事外，她深知自己与姬仁宣之间，已然是回不到纯粹的过去。

她与他之间，有某种情愫在无声无息之间发生了骤变。

回想起他那双漆黑如夜的眼睛，总是蕴藏着千言万语，纵然是会令她感到不知所措，却仍旧不能视若无睹。

孟婆传奇之南葵篇

南葵心绪烦乱地闭上了眼睛，竟是有些疲了。朦朦胧胧之中，她听到耳畔传来了乌鸦暗哑的叫声。再一抬头，赫然呈现在眼前的竟是修罗炼狱般的血海尸山。

天红如血，风硬似刃，一只手猛地从尸山中伸了出来，那手皮开肉绽，遍布鲜血，却拼尽力气地抓住那些血污的铠甲，一点点、一寸寸，艰难地从尸山中爬了出来。

他摇摇晃晃地站起身，支离破碎的战甲上插着数支羽箭，唯一双嗜血的眼睛在散乱的发丝中闪着求生的欲望。他踉跄地从尸山上滚落，穿着破烂的靴子，步履蹒跚地走在血河之中。

"怎能死在此处……本王……怎能死在此处……"他如呓语般不断地重复着一句话，几次跌倒在血河里，沾染了满身的泥泞与腥臭，却还是执着地匍匐着向前爬，哪怕抓住一株枯草、一块碎石，都要借助它们渺小的力道再向前一点。

活下去，一定要活下去……

不能死……

他猛然抬起头来，眼睛里迸发出的杀意直逼南葵。

南葵猛然从床上坐起，惊魂未定地抚住自己的胸口，转头一看，天竟然已经亮了。

她这才发现是自己做了梦。

可……她又怎会不依靠任何媒介而做梦呢？孟婆是不会睡着的，虽说冥帝保留了她的味觉与嗅觉，可睡眠这件事于她而言，早已是多此一举。

难道当真如姬仁宣所说，是那长灯上的浮绘惹人乱了心神，从而日有所思，夜有所梦了不成？

然而，梦中所见之人又是何人？

南葵回想起那双染满血色的眼睛，心中似乎也有了定数。她知道，如若一天不找出炼制婴灵之人，她便一天不得安宁。只是，她竟渐渐担心起：如果国君真是那人，她又该如何是好？

也许，是她私心地不愿意见到那番景象，可又无法说服自己停止怀疑，想必是国君身上有着许多与她相似的地方，令她总会在心中怀柔。

就像是一面镜子，他在镜子的那一端，而南葵则站在镜子的这一端。越了解他，她越悲伤，如同是在完成一场对她自己的救赎。

几日后，秋日艳阳，葱郁山林中盛放的山茶也无法驱走晚秋的霜重，南葵骑在马上，静静地跟在国君的身后，前往更深的林间射猎。

令南葵意外的是，经过上一次遇袭事件，国君不仅没有惊动围场，甚至没有增加他所带领的人马，就像是毫不在意会再发生类似的事情一样。

此时此刻，一行人正经过溪流，猎猎风中，水面上漾出一层层涟漪，为首的国君忽然抬起手臂，比出"停"的手势。

后方骑手皆听命勒马，南葵循着国君的视线望去，见他的目光锁定了一只伏在溪边饮水的母鹿。

秋季的猎物自是格外肥美，在这落叶稀少的林里，的确会遇见这般膘肥体壮的珍贵猎物。

国君从挂在马鞍上的箭囊里抽出一支羽箭，动作利落地搭在弓弦上。刹那间，羽箭飞出，正中母鹿的后腿。

母鹿哀鸣一声，当即跪倒在溪水中，再难起身。

骑队中的众人喝彩高呼，自是钦佩国君精湛的箭法，又有人情不自禁地说："不愧是陛下，这一箭实在妙哉，待将这畜生带回围场，自是能得到一张完整的鹿皮。"

南葵却面不改色，她望向那只卧在溪中的母鹿，心中疑它为何不逃。想来那后腿上的一箭并不足以令它放弃求生，只管趁势逃走便是，哪怕遭遇追击，这林中地势也是它较为熟悉的，便有七分的机会能够成功逃命。

国君瞥了南葵一眼，像是看穿了她的思虑，问道："你也感到奇怪吗？"

南葵自是点头，随后请命道："陛下，不如让臣女去查看一番。"

国君漠然地颔首允许，南葵则翻身下马，蹚入浅浅溪流，走向了那头受伤的母鹿。

第二十节

秋风猎猎，吹得密林沙沙作响。

母鹿伏在溪畔，腹部随呼吸而起起伏伏。南葵与它近在咫尺，彼此凝望，漆黑鹿眼清澈而明亮，像是硕大的黑色珍珠，清晰地倒映着南葵的身影。

它是惊慌失措的，可又仿佛深知无法逃脱被捕杀的命运，便向自己的宿命妥协，垂下了脖颈，屈服在了南葵的面前。

而更为惊人的是，竟有一滴泪，顺着鹿眼缓缓坠下。

南葵轻轻蹙眉，似为之动容。她从腰间摘下回廊弯刀，于空中一挥，母鹿的那滴泪便被刀刃取到。

国君见状，瞳孔不由得收缩，而其他一众人等也对南葵接下来的举动感到惊诧。

她竟以手指抚上刀尖鹿泪，将指尖上的泪迹送到唇边尝试。

四周静谧，只余风声。而那风如猛虎咆哮，嘶吼着吹拂过每一个人的衣襟。

南葵思量了片刻，余光瞥向天际沉云，心想着就算不能让母鹿活着离开这片密林，也必要试上一试。

她便转过身，仰望着马上的国君，恭恭敬敬道："陛下，民女已查明，这头母鹿腹中已有鹿崽，是为了尚未出世的小鹿才没有逃命。它担忧反抗会害了鹿崽，不如就此屈服，或许还能有一线生机。既然如此，还请陛下宽宏大量，放它们母子一命。"

国君并未作声，倒是骑队里有通医术的侍卫当即请命道："陛下，微臣可去一探真假。"

得到允许之后，那侍卫匆匆来到母鹿身边察看情况，然后与南葵对视一眼，便禀明道："回禀陛下，此鹿的确有孕在身，且应有段时日了。"

国君漠然地望着那头母鹿，他换了换手，袖口处绣着的一抹金朱色格外鲜艳，如同胭脂遇水而晕，配上他本身的气韵，自是风雅到了极致。半晌过后，他沉声询问南葵道："你为何要把那畜生的眼泪放进口中品尝？难不成，鹿泪在你看来倒成了玉液琼浆？"

这话颇有几分揶揄挖苦之意，旁边的骑手们自当捧场地窃笑起来。

南葵面不改色地略一低头，回道："陛下圣明，想来这世间本就百态丛生，众生各异，有的人喜欢品茶，有的人喜欢饮酒，也有人愿意去尝试眼泪，而唯有泪水之中，才饱含了一生际遇。"

国君则意味深长地轻蔑一笑，再问："莫非你从母鹿的眼泪之中尝到了它的一生？"

南葵却摇了摇头，唏嘘道："民女尝到的是慈悲。"

"这又是如何尝到的？"

南葵心中一动，自是低眉顺眼地赔笑道："陛下也知民女出身卑微，像民女这般草芥便是自幼走南闯北、行骗江湖的，若是没有个一技之长傍身，早已不知死过几百几千次了，故此，唬人的伎俩总是使用得得心应手。"

"看来，你尝到的慈悲是要寡人来施舍了。"国君说罢，竟大笑起来，断断续续的三声，继而又冷声道，"这般微不足道的慈悲，实在不值一提。"

南葵却道："陛下是天子，陛下的慈悲自然是宽宏无量的。可慈悲向来与仁、善、义匹配，既要有仁爱之心，又该去善待他人，倘若人心邪恶，那么无论做何等大事都将功败垂成，克己、修行，克的是自己心中的魔，修的则是自身的善，善即慈悲，慈悲可救苍生。"

国君的笑容逐渐收敛，他黯着一双眼，并未再与南葵多说，只管带着骑队朝前方的山林策马而去了。

南葵凝望着国君的背影，忽觉他身上散发出一股阴郁的黑雾，那是来自他内心深处的恶欲，每当他试图施展自己的慈悲时，那股浑浊不清的黑雾便会缓缓散出，如同一善抵消一恶。而作为饕餮转世的南葵自当要履行使命，义不容辞地将这股恶念吸食入腹，她只需轻启朱唇，便能将那股黑雾一丝不剩地吸进体内。

然而恶入了腹，却令她食之无味地咂了咂嘴，实在是因这股恶念之中夹杂了太多繁复心绪，毫不纯粹，也不透彻，比真正的恶还要更加沉重、

晦涩。

她竟是不明晰了，为何国君拿来换了慈悲的恶，却是这般悲戚？

似有难言之隐，又似踟蹰迷惘。

南葵再转过头，看向仍旧伏在溪水岸边尚未离去的母鹿，不禁心绪烦乱。

"你这愚蠢的鹿，为何还不肯逃命去？"南葵叹息一声，而后听见不远处的斜坡方向传来轻缓的马蹄声，声音由远及近，她不由得抬头看去。

晚秋乌云遮住了艳阳，又一点点移开，他身上仿佛携满了光耀辉芒，踏着清风，离她越来越近。

二人目光交汇在半空，他翻身下马，牵着马缰走向她："我见国君和他的骑队离开了，才出来见你。自是不会惊扰旁人，也不会给你带来不必要的麻烦。"

"仁宣哥哥……"南葵低低唤他，并未问他为何来到此处。他们二人心有默契，而南葵自是清楚他是记挂着她的安危，才会跟随她来到此处。

姬仁宣的目光落在母鹿身上，为其惋惜的同时，问南葵道："方才，我在林中听见国君的笑声，那笑却是含义不明，竟令我感到了一丝惧怕。"

南葵苦涩一笑，道："那三声笑各有其含义，第一声笑我，第二声笑鹿，第三声，则是笑命。"

笑南葵口中说的慈悲：断定她是在装神弄鬼来为鹿求情，故意说在那滴泪中尝出了鹿的一生。

笑母鹿不知抗争：虽为畜生，却毫无兽性，任人宰割不说，竟敢祈求来自猎杀之人的仁慈。

笑命运：三界之中，无论人、鬼、神，无论王权、富贵、阶级，唯有强者才能支配命运。

"他是在笑这慈悲微不足道。"南葵心有凄然，她尚且不懂这慈悲究竟微不足道在何处。

姬仁宣看穿她的思绪，思索片刻，对她道："我曾在许久之前听闻一个故事，不如在此时讲给你听听。"

从前，赵大将军的儿子襄敏公曾在保定当总督，夜间在西楼读书，门和窗户都关闭着。

突然间有个身影从窗户缝中缓缓侧身而入，原本形状非常扁，当其完全进入屋子后，其用手搓头、手和脚，逐渐得以恢复，原本扁平的身体变得像个正常人，化为一个戴着软帽、穿着红鞋的书生。

此人向上长揖拱手，甚是有礼，说道："生员本是狐仙，在这里居住有好几百年了，得到诸位大人一致允许才得以居住在这里。您忽然来读书，我不敢违抗命令的大臣，因此来请示。假如大人一定要在这里读书，我应该赶快搬走，请给我宽限三日。如果大人怜惜我，容许我蜷曲在这里休息，请像平时一样把门锁好，把窗户关好。"

襄敏公非常害怕，但又故作淡定，笑着说道："您是狐狸啊，又怎么会是生员呢？"

秀才回答说："狐狸这个群体要想当生员，得参加泰山娘娘的考试，每年一次。选取精通文理的为生员，资质稍差的为野狐。秀才可以修仙，野狐不允许修仙。"

继而又劝说襄敏公："您是何等的贵人，可惜不修仙。像我们狐狸这个群体，学仙真的很难。我们要先学习人的形态，继而学习人的言语。学人说话，先要学习鸟的语言；学习鸟的语言，又必须学会天下所有鸟的语言。这些都学会了之后，我们才能够有人的声音，之后才能有人的外形，这样一个过程就需要五百年。人如果修仙，要比其他物种少受五百年的苦。而如果是贵人、文人学习修仙，则又要省三百年的工夫儿啊。一般说来，学习修仙的人，要花一千年的时间最终才得以功成，这是人世间的定理啊！"

襄敏公听了它的话后非常高兴，第二天便锁了西楼搬了出来，并把楼让给了它。

只不过，他最后悔的是没能问问那只狐狸，泰山娘娘出的什么题目来考他们呢。

"由此来看，生而为人，已是比其他生灵要幸运出百年的造化。"故事讲罢，姬仁宣轻叹道，"只不过，人生在世，虽说性命平等，可又在冥冥之中暗自划分出了等级，君臣，夫妻，儿女，父子，皆有其运转的规律。但其中，也必定舍不掉'笃'与'敬'。古人的大家大户，总是做过祭祀再用饭。每顿饭都是如此，且代代相传。"

南葵回想起过去自己家中也时常会有这样的举动，一直不明其原因，便顺势问道："祭什么呢？"

"祭天，祭鬼神。"

"可人真的信鬼神吗？"南葵道，"也是未必。"

姬仁宣转头看着她，沉声道着："这种事必定是说不清的。而说不清是什么意思呢？是不能确定。正所谓'敬神如神在'，要尊敬神，就像神真的存在一样。因为，假如神本身就在，就不会'如神在'了。唯有一种可能是确定的，那就是'敬'，心里确实要有一种尊敬、尊重的东西。我想，国君之所以认为慈悲微不足道，则是因他位高权重，已是最为与天接近的人，那么在他的面前，生命更要有尊卑之分。可他虽不是出于本心，却也还是付出了他的慈悲，便说明他心里有敬，对万物，对大道，对天地，对鬼神，都留有一丝敬意。"

南葵不由得反问道："如此说来，那慈悲之于国君，更像是一种修行不成？"

"诚然是他允诺了、施舍了，便是他的慈悲，也是他自己的修行。就像有的人会以念诵来做自己的修行。他们诵读的声音之所以很悦耳，原因就在于平仄声，有一种缓缓的、不紧不慢的味道，就像流水一样，也是为了摄心。让心安定下来，才能得到智慧。也唯有让自己的心安定下来，才会渐渐进入宁静到极致的状态，但这种状态之中，除了虔诚和向往，还有一个东西，就是观察。"

南葵思量着他的话，不禁又问："观察什么呢？"

"观察万物和自己一同生长。这时，就有了智慧。如果你观察不到万物，那么你的状态就不对，哪怕你静到了极致，也是一种休眠状态，智慧是死的，因为你在下意识地压抑自己的念头。这种潜意识里的压抑很难破除，你必须破除执着，并无分别，否则你就有好恶之分，就有善恶之分，就有二元对立，就会下意识地压抑自己。不对治、不破除这种分别心，心就得不到自由。"

听到此处，南葵想起自己也曾听闻过类似的事情："曾有一国丞相病重时，君主曾提议任另一臣子为丞相，但病重的丞相却不肯同意。他说，那臣子虽然是君子，但不适合当丞相，因为他疾恶如仇，容不下别人。其实，那位臣子自己也知道这个毛病，当有人告诉他，是病重的丞相不让君主封他做丞相时，他就直截了当地告诉对方，这是对的，说明那位丞相了解他，要是他当了丞相，首先就要灭了这些煽风点火的人。"

姬仁宣淡淡一笑："所以，修行也是修身。此身是肉身，也是本心，身心合一。是为诚，拆开来就是忠恕、是中和、是三纲八目、是君子之道九德、是礼仪三百威仪三千等等。合起来，在本心，就一个字'诚'。想来诚自心中，学而养之。知止、能静，是其修行发端。格物、致知，是其修行入门，正心、诚意，浩然之气日有所长，是其修行有成。'齐家、治国、平天下'，是其外功而已。内德既已立，外功看时运。修身法门遍天下矣，遍天下而不觉，百姓日用而不知，是大法门，是真道德。孝悌友爱、诚信忠厚，以及各种耳熟能详的名词，核心就是做人而已。做人做事，一举一动，皆在修行之中，不需格外强调，已经如空气浸入心中。修身若有成，则是不惑、不忧、不惧，无怨、无畏、无悔，能够随心所欲，是为逍遥境，是为无量光，是为正大光明，是为殊途同归焉。"

南葵认真地品味着他所说的一番话，半晌过后，却是缓缓摇头道："一个不舍得奉献慈悲的人，又怎会是一位仁者呢？仁者理应是诚恳地爱别人、恭敬而不争、遵从伦理道德、不会有害人之心、不会暗中忌恨别人、不会嫉妒别人，甚至没有伤感忧愁的心思，也不做阴险的事情，更没有暴虐的行为。他的心情舒畅，意志和顺，气象平和，欲望节制，行事简易，秉持正道，因此他的生活平顺容易，与理相和而没有冲突。这样做，才叫仁，才是慈悲。"

姬仁宣静静地凝视着南葵，低声询问道："你是认定国君的慈悲吝啬，还是不愿相信他慈悲中的真心呢？"

"或许，这二者皆有吧。"南葵垂下眼思索，她回想起在虞陶的血液中，曾看见那个年少有为、指点江山、征战沙场、在运河船上谈论着运河之水将其利万代的国君……是虞陶的追随赋予了国君灵魂，这也只是虞陶眼中的国君。

在虞北棠的眼泪里，国君有着埋头阅批奏折的执着，有描绘九州大陆千秋伟业的欲念，也有望向她的时而温和缠绵的眉眼……在虞北棠的眼神中，国君竟有了难得一见的深情模样。

然而，在这一刻，南葵却认定了一件事——国君的血泪只会为他的领土而流。

她仿佛又多懂了国君一分，他的恶、执、欲中夹杂着对信念的渴求，哪怕是要将残忍与破碎挥洒于乱世之中，哪怕是要以血海尸山来做踏脚之石……

所以，在他眼中，一只怀崽母鹿的性命，又是何等的微不足道呢？

南葵的心沉了下去，她似在问姬仁宣，又像是在问自己："这样的仁慈，当真轻如鸿毛吗？"

姬仁宣并未多言，他深知南葵自己心中是清楚答案的。

位高权重的国君眼中的仁慈，是平定天下，是令子孙万代不再受敌国之辱，是使百姓永世不受战乱之苦。要想维系那样的帝国，他的仁慈注定重于泰山。

一头母鹿，一只幼崽，一身两命，与国君的慈悲相比，纵然是太轻、太轻了。

而在不知不觉之间，夕阳的余晖已渐渐爬上了天际。

不打算再久留于此的南葵决定与姬仁宣一同返回猎场，她心想着，或许国君等人还在贪恋猎杀的愉悦，这些骑猎马队不到入夜是不会回来的，所以也不会有太多的人注意到南葵没有随从国君的骑队狩猎。

只不过，刚刚进入场内时，南葵就瞥见一袭素白衣衫的人影行色匆忙地走在阁间。他穿梭在满树枫红之下，神色略显慌乱，南葵从没见过他这副模样。

见到此般状况，南葵与姬仁宣互相交换了一个眼神，二人纷纷下马，快步走向了那素白衣衫的身影。

是姬仁宣首先唤了他一声："振鹭。"又关切地问道，"出什么事了？"

辜振鹭似是没想到会在这僻静之处撞见他们二人，先是局促地顿了顿身形，而后欲言又止地蹙起了眉头。

南葵匆匆追问："到底是怎么了？你直说无妨。"

辜振鹭喟叹一声，终是道出实情："北栀她……我是说，虞将军的女儿虞北栀失踪了。"

南葵与姬仁宣皆是一惊，人好端端的，怎么会失踪呢？

"可曾在围场内找过？"南葵问。

辜振鹭自是点头："找了许久，已是每个她该去的、能去的地方都寻了个遍，到底是看不见她的半个影子。"

姬仁宣谨慎道："既是如此，便要先禀报虞大将军才行。若是不尽快搜寻一番……"

辜振鹭立即打断他道："万万不可！"此话一出，他便意识到自己的失态，又极力地平复心绪道，"虞大将军正与陛下各带一部骑队肆意狩猎，这种时候不便派人去告知他们此事，而且，就算找到了他们，也未必来得及……"

他话里有破绽，被南葵敏锐地捕捉到，不由问："你这'未必来得及'一话，是为何意？"

辜振鹭的眉蹙得更深了，他本就心烦意乱，眼下又遇到南葵与姬仁宣，总想着要如何瞒住他们，内心里实在是备受煎熬。

南葵见他为难不已，自是不想他心中难受，便若有所思地看了一眼姬仁宣。姬仁宣向她点点头，她心领神会地重新看向辜振鹭，说道："若是不打算禀告给虞陶将军知悉的话，那我们三人一起去寻虞姑娘的下落吧。总归不该在此耽搁时间，既然围场也寻遍了，就去山下寻找。"

"这样也好。"姬仁宣附和道，"在不惊动旁人的情况下，我们几个尽快找到虞姑娘便是。"

辜振鹭也不好再拒绝，只得点了点头，不再多言。

南葵找了一匹马给他，三人策马出了围场，辜振鹭心急如焚地赶在最前头，而紧随其后的姬仁宣总是时不时地回过头去看南葵的表情。

南葵察觉到他的视线，也回应他。

四目相对的时候，他却总是立刻转过脸去，不愿让她发现他的忧虑。

唯独辜振鹭丝毫没有意识到身后二人的心思，只想着快一点找到虞北栀，必须要再快一点。

然而下到了半山腰，天色忽变，夕阳早已是不知去向，乌云铺天盖地般袭来，竟是下起了鹅毛大雪。

时节不对，不该落雪，但山中温度的确要比山巅的围场低上许多，天寒地冻不说，林间还会有野兽出没，辜振鹭越发担心起虞北栀的安危，他快马加鞭，不住地打量着四周，企图寻到那抹熟悉的身影。

而南葵望着飘落的雪，漆黑的眸子里无悲无喜。她心想：虞北栀身子柔弱，看上去是一副弱不禁风的模样，而山中泥路上并没有马蹄痕迹，说明她没有骑马，而是徒步了。既是如此，自然也是走不快的，想必是要以此为计，来逼迫辜振鹭向她父亲、向众人、向天下坦白他对她的心迹。

诚然，虞北栀的确需要逼迫辜振鹭一次。以他的那种脾性，如若不是濒临绝境，又怎会痛下决心？

而南葵的心中所想，自当是对的。此时此刻的虞北栀，正踉跄地走在下山的路上。她从未想过会在此遇见肆虐的大雪，以至于还未走到半山腰，便已见白雪在地面上铺满了一层银色。

残月暗夜，积雪成浪，虞北栀迎着呼啸的寒风步履不停，那夹杂着雪花的狂风像是刀子一样刮过她的脸，留下的痛楚竟比不上心口撕裂的十分之一。恍惚之中，她仿佛听见辜振鹭曾对她说过的："眼下还未到合适的时机，是无法把你我之事告知父母的。"

又要等到何时才算合适？

"且再等等，你要信我，北栀，我们不会一直这样下去的。"

正是因为信了，才不停地信了一次又一次。以至于百次、千次。然而……

"这事儿再瞒下去，父亲将我许配给旁人该如何是好？是否到了那时，你才会觉得事态已无挽回的余地吗？非要等你我之间气数尽了，才算是你口中最为合适的时机不成？"

她的这般用心良苦，在他那里，却成了咄咄逼人。

他竟对她叹息道："你不要再逼我。"

这样的一句话，如利刃一般刺进了虞北栀的心。她倒要试试看了，若是她真的打算逼他一次，他究竟会如何收场。

但眼下，她拖着本就羸弱的身躯停在了半山腰，实在是被大雪迷了眼，也迷了路，不知该向哪头继续走去。且天寒地冻，冷得直打哆嗦不说，鞋袜也被浸湿得厉害。

就在她不知所措之际，夜幕之中忽有一道闪电劈空而下，白光刺痛人眼，山腰树木接连折断，恰巧就与她近在咫尺！

虞北栀心中慌了起来，只见高树如同巨人一般砸下，她来不及躲闪，被树权毫不留情地埋住了身躯。顾不得剧痛，她忍不住高声呼救道："救命！有没有人？救救我……"

暴雪狂乱，风声厉号，就是在这种状况下，辜振鹭竟然听到了虞北栀的声音。他勒住马缰，仔仔细细地又辨认了一会儿，最终非常确定地循着声音传来的方向疾驰而去。

跟在他身后的南葵与姬仁宣见他神色仓皇，便也猜到了几分，也赶忙追上他的步伐，三人很快便来到了乱树之下，辜振鹭跌跌撞撞地翻身下马，急不可耐地冲向了那倒在雪地中的杂乱无章的乱树。

他徒手翻开了凌乱的树杈，其实这也证明了他与虞北栀之间的坎坷。如果当真是情深缘重，那么他便会在翻开的第一根树杈下就找到虞北栀。可若不是虞北栀再次呼救，他是断无法在短时间内救出被埋在树杈下的她的。并且，最终也要借助南葵和姬仁宣的帮助，三人合力，才将虞北栀从乱树之下拖了出来。

好在埋在她身上的只是一些枝条，除了脸上、颈上有些皮肉伤之外，便没有大碍。若是被树干砸中了身子或腿，只怕不等辜振鹭赶来，虞北栀便已经命丧于此了。

而在将虞北栀救出之后，辜振鹭如同怀抱着失而复得的珍宝一般，只管旁若无人地、紧紧地将她揽在自己的怀里。他抹净她脸上的污泥与水迹，哽咽着道："北栀，是我害你受苦了，统统都是我的不对，我不该对你说那些话，不该害你这般……"

虞北栀一言不发地蜷缩在他怀中瑟瑟发抖，她的身子已经被冻透了，因寒冷而不停地打着寒战。只是，她眼角滑下的一行泪泄露了她内心的委屈，以及喜悦。

委屈他曾逃避，喜悦他终究还是放不下这段情谊，否则，他又怎会找得到她？

而见此情景，姬仁宣反倒是又担心起南葵的感受。他默默地侧脸打量她的神情，却见她面不改色，不喜不忧，只静默地凝视着辜振鹭与虞北栀的生死相依。

其实，南葵在最开始时也曾听见了呼救的声音，她虽想开口，却被辜振鹭抢先察觉，既然如此，她也不打算多嘴了。而从今日来看，虞北栀孤注一掷地逼迫辜振鹭面对自己的内心，这般果敢之举也极为孤绝，自是说明她并非外表看上去那般柔弱，反倒是个外柔内刚惹人钦佩的女子了。

想来辜振鹭有这样万里挑一的女子陪伴身侧的话，南葵自是感到十分宽慰。然而，一旦想到这二人的父亲是朝中政敌，早已到了你死我活的境地……南葵又会替他们感到惋惜与不安。

倒真是一对有情有义的苦命鸳鸯了，偏生要遭遇重重难关及考验，实在是在走着一条备受煎熬的崎岖情路。

而这时，雪似乎又大了一些，为避免虞北栀染上风寒，南葵提议众人先

去半山腰的一处山洞里避雪。

　　想来也没有更好的法子，辜振鹭抱起陷入昏睡的虞北栀率先朝那山洞走去。南葵却一把拦住他，低声道："我打头阵，若是山洞里头有野兽，你怀里抱着个人会不便行动。"

　　辜振鹭欲言又止，南葵不给他拒绝的机会，只管快步进了山洞。待她环顾四周确认安全后，才探出头朝剩下的几人招了招手。

　　姬仁宣领会南葵的意图，拍拍辜振鹭的肩膀，示意他先走。

　　辜振鹭感谢地颔首，小心翼翼地怀抱着虞北栀进了山洞。姬仁宣最后一个走进去，他将囊袋里的火石取出，又见山洞里有着废旧的木柴，便利落地升起了篝火，好让众人取暖。

　　辜振鹭则是脱下自己的外衣，在地上铺好后，才把虞北栀抱去了上头。南葵也将自己的外衣解下为虞北栀盖好，必要尽快使她恢复体温才是。

　　火光映着虞北栀苍白的睡脸，她的额头上有细密的冷汗不断渗出，辜振鹭怜惜地抬起手为她轻轻擦拭，眼神里流淌出的又何止是区区温柔，俨然是疼爱有加了。

　　南葵静默地瞥了他一眼，而后安静地坐到姬仁宣的身旁，又将干柴扔进篝火里一些。

　　火势燃得更旺，温度逐渐增高，虞北栀的脸庞也略微有了一丝血色。

第二十一节

山洞外头的夜风是寒冷彻骨的，雪势未小，天色更暗，而洞内围坐在篝火旁的几人也是满脸疲惫，方才的雪中赶路耗尽了体力，尤其是辜振鹭，他早已筋疲力尽。只不过以他的脾性来说，就算再如何劳累不堪，他也没有丝毫不满与怨言，眼里总是盛着清晰可见的漠然。

南葵余光瞥见他那张无表情的脸，想着不久前在乱树下发现虞北栀时，他惊慌失措得如一只乱了阵脚的野狐，令她觉得他那副面孔实在少见。而为何要形容他是野狐呢？因在南葵看来，他绝不是狼，他没有狼的孤勇；也不是虎，因没有虎的狠辣；更不是狮子，他缺乏君临四方的气度。

便是一只野狐，有其深藏于心的算计，身形也孱弱清冷，且狐类更为接近仙与妖，亦正亦邪，倒也十分让人捉摸不透。

南葵默默注视着火光映衬下的辜振鹭，直到他察觉到她的视线，略一抬头，刚巧四目相对。

谁知南葵却不动声色地移开了目光，这一局促的姿态被她身旁的姬仁宣看到，心中则有了几分不痛快。他总是忍不住猜测：莫非事到如今，她还在执迷不悟地对辜振鹭有所痴恋不成？

偏巧辜振鹭在这时开了口："今日一事，自是劳烦两位和我受苦了。"

这话听着生疏，姬仁宣见南葵不回应，便自作主张地回道："都是从儿时就嬉戏一处的旧友，几欲胜似亲人，大可不必这般客套。"

"自当是胜似亲人，更是不能有丝毫怠慢。"而辜振鹭接下来的话，大抵是经历了激烈的内心斗争，他竟在这荒郊野岭的山洞里同南葵与姬仁宣坦白道，"眼下，想必两位心中已是极为明澈了。我与虞姑娘之间的事并非有意想瞒你们，而当真不是只字片语就能说得清楚，我与她是本不该相识，但却痴盼相守的两个不知悔改的迷途之人。"

谁也不承想辜振鹭会直截了当地说出他同虞北栀的关系，虽说南葵早就知道他心有所属，也确确实实地放下了对他的迷恋，可听他当面供出真心，竟还是会觉得心头一震。

她虽一直默不作声，此刻却有了几分怒意，有点儿数落意味地同他道："旁人你瞒就瞒了，为何连我与仁宣哥哥也要被你蒙在鼓里？你是信不过我们，还是根本就没把我们放在心上呢？"

姬仁宣拉了拉南葵的手臂，示意她大可不必这般针锋相对。

辜振鹭垂下眼睫，无奈道："我是不知该如何同你们说起，更不知说出之后会有怎样的后果。我父亲与她父亲本就水火不容，我本想着此事还是能多瞒一个人是一个吧，闹得人尽皆知、满城风雨，反而成了茶余饭后的谈资。"

南葵一哼，满不在乎道："我看，你是怕我们嘴巴不严，会把你和虞姑娘的情事逢人就说吧。"

辜振鹭急了，有些面红耳赤地赶忙解释："绝无此事！南葵，我辜振鹭堂堂七尺男儿，从来都不是行事浪荡之人，更何况我与北栀之间清清白白、问心无愧、从未逾界，你不要污蔑我！"

南葵仍旧不以为意："我从未说你和虞姑娘之间逾界，何必这般言辞激烈？不过是觉得你不够义气，竟连我们都要瞒。"

辜振鹭欲言又止了几次，最终还是把已经到了嗓子眼的话生生地咽了回去。

南葵见他理亏，佯装生气地冷声道："振鹭，想必你也是能够感知到我从前对你的态度的，聪明如你，自该明白其中情愫。"

辜振鹭局促地沉默，姬仁宣则感到意外地看向南葵，像是对她自行说出此事而感到难以置信。

南葵面不改色地笑笑，略微叹息一声："然而，不承想，你竟是这般地瞧不起我。"

辜振鹭不由一怔。

南葵眼神黯了黯："我姬南葵看中你这个兄长，珍惜着与你一同长大的情义。但说到感情，父辈的确有意撮合你我，自小便是了。尤其是你的父母双亲，总是对我格外热忱，可他们终究代表不了你，而我又是个识时务之人，怎会看不透你的心思呢？男女之情，从来都是要两情相悦，我虽然为女子，可行事总是光明磊落，自当看不惯任何勉强行径，你便无须时时介怀着你我儿时的婚约戏言。若是因此而令你畏首畏尾的话，反倒成了我纠缠执迷，而你心胸狭隘了。"

这一番话掷地有声、不卑不亢、字字珠玑。姬仁宣静默地品味了一番，继而微微一笑，内心深处则钦佩起南葵的大气宽容。她既已把话说得通透，便证明她的确是放下了，也释然了。姬仁宣自当要为她感到欣慰。

只是，方才那话是南葵为了自己而说的，接下来的，则是为了辜振鹭而说的。她凝视着辜振鹭的眼睛，语声极平淡道："不过，我并不是在怪你，也没有怪你的权利，想来你有你的苦衷，旁人是无法全然体会得到的。只不过，我既在心中认你做了兄长，便也希望看到一个顶天立地、敢做敢当的兄长，无论如何，他都该对得起自己的感情。倘若一直将此心欺瞒众人，又要瞒到何时才是尽头？不管是为兄、为子，还是日后为夫、为父，都该对得起这份责任。"

她的话令辜振鹭越发沉默。他望着面前熊熊燃烧的篝火，回想起的是曾在河畔同虞北栀的争执。

那日虽初来围场，他本应避人耳目地与她疏远，却到底还是应了她的邀请夜晚赴约。围场后院的小榭临水岸边，四面荷花，嵌岩怪奇，卵石莹润，他与她二人在水榭台上，彼此眼神都极幽深。他不曾知晓那日的对话被南葵在无意间听去了几分，更不知南葵在那之后的伤心欲绝。

他只记得那日夜风丝丝，她衣衫裙摆倒映在台下水面，一袭春色锦裙闪动，华光潋滟，月华氤氲，荷叶如碧，她话语中的字里行间皆是埋怨他的，埋怨他苦苦隐瞒，埋怨他懦弱怕事，他只好又以时机未到来作为辩驳，她却痛心地道出了埋葬在心中的秘密："我本是不想让你知道此事的，可我真怕……怕类似的事情再出现，你我都将会被人鱼肉。"

他不明白她话中的含义，她只好说出了家姐虞北棠代替她入宫成妃一事。

"若不是长姐为了保全你我，她又怎会牺牲自己步入深宫内院？人人皆知，一旦入宫，必是不进则退，血雨腥风自是免不了的，然而躲得过初一，又如何能躲得过十五？倘若再有类似事件发生，又有谁还能像长姐一般替我做？振鹭，我并不想害了长姐，就算她如今已贵为宠妃，可伴君如伴虎，无人能料到今后之事……我自然也是伤心自责，但正是因为有你，我只得默许

了长姐替我入宫一事，你可知我的心有多痛？"她声泪俱下，禁不住怨恨他道："而你……却连在此见我都不敢，甚至不敢在人群中与我对视。"

他探出手去握住她的腕，拉到自己面前，却终究是迟疑着没再更进一步。她哀怨地望着他："你的手在发抖。"

他默然地放开了她，只道："是我对不住你。"

这话她早已听厌了，禁不住发出一声悲戚苦笑："我懂，所以不愿勉强你。焰国上下无人不知，朝中辜虞二臣是水火不容的敌对之势，可他们终究是我们的父亲，自是不能背叛，却也不该盲目顺从。"

他皱起眉："生身父母，不得不孝。"

"哪怕失去我？"

他低叹一声，摇头道："你我情谊已是至深，如今又怎么能随意谈论失去与否呢？"

"倘若我愿同你私奔天涯海角、隐姓埋名，你可甘心舍弃你的父母？"

这话令他身形一怔，眼里有异样的情绪一闪而过。她便期盼地打量他许久，等待了许久，可他最终只是艰难地说道："北栀，你不该这样逼我。"

虞北栀朱色的嘴唇因此而紧紧抿起来，她不再多言，只默然转身离开了。

这一次，辜振鹭并没有追上她。

望着她远去的背影，有那么一瞬间，他也想不管不顾地冲上前去生死相许，他二人可逃到世间任意一个角落永生厮守，这偌大的九州，总会有他们的容身之所。

可他到底是没有。

哪怕，他也见过父亲对母亲朝思暮想的模样。情根深种的父亲，让他自小便期待一生一世一双人。然而自小开始，父母便对他灌输起与姬氏的媒妁婚约。在他心中，南葵已然成了他的一份责任，哪怕是曾经倾心于虞北栀的瞬间，他的内心里都有深重的负罪感。

他并不是觉得自己背叛了南葵，而是背叛了父母的期许。一如父母盼望的那般，弱冠之后，他会随父亲一同登上姬府大门提亲，所以他习惯了陪在南葵身边，就好像那才是他的宿命。

直到虞北栀出现，他才恍然间感受到了万箭穿心般的震撼。不是痛不欲生，而是惊心动魄。

既动了心，才乱了阵。

可他仍旧怯懦。是生性，是天性，还是本性？

"是你的选择。"南葵的声音令辜振鹭从回忆中清醒过来。他恍惚地抬眼看向她，那已然是一张陌生的面孔，唯独声音是他再熟悉不过的。她变的只有容貌，或许还有那颗已是宽宏博大的心。

而南葵早已看穿了他的内心，从他那场长情宫里的梦，以及如今举棋不定的犹疑态度，她像是终于了解了他所做一切的缘由，只管指点迷津般地循循善诱道："无论结局如何，你要知道，那都是你的选择导致的。承负二字最为合适，业力罪过必须要承受，同时，再世为人的时候还得承受，本世子孙也会承受你所做的事情，如果是善行就是余德，如果是恶行，就是余殃。你的选择，才最为至关重要。一旦选错，必然是万劫不复。"

失了心上人，失了父母恩，也会失了自己的真心。

这话，令辜振鹭与姬仁宣一同陷入了忧思之中，南葵并未察觉二人的表情微变，只沉声说着："红尘之人，必定应修性守道，清静寡欲，否则迷沦有欲，淆乱本真。不能返璞归真，与道同体，其神便入五道。"

一道者，神上天，为天神；

二道者，神入骨肉，形而为人神；

三道者，神入禽兽，为禽兽神；

四道者，神入薜荔，薜荔者，饿鬼名也；

五道者，神入泥黎，泥黎者，地狱人名。"泥黎"即地狱，泥黎之上泥黎殿。

"其实，每一次的选择也都在为自己的德做祭奠，无论是对父母，还是对妻子，如若不能两全，那也不必伤及一方。"南葵继续道，"在其中，做好事让别人知道了，叫"阳德"，不被人知道的，则叫"阴德"。"

阳德报得快，做了一件善事，让别人知道了，别人称扬、赞叹，这便是报掉了。自然也没了。故此，德积不住。但做了善事而未让人知晓，便叫作阴德。

阴德的福报大，积得久。更不要怕德积不住，别人偷不去、抢不走，自修自报。阳德积不久，甚至随修随报；阴德积得久，且越积越大。

相反，做了坏事要让人知道，不要隐瞒，忏悔可以消罪业。

依道书太清玉册记载：北斗有七星，主解厄赐福。人之性命皆属本命星

官主掌，北斗七星与人体相互对应，人之祸福变化与之息息相关，不可不知。

七星降童子，以卫其身，七星会保护人身。七星之气会结成一星，在头顶上三尺，由此而来头上三尺有神明，而光大而明代表善，光冥而暗则小。

常为善者，常多得福，常主恶者，常多得灾，如果此光完全消失，人也就去世了。

七星在人体中呼应着七魄，"魄"这个字其实很生动，它由"白"与"鬼"构成，"鬼"代表的并不是灵体鬼魂，而是对"诡秘莫测"事物的形容，而"白"应于西方金色，正应于七数，这也是"魄"这个字构形的基本意蕴。为善者容易得福，因为越善则此光明越显。如果常为恶，其实是在自晦光明。

世人总认为恶者必会死得更快，这是大错特错。其中隐藏的复杂含义需要顿悟才能理解，凡人做了善事，没有违背自心，自然会觉得快乐；做了违背内心的坏事，便会觉得郁苦，从而心神不安，这也会引来光与暗的变化。

"然而，身为凡人，也总是会分不清何为善，何为恶，明明不是杀人放火，却还是会伤及到对方，如此行径，便也是恶的一种。而究竟是选善还是选恶，还是要遵从内心的指引才能万无一失。"南葵说到这儿，感到有些唏嘘地看向辜振鹭，劝慰般地说道，"我曾听过一个故事，此处讲给你来听，也希望能帮你定夺心中的抉择。"

辜振鹭缓缓点头，姬仁宣始终沉默着，南葵则娓娓道来，声音缥缈如雾，仿佛要将人引入另一个境域。

话说从前有一位富家少爷，父家姓韩，从事利润丰厚的火药买卖，家中富庶，挥金如土，他上有姐姐七人，唯有他一个男丁，自是备受宠爱骄纵，却没有纨绔作风，琴棋书画倒是样样通，又生得一副俊俏风流貌，人称公子韩，是方圆百里内有名的青年才俊。

到了娶妻成家的年纪时，韩府门槛几欲被提亲的名门千金们踏破，可他一个也没有相中，非要过了弱冠之龄才选一佳人，且遇不见他心中的绝色，竟立下了终身不娶的誓言。

父母与姐姐们自是焦急他不肯成亲生子，但也不敢惹他不痛快，便有位姐姐心生一计，哄骗他说南方有个美人国，若是去了那里，准能寻到一位合心意的佳偶。

公子韩本是不信，只觉得新鲜，择日就带着书童前去南方云游。而姐姐所言也有七分真切，南方虽不会有什么美人国，可往南头走的话，会遇到一位大户人家的千金。那姑娘早就倾心她幺弟了，再加上姐姐与那姑娘私下串通，一旦公子韩途经该地，姑娘就会使足全力把他留在自己府内。待到生米煮成熟饭，公子韩也是逃不掉的。

可惜人算不如天算，公子韩刚一踏入南方地界，就逢乌云密布，暴雨倾盆。他与书童二人不得不跑去一处茅屋躲避，好不容易熬过冷飕飕的一晚，出了茅屋，见天晴云洁，山翠木绿，又赫然见到一座漆黑如石的巨城，城匾上悬着一个偌大的"丑"字。

怎会有城叫作丑？南方真是个怪地方。公子韩这样嘀咕着，同书童一前一后进了城。

城内人声鼎沸，市集热闹，但是行人的模样都极怪，头顶皆是盖着黑布斗笠，把脸藏在斗笠下头。放眼一望，就像是片长满了黑色花骨朵的原野，数不清的黑骨朵密密麻麻地爬行，其中有一朵不小心撞在了公子韩身上，遮着黑布的脑袋晃了晃，赶忙致歉，又将黑布拨开一条缝隙打量公子韩，哪料那骨朵发出一声惊叫，赶忙逃之夭夭了。

公子韩才是被吓坏了，只因瞥见黑布下是一张青绿色的脸。书童也看见了那脸，自然是受了不小的惊吓，他拉扯着自己少爷的衣袖，劝道："少爷，咱们还是离开这城吧，也别念着南方有美人的事了，这哪是什么美人国啊，我看是个丑人国才对，难怪那城名叫作丑了。"

然而回已然是回不成了，方才那声尖叫引起了其他黑骨朵的注意，二人竟是被里三层外三层地团团围住了。那些个隐藏在黑布下的脑袋交头接耳地聚在一起打量着公子韩与他的书童，就像是在进行一场赤裸裸的审视，恨不得把他们扒个精光，从内到外、从骨子里到皮肉缝儿，统统仔仔细细、毫不遗漏地看个透彻。

公子韩表面镇定，内心却极为慌张。他初来乍到，不知此地究竟有何蹊跷，更是觉得这些黑骨朵与自己、与书童皆是不太一样的。

可不到半炷香的工夫儿，人群外头便有一群官兵模样的人挤了进来。他们言语间是有人报了官，说有"异人"上街露面，这便是来捉拿起来关押的。说罢，几名戴着狰狞的红脸面具的壮汉就上来抓住了公子韩和书童。无论他们作何解释与挣扎，皆是无济于事。推推搡搡之间，公子韩瞥见那面具下的脸也是赤朱色的，血淋淋一般骇人。

孟婆传奇之南葵篇 MENGPO CHUANQI

路上，公子韩和书童被扔到了牛车上，书童极为惊惧，连连求饶，要来人放过他与主子。可红脸面具嫌他吵人，干脆掏出匕首割去了书童的舌头。

这下可令公子韩吓破了胆，他慌乱中去安抚倒在牛车上的书童，只见书童满脸血水，已是痛得昏死过去。便是因此，公子韩再不敢多言一句，任由一群戴着红脸面具的人将他丢进了郊野的一间大牢中。书童则被与他分开，公子韩只担心跟随了他十年有余的书童会因此而丧了性命。

他孤独地坐在地牢里哀怨不已，懊悔自己不该途经此城，更不该听信南方有美人的话而起了好奇之心。谁知地牢里的另外一个人却低声斥责他闭嘴，公子韩转头一看，这才发现一瘦小佝偻，但却肤色正常、五官端正的老汉同在牢中。

公子韩仿佛见到了亲人一般欢喜，当即询问老汉这里是何处，老汉又是谁？

老汉虽衣衫褴褛，可谈吐不俗，他小心翼翼地对公子韩说道："这里是一个夹缝之地，处于南北之间的交界地带。其实这里不算是凡人该来的地方，但总会有人误入此处。老夫是在二十年前落入此地的，刚来的时候被抓了进来，而后得以释放，近来又无意触怒了'丑人'，只得又来此做客了。"

公子韩问："丑人？"

老汉解释道："这城叫丑城，但在这里，即是美的意思。生得越丑，便地位越高。在这地方，人分七等，最高位分的是丑人，脸生来就是黑色的；二位是紫人，可做大官；三位是蓝人，多是商贾；四位是黄人，女子居多；五位是红人，多为官吏、官兵和打手；六位是绿人，是最贫穷的草芥。而最后一位，就是你我这样的白皮脸，被叫作'异人'。"

公子韩感到不可理喻："莫非在此地，我竟是真正的丑陋之人？"

老汉嗤笑一声，嘲讽道："若只是被当作丑陋还算幸事，偏生异人不配为人，像你这样的俊俏公子哥，放在人间必然是万千少女的心头好，但在这妖异之地，却比猪狗都不如，位分最低的绿人都可以随意打骂你，你若是胆敢还手，轻则杖毙，重则分尸。土生土长的白皮脸在这城里也有，只不过被视作孽物，下生就是不吉之兆，只会被父母抛弃林中，运气好会活下来，再被抓进城里为奴为婢。运气不好的话，被当成游街稀罕物观赏、做成人彘挂在城门上辟邪；若再惨一点，则是割了舌头，日日去推驴磨，从鸡鸣到日落，不喝水，无米食，直至累死，暴晒成人干。"

听闻这些，公子韩已是一脊背的冷汗。千错万错，他不该误入此怪地；千错万错，他不该连累了书童。

眼下可该如何是好？难不成真要客死他乡、暴尸街头？

老汉见他面色惨白，自是明白他惧怕此地。而细细打量他一番后，老汉悄声告诉他："老夫见你衣冠华贵，姿容夺目，定是出身不凡，才高八斗。可否告知姓甚名谁，家住何处？"

公子韩长长叹息，忧心忡忡地自报家门道："在下姓韩，单字一个擎，北方人氏，家父在朝中有个一官半职，家母娘家是个富商，我自幼衣食无忧，姐姐宠溺于我，便是不愿过早成亲而跑到此处云游，一心盼着寻到个知心佳人，谁承想，竟会遇此妖异。"

老汉眼中有赞许之意，心想果真是个才貌双全的公子。便交心地同公子韩道："实不相瞒，老夫有一爱女，如今正被囚禁在城中主上的宫殿里。公子若能潜进宫殿，博得城主青睐，再换老夫爱女自由，老夫现在就答应你，必将爱女许配给你，做妻做妾，都由你定夺。"

公子韩连连摆手："我虽是富户出身，可也断然不会延续父辈三妻四妾的恶习，我早前就曾立下誓言，一旦娶妻，便再不纳妾，一生一世只一双人相好。若不幸成了鳏夫，我也再不续弦。而今也不知老汉你女儿是美是丑，是胖是瘦，我又怎可与你承诺娶她？婚姻大事，岂能儿戏？"

"你这后生，反倒成了老夫求你娶女儿不成？今朝我若是能把你弄出这地牢，自当是有恩于你，世间哪有不报恩情之理？"

公子韩仍旧誓死不从，他坚决不与不爱之人喜结连理，更别说是素未谋面之人了。

老汉气急败坏，当下在牢中放声大喊起来，他吵着说来者身上有宝贝，不肯拿出来与人同享，实在罪该万死！

公子韩吓得不知所措，正欲同老汉理论，谁知牢门被踢开，红脸面具们赫然出现。他们手持长杖，威严可惧，一身金甲寒冷如冰，只管迈着大步朝这边的牢房走来。

公子韩颤抖不已，瘫坐在地上，满眼惊乱。红脸面具打开牢门，一把抓住他的手臂，将他整个人拖出了牢房。那老汉还在喊："他身上的宝贝是偷了城主的，老夫在城主身边服侍多年，一眼就瞧出来了！"

公子韩全然不知老汉在胡说八道些什么，他怕的只有像书童一样被红脸

孟婆传奇之南葵篇

MENGPO CHUANQI

面具割去舌头，便不住地求饶。红脸面具从腰间抽出匕首，公子韩一见那刀刃，这一吓，竟是昏死了过去。

待到再次醒来，他发现自己的舌头还在，而捆在手上的绳索却被斩断了。忽又闻身旁一阵氤氲芳香，他立即转头去看，见一妙龄女子坐在他身边，手里端着一壶温茶，正在倒给他。她靠得很近，呼吸拂过他的脸颊，他不由得面红耳赤、手足无措。

只见她眉眼温婉，仙容美绝，又听她柔声道："公子可算醒了，你既是同我一样的异人，可不敢这般酣睡，若是城主回来见到，即便你身上有着怎样再稀罕的宝贝，他也要先命人鞭打你一顿才算解气。"

公子韩不明所以，忙问此处是哪里。姑娘说这是城主的宫殿，而她是伺候城主的异人。名叫冬蝉。由于异人皆是丑陋之貌，城主以取笑她为由才把她留在身边。她的双脚上拴着沉重的锁链，腰上也系着一条长锁，长度仅限于在这宫殿中行走，一旦试图逃出宫殿，长锁中藏着的刀刃会因受到压力触发而将她拦腰截成两段。

公子韩怜惜她，但她一日只能来三次，都是在为他端来饭菜的时候。想来他被囚禁在一个四面皆是黑墙的屋子里，冬蝉说，等城主从外面回来了，拿到他身上的宝贝的时候，说不定可以免他一死。

他叹息不已，又不知如何能逃，还挂念着生死未卜的书童，心中备受煎熬。而这苦闷之中，唯有冬蝉前来见他时，才是唯一的慰藉。而有一日冬蝉整天都未曾出现，公子韩思念难耐，度日如年，直到隔日一早，冬蝉端着清粥出现，他才潸然泪下，想去触碰冬蝉的手，又觉男女授受不亲，神思恍惚中似与冬蝉说尽了情话，冬蝉却忧虑道："公子怕是在此寂寞空虚，才会痴心于我。待到日后有了机会逃出这城，你便不会记得我了，更不会记得今日的缠绵示爱，你叫我如何能委身于你呢？若是再有了孽根，我怕只有死路一条。"

公子韩觉得她言之有理，便发下毒誓，此生非她不娶，否则定死无全尸。冬蝉这才信了他，二人正值韶华，又是郎情妾意，且孤男寡女共处一室，自然难免氤氲迷情，公子韩只觉她全身都是香气袭人，仿佛要一直浸润到他的骨头缝隙里，酥酥麻麻地连同四肢都一并瘫软了。公子韩问她身上为何这样香，冬蝉说她自生下来就是这样的。

第二十二节

就这般厮守着度过了一段时日，听闻城主回来了。公子韩正困惑着自己身上有何宝贝时，冬蝉却心乱如麻地要他躲藏起来。公子韩不明其意，又不肯躲藏，冬蝉只好道出实情，她说凡是从外头抓来的异人都会在此被圈养一阵，而她便是逗留于此安抚异人的魂灵。她其实早就已经死了，唯剩魂灵尚在此处，她的尸身，怕是也和那些被吃剩的异人堆在一处。

"这么多年来，我已经见过太多太多的异人了，他们无意间闯进此地，却又无法回到人间，在此处被当作猪狗一般肆意打骂，还要面临随时都会被城主吃掉的恐惧。"冬蝉悲伤地说着，"是啊，城主会挖出异人的心来吃掉，异人们越是恐惧，心脏就跳得越快，城主最喜欢吃惊恐之下的心。而我不愿看见他们和我一样死得凄惨，便在这里为他们编织出一个又一个的死前美梦，哪怕他们最终还是会死去，可我也想安抚他们的灵魂，关怀他们临终前的痛苦。"

公子韩听闻这一番话，已然面色惨白，他回想起老汉曾说他身上有宝贝，必定是他的心脏了。而老汉的女儿，便是冬蝉。可老汉并不知她早已死去，更不知她在死后都要被困在此处。

身为异人，竟生无可去，死无墓穴。

"我不曾早些把实情告诉你，是不愿你得知之后感到惊恐痛苦。"冬蝉低低喟叹道，"没有异人能够从这里逃走，终是一死的话，不如在美梦中死去。然而如今，城主突然归来，你虽逃不掉，但可先躲藏起来，一旦你夜晚睡着，你我在梦中相会，有我陪着你，他就算把你的心挖出来吃了，你也不会察觉到的。"

公子韩的神色越发难看，他恍惚间意识到了一个最为可怕的真相，便颤抖着询问她道："难不成……此时此刻的一切，也都是虚假的？是你为我造

出来的梦境？"

冬蝉的嘴唇颤了颤，为难地垂下了眼睫。公子韩心下一惊，伸出手去抓住她的肩膀，高声质问道："那我现在究竟身在何处？如果这是梦，那真实的我在哪里？又是怎样的面貌？"

冬蝉悲痛地凝视着他的眼睛，恳求他一般道："公子又何必去看那背后的真相呢？你还没有准备好，如果目睹了那一切，你又该如何承受？难不成书童的死统统都是白费？你偏生要一意孤行地去选择看清真相不成？"

书童死了？他竟全然不知，难不成……

"这并非我第一次与你这样交谈？"公子韩又惊又怕，颓唐地松开了她，神不守舍地喃喃自语着，"那这究竟是第几次了呢……真实的我，究竟变成了什么模样？我与你之间的生死誓言，竟也都是你对我的临终关怀了？那如今，我这副身子……"

见他这样痛苦，冬蝉于心不忍，道："公子，你真要去看真相吗？"

公子韩不语。

"哪怕要舍弃这美梦，也要去选那最为残酷的真相？"

公子韩沉默。

"哪怕你将会忘记我，也宁愿把真相看得更为重要吗？"

公子韩神色动摇，最终，仍旧坚定地点了点头。

冬蝉露出了失望而又无奈的眼神，她不再问他，而是顺从他意地抬手一挥，眼前梦境顷刻间烟消云散，呈现在公子韩面前的是真实的炼狱之景。

黑暗潮湿的狭窄空间里，无数具赤条条的躯体堆积如山，看守的红脸面具们手持金矛利器，坐在最中间的是面貌丑陋的城主，他身穿金甲，手持长杖，五官可怖，头大如鼓，正咬着一颗还在颤动的心脏咀嚼，又嫌这心跳得不够厉害，便撤去给了在他脚边垂涎的狗。他命红脸面具去那人肉堆里再挑个人来挖心，公子韩看到了骨瘦如柴的书童，他被拽出来拖在地上，血迹满地，早已奄奄一息。一把利刃挖开他的胸膛，惨叫刺耳，血肉模糊，那跳动的心脏被放在盘子里端给了城主，城主一口咬下，血汁四溅。

公子韩瘫坐在地，目光仓皇地闪烁，竟一眼瞥见了压在人肉堆最下头的自己。他赤身裸体，双目紧闭，手里掐着一枝折了身子的冬花，嫩黄的花蕊散落在血水之中，那是他途经南城门口时摘下的。

而这可怖至极的景象被他看见，终是令他承受不住地发出了惊惧的叫喊，很快便昏死了过去。

可待到他再次醒来，竟发现自己又回到了那个充满了氤氲香气的房间里。富丽堂皇的布置令他感到似曾相识，脚链的声音惊动了他，他赶忙循声望去，只见一个身姿曼妙的美丽女子端着食物朝他走来，莞尔微笑道："公子可算醒了，我叫冬蝉，是来服侍公子的。"

公子韩魂不守舍地望着她，一时之间什么也想不起来，头疼欲裂地询问道："冬蝉，真的是你吗？这次我们是不是能一直厮守在一起了？"

冬蝉的笑意带着一丝转瞬即逝的悲伤，她说："只要公子愿意，冬蝉和公子都将永远沉浸在美梦之中。"

公子韩恍然地凝视着她，却总觉得自己的胸口隐隐作痛。他感到自己的心脏正在被撕扯，可尽管如此，他还是什么都记不起来了。

这故事便就此道尽，南葵盯着自己面前的篝火，语气幽幽道："美与丑被颠倒之后，人不再是人，非人却可主宰乾坤，那丑陋的城主代表了红尘险恶，异人则象征着凡人心中不安的情愫，冬蝉虽为花，却在被公子韩折断身子后依然选择帮他编织美梦，一次又一次地造梦，只为造出一个让他满意的梦境。究竟是人不如草木，还是草木也有情呢？那老汉映射的怕是公子韩内心里的潜意识，他也许已经知道进了城主的殿内便是凶多吉少，因为无数次的梦在他的心中残存下了一丝真实的触感。可即便如此，身在妖异之处的异人公子却觉得冬蝉在骗他，他宁愿选择更为丑陋的真相，也要撕开她用心良苦编织的美梦。结果到头来，自是一塌糊涂，实乃贪婪造孽。"

辜振鹭听罢，久久沉默之后，他不由得反问南葵道："既是梦，再如何美，总要醒来，一旦醒了，又该何去何从？"

南葵抬起头，目光落在他淡漠的面容上，直言不讳道："这便是你的'恶'。你犹豫徘徊，伤人伤己，皆为'恶'。"

辜振鹭的身形似有一震，南葵则继续道："你无法主宰你自己，更保护不了你想要保护的人，倘若你认为逃避是'善'，那作此认定的你则是在无知无觉中选择了'恶'。正如颠倒美丑之说，善恶也会被颠倒，如若不早些意识到这一点，将会造成难以挽回的局面。"

无论是一味逃避，抑或是不停自责，皆是怯懦的表现。想来，她南葵从来都是豁达的人，反倒是他这般的放不下和剪不断才真的是会轻贱了彼此的感情。

　　思及此，辜振鹭若有所思地看向了身侧仍在沉睡的虞北栀，他仿佛渐渐明白了她的孤注一掷与义无反顾。在这欲念横流的滚滚红尘之中，能守得住一份真挚的感情，已然是要拼尽全力的了。她怪的从来都不是他这个人，而是他的软弱与躲闪，以及他的逃避与漠然。这令她屡次感到挫败与失望，如同丢了最为可贵的尊严。

　　意识到这一点的辜振鹭怅然地转过头，望着洞外的一方天幕，夜色沉如冰冷湖水，片片雪花坠落而下，像悲泣的泪珠，颗颗破碎，却执着沉默。

　　他的确不能再辜负她了，而他今后的每一次选择，也必然不能够再伤及她，否则，他便不配享有她的深情。

　　想到此处，辜振鹭极为感激地看向南葵和姬仁宣，淡淡笑过，道："今日，多亏你们二人为我指点迷津，实在是万分感谢。"

　　南葵与姬仁宣互看一眼，姬仁宣温和地回道："何必这般生疏呢，你我三人是友人，与旧友自是不必言谢。"

　　辜振鹭缓缓地点头，轻缓道："此生能得你们二人为生死之交，我已是再无他求了。"

　　他的语气虽平淡无波，但这话却是极为厚重的。姬仁宣似是因此而动情，方才想起自己身上携带着一囊清酒，不如借此来为三人友谊共饮一杯。他率先饮下一口，又将酒囊递给南葵。

　　南葵爽快地将凛冽老酒倒入口中，过后一抹嘴巴，再转手把酒囊丢给辜振鹭。

　　他眼疾手快地接过来，饮酒的模样有些含蓄。南葵见状，不禁笑他和从前毫无半分不同。

　　而南葵的笑容也令姬仁宣与辜振鹭情不自禁地回想起了往事，彼此之间的眼神也恍惚起来——多少年了……自从他们幼时相识开始，便几乎是形影不离的。一起长大，一起读书识字，一起去野外游玩，一起泛舟湖上……数不清的欢声笑语环绕着三人，尽管性情大相径庭，可却彼此关心，互相支持。

　　哪怕是刚过总角之龄的南葵因顽皮而爬树摔落，姬仁宣与辜振鹭担心得不知所措，她也会朝他们展现灿烂的笑颜，直安慰着他们二人："我没事的，下次再爬还是要爬桃树，桃树的树干从不会扎破手掌。"

　　她用来顾全颜面的借口总是像极了荒唐的谬论，每次都令他们二人哭笑不得。

可的的确确，辜振鹭所能想到的快乐事情，也大抵是同南葵与姬仁宣共同做过的。南葵与姬仁宣舞剑，辜振鹭便为他们作画；南葵与姬仁宣划船，辜振鹭就会应景地写出一首诗词……

甚至于年岁再稍大一些，南葵有时突发奇想地要去喝花酒，他们二人只得陪同女扮男装的她"寻花问柳"。那些过往铺天盖地地袭来，辜振鹭觉得自己好像回到了曾经最为快活的时光。

眼前有大片的殷红在盛放，一点一簇，盛满眼底。

是桃花，是凤楼窗外种满了一株株盛放的桃树。透过那红艳娇嫩的花朵，他看见了南葵扮成男子的英姿飒爽，她正同接连走进厢房里的姑娘们嬉笑着，还装模作样地以折扇比画着："都坐过来，坐到桌子旁，陪我们兄弟三人喝个尽兴！"

那年的南葵只有十四岁，辜振鹭与姬仁宣已有十七，比起南葵的游刃有余，辜振鹭在面对姑娘们的娇嗔时反而格外拘谨，竟显露出难得一见的手足无措。

其中一位姑娘坐到辜振鹭跟前，水袖一动，香气扑鼻，斟酒的过程中她娇媚地唤他公子，惹得辜振鹭脸色绯红。

南葵顺势笑话他道："我这位兄长生性腼腆，大抵是从没见过这么多漂亮姑娘的，你们可不能嘲笑他。"

分明就只有她一个人在嘲弄于他。辜振鹭虽有不满，却从不敢反驳南葵，他只好默默喝酒，然而酒量不佳，到头来醉得东倒西歪，要靠南葵和姬仁宣左右搀扶着才能走出凤楼。

然而，并不是只能同甘不能共苦，当母亲死去时，依然是南葵与姬仁宣陪在他身侧。

"振鹭，在我和仁宣哥哥面前，你大可不必逞强。"南葵抬手为他擦拭泪水，劝慰他道，"哭出来就好了。"

他无声地流泪，便有远亲在一旁笑他软弱，又是姬仁宣站起身来为他打抱不平。

这两个姬姓表亲，自始至终都不曾离弃过他。他与他们，是挚友，是亲人，是不能背叛的生死之交，是不忍伤害的过命之情。

好在，他们三人仍旧可以守在同一处篝火旁尽情畅饮。便是因此，辜振

鹭的唇边牵扯出一抹释然而欣慰的笑容。

虞北栀在此时缓缓地睁开了双眼，她已经醒来很久了，只是迟迟不愿打扰辜振鹭与旧友之间的叙旧。她从不知他也会那般随心所欲地畅谈，仿佛唯有在面对她时，他才是压抑而痛苦的。

正当她为此而感到心痛时，一只手轻轻地抚摸着她的发鬓，她赶忙闭上眼睛，却从那熟悉的气息中分辨出是辜振鹭的手掌。他的动作极为柔缓，像是在安抚着她迷茫的思绪。

她不由得眼眶酸涩，心中也是极为感动。也许今夜过后，辜振鹭的怯懦将会有所改变。

她这样祈盼着。

待到隔日凌晨时分，天色蒙蒙亮，雪虽停了，但却在地面、树杈上积得极厚。姬仁宣与辜振鹭二人早早便出了山洞，去外头清理马匹身上的积雪。

剩下南葵与虞北栀守在洞口，静默地注视着远处的两位男子。

虞北栀的身上披着辜振鹭的衣衫，又有南葵的外衣，厚厚的好几层，自是为了御寒。而南葵却只是穿着轻便的胡服单衣，倒也不见她有丝毫不适，虞北栀在感激她的同时也好奇地问道："姑娘，你不冷吗？"

南葵迟疑了一下，才说："我走南闯北习惯了，早已练就了一副好体魄，这样的天气是奈何不了我的。"

但虞北栀还是有些惴惴不安，总是想把外衣还给南葵，为了让她安心，南葵便道："你权当替我穿着了，若是你硬要我穿，我就算接过来，也是要撤去一边的。"

虞北栀便不再执着于此事，忽然察觉到眼下只有她们二人在，说起话来倒是极为方便，且她已经真切地听到了他们在篝火前聊的话，虽不知南葵的真实身份，却也明白她与辜振鹭是自幼相识的友人，而她能够解开困扰着辜振鹭内心的犹豫不决，自当令虞北栀极为感动，便趁机对她表明了心中所想："姑娘，多谢你了。"

南葵看了她一眼："不必客气，救你脱险的是辜振鹭，我与仁宣哥哥并没有帮上什么大忙。"

虞北栀的笑容里夹杂着淡淡的忧伤，她轻吐出一口气，瞬间化为霜雾，连同声音也缥缈虚幻："姑娘帮我的，又何止是脱险这一件呢？倘若没有你指点迷津，振鹭必定不会有所觉悟。有些时候，当局者迷，旁观者清。"

南葵则轻声道："是你们二人有缘，虽注定坎坷，倒也不至于会分道扬镳。"

虞北栀默默地点了点头，这才想到还不曾知道南葵姓名，忙问道："不知姑娘姓甚名谁……"昨夜思绪昏沉，许是听及过她名字，却记不得了。

"我姓孟。"南葵并不打算将自己的真实身份告知虞北栀，有些事情，不知便是幸运。

虞北栀也极为明事理，柔声道："那便是孟姑娘了。"而后又道，"倘若孟姑娘在日后有需要我为你做的事情，但请直言，我必将全力而为。"

她的感恩之心极为赤诚，倒令南葵心中有了思量。不如，趁热打铁为好。

"我的确有一件事想要求你。"南葵迟疑了片刻，转头看向虞北栀，像是在细细端详她的表情，"但此事，绝非寻常小事。就算你不答应也不打紧，我会再另想他法。"

虞北栀并不躲闪，盯着南葵的眼睛道："孟姑娘请讲。"

南葵的眼中闪着狡黠的光，她压低了声音，像是在说一个危险的秘密："我需要国君的一滴眼泪。"

虞北栀的笑在顷刻间便僵在了脸上，神色也蒙上了一层惶恐。的确，她的长姐是国君的宠妃，这一点人尽皆知，可若是谈及国君的眼泪……虞北栀却是不能够确定的。但片刻的犹豫过后，她还是坚定地对南葵点了点头。

南葵欣慰地笑了，心中庆幸辜振鹭选中的女子，当真是有情有义的侠骨柔肠。

这时，姬仁宣已经牵着马走了过来，他把马缰交到南葵手上，又敏锐地觉察到南葵脸上的喜悦之色，不由小声问道："你已经同她说过了？"

南葵余光瞥见虞北栀被辜振鹭扶上马，然后才凑近姬仁宣悄声回答："虽未必成功，但总归需要一试。"

姬仁宣怅然地叹了一声，默然道："她既信任你，又愿意帮助你，也实在是很难得。只是……将她扯进其中，不知是福还是祸。"

南葵也无奈地轻叹一声，只道事态紧急，总归要不择手段一些了。接下来，她忽而感到一片雪花落到了脸颊上，抬手去触，雪花很快便融化在指尖，只残留一抹淡淡的水痕。

她仰起头，望着晦暗的天幕，隐约预感到近来的雪势极为蹊跷。不知那些还沉浸在秋收喜悦之中的百姓是否已作好了御寒的准备……思及此，她心

怀忧思，顺势低下了头。

回到围场之后，为避人耳目，辜振鹭并未亲自将虞北栀送回她的住所。南葵与姬仁宣也暂且各自行动，且南葵与虞北栀约定了期限，三日内，虞北栀一定会想方设法将国君的眼泪带给她。

此事唯有辜振鹭尚不知情，其余三人皆心照不宣——企图得到国君的眼泪，若是被旁人知晓了，自当是株连九族的死罪。可明知前路危险，且还要将姐姐牵扯进来，虞北栀义无反顾地应下了。仅她不多问一句，便全力帮助南葵，就足以令南葵心怀感激了。

到了当天夜里，万籁俱寂之时，虞北栀独自一人去同虞北棠相会。

一路上她左顾右盼，确定无人察觉后，才在侍女的指引下走进了虞北棠的房里。

这晚，国君因秋猎疲乏，未来看望虞北棠，也正巧为虞北栀提供了绝佳的时机。她关紧了门窗，又遣退了所有侍女，待到只剩她们姐妹二人后，虞北栀才将事情的来龙去脉统统讲给了虞北棠。

话音落下，只燃着烛光的灰暗房里陡然陷入了死寂。

虞北栀目不转睛地凝视着长姐，谁也没有再开口，却能感受到气氛的凝重。

烛芯突然"啪"地一声，爆出一抹火星。

虞北棠在这时抬起眼，深深地看向妹妹，眼里神色莫测："你当真要帮这个忙？"

"是。"虞北栀毫不动摇，"即便我知道此事会给长姐带来极大的麻烦，可我私心觉得，那位孟姑娘是有着她的打算的。如若国君真是一位彻头彻尾的暴君，那么百姓也该知晓他所有违反天道的作为，一旦有了合适的后继者可将他取而代之，长姐不就可以借此良机脱离苦海了吗？"

一股沉绪压上虞北棠的心头，她黯着一双美目，幽幽道："凭她一己之力，又如何能够扳倒手握江山的至高君主？北栀，本宫并不是说她在骗你，而是本宫不希望你被骗。"

虞北栀缓缓摇头道："长姐，我相信她，想必你也同她打过照面，依你所看，她又怎会是行骗之人？就算真是如此，她又为何要骗呢？"

虞北棠沉默不语，她慢慢地站起身，踱至窗下，背对着虞北栀。

就像是意识到一种极为残酷的可能性，虞北栀也不安地随之起身，小心翼翼地试探着问道："难道说……长姐对国君动了恻隐之心？"

她的话，令虞北棠的心被狠狠地刺了一刀，胸口骤然抽紧般地剧痛。

而虞北棠不说，虞北栀也不敢追问，直到片刻过去，虞北棠才怅然叹息，语调无喜无悲，无怒无嗔，淡漠得仿若是在说旁人的事情："北栀，你既然问到此处了，本宫也不必隐瞒于你。诚然，本宫当初是为了你而入宫的，也曾恨极了杀伐征战的君主。可这些年来，无数个日日夜夜，无数次枕边私语，本宫也不是无情草木，又怎会对陛下毫无情谊可言？自当是你默然不理一盆花草，但它日夜映入你的眼帘，平心而论，怎会不动心去察觉花草的存在呢？这份情感纵然不如年少时那般刻骨铭心，可依然在心底深处有了分量。本宫自然是恨他的，恨他残酷冷血，恨他无视生命，只不过……在心底最为深暗的角落里，本宫也会祈望他是有所苦衷，哪怕日后将与他桥归桥、路归路，也不想承认他真的是生性嗜血。"

虞北栀似是不敢相信地喃声道："长姐，你不该是这样的，我知你厌极了战争，心里更有着白袍少将，又怎会怜悯起国君的狠绝？"

虞北棠回过身，语气沉着冷静："本宫并非怜悯，且高高在上的国君，也无须任何人怜悯。本宫只是不愿被私人情愫迷了双眼、蒙了真心，而你今日请求，本宫自会为了你而应下，只不过，你要摆正自己看待世事的角度。北栀，红尘无情也有情，善恶终究难分，未必除了善便是恶，总归没有绝对的好坏。每一个人，从君主到草芥，总有各自难安的苦衷，并非黑白分明才是唯一的信念，若是走火入魔地唯一信奉，那便成了执念。"

虞北栀明白她话中暗指，心中自有愧疚，眼神也含有迷惘，半晌过后，才沉沉道："长姐所言，北栀定当铭记在心。"只是，她知道长姐变了，也许没变且不愿改变的，只有她自己而已。

虞北棠的目光久久停留在她脸上："入宫之前的那一番话，本宫是真心的。"

听闻此言，虞北栀怔怔抬眸。

"本宫仍然希望你能遵循本心，只是……本宫更想保护你不受任何伤害。"虞北棠坐回到桌案旁，凝视着就要燃尽的蜡烛，对她道，"夜深了，你且回去吧，待本宫得手后，自会告知于你。"

虞北栀欲言又止了几次，最终退了出去，临走时又深深地回望了一眼房内的人："长姐，多谢了。"

孟婆传奇之
南葵篇
MENGPO
CHUANQI

隔日一早，围场小厮们打开窗门时才赫然惊觉——昨夜又下了一场漫天大雪，以至于覆盖住了场内庭院里的石凳。

看这情形，今日狩猎怕是要暂停，场主一大早就派人去仓里寻工具除雪，南葵自然也在小厮的队伍中一同干活。只不过她瞥见长廊里有一行人朝前殿走去，为首的像是皇子蕴。

她微微蹙起眉，心想着前殿方向只住着国君……看来，打算"叨扰"国君的人可不止一个了。

此时的前殿内院里烟雾缭绕，侍女们皆着素白缂丝服，四名道士各持长剑在灵牌前诵念着《焰口经》。腰系白绸的国君正坐在纱幔之后，他的案桌上摆满了奏折，略一抬眼，便可透过蒙蒙纱幔看到堂上摆放的灵牌。

那上头刻着名号，是皇子玺的谥名。前面站着的则是两位王妃。其中一位是年仅十四岁的若王妃，她亭亭玉立，身形高挑，头戴白色珠花步摇，一双美眸透着哀戚。这也难怪，她与皇子玺向来恩爱，如今夫君仙逝，对于若王妃而言，无疑是一种毁灭性的打击。

而殿外忽来一仗人，负责开道的侍卫秩序井然，他们站在殿外两侧让开路，为首而来的人正是皇子蕴。

尽管他身着素衣，却仍旧遮盖不住那与生俱来的高贵，眉宇间的英气更是咄咄逼人，而唇角边却总是奇异地含笑，与之形成鲜明的反差。见过他的人都说他是众皇子中最漂亮最完美的一个，如画如玉，英俊非凡。当然，是在皇子玺死了之后才轮到他成为最完美的那个。

皇子蕴走进殿内，隔着纱幔来到国君面前，毕恭毕敬地行大礼道："父皇，今日是三弟头七，儿臣是特意来祭拜他的。"

国君并未放下手中的奏折，反而又翻了一页，静默地回道："有心了。"

皇子蕴悄悄抬眸，试图透过纱幔去打量国君此刻的表情，可纱幔上的水墨画着实繁复，惹得他无法将后头的身影看得真切。于是只好又道："父皇，三弟心思纯善，到了天上，仙人也定不会为难他。"

国君再未回答他，皇子蕴有些悻悻然，只得起身去灵牌前祭拜。接着便听到传报声，是虞北棠来了。

想必她也是借三弟头七之机来父皇跟前献殷勤的。皇子蕴心有轻蔑，余光瞥见她走近，便赶快伪善地与之请安问候，虞北棠的回礼向来得体，一声"二皇子安"倒显露了她凌驾于他之上的傲慢姿态。望着她携侍女走向纱幔之后，皇子蕴的眼中生起了嫉妒之色。

这世上只有三个人能不经允许便可随心接近国君，除了虞陶与辜峤，就只有虞北棠了。

至于皇子、公主们，都全然不曾有过这等至高的殊荣待遇，明明有着与国君最为亲近的血缘关系，却始终比不上这些不相干的外姓人。

"父皇，你心里究竟在想些什么呢？"皇子蕴怨恨地咬紧了牙关，可也只能退到一旁默默等候。他知道，父皇不喜欢旁人打扰他和虞北棠的独处时光。呵，好一个旁人，他身为堂堂焰国二皇子，同虞北棠相比起来，也只不过是区区一个旁人罢了。

第二十三节

当国君看到虞北棠拨开纱幔走近的时候，一股奇异的味道几乎是冲撞般地扑进了他的鼻腔。他略一蹙眉，觉得眼眶火辣，不由得别开脸去。

虞北棠见状，立即小心翼翼地关切道："陛下，这是臣妾带来的艾叶燃炉，怕是味道过于强烈，让陛下不适了吧？"

国君循着她所示意的方向看去，只见侍女手中的确捧着一炉香，其中袅袅烟雾升腾而起，如灵蛇一般扭动着腰肢，缥缈虚幻，令人恍觉如坠仙境。

他紧蹙的眉头渐渐舒缓，沉声问道："林妃为何带这香来？"

虞北棠倾了倾身子，语调轻柔温婉，微微笑道："回禀陛下，臣妾见陛下近来狩猎疲身，心中自是担忧。又突逢大雪来袭，这气候俨然不对，一不留神便会伤了身子。而陛下每夜又要操劳政务，臣妾便想着燃一炉艾叶来为陛下驱寒。"她接过侍女手中的香炉，亲自侍奉到国君面前，"今日是三皇子的头七，臣妾也不想陛下过于伤怀，陛下还要以龙体为重。"

国君凝视着面前的那炉艾叶，眼眸黑如乌鹊之羽，虽阴沉，也有一丝清亮之色，他低声道："林妃此举，倒是贤良。"

只是，眼前这柔幻烟雾之中，国君仿佛看见了零星的往事记忆，几名嬉戏的孩童相互追赶，忽而看向他这边，欢笑着喊出一声"阿焰"，他随即清醒过来，却发觉有水迹从脸颊上漫过，竟是流下了泪水。

虞北棠一惊，立即传唤侍女道："玉祁，快拿绢帕过来。"

侍女乖乖奉上绢帕，虞北棠赶忙为国君擦拭颊上泪迹，并自责道："定是臣妾带来的艾叶熏到了陛下，臣妾本是一片好心，眼下竟弄巧成拙了。"

"无碍。"国君不以为意，只轻轻地拂开她的手，又淡漠地命道，"寡人还要处理积压多日的奏折，你且先行退下吧。待到玺的头七结束之后，寡人再去你的住所。"

"是，陛下。"虞北棠低垂着白皙的颈项颔首，偕同侍女顺从地退出了殿内。

待到远离正殿之后，虞北棠确信四周无人，便找了个借口遣走了侍女，转而独自一人匆匆地朝虞北栀的住处走去。

庭院内的雪深没脚，踏在其中会发出暗哑沉闷的声响。虞北棠敲响了妹妹的房门，木门从里头被"吱呀"一声打开，虞北棠迅速走进去，转身关好了房门。

早已等候在此的南葵站起身去迎，虞北棠免了她行礼，只管将藏在袖中的绢帕交到南葵的手上。

绢帕被虞北棠事先做了手脚，她在特殊的地方染上蜡油，这样才能使沾在上头的泪水保持凝结而不是立即干涸。南葵凝视着那带着国君眼泪的绢帕，心中自是大喜。

兜兜转转这么久，她终于得手了。

南葵感激虞氏姐妹的慷慨相助，她们二人却丝毫没有邀功的意思，尤其是虞北棠，反倒不觉得自己是"有功之人"。

虞北栀却道："如此看来，那位国君对长姐的情谊当真是深沉厚重的，不然，长姐也不会这般轻松地得到他的眼泪了。"

虞北棠摇了摇头，静默地说道："陛下对本宫的宠爱，更像是一种手段，本宫于他而言，是一件可以操纵的工具。他需要父亲的力量，更需要借父亲的战刀去开疆拓土，倘若父亲需要他去宠爱虞氏之女的话，那不管他是不是真的爱本宫，他都会尽可能地去宠爱，并把他的宠爱做到世人皆知。"

她说这话的时候无悲无喜，仿若早已看透一切。而南葵想起了姬仁宣对自己毫无保留的情意，又想起了辜振鹭和虞北栀之间的真情，不禁心有所动。想来，她姬南葵的的确确是幸福的，她拥有着深爱自己的亲人与故人，且所获得的一切都是真实诚挚的。要说这世间最为宝贵的，也只有一个沉甸甸的"真"字了。

正当南葵若有所思之际，虞北棠忽然好奇地唤她道："姑娘，你打算如何使用这眼泪呢？"

南葵犹豫了一下，也不打算瞒她，便从腰间抽出了金灿如芒的回廊弯刀，再将绢帕上的那一滴泪迹抹在刀刃上头。

虞氏姐妹面面相觑，眼里有着困惑。

南葵却缓缓扬起嘴角，笑道："待我从梦中醒来之后，自会向你们揭晓谜底。"说罢，她的双瞳闪现金光，回廊弯刀也一并迸发出炫目的金芒。

大片大片的光斑散尽之后，南葵终于进入了国君的记忆之中。

四周是一望无尽的黑暗，一如冷漠无情的国君，连他记忆深处的梦境都是这般寒冷如冰。

而这梦里，也在下着纷纷扬扬的大雪。南葵透过雪幕看到不远处有光亮，似是国君记忆的指引。

她循着那光亮走进了大雪，周遭的景色逐渐清晰起来。暗夜中，呈现在南葵眼前的是一片连绵却荒芜的村庄。其背靠远山，虽人烟稀少，竟也有一番远离尘嚣的别致静谧。

南葵微微蹙眉，不懂国君的梦境里为何会有这种幽远淡然的景象。她以为，不可一世的国君心中唯有江河山川、宏图霸业，难道说……这许是国君守在心底最为隐秘的梦魇？

正当南葵百思不得其解时，身旁忽有一道人影急急走过。她侧眼去望，只见头戴斗笠的少年一边张望着四周，一边步履不停地赶路。他手握宝剑，身穿胡服，肩背尚且单薄，唯脚上的乌云靴绣工不俗。他穿过皑皑雪幕，只身走向山峦峰林下的村落。

他没有注意到闯进这片记忆中的南葵，且南葵也担忧会被人察觉到她的存在，便赶忙隐去了自己的身形，继而跟上了那少年的步伐。

雪很大，夹杂着雨水，冰冷彻骨。远山在这乌蒙的氤氲中近乎失了轮廓，形貌极为浑浊模糊，而脚下的路也是深一脚浅一脚的崎岖难行。

村口两旁栽着的紫藤花早已枯萎凋零，堕落污泥道，夜深无人见。

少年已跋涉三日有余，干粮食尽，水源全无，唯剩一把宝剑护身。他抬起斗笠下的脸，一张俊秀青涩的容颜迎上雨雪，双眸明亮如星，令瞥见这张面孔的南葵不禁屏住了呼吸，她认出他来，此人正是国君。准确地说，是约莫十五岁的国君。

太年轻了，年轻到他的眼里还未沾染一丝一毫的阴沉。虽依旧是一张淡漠的面容，可却散发着赤诚的朝气。

南葵甚至不敢相信这是他。如若不是瞥见他眉骨间的一道小疤，她是断然不会认出他的。想来那微小的印记是他与生俱来的特征，以至于年过知命之后，那道疤痕也未曾褪色。

待到进入了村口，南葵也随着他一步步地朝更深处走去。这村子死气沉沉的，连拴在石柱上的狗也是瘦骨嶙峋。他谨慎地打量着屋舍，见毫无光亮，却能听见微弱的咳嗽声，便知这村子是有人居住的。

直至走到第六间屋舍，他见门是敞开的，里面也有烛光摇晃，便慢慢走到门前。屋内围坐在一口汤锅旁的几个人，都不约而同地转过头看着他。他见状，率先报上自己的来历，客客气气道："我是邻国来者，因要去往荆菱而途经此处，如若方便的话，还请让我在此逗留一晚。"

屋内一名老者见他是个纤弱的少年，便招呼他进来："少年郎，快进屋吧，你全身都是雪，怪可怜的，来喝口热汤吧。"

他感激地走了进来，但没有立刻坐到锅前，而是彬彬有礼地将斗笠摘掉，端放在门口，又拍打掉肩上的积雪，待到一切都处理妥当，他才抬头走近。

老人的孙女端详着他的面容，不禁绯红了面颊。他默默地坐到铁锅旁边，帮着添柴加火。妇人盛了一碗稀薄的热汤递给他，他道谢接过，却没喝。妇人的丈夫询问他道："少年郎，你叫什么名字？既是从邻国而来，便是焰国人，去菱国有何要事？"

他平静地回答："我叫阿焰，正是焰国人没错。去往菱国，是为了寻我的姑姑。"

妇人同情他，轻叹道："看来你也是备受战争迫害的孩子，定是和亲人四散了吧？可菱国官兵严把城门，断然是不会让任何外来之人进入的，像我等这般坐落在交界地带的村庄，早已被断去了粮食的输入，只能靠着农田自力更生了。"

他固然是清楚这形势的。由于菱国强大富足，自然会成为其他小国子民所憧憬的去处。眼下群雄逐鹿、乱世飘摇，难民成群，百姓苦不堪言，菱国不愿收留他国难民才会死守城门，而不肯将粮食卖给周遭小国，也是在做吞并周边地区的部署。

只是可怜了要依靠菱国粮食的一众小国，毕竟菱国是盛产粮食的强大政权，这般逼迫边地百姓们"自力更生"，实在是残忍狠绝。

"世道不好，天公不美，近来雨雪交加，庄稼不活，便只能靠着存粮艰难地熬过这几个月了。"老人说到这儿，又咳嗽起来，随即赶忙起身去寻止

咳的草药。

剩下两个孩子好奇地围到阿焰身旁，一个男童，一个女童，大的约七岁，小的约五岁，二人眨巴着圆溜溜的眼睛打量阿焰，女童还笑嘻嘻地去抓他手中的宝剑。

阿焰不动声色地将宝剑换到另一只手，却没想到被后头的男童握住了剑鞘，他急忙推开男童，告诫道："小心，会伤到你。"

男童不懂他的意思，只管笑得纯真，作势要伸手来碰。便是在此时，最为年长的孙女牵住男童和女童的手，略有愠怒道："二寅、三辰，不许乱碰人家的东西，要有礼貌。"接着又对阿焰讪笑道："对不住啊，他们两个贪玩，总是好奇新鲜物件儿，你别介意啊。"

阿焰点点头，心觉眼前这少女大概与自己差不多年纪。便是在这时，妇人喊她道："一未，快来帮忙铺草，要给客人睡的。"

名叫一未的少女便恋恋不舍地离开阿焰去帮母亲了。剩下阿焰独自一人时，他起身走向门口，遥望暗夜中雨雪不断，心想着不出意外的话，十日后也能够与属下们会合了。若是他能在这个稍显安全的村落里逗留十日的话，便是最好不过。

待到夜里，他睡在干草上，老人的咳嗽声令他时醒时寐，忽而听到窸窸窣窣的响动。睁眼去看，衬着月光，见是二寅爬到他跟前，稚嫩的声音有些含糊不清，悄声问道："阿焰，你的剑杀过人吗？"

阿焰没理他，闭眼装睡。二寅继续问："如果村里的人们抢起食来的话，你会帮我们杀了他们吗？"

阿焰再次睁开眼，看到二寅非常期待的眼神，似乎察觉到了某种异样，他低声问二寅："晚上喝的汤，是什么熬的？"

二寅说："肉。"

"什么肉？"

二寅摇摇头："不知道，爹爹带回来的，阿焰你没喝，爹爹便替你喝了，宝贵的肉汤不能浪费。"说着说着，他便困了，趴在阿焰的身边迷迷糊糊地嘟嚷着睡着了，"我已经很久没喝过肉汤了，今天多亏了爹爹……还好村里的人没有来抢……要是……阿焰能保护我们……"说到最后，他沉沉睡去。

阿焰则沉默地重新闭上眼，他知道，如今的九州大地天灾人祸，世道离乱，山河疮痍，饿殍遍地，光景惨淡至极。人似恶鬼，如兽如魑，早先便听说过庄稼无收的小国以人肉为食，抑或会将新生的婴儿交换来吃，可他身处的国家尚未发生如此可惧之事，便也从未信过确有其事。

如今来到此处，望尽了荒凉景象，他也知这夹在焰国与菱国之间的名为"丽"的小国情势艰险。早在两年前，他便已经见识过人间炼狱之景，只不过那时的他眼中只有恨意，不曾顾及过百姓疾苦。如今身处异国，一路跋涉，见过横尸野地、枯骨野鸦，也见到了接连十日的皑皑白雪，恍然间才惊觉这乱世是血河，人皆相食、生存艰难。

他本以为这村庄会是难能可贵的净土，到头来，竟也逃不掉欲念与阴霾的撕扯。他经过邻村时，倒是知道村长带领宗亲与村民们圈人而吃。这令他回想起了两年前，外敌来侵，皇城沦陷，敌军士兵们随意纵情，烧杀掳掠，无恶不作。

那自是地狱光景，他不曾见过，无非是耳闻罢了。且他认定两年后的如今定会有所不同，世道会变，人也会变，只要他足够强大，便不会让曾经的恐惧再次浮现。

待到隔日天蒙蒙亮，窗外的日光穿透云层，雪停了，阿焰一整夜半醒半睡，此刻反而觉得困极累极。他从干草上爬起身，忽然听到门外传来响动，屋子里的人又不知去向，他赶忙去打开房门。

站在门外的是个捧着泥锅的绿衣女子，她挽着随意的鬟，梅花一样的脸上是纯粹的清丽，那种淡然、饱满、温和如水的柔美。

阿焰的眼睛盯在她的脸上，久久不能移开视线。她一双深泉般的眼睛里透露着蒙昧，耳垂缀着翠绿素淡的玉石坠子，细如游龙的腰间系着雪白的带子，虽朴素，却又艳丽，她就站在淡薄的曦光之下，望着阿焰的眼神中同样充满诧异。她牵扯出一个友善的笑容，问道："我是来找一未的，你又是谁？"

阿焰没回答她，只侧身让她进来，还未等她踏进门，刚好从外面打水回来的一未喊了她的名字："皓姐！"

她顺势转头，对一未展现出明媚的笑脸。阿焰瞥见那笑容，很快又略显仓皇地别开了脸。

她是来给一未家送白薯的，时逢灾荒，关系较好的邻里之间都会互帮互助、礼尚往来，白薯是很珍贵的吃食。她离开的时候，树丫上的积雪随风坠

落，几簇落在她肩上。那绿色的身影越走越远，逐渐消失在一片素白之中。但此后三天，阿焰再没见到过她，而由于不愿白吃白住，他便砍柴生火，帮衬着做了不少体力活，又不停地从村头的井里挑水回来，还要替老人和夫妇俩照看孩子。

一未十四岁，已经可以帮着家里分担事务，二寅和三辰还小，又总是吃不饱，只好扒树皮来充饥。有时，阿焰会为了让他们忘记饥饿而教这一双幼童练习剑术，还削了两柄木剑给他们使用，这确实令性情本就活泼的二寅欢快不已。小小的男童总会追着阿焰比画着稚嫩的剑术，偶尔摔倒，却也很快就爬了起来。阿焰看着他，就好像看到了幼时的自己，也会露出一抹短暂的笑意。

夫妇二人十分感谢阿焰帮忙照看孩子，但家中粮食已经连一粒也没有了，白薯也吃光了，他们怕是只能整日煮草水来填肚子，却不忍心让阿焰也和他们一起喝这连畜生都不愿多尝一口的东西。

阿焰也很想帮他们寻到粮食，但十天期限未到，他不想擅自离开村落。就在他为此犹豫之际，一未忽然跑回来，哭哭啼啼地向阿焰求助。原来是二寅忍不住饥饿而偷了村中恶霸家的一只鸡，恶霸少爷带着家仆围住了二寅，等到阿焰与一未赶去时，恶霸少爷正在用石头丢向被家仆擒住的二寅，七岁的男童已被石块砸破了头，血流不止的猩红污了他的视线，二寅已然昏死过去。

在那一瞬，阿焰回想起的是二寅曾对他展露出的纯真笑脸，而他，也只是想救下二寅的命罢了。于是当他手中的宝剑出鞘，剑刃挥舞而下，恶霸少爷用来丢石头的右臂便被斩断了筋骨。淋漓鲜血伴随着恶霸少爷撕心裂肺的哀号，家仆们吓傻了眼，纷纷跑上前去扶住自家少爷，又是咒骂又是叫嚣地留下一串狠话，随即带着少爷逃走了。

阿焰挥掉剑身上的血迹，在雪地中洒出一条凛冽而圆润的弧度。已有两天未曾吃过米的一未望见地上那条断臂，竟在仓皇间拾了起来，揣进了衣服里。然后才跑向二寅，吃力地把他抱了起来，最终看向阿焰。她欲言又止，眼神里有怯懦、惊慌、恐惧……她开始害怕他，那份惊惧大于感激。所以她只得抱着昏迷的二寅匆匆跑回了家中，徒留阿焰一人站在原地。

阿焰并不怪她，到底是他自己的剑吓到了她。他知杀即是恶，而他本人便是恶。然而杀后有果，会带来更多的杀。果然不出半炷香的工夫儿，恶霸少爷的父亲便带着一队人马赶了来，必要取阿焰的性命来偿还自家儿子的一臂之恨。

对方人数很多，起码二十几人，可就凭这些山野村夫，倒也不至于会令阿焰皱一下眉头。杀便杀了，举起屠刀，是天下最简单的事情。死在他剑下的打手或许会成为其他村民今夜的食粮，阿焰想着二寅若是能吃下一两口人肉，倒也能尽快恢复伤势。便是在这分心的一瞬，那阴险的恶霸老爷竟用一支燃烧着的毒箭射中了阿焰的背。

火焰顷刻间燃烧起来，阿焰察觉不妙，猛地一头跳进了身侧的冰湖之中。恶霸老爷又命人朝湖内不停地射箭，势必要将阿焰置于死地。

可湖面冒出成串气泡之后，便归于平静。阿焰逃走了。待他从湖中游到岸上时，已经是夜半时分。冷雨坠落，他背上的烧伤与毒伤都是锥心刺骨地疼。那毒已经蔓延到他的腰腹，令他感到双腿就要失去知觉，每多走一步，都要拼尽气力。

前方道路模糊昏暗，恍若要通向天际尽头，他眼前渐渐一片漆黑，终是失去了意识。

不知是不是幻觉，他的耳边回响起了浮歌妙曲。人影幢幢，花影婆娑，富丽堂皇的殿堂之内，有俏丽婀娜的舞姬挥洒水袖，也有怀抱琵琶的歌女垂首弹唱。青铜杯盏里盛满了琼浆玉液，绣满龙纹凤鸟的宫灯排成二十八星宿。两侧纱幔缥缈如烟，金台龙椅上，坐着的是他日思夜想的仇人。他做梦都想斩掉他的首级，以至于每天都幻想着将他的首级提在手中的景象。

可待他再次睁开眼时，手旁已没有了那人的首级，眼前的景象是夕阳余晖，他半倚半靠地坐在山洞里，身上的伤口已包满了草药，浑浑噩噩之中，他听见洞外响起枯叶碎裂的声响，轻盈的脚步声传来，透过金色的夕阳，他看到一抹清瘦的身影闯进眼帘。

那脸庞就像幻影般缠绕着他多年，许是到死都无法释怀。她手中的篮子里装着草药，裙摆上染着他身上的血迹，见他醒来，她声音有些怯懦，支吾着退后。

他吃力地喊住她，谢过她的救命之恩，又道出自己的名字："我叫阿焰……你我曾有过一面之缘，我还不知道你的名字……"

她缓缓地看向他，犹豫许久，才小声回应道："我姓林，名缨皓。"她又

说，"旁人都叫我林女，或是阿皓。"

那之后的几日里，林女都在山洞中照顾着阿焰。她是在从家里逃出时看到了受伤昏迷的阿焰，自是不能见死不救，一路费尽力气才将他拖到了远离村庄的山洞中。阿焰问她为何要从家里逃跑，林女说她爹娘生下七个孩子，她是第三个，已年满二十。哥姐早年离开村子去了他国谋生，然而至今生死不明；下头的弟妹们嗷嗷待哺，又逢灾年，饿殍遍地，她爹为了养活其他孩子，不得已把她卖去有钱人家做小老婆，能换十袋米，够家里吃上一年的了。

可她辗转反侧，实在不想牺牲自己，便连夜逃了。

阿焰听后，沉默良久，林女反倒欣慰地说："幸好遇见了你，有你陪我在山洞里做伴，又能采摘山林里的野菜充饥，我倒也觉得是件幸事了。"

她的声音、话语、表情都如潺潺泉水一般渗进了阿焰的心底深处，温柔地包裹住了他那颗几乎早已死去的心。是在她的悉心照料下，他的身体一点点地恢复了原本的状态，便也会走出山洞，去山上寻些野果子回来。林女在他外出的时候，会在洞外生火煮汤，虽说都是野菜熬成的汤，可在易子而食的乱世中来说，已是极为奢侈的吃食了。

若是在山中遇见漂亮的石头，阿焰会用匕首将石头打磨出圆润的形状，再串成手链，带回去送给林女。

林女很喜欢这些小物件，她总说："你就像是和我年岁最为接近的一个弟弟，可惜他去年因饥饿而死，要是今年还活着，和你一样，也是十五岁。"

阿焰静默地听着这些，手里的宝剑削着木柴，可以做出筷子、木勺，还有刻有她名字的木牌。她把野麦穗拴在木牌下头，挂在腰间，哪怕没有玉佩贵重，倒也成了爱美年纪中难得的装饰。

那段日子里，他们二人相依为命，一起度过了艰苦的时日。然而对阿焰来说，他竟觉得那段时光是他过去，乃至日后数十年里最为快乐、幸福的光景。每天清晨只要睁开眼睛，就能看到她在山洞外头忙碌的身影，他也会立即起身去寻更多的食物，运气好的话，还会在山上抓到一只瘦弱的野兔。她总是微笑着迎他下山回来，从不问他的来历与过去，只关切他："山上风凉吗？今天开心吗？"

他每次都是略显木讷地点头，却从未告诉过她，自己在看到她时，心中荡漾而出的热忱。那些情愫像水，又像火，交织成一片繁复的云河图，密不透风地覆在他心上，令他整日都摇曳在平静、温暖的湖面，竟无数次地暗暗决定过：倘若一辈子都这样过下去，也是不错。

只可惜天不遂人愿，他的使命还未完成，便不配享受这般安宁如仙的生活。在一个暗寂的雨夜里，事先约定好期限的将领带领一队士兵找到了他。那时的他正背着柴火下山，还未回到山洞，便见那若干人等他跪拜请罪。

该来的到底还是来了。他暗下眼神，深深地叹了一口气。

将领已经迟来了半月有余，实在是因焰国内乱不断，他们险些丧命，并非有意拖延期限。阿焰并不怪他们，只说："你们先在此等候，待我把柴火放回山洞，就来此处和你们会合。"

说罢，他快步朝山洞走去。想到今日许是最后一面，他必要再见上她一眼，起码要安顿好她，若是被她家人抓回去的话……不，他忽然意识到，他可以带她一起走。

是啊，他的军队会护她周全，他也会护她周全，为何一定要分别呢？

这般决定后，他已然回到了洞口。只是映入眼帘的，竟是她与别的男子相拥的画面。

那男子怜惜地抚着她的脸颊，又将装着白薯的布袋递给她。原来每日都会吃到的白薯并非她亲自寻觅，而是有人特意送来的。且他们举止亲昵，年岁相仿，他唤她阿皓，她称他云郎，他们正是一对苦命的鸳鸯。

也许阿焰该成全他们才对，毕竟他们一定早就在他出现之前就相爱了。是迫于乱世、迫于灾荒，他们才不能相守，所以林女躲避在山洞里的这段时间，她的恋人总会偷偷来探望她。可恋人同样出身卑微，无法给她生存保障，她又不敢回去家里，只好藏身于此处。

但阿焰，又怎会同意旁人将他这一缕苟活的希望抢走呢？

她纵然只把他当成弟弟看待，可他却把她当作污浊生命中最为晶莹的光晕。所以他没了思考，只管抽出鞘中宝剑，朝着试图夺走他希望的人斩去。

如若不是林女警觉地发现危机，推开了恋人，阿焰那一剑必定会取下他的首级。

所幸那跌倒在地上的恋人只是被砍中了手臂，血液染湿了衣襟，林女担忧地伏在他身边观察伤势，阿焰红着眼走近他们，林女忽然憎恨地看向他，含泪怒斥道："你胆敢再靠近一步的话，我即便是拼死，也会杀了你！"

阿焰愣住了。夜雨在头顶如刀坠落，天际尽头陡然落下一声惊雷，他

眼里的绝望在轰隆的雷声里定格。而那些察觉到争斗声的将领们已然匆匆赶来，见到阿焰面前的一对男女，他们正欲冲上前来，阿焰抬起手臂，以剑拦住他们。

"王爷！"为首的将领低唤一声，似是在提醒他：这对男女留不得，若是他们走漏了风声，将会坏了大事。

第二十四节

　　林女因听到这称谓而惊慌困惑地看向阿焰，她眼里闪过种种复杂的情绪，似迷茫、震惊、不安、无助……半晌，她嗫嚅着苍白干裂的嘴唇问道："你……是个王爷？"

　　阿焰没有回答，只是抬头望向远山之后层层叠叠的高楼——虽只是渺小的一点，却是他仇恨的终点。那里便是菱国，翻过远山，他便可与埋伏在山脚下的大部队会合，一旦攻进城门，他就可以血洗城池、报仇雪恨。

　　"你和我一起走吧，留在这村子里，你只有死路一条。如今没有退路了，与其饿死，不如舍弃一切。"阿焰重新看向林女，向她伸出了手。

　　林女没有丝毫犹豫地摇头拒绝，她要和她的恋人在一起，她不会和阿焰走。

　　"那我便杀了他。"阿焰威胁道。

　　林女毫无畏惧道："他死，我死。"

　　阿焰站在她面前，长久地出神。雨越下越大，雾气升腾，潮湿沉重，黏附在他冷峻的脸颊上。他杀了数不清的人，这一路，他见惯了尸体与白骨，索性不再回头，只管一直一直地往下走。他从不停留，一心要变得更强。他要强大，更强大，再强大一些，踩着鲜血、头颅、尸山向上攀登，他要俯瞰这世间的壮丽山河，因为只有那样，他才能抵御一切外侮。

　　然而……为什么要遇见她？为什么偏偏遇见了，却又得不到？

　　阿焰的脸色，一点点地黯淡下去，他最后问她："为什么是他，不是我？"

　　她犹豫地蹙起眉："你就像是我的弟弟。"谁会对自己的弟弟有男女之想呢？

　　这句话伤阿焰最深，大概是不想被她看见自己仓皇的神色，大概……是不愿被将领们听见更多，总之，阿焰将剑入鞘，然后头也不回地从林女身边

走过。将领们迅速追上他的脚步，唯独走在最后的将领停下了身形。他回过头，看向林女和她的恋人。彼此静默地凝视，杀意在雨幕中逐渐清晰。

雨极大，拍打在少年瘦削却坚定的臂膀上。阿焰骑上了将领们带来的马，他握紧缰绳，仿若再无留恋地冲向了远山后头的城池。而山脚下，阿焰最为信赖的将军虞陶已带兵静候，他们二人只携五百精锐死士，趁夜打入城内展开突袭。终于一路浴血杀进皇宫，削下了他那残暴姑父的头颅，将他忍辱负重多年的姑姑救出了魔窟。

攻下菱国的短短十日里，他实现了他的愿望，两年来的忍辱负重，终是等到了雪耻之时。虞陶带领众将在菱国皇宫中饮酒作乐、高歌起舞，阿焰命人安顿好姑姑之后，便独自一人坐在宫殿里出神，手中把玩着刻有"林女"二字的木牌，背面则刻着"阿焰"。他以为把他与她的名字放在一处，便可永永远远彼此相依，却不懂人心不由他来定，更不懂男女之情总是浓时转淡。然而，在吞并菱国之后，他心中的牵挂到底还是再度苏醒，终是连夜骑马赶回了那个村庄。

离开菱国不久，天空便又下起了雪。想来菱国四季如春，而相邻的小小丽国却气候恶劣，等他到达那村庄时，天色已亮，雪也已积到了脚踝，他翻身下马，失神地望着破败如残垣断壁的村口，眼里布满了震惊和迷惘。

空气中充满了血肉腐烂的臭味，他的靴子踩在沾满凝固血液的雪地中，不敢相信地看着满地的村民尸体。

他们已经死了很久了，身上的肉都烂掉了，被黑鸦啃食、野狗撕咬，还有幸存的幼童从尸体的腿上割肉带走。他拦住一名衣衫褴褛的幼童，询问到底发生了什么，幼童只顾着生吃血肉，根本无心理会他。

见此情景，他心下一惊，当即跑去那间熟悉的房屋。他竟也开始祈祷了，在心中不停地念着向神明诉求的语句，然而天公尚未听到他卑微的祈求，因为那间房屋里，只有破败、残缺的死尸。他在一未的尸体前驻留了一会儿，又缓缓走向屋内，看到老人与夫妇倒在地上，满身都是干涸了的血。再看干草上头，三辰趴着，二寅躺着，皆是直直地睁着灰白的眼球，蚊虫落在眼珠上，嗡嗡作响。他沉默地伸出手，合上了二寅那尚未瞑目的眼。

半晌，他浑浑噩噩地转身离开，一路穿过东倒西歪、开膛破肚的尸体，终于找到了她的家。那个时候，她倚在木桌旁奄奄一息，整个人瘦如枯槁，见到他出现，她先是惊慌不已，而后满眼怨恨。

他庆幸她还活着，正打算去将马背上的干粮拿来，却听到她虚弱地咒骂他道："你实在狠毒……派你的人杀了云郎不说，甚至还杀掉了一未全家……他们曾经有恩于你，你怎可恩将仇报？全村的人……都因你而死，你连恶鬼都不如……"

在十天之前，那位走在最后的将领担心村子里的人会把阿焰出没的消息透露给菱国，所以干脆杀光了所有无辜的村民，而后才若无其事地追上阿焰等人。唯独留下了林女活口，还有几个幸在岸边玩耍的幼童。想来，那位将领是不敢对阿焰心仪的女子下手，到底还是要留她一条性命。

可是，村子里的人全都死了，林女惊吓过度，昏迷了三天三夜，又因恋人的死而郁郁寡欢，再加上天寒地冻，大雪不断，粮食早没了，林间的野菜野果也一并被积雪覆盖，她如今，已有七天未进滴水，如纸片一般苍白无力、摇摇欲坠。

阿焰要救她，她却宁死不肯，只要阿焰敢接近她一步，她便会一头撞死在他面前。阿焰甚至哀求起她来，要她和他走，哪怕……哪怕在日后，他把自己这条命偿还给她也好。

林女潸然泪下，终是绝情地不愿再看他一眼。阿焰万分焦急，只好跑出去寻自己的马，飞快地拿着干粮重新回来。

可再次见到她时，她已经昏倒在地了。

阿焰失魂落魄地走过去，轻轻地抱起她轻如蝉翼的身体，手掌抚过她冰冷的脸颊，溃烂的手脚……这是他第一次触碰到她，恍惚间有水迹砸在她脸上，咸涩的味道流进她嘴里，她吃力地睁开眼，浑浊的眼珠看向他，有气无力地说道："你走吧……日后，要做个怜爱百姓的明君……你还小，可要好生……长大……才是……你定要……长命百岁啊……"最后，一滴灰白的泪水从她眼角滑下，她疲乏地闭上了眼睛，草草地结束了她短暂、痛苦的二十载。

他啜泣了一声，呜咽着低下头，将她紧紧搂在怀中，像是一种完全占有她的姿势，他恨不得将她揉进自己的胸膛里。他腰间的木牌摇摇晃晃，一面刻着"林女"，另一面刻着"阿焰"。他想要把她抱起来，可好几次，都重重地跌跪在地，他只是不停地流泪，肺腑里仿佛有利刃在绞动，一片片地割着他的心，折磨着他的意志。

他忽然绝望地号啕着嘶喊起来，那痛不欲生、撕心裂肺的悲切几乎震碎

了南葵的整颗心脏。

她站在角落里，哀伤地凝望着十五岁的国君，他怀抱着他一生的挚爱，满心、满眼的悲痛，哪怕日后的他将手握万里山河、脚踏星云宫殿，却依旧改变不了他救不下心爱女子的事实。思及此，南葵忽然感到他承受着的痛苦就是世人的皆苦。

吾既世人，吾本不愿杀戮，世人也不喜杀戮，然吾因迫害而反抗，世人因饥饿而相食，吾因受人害而报仇，世人因受吾害而反目。同样是苦，苦怒相似，乱世一片虚无，吾终是在这肮脏、丑陋、残酷、腐烂的欲念沉浮的世道之中迷失。

而五道之中，一为天道，二为人道，三为禽兽道，四为饿鬼道，五为地狱道，合五为一，便是众生之道。

国君的这段记忆，大概是他日后治国处事风格的巨大转折。发生在那个小小村落里的一切，虽是意外之举，却刻骨铭心。在村落中，天道代表了一未一家人，他们虽然贫寒饥饿，却依旧接纳了外来的国君，仿佛可以做到无私地牺牲自我，从而去包罗万象。

人道，便是林女了。她出于自身的纯善救下了国君，又坚持自己的原则不肯和他离开村庄，但在死前，还是把美好的祝福留给了他。

禽兽道是恶霸老爷一家，他们抛弃了人性，以吞食弱小为荣，且毫无悔过之心。

饿鬼道，则是国君自己。他携着沉重的欲念与杀戮之心行走在人世，背负着无数条性命而不肯回头。

地狱道是屠杀了整个村子的将领。他把一切生机泯灭，令饥饿无辜的村民死在胜似炼狱的煎熬之中。

但众生之道，依然是真实存在的，生存与消亡，从来都是不可分离，唯有将世间的苦难、悲欢、痛楚、仁爱、怜悯都纳入心中，才能与众生共处，才能在颠倒黑白、天地晦暗的乱世之中主宰众生。

南葵因国君深藏在内心深处的记忆而幽幽喟叹，她曾以为，林氏女子是与他有过极深渊源的情人，却不曾想到，她是指引他去往人道的关键。

在遇见林女之前，国君的心中许是只有杀戮与征伐，唯独遇见她之后，他的心底增添了一抹善意和柔色。哪怕依然微不足道，却足以令他在日后反复怀念。

可为他带来改变的女子却永远地死去了。听说,人死之后此魂回太和;爽灵主贵,人死之后此魂归于五岳阴间;幽精主衰,人死之后此魂归水府。

三魂各走三条路线,不归于一体。寿终正寝,且德高望重者,爽灵与幽精会很快地合为一体,这两魂合而为一就是阴魂,而胎光则叫阳魂。阴阳重新组合才可往生轮回。

然而,若是意外死亡、自行了断、病死、饿死的话,幽精和爽灵定然无法很快地合为一体,出现这些情形的话,自是无法到地府报到。

入地狱无门,去天上无路,便成了孤魂野鬼。

只有做法事超度,将其安排进入地府,才有机会重新轮回往生。

也不知国君的林女,如今是否已得以转世。南葵想到她是因饥饿而死,也许会丢了生前最为重要的"魄"。

依照孟婆传承给南葵的记忆,她知晓"魄"是指人与生俱来的各种感觉、反应、反射等本能行为,以及人的精力、胆识等。由此,体现了"魄"的两种生理功能。

一则,指本能行为。本能行为是"魄"的一种表现,如婴孩降生之后的吮乳吸食、啼哭嬉笑、耳听目视、手足运动等,这些本能行为有些是在无意识状态下进行的。

二则,指体魄、胆识和魄力。世人常说"有气魄""有魄力""体魄好",便是说明,"魄"还可以通过人的体魄、胆识和魄力等方面表现出来。

书中曾有记载"七魄"之说,魄分为七种,各有名字。

一为尸狗。保持警觉及听觉功能,主宰着肢体行动;

二为伏矢。主宰着记忆、心跳及喜、怒、哀、惧、爱、恶、欲等感知;

三为雀阴。代表了男女之间的情爱欲望、生育之事;

四为臭肺。呼吸、闻、嗅,皆与此有关;

五为非毒。红尘之人的味偏颇、散除淤积都来自此处;

六为吞贼。主宰进食、抵御外邪,包括自我的调整与修复;

七为除秽。可辟除邪气、摒除杂念。

"魂者阳之精也,魄者阴之形也",便是说,魄是世人肉体的功能。再者,"七日来复。其见天地之心,是以人生四十九日而七魄全,其死则四十九日而七魄绝,此来复之数、阴阳之极也",也是人在生下来时,七七之数七魄的功能才完整,死后七七之数,七魄的功能才会消散,所以人死之

后，要祭祀七七四十九天。

"然而，若是没有祭祀七七四十九天的话，魂魄怕是难以转世超生。"南葵这样喃声说着，而后，缓缓地睁开了双眼。

坐在她面前的虞氏姐妹正静默地望着她，案桌上的蜡烛燃到了一半，虞北栀轻声询问道："孟姑娘，你方才假寐了片刻，可有从梦中寻到什么线索吗？"

南葵看向她，接着又转向虞北棠，只觉面前宠妃的娟秀容貌与梦中女子极为相似。虽说虞氏姐妹本就长得相像，可虞北棠的眉眼间却多了一股子淡雅的韵致，想必，这便是国君格外宠爱于她的原因。

卿似故人，如见梦回。

南葵略感哀伤地垂下眼，凝神思索般地回答虞北栀道："眼下，我尚不能有所定夺，梦中内容并不足以让我看见全部线索，但是……"

虞北栀追问："但是什么？"

"焰国当今的国君，并非一个冷血无情的暴君。"南葵抬起眼，再一次看向了虞北棠。

虞北棠始终沉默不语，听闻南葵道出此话，她的表情也未有丝毫变化，只是缓缓地站起身，推开了窗子，凝望着外面的夜色沉声道："又下雪了。"

南葵也循望过去，只见外头素白弥漫，一如国君记忆中的十五岁。

那场雪极大，隔日一早，国君便终止了还余下三日的秋猎，带着妃嫔与属下冒雪返回了皇宫之中。路上积雪深厚，车马行路艰难，可他并未顾及女眷们要忍受颠簸，只管下令加快行程。

一连五日的鹅毛大雪，待到回到内城之中，南雀城里已被雪色覆盖。

这场意外之雪自是导致了灾害横行，庄稼被大雪掩埋，百姓们缺衣少粮，也有住在城边的百户人家因被困在山下而全部饿死，不过是短短五日，焰国城郊处竟已是饿殍遍地，光景十分惨淡。

且因这一场天灾来袭，被挡在城外数年的蛮族之人竟开始蠢蠢欲动，俨然滋生了进犯之意。只是，虞陶因处理城边难民一事而被越发狂乱的暴雪困在了归城的途中。虽说边境一旦遭遇入侵，虞陶恰逢身处城郊，倒是可以与之一战。然而周边百姓较多，虞陶身边只有不足百名士兵，怕是无法守得住城门。

不过……真若战事来临，倒是可以疏散百姓爬上边境长城避难。虞陶望着伫立在面前的巍峨城墙，心中不禁想到：当年，国君因修建长城而被朝臣与百姓指责浪费人力财力，如今却都要依靠这城墙才能抵御外袭了。

想必国君早已料到了安逸之后将会发生的种种惨剧。世人都道他无情冷酷，却不知他已凌驾在众人之上，而唯有超越人性、舍弃道德，才能成为接近"神"或是"圣"的存在。

凡人无法保护子民与疆土，能从炼狱之中浴火而生的，不是神，便是鬼。

思及此，虞陶凝神垂眼，他自己又何尝不是那个赞美牺牲的人呢？士兵们牺牲自己，以为可以换来和平的盛世，虞陶作为将军，他赞美士兵的牺牲，让更多的年轻生命前仆后继地去牺牲，却从没有告诉过死者：盛世的长久，唯有不断地以鲜血来灌溉。

那么，维系着盛世的，究竟是谎言，还是死亡呢？征战沙场数十载的虞陶，竟第一次有了这种令他自己都为之震惊的可怕顾虑。

而在同一时刻，南葵已然回到了家中，她本是不想去见父母双亲的，只因如今的她已是孟婆，人间一行无非是完成使命，而后便要回去冥帝身边做他钦点的守桥之人，又何必对父母徒增离别之痛呢？

只是，眼下天灾人祸，战事可危，南葵正迟疑着是否要随姬仁宣走进的时候，家奴忽然急匆匆地从内院跑了出来，见到门口的姬仁宣，他立即前来通报道："仁宣公子，你可算回来了，老爷他……他吐血了……"

听闻此话的姬仁宣与南葵皆大惊，二人来不及再思量，赶忙同家奴奔去房内。

姬府院内的景色丝毫未变，南葵在匆忙之间瞥见熟悉的长廊、砖瓦……心中不禁升起酸涩之苦。待到进了父亲房里，侍女们正在跟前伺候着，而他，已是垂老迟暮、两鬓银白。

见到姬仁宣来了，姬牧弈想要从榻上起身，却无力支撑，母亲赶忙扶住他，围在身侧的侍女恭敬地退去了一旁，南葵便是在这时缓缓地走向了她的双亲。

纵然她面容已改，早已不再是当日的姬南葵，可深爱女儿的双亲又怎会识不出她的本来面目呢？这一现身，便令母亲几欲喜极而泣，她虽不敢置信，却还是欣喜若狂地将南葵打量一番，抚摸她的脸颊、眉眼、肩膀……直念是她的女儿，是女儿安然无恙地回来了！

孟婆传奇之南葵篇

旁边的侍女们一头雾水，她们自然是认不出南葵的。姬仁宣怕节外生枝，便赶忙将她们遣了出去。再关好房门，让南葵一家三口尽享重逢之喜。

待到思念全部诉尽，母亲擦拭着眼角泪水，只管沉浸在失而复得的欢喜之中。南葵并没有将全部实情道出，想来她是已死之人，自当不愿让父母再承受一次失去她的悲痛。便只道日后还要回去昆仑山脚下，因与昆仑圣姑有过约定，故不能在尘世逗留太久。

听及"圣姑"二字，姬牧弈略有片刻的恍然，醒神之后，他摆了摆手，又对妻子和姬仁宣说道："你们先去堂内叮嘱侍女准备些饭食吧，我有话要和葵儿单独说。"

妻子与姬仁宣彼此交换了一个眼神，又都深深地望了一眼南葵，然后便一同离开了。

夜色已深，万籁俱寂，此时已经是四更天了。姬牧弈咳起来，他赶忙拿出帕子，有血咳在上面，浸红了苏绣织成的素帕。南葵神色惊慌，姬牧弈要她什么都不必说，他知道自己的身体是什么状况。

"许是毒性在体内留下的残余……"说到此处，姬牧弈不由叹道，"想我姬家曾是朝中重臣，当年我也是国君身旁的心腹。盛世美名、荣华富贵自是不在话下，却还是斗不过旁人的暗算。"

南葵察觉到父亲话语中的愤慨与懊悔，不禁诧异道："父亲竟知这是遭人暗算？"

姬牧弈点点头，抬起略显浑浊的眸子望向南葵："葵儿，你是心孝的孩子，冒死前往昆仑寻药，也有我当年攀上昆仑雪山的视死如归。可你却比我要重情重义得多。当年，我是为了保命；而你，却是为了救父。想来你我性情极像，总归不适合在尔虞我诈的环境里生存。但你如今义无反顾地选择回来，定是为了解开心中所有的谜团。为父并不想你深陷危险，也不愿你被卷入重重迷雾之中。"

"原来父亲早已知其中有诈。只是……"南葵握紧双拳，问道，"在父亲心中，这狠辣歹毒之人可有眉目？"姬牧弈像是回忆起了年轻时的景象，想起他二十余岁时，也曾被册封为二品朝臣，又因一桩意外之事而不得已逃离宫廷，被迫以寻到昆仑神铁来换取日后安宁。

"为父本是痛恨宦海沉浮的，可当年，国君恳求于我，我也不得不做。"姬牧弈忆道，"那日，我挑选出了贡品，我还记得她是小常村铁匠杨氏的幺女，生得甚美，是一顶一的美人。她爹为了五十两银子便把她卖了过来，她才十五岁，哭得厉害，我同情她，便打算偷偷放走她，可是……却被辜峤发现了。"讲到这里，姬牧弈露出了愧惜神色，"可惜了，杨氏那日过于惊恐，又不愿把我供出，便还是被辜峤押进了长城的砖瓦中做了贡品，被活活地封在了墙里。"

南葵震惊地蹙起了眉："作为贡品，便是被砌进墙中成为长城的血肉不成？"

姬牧弈长叹一声："帝师提议之举，自有其圆说的理由。若想建造一座巍峨、壮丽，且能抵御外袭的城墙，必然要以活人的身体来献祭。一旦城墙具有脉动，才会彰显灵性，自然可以保佑国家风调雨顺、盛世太平了。"

南葵缩紧了瞳孔，她仿佛看到烛台的火苗被忽来的夜风吹得摇摇欲坠、奄奄一息："简直是无稽之谈……"

"为父便是因此而坚定了辞官的想法。"姬牧弈说罢，转眼看出南葵的眼中有恨意，便叮咛她道，"葵儿，这些我本不该告知于你的，想来焰国之大，祸乱丛生，这些陋习都是根深蒂固的，绝非一己之力能够改变。我知你正直纯善，但为父已遭人暗算，你也死里逃生，更是不可再轻举妄动。不然，你我父女岂不是白白浪费了这番劫后余生的重逢？"

南葵认真地听着这些，她的表情也逐渐由愤怒变得沉静，最终低声道："父亲放心——我早已不是从前的姬南葵了，自是不会再任由他人摆布。我此次回来，是打算为父亲，为自己，为磨难中的生者、死者，都要讨回一个公道。山河与疆土皆是万众子民共有的，无论是一国之君，抑或是朝中重臣，都不该肆意地践踏百姓的性命。我自当会量力而行，无论是盛世还是乱世，都不该只由一人去做主，去断定。只要还有百姓饿死，这世道，便不是好的世道。"

窗外雪大如鹅毛，姬牧弈听着女儿南葵的一番话，心中既有震撼，也有触动。可更多的，依然还是惧怕。但他从不会阻拦女儿的任何决定，想必她的确是变了，变得更为坚定勇敢、更为博爱宽宏。所以，无论最终结果如何，他都该选择支持她在自己棋盘上的每一步落子。

于是，他伸出手，赞同般地拍了拍南葵的手背。南葵回望父亲，露出了一个感激的笑容。

随后，南葵站起身，是时候离开了。而她离去的背影固然纤弱，却也像

一只金色的大鸟，携着满身圣洁璀璨的光华，竟是要义无反顾地投身去那深渊般的污浊黑暗之中。

已是四更天了。

伴随着呼啸的大雪，冰雨如利刃般落下。南葵并未告知姬仁宣自己的去向，在她离开姬府之后，便冒着雨雪前往边境长城。骏马奔腾在静谧深沉的夜色山林里，马蹄踏在雨地中发出急促又震耳的声响。

冷酷无情的雨雪打湿了她的衣襟。

"吁——"

南葵突然勒住缰绳，停下来仔细打量四周。即便风雪雨水在一定程度上模糊了视线，可这周遭景色她此前必定是见过的。她立即知道自己是在兜圈子。

南葵心中有疑虑，抬起头望着夜空，乌云遮住了残月，又一点点地移开，露出了鲜红如血的光亮。

是天狗食月。

书中曾有记载：又西三百里，曰阴山。浊浴之水出焉，而南流注于番泽，其中多文贝。有兽焉，其状如狸而白首，名曰天狗，其音如榴榴，可以御凶。

南葵眯了眯眼，她知道，一旦出现天狗食月的情形，腰间的回廊弯刀就会将她拉进上一次的梦魇之中，虽然时间很短，待到天狗吃完月亮就会结束，可却为南葵创造了一个绝佳的机会。而天狗不仅会吃掉月亮，连同私下逃窜的妖魔鬼怪、魑魅魍魉也会一并吞入腹里，所以南葵周遭的景象在顷刻间就陷入了无尽的黑暗中。

待她重新回过头，发现雨雪之中站着一个身形清瘦的人影。他穿着金袍，正凝望着书房墙壁上悬挂的浩瀚山河图，是身在皇宫的国君。回廊弯刀不仅将南葵带进了国君的梦中，还将他假寐之前的景象也一并呈给她看。

南葵不能耽搁，翻身下马的瞬间，马匹在梦里就幻化成了一股青烟消散。她踏着袅袅烟雾走向国君，随即化作了一名蒙面道姑的模样。

国君察觉到有外人闯进来，转身去看，只见气韵不凡的道姑站在他面前，一上来竟是当头怪罪他道："焰国君主，这场连下数日的大雪是上天降罪于你的责罚。到了今日，你可知罪？"

国君的眼神极为冷锐，似一口深不见底的幽井，语气轻蔑道："好大的胆子，你一个小小道姑，也敢同寡人这般说话？不怕身首异处吗？"

道姑不急不恼，只一挥水袖，将多年前焰国的悲苦景象变幻而出，字字珠玑道："二十余年前，你曾因那一个奖励生子的政策导致不计其数的女婴丧命，促使哀怨丛生，继而导致冥府里多出了许多哀怨凄楚的悲鸣，此等罪孽滔天之举，已然影响到了万物的平衡，自是需要国君以血罚罪。"

这话令国君略有一怔，他思虑着那项奖励生子的国策，也知前后出现过许多反对的声音，若说有人因其流血，自是不在话下，毕竟新政施行之初，百姓们都不会安安分分地接受。可要说因此而害得不计其数的女婴丧命，又导致哀怨四起、祸乱人间，倒有些夸大其词了。他身为一国之君，并未使用强权去推行此番政策，百姓皆是自愿加入生子之列的，故此，他又如何会成为迫害女婴的罪魁祸首呢？

但道姑幻化而出的炼狱景象的确是历历在目，也不容他做丝毫狡辩了。数十年前，他曾听闻父皇自断两指，写下"国耻"二字，留给子孙后代作警钟。如今换成他，同样可以义无反顾。

不过是几滴血罢了，又有何妨？

更何况，他今日应她要求割指滴血，并非为了赎罪，而是要她明白，区区几滴血液是不足以平复任何罪孽的，人死不能复生，历史不可改写。

他摘下腰间的一块玉佩，稍一用力，掰成两半，再以尖锐的棱角划破指腹，就在那道姑的面前，他将指尖流出的血液滴在黑暗的地面。

一滴，两滴，三滴……坠落的血液在瞬间凝结，聚成了一颗极小，却晶莹的赤色红珠。

那红珠缓缓地移到半空中，当即便被道姑收进了自己的手掌里。

国君的血液凝聚在她的掌中，她一转手，将那血抹在了回廊弯刀的刀刃上头。

刹那间，弯刀金光四散，周遭的黑暗皆被鲜血中的记忆吞噬，铺天盖地袭向她的，是不可一世的国君的过去。

九州大陆，百年动荡，焰国由弱变强之前，已是经历了无数次的分分合合、合合分分。年长一些的老人回想当初，也会称年轻时的国君是个传奇。

然而，他们也只认为而立之龄前的国君，才配叫作传奇。

的确，沾染着鲜血、杀伐、纸醉金迷与乱世跌宕的国君记忆布满了风华，着实令人感到光怪陆离、沉迷深陷。国君少年称帝，弱冠之时，便已建立功业、接受重臣朝拜，似是一位无往不利的国君。

如果没有林女那件伤心事在前，乳名为阿焰的国君的一生，将可媲美无暇二字。想来他原本的雄心壮志，从未被金戈铁马粉碎成断壁残垣，反而被软玉温床损去了美质。所幸世人不知此番肝肠寸断的纠葛，便也不必为其而感到唏嘘。至于后话，在阿焰登基称帝之后，自是开始了彰显野心的一连串改革。修运河，建皇宫，筑长城……大兴土木，荒废耕地，这期间也浪费了大把大把的真金白银，一度令朝中重臣怨声载道、奏折漫天。

曾经的遗老德高望重，对年轻的国君充满质疑，正所谓主少而国疑，大臣未附，也乃人之常情。然而，当年鼎立于九州的三个强国已基本形成了稳定疆域，其他周边小国星罗棋布，国力均已濒临极限，故不愿再战。想来那个时候，焰国上下一齐谏言，应趁势攻打其他小国，从而再吞并疆土。可真正的国君权威并不只是下达战令，更需要知悉与控制自己与臣子的野心。即使他过于年轻，也深知休养生息对于一个立足未稳的国家来说有多重要。于是，在停战的第一年里，他着手修起了运河。

在他国皆以奖励农耕为国策之际，国君修运河的举动令朝臣与百姓都觉得荒唐可笑，且耗费了过多的人力、财力，令众人纷纷将昏君的名号扣在了他的头上。

遥想当年酷暑炎热之时，他不顾一切反对，率领二百万子民开凿起了运河，累死劳工无数，一度给民众带来深重灾难。据参与当年修建运河的老者回忆，那时正逢旱灾，虽无刀兵之祸，却水源难寻，唯少数人愿日夜挖掘、为国捐躯，只因他们相信那"昏庸"的国君会为他们的妻子、儿女带来更为纯粹的盛世。

诚然，他们是少之又少的能够理解国君内心的群体。想来修运河，也的确是国君默默为国筹划的豪举。在那个群雄逐鹿、朝不保夕的时期，强国要想稳住根基，必要有三大不可或缺的法宝。

一是充足的物资供应，以此来建立牢固的经济基础；二是要将朝廷之令以最快的速度传去四面八方，以此来强化集权统治；三是要有能够迅速调遣军队、军需物品的途径，目的是镇压地方叛乱。而能够同时实现这些的，便

只有可以冲破千山阻隔的运河。

山川河流，日月风雨，焰国的大运河是一条可以贯穿幽冥忘川的水路。它耗尽了二百万子民的性命与鲜血，花费了几万吨的金银珠玉，耗时一年零四十一天，最终修成了一条长一千多千米、宽四十步，可以隔断阴阳、生死的巨大深渊，沿着焰国的疆土一路奔流，汇集了无数亡灵的梦魇，铸成了千秋的伟业。

从此这条运河成了焰国的生命线。它将南北两城与中心经济区连在了一起，使以南雀城为核心的焰国彻彻底底地成了一个紧密的整体。

只是，当百姓们感叹并折服于国君的功绩之时，他却带领皇亲国戚、妃嫔女眷在流淌着工人鲜血的运河之上游玩。不仅如此，国君还命工匠修建了千百艘楼船，高约四十尺，长二百余尺，上有正殿、内殿，饰以珠玉，满目琳琅。还召集数千名画师为舟船绘彩描图，船身上有朱雀、苍龙、白虎、玄武……且妃嫔们的脂粉溢满了河水，香气刺鼻，污了水源。而这般旌旗衬风帆、照耀川陆，骑兵又要在两岸护送，蹄声隆隆，倒也验证了国君骄奢无度的恶名，由此一来，自是令街市巷角充斥着连连骂声。

自那之后，民间皆道国君骄奢淫逸、劳民伤财，其大肆挥霍加剧了民众的税收负担，运河壮举反而成了"诸恶之端"。

就在焰国君主醉生梦死之际，与其鼎立的另两国已然滋生起了虎视眈眈之意。他们都想趁此机会攻破焰国，便可打破三国鼎立的局面。一统九州从来都令帝王将相魂牵梦萦，在所有人都认定焰国气数已尽之时，沉迷于骄奢之中的国君却在暗地里建起了长城。

就在焰国的边境地带，就在他国将心思集中在如何一举铲除焰国的时候，那看似昏庸的国君，早已部署起了遮天蔽日的天罗地网。

长城万里，可抵御外侮，也可抵御蛮族。待到旁人意识到的时候，城墙已修筑了万余里，在最大限度上将敌人挡在了焰国的国境之外。

便是在这段卧薪尝胆的时日里，国君命大将军虞陶作好了出征弥国的准备。

想来在世人眼中，国君轻恩寡德；于群臣看来，国君喜怒无常。多年来，他总是专宠权贵之女，惹得一众妃嫔不满，于是深受独宠的妃嫔总会郁郁而终，抑或是暴毙而亡，大抵是遭到后宫众女的联合迫害。而一旦专宠的贵妃死了，她的家族势力在朝中也会逐渐没落衰退，取而代之的是虞陶的亲信，也有帝师的心腹。国君这等钝刀割肉般的隐忍做法极其狠辣，很快就铲除了反对他的众多遗老，丰满了自身羽翼，使得中央集权达到了如日中天的地步。

尽管多年来，另外的两大强国是国君的眼中钉、肉中刺，可外戚之争才是更为焰国朝堂的心腹之患。出征弥国之举，便是国君打算培育新人良将的开端。虞陶已过而立之年，虽正值壮年，可总会老去。天下统一仍需数十载，更是需要培育出能够顺应时代更迭的新帅。正所谓"千军易得，良将难求"。所以当务之急，便是将远在弥国的异己铲除。

想当年，国君为了与南国建立友好外交关系，把族妹嫁予弥国太子。如今子嗣已诞，又被其他两个强国视为可以威胁焰国的筹码，才令孤高的国君起了杀心。

若弥国肯借机归顺，自可免去一死，归为焰国便是。但当今弥君与焰国的情谊早已随着母亲去世而消亡，国虽小，也不愿成为他国之地。国君也终于明白，这弥君心不与他一处，若久留下去，无疑是纵虎归山。一旦被另外两国收买了去，怕是会对焰国有所不利。

就在国君上演昏君戏码之时，启国已派遣特使多次前往弥国结盟，启君深知国君与弥君的血缘，自是未怀好意。可国君是何等人物，早已获知了风声，索性将计就计，再使出绝妙连环计，请君入瓮，借刀杀人。

于是虞陶才会带兵前去弥国，为的是斩草除根，哪怕对方国君是焰国的亲戚，也丝毫不足以令他手下留情。

然而，那一次出征并未令国君与虞陶满意，失败的结局显现出战乱的迹象。除此之外，还有一件匪夷所思的事。

那是停战后的第七年，焰国国力已经突飞猛进，内外皆已走上正轨，国君虽然对弥国的存在耿耿于怀，却也知道更为紧要的是抵御日渐崛起的北方蛮族。且焰国北境名为"嵓"的城池与北方蛮族接壤，男女通婚，血脉杂乱，嵓的子民已逐渐被蛮族同化，日常用语不再使用焰国语言，连货币也以蛮族的铜币为主。

在国君登基初期，是将嵓作为塞外的边境城池来对待的。他从未重视过嵓，自然也不会去为难那座小城。只不过，随着时间的流逝，长城的修建接近尾声，嵓的重要性开始日益凸显。它人口极少，却是焰国皇室血脉最原始的根源地，所以可以控制北方蛮族。嵓城内有自己的族长，多为蛟族。其人

通体雪白，男善舞，女善歌，是异常美貌的族群，故而成为大量北方蛮族求亲的对象。且蛟族女子少，甚至还可以一妻多夫，是与焰国内地大相迥异的母系族群。

国君知道蛟族族长的话语权要高于北方蛮族部落的大君，唯有收回崮城人的心，才是平定北方蛮族最为重要的一步。

将蛟族族长的女儿纳为后宫之妃已是极高的殊荣，可入宫之后，蛟女无法适应远离故乡的水土，时常大病，令蛟族族长极为不满。国君是不愿伤了和气的，毕竟北方蛮族是眼下最大的威胁。他们野蛮粗俗，常年在马背上生活，毫无仁义之礼可言，时常抢夺边境一带百姓的牛羊、粮食，即便派兵驱逐，那群野兽一般的蛮族也只是暂时避让，待到士兵撤退，他们又会卷土重来，烧杀掠夺、践踏庄稼，可谓是无恶不作，且毫无廉耻可言。

国君也曾想对其用兵，然而崮城人与蛮族的通婚已演变成了密不可分的关系，若是只铲除北方蛮族，崮城日后势必会成为焰国的后顾之忧。若一不做二不休，连崮城一并灭掉，只怕会对国内造成动荡。

便是在此节点，蛟族嫔妃有了身孕。如此一来，国君与蛟族族长之间便有了血脉联系。又逢次年生产前夕，正值清明时节。国君凝望着花园中一片翠绿繁茂，不由想到民间有句话，叫"清明时节人找鬼，中元时节鬼找人"。按时间来论，春祭主祭祖者上半年的运势，秋祭主祭祖者下半年的运势。

从前有位道士在先皇祭祖时说过：万物生命的天道轮转里，每个人都是灵魂的寄主。已离世的人，肉体虽已消亡，但灵魂还在，谓其是命魂不灭。人死后，灵魂会再经轮回。但这个等待的过程可能会持续很久，也许是十几年或几十年，甚至更长的时间。而在此之前，他们就会一直以鬼魂的状态苦苦等待。

有的在生者的家里逗留，能看见自己亲人的一举一动。有的到处游荡，成了孤魂野鬼，过着更为凄惨的日子。这时，若有亲人为他们做焰口超度或者摄召之后听经闻法，孤魂野鬼便能够得到天尊和神仙的慈悲指引，从而摆脱鬼魂状态，走向更光明处。

在等待轮回的日子里，他们同活着的凡人一样，都希望活着的亲人能给他们一些食粮，更盼望着能给他们送来钱财。

即使再入轮回，其命魂依旧是不变的，后人的香火及祭祀，先人的命魂依然可以接收到，从而有了最直观的变化，那就是香火得以延续。历代宗亲的超度与否、安稳与否，直接决定了这个家族后代的发展轨迹，以及承负果报。

人有三魂，胎光主命，死之后魂回太和；爽灵主贵，死后魂归五岳阴间；幽精主衰，死后魂归水府。且人死后三魂七魄中只有一魂去投胎，所以，祭祀对于逝去的亲人、在世的家人都有着非常重要的意义。也就是说，逝去的宗亲血脉无论是否已经踏入轮回之路，都能接收到祭祀和供养的信息。

刚想到此处，殿内便传来众人惊慌失措的尖叫声。国君循声望去，只见双手染血的侍女们纷纷跑了出来，其中一人见到国君，当即跪下，仓皇地嗫嚅道：娘娘血崩……皇子……也未能保住。

她自然不是他最宠爱的妃子，甚至不足以令他感到愉悦。而今她死了，连那本可以与其家族建立血脉关联的子嗣也一并与她同去，就如同是天意一般。国君深知，与崮城之间的纠葛已然是刻不容缓。

诚然，崮城是至关重要的要塞，可保焰国内地不受北方蛮族侵扰。但是千百年来，崮城都被当地豪族盘踞，城中之人无须直接听命于国君，而是听从族长的指令。且城中也有军队，虽不足万人，却装备精良，有传言说，崮城男子除去能歌善舞，还有怪力傍身，一人可敌百人，是骁勇善战的氏族。单凭这一点，已然令国君心生不安。

而蛟族族长听闻女儿死讯后，把怨恨与怪罪都推到了国君身上，认为是昏庸的国君没有将自己的女儿照顾周全，他定要为女儿讨回公道才是。便是因此，朝廷与崮城的关系更为紧张，战争随时会爆发，国君必须先发制人，才能维持局势的平稳。眼下的确是事态紧急，国君的心腹唯辜峤与虞陶一文一武，而他是极度信任虞陶的，也知那二人向来不和。可他深夜召辜峤独自前来，却并不是为了化解朝臣之间的矛盾，而是为了一场不动声色的试探。

那夜，大雨滂沱而下，辜峤的马车停在国君寝宫之外，藏青色车帘被暴雨打得湿漉漉的。宫墙里的琉璃灯被狂风打灭，内罩都刮破了，电闪雷鸣吓坏了前去关窗的守夜侍女，连花枝都被狂风压得折了腰。

而暗寂空旷的书房外，辜峤正静默地站在逆光处等待着。直到木门推开的"吱呀"声响起，他才抬起眼，见国君从书房内徐徐走出，唤了他一声"台辅。"

辜峤颔首致意："陛下。"

国君向他点了点头，而后转回身去，辜峤恭敬地跟随国君一同走进了

书房。

多年来，唯有虞、辜二人可出入国君的书房，他们二人也学会了在此处亲手为国君煮茗。今夜逢雨，本是寒凉，国君取出珍藏的一饼好茶，递向辜峤道："昼短苦夜长，寡人想着与其孤单赏雨，不如邀人来一同试茶，不知台辅可有此雅兴？"

辜峤接过茶饼，微微躬着身退到一旁，在老位置找到平日里使用的紫砂茶壶，一边熟练地温起水，一边答道："陛下能记挂着微臣，自是微臣的福分。"

这偌大的书房内只有他们君臣二人，烛光昏黄，映着彼此的轮廓与心思。明明都已心知肚明，却又都试探般地高谈阔论着无关琐事，直到谈起了年少时的光景，国君忽而话锋一转，道："十余年前，你与寡人皆是意气风发，然而想起那时，始终有一事令寡人对台辅心怀愧疚。"

辜峤握着茶盏的手轻轻动了动，他不敢沉默太久，便催促着自己去问："微臣惶恐，却不知陛下所言何事？"

"台辅那时不过二十出头的年岁，正值风华正茂之际，偏生被寡人派去艰苦的边境地带体察民情，其环境之恶劣寡人也是知道的。所幸……台辅在崮城与爱妻喜结连理，也权当是寡人促成了一桩美事。"

辜峤眼中的光亮暗了下去，手指一颤，茶水从盏内漾出了几滴，溅在手背上，略有炽热。

国君不动声色地打量着他的表情，沉声继续道："如此说来，台辅的爱妻近来可好？崮城蛟族的口音极为繁复，与焰国内地大有不同，不知这么多年过去，她的乡音可有过丝毫的改变？"

"承蒙陛下关怀。"辜峤抬起眼，望向国君，眼角处挂着的笑意极为勉强，"贱内多年来努力学习内地发音，如今已与内地人别无差别了。"

国君似笑非笑道："既是崮城氏族长女，又怎可同内地女子同日而语？寡人深知台辅的爱妻美艳绝伦，怕是连后宫佳丽在她面前都要逊色几分，且她出身高贵，背靠蛟族一脉，实在是焰国与台辅共同的福泽。"

辜峤紧抿着嘴唇，面色逐渐变得苍白，他缓缓地将茶盏放去一旁的案桌上头，而后掀起长袍，当即跪在国君面前，义正词严道："陛下，微臣从未有分毫的欺瞒之心，更是从未忘记过本职身份，即便微臣娶妻于蛟族，也绝不会有半点偏袒崮城的意图。倘若陛下对微臣心有疑虑，那微臣今日便以死明志。"说罢，他心下一横，欲抽出腰间佩剑，国君适时抬起手，制止了他。

"台辅这又是何必，实在是言重了。"国君转手端起自己的茶盏，凑近嘴边轻轻喝下一口，又道，"你辅佐寡人多年，向来都是鞠躬尽瘁、忠贞不二，寡人又怎会怀疑你的忠心呢？只不过……"

这三字一转，辜峤的心口更是一紧，他虽伴于国君身侧数年，可国君喜怒无常，令他始终都猜不透其心思。而今日召见，他早已料到会与妻子有关。的确，妻子是崮城蛟族人，她的身份令国君产生怀疑，也是人之常情，可像国君这样的天选之人，又怎会单凭他的表态就消除自己的疑虑呢？

"只不过，与崮城之间的战事已是不可避免。"国君似有若无地低叹一声，"寡人是不能够失去台辅的，你与虞大将军是寡人的左右臂膀，若是没了其中任何一个，寡人都将是没了利牙的病龙，再无一统山河之力。所以寡人也怕台辅会优柔寡断，被儿女情长乱了阵脚。你与妻子向来恩爱，又如何不会看在她的情面上放崮城一马？"

辜峤坚决道："微臣一向公私分明，绝不会将情感带入国事之中，如若陛下还是不信微臣，那微臣择日便将妻儿送往焰国境外，既不让他们知晓此事，也不会令他们有任何言语上的闪失。"

国君听见这话，眼里的期许瞬间落空了。他默然许久，在这夜深雨凉、万籁俱寂的黑暗里，呼吸仿佛已凝固成冰，丑恶与猜疑如蟒蛇的信子一般缠绕着君臣二人。国君想到的是这拥有谋略与计策的帝师若是背叛国家，后果将不堪设想；而臣子心中在意的，却只有十余年前，临水轩榭上，船舟在码头旁刚刚停靠，拨开船身纱幕的妙龄少女踏出一只绣花蝴蝶鞋履，裙摆上的锦绣绚烂如芒，朦朦胧胧的朝雾之中，她抬眼时的流光如美玉闪耀，令他再也移不开视线。

王要天下，臣爱卿卿，这君臣早已背道而驰，却又不肯放过彼此。

而到了如今，臣已知王对自己的信任不再如初，或许从他携着妻子回到焰国内地时，这份本是坚不可摧的君臣之情便已摇摇欲坠，眼下更是支离破碎了。一面是家国道义，一面是长情誓约，他本想再寻一两全之策，怎奈国君忽然冷漠地道："台辅，你的心意寡人已是明了，今夜就聊到这里，且回吧。"

辜峤一怔，抬起头来，国君已然从椅子上站起。他便锁紧眉头，恭敬地道了一声遵命，而后起身，退了出去。

孟婆传奇之南葵篇

雨势未停，马车在暗夜中似虚幻的图腾。辜峤并未撑伞，淋着雨上了马车，衣襟已被打得湿透，他命仆人速速驾车回府。

车轮快速转动起来，辜峤忽闻异样，敏锐地撩开车帘一角，只见不远处有一匹黑色的马驹向国君的殿堂走去。马背上的身影几乎融进了黑夜，唯有盔甲上的冷芒刺痛眼睛。

是虞陶。

辜峤放下车帘，他的心也一并沉了下去。必须尽快将妻儿送去更为安全的地方……在人间炼狱还未到来之前。

想来红尘宦海，无非是"宏图霸业"四字令无数英雄折腰。一朝踏上此路，成者王侯败者寇，再无法回头。而辜峤自幼时开始，便在焰国最为蛮荒的郊野地区生存，他虽不是蛟族，也不是蛮族，却因父辈的穷困潦倒而见证了太多的颠沛流离。战争带来的除了杀戮，便只剩下悲楚，他立志脱离底层，更盼望着家国一统，结束那仿若永无止境的乱世。许是皇天不负有心人，年少时期，他因拜得名师而一路平步青云，终是获得帝师之位，满腔热血只为忠心报国。

只是，每每凝望在战后瓜分金钱、土地、女人等一切战利品的贵族时，他的心中总是会有种种念头百转千回。

难道这便是他梦寐以求的盛世？难道结束战争的，终究只有战争本身？

难道必须踏着万千枯骨、踩着生死屠戮，才能从血海里解脱，一步步走向真正的和平吗？

没人能够给他想要的答案，即便是当年承诺过要创建太平盛世的国君，也不再提及那时的誓言。

一切仿佛只剩下他在孤勇地死守，唯有他，还不肯放弃心底深处的镜花水月。如今看着整理行囊的妻子，他更是心绪复杂，自责与愧疚皆令他难以言表，直到妻子察觉到他的困惑，安慰他道："我也曾想过，倘若一切重来，我是愿做崮城深闺中的柔弱女子，像我母亲、姐姐与其他女眷那般安度平淡的一生，还是依然愿意义无反顾地离开故土，同你来到未知安危的焰国内地呢？没人知道重来之后的结局，只因你我都是尘世中的凡人，而凡人又如何能主宰众生、掌控万物呢？就算结局只有一个，永不能改写，可那依然不是任何人的过错，无人能预料到明天，凡人不能，或许即便是仙人，也是不能。既是如此，你我便都无须为此而烦忧了。"

辜峤默然垂首，妻子的纤手抚上他的脸颊，他的手掌很快便覆上她的手背，紧紧地握住，二人沉默地依偎，像是在珍惜这份很快便会得而复失的温存。下一秒，辜峤眼神凛冽，他神色凝重，松开妻子的手朝门外走去。夜色之中有三名将士跪拜，为首的男子向辜峤行礼道："属下来迟，令台辅与夫人久候，还请台辅降罪！"

　　辜峤亲自扶起为首将领，又忽闻厢房传来声响，是乳母牵着刚满总角之龄的辜振鹭走了出来。由于夜深露重，辜振鹭已然睡眼惺忪，正揉搓着眼睛。辜峤见状，自是心疼，却也知时间不容耽搁，便催促着妻子带着辜振鹭随同将领离开。几人趁夜坐上了早已在府外准备好的马车，乳母与辜振鹭先行坐了上去，妻子在临走之前又恋恋不舍地看向了辜峤。

　　二人久久地相视凝望，似有千言万语要诉。半晌，辜峤走上前来牵过妻子的手，扶着她坐进了马车里。

　　马夫挥鞭驾马，妻子却迟迟不肯松开辜峤，是护送将领不得不扯开他们之间相握着的手，并低声叮嘱道："夫人，再不走的话，城门就要封上了！"

　　今夜子时将会封城，虽不知国君究竟有何打算，但这的确是少数朝中内部人才会得知的消息。是时候离开了。辜峤不得不放开了妻子，偏生辜振鹭在这时意识到了不安，挽留般地唤道："爹爹！"

　　乳母赶快捂住小少爷的嘴，不敢让他惊扰到旁人，免得节外生枝。

　　马车便在辜峤心如刀绞的悲痛之中驶向了远处，他想着，暂且将妻儿安顿在旧友姬氏在他国的远亲府中，定要比留在焰国安全百倍。

第二十六节

　　焰国封城三日后，便有流言蜚语传到了边境蛮族耳中。蛮族大君不信，便又派了耳目去打探南雀城中的消息，几次下来，都是一模一样——国君害了重病，许是时日无多。封城是为了封锁消息，以免被虎视眈眈的敌国乘虚而入。可对于获得此讯的蛮族大君来说，实乃百年难遇的天大喜事。这也代表，他终于等到了入侵焰国的良机。只是，他的军师怀疑有诈，便提议主公只带半数人马偷袭南雀内城，他与余下军队守在崮城后方等候信号。若是陷入困境，潜入内城的人可迅速点燃狼烟，城外的援兵会立即赶来救援。

　　蛮族大君心觉这样稳妥，精选出五千人马，于隔日子时整装待发，先派一百死士炸开南雀外城的城门，待一路攻破南雀城门后，直冲向皇城方向，欲在最短的时间内将病重的国君与其皇族宗室一并歼灭。然而在杀到皇宫内院时，路上除去稀稀拉拉的侍女与侍卫之外，再没见到任何兵士。堂堂焰国宫殿，竟没有禁军层层把守？正当蛮族大君心存疑虑之际，忽有大批焰军在他等身后吹响了战斗号角，紧接着便是来自四面八方的围攻，带兵者正是那传言病重的国君。他骑在高头大马之上，身穿三层铠甲，手持锋利长剑，神情冷酷，眼寒如冰。他沉声下令，只一个"杀"字，便已有重如泰山的威压。

　　刀剑出鞘的声响划破长夜，虞陶从国君的身后策马而出，他在国君的命令下带领众将围剿自投罗网的北方蛮族。擒贼先擒王，虞陶首当其冲，一剑挥下，瞬间便斩断了那蛮族大君坐骑的四蹄。

　　惊乱的哀鸣声长啸而起，措手不及的蛮族大君跌落下马，属下们见状不好，救起主公便打算撤退。可蛮族部队被逼到死角，遭遇焰军前后合围，再无退路。走投无路之下，其中一名蛮族士兵掏出怀中的物件，在仓皇之中点燃了狼烟。袅袅烟雾腾空而起，自是传递给城外援兵的求救信号。

国君凝望着直冲云霄的烟雾，并未有任何焦急之色，反而信笑了。一切，都在他与虞陶的掌控中。

那日在辜峤离开国君的书房后，虞陶冒雨前来应召。他见殿内只有自己与国君二人，便知辜峤并未得到国君的信任。诚然，一个有着蛟族妻子的男人，是不配效忠焰国的。

国君也是在那一晚向虞陶阐述了自己的意愿——先是借虞陶之口在朝中小范围地散播封城流言，其后，国君会假装病重，借机令北方蛮族滋生侵扰之心。如若他们因此而中计，便是最好不过了。在此期间，国君会吩咐心腹在暗中进行周全的部署，一旦蛮族入侵，自会成为瓮中之鳖，国君便可借刀杀人、铲除异己。

"此战是积怨已久，双方必将不留余力。末将会安插属下在崮城后方埋伏，想必北方蛮族也会考虑到这一点，定会把崮城视作最终的撤退点。待到两兵交战之时，末将会派扮成蛮族的亲信快马加鞭赶去崮城散播蛮族大君战死的假讯，加上那群蛮族必会使用狼烟来发出援救信号，他们驻留在崮城的援兵也一定会信了此讯，如此一来，便会失去理智，届时，埋伏在崮城之外的焰军便可一举冲进崮城，以逆反之名除掉蛟族族长。"虞陶的手指从地图上的这一端划到另一处，眼神黯然，继续道："自负清高的蛟族族长绝对不会向焰军低头，崮城内也势必会血流成河。而一旦开战，本是用来援救大君的蛮族援军便会与焰军展开厮杀，既无法战胜精锐的焰军，又无法解救被困在内陆的大君。而末将的部队在胜利之后，既可收复有谋反之心的崮城，又能借机震慑余下的愿意归顺的蛟族人，自是一石二鸟，坐收渔翁之利。"

"的确是一出妙计。"说这话的人，并非国君，而是殿内中央处传来的声音。

虞陶闻声，恍惚地抬起头看去，只见年少时模样的辜峤站在他面前，手持一把缀着青玉穗子的折扇，无尘白衫如仙如幻，唇边含着一抹淡然笑意，眼里还未褪去希望与热忱，只道："可是，用来换取短暂和平的，究竟是生者，还是死者呢？"

"死者从来都是不重要的。"另一个声音响起，虞陶循声望去，站在辜峤身边的，正是同样年少的自己。

那年的他只有十八岁，刚刚成为焰国的大将军，身穿一副赤金色铠甲，腰上系着金兽面束带，领子是红袍底子，绣着银叶水纹路，镶上两颗鸡血石

作映衬，下头穿着有着天火图腾的乌皂靴，是由雄鹿皮子打磨而成。这一身国君御赐的行头自是气派荣光，以至于他说起话来都平添了几分傲色。文武向来不和，就像水火难容，虞陶是不屑辜峤那套"软弱"理论的，他傲然道："天下平定，盛世安居，一将功成，国君登基，哪一朝、哪一代不是血流成河、白骨成山换来的？且能够战死在沙场之上，也算得上是焰国子民的福分，如若被敌国抓去做了战俘，那他们将会受尽惨无人道的刑罚，与其生不如死，倒不如死个痛快。说到底，焰国对待敌国的战俘也一样无情残酷，那在斩杀敌人之时，也要考虑平等关系不成？难道要对敌人心生怜悯、手下留情不成？"

辜峤摇头道："那是因为此事从源头起就是错误的，杀戮本身并无法终止杀戮，何况敌对关系本就是相对而言。倘若战争消亡，人人相互理解，便不会再存在争斗，又谈何敌友之分呢？"

虞陶当即否决道："只要有人存在，哪怕只剩下半个人，战争就永不会消亡。而不想被杀，便只有缓而慢地去吞噬他人才能保全自己。三尺高的陡坎，车子便拉不上去，但百仞高的大山因为有平缓的斜坡，车子就可以一直拉到山顶。以很慢的速度将人处死，就是一刀一刀地割去人身上的肉，直到差不多把肉割尽，才剖腹断首，使其毙命。这是所谓'千刀万剐'的凌迟酷刑。且要把人活着割，割给其他人来看，造成震慑力，令看到的人心生恐惧，从而才会甘愿俯首，这，才是战争的本质。而身为剑子手，知道自己在杀人，还要尽责地把人杀好、杀漂亮。所以，作为一个剑子手，无论是嘴上杀人，还是刀刃杀人，总归都是杀人。既然如此，就要好好地遵守规矩。做好自己分内的事情，才是生而为人的本分。"

辜峤的表情逐渐变得冷漠，尽管他不赞同虞陶的观点，却也只是平静道："做剑子手的，只是朝廷的一把刀。而任何刑罚，都是统治者做给被统治者的一场表演。杀鸡给猴看的那只鸡，并不重要，要的是让看杀鸡的猴害怕，害怕了，才会方便管理。杀戮本身是错误的，因为它缺乏正确的意义，并且歌颂其残忍，是为了满足统治者的野心、欲望与执念，还有贪婪。唯有认可那份贪婪的人，才会看不清其中的罪孽。"

虞陶蹙起眉心，反驳道："何来罪孽？不过是懦弱的说辞罢了。"

"罪孽是贪婪，是残忍，是无畏。"辜峤感到可悲地叹息道，"在我还未离开故土的多年前，曾看到过这样一番可怖的景象。农户要杀自家的狗来款待客人，那狗被死死地吊在老树上哀号。农户拿着砍刀，没有丝毫犹豫地对着狗的脖颈捅过去。狗挣扎着躲开，受了伤，满身是血，但没死。所幸这一刀也把狗脖子上的绳套割开了，狗跌落在地，趁势逃命。然而还没跑出多远，农户便拿着那滴血的砍刀唤起了他的狗。面对那熟悉的呼唤声，狗摇着尾巴朝农户跑了过去，绳索便又一次勒住了狗的脖子，这一次，农户没有失手。在当晚吃狗肉的席间，众人夸赞农户把这只狗调教得好极了，又纷纷赞叹这狗肉入口即化，自是主人养得好。”

虞陶听后，神色微变，辜峤引导般地对他继续说道：“许是世人皆恶，可这种恶绝不会长久持续，除非这个人从未意识到恶的存在。想来幼童时期，我也会在田间捕捉蛙类与蜻蜓，玩腻之后会将它们分尸，还会用火去烧蝴蝶与鸟儿，甚至去摔打野鸡，却并不将它们立刻摔死，反而要看它们度过一段生不如死的时日。那是我曾经的恶，虽然只维持了极为短暂的时期，可也是罪孽。而当我年岁日增之后，开始对万物与生命都有了共情，便再也不会去作践任何一个弱小且无辜的生命。当你凌驾于生命之上时，更要去思考手中的刀该不该落下。倘若只是以杀戮为荣，又为何要历经浴血之路走到今日呢？见惯了杀戮，才最不喜杀戮。”

虞陶忽觉不耐烦地质问他道：“你究竟要说什么？”

辜峤留下一句：“倘若生命终是要被掠夺、被扼杀，必要赋予其意义，而不是只为了去折磨、去吞噬。人非鬼怪，不该无情。”

难道说死亡变得有意义了，才可去杀人？

难道说，折磨与吞噬生灵，是为了寻找本质的真实与意义？

虞陶始终都无法理解并认可辜峤，可是，他也不知自己为何会在此时回想起那段早已被尘封在记忆深处的陈年往事，直到国君唤他道：“那便按照将军的谋划去执此战吧。”

虞陶怔了一怔，回过神来，看向身侧的国君，竟有一瞬间怀疑起自己的内心：这条妙计，除去将会有不计其数的无辜百姓丧命，还会得到什么呢？

然而不等他找出答案，战事已经令他深陷其中。持续到丑时的激战已然接近尾声，他手中提着被诛杀的北方蛮族大君的头颅，于焰国皇城之内，他高举战利品，惹得一众焰军士兵欢呼呐喊。是啊，他到底还是斩下了蛮族大君的脑袋，比起说服敌人归顺朝廷，还是以暴力去制约来得最快。所幸国君也默许他所做的一切，既不能收服，那便杀了也好。他望着满地的敌军尸

身，还有被俘的伤兵，那些人脸上的惶恐、畏惧、绝望映在他眼中，使得他本是自豪的表情中闪过了一丝犹疑。

可惜的是那份犹疑并未维持片刻，国君的手拍在他的肩上，代表了一种沉重却荣耀的许可。他便不再有任何动摇，领会国君的意图后，他只管再次抽出鞘中利剑，命令士兵道："杀尽战俘，不留活口。"

五更天时，忽降大雪。

正在府中练字的辜峤忽然手腕一抖，狼毫笔便潦草地画出了一条极长的拖尾，坏了整副好字。他转头望向窗外，发觉鹅毛大雪压满了枝丫，寒鸦成群地栖息在红砖墙上，一股不祥之意扑面而来。他心中不宁，随意披上一件长衫便走出了屋子。庭院里忙着扫雪的侍从赶忙为他撑伞，他却摆手作罢，只身去马厩寻了自己的爱马，翻身上马时，管家却劝阻他道："台辅今日莫要出门了，想来妖雪骤降，定是不吉之兆，再加上昨夜有蛮兵入侵皇城，御林军在四更天的时候开始挨家挨户地告知紧锁房门、切莫外出。眼下，外头必定是危险得很，台辅万万不可在这时出行啊。"

"蛮族入侵……"辜峤斟酌着这话，不由得锁起眉头。他思虑片刻，忽觉大事不好，全然不管管家的担忧，只管驾马奔出了府邸。

他深知这定是国君和虞陶的密谋，早先几日的封城之举，便是为了今日而做出的铺垫。且那二人将身为台辅的他支开，也是防备于他的证明，而依照二人的做派，必是设下了斩草除根、永除后患的天罗地网，只为借此良机将北方蛮族与崮城蛟族一并铲除。

好一出双雕之计啊，既省去了派兵攻城的强硬战术，又博得了一个消灭外侵的盛名，国君终将不受任何人掌控地把一切眼中之钉统统拔掉。所幸辜峤早已料到会是这样的局面，所幸他早已将妻儿安顿去了城外……而此时，他正是要前往那皇城之内，去亲眼见见被焰军迫害的北方蛮族的惨状，也算是国君同虞陶增加的又一笔孽障了。

只不过，在临近皇城大门前，辜峤忽然勒住了马缰，只因他看到虞陶带着军队从朱门之内浩浩荡荡地冲了出来。

从那群士兵的得意神色上能够看出，入侵皇城的北方蛮族大抵都是被杀尽了的，再一抬眼，皇宫内院里有滚滚浓烟升腾而起，想必是在烧掉尸体，毁尸灭迹。

可辜峤不懂，为何赢了此战，虞陶还要带兵出城呢？难道城外又出了什么乱子，竟要劳烦虞陶亲自出阵？

正当辜峤百思不得其解时，虞陶已然发现了他，便策马走向他，神情紧绷，语气不耐烦地催促他道："台辅，此等脏乱之地可不是你这圣洁之人该来的地方，还是快快回府上护好你的妻儿吧。"

辜峤敏锐地捕捉到虞陶语气中的急迫，立即察觉到端倪，不禁问道："莫非将军是要带兵去突袭崮城？就一定要斩尽杀绝吗？"

虞陶的脸色又暗了一层，他冷声嗤道："蛟族孽畜理应感谢这场大雪，要不是因此而误了军机，他们那一城的男女老少早就身首异处了。偏生眼下……"

话还没说完，不远处的城门口便传来了厮杀呐喊声。虞陶与辜峤皆是一怔，赶忙转身看去，只见北方蛮族的援兵已经冲进了城内，正与迎战的焰军士兵交战成了一团。

原来，埋伏在崮城的焰军的确在最初杀了蛟族一个措手不及，可蛟族人天生耐力好，体质也要优于焰国人，且虞陶自信会在短时间内解决掉入侵皇城的北方蛮族，再带兵去崮城展开包抄并支援。可惜大雪误事，负责传令的焰国士兵被困在了回南雀城的路上，以至于虞陶没有在最佳的时间掌握到崮城那头的战况，从而耽搁了支援，造成了延误。而深陷在崮城的焰军体力不支，再加上本就只有三千士卒，所以才会被破釜沉舟的蛮族突破，虽说是两败俱伤，可残存下来的蛮族军队到底还是攻入了南雀城，且就在虞陶的眼皮子底下。

虞陶自知这番局面是他轻敌造成的后果，唯有击败这剩余的数千名蛮兵才能挽回士气。就在这一会儿光景中，南雀城内的百姓已遭到了蛮兵的屠戮，积雪几被染红，尸体遍地，孩童哭号。混乱之中，忽有一焰军将领惊呼道："有蛮兵从路上挟持而来的人质，众将小心，莫要伤了他们！"

人质……

听闻这二字，辜峤在马背上直起背脊，遥望前方乌泱乌泱的牛车上，的确有被蛮兵押着的一车焰国百姓。他们皆是满眼的惊慌失措，想必是在从外城探亲回来的路上被抓获的，实在是可怜无辜。

虞陶此时下令封上前方城门与后方内城城门，为的是将侵入的蛮兵围困在此处，且不能惊扰到皇城殿内的国君。

天色隐隐放亮，大雪纷飞不止，焰军吹响了号角，响彻方圆数里，连同

大地也在隐隐震动。

当第一缕晨光穿透云层照向素白城邸时，焰国旌旗高高扬起，身着赤金盔甲的虞陶身姿傲岸，他按缰持剑，带领着将士与北方蛮族决一死战。只是，随着他的身影逐渐接近北方蛮族，辜峤却看到那被蛮兵控制的牛车上有一抹熟悉的身影。

皑皑雪色，青衫紫黛，她慌乱的眉眼中渗透哀戚，就是那样一张纤柔娇丽的容颜跃入辜峤眼中，顷刻间令他心头一震，似有千军万马踏过他的身体般惊恐。

"怎会这样……"他呓语似的喃喃，"怎偏偏会是这样……"

而那身影也在徇望之中与他四目相对，刹那间，她神色惊喜，可很快又意识到不能暴露身份，便赶忙移开了视线。

辜峤也知打草惊蛇反而会害了她，只好寻找时机靠近那辆牛车，好在有数名焰军士兵心怀百姓，他们一鼓作气地斩断了牛车上的绳索，又拼死与车上的蛮兵搏斗，才令那群被押作人质的百姓纷纷跳下牛车，四处逃窜。

她便伺机朝向辜峤的方向跑去，辜峤也急迫地策马前去迎接她，二人之间的距离明明只有短短一截，可奔向彼此的路途却仿佛永远也没有尽头。其间又有两方士兵惊天动地地厮杀，她被溅了满身的血，辜峤心急如焚，干脆翻身下马，跌跌撞撞地冲向了她。

长风呼啸，雪大如雹，她终于抓住了他的手，而他也终于能将她整个人抱进怀里，仿佛劫后余生那般重获珍宝。

然而，二人甚至还未来得及说上一句话，她便忽然大叫一声："夫君小心！"也不知道是哪里来的力气，她一把推开了他，整个人挡在他的身前，一柄长剑劈下来，她的青衫瞬间染成了血红。

辜峤眼睁睁地看着她的身体坠落下去，那本是要砍向他的刀剑握在面前的一个蛮兵手中。而周遭意识到危险的焰军士兵纷纷跑了过来，一边高喊"保护台辅"，一边残忍地将手中武器挥向那不过十五六岁的蛮族士兵。

这时，已斩尽百名蛮兵的虞陶抹掉脸上鲜血，他察觉到异样，转过身形，猛地收紧了瞳孔。

在距离他不足三尺的地方，辜峤跪坐在染血的积雪中，怀里抱着的是他奄奄一息的夫人。而他的身后，上演的是焰军将蛮族士兵砍成肉酱的残忍屠戮，两种景象静默地对比，竟是胜似炼狱惨景。

辜峤紧紧地握着妻子的手，他的嘴唇颤抖着，却始终说不出一句话来。妻子几声咳嗽后，血液从嘴角不停溢出，艰难地同他说着最后的话："振鹭他……他还被我藏在城外的雪地里……快去找他……快……"

接下来的话，她再也说不出口了。而这，就是她最后同他说的话了。

有泪从她眼角滑下，滴进了雪地，转瞬融化。辜峤的手抚上她的脸颊，他的眼里流淌出的是从未有过的慌乱，像是疯魔了，整个人不受控制地开始吼道："来人！叫人来！虞陶！打开内城的门！快！"

他甚至来不及去思考那城外雪地中的幼子是生是死，只因这一刻、这一瞬，他的心如同被烈火炙烤，被钝刀生割，一寸寸地烧，一刀刀地凌迟。

虞陶策马奔向他的那一刻显得极为狼狈。也许，虞陶在刹那间预料到了他所认识的辜峤也随着妻子一并死去了，活下来的，只有身为台辅的帝师罢了。

这场雪下得真是好啊，成全了国君的美名，除去了北方蛮族这根肉中刺，也将崮城人口控制到了历史最低点。

而参与这场恶战的国君和虞陶得到了他们想要的一切。偏生，是从最初就并不赞成此举的辜峤失去了所有。

夫人就此死去，死在了辜峤最爱她的时候。

月余之后，国君不计前嫌地将崮城重新纳入焰国疆域之中，并改其名讳，更名为惢城。想来北方蛮族全军覆灭，惢城之中又只剩下老弱病残，已然是要依靠国君的"施舍"才能存活下去了。为了尽快笼络惢城民心，国君亲自册封死去的蛟族族长年仅七岁的幼女为城主，并赏赐她郡主的名号，自是极为讽刺了。可自此之后，惢城上下必要说焰国语言，使用焰国货币，执行焰国法律，约莫三五年的光景后，惢城将再也不会留有曾经的历史痕迹。

而虞陶此战有功，领了大片封地作为奖赏，倒也极为风光。只是，唯有一件事令他苦恼不已——国君命他去登门问候帝师，因辜峤已经三个月没有出席早朝了。

犹记得造访辜府那日，是傍晚时分。虞陶练兵而归，来不及卸下战甲，便匆匆地去见辜峤。

仆从将他带去厢房里头，烛光微弱的暗室内，虞陶怕是一生都无法忘记那日所见的辜峤的模样。

身穿丧服的辜峤坐在屋子里头练字，满地皆是揉成一团的废纸，墙上更

是如鬼魅之影般的泼墨，像极了其内心悲苦的心绪。听闻虞陶来了，他只转头看了一眼，却没有打招呼。

然而他一张脸瘦如枯竹，眼眶深陷，发丝凌乱，早已没有了往日神采，竟形同鬼相了。

"台辅。"虞陶回过神，斟酌起了话语，却也不知该如何寒暄，只好命身后奴仆将国君托他带来的礼品送了进来。

辜峤毫不在意，连一句"叩谢皇恩"也懒得启齿，反而是面无表情道："陛下派你来，是想看看我还要颓靡多久吧？"

听闻此言，虞陶不由怒道："台辅怎敢以如此大不敬的语气提及陛下？就算你……"

"就算我死了夫人，也不该如此大逆不道吗？"他忽然冷笑一声，"将军，你眼下说得对，曾经说得也对，是我过于懦弱了，总是认为杀不可止杀，自是我错了。这茫茫人世，本就是生灵涂炭，必要以杀戮才能成全杀戮。"

说罢，他又垂眼看向自己写了无数次的字，统统都是一个"悔"字，便自嘲道："可惜啊，我明白得太晚了，即便懊悔不已，也只是徒劳。然而，想来是我聪明反被聪明误，本以为将妻儿送去城外就可逃过一劫，可却不曾想到妻子因担心我的安危而偷偷赶回焰国，途中遭遇蛮族挟持，要不是急中生智，将幼子藏在雪地之中，怕是他也活不到今日了。只是，交战的那一日，我明明就在夫人身边，却什么都没有做到。她为了护我而死，死的人应该是我，而不是她。"

虞陶怜悯起此时的辜峤，可他总归是不善言辞，能说出口的不过是："台辅，人死不能复生，节哀。"

辜峤却微微一愣，忽而抬起眼看向半空中，凝视着暗处的一点，失魂般地反问："谁说人死不能复生？倘若这一切可重来的话，倘若你在城破之前就把蛮族都杀光的话，我的夫人便不会死去了。"

虞陶倒也没有恼怒，他欲言又止了几次，半晌过后，他蹙眉道："与其沉溺在那些不可能发生的梦境里，不如尽早回到现实，你身为焰国堂堂帝师，必要为陛下与百姓考量，若你打算抛弃责任的话，他们才是最无辜的。"

辜峤缓缓地垂下眼，平静地说道："陛下与百姓何辜，我又何辜？一个失去挚爱妻子的悲惨鳏夫，又如何能辅佐陛下治理国家呢？将军，你是征战四方的勇士，心中怀抱大爱，自是不会理解我这等儿女情长之人的心境了。

我可以忘记家国，也可以忘记世人，却忘不掉妻子的脸。"

他接着轻轻叹息着："人死不能复生那种话，是用来骗那些意志不够坚定的凡人的。可那话，骗不了我。"

虞陶沉默着不再言语，因为此时此刻，他只觉辜峤是一具失去了魂魄的行尸走肉，就算同他说再多也是无济于事了。

可归根到底，还是个可怜之人。虞陶忍不住这样想。

"是寡人对不住他。"待到虞陶将这些禀告给国君之后，一国之君的脸上也流露出了怜悯之色。他思虑片刻，喊来了候在殿外的内侍，道："传寡人口谕，封辜台辅为一品百官之长，即日起协助寡人管理一切军国大事。"

内侍得令道："遵旨。"

虞陶跪在殿内，心中暗暗想着：这便是所谓的"掌承天子，助理万机"的殊荣了。由此一来，辜峤将在日后统领百官，他自己则掌握万千军士，二人地位不分伯仲，倒是可以为陛下更好地平衡朝局。

以帝师牵制将军，又以将军约束帝师，说到底，这棋盘上的黑白棋子皆由国君操控布局。虞陶略微抬眼，望向皇座上的国君，就像是在凝望着一尊神像。

那之后，转眼便到了早春时分，繁花盛开。

一树树桃花开得如云如雾，风一吹来，花瓣四散。坐在府中树下的辜峤抬起手，接住了寥寥几片花瓣。

第二十七节

自从夫人去世以后，不过才过去数月，可在辜峤眼中，却已像是数十年那般难熬了。

年幼的辜振鹭时而挣脱侍女的手，飞奔到辜峤身边嬉笑。他年纪还小，自是不能理解父亲心中的悲痛为何会持续这么久，虽说他也会想念母亲，可却总觉得母亲有一天会回来的。

"爹爹，你是又在想娘亲了吗？"辜振鹭伸出小手去扯辜峤的衣襟，企图博得他的关注。

辜峤也不去理会他，只是望着成片落下的桃花出神。

侍女识趣，赶忙上前来带走辜振鹭，余光瞥向主人，心中自是担忧。

自夫人丧事过了之后，主人便一直郁郁寡欢，不怒也不笑了，反倒平静得吓人。侍女长长地叹出一口气，忽闻门外传来熙攘声，转头看过去，见是国君身边的内侍郎官带着随从，又送礼品来了。

管家连忙迎上去，问候道："有劳宋侍郎了，您今天来得比平日里早了一些。"

宋内侍每次都不会惊动辜峤，只管同府上管家交代道："陛下日日关切台辅的状况，时常催我早些来到府中探望。其实陛下近来犯了头疼病，也是寝食难安。但还是不忘传我前来问话，台辅可有好生用膳、休息？"

管家无奈地摇摇头，叹道："我家主人心怀忧思，茶饭不思，我等担忧他如此下去会抑郁成疾。"

宋内侍望向桃花树下的景象，也不由得跟着叹道："陛下也十分担心台辅，可是陛下日理万机，抽身不便，只好托我来时刻关注台辅近况。您老人家的顾虑，我会妥当转告陛下的。还有这份药酒，也请收下，可为台辅养身补气。"

"有劳宋侍郎了。"管家恭送走朝中之人，回头去望辜峤，他在一片一片地拾着地上的花瓣，孤寂的身影令人心怜。

而宋内侍在离开辜府后，带着随从潜进了不远处的小巷里，果然有藏身在此的线人鬼鬼祟祟地前来禀报道："回禀内侍，卑职等人已在此观察了数日，不曾发现辜台辅有任何异常行径。且辜台辅也能够谨遵朝廷交代做事，不过，他在为朝堂购买药材的时候多买了几服药留了下来，除此之外，再未有丝毫差池。"

宋内侍略一眯眼，谨慎问道："可知他多留下来的是何药？"

线人回道："倒是有几服芸香，其余的，卑职便不得而知了。"

芸香可止痛去肿，并不算得上是何等稀罕的药材……宋内侍这般想着，也不觉得是值得向国君陛下禀报的信息。且在此监视了数日，辜台辅的身上除了过度悲伤，再无其他破绽。宋内侍犹疑不已，实在不知陛下为何要如此怀疑那位曾助他一统焰国的台辅。即便功劳不多，也有苦劳。更何况，那是个连夫人都赔上了的可怜鳏夫，又何必咄咄相逼呢？

而待到当天夜里，侍女为辜峤燃起香，可以让他安稳入睡。辜峤依然是没有吃侍女准备好的任何饭菜，早早地便躺下了。午夜梦回时，辜峤似乎看见妻子离世前的景象。她的身上布满鲜血，身体在雪中如破碎的珠玉般一片片瓦解纷飞，最后，连同她整个人也一起瓦解消散了。

他便站在茫茫大雪中呼喊妻子的名字，一遍又一遍，喊到声嘶力竭、喉咙腥涩。可是妻子再没有出现在他眼前，她已经死了，他再也见不到她。每次梦见这些，他都会肝肠寸断。

可今日的梦境不太一样，幽深无边的白雪尽头闪烁起幽幽烛火，像是被连成神秘图腾的七簇。有袅袅烟雾升腾而起，牵引着他走向烛火源头。

冥冥之中，仿佛有来自炼狱的声音在耳畔回荡，如蟒蛇的信子，毒而诡异，那声音在说："点亮七星灯，把七星灯燃上。"

他恍惚中感受到那声音在继续说："七颗星，在人体的七个位置：膻中，贪狼星灯；天目前方虚悬一，巨门星灯；泥丸，禄存星灯；夹脊，文曲星灯；命门，廉贞星灯；丹田怎，武曲星灯；海底，破军星灯。此本命七，构成人身内本命七星灯，欲点长明灯，当用添油法。

"要想灯亮，唯有唤醒'灵'。"

这字底下一个巫，要通过念咒来与天地沟通。而待到那时，七星灯才会

孟婆传奇之南葵篇

在死去的肉体中亮起。

偏生梦在这时惊醒，醒来的人却不是深陷在这诡异梦境里的辜娇，而是皇宫内殿中的国君。他很久都未做过这样的噩梦，眼下额迹正冷汗流淌，侧眼去看，枕榻旁躺着酣睡的妃嫔，他以为自己的确是醒了，然而抬起眼的瞬间，却看到纱幔之后站着一抹素白的身影。

她的长发散下，脸上的神情哀怨，嘴唇的颜色像是曼陀罗花般妖艳而鲜红，她轻启唇齿，向他呼救。他略显仓皇地朝她探出手，可转眼之间，她便被如恶鬼般的男子抓住了肩头，手上用力，"哧啦"一声便撕裂了她的衣衫。

那雪白浑圆的肩头露了出来，在黑暗之中如赤裸的牲畜一般卑贱，她惊恐地尖叫着，终是被解开了腰间长带的男子压在了身下。

"姑姑……"国君的口中呢喃出这两个字，脸色已是惨白如蜡。

哪知又有烈火在眼前燃烧起来，灰烬的中央，站着清瘦的人影，她青黛衣衫，面如寒梅，一张口，吐出的是瞬间便凝成了冰晶的呼吸，连她的发丝也被一并冻起，唯独声音遗留在空旷的黑暗中："你定要……长命百岁啊……"

这句遗言，使他顿觉万箭穿心。

他痛心疾首地伸出手掌，将整张脸埋入其中，夜深人静，他竟是如孩童一般无助地低声啜泣。一如那在皑皑白雪之中，痛失爱妻的辜氏台辅。

不过是天底下的两个可怜人罢了，谁又会比谁更为悲惨一些呢。然而，在这白骨成山、遗憾遍野的背后，终究是国君之心在蛊惑着坐上王位的每一代君主。

想来，焰国历代都流传着一则卦象：百年乱世，终于焰国。国君自是深信他是那个可以终结乱世、一统九州的天选之人，一如他深爱女子的遗言所说：他将长命百岁。

唯有建立起壮阔山河，他才能够寿与天齐。而他用鲜血写下的罪己诏，也的确换来了暴雪的终止。

虽说那道姑是南葵所化，可国君的血却是真实的。王血洗刷了罪孽，换来了开春时节的欣欣向荣。而当南葵醒来的时候，发现自己正躺在她原本的闺房里。她像是已经在梦中度过了许久时日，以至于睁开眼才发现，窗外的雪已经变成了雨，连同枝丫上头都冒出了新绿的嫩芽。她恍惚地坐起了身形，转眼一看，发现姬仁宣卧在她的榻旁。他一定在此守了她很久，眼角的疲惫让南葵心中不由升腾起一股酸涩。她抬手去触碰他的眉目，令他睫毛微微一颤，便立即醒了。

见南葵终于从梦魇里抽身，他欣喜若狂地露出笑颜，又紧张兮兮地去打量她的身体，担心她哪里有伤，待到确认她的确完好无缺后，他终于安心下来，松了一口气："你这次睡得太久，我真怕你会一梦不醒，害我担心得好苦。"

南葵自是既愧疚又感激，而在得知父亲姬牧弈的状况已好转后，她也更为欣慰。且在她将梦中所见告知姬仁宣之后，也是为此而落寞道："种种过往和记忆已经足以证明国君并非炼制婴灵之人，眼下，所有的线索都已中断了。"

姬仁宣思量了片刻，忽而提醒她道："也许，还有一人尚未脱离干系。"

南葵斟酌着他的话外之音，很快便明晰道："难不成，是辜峤？"

姬仁宣点点头："自打中毒之后，辜峤便淡出了朝廷。他虽已服下天香珑叶制成的解药，也确实得以痊愈，却一直以中毒引起旧疾为由闭门不出。"

南葵闻言，半晌不语，睫毛低垂，眼里的光亮也逐渐暗淡下去。她确实是有一肚子的疑问："想来那日中毒的人唯有我父亲与辜峤二人，可在场的人都在惊慌之中乱了阵脚，即便是我，也不曾想过有何不妥，直到今日才萌生了这样一个念头——那日，中毒之人当真中毒了吗？且诊断病情的人，是否可信？"

若是有人机关算尽，纵然是仙人在场，也未必能识破其中的阴谋。且父亲姬牧弈所中之毒毫无疑问，可辜峤呢？谁又能得知他是否真的中毒了？而且，在虞北棠的梦境与记忆里，南葵知道她下的毒极少，根本不曾达到致死量，无非是卧床几日静静休养便可痊愈，既是如此，又怎会严重到像父亲与辜峤那样性命垂危？

"难不成……只有我父亲真的中了毒，而另外一个人，是假意中毒？"南葵蹙起眉头，竟觉得背脊上起了阵阵寒意，"倘若真是如此，那人的目的便只有一个了。"

"以此来骗取珍贵的天香珑叶。"察觉到这一点的姬仁宣也不由得沉下了眼，心中情愫极为复杂。

南葵仍旧不敢相信般地说道："不，就凭此信息定夺罪名，未必操之过急，若是能够找到当日为我父亲与辜峤诊脉的御医一问究竟……"

孟婆传奇之
MENGPO CHUANQI
南葵篇

姬仁宣皱眉道："南葵，在你于梦中寻找线索的时日里，我已料想到了此事，并亲自去那位御医府上拜访，才知他早已搬去了乡下老家，再派人去乡下登门时，他已死在家中多日，正在被亲属安葬入土。"

"怎会这样？"南葵惊疑不已，一时间喉头哽住，心口冰凉一片。她曾以为，从前是国君操控着虞氏一族为国家奔波卖命，连宠妃虞北棠在内，也一并是国君的棋子。所以，那份染在棋盘上的热毒，她一度认定是国君的指使。毕竟君心不可测，其中更夹杂着无数血腥。

然而，她却忽略了辜峤的存在。更是忽略了他内心深处的意图。只因他是辜振鹭的父亲，只因他是从她儿时起便对她呵护有加的辜伯父……

"到底是我感情用事，一时之间竟被假象蒙蔽了双眼。"南葵愤恨地咬紧了牙关，"我怎可因他是振鹭的父亲便对他放松戒备？宁可错杀，不可错漏。但有一丝线索漏网，都是后患无穷。"

姬仁宣不动声色，目光却是幽深的，他轻叹道："哪怕此中真相会令振鹭遭受巨大打击？"

这话一出，立即令南葵心下一紧，她自是清楚辜振鹭如今的艰难处境——年幼时丧母，同虞氏幺女的情路坎坷不已，如今又要面对父亲的真实面目，重重困苦接踵而至，只怕真会令他一蹶不振。

"即便如此……"南葵狠了狠心，回道："我也必要让真相水落石出才行。那千千万万的女婴不该枉死，也不该成为穷凶极恶之人的挡箭牌。"

姬仁宣已然明白南葵的决心，他再不多言，只静默地陪在南葵身边。

然而，在那梦中曾一闪而过的"七星灯"令南葵极为在意。

依照孟婆的记忆，她依稀能够得知七星灯的由来。只要一息尚存，皆可复命。欲点长明灯，当用添油法。添油则需知窍，油不添入窍中，则如油无灯盏相承。故知窍方可添油。非添油，则不能接命，命不接，则性难恋留，性不留，一旦无常到来，则性命分离，尸腐灵散。何为知窍？添油接命之窍，称为本命七星灯。

七星灯所对应的七个穴位，全部是性命双修的关键所在。书中有云："由此向上一着，千圣秘而不传，后世学徒所以罕闻、罕遇。人若明得此窍，真可以夺神功，改天命。"七星灯法就是此千圣秘而不传之穴法。七星灯法用于添油接命，是以宇宙间的灵光为"油"，以聚灵法之采聚为"添"，以存想、内观寂照为"接"。欲得长生，先须久视。此久视，就是回光内照，忽忘勿助而接命。

而七星灯法接命，也就是在练过聚灵法后，由武火阶段进入文火阶段。用意念依次序将此七星本命灯点燃，充分消化、吸收所采聚的炁光之"同"。点灯，是用意念顺七星斗罡次序，先意守膻中；再意守天目穴前虚悬之一穴；接着意守泥丸一穴；再意守夹脊、命门、炁穴、阴蹻诸穴。这些穴位中，夹脊穴是一个关键，夹脊双关透顶门，修行径路此为尊。

南葵随着孟婆的记忆看去，心中不禁疑惑着：如果这七星灯是续命之法的话，为何会出现在辜峤的梦境中呢？难不成，他心中另有打算？

且上古之人曾曰："以其上通天谷，下达尾闾，中通心肾，召摄灵阳，救护命宝，此非修行径路而何？"夹脊穴，不是指浅表皮肤下，而是指深层脊髓内为中心的一片区域。在七斗星位上，此处也正处在文曲星位，文曲星乃北斗星之枢星，北斗之转动，皆以此星为中心。夹脊穴对于人体之重要也从此星位中可见一斑。

前人只是不敢透露天机，但为了接引后学，也煞费苦心。生死机关，其速如此，世人何事而不肯回心向道？

况此功夫最是简易，不拘行、住、坐、卧，常操此心，退藏夹脊之窍，则天地之正气可扯而进，与已混元真精凝结丹田，以为超生之本。盖以天地无涯之元炁，而续我有限之形躯，不亦易乎？

只要认定此窍，守而不离，久久纯熟，则里面皎皎明明，如月在水相似。自然散其邪火，消其杂虑，降其动心，止其妄念。妄念既止，真息自现。真念无念，真息无息。息无则命根永固，念无则性体恒存。性存命固，息念俱消，此性命双修之第一步也。

有关七星灯的记忆在此处便渐渐散去了，南葵缓缓地睁开眼，重新醒过神，却见周遭一切都变得迷雾重重，姬仁宣不知去向，她只身一人站在空旷无尽的浓雾之中。

她仓皇四顾，往前一直走，忽然之间竟不知自己是从哪里来的，也不知自己要到哪里去。

然而，有个诡异如魑魅魍魉般的声音呼唤她道："辜振鹭……辜振鹭……"

为何要叫她辜振鹭？她是南葵，姬南葵，并不是辜振鹭……

可是，那个声音仍在说着："辜振鹭，你是个一无所有的人。"

一无所有？辜振鹭一无所有了吗？

孟婆传奇之南葵篇
MENGPO CHUANQI

南葵仓皇地停住身形，站在原地，她看着自己的双手，的确是男性的骨节与宽度，且脚下的乌皂靴也是振鹭平日里喜欢穿着的，她这才惊觉，是自己的魂魄潜入了振鹭的梦中，并且，正依附在他的身上。

此时此刻，她与他已是一体，她能够听见他困苦迷茫的语调："我为何会一无所有？"

"因为你的母亲死了，你父亲的眼里从来看不见你，你的爱人是政敌的女儿，你的朋友也不再需要你，你什么都不曾拥有，连同你自己，都是一具行尸走肉罢了……"

这话令南葵脑中"嗡"地一声响，痛苦随之将她吞噬，她不由自主地跪倒在地，感受着辜振鹭的痛苦与绝望，原来……辜振鹭的心，每日、每夜都要经历这般痛不欲生的破碎，她感觉自己整个人都要被撕碎了一般剧痛不已。

正当她呼吸困难之际，面前忽然传来嘈杂声，她循声望去，只见喧闹的人群之中，一眼便看见了从雪堆里被挖出来的幼童，那是曾经的辜振鹭，他不知在雪地里埋葬了多长时间，全身瑟瑟发抖，脸色惨白如纸。

她看着他被人们送上马车，盖紧了毯子，而当马车回到辜府时，迎接他的却是满天白绫。

母亲的尸身躺在乌重的棺木之中，身穿丧服的父亲眼神浑噩，丝毫没有见到生还归来的他时该有的欣喜。他只是沉默地站在母亲的棺前，如同一个被抽干了魂灵的空壳。

再一转眼，那纤柔清丽的女子满眼悲伤，她默然流泪，低声诉道："为何偏偏是你姓辜，我姓虞。"

眼前的噩梦，在瞬间轰然粉碎，化为万千尖锐的碎片，统统扎进了南葵的眼、心、口、耳与四肢……她满身鲜血地哀号惊叫，而那喊出口的声音，却是辜振鹭惨绝的怒吼。

南葵猛然间睁开了双眼，她惊惧得大口大口地喘息，紧抓着自己胸口的衣襟，这才意识到终于从那可怕的噩梦中苏醒过来。

她恍惚中转头张望四周，发现夜色已深，姬仁宣离开了她的闺房，燃着幽幽烛光的案桌旁，坐着的正是托腮假寐的父亲。

见到父亲的那一刻，南葵忍不住泛红了眼眶，她轻轻呼唤了一声，父亲随即清醒，见南葵脸上有着干涸的泪痕，他当下便明白她是做了噩梦，赶忙坐到她榻边轻拍着她的背脊，低声安慰着："葵儿莫怕，有爹爹在这里，爹爹护着你。"

南葵依偎在父亲的怀中，如此静静相依，心中的恐惧逐渐被那缓缓升腾起的暖意所包裹住，她平静了下来。就好像回到了幼时，每日皆有父母双亲的爱护与疼惜，有桃糕，有烟火，有欢笑，也有喜悦，她依然是那个行事利落、快意恩仇的行商少女，从不迷茫，也不绝望，满眼都是充满了希望的清丽明光。

然而，当南葵余光瞥见父亲的斑白鬓发时，便又心怀忧思地忆起了父亲中毒那日的情景。想来辜峤在父亲与国君面前皆是一片忠厚，却不承想人心之后暗藏杀机，且日后的阴谋，说不定将会更加险恶。而南葵又如何能有心思沉浸在这奢侈的父女之情中呢？

便是因此，她再度逼迫自己坚强起来，抬眼询问道："父亲，可还记得中毒当日的前前后后吗？"

姬牧弈闻言，若有所思地回忆了片刻，而后才道："为父倒是记得那日的台辅心情极好，自打他夫人去世以来，他很久都不曾那般开怀大笑过，所以令人印象深刻。"

南葵又问："凭借父亲对那位辜峤的了解，他究竟是怎样的一个人呢？"

姬牧弈的神色略有吃惊，嘴唇微微张了张，却没发出任何声音，过了半响，他反问道："好端端的，你怎偏偏问起这样的话来？"

南葵直言不讳道："其实……我已经得知辜夫人的死因，也曾怀疑辜叔叔是否会为了杀妻之仇而对朝廷心怀怨恨。"

姬牧弈站起身来，踱步走到窗边，语气怅然地说道："我与你叔伯同台辅自打年少时期便是相识，许是有缘，时常聚在一处把酒言欢。他是位忠义之人，且心怀抱负，又饱读诗书、洞察秋毫，当真是国家不可或缺的人才。唯独出身不算高贵，生于边境穷苦之地，历经波折才被朝廷提拔，可正是因此，他才更为理解底层百姓的苦痛，总是能够抱有悲悯之心。"

说着说着，姬牧弈便情不自禁地回想起了少年时代，辜峤行事清高，虽为文士，却也从不反感兵戎相见，以至于姬氏兄弟都认为，即便辜峤弃文投戎，也一定会在朝中如鱼得水。

"他在幼年时期便见惯了杀戮，父母早亡给他带来了不小的冲击。便是因此，他立志报效国家，以结束乱世为他的人生信念。所幸十三岁时便拜得

名师，而立之年就已获得帝师之位。而他与我姬氏兄弟一样，皆是希望天下太平、百姓安居。只是，由于朝廷的一次失误，令我姬氏兄弟的内心对焰国的时局产生了动摇……"

犹记得是二十几年前，初秋的艳阳下，姬氏兄弟与辜峤还都是少年，朝廷派遣姬氏兄弟做先皇九皇子的随行护卫，而名单上，竟也多了身为文士的辜峤的名字。

先皇子嗣众多，当今国君并不是最受宠的一个，最得先皇厚爱的是九皇子，且只是侍女所出。由于帝后诞下的皇子与公主性情傲慢，国君算得上是其中最为乖顺的一个了，但却依然不被先皇所重视。所以在最初，即便并非庶出，国君也不是第一个登上太子之位的人，那位置一直空着，大抵是要留给九皇子的。然而，当时只有十二岁的国君与三皇子是一党，却打心里无法赞同三皇子跋扈嚣张的做派。更有甚者，三皇子对九皇子的胞妹十三公主有着非分之想，虽说是异母，却是同父，血亲乱伦之事实在有违人道。偏生公主随了她母亲，生得艳绝四方，想必不只是三皇子，其他皇兄也对其有垂涎之意。且没人知道公主腹中孩儿的父亲究竟是谁，想必是皇室丑闻，不然也不会钦派口风极严的姬氏兄弟与辜峤协助九皇子护送公主出城。

那日，公主坐在轿中哭哭啼啼，九皇子策马跟在轿旁，言语之中皆是柔声细语。那还是姬牧弈第一次见到九皇子的尊容。此前都是听朝中传言，只道九皇子是诸皇子中最为美貌风流的一个，且封王最早，年岁似和他自己不相上下。

"妹妹再哭下去，要哭坏眼睛了。"九皇子的话音落进姬牧弈耳中，言辞之中竟也泄露了一丝无措与惊惧，"你且先忍忍，等时机成熟了，为兄自会向父皇进言，说什么都会将你接回宫里的。"

公主哭得梨花带雨，轿子颠簸起伏中，车帘晃动，美艳容颜若隐若现，娇嗔中带有愠怒道："只管说这些没边际的话有什么用？你护都护不下我，又谈何接我回宫？若等到你当了陛下才行的话，我怕是都要老得弯腰弓背了。"

"那就等你生下腹中孩儿之后，最晚……最晚是孩儿两岁时，我保证接你回来。"

公主冷声道："到了那时，怕是孩儿都不会认得亲爹究竟是谁了。要我去和那边境崮城联姻，无非是要堵住皇宫里的悠悠之口。说来说去，若是娘亲出身高贵，你我有势力可依靠的话，我也就不必受这等苦楚了。只怕孩子生下后太过漂亮，便会被得知不可能是崮城氏族的后代……皇兄，不如，我们把实情——"

"别说了！"九皇子震怒地斥责起她来，又谨慎地环顾四周，鬼鬼祟祟地悄声叮嘱公主，"你想害死我不成？此事要是被父皇得知，你我的性命都会不保，更别提日后重聚了。眼下，要先留住脑袋才行……至于崮城那头，你……你便权当是为了我吧。"

公主也不敢再多说半句，连哭声也微弱了几分。

偏生这些话都被姬牧弈听得真真切切，当年的他也不过是只有十八岁的少年，听闻此等有违人伦的真相，心中自是震惊万分。他正想着是否应当把此事告知弟弟和辜峤，可若是他们也和他一样知了情，是否只会使二人陷入危险处境？思及此，姬牧弈内心里可谓煎熬至极，转眼便到了边城地带，长河蜿蜒的两岸寸草不生，时不时会遇见惨死在岸旁的饿殍枯骨，如此民不聊生的惨景扑面而来，姬牧苓却在这时同哥哥姬牧弈说道："城边子民这般凄苦，城内皇宫载歌载舞，如此世道，竟也配叫作盛世吗？"

姬牧弈担心被旁人听见，正欲告诫姬牧苓谨言慎行，哪知辜峤忽然策马前来，神色紧张地对姬氏兄弟说道："快逃！"

来不及多虑，姬氏兄弟跟随辜峤一同朝边境的山林中疾驰而去。可跑着跑着，便听见身后传来兵器碰撞的厮杀声、护卫队拼死护驾的吼叫声，以及公主惊惧慌乱的哀哭声……姬牧弈困惑不已地回头望去，只见长河岸旁，一群蒙面的黑衣人已将九皇子连同护卫队一起斩杀干净，死不瞑目的公主伏在九皇子的尸首旁，二人牢牢地牵着彼此的手，最后被黑衣人一把火燃起，连尸身都一并烧了个精光。

直到奔进了山林深处，姬牧弈才翻身下马，伏在树旁干呕不停。姬牧苓则是冲到辜峤面前，一把揪住他的衣襟，愤恨地质问道："你早就知情是不是？亏我还把你当成亲兄看待，你竟然瞒着我和我哥！"

姬牧弈在这时抬起袖口，擦拭嘴角，制止姬牧苓道："别怪他，不是他的错，他已冒死救了你我兄弟二人，是我们欠他的。"

姬牧苓惊疑道："什么？"

"我起初看到护卫队的名单便已起了疑心，唯有'辜峤'二字令人心存余悸，想必是他冒死自行增添上去的，只为带你我二人逃过一劫。"姬牧弈看向一言不发的辜峤，沉声道，"因为这是一场皇室清洗，名单上的人必须

都要死，而唯有辜氏是台辅的候选人，一国不可失台辅，陛下与帝后都器重辜氏，且辜氏的名字只是在出发之前才添上，可知唯有辜氏一人经手。所以……若不是你，我姬氏兄弟也将命丧于此。"

闻言，姬牧苓这才满脸讶异地松开了辜峤，而辜峤也只是面不改色地轻描淡写道："陛下知晓公主腹中孩儿的父亲是何许人也，然而，他一向纵容溺爱九皇子，自是会替他包庇此等大逆不道的丑事。但帝后，却不会白白放过这铲除九皇子的大好时机。"

原本，陛下的联姻之举是为了保护公主和腹中孩儿，一旦公主在崮城诞下腹中骨肉，当地氏族也会看在孩子的颜面上对朝廷恭顺几分。且待到日后时机成熟，焰国举兵将崮城夺回，公主也将顺理成章地回到皇宫，届时，若是九皇子已成为君主，且还对她有意，那他们二人之间的苟且之事将成为皇室内部的秘闻，又有何人敢去指责国君的所作所为呢？哪怕染指同一血脉的胞妹，也是天子所为，群臣哪敢多嘴。

"但，若是公主和九皇子都死在去往崮城的路上，那么这一桩不能被公开的丑事就要烂在陛下的肚子里，既无从追究，又无法查证，究竟杀死公主和九皇子的是流民匪徒，还是朝中党羽，都已经不重要了。人既已死，便成全了十五皇子。"辜峤并不打算遮掩自己的立场，他说，"我愿辅佐十五皇子封王称帝，在所有皇子之中，唯有他的身上有着国君之气。我今日舍命救下二位，是要为十五皇子寻觅贤臣名将，如若二位愿意，自可与我站在同一阵营，帝后明理，定不会亏待忠心耿耿的有功之臣的。"

第二十八节

"便是在那一刻，我已发现，无论是辜峤还是朝廷，都是我们姬氏所唱和不起来的了。也是在那个时候，我与你伯父萌生了辞官从商的念头。许是我们二人大难不死，终于意识到当时局势的混乱与丑陋，所以才不愿去继续蹚那肮脏的浑水。"姬牧弈回忆到此处，不由得叹了口气，是为过往的决定，也是为辜峤日后的艰辛，"唯独可惜了辜峤……他可谓是一柄稀世宝剑，然而再如何锋利，到了战场上，也比不上一把劲道十足的屠刀。这些年来，他为焰国呕心沥血、倾覆所有，到头来，却只换得了一个家破人亡的惨痛下场。"

这话不乏唏嘘与怜悯，南葵听到这里，已经知晓辜峤在父亲心中的地位，诚然是极为崇高的。父亲似乎十分欣赏、尊敬辜峤，也许在若干年前，在他们风华正茂的年纪，父亲与国君、辜峤三人都有着一致的决心与相同的信念，或许很短暂，却也是真切存在过的。

姬牧弈又说："辜峤曾经很幸福，妻贤子孝，仕途无忧，如若没有北方蛮族破城的那次意外，他所拥有的一切也都还会完好如初。"

说到底，都要怪那年的大雪。虽然不知辜峤为何要连夜将妻儿送出焰国内地，可那之后不久，的确爆发了北方蛮族与焰国之间的战争。要不是辜峤妻子将尚且年幼的辜振鹭藏在城外的雪地里，怕是他也难逃一死。

"葵儿，你那时还小，或许全然不记得了。振鹭被从雪中找到时，已是被酷寒折磨得奄奄一息，所幸捡回了一条性命，否则，辜峤将会一夜之间丧妻失子。而丧事过后，我携你母亲以及你伯父一同去府上探望他，竟发现短短几日光景，他整个人已是憔悴不已，瘦成了皮包骨头，当真是面同鬼相了。"

南葵则是淡淡道："总归是人死不能复生的，再如何痛苦，也终究不能

祈求死者还阳。"

姬牧弈转头看向她，宽慰地叹息一声道："自古情深者不寿，葵儿，失去挚爱独留于人世，是无人能够体会的痛楚。"

如此说来……辜峤自是一位有始有终的痴情之人了。

世人向来以为，痴情之人是愿把自身所拥有的一切都交付给他人，既是美好德性，又令人憧憬赞许。可痴心不改，往往是执念太深。执念是贪婪，也是欲望，且欲望越重，执念越深，日后的人生将会方寸大乱、祸乱不堪。一如那句嗜欲深者，其天机浅。而诸多的欲望，无论是追求之时也好，还是得到之时也罢，它始终都是令人苦恼的，即便如此，深陷执念之人也还是无法觉悟，自始至终被困在厚重的欲望之中。

红尘中人终是肉体凡胎，穷其一生拼命寻求的，也不过是为了满足内心的执念。只怕这执念是大错特错，而不愿从中走出来的人，难保不会伤人伤己。

夜已是极深，待到父亲离开之后，南葵则一人坐在烛光晕黄的案桌旁思虑着。

屋内有点阴暗，弥漫的灰尘在眼前飘忽不定，南葵静静地回想起自己作为饕餮时的过往——为了吸食附身在凡人身上的恶灵，她曾被无情地捕获并残杀。而之所以会发生那样的惨剧，便是源于凡人的愚昧与执念。

他们认定肉眼见到的"恶"便是可惧的，从来都不愿去冷静地思考眼见非实、耳听非真。

而她自己在身为人类的时候，是否也犯下过同样的过错呢？这样想着，她不由得长长喟叹，情不自禁地感慨道："若是冥帝在此，又会怎么做呢……"

话音刚落，她怔了怔神，这才恍然意识到自己已经许久不曾同冥帝和墨打过照面了。虽说身为下官，她理应时常向他汇报进展，可往返冥府实在是多有不便，且他最初总是会时常出现寻她，如今想来，他已是很久没有现身见她了。

但转念一想，和墨本就是洒脱之人，倒也是不会拘泥于小节的。在他的身上，总是散发出一种洞察世间因果轮回的智慧。或许，眼下发生过的一切，和墨早就已经知道了，南葵料想，他对她的引导与暗示，是希望她能够从中悟道。也是期许着她能够抛下那份执念，完成她身为饕餮神识转世后应尽的使命。

然而，如今的她虽然是冥府的孟婆，可却依然保留着姬南葵的记忆，所以，她当真能够对曾经朝夕相处的身边人忘情、无情吗？哪怕辜峤已然是满身破绽，可他终究是辜振鹭的生身父亲，她又如何能狠下心去赶尽杀绝？

思及此，南葵心力交瘁地蹙起了纤眉，她起身走到铜镜前，望着镜中人的脸孔，虽依旧玉白无瑕，可原本那双如春露般清澈的眼睛已染上了阴霾，再不似往昔那般青葱纯粹。

南葵抬起手，轻轻地抚上了自己的额心，她知道，那是孟婆天眼的位置。

和墨曾交代过她，若是一筹莫展，便可使用法术助自身一臂之力。

于是，南葵默念了一句咒语，孟婆的天眼霎时开启，无限的金色光芒涌入她眼底，大片大片的过往云烟铺天盖地地覆住了她，天地山河、星空日月、爱恨情仇、悲欢离合，统统都是历代孟婆曾有过的执念、迷惘与觉悟。

从人世坠落到冥府的死魂，皆是携满了人间烟火的孤魂野鬼，而众鬼之中不乏精明算计、心肠歹毒、争风吃醋者，却也有通透脱俗、心境澄澈者。历任孟婆的姿容与前尘往事一个接一个地呈现在南葵眼前。

她们的样貌皆是美艳绝伦，性情却大为不同。

孟婆渥丹生前是叱咤沙场的孤勇女将，一杆红缨枪震天动地，赤红铠甲如鲜血般炫目；

名为桑黛的孟婆心怀优柔，前世的她是一代国君的挚爱之人，奈何深陷家族情仇与背叛欺骗之中；

行医救人的悲悯医者是孟婆沉宸，她短暂的一生里几乎只有伤亡、药草与悲苦，即便到死，她也错过了与挚爱的最后相见，至此悔恨懊恼，好在，她最终在为一位少女寻找父亲的过程中寻回了自己的本心；

在南葵之前的最后一位孟婆则有些特殊，她名为墨舞，是历尽情劫的修仙之人。她本该有极好的似锦前程，因她是世间少有的具备修仙之缘者，倘若一世未修满，来世可再修，直到脱离生死六道。可成仙之路上被七情六欲迷了眼，至此转生成为肉体凡胎，去历经人世中的情爱愁苦。在墨舞的记忆深处，富丽堂皇的城墙外沿着鹅卵石小路栽满了紫藤花，甜腻芳香如瀑布泉水一般倾泻四溢，一团团锦绣般的花藤折损在脚下，冷风吹散污泥，夜深无人问津，她只身一人于这空旷僻世之中孤零零地抬起头，总是会看见她心爱的男子白衣清袖，衣袂飘飘。那手握的一把绣着鸳鸯的折扇，坠着红穗青玉

佩,打着九转相思结,一如她心底深处总是解不开的死扣。

也不知为何,在南葵浑噩的思绪里,这四任孟婆以东、南、西、北四个方向站在她的身边,脚下呈现出的分别是朱雀、青龙、白虎、玄武的图腾,她们静默地凝视着南葵,渥丹轻声责难她道:"世间万情,天上地下,如人饮水,冷暖自知。"

桑黛则是一声低叹:"不知其味者,哪懂其忧思。你又生性贪婪,如何能情愿地舍掉一身欲念?"

南葵的表情随即变得迷茫而不安,她不知所措地动摇起来,欲言又止之际,沉宸对她怅然道:"你纵然是放不下执念,怕不必去强求旁人丢下欲望。即便是见惯了生死,可有情众生,生魂不灭,执念源于心中贪婪,唯有贪婪消散,执念才可随风而去。"

这便是说,南葵自己心中也有着一份不肯放下的执念?是对人世的眷恋,还是对生而为人的不舍呢?

墨舞却在这时指引南葵道:"三界六道,唯冥界公平,所谓善者自兴,恶者自病,吉凶之事,皆出于身,红尘滚滚,若想参透,必要置身于中。"

这话和墨也曾说过……然而直到今日,南葵也尚未参透其中含义。便想着要趁此机会询问四位孟婆,然而,她们四人的身影忽然如缥缈雾气一般消散不见,出现在南葵眼前的,唯有一道站在黑暗尽头的身影。她的身旁盛放着曼珠沙华,眼中似有一丝忧郁,直到察觉到南葵的视线,她才猛然转过头来,随即露出一丝略显无奈但却宽慰的笑意,轻道着:"原来是孟婆妹妹呀,可有好些日子没有见到了,你且再等等,我很快就会去寻你了。"

"冉冉……"南葵情不自禁地唤出她的名字,只觉一股亲切之情涌上心头。就仿佛她二人始终都在一起,无论是前世,还是今生,她与她像是已经相知许久了,在每一任孟婆来到冥府之前,林冉冉一直都在等候着新的孟婆,从未离开过半步。

她是冥府将军,守护着冥府,守护着和墨,也守护着孟婆,哪怕嘴上总是抱怨,可内心中却始终无怨无悔,只因她摒弃了生前的一切执念与贪婪。

世人皆有欲,放下即可得道,执迷终将堕落。凡人愚钝,总是执着于美好的表象,从不愿去看灵魂深处的本质。所以才时常作茧自缚……眼下,南葵回想着那句"善者自兴,恶者自病,吉凶之事,皆出于身,红尘滚滚,若想参透,必要置身其中",便不由得又将天眼的视界扩大了一些。

这一次，她透过浩瀚如海的前尘往事，忽而看到了一树垂丝海棠下，一双纤柔的手捧着一封信笺递给面前的男子，他接过后展开，上面写着：野有蔓草，零露溥兮。不期而遇，适我愿兮。

诗意极美，娟秀的字迹中自是流露出缠绵缱绻的情意。而男子也展颜轻笑，如同与女子的心意相通。二人四目相视，彼此眼神里的脉脉柔情惹得瞥见这一幕的南葵都不自觉地绯红了脸颊。

待到细细端详之后，竟发现那男子是辜峤年轻时的模样，站在他面前的，便是他那位出身崮城的蛟族妻子了。

数年前，在辜峤还未成为台辅的时候，曾多次深陷朝中争斗，为与国君联合上演苦肉计，他欣然接受被派去边境崮城体察民情的大任，哪怕归期遥遥，也愿为国君分担重压。他相信自己的信仰，而那时，他的信仰唯有国君。

边城的生活条件全然不能同皇城相提并论，普通百姓自是艰苦难耐，位高权重的当地氏族也更为贴近原始的生活状态。他们甚至还会以喝动物的血来作为成长为人的象征，若一个男童在七岁还没有生喝下一大碗畜生的血，那将会是整个家族的耻辱。

而百年来，崮城与焰国内地的不和已是根深蒂固，自是不会对被派到此处的朝中官员有何格外优待。所以，崮城只是为辜峤准备了一间石屋，连贴身随从都没有特派。想来辜峤虽出身边境，却并非崮城当地氏族血脉，自然也就不是蛟族人氏了。尽管他在此地找回了一丝幼时记忆，勉强能够适应眼下的生活环境，可还是会水土不服，以至于他高烧了一段时日，待到差不多痊愈，崮城里已经下起了雪，他又收到朝廷密件，要他前往崮城码头查一批货物是否合乎手续。

无巧不成书，便是在那一天，他遇见了从船上走下来的妻子。

身为崮城当地氏族族长的长女，妻子的姓氏随了族姓，名字只有一个"翩"字。且崮城有古老族规，族长子嗣无论男女，皆不可外嫁与外娶，只准嫁进或是入赘，若是有人违背祖训，必要舍弃原本姓氏，且将断绝与崮城的一切纽带，终身不得再踏进崮城一步。

只是，那一日，雾雪茫茫，船舟在码头旁刚刚靠定，拨开船身纱幕的妙龄少女踏出了一只绣花蝴蝶鞋履，裙摆上的锦绣绚烂如芒。她抬眼时的流光如美玉闪耀，不偏不倚，恰好探进了站在岸边的辜峤眼底。

孟婆传奇之南菜篇
MENGPO CHUANQI

也许就是那一眼，便已注定了他与她二人的今世情缘。可她腰间的玉佩令他立即知道了她的身份，她是族长的女儿，而他身为朝廷中人，自是不能够，也不应该与崮城中的任何一人有着过于亲密的瓜葛。虽然彼此都知晓对方的底细，可情愫这东西一旦滋生，就如熊熊烈火燃向天际，哪怕是天雨降下，也难灭尽。

于是，年方二十一的焰国辜峤，与芳龄十八的崮城翾，热切地相爱了。

他们想方设法地避开所有耳目，暗中约定着相见的地点。一路从焰国内地跟随而来的他的侍从，以及她忠心耿耿的贴身侍女，都成为协助两人私会的重要线人。

人的潜能真是无穷无尽，从前的她总是学不会骑马，可为了在夜晚见他，她只用了三天时间就驯服了一匹最烈的马。而崮城周边的山峦密如雨，一座座山峰遮天蔽日，气候又总是阴冷潮湿，为了以防万一，他们总要变换山头相会。

清越空灵的箫声，逶迤于山间，穿过夜风与薄云，苍凉奏响，满腹思念。

她每每都是循着箫声找到他，于灰暗枯槁的山林中，身着青衫的他将玉箫执在掌中，忽闻身后传来急促的马蹄声，指尖一顿，箫声戛然而止，他回过身的瞬间，望见她翻身下马时的笑靥，一如明澈月光照亮他心底的阴霾，他飞快地向前踏出几个大步，只为将她揽进怀中。

从前，当他还徘徊在边境上的贫民窟中时，曾落下了奇怪的毛病。由于见惯了死亡与杀戮，他总是会在夜里听见刀剑相交的厮杀声与家破人亡的哭喊声。每夜，每夜……这么多年来，那如鬼魅一般的梦魇始终纠缠着他，扰得他夜夜难安、心如刀绞。

可在与她依偎的第一夜里，他只听得见她胸口的心跳声。她身上的馨香将他包裹住，他仿佛沉沦在一望无际的温暖潮水里，缓缓漂浮，轻轻起落，她玉白的手臂缠绕在他的颈上，深情而又怜惜地抚摸着他的鬓发、他的眉目、他的嘴唇……满眼的旖旎令他在心中暗暗起誓，日后，待他完成他的信仰，他定要与她做一对世间最平常的夫妻，在红瓦小院里种满紫藤花，那沁人的花香随风摇曳，艳紫深蓝，映满纸窗。

"消失了。"他的声音略有暗哑，使得她仰起脸来询问起他来。

她的内地话很生疏，崮城口音很重，可他却能够听得懂，转头看向她的眼睛，笑了笑："那些纠缠在我耳边的声音，消失了。"

她似听不懂，带有一点儿蓝的眼眸里闪烁困惑。那是双极为漂亮的眼睛，似有万水衬蓝天般的奇美，几乎可以将他整个人都吸进去。

他抬手爱怜地抚她的脸颊，用崮城语对她说："从前，我只想报效家国，辅佐陛下成就一代盛世。可如今，我不仅仅想为百姓谋太平，也想和你一起变成鹤发翁妪。这往后的永生永世，我都只想和你厮守在一起。"

永生永世。厮守一起。

这一次，她听懂了他的话，于是情不自禁地上扬起嘴角，喜悦的笑颜如春花璀璨。

而崮城氏族的族长在听闻此事之后，则很长时间都不曾表露态度。直到他主动妥协自己肯听从崮城的规矩，入赘到氏族，表示愿意改掉自己的姓氏，只要能和她在一起，他不计较姓甚名谁，只要族长能够同意此事，他绝无半点异议。

族长打量着他的俊俏模样，在森严的堂内以生疏的焰国内地话同他道："你是朝廷的人，我崮城向来不愿接触朝廷的人与事，而翻是我的长女，是我的掌上明珠，你不过是被那国君派到此处游历一番，以此来增加你官帽上的玉石，待回去朝廷后，你会发现曾在这里的一切都不过是你的一时兴起。而你又这样年少，日后将会面临许多诱惑与离间，我的长女绝不能成为助你平步青云的踏脚石。"

他毫不犹豫道："若我能与她结为夫妻，我愿此生都留在崮城，誓死不再回朝廷。"

族长眯起眼，怀疑道："哪怕是国君传来口谕将你召回？"

"没了我一个辜峤，焰国还会有百个、千个辜峤，我不足挂齿。"

他的确是诚心可鉴，但老谋深算的族长又怎会听信这空口无凭之言呢？族长命人打折他的双腿，这样才能确保他哪里也跑不了。

他并没有反抗，只不过是在心中惋惜起自己那还未实现的理想。千钧一发之际，他的妻子翻出面顶撞了父亲，她也同样愿意遵照祖训嫁给他，哪怕要就此与崮城一刀两断。

族长虽溺爱女儿，但也是非分明，为了考验他们二人的决意，族长将翻关了起来，假意告知他翻已被许配他人，要他至此死心。并三番五次派去多名美人诱惑他，想要逼得他颜面尽失。

可数月过去，翾没有悔意，他也没有任何破绽，族长见状，自是不忍再棒打鸳鸯，最终还是从了他们二人。唯一的要求便是，亲事要在崮城操办，他可以将翾带去焰国内地，只不过，规矩仍旧是规矩，踏出崮城之后，翾再也不是崮城的人，她将随他的姓氏，成为彻头彻尾的辜夫人。

成亲那日，烟雨霏霏，依照崮城的风俗，新娘要穿紫衣，且头戴朱瑾编制而成的花环，外罩金玉缀成的轻纱，要从崮城内最远的一座山送到新郎的屋下。他便在被装饰得五颜六色的石屋外头等候送亲的队伍前来，七八个崮城氏族的亲属围在他身后为他打点衣着，还要把他的鬓发编成六道长辫，辫子里要续上金丝，寓意千丝万缕，同心同德。

三炷香燃尽，他听见马蹄的声音。走出石屋，远远地看见了送亲的队伍前来。她坐在最前面的马背上，薄薄一层轻纱下头是若隐若现的美丽容颜。见到他的身影，她不由自主地弯了嘴角，形成了一个曼妙的含羞笑意。

待到队伍来到跟前，他要依照规矩把她从马背上抱下来，这一抱，惹得周遭人们起哄喝彩。隔着那层轻纱，他与她相视而笑，他用崮城语说："辜夫人，有礼了。"雨落纷纷，淅沥雨水沁入地上苔藓，升腾起一股潮湿的草香，她深深凝望着他的眼睛，以一种缱绻的轻柔语调说道："自此之后，你我都会永生永世地在一起。"

前尘看到这里，南葵慢慢地垂下了眼睛，她的心因此而感到哀伤，且岚岚雾雨之下，冰冷的白绫漫天飞舞而起，她再一转眼去看，白驹过隙之中，他已成了憔悴的帝师，正失神地跪坐在她的灵牌前。

他苍白的面容如同冰雪，唇色淡青，耳边漫过的是嘈杂的厮杀声、哀号声，那些声音折磨得他日夜无眠。从她死去的那个晚上开始，他再度听见了那些本已消失多年的梦魇。

夜里风凉，哭丧的下人都被遣退了。空荡的正堂内，只余下他一人烧着一枝又一枝的海棠。那是她生前最喜欢的花，种了满院，他把那些花烧掉，来做她的祭品。

火苗映衬着他的脸，平添了一丝血色。

管家在这时走进来，小心翼翼地同他说道："台辅，城北与城南的姬府两院前来拜访了。"

他面无表情地抬了抬眼，淡淡道："让他们进来吧。"

"是。"管家领了命，转身退了下去。不足片刻，便领着姬氏兄弟二人来到了堂内。

管家同姬氏兄弟道："二位请。"随后便知趣地离去。

剩下姬牧弈和姬牧苓同辜峤共处一室，就仿佛回到了时隔多年的那次清洗行动。那时的三人还都是风华正茂的少年郎，如今，眼中却已盛有了几分沧桑。姬牧弈和姬牧苓对视一眼，心中唏嘘不已，自是想不到辜峤会遭此劫难。

只见背对着他们二人的辜峤身穿斩衰，背影瘦削，手里有条不紊地烧着海棠花枝，嗓音却是暗哑的："你们来了，过来见见她吧。"

这话听着暂且还没有不对劲之处，姬氏两兄弟心中有愧，想着来得迟了些，实在是对不住，于是赶忙上前来打算燃香，辜峤却忽然道："点香做什么？"

姬牧弈一怔，张了张口，不知该如何作答。

是姬牧苓回道："台辅，我们是来送夫人最后一程的。"

"何必送呢？"辜峤面不改色地指着装了一青花瓷瓶的海棠花灰，道："她很快就会回来了，只要那瓶花灰装满，她就会回来。海棠能治她的伤，花灰越多，便可越快将她医好。"

姬牧弈与姬牧苓闻言，身躯皆是狠狠一晃，二人当即便意识到辜峤怕是疯魔了，竟已经开始胡言乱语起来。一定是痛失爱妻令他神志不清，过度的悲伤使他分不清现实和梦境了。人死不能复生，世间哪会有阴阳同界之事呢？

姬牧弈只好劝慰道："台辅，你且先回房稍事休息，想来你已是两天两夜未眠未休，就算是钢筋铁骨也经不起这般折腾。若是你还把我姬氏兄弟二人当作亲信，便允许我二人在此为夫人守夜一晚吧。"

一段烧焦的花枝"啪"的一声崩开，像是突然被惊醒了似的，辜峤侧过头，抬起脸，凝望着姬牧弈，逐渐蹙起了眉心，一字一顿地问："你说守夜……为谁守夜？你方才说，我的夫人？你是在告诉我，夫人已经死了吗？"

姬牧弈于心不忍般地别开脸去，而性情刚毅的姬牧苓却不打算让辜峤继续执迷不悟，他直截了当道："台辅，面对现实吧，夫人的确已经离世了，你再如何逃避也改变不了事实，还望台辅尽早振作精神。振鹭还小，他最为需要你。且朝廷也不能一日没有台辅，家国和百姓也同样需要你。"

振鹭。家国。百姓。

孟婆传奇之南葵篇

MENGPO CHUANQI

这几个字眼如同利刃一般触怒到了辜峤，他的眼神猛然间变得狠戾，苍白的脸上血色全无，他万般嘲讽地冷笑出声，转而咬牙切齿地说着："振鹭？如若不是为了他，翾也不必耗尽元气生产了。崮城气候严寒，水质冷硬，蛟族人的平均寿命从不超过知命，她的身体本就不适有孕，我也从未想过要让一个孩子来累赘她身。可她怕我晚年孤寂，总想着要有一孩儿来为我辜姓延续香火，哪怕诞下子嗣必定会令她元气大伤。"说到此处，辜峤眼中含泪，竟泛起一丝恨意，"一个犬儿辜振鹭，又如何能替代她在我心中的分量？什么家国，什么百姓，又统统与我何干？便是要拿我的命去换她，我也是义不容辞！为何……为何偏偏是她……怎就是上天妒我，偏要从我这里将她夺去？"

这一番话悲愤交织，令姬牧苓感到痛心不已。偏生这时，辜峤忽然清醒过来一般，条理清晰地沉声说道："可之所以会变成这般局面，全部都是虞陶的失职。他明明早已布下天罗地网，却因一时疏忽而造成失误。若是他能将一切天灾都计算进去，便不会出现这等惨痛后果了。"

姬牧苓是个正直的脾性，他并没有包庇虞陶的意思，可却还是将内心的真实想法道出："想必虞大将军也没有料到忽逢大雪，更不会料到辜夫人会在这时候从城外赶回……"

辜峤看向他，竟是笑了出来，他额角浸出冷汗，一边笑着，一边字字珠玑地道："倘若今日痛不欲生的人是你呢？可还会说出这般事不关己的冷话？若你是我，又该当如何？"

姬牧苓霎时哑言，感到惭愧地垂下了眼。

辜峤也不再迁怒于他们兄弟二人，只冷下脸，冷淡地说道："今日就不多留你们了，两位请回吧，不送。"

姬氏兄弟欲言又止，最终也还是什么都没有再说。他们担忧地看了一眼辜峤，而后也只得静默地转身离去。

待到辜夫人头七过去不久，便听闻朝廷计划攻打弥国，且已经提上了朝会。而那位辜台辅，也始终没有出现在朝上。姬氏兄弟曾多次去辜府拜访，他们实在担心辜峤的情况，却每每都被管家以"台辅正在闭关休养，不愿见客"为由而回绝。

来年四月时，春暖花开，自打辜夫人离世已过去了小半年，辜峤终于出关，且在出关第一日，便梳洗穿戴，以台辅的姿容去了早朝。

第二十九节

在朝堂之上，辜峤越发针对虞陶，从前也只是意见不合，如今已然到了拔刀相峙的程度。且那位原本平和温良的辜峤，言语之中又多了几分奚落与挖苦虞陶之意，连同眼神也一并增添了戾气与杀意，着实令其他文武百官感到心惧。

一位是身居高位的台辅，另一位则是掌管千军的将军，二人如此针锋相对，颇有些你死我活誓不罢休的架势，这可令旁人如何是好？

有朝中大臣在私下里议论此事：北方蛮族破城一战令台辅失去了挚爱的夫人，而带兵迎战的又是虞大将军，虽说保护了全城百姓，也为焰国收复了崮城，可辜峤还是将夫人之死算在了虞陶头上。

人都死了，再如何仇恨也是无用，可憎与怨的种子一旦在心底埋下，自然会不受控制地生根发芽。而那之后的数年里，帝师和将军在政见上依旧是多有不合，唯有一件事，帝师是支持将军的，便是二顾弥国。

前尘到此看尽，尽管南葵企图再多寻一丝线索，可梦境已经逐渐散去，她不得不醒来。

望着窗外蒙蒙亮的天色，南葵暗自思忖：年轻时的辜峤孤傲清高，又极为偏执，似乎懂得"七星灯"的用途，再加上他位高权重、颇有见识，若是这般人物滋生炼制婴灵的野心，也绝非是做不到的。

但，终究也只是她无凭无据地怀疑，若想将其定罪，必要寻得更为铁证如山的证据才行。

正在此思虑着，迷蒙中听到一声"孟婆妹妹"的召唤，南葵循声去望，只见床榻前不知何时坐着一个身影，竟是许久未见的林冉冉。

南葵略有惊讶，但也格外欣喜，随即笑着问她："你竟知我在此处？真亏你能找得到我。"

　　林冉冉得意扬扬地挑眉一笑，直道自己在人间也能随意使用法术，想要找见个人还算不上难事。话说完，她又从怀里拿出一个布袋，打开给南葵看，里面都是色泽饱满的李子、梨子和杏，是这个时节很难在焰国吃到的新鲜果子。

　　南葵双眼一亮，刚要伸手去拿，又赶快识礼地问道："是给我的吗？"

　　"不然还会给谁？你只管吃吧，我在路上都已经吃腻了。"林冉冉虽是这么说，却还是拿起一个梨子咬了起来。

　　南葵也不再客气，挑中一颗最大最圆的李子吃了一口，酸爽甜润，极为爽口。忽而又想到线索的事情，便赶忙同林冉冉说道："国君并非炼制婴灵之人，所以，关于你的那位林姓后世的事情……"

　　林冉冉一摆手，示意自己知道她要说什么，吞下嘴巴里的梨子，林冉冉回道："我已寻到了她的墓穴，也查明了她的确是我的后世。至于国君并非炼制婴灵之人，我也早已有所感知，只不过，难保日后不会有何闪失，我且还算是你的秘密武器。"

　　南葵困惑："此话何意？"

　　"自然是因为，那后世与我的长相神似，但凡是我出现在那位国君面前，保证他会六神无主。而且，我也觉得那国君看上去有几分似曾相识，虽然我始终回想不起那段记忆。但是……"林冉冉谨慎道，"倘若接下来真有个万一，只凭我这副长相，就能制伏那位高高在上的国君了。"

　　南葵摇摇头："国君既已不是元凶，便无须再去怀疑他。眼下，我倒是极为苦恼另一件事……"说罢，南葵便凑近林冉冉，与她耳语起来。

　　听尽南葵的心中顾虑后，林冉冉若有所思地看了她一会儿，沉默半晌后，缓缓说道："其实，我也觉得事有蹊跷。在找到你之前，我曾路过一栋府邸，便是在那府上摘到的这些果子。可这焰国上下都不合时节，偏生那府邸里的后院有奇树结果，远远看去，红黄紫金，一串串，一丛丛，如同是大片鲜艳锦缎，且那枝头上结的累累硕果仿佛取之不尽，我当时虽觉得奇怪，但也没有放在心上，如今想来，若是真如你所说的那般……必然要去好好彻查了。"

　　南葵忧心忡忡地垂下头："那栋府邸……可是在城西？"

　　林冉冉点头："自然是了。"

　　南葵心中越发沉重，她微微皱眉，重新抬起头，看向林冉冉："但说不定，是一些流连在人间的小妖小鬼在作祟……"

"小妖小鬼怎会有如此大的能量去操控一棵巨树？"林冉冉又道，"而且，那棵树是连根长在一口清池里的，池水异常清澈，但却有股奇异的气息。"

"若你觉得怪，为何不当场一探究竟呢？"

"这可是冤枉我了。"林冉冉不以为意地耸了耸肩膀，"除去分内之事外，冥界从不会插手人间的事情，除非接到使命。再者，冥帝并未交代我去寻那府邸中的怪异，我又怎会违背三界不彼此过问的规定呢？今日，是你同我说了你的忧虑，我才算是领了差事，毕竟我这一遭来到人间，是为了助你一臂之力的，你若要我再去查，我才会去的。"

南葵再度陷入忧思，犹犹豫豫道："但是，真如你所说的话，路过那府邸的往来之人必定不计其数，却从未有人察觉过异样，就连我也……"

林冉冉笑道："假设对方当真是炼制婴灵之人，那么，造出一个能够瞒天过海的结界则是易如反掌之事。肉体凡胎的平常人类自是无法透过结界看到里头的光景，而对其抱有特殊情感的冥界之人，必定也不会去刻意观察了。"

这话意味深长，令南葵无言以对。想必林冉冉是清楚她对那栋宅邸的特殊感情的，可事到如今，也不能再优柔寡断，南葵决定再次寻求林冉冉的帮助。她抬起脸，眼里的光亮逐渐坚定起来，林冉冉与她四目相对，许久，长出了一口气。

"我知道了。"林冉冉无奈地应下来，起身的时候又道，"我会去查清楚的，不过接下来，你要有所觉悟才行。"

南葵怔了怔，以眼相问。

林冉冉正色道："等着你的，必然是一场恶战。"

南葵脸色微有苍白，可很快地，她又牵动嘴角，淡然一笑，如同风行水上，波纹轻动，随即平息。她已然准备好了，早在怀疑产生的那一刻开始。

三日后，姬氏兄弟决定登门辜府去探望同是大病初愈的辜峤，南葵与姬仁宣也以此为由跟随着一同前去。

当姬牧苓看到南葵生还归来时，极为喜悦，南葵也震惊他能认得出自己的面容，不禁心中欣慰。她的亲人们都是真心爱着她的，这已是极大的福泽。

而在去往辜府的路上时，姬氏兄弟走在前头，似在交谈着只有他二人才

知的事情。姬仁宣紧随其后，南葵则走在最后方。他们没有选择坐马车，反而是顺着街市朝城西走去。一路上可以看到家家户户的园中已开始挂起赤红长灯，临近年关，就快是除夕了。

每家的小院中，挂结的灯穗都随风轻晃，有醇厚的茶香在风中飘散，南葵情不自禁地放慢了脚步，似在享受这难得的安宁。

怕她落下太远，姬仁宣会时不时地停住脚，等她走上来。冬日的寒冷拂面而来，在他的面容上轻轻流转，她察觉到他的视线，赶快快步跟上去，他也随即放慢脚步，刻意地保持着一个平稳的速度与她并肩同行。

她略微张开嘴巴，呵气如雾，抬头去看，远处山峦跌宕起伏，万里重山一片素白，她忽觉自身渺小如砾，唯有一人始终愿在她身侧相伴。

她不由自主地看向他，却发现他也在看着自己。四目相视的瞬间，他微微轻笑，她感到恍惚地愣了愣神，仿佛见到他眼里有壮阔山河，明亮如泽。便是因此，她感到脸颊微热，下意识地移开了视线。他却将手中的一个小袋子递给她，里头装着的是晨时做好的桃酥糕。

往年每当这个时节，她都喜欢吃这种软糯的甜食。而他，也一直记在心上。她取出一块精致的糕点，送进嘴里，从而感到幸福地笑出来，依然是从前熟悉而甜美的味道。

他见她笑了，便也延伸了自己嘴角的弧度，转头看向空中矮云成群，只觉鬓旁冷风也温暖了许多。

待到了辜府，前来迎接的是辜振鹭与管家。姬氏兄弟与之寒暄一番后，便被管家引去了正堂之中。剩下南葵与姬仁宣二人跟着辜振鹭朝别院走去，直到进去厢房，辜振鹭确信四下无人后，也一同进了屋子，而后关好房门。

"许久不见了。"辜振鹭抬了抬手，示意南葵与姬仁宣入座。

南葵坐到桌旁后，开门见山地问他道："上次在围场里托付给你的要紧事，可查到了吗？"

辜振鹭为二人各自斟茶，慢条斯理地叹道："我虽一早就知道你是个急性子，不承想，如今更是变得急不可耐。"

姬仁宣打趣一句："猴急如她，难等片刻。"

南葵不满地蹙起眉头，当即数落起他们二人："你们怎还有心思在这里寻我的开心？如今的事态严峻，已是分毫都不容耽搁，更何况，我距离真相……"话到此处，南葵反而不再说下去。她看向姬仁宣，他也是变了变脸色，并同她轻缓地摇了摇头。

没错，还不能在这时露出破绽。南葵握紧了杯盏，抬起头，凝视着面前的辜振鹭，心中忽然一紧，竟不由得担心起他来。若是今后被他知情……南葵痛心地叹了口气，辜振鹭捕捉到她这微妙的情绪变化，失笑道："你怎么了？为何这般欲言又止？"

"没什么。"南葵调整好表情，再次问他，"事情的原委到底查明了吗？"

这一次，辜振鹭正色道："关于昆仑山下劫走天香珑叶的流寇之事，我已经打听清楚了。"

南葵与姬仁宣不约而同地略微屏住呼吸，认真地听下去。

原来，南葵他们在寻得天香珑叶返回时，遇到的那些劫匪便是被焰国侵占掠夺的弥国人士。这些劫匪的妻女被焰国夺走，再加上战争不断，他们被迫成为流民。而他们专门打劫焰国的商贾，颇有几分劫富济贫之意了。

姬仁宣听罢，不由惋惜地轻叹道："乱世之中，难免会有亡国的苦命之人，且冤冤相报总是难了，实在是令闻者为之唏嘘。"

"一切苦难皆是战争种下的祸根。"南葵若有所思地垂下眼睫。

辜振鹭怅然道："若是世无乱世，人无恶人，百姓才能享受盛世安居。"

南葵听罢，轻启唇瓣，欲言又止，最终，并未作答。她只知世间永不会停止争斗，人更不会摆脱恶念，要想得到，必要先舍弃，两全其美之事，自古难全。

时间流逝，天色入暮，夕阳斜晖脉脉照来，管家来到厢房，示意晚膳已准备妥当。

南葵与姬仁宣跟在辜振鹭的身后走向辜府内院，沿途是青石铺设的小路，在夕阳的照射下显得明明暗暗、曲曲折折。

南葵的余光瞥向后院方向，却不见有任何引人注目的奇树。再略一抬头看向空中，有飞鸟在高空之上盘旋，她忽然问前方的辜振鹭道："你们府上有多久没有外头的鸟儿进来过了？"

辜振鹭闻言，侧眼看了看身后的她，继而循着她的视线望向头顶的鸟，不由得黯下眼神，回答道："已经有近乎十年了。"

"是吗，鸟儿竟然进不来院内啊。"姬仁宣感到纳闷，再一转头看向周遭，虽说这时节不会出现蝶虫，可一些不怕冷的小蝇还是会有几只的。

偏生辜府里除了活生生的人，再没其他生灵了。以前的辜府也是这么寂

静的吗？总觉得哪里不太对劲，却又说不出所以然来。

而在晚膳席间，身披长袍的辜峤坐在主位，尽管面色仍旧难掩憔悴，却也已是挽回了一条性命。他消瘦的脸颊上始终挂着一抹若有若无的笑意，令人觉得其脾性柔和温顺。姬氏兄弟与他一同喝了几杯酒，便借着酒意使气氛热闹了三分。望着他们谈笑风生的景象，南葵默默地夹起一块酒酿藕吃着。已经不是从前的味道了。她看向辜峤身侧空空如也的座位，那里本该有一位辜夫人。只是，十年来，那个位置上从未出现过别的女子。

待到明月当空，星辰遍布，南葵、姬仁宣与辜振鹭被已有几分醉意的长辈们赶去外面好生玩耍。南葵走出堂内时，提议到从前时常会去的后院去。

辜振鹭面露难色，犹豫道："那里已经不再是从前的后院。且如今，已是不准旁人进去的。自从我母亲去世之后，那里便成了祭奠母亲的庭院，一切打点都有两名专门的仆人在白天进出，到了晚上，再不得他人入内，唯有我父亲会住在那里。"

南葵想了想，便道："如此的话，我与仁宣哥哥正好能够趁此机会去祭奠辜夫人，想来也是多年未见了，今日祭拜，也算是我们身为晚辈的一片孝心。"

辜振鹭闻言，倒也觉得南葵是个有心人。转念再想，父亲此时正与友人把酒言欢，便是不会察觉他们前往后院的，思及此，他点点头，转身带着南葵与姬仁宣朝后院去了。

夜深人静，凉风习习。蒙蒙夜雾将砖红色的院墙渲染出一股阴寒之气，南葵望着面前仿若没有尽头的长路，不觉间心生不安。

临近后院，越发不见侍女与仆人，只见一扇朱门极为富丽，色调是金与红，大抵是常年翻新。

"吱呀"一声推开门，扑面而来的阵阵冷风令南葵更加清醒，她左右张望，竟发现这院子里的一切都与从前别无两样。还记得幼时，她与姬仁宣总会来到此处与辜振鹭玩耍，温婉静美的辜夫人也愿做他们的玩伴，欢笑声盈盈，仿佛此时此刻还回荡在耳畔。

只不过，如今是冬时，后院里的紫藤不在花期，盘旋在藤架上的只有枯枝条，倒是竹篱边的蜡梅正含苞待放。南葵怀念地走在院内，她忽而想起从前最为喜欢的小池塘，绕过花架朝那走去，果然见到水潭里还养着金鲤。

"冬日里气候不佳，水面上结了一层薄冰，金鲤在下头也不愿游动，显得有些懒散了。"辜振鹭走近南葵，语气中不乏怅然之意。此处有着他太多的有关母亲的回忆，悲伤的、快乐的、幸福的……统统令他心碎不已。

姬仁宣也触景生情一般轻轻叹息，他坐到庭院的石凳上，凝望着池塘里仿若进入了冬眠的鱼儿，情不自禁地对辜振鹭道："小时候，我总是会和南葵一起来辜府寻你。那会儿你本在练字，先生必要你练好了字之后才能玩乐。你见我们已经来了，便又急又气，每次都要憋着一脸的委屈和眼泪练字。"

南葵听到这事，忍不住喷笑道："他性子拗得很，既不想挨先生的骂，也不愿我们苦等太久，结果把自己气得脸红。有一次他的先生说教了我，怨我整日不学无术，偏还要跑来带坏他的好徒儿，这个辜振鹭既想护我，又不敢顶撞他的好师父，最后竟是自罚抄写《中庸》三百遍，好生无趣。"

提及幼时窘迫，即便是辜振鹭，也要尴尬地一声轻咳："我便将三百份完完整整的《中庸》交给先生，以此来让他明晰我的决意。"

南葵明知故问道："什么决意？"

姬仁宣抢着回答说："自然是向他师父表明——同我们嬉笑玩闹也不会耽误他背书苦学的决意了。"

南葵开怀大笑起来，笑着笑着，又怅然地觉得这庭院里缺了点什么。她转过头，望着紫藤花架下，仿佛能看到从前的辜夫人正站在如云似雾的花团锦簇之中。

十年之前，辜夫人不过二十五六岁，肤白如瓷，唇如点朱，乌发梳作朝云髻，一支素淡的杜鹃簪子坠着金玉，摇摇晃晃地在她发间，显出一股柔情似水的风韵。她总喜穿胭脂底色的锦缎长裙，那色调更令她的雪白肌肤闪现光泽，只一转头，眼中含着柔美笑意，抬手唤着南葵的模样美若仙子，总是会令幼时的南葵绯红了脸颊。

想来辜夫人真是难得的性子好，任凭他们三人如何缠着她一同嬉闹，她都耐心地陪同。还会吩咐下人做上好的糕点送来，每一道都是南葵喜爱吃的。

"等葵儿日后长大，一定要许配给我们家振鹭做妻子才行。"辜夫人总是悄悄地凑近南葵说着这话，玉指轻轻抚摸过南葵幼嫩的脸颊，眉眼间满是喜爱与宠溺。

然而如今再看，曾奔跑、嬉戏于院中的三名幼童都已长大成人，却早已

物是人非、朱颜改。

南葵探出手，碰碎了池塘水面上的冰层，惹得金鲤统统惊醒，摇晃着迟钝的身躯游荡起来。她见状，幽幽道："从前曾听闻辜夫人说过，这池塘位于焰国一切水源的中心，一条条小渠颇有些流觞曲水的意味，最后，焰国里所有的水都将通过辜府的池塘汇聚入更大的池塘，所以这池水因流动的原因而从不结厚冰，到了夏时，则清凉无比，便也因此才惹我们喜爱，总要聚在此处嬉戏。"

时隔多年，故地重游，心中总是感慨万千。姬仁宣也缅怀道："当年，你我三人就是在此处第一次尝试喝酒。结果三人都不胜酒力，喝着喝着就醉了。"

辜振鹭接下话来："也不知是谁将酒坛子打翻了，顺了'流觞曲水'进入这池塘，结果醉倒了一池的金鲤。"

"说到酒……"南葵忽然亮起双眼，她想到那次酒醉之后，三人便把剩余的酒坛埋在了池塘下头的土里。

美酒藏在这"流觞"之侧已有了些年头，如今刨出再尝，实乃一件惬意美事。

而姬仁宣倒也足够配合她，在她说出此事之后，便挽起袖子将酒坛从泥土里挖了出来，且还提议再像当年那般畅饮一番。

想来三人难得聚在一处，此刻又是花前月下，虽说只有梅花，倒也是有可观之处的，便坐于庭中池前，快意饮酒。

院里备有酒碗，辜振鹭为尽待客之道，为两位倒了酒递过去，自己再倒上一碗，三人共同举酒，仰头共饮。

一口烈酒下去，全身的血都开始灼热燃烧。寒气驱散，辜振鹭的面容上因酒意而登时浮起两抹绯红，竟很快有了一丝醉意，心有触动般地念了一句："士为知己者死，女为悦己者容。"

姬仁宣察觉到辜振鹭的动容，他鲜少会像这般袒露心声，便是极为难得的，可知，他的确十分看重自己与南葵二人。

然而……只怕今日之后……思及此，姬仁宣不由得瞥向南葵，她却不动声色地说着："我还记得这酒的名字叫作'梦里醉'，自有酒不醉人人自醉的意思。这可是你们二人和我打赌输了之后，才肯选用我起的这个名字。"说到这儿，她忽而转眼，凝视着辜振鹭，一字一句道："振鹭，你可还记得当年在这里，你与我还有仁宣哥哥共同许下的誓言吗？"

当时年少，十三四岁，称得上是"少年自有凌云志，不负黄河万古流"。他们三人志趣相投，皆有一腔雄心壮志。以家为家，以乡为乡，以国为国，以天下为天下。临患不忘国，忠也。爵位相先也，患难相死也；久相待也，远相致也。便是就在此处，借着酒意，他们共同许下誓言——

"苟利国家，不求富贵。"辜振鹭缓缓道出此誓，"即使是如今，我也仍旧铭记在心。"

但要国泰民安，便不会计较个人得失。

"哪怕，你将会面临丑恶的真相？"南葵有心试探。

辜振鹭拂袖而起，站于亭前。他凝望空中皎月，怅然若失道："少年自负凌云笔。到而今，春华落尽，满怀萧瑟。人生在世，是生是死，是福是祸，终有命里定数，便要舍弃小我利益，成就家国太平，才是我等后辈理应为之。至于儿女私情，终是要泯灭在大是大非之中的，又何必拘泥于那转瞬即逝的执念与欲望呢？"

南葵闻言，唇边不由得勾起一抹释然的笑意。也许，是她低估了辜振鹭内心的坚决。即便日后他将面临巨大的变故，他坚守的初心也不会有任何动摇。

姬仁宣在这时走到辜振鹭身旁，抬起手掌，轻拍了拍他的肩，并笑着朝他颔首。

南葵凝望着二人身姿，心中自是有着万千感慨。当年一起喝酒立誓的少女已然成了如今的孟婆，也许这一聚，将是最后一次真心欢笑的聚首了。

远处的堂内传来了侍女弹奏琵琶的曲声。琵琶声清如珠玉，跳跃流泻，配上此时的月色美酒，竟隐隐地流露出一丝哀戚。

而手中碗里的烈酒味道极好，世间罕有，又是几碗喝下，辜振鹭乘着酒兴作起诗来。姬仁宣赞其好诗，同样是觉得久违的高兴。南葵也加入他们，三人猜拳饮酒，笑声满堂。

直到星辉爬满砖墙，薄纱烛灯盏盏燃尽，辜振鹭与姬仁宣已经醉成泥，被下人们东倒西歪地扶着回去了厢房。

唯独南葵毫无醉意。她只是假装醉得不省人事，这样父亲与辜峤才会允许他们留在厢房内醒酒。而趁着旁人都回去各自房里时，南葵才坐起身来，她走到门外，闭上眼睛，享受夜风拂面。

隔着夜晚的清风，她感到有一双藏着哀色的眼眸在暗处凝视着她，带着些许忧愁色泽，让南葵心中感到一丝触动。可她又感到了寒渊般的冷，以至于她感觉自己要被吸进那双幽黑的瞳孔中。

直到她缓缓地睁开眼，蹙了蹙眉，重新走去了后院的池塘旁。

她知自己喝下的烈酒中带着极其重的阴间气息，且还有着隐隐的怨念之气。若是凡人喝了，自然要大醉个三天。可她已是冥界鬼差，即便将那酒统统喝光，也是有益无害的。

只是她奇怪得很，为何这酒里会有着如此浓烈的阴气？

即便她围绕着后院的池塘徘徊多次，也不曾发现丝毫异样之处。且池塘旁头的树木皆是枯槁，全然不似林冉冉描绘中那般载满果实。

"当真是障眼法不成？"南葵越发怀疑地锁紧了眉头，"可是，竟能瞒过身为孟婆的我，究竟会是何方神圣呢？"

便是因此，她对辜峤的猜疑更是加深了几分。而眼下，要想尽早一探究竟，必要得到辜峤的血才行了。

三日过后，总算彻底醒酒的姬仁宣受南葵邀约，在戌时来到了她的府上。

南葵正坐在房外窗下小酌，看见他来了，举杯向他示意，姬仁宣当即摆手，可是不能再喝了。

南葵浅笑而过，姬仁宣在她身边坐下，不禁觉得有些冷，询问她道："怎不去屋里坐？"

"这里月色真切，空气也好。"南葵拾起一块杏仁糕吃进嘴里，摇头道，"可惜这糕点不如你做得好吃，实在是美中不足。"

姬仁宣哭笑不得："哪有小酌配甜糕的？要配些佳肴才像话。"

南葵却沉静下来，转而望进他眼底。姬仁宣因她的正色而不禁一怔，在这静谧夜色之中，南葵终于将心中的猜疑告知于他。

"这三日来，我独自一人想了很多，归根到底，我是无论如何也不愿去利用振鹭的。"南葵这般说着，心里空落落的，她总是回想起曾经的辜振鹭会轻唤她的名字，那份美好不忍被污秽亵渎，她握紧了手指，"仁宣哥哥，我还是不愿把振鹭牵扯进来。"

姬仁宣理解她的苦衷，探手覆盖住她的手背，掌心一片冰凉，他急于捂暖她的手，便将她的手合在自己双掌之间，可是过了好久，依然没有暖和起来。

他仿佛是在这一刻才意识到，他的南葵的确不再是从前的南葵了。

这般落寞地想着，抬起眼来，恰好与她四目相对。夜风徐来，吹起他的衣角，也撩起她的鬓发。

"我说过的，只要是你想做的事情，但凡你需要我，我必当义不容辞。"他看着她在月色下迷离的面容，只盼着再多些与她共处的时间。思及此，他低下头，以唇轻吻了她的指尖。

南葵心中一颤。

夜深人静，万籁俱寂。坐在面前的人，是不问对错，甚至不问生死都会支持她的人。

南葵感动之余，终于下定了决心，她说："我们要瞒着振鹭，一旦查出辜峤所做的勾当，也决不能因顾及振鹭而手下留情。仁宣哥哥，这一战，必是恶战，我对你没有其他要求，只愿你在我完成使命之后，能够平安终老，颐养天年。如此，我便了无牵挂了。"

这一番话，像极了分离之前的道别。姬仁宣只觉得胸口一阵灼痛，他无法自抑地向前倾了倾身子，将她搂进了自己的怀里。

只盼望这一刻，能够天长地久。

南葵默默地闭上眼，从她眼前闪过的，是人间忽晚，山河已秋；世无乱世，国泰民安；家人闲坐，灯火可亲；易水人去，明月如霜。

梦醒之后，城无荒芜。

第三十节

焰国历二百七十六年，南域大旱，从晚夏至冬初，连着半年不曾得过天公半滴雨露。而南域本是焰国盛产粮食的重要地带，如今临近年关，却颗粒无收，甚至已有不计其数的百姓被渴死饿死，且掌管南域的太守殷徊公为了保住头顶的官帽而有意隐瞒此事长达数月，直到饿殍遍地后才不得不奏上了折子。

这一天灾，猝不及防，与晚秋那场接连数日的诡异暴雪一唱一和，俨然是要逼得焰国气数尽去。且朝臣为保家国安泰，已在朝廷上乱成了一锅粥，临近南域的郡城太仆韩易侯在朝上请命道："陛下，老臣愿向陛下请缨，携郡城人马前往南域赈灾，为万民断粮之危尽绵薄之力。"

北方诸侯面面相觑，其中有位德高望重的林奚侯站了出来，他代表北方势力反驳道："此事还请陛下三思。"随后，又据理力争道，"想来南域百姓此前的生活一向奢靡无度、糟蹋粮食，如今突降旱灾，必定是天道轮回，而韩易侯的郡城在西，是为核心地域，且又算不上是富庶之地，更是不该开郡城粮仓去援助南域。且南域有鱼米之乡之美名，曾在十年前的旱灾之中抬高粮价祸乱北境，造成西北一带饥民无数，饱受饥寒之苦。如今若是得了多方支援，又何以让南域接受教训、收敛气焰？其他领地又如何能对陛下、对朝廷心服口服？"

"林奚侯！"南域太守殷徊公听到这一番奚落，气得忍不住跳起了脚，"你休要搬出陛下来作挡箭牌！分明就是你这老贼想要借刀杀人！呵，不就是记恨着十年前的那次陈年旧账吗，可那会儿是我爹在任，又不是我，你如今算到我头上来作甚？"

"在陛下面前竟敢如此狂躁，实在有失体统。"林奚侯冷言冷语道，"你等乳臭未干的后辈不要以小人之心来度君子之腹，十年前的天灾是我西北无能，定不会去怪罪任何旁人。可如今却不同了，曾倚仗着地理位置优越而轻贱食物的南域分明是咎由自取，在场诸位不觉是南域长久以来的所作所为伤天害理吗？除了天子，吾等凡人，又怎敢与天公作对呢？若是插手南域之事，岂不成了逆天而行？"

"你……你这落井下石的老不死的东西！"殷徊公火冒三丈，作势要与林奚候扭作一团。

其他群臣立即冲上前来拉开二人，不知是谁颤巍巍地喊了句"休得猖狂！若再敢放肆下去，小心陛下把大家都拖出去砍成肉泥"，这一场闹剧才结束。朝臣又乖顺地俯身跪拜，祈求国君恕罪。

皇座上的国君只漠然地注视着殿内情景，他越是沉默，跪着的朝臣们越是惶恐。殷徊公脸颊上的冷汗不断滴落，就要浸湿他的衣襟。心想着一时冲动，竟在殿前失仪，若真惹怒了陛下，岂止是官位不保，连同脑袋也要搬家了。

可半晌过去了，国君并未发怒，反而是终于下了旨意。竟连升殷徊公三阶，只不过，是调去了边境的蛮荒老城做个闲职。再拨了林奚侯去南域代理太守一职，颇有几分杀鸡儆猴之意。接着，又下令各属地大开粮仓，赈济南域。

可这也就代表着焰国上下的所有百姓都要为了这一道指令而节省起粮食，即便如此，也不知能否挨过这场受灾面极大的旱灾。毕竟南域隶属焰国，总归都是一荣俱荣、一损俱损。

只是，群臣心中也明晰了一件事，便是焰国如今已经岌岌可危，表面上的繁华与太平实则脆弱无比，如同一颗玻璃石，唯有在太阳的照射下才折射出耀眼的璀璨。一旦乌云蔽日，玻璃石将成为一摊黯淡凄惨的茅厕泥，如同现出了本来面目。

究竟是什么东西令焰国从内部开始腐烂起来的呢？

若说那场诡异雪灾只是意外，那么，这场突如其来的旱灾又该如何解释？

无尽的疑虑困扰着南葵，而此时，她正端坐在一室淡缈的烟雾里，这稀薄的烟雾背后，则是坐在玉石床榻上的冥帝和墨。

诚然，眼下的南葵正在冥界殿中同和墨道明焰国近来的异象。而听她统统诉尽之后，和墨又缓缓地吸了一口烟草，手指间拖着的烟杆是雕花红木

的，吐出的烟雾则像一团飘忽不定的云，轻盈柔情，薄如蝉翼。末了，他沉声问道："你今日特意回来冥府，便是为了向我询问其中缘由吗？"

南葵恭敬地颔首，回道："正是如此。"

和墨不疾不徐地说："想必你心里早已有了定夺。作为饕餮转世的你，自然能够感知得到天发杀机的前兆。"

南葵顿时面露忧色，她攥紧了手指，视线落在和墨那张如玉如画的面容上，轻声问："莫非……当真是因为婴灵之躯就要破世而出了吗？"

所以，那股即将降临于人世的怨气铺天盖地，才会引得暴雪肆虐、大旱不止，迫得民间农耕荒废、田庄荒芜，数以万计的百姓流离失所、死伤无数。

和墨看向南葵，回应着她，低沉的嗓音如夜幕下的泉水般流淌在她耳畔："冬雪伴随着月食，夏旱伴随着日食，日食之日，正午之时，盈满则亏，盛极必衰，看似阳气最盛，实则阴气最重，届时，怨气之源将会借助日食促使天地开一线，引得天发杀机，从而改天换日。"

南葵闻言，心中终于有了定数。果然如她所料，婴灵即将问世。她咬了咬嘴唇，面色凝重地对和墨说道："关于婴灵之事，我已经寻到了眉目，无论如何，我都会阻止婴灵降世。"

和墨略有一怔，似是担忧她般欲言又止，可很快又露出一丝欣慰笑意，他知这是她必要去经历的一关，又如何能去插手她的命数呢？便也只得叮嘱她道："万事必要加倍当心，婴灵实乃恶灵，极难对付，且要靠着天香珑叶，才能净化婴灵的戾气。到了危急之时，你定要记得求助冉冉，莫要单枪匹马伤了自己。"

这话听着虽是在关切南葵，可却在不觉间泄露了和墨与林冉冉之间的密切。想来能被和墨直呼名字的，三界之中，怕是只有林冉冉一个了吧？

思及此，南葵轻笑了笑，谢过和墨，忽而又想，旱灾已至，日食也必不远矣。

而这般时候的人间焰国，正值巳时。辜峤府内院屋内，小婢女端着一壶香茶走进了辜峤屋中，正是要端给前来诊脉的御医喝的。

御医一只手搭在辜峤的腕上，探着脉象的虚实。想来是陛下体恤台辅，自台辅大病初愈后，每隔三日都会派来御医登门辜府，为其问诊治疗，生怕一国台辅的身子再有丝毫闪失。

而今日探过脉象，御医不由得拧起了眉心，"嘶"地一声吸了吸气，转而同辜峤禀报道："回禀台辅，依老臣所看，台辅近来的脉象照比此前已逐渐平稳，然而仍旧略有虚症，许是毒后引起的，倒也不碍事，只需悬针治疗几日便可去除。"

辜峤收起了手，将衣袖抚平，又请御医用茶，而后才平静地问："便是要针灸才可去除虚症吗？"

"正是。"御医又道，"不过，若是台辅不愿悬针，老臣也可以为台辅开出药方，煎服月余，也是能够初见成效的。"

辜峤道："如此说来，针灸可会更快一些了？"

"回台辅，悬针只需三日，便能除去体内的残余毒性。"

辜峤默然片刻，然后点头道："那就有劳御医悬针了。"

待到一炷香的工夫儿过去后，阴郁的空中下起了淅淅沥沥的泥雨。尽管极小，滴在衣襟上头却晕染成污秽的黄泥。辜振鹭走在院中，不禁觉得这冬时泥雨自是极为怪异。前些日子曾听下人们议论起南域那头已是大旱成灾，便是皇城之内的这星星点点的泥雨，也是那头百姓祈求不来的了。

仅仅是如此想着，他就已是情不自禁地同情起了南域百姓的遭遇，心中不免恍惚不定，就连走到辜峤的房门口时，都未曾察觉。身旁撑伞的侍女提醒了他，他才回过神来。

泥雨污重，寒风干涩，辜振鹭敲响了房门，轻声道："父亲，我来请安了。"

辜峤的声音传出："且在门外候上片刻。"

"是，父亲。"辜振鹭静默地伫立了一会儿，很快便见房门开了。

走出来的人是御医聂氏，他向辜振鹭作揖问候，又将悬针袋子交给辜振鹭，嘱托道："辜公子，这是老臣在近日需要为台辅治疗的悬针，还请公子为台辅收好，老臣明日会再来府上问诊。"

辜振鹭点头收下，顺势将巴掌大的针袋送进了袖中。又命侍女为御医撑伞，送他离府。

待目送御医离去后，辜振鹭才进了辜峤的房间。为辜峤擦拭双手的小婢女向辜振鹭问了安，便端着铜盆退了下去。

剩下辜峤与辜振鹭父子二人独处，见他肩上有泥泞，辜峤略一蹙眉，问道："你从哪里染来的泥土？"

"外面下起了泥雨，即便有侍女撑伞，可风极妖，总是要将那泥雨斜斜

地刮到身上来。"辜振鹭说着，便抬手擦拭头发与肩膀，很快又不做了，只怕会将泥泞掸落到辜峤的房间里。他不想惹父亲不快。

辜峤似乎看出他的用意，倚靠在床榻上，唤他坐到自己面前。

寂静之中，二人都久久无言，辜振鹭对父亲始终是有几分惧怕的，只要父亲在，他就如同一个不知世事的稚儿，即便是大声些说话，也是不敢的。

"也已过去了十年。"辜峤忽然这般叹道，他打量着辜振鹭的面容，如同呓语，"你已经长大成人，是堂堂正正的七尺男儿了。"

辜振鹭不懂父亲为何感慨此事，正欲言又止，辜峤却同他道："自打我中毒昏迷以来，便一直不省人事。如今大难不死，心中也是极为感激。最近，我想起从前听到过的一个故事，想着今日要同你讲一讲。"

辜振鹭点了点头，静默地听下去。

从前，有位姓钟的举人，品行方正、不苟言笑，闾里都称他作钟孝廉。某日，钟孝廉与学生同室而眠，夜里忽然哭醒，边哭边说："活不成了，我要赴阴曹去也……"

学生问何故，老孝廉说："我梦见两个耸着肩膀的官差来到床边，拉起我就走。路上不见人迹，只见无边无际的黄沙枯草。后来，我被带到一间衙门，有位尊神面色铁青，头戴乌纱，南向而坐。差官按住我跪下，尊神问，你可知罪？我自思无愧于人，说，不知。神说，再想。我思忖良久说，父母去世，我无钱安葬，以至于停棺二十年，罪该万死。神说，这是小罪。我又说，年少时曾淫一婢，又狎二妓。神说，这也是小罪。我又说，我常讥讽他人文章，有口过。神说，此罪更小。我实在想不起来了，于是说，其他再无罪矣。"

"谁知那尊神面色一沉，喝左右道，叫此人在水中一照。二差取过水盆，将我头面浸入水中，前生之事如潮水涌入。原来，我前世叫杨敞，曾与朋友在南方做生意，因贪其财货，将朋友推入水中杀死。我眼前出现朋友溺毙时的扭曲面孔，吓得瑟瑟发抖，趴在地上大呼知罪。"

"神明厉声道，还不变吗？随即举起惊堂木一拍，天地间一道惊雷，紧接着天崩地裂，墙垣倒塌，四面八方涌入洪水，无边无际。四周黑漆漆的，只剩我一个人，趴在漂浮的菜叶上。我心想，菜叶这么轻，怎么能托得住我呢，低头向身上一看，我已化作一条蛆虫了。"

说完，钟孝廉向学生托付了身后事。三天后，呕血暴毙。

"你看，这故事中的钟孝廉，受惩戒依靠了神仙托梦，但他梦里的世界却别开生面、精彩异常。他三次向神明承认今生过错，然而，在神明眼里却一件比一件无足轻重。这个过程倒将钟孝廉苦思冥想、搜肠刮肚的状态，表现得淋漓尽致，也侧面证明了钟孝廉为人方正，从而更进一步昭示了天道昭昭、神目如电。"辜峤道，"可是，神明最终将钟孝廉变为一只蛆虫，趴在漂浮的菜叶上，你说，这又是何故呢？"

辜振鹭犹疑地看了看辜峤的脸色，辜峤示意他但讲无妨，他这才谨慎地道："仰以观于天文，俯以察于地理，是故知幽明之故。原始反终，故知死生之说，精气为物，游魂为变。是故知鬼神之情状。而精气为物，游魂为变，讲的便是轮回的道理。精气可以形成物，物是生命的载体，而游魂却是通往轮回的一种形态。那位钟孝廉变作蛆虫，自然是进入了六道轮回，一道一道轮转，以此来消他前世的罪孽。"

辜峤看向辜振鹭，可又像是透过他的面孔去寻找旁人的身影。他出神了片刻，许久许久，他又淡淡地笑了出来，是略带一丝阴郁的笑声。后来，他的声音如幻雾一样缥缈，低低道着："世间众生因贪婪、欲望、痴念而混沌迷茫，而六道之一的凡人，即便身处在人道之中，也还是要受到因果轮回的制约。未知生、焉知死，轮回去别处，又如何能够得知？究竟有无轮回都无从得证，生则为人，死则为尸，唯有魂魄如初，才能精神不灭。"

辜振鹭困惑地问："父亲所言，是并不相信人世界有轮回之说吗？"

辜峤道："轮回固然存在，但那不是灵魂的轮回。是日月、四季的轮回，是地点、自我的轮回。"

"但孩儿曾听闻，有的人在生前做的好事较多，离开时会含笑九泉；有的人生前做事善恶参半，离开时许是会有疾病缠身；有的人性情贪婪无度，死时多为暴毙；有的人不信善恶因果，死之前许会心乱神迷；也有人在生前杀人害命，憎嫉善人，败坏贤明，无恶不作，死去之时，定会痛苦哀号、身受五马分尸之凄惨苦楚。"

辜峤幽然地越过辜振鹭，望向他身后的窗外，泥雨悄悄坠落，他静默地说："耳听为虚，眼见为实。你曾听闻之事，并非一定是你所见到之事。人之为人，天赋其神，地赋其形，生，天道使然；死，还道于天。便是所谓的生者，寄也，死者，归也。在人道时，要做好自己的人，修成之后，才能知天命。若中途误入了旁的道，便也是命中定数，只管安安分分地接受。"

孟婆传奇之
MENGPO CHUANQI
南葵篇

他的这一番话，寓意颇深，又仿佛另有所指。辜振鹭听得云里雾里，忽而想到古人都说人死后过奈何桥，桥上那碗汤，是孟婆递来的。喝了它，过了桥，前尘往事都将烟消云散，便是让人不要期待有来世，因现世与前世都终结在了桥上汤里，而失了记忆的来世，又还会否有意义？

而如若不想今世记忆尽碎的话，死后便不要选择前往来世。唯有魂魄不散，精神才能永存，这便是辜峤方才所言的暗示。

只是……他所暗示的，究竟是什么呢？辜振鹭猜不透，却又觉得父亲不会说毫无意义的话。不如说，他说的每一个字，都不是白费的。

这令他不禁意识到了最为可怕的一件事——或许，父亲已经察觉了他与虞北栀之间的关系。或许，在很早之前就已经察觉了。他从不点破的原因，必然是想要辜振鹭自己作出选择。

然而，无论最终选择谁，于辜振鹭而言，都是挖心锥骨般的剧痛。这令他想起年少时期，十五六岁的时候，曾与姬仁宣及另一位容姓公子去青楼里见个新鲜。那公子容要年长他们二人几岁，是位出身名门的贵族。他因时常出没姬仁宣的魁味居而与姬仁宣交好，本身是寻花问柳的个性，又有色如春花的容貌加持，自然会吸引众多千金小姐芳心相许。便是他带着姬仁宣与辜振鹭见识了青楼里的光景，可姬、辜二人是极为年少的愣头青，在脂粉扑鼻中总是坐立难安，只好去楼台处喝茶赏月，留公子容一人在那衣香鬓影里翻转周折。

过后很久才得知，公子容在那青楼中是金屋藏娇了的。他在两年前看中了一家农户的姑娘，几乎就是强抢民女到了城中，为了掩人耳目，又把她放去青楼里做头牌的贴身婢女，总比去做皮肉生意来得干净。之所以不能直接带回府上纳妾，实在是身份相差过于悬殊，贵族的侍妾也必要是个小门小户的庶出女子，穷乡僻壤的农户女儿，是万万无法被贵族接纳的。但公子容也是真心喜爱这女子，他明知与她没有结果，却还是身负种种压力与她私会，并克服万般艰难与双亲争斗，势必要寻到一种将她带回府上的可能性。

然而家中正妻容不下这等丑闻，便私下买通了杀手，要人去青楼里骗出那女子，一刀杀个干净。哪知那女子为了求生，竟在挣扎中砍伤了杀手，幸得落荒而逃。当公子容最后一次见到她时，是在蛮荒的山脚下。他见她身上受了伤，也不知发生了什么事，只见她提着刀摇摇晃晃地从山下走来，她悲痛欲绝地同他道着："是呵，是我愚蠢可笑，竟会信了你这种贵族的鬼话。

不过是始乱终弃、杀人灭口罢了，又如何要演出那般恩爱戏码、缠绵悱恻？你若是不爱了，放我走便是了，不必如此赶尽杀绝。且最初，也是你逼得我落入你的天罗地网，本该不必相识，才能各自成全。"她说着，把刀扔在他脚下，拖着伤痕累累的身躯离开了。

"不该相爱的人，从最初就不要去尝试。到头来，害了卿卿，也害了自己。"公子容同姬仁宣、辜振鹭说这话的时候，已经病入膏肓了。不久之后，他得了重病，再也没能活过来。

而那农户家的女儿也音讯全无，即便辜振鹭想把公子容的死讯告知于她，也全然找不到人。便是从那时起，辜振鹭的心中烙下了一个烙痕——不能害了卿卿，更不能害了自己。

若是明知故犯，岂非杀人诛心？

辜振鹭这样想着，将袖中悬针袋子取出来，把其中一根针交给姬仁宣时，忍不住问他："你可还记得从前相识的公子容？"

夕阳余晖洒照，辜府门外的僻静角落里，纬帽遮面的姬仁宣困惑地抬起眼，以绣帕接过那一根细小的悬针后，反问面前的辜振鹭道："好端端的，怎会突然提起一个已逝之人来？"且他应该要问的，竟不是姬仁宣请求他交付一根悬针的缘由吗？

"没什么，只是今日偶然间想起了他。"辜振鹭摇了摇头，眼里似有落寞。

姬仁宣打量着他的神色，心知他是个极爱忧思之人，怕他又会费心思索，便叹了口气，安慰他道："那都是些旧时之事了，且你不是他，也不该想起他。生者是过客，死者是归人，他已归了他的去处，便不要再惊扰他了。"

辜振鹭默然垂眼："我只是想起，他直至死前的最后一刻，都未曾放下过他的执念。不免替他觉得……有些可悲罢了。"

"他并不可悲，也无人可悲。"姬仁宣抬起手，拍了拍辜振鹭的肩，"只要是甘心情愿，便不存在对错。"

辜振鹭略一苦笑，再不多言。转身离去时，忽又转回身形，这才询问起姬仁宣："仁宣兄借走此针，偏生只为一根，所为何事呢？"

姬仁宣道："昨日我叔父曾邀聂御医去府上，也是久违其悬针大名，可不巧他针袋里少了一根针，他又托人告知我今日会到辜府，我想着暂且先从你这里借来一根，等明日再由聂御医带回还你。"

不过是一根针而已，倒也不会令人多虑。辜振鹭只随口说了句："看来，

聂御医的悬针医术的确高明，我从未对仁宣兄说过父亲也用了针灸之术，你却已经耳闻了。"

姬仁宣一怔，缄默地向辜振鹭告辞，上了停在巷外的马车，摘掉头顶纬帽后，吩咐仆从驾车去往城南的姬府。

其实这一切，都是姬仁宣联合姬氏兄弟做的戏码。他们知道国君对辜峤格外关照，在私下买通聂御医之后，使其不动声色地提出针灸之术，唯有不刻意为之，辜峤才会选用。果然不出所料，辜峤接纳了悬针。那么按照计划，姬仁宣会要聂御医将悬针袋子交由辜振鹭掌管，姬仁宣再来向辜振鹭索要一针。

针上残留着辜峤的血迹，尽管极为微小，也足够南葵使用了。

虽说南葵不愿让辜振鹭牵扯其中，可姬仁宣并未让辜振鹭知晓此事，便也就不算让他趟了浑水。且这般谨小慎微的举动，似乎也没有令辜峤起疑，便也正是姬仁宣想要达到的效果。

而从前些日子的辜府一聚来看，辜峤身上也并没有明显的破绽，想必，他也绝对不会料想到南葵如今的身份，更不会得知她已然怀疑到了他身上。

到了傍晚时分，姬仁宣将得来的东西交给了南葵。

她有些讶异的模样，却也没问他是如何得手的。她知他始终竭尽全力地帮助她，只要他不只身涉险，她也不必追根究底。

眼下，辜峤的血已顺利拿到，只剩下一件稀世之物了。

南葵低声道："昨日我前往冥界，从冥帝口中得知，要想净化婴灵的戾气，还要有天香珑叶才行。仁宣哥哥，我当初曾在昆仑雪峰上寻到了天香珑叶，也还记得其所在位置，我现在便要使用灵气再次前往那里摘取天香珑叶，你且在此处等我回来，一定不要让旁人进来房里。"说罢，不等姬仁宣答应，南葵就已经消失不见了。

剩下姬仁宣独自一人站在南葵的闺房中略显无措，他只得去检查门窗，确定紧锁无误后，才坐到案桌旁，给自己倒了一盏茶，点燃了烛火。茶是凉的，自是没什么喝头，可等待却是焦心的，他的眼神随着摇曳的烛火晃了晃，静默地品着凉茶。

而另一边，当南葵出现在昆仑雪峰的山洞里时，却发现黑漆漆的洞里堆满了尸骨与残骸。还有一具尚未腐烂的少年尸身紧紧地抱着一具尸骨，那尸骨的手里握着一把铲土的弯刀，南葵瞬间明晰，他们都是来昆仑寻神草灵药的可怜人。

"这是何等的悲惨啊……"南葵望着这些不计其数的死者，转过身形，朝洞中更深处走去。黑暗的冰洞里，盛开着大片大片的天香珑叶，她俯身摘取些许，心中暗自叹息。殊不知那些采药人已距离神草如此之近，偏偏要和当初的她一样，到死才得知所求之物就在眼前。

想来她的生命结束得这样早，因转世，因使命，她不得不将自己献祭给众生。思及此，她忽觉自己前世是贪婪饕餮，今世却成了怀柔圣者，也许轮回本就是有因有果，在这静谧冰冷的山洞之中，南葵取出怀里的一些天香珑叶，轻轻地摆放在了死者的尸骨之上。她祈求他们来生能够如愿以偿，再不必受求而不得之苦。

等到重回人间时，房里的姬仁宣已是百无聊赖地将茶杯扣在了桌上，见到她终于回来，他整个人都精神百倍地跳起了身。南葵见状，不由失笑地问："你莫不是怕我再次命丧昆仑，一去不回？"

姬仁宣露出一丝苦涩的笑意，毕竟昆仑于他而言，实在算不上是什么好的回忆。

南葵将带回的天香珑叶交给姬仁宣保管，这一次，天香珑叶没有一片花瓣枯萎，在南葵以孟婆灵力的加持下，美艳的神草反而更加鲜活，仿佛就要摇身一变，幻化成仙。

第三十一节

一滴血坠入黑色的湖水中，"啪嗒"一声，溅起星星点点的水花。

南葵站在一扇幽暗的铁门之前，她探手去推，巨大的铁门纹丝不动，任凭如何用力，依旧是徒劳。她不耐烦地转身去寻另外的途径，然而一路上只能看见无尽的灰蒙的高墙，墙下长满了青色的苔藓，沿途还踢到了许多腐骨，自是一派森森可怖之象。

南葵蹙起眉，再调转方向，朝另外一侧绕去，却见漆黑前路下起了滂沱血雨，似有千军万马奔腾直下，猩红的液体浇在她头顶，她感到胃中一阵翻涌，连连作呕。赶快原路返回，却被脚下的白骨绊倒在地，她虽勉强爬了起来，可却无论如何再也迈不动步子，只因苔藓如一只只诡异的鬼手缠住她的双腿。她拼命撕扯，反而助长了鬼手的气焰，竟迅速地包裹住了她的整个身体，令她呼吸不畅。当最后一丝光亮被遮挡住时，她惊恐地恢复了神智，猛然间从床上坐起身，惊魂未定地气喘吁吁。

方才，她利用针上的血迹潜入了辜峤的梦境，可他的记忆却是一道关得死死的铁门。她打不开门，便看不到其中丝毫，只余门外群魔乱舞。

且辜峤与国君、虞陶二人极为不同，他的梦境似是一摊泯灭了欲望的死水，他已然成了一个抛弃了七情六欲的人。铁门将他的内心锁住了，南葵透过那扇冷酷的门，仿佛能够感受得到他内心满载的绝望。

他对人世已毫无留恋之情，而他的梦里，寻不到一丝波澜与破绽。

但，那扇门的后面，一定有着全部真相。

南葵坚定地抿紧了嘴唇，她走下床榻，整理好衣衫，又顺势拿起姬仁宣留在她桌上的牛肉干，心想着绝对不能让事情在这里功亏一篑，必要去查个水落石出才行。

"君儒。"她低低唤了一声。

门外立即出现了饕餮的分身，它四肢缠冰，蹄下腾火，脸孔狰狞凶恶，身形巨大，恭敬地对南葵颔首。

南葵抬腿一跨，骑在了它背上，并摸了摸它的毛发，命道："走吧，我们去辜府。"

君儒得令，立即腾云驾雾而去。

不出片刻工夫儿，南葵就已经来到了辜府的上空。她俯瞰着后院，出神了半晌，总觉得此处有怪异。可想要再靠近一些，君儒却被外头的一层结界弹了出去，南葵不想打草惊蛇，便不准君儒破坏结界。

她从袖中袋子里取出两块牛肉干，一块给了君儒，一块自己吃下，然后静默地思索起来。

"冉冉说得果然没错，这是极为强大的结界。"她探手触碰空中那结界，一道电光刺痛了她，她收回了手，不打算再去以身试险。

然而定睛一看，后院池塘中的那小渠颇极为蹊跷，也只有在空中一览全景时才能意识到这一点，就如同是一个北斗七星形状的阵法图。

南葵默默地记下了那阵法图的模样，而后命令君儒前往冥府。她必要把看到的一切告知冥帝，也要询问看看，这阵法图究竟是如何而来的。

夜半三更，冥府静谧。看管鬼门的牛头、马面正押送着一批新的死魂，骑在饕餮背上的南葵来不及同他们寒暄，只想着快点去见和墨。

而来到和墨寝殿时，她远远地瞥见和墨站在绘着泼墨画的巨大屏风后头，但映在上面的身影却不只有和墨一人，南葵眯起眼睛望去，察觉到和墨面前站着一位女子，他们二人在低声窃语，和墨的声音极尽温柔，令南葵不禁好奇起那女子究竟是谁。

可对方很快便意识到了她的出现，随即消失不见。南葵一怔，屏风后的和墨已然走了出来，他见到是南葵，便也没有责怪，只询问道："你突然造访，莫非又发现了什么至关重要的线索？"

南葵点了点头，眼神却不自觉地飘向屏风后面，地上余下一块样式别致的赤红玉佩，南葵见过那块玉，是挂在林冉冉腰间的。

也许，他们之间的确有着她所不知的过往。这般想着，南葵忽觉耽搁了要紧事，便赶快走上前来，向和墨阐述了她对阵法图的疑虑。

透过南葵的天眼，和墨看见了她口中阵法图的模样，不由轻蹙眉心，回她道："这图是镇魂之咒术，用于傀儡束缚之阵。"

孟婆传奇之 南葵之篇
MENGPO CHUANQI

此话一出，南葵恍然大悟一般地喃喃道："难道说，是他利用自己中毒一事获得了天香珑叶，所以才能压制住那些婴灵的戾气吗？"倘若当真如此，便和辜峤在前段时间一直闭门不出的时间相吻合了。

和墨的眉头皱得愈发深了一些，道："看来，对方是个狡猾至极之人了。"

南葵却犹疑了一会儿，低声道："却也不能用狡猾来形容他，我甚至都无法看清他的梦境，他如同抛下了所有欲念。"

"如果抛下了欲念，又如何要费尽心思地去炼制婴灵呢？"

南葵叹息："我不知道，但是，总觉得其中还有另外的隐情。人非圣贤，绝无完人，即便是当今国君，也有功有过，更何况……他也是一个可怜人。"

和墨听闻此言，缓缓地苦涩一笑，心中暗自想道：饕餮本是穷凶极恶之兽，贪婪暴虐，嗜血喜杀戮，曾经几次交手，也觉那兽是狂暴歹毒的，不承想其一缕神识转世为人后，竟会有这般悲悯大爱。

"却要你来做饕餮的转世，自然是有些难为你了。"和墨轻轻摇了摇头。

南葵愕然，不禁问道："冥帝是在担心我会心慈手软不成？"

和墨失笑起来："你是我亲自选中的孟婆，我又怎会怀疑你的作为呢？不过是不忍让你迎此恶战，有些心疼你而已。"

南葵愣了愣，然后小心翼翼地观察了一番四周，确定四下无人之后，她才一脸正色地提醒和墨道："这话要是被人听去，可是要惹人浮想联翩了。"

和墨却不以为然："我爱护自己的属下，又何以惹人浮想联翩？"

南葵撇撇嘴巴："我倒不会多心，只怕……"

"怕什么？"

南葵不再多嘴，抬起手指放在自己唇前，做了一个"噤声"的动作。

和墨似是清楚她看到了屏风后的景象，心中知她是个聪明人，便无须多言。随后，他叮嘱南葵要打起万分的警惕去提防那布阵之人，又道："你且记住，你的回廊弯刀是稀世宝物，只要在上头抹上你自己的心血，便可以恢复饕餮真身三日。同时，也会获得饕餮的神力，自可吞噬世间之恶了。"

南葵坚定地点头，并且，她心里已经有了打算。

和墨舒展眉头，凝视着她说："眼下，我要去那婴灵殿。必须要打通那条连接着人间与冥界的通道，为这十万婴灵入轮回而作好准备。"

正如和墨所言，接下来要做的，是要将婴灵在人间的栖息之地彻底毁灭。只有如此，那些婴灵才不会留恋人间，从而走上轮回之路。而到了那个时候，化身饕餮的南葵必要将婴灵释放而出的恶念全部吸入腹中才行。

此战容不得丝毫差池，必须滴水不漏。

只是……若结界与阵法都是出自他手，仅凭她的力量，真的能够对抗得了他吗？即便她从和墨这里得知了变化成饕餮的技法，可这么多年来，他能神不知鬼不觉地炼制婴灵，必定已经设想到了一切后果，那么，她当真能护得了焰国百姓周全吗？即便有林冉冉助她，这一战，也是胜负未定。

南葵心中忧虑起来，转念又想到她的家人都身在焰国，父亲、母亲、仁宣哥哥、叔父……念及此处，便再容不得有一丝犹豫。她定要拼死保护他们才行。哪怕，要她为此而舍弃性命。

怀抱着这样孤绝的决心，南葵携君儒从冥界回到了人间。当一人一兽再次出现在辜府上空时，已经是丑时了。伴随着荒鸡起鸣的声音，南葵察觉到辜府内院里已经有下人开始窸窸窣窣地起早。正当此时，下方忽然有人在小心翼翼地唤她的名字，她一怔，赶忙低头去看，竟是姬仁宣站在地上朝她招手。

南葵惊慌地瞪圆了双眼，猛地要君儒俯身飞下去，她凑近姬仁宣，紧张兮兮地压低声音质问道："你不好好睡觉，跑来这里做什么？"

姬仁宣也不满地反问起她来："我倒要问你这话了，看你这阵势，定是又想瞒着我一个人偷偷做些危险的事情了吧？"

南葵左顾右盼，怕被人发现，直接一把将他拉到了君儒的背上，再次飞到空中后，她才无奈地问他："你怎么会知道我在这里？"

姬仁宣无奈地搔了搔头，望天叹气道："心灵感应吧，我也不好去你家里，这么晚了，反倒会让叔父起疑。想着你可能会放不下辜府，便在这附近徘徊了许久，结果还真发现了你的踪迹。"

这话令南葵自是感动又惆怅，她深深吐息，有些不安地说："你在我身边的话，我反而不好放开手脚行动了。只怕接下来会有危险，我不想你和我一起涉险。"

姬仁宣则说："唯有我陪在你身边，你才会时刻保持警惕，毕竟若不想把我拉进危险中的话，你自己就不会胡作非为。"

南葵欲言又止，忽然听到辜府内院里传来一声奇异的响声，她与姬仁宣一起循声望去，只见池塘里溅起了几簇水花，就像是有人在水下呼吸。

南葵与姬仁宣面面相觑，皆是觉得事有蹊跷。

可就是因这呼吸似的水花，罩在辜府上空的结界仿佛打开了一条缝隙。南葵瞬间亮起了双眼，她试着去碰，果然，结界没有将她弹开，她能够从上空进入辜府了。

"屏住呼吸。"南葵对姬仁宣说完，抬起手指，在他的额心中间轻轻一点。

姬仁宣也没去问缘由，只管照做。他吸进一大口空气，鼓起两腮，南葵便吩咐君儒道："去那池塘中一探究竟。"

君儒领命，一个腾跃，便带着背上二人扎进了那内院的池塘之中。

顷刻间，池塘水面上的涟漪便消失不见，就好像连此前的一丝波澜都不曾出现过那般。而池塘之中，幽深的水泽漫过头顶，由于南葵方才在额心施过了法，姬仁宣走在水底也能够呼吸自如。

二人环顾四周，只觉这池塘下头如同另一个诡秘氤氲的境域。假山松石立在两侧，烛灯罩在玉雕里，一盏一盏交错而明，周遭林木错落，怪石嶙峋，好似深海龙宫小苑。除去黑暗与潮湿，此处对比池外世界，竟显得光怪陆离。

"想不到这辜府后院的池塘下面竟会有这样的玄妙之地。"姬仁宣瞠目结舌地走在其中，忽然眼睛一亮，指着前方对南葵悄声道，"你看，那扇门后头好像有什么东西……"

"看着像是棺木。"南葵接下他的话，心下一沉，不由加快了脚步，穿过那扇黑色的铁门，走进了堂内。

只见一口由琉璃制成的棺木平放在空旷的大堂中央，玉雕烛光围满了棺木，直把这琉璃材质照耀得熠熠璀璨。

姬仁宣困惑不已，心中暗想着：此处怎会放置着棺木？未免太过怪异。

他随南葵一起凑近去看，不禁大惊失色，那棺木中躺着的女子，竟是早已死去多年的辜夫人！

"这，这是怎么一回事……"姬仁宣一头雾水，南葵则是一言不发。她趴在透明的琉璃石上去看下面的人，面色红润，衣衫整洁，似乎只是睡着了而已。且她双手合扣在胸前，身边放满了颜色妖冶的鲜花，定是有人每天都来更换打点。可任凭南葵和姬仁宣如何合力而为，也无法将棺木盖子打开，累得满头大汗的姬仁宣首先作罢，直说不能惊扰了已死之人，不管怎样也不能开棺验尸，实在是大不敬。

"太奇怪了。"南葵紧紧地盯着辜夫人的面容，诧异道，"已经过去十余年了，她一点都没有老去，身体也并未腐烂，但这……这怎么可能呢？"

姬仁宣也感到可惧，道："把人放在这棺材里，又藏在池塘下头，已足够令人惊奇，还有什么是不可能的呢？"

正说着，忽然门外飘来一阵幽幽的冷风。姬仁宣被这丝诡异的风惊扰，赶忙看向身后，却不见有任何异样。再一转头，但见南葵正盯着某一处，如同猛兽捕猎前的眼神，双目灼灼似烈焰燃起。

姬仁宣也顺着她的视线看过去，正是那幽深的铁门外，有一抹绯色身影摇曳着走过去，且走路时会发出"叮当""叮当"的响声。姬仁宣困惑地想，这声音怪得很，像是送葬时会听到的摇铃声……正思索着，南葵已经追着那身影跑了出去。

"南葵！你不要轻举妄动……"姬仁宣也赶忙忧心忡忡地跟上她，仿佛是被那身影引导一般，他们来到了池塘尽头的一间密室。同样是一扇幽深黑暗的铁门，南葵伸出手，轻轻一推，门便开了。可却不是被她推开的，而是有人从里面替她打开。

"吱呀——"

扑面而来的是厚重的灰尘味道，哪怕是在水中，那股子潮湿阴暗的气味也没有淡去分毫。这狭小的密室里四面为墙，贴满了密密麻麻的怪异符咒。其中一面正对着门的墙上，有一张巨大的等身高的符，上面仿佛飘浮着瑰丽的祥云。但是凑近去看，就会发现那并不是祥云，而是有着三只眼睛的怪鸟。

它的整个身体都在发光，尤其是额心的那只眼，一眨一眨地，形成一道笔直的光束，径直地射进南葵眼底。随着那鸟的眼睛张开，飘浮着阴冷气息的密室中，光点在慢慢增多，冰冷锐利的光，逐渐在黑暗空旷的四周弥漫开来。

几十双，甚至是几百双眼睛跳跃着诡异的光亮，他们相互之间交头接耳地窃窃私语，直到那"叮当"的铃声响起，嘈杂声才如雾气般散去。南葵循着那铃声看去，围墙的角落里，站着一个虚弱的身影，她微微抬起头，露出白皙的额、细长的眉、桃花般的眼，以及惨白如蜡的容颜。这的确是位冰雕一般的美人，哪怕瘦削而无力，却掩盖不住她勾魂摄魄的魅力。

"辜……辜伯母……"姬仁宣脱口而出这一声呼唤，可很快，他又局促

地捂住了嘴。只因面前这女子太过年轻，仿佛还要比他小上几岁。难不成，是辜夫人死后的鬼魂？所以才能永葆青春样貌？

然而，南葵却一眼识出了她是纸人形态的辜夫人。作为孟婆，她自是知道人间有许多束缚魂魄的法术。用纸人做魂魄容器便是其一。只因肉身已死，而魂魄被迫留在人世，唯有依靠纸人来苟延残喘，久而久之，元魂越发虚弱，一旦魂魄尽散，那具冰冷的肉身尸体也会立即腐烂。

"辜伯母，多年未见了。"南葵轻叹一声，走近她一些。

角落中的美人轻抬悲戚的眼，本该色如春花的容貌也因哀哭而显露出憔悴枯败。她一张口，一缕轻烟从唇中化出，那是命不久矣的元气，也许每多说一句话，都要消耗她所剩无几的精魂。

"我早已不再属于人世。"辜夫人的声音缥缈如幻，她略微屈身，似是缓解身上的痛楚，大概是纸人的寿命也要到了，无法依托她的元魂太久，她喑哑地低声道，"是我把你们引到这里来的，多年来，不曾有人察觉到我的存在，唯有你……而今日，我总算得以让你们发现了我。"

南葵和姬仁宣彼此交换了一个眼神，自是心头不忍，南葵安慰她说："辜伯母，这一切都是阴差阳错，只是连累了你逗留在此，错过往生。"

辜夫人那双蕴含悲伤的眼睛盯着南葵，痛心道："辜郎执念太深，这些年来，我一直以这般形态留在此地，只因他不愿我离去，是他的执念束缚着我，我也无法进入轮回。可我终究是个已死之人，又如何能逆天而行、破坏阴阳？"

姬仁宣听闻此话，竟悲从中来，不禁为辜峤说起话来："辜叔叔是承受不了失去伯母的痛楚，他把你安置在这里，也是希望能同你白头终老。"

辜夫人苦笑着摇头，声音哽咽模糊："生者与死者，怎能提及白头终老？我与辜郎的确恩爱有加，若不是那场战乱，辜郎也不必遭受丧妻之痛。然而，我不能眼睁睁地看着我心爱的夫君为了我而步入歧途，我要救他脱离执念才行啊！"

歧途？南葵思虑着这二字，难道……当真是……

"这十年来，辜郎为了我而不停地滥杀无辜，他竟妄想炼制婴灵，来让我复活。"辜夫人颤抖着嘴唇，终于倾吐出了这个真相。

南葵虽觉意料之中，却仍旧受到极大冲击般地退后一步，姬仁宣更是沉默垂首，似是无法接受这个事实。

"天意弄人，注定我与他天人永隔，可我不能眼睁睁地看着他铸成大错。我愿意为他承受所有罪过，哪怕来世不能为人，哪怕为牛为马为牲畜，我也绝无怨言。若是让他为了我而一步错、步步错，我宁愿粉身碎骨，也不肯他祸乱人间。然而……我也并不怨他，倘若没有和辜郎厮守一处，生与死，又何乐之有呢？正如鸟儿食虫，花儿怒放，晨露蒸发，猛兽相残，虎毒却不会食子，我的执念与辜郎的执念相比，又有何不同之处呢？也许，正是我拖累了他……"话到此处，辜夫人泪眼婆娑地伸出手，以微弱的纸人的力度握住了南葵，她的神色不安而无助，恳求她道，"葵儿，你一直都是个善良的好孩子，便是不能亲眼看着你的辜伯父走向无可挽回的局面，所以……你碎了我这纸人身子，让我尘归尘、土归土吧！"

南葵失神地站在原地，辜夫人急促地继续道："在辜郎发现之前，你毁了我，便能挽回事态，只因我身上有他阵法图的咒术，无法自行了断，唯有借助他人之手才能求得一死。葵儿，事不宜迟，快快动手吧！"

原来阵法图是用在了辜夫人的身上，原来，那不计其数的万千婴灵都是为了让一人复活。

原来，统统都是辜崂的执念所造成的孽果！

可，面对着从前对自己疼爱有加的辜夫人，南葵又怎能下得去手？那些支离破碎的往事记忆铺天盖地地淹没了南葵，她挣扎着咬紧了牙关，耳边响起的是自己曾反驳和墨质疑的问话——莫非，你是在担心我会心慈手软不成？

便是在这分神的空当，身后忽然传来了脚步声。

南葵怔住了，连同呼吸也一并屏住了。

那人则停在了门旁，语气是风轻云淡的，可话里却暗藏着杀意，他静默道："我今日本是要为陛下讲学的，可我设在池塘外头的咒术有了风吹草动，便知道是有人接近了池下。虽然赶回来得晚了些，也好过被你们得了手。"

这话，令辜夫人的脸色变了变，她甚至以双手捂住了脸，绝望地呜咽出声。到底还是晚了一步。

而南葵与姬仁宣则是感到背脊发凉地回过身，望向那站在门旁的身影。

已过不惑的年岁，身形瘦削却挺拔，长袍上绣着靛色的云水波纹，肩上披着墨色绣金短祅，腰间佩剑携玉，脚踏鸟纹乌靴。他眉眼是看惯红尘般的冷淡，刻在唇角的笑意却极为阴冷，他的视线扫过角落里的辜夫人，再看向

姬仁宣，最终，定在南葵脸上。

尽管他识不出这张脸，可上一次在辜府的聚会中，她也曾经出现。他抽出腰间的剑，指向南葵，沉声说道："你是何人并不重要，可你既然已经得知了我的秘密，便是不能活着离开此处的。"

南葵咬紧了牙关，她看见辜峤那张冷酷无情的面容上只余下一片惨白，已然是失去了该有的人性。想必，他内心那扇紧闭的铁门并非抛弃了七情六欲，而是撇下人伦道德了。

眼下，必要迎战了。南葵已做好了觉悟，她从腰间抽出了自己的回廊弯刀，挡在了姬仁宣与辜夫人的面前。

辜峤见状，只轻蔑地一笑。他挥舞手中利剑，飞快地冲向了南葵。

夜色深沉，已是寅时。天空再度下起了怪异的泥雨，这一次，却是猩红色的。

辜振鹭是被这恼人的雨声吵醒的，他随便穿上一件衣衫，撑着伞走出了房间。想来他心中格外慌乱，也不知是怎么了，如同被指引一般走向了后院的池塘。

雾雨岚岚，他撑着竹伞一步一步地走近池塘，脚下的皂靴被雨水打湿了鞋尖，他见到池塘水面有气泡在升腾而起，刹那间，整个池塘如爆炸一般尽毁！辜振鹭来不及躲避，被溅了满身的池水，石块打在他脸上，划出了一条长长的血痕，待到一切平息，他再循望过去，竟看到父亲与南葵持剑相向，而姬仁宣则扶着一位虚弱的女子坐在池塘的废墟前。

那面色惨白的女子察觉到他的视线，就在二人四目相对的瞬间，辜振鹭的脑中当即发出轰鸣巨响。

"母亲？"他不敢置信地瞪圆了双眼，激动地探出手去，企图更为靠近那女子。

而南葵在这时败下阵来，她的左肩被辜峤的佩剑刺中，鲜血流淌，触目惊心。且辜峤竟可以控制池塘里的碎石泥土，使得那些土石从四面八方袭向南葵，一时之间，沙砾横飞，几乎正中南葵全身要害，把她的四肢都刮出了无数道血口。

见到南葵受伤，姬仁宣心如刀割，就要起身往前冲，辜夫人却一把拦住他，哀求他道："仁宣，趁此良机，快快了结了我这残命吧！"

姬仁宣迟疑着站住脚，辜夫人催促他道："唯有毁了我，才能让婴灵无处栖身，那口棺材镇压着婴灵，一旦我死，一切才能告一段落，莫要再耽搁下去了！"

"可……可是……"姬仁宣余光瞥见不远处的辜振鹭，"振鹭就要和你相认了，你们母子已有十余年未曾谋面，今日……"

"我们母子早已阴阳两隔，今日相见，也不过是错上加错，仁宣，动手吧！"辜夫人抬起手，抽出了姬仁宣佩戴在腰间的利剑，不由分说地递给他。

虽说是纸人，可看上去就和真正的辜夫人毫无分别。姬仁宣握起了剑柄，内心却动摇万分。但是，如果他不做，便要由南葵来做。与其要让辜振鹭去恨南葵，不如把这份怨念都算在他的身上。思及此，姬仁宣终于缓缓地举起了手中的利剑。

而此时的辜峤也发现了姬仁宣的意图，他面露惊色，正欲冲来阻拦，南葵却一刀朝他杀去，害得他连连退后。

血雨肆虐，刀光如雪，南葵艰难地与辜峤对抗，并催促起姬仁宣，嘶吼般地大喊道："动手吧！快！"

姬仁宣百般挣扎，他一咬牙，紧闭双眼，终于举剑挥下。

辜峤与辜振鹭同时失声惊呼："不！"

然而，长剑挥落，劈开了辜夫人的身体。那一瞬间，她最后的表情竟是极为释然。就好像终于得以休息，她变回了纸人模样，素白的纸屑飘洒飞扬，落尽在血红的雨水里，浸湿成了污泥。

"翾！"辜峤痛哭跪地，翻找着雨水中的每一片纸屑，竟还奢望着将它们黏合重聚。

"母亲……"辜振鹭失魂落魄地瘫软跌坐，他竟不知世间还有这般残酷之事，明明才刚刚重逢，却再度面临生死别离。

而纸人毁去，埋在池塘废墟下的琉璃棺木开始剧烈地颤动起来，正如辜夫人所说，棺木镇压着婴灵，一旦纸人毁掉，辜夫人的尸体也将腐烂，一切都到了了断的时刻。

在这地动山摇之中，伏在雨地中的辜峤咬牙切齿地攥紧了双拳，失去最后一点念想的他被悲痛侵蚀，整个人已是痛苦得发抖。

"已经这般接近了……我的心愿，已经这般接近……却要被无情毁掉……你们这群碍事的蝼蚁，当真要把你们碎尸万段，才能消我心头之恨！"辜峤的双眼充血，充满杀意，他摇摇晃晃地站起身，抬起一张泪眼纵横的

脸，忽然张开双臂，发出了一声如野兽濒死前的嘶吼。

顷刻间，妖风如飓，鬼魅哭号，天际乌云滚滚，闷雷乍响，无数道诡异的紫光从云层之中劈天盖地般砸下，每一道落在地面，都爆成一团炽热的天火。

天地之间混沌一片，蒙蒙亮的日头被一团血红吞噬，在这片混乱之中，南葵惊愕地意识到："这便是天发杀机……日食，到来了。"

第三十二节

许多年前，在当今陛下还只是王爷的时候。正逢那年严冬，大漠冰封，身背杀父血仇的王爷阿焰站在荆与焰两国交界处的山峦顶峰，他跨着汗血宝马，轻轻呵气，一团白雾凝结成冰，遥望那藏着他宿怨的荆国，许下那满含憎恨与执念的旷世誓言："不出一年，我便要杀尽那国里的每一条贱命。我要让他们的血，来灌溉我父皇的亡灵。"而陪在他身边的帝师，还只是姓辜名峤的少年郎。他很早便知悉阿焰的心性，也是因此才愿意辅佐他，所以，在那一日，他引导阿焰重改心愿，提点道："王爷，只单单杀了他们，未免过于仁慈。"

阿焰看向他："不然又如何？"

"理应生擒他们的王，示众砍头，抽筋断骨，扒皮焚肤；再将贵族与百姓圈养成畜，逼得他们女眷世代为娼，男子传世为奴，至于幼童嘛，女婴统统杀掉，男的培养成苦力，建城、修路……要他们来做焰国日后最好的劳役。"

阿焰听后，眼里闪过一抹喜色，很快便扯动嘴角，淡淡一笑，许诺道："若本王登基成帝后，所下的第一道旨意，便是封你做焰国帝师。"

他不以为然地笑笑，抬起手臂，指向山峦之下最为肥沃的地带："到了那一日，便选那里作焰国都城吧。从山巅来看，那里是九州天下的中心地带，具备通往其他列国的地理优势，选作皇城再合适不过。"

"向南吗？"阿焰呢喃道，"那就取名叫作南雀吧，南雀皇城，盛世帝都。"

他缓缓颔首，恭敬地赞道："王爷所言极是。"

如今看来，一语成谶。

焰国南雀，皇城命脉，位于中心，是为命门。

孟婆传奇之
MENGPO CHUANQI
南葵篇

此时此刻，昼变为夜，日食骤降，昏暗的暮色在顷刻间席卷了整个南雀城。街上的百姓皆是困惑地仰望着阴沉沉的天空，三五成群地议论着："这是闹鬼了？突然之间就要风雨大作。"

"岂止哦，鬼风在哭号了！"

"你们看！街头北边竟然下起了冰雹！"

不，不是冰雹……是……是……

"是鬼啊！"

百姓们吓得破了胆，纷纷四下逃窜。因为街头北边的天际处，正有一股强烈的妖魅之气在翻涌，很快便形成了千百只灵魅，她们皆是面目模糊的婴灵，扭曲着怪异的身躯嬉笑着、哭泣着、嘶吼着……纷纷扑向了街市的百姓。

"快、快逃啊！"百姓们仓皇失措地跌跌撞撞，有的撞成一团，有的被踩踏在地，他们一心想着逃命，恐惧已将他们彻底吞噬。

而促成这人间炼狱之景的罪魁祸首，便是身在辜府后院里的辜峤。他敞开的双臂是在召唤婴灵，他狂暴的吼叫是在将自己的灵魂献祭，愤怒与绝望使他失去了理智，他引来天发杀机，恨不能让世人与他一起承受痛失挚爱的悲苦。

他的眼角已经渗出血水，一滴滴地顺着脸颊流淌而下，而他从齿缝中吃力地挤出话语，说的是："再多一点，再释放出多一点……十万婴灵……全部……全部都要占据肉身……"

没错，将那十万婴灵全部释放出的代价，便是将他自己的灵魂做献祭，来充当婴灵们的第一顿饱餐。而辜峤与之达成的协议，即十万婴灵占据人间十万肉身，听候他的差遣。

于是，南雀城内出现了婴灵张开血盆大口吞人、吃人的光景，原本繁华热闹的街道在顷刻间便成了一片犹如血海的地狱景象。惨叫、哭喊、悲鸣……那些声音传到了南葵的耳里，她再也无法忍受这刺耳的哀哭，终于抬起手，用力地抓进肩上的伤口，禁不住发出一声惨叫，惹得姬仁宣大惊失色，急忙冲到她身边斥责道："莫不是连你也疯掉了？怎要这样折磨自己的伤口？"

鲜血染满了南葵的手，她痛得汗水涔涔，抬起头去看那已被婴灵包裹起来的辜峤，那些被他召唤而出的婴灵凝聚成了一团厚重的黑气，"咕噜""咕噜"地渗出脓水，在那恶臭熏天的液体中，无数只幼小的手臂伸了出来，一个接一个，纷纷攀附上了辜峤的身体。

她们低低地哭泣着、哀叫着，攀上他的腿，缠上他的腰，拼尽全力地附在他的身体上，拉着他向下坠，向下坠，一直一直向下坠。到了最后，辜峤融化进了那团乌黑的脓液里，再不见去向。紧接着，那团脓液调转方向，像是发现了这头的南葵与姬仁宣，飞快地蠕动而来。

姬仁宣吓得大叫一声，而南葵咬紧牙关，她知时机已到，立即用掌心的鲜血抹在了回廊弯刀上。

刹那间，炫目金光四射，一头通身赤红的巨兽从金光里仰头而起，她长啸鸣空，全身燃火，身形要比君儒还大出十倍！这般模样的巨兽出现在姬仁宣面前，着实令他惊愕得哑口无言。可那巨兽却挡在了他的身前，在千钧一发之际，拦住了企图吞噬掉姬仁宣的那团脓液。

姬仁宣在这时才醒了醒神，他看见巨兽的眼睛是黑色的，不禁意识到她是南葵所变，如此，这巨兽便是真正的饕餮。

此时，饕餮正与脓液黑雾中的婴灵厮杀搏斗。她发出"嗞""嗞"的咆哮声，一口咬出脓液里的数十只婴灵，猛地啃食殆尽，再把黑水吐在地上，蠕动在那滩黑色水迹中的是断肢断脚的婴灵，她们痛得大声哭喊，又死不了，竟开始互相残咬起来。咬着咬着，也都面目全非，脓液中渗出绿水，大概就是她们血液的颜色了。

姬仁宣目睹此番情景，当即捂住嘴巴，差点儿吐出来。

而眼下，仍有数不尽的婴灵缠在饕餮身上啃咬不停，皆是从那脓液中不断蹦跳而出的。能缠着饕餮还好，其余的那些婴灵早已是四散飞走，前往不计其数的王侯将相家中去了。她们的目的是占据贵族们的躯体，便是辜峤曾说的"附于肉身，听候差遣"。

饕餮担忧起那些逃走的婴灵，正欲甩开撕咬着她的那团脓液，哪知脓液因她的挣扎而变得更大了一些，甚至开始发出令人汗毛倒竖的尖叫嘶喊声。她们诉着："好疼——好疼——"

"不要杀妹妹——娘——妹妹看上去好疼啊——"

"溺死她——快溺死她——"

"哎哟，肠子出来了——脐带都没剪干净呢——"

这些混乱的话语令饕餮震撼至极，透过无数婴灵的记忆，她看到了支离破碎的前尘碎片，便瞬间知悉，这些绝望的呼喊声都是婴灵在生前听进耳中

的，即便那时的她们还只是懵懂无知的婴孩，可那些痛苦早已被她们刻进了骨髓里，终于在今日得以一吐为快。

"她们究竟经历了怎样的惨剧啊！"姬仁宣的全身开始不住地打战，等他意识到时，自己早已是泪流满面了。

是啊，这些婴灵都是被残忍迫害而死的，被她们的母亲、父亲、兄弟、亲人……还有数不清的官兵侍卫，只因那曾经盛行一时却丧心病狂的奖励生子政策。

饕餮痛心地低吼出声，可太多婴灵已经四散而去，若是再不阻止她们，只怕南雀城会被婴灵占领。于是，饕餮张开巨口，咬碎了那团脓液，并一口接一口地吞进了自己的腹中。虽说这些婴灵还未附身于人体，自然还没有化身为人世的恶，可饕餮不得不先把阻碍自己的婴灵斩尽杀绝，便也是为了争取时间去追寻更多的婴灵。

待到脓液几乎全部咀嚼殆尽之后，饕餮立即踏空飞走，循着婴灵的气味迅速前行。姬仁宣本想去追，无奈脚力根本比不了一只上古神兽，再转头去看，辜振鹭昏倒在池塘废墟旁不省人事。他叹了口气，赶忙去扶起辜振鹭，想着先将他送去安全的地方。

随着一片血红出现在眼前，饕餮俯瞰下空，竟见街上已是尸横遍野、血流成河。婴灵听从辜峤献祭之前留下的指令，她们不会附身普通百姓，只会寻觅皇室贵族的肉身，然而谁能想到，她们竟会如此疯狂地虐杀万千百姓，就仿佛是在报生前的怒仇！

而一股奇异的恶臭扑鼻而来，饕餮不由得飞到地面，循着气味的源头去找，竟见巷子里，婴灵汇集而成的黑团脓液正在"咕噜""咕噜"地啃食着一名不足五岁的男童。

饕餮被这景象震惊得久久失神，再一望脓液后头，已是堆成了的尸山，全部都是清一色的男童，最大的，也不超过十岁。

当真是婴灵们恨极了男嗣！

饕餮倍感触目惊心，禁不住觉得这般冤冤相报，究竟要延续到何时才能了结？只是，在这种生死攸关的时刻，对与错已然不再重要，岂能纵容这些婴灵滥杀无辜？饕餮只管冲上前去，要将面前的这一团脓液咬成碎片，哪知这脓液像是有了智慧一般，竟在饕餮露出尖牙的一瞬间，轻飘飘地四散开来，然后趁势附在了饕餮的身躯上。

刹那间，饕餮感受到了脓液里所有婴灵的前世今生。她们的记忆铺天盖地般涌进饕餮的脑海，原来，这些婴灵只有少数是死在娘胎里的，其余多数，都是在出生不久后便被用各种手法杀害。那一幅幅画面历历在目，仿佛亲身经历一般惨绝人寰、痛彻心扉。褴褛中的女婴在产婆怀里哇哇啼哭，她的亲人们却因她的性别而失望得捶胸顿足。于是，她们无一例外地都将面临死亡的绝境。

她们哭喊着降生，哀号着死去，短短的生命里，余下的只有百般痛楚，连一丝一毫的快乐都未曾体会过。便是因此，这群婴灵的怨念深不见底，幸运的，还会被引入冥府的婴灵殿，可那些不幸的才是大多数，她们受到蛊惑，被七星灯的阵法图吸引到了辜府池塘下头的琉璃棺木中。

那棺木里虽躺着辜夫人，可她的身下，却是一个炼制婴灵的紫金坛。由于阵法图上的咒术能够召唤孤魂野鬼般的婴灵，这十余年间，数不清的婴灵从四面八方汇入紫金坛中。辜峤操控着阵法图，而阵法图召唤着婴灵，婴灵最后会将辜峤献祭的灵魂吞噬，从而形成了一个因果的轮回。但是，紫金坛内只能容得下十万婴灵，所以，这些年来，婴灵之间也在为了存活而不断地厮杀着。

意志薄弱的婴灵会被求生欲望强烈的婴灵残忍吞噬，且随着时间流逝，坛子的内部也由婴灵的自主意识分化出了三层阶位。最下层的婴灵是最弱的，日日夜夜躺在炼制着她们的脂水里，稍不留神，就会化作一摊脓水。没有婴灵愿意留在最下层，她们拼命地想要离开那个地方，不断地向上层涌去。可中层里留下的都是天性暴虐的婴灵，且中层潮湿阴冷，新来到中层的婴灵基本逃不掉被分尸而食的命运。三五成群的暴虐婴灵会一口啃下新来者的头颅，绿色浆液溅满了坛壁，侥幸存活下来的婴灵也要学习此处的暴虐，然后，接着吞噬新来的婴灵。

到了最高一层，则是密密麻麻的无眼、无口婴灵。她们可以变化出雪白幼嫩的手臂，像是无数水藻一般飘荡潜行。这些手臂织成了雪白的森林，由于没有眼睛，也没有嘴巴，她们无法发出任何声音，可手臂聚在一起时，竟能汇聚成一个巨大的黑色旋涡，那旋涡中长满了利齿，能瞬间将刚刚匍匐上来的新的婴灵嚼成碎片。

饕餮就是身处在这胜似炼狱的紫金坛的最高层中，她感受着那群没有眼睛、没有嘴巴的婴灵扑向她，以雪白的手臂织出一张密密麻麻的罗网，然后

飞快地旋转起来，在汇聚出巨大的黑色旋涡后，一张长满了尖锐利齿的深渊巨口猛地将饕餮吞了进去。一瞬间，饕餮感到全身发麻，每一寸皮肤都传来撕心裂肺的痛楚！饕餮惨叫着咆哮起来，而欲将她撕成碎片的婴灵们忽然变成了一个女人的模样！那女人虽然长着人的头，却披头散发，眼珠凸起，嘴唇鲜红，竟开口说话了，说的是："不会疼的，娘亲……很快就会让你解脱的……好孩子，别哭，嘘——"

原来，这份锥心刺骨的痛楚，皆是婴灵在生前体会过的。而这，竟然算得上是她们唯一感受到的温情。那扼住她们幼小脖颈的双手，是生前唯一的触摸；那剥夺她们生命的呐喊，是生前唯一的交流。所以，死后的婴灵残杀相食的，不仅仅是弱小的婴灵，更是她们所厌恶的曾经生而为人的弱小、无能的自己。

为人鱼肉，任人宰割，她们要将这一切都还给曾经赐予她们的人们，哪怕要让鲜血染红整个人世。所以她们心甘情愿地被召唤而来，因为整个世间只有炼制婴灵的辜峤需要她们，而她们时常发出的"嗤嗤"的低呼声，大概是在亲昵地唤着他："父亲。"

那一张形如鬼相的残忍男子的容颜呈现在饕餮眼前，便是在此时，饕餮惊醒了过来！她气喘吁吁地伏在地上，方才的一场体验令她四肢颤抖，她也确实共情到了婴灵们的痛苦。然而，她是身背使命的饕餮，在这一刻，她还是愤怒地咬碎了那群附身于她的婴灵，又将她们甩向了空中。

尽管她同情着婴灵，也知她们身世凄惨，可试图祸乱人间，便不能被饶恕。待到毁了那些蛊惑她的婴灵，饕餮未来得及喘息片刻，忽然听到巷外传来了百姓的呼喊声。

饕餮当即飞奔过去，但见南雀城的内门前头围堵着不计其数的难民，他们敲打着城门，声嘶力竭地惨叫着："打开城门！放我们进去！"

"若是留我等在外城，不出半炷香的工夫儿就要被那群妖灵屠杀干净了！"

"开城门！快开城门啊！我的孩儿还小，哪怕只准我孩儿躲进内城也好啊！"

呜呜啦啦的吵嚷声中，官兵们在奋力阻拦难民，领头的将领怒斥着："好一群大胆刁民！内城是贵族将相的领域，岂能容你等草芥进城避难？再不快快离开城门，我便将你们统统处死！"

有难民愤怒地高呼起来："左右都是一死，不是被刀杀，便是被妖吃，不如与你们同归于尽！"

"攻城！攻城！"一名身穿布衣的高大男子不知在何时爬上了城头，他甩下绳子呼喊道，"所有人集中起来，全力攻城！女人和孩子顺着绳子爬上来，男人搜集重物，破开城门！"

一石激起千层浪，无数难民疯魔似的扑向了城门，他们上下夹击，用手中的铁铲、刀子，甚至是石块砸起了城门，试图破城而进，求得一线生机。但守城的将领们也誓死不能让普通百姓进入内城，他们如同困兽一样咆哮着举刀迎战，像砍肉一般胡乱地刺向那城门前围堵的百姓。又有士兵割断了绳子，还差一寸就爬上城头的妇孺当即从高空坠落，发出撕心裂肺的惨叫，摔死在地上。

为首将领面对这般炼狱之景，竟放声大笑起来："你们这群贱民！都摔成肉泥去喂那群妖灵吧！用你们填饱了肚子，才能护住城内的贵族！身为猪猡的你们，只配成为皇室的饲料！"

其他士兵也狂笑着喝彩，人性丑陋，在生死关头，已然放大成了妖魔状。

男人们吼叫，女子们哭喊，孩童们哀号，老妪老翁悲愤泪流。而主宰着整个焰国的皇室贵族却躲在城门之后，以为充耳不闻，就能度过这场天发杀机。

饕餮似在这时明白了什么，却又混沌得找不出答案，她的内心深处已有绝望溢出，并困惑着：她正在守护的究竟是人，还是牲畜？

直到一名衣衫褴褛的少年跳出人群，操起手中的柴刀，竟疯狂而盲目地砍掉了那为首将领的首级。紧接着，他又如疯兽一般，蛮横地杀死了一切试图接近他的士兵。鲜血糊住了他的双眼，提在手里的头颅接连落地，将领的脑袋湿漉漉血淋淋地在地上滚了几滚，被一位佝偻的老妪捧了起来。她默默地流下眼泪，怀抱住她孩儿的头颅，人群之中，却有另一位母亲对那少年喊道："去把那城门上的锁砍掉！乖孩子，娘亲和全城人的性命都交在你手上了！"

有人生，自是有人死，总有更为年轻的人接过刀剑，他们踏着前人的鲜血，奔向更高处的楼台。

可一刀劈下，门锁被砍断的同时，少年整个人也从高高的城头上坠了下去。

是把守在城头的年轻士兵杀了他。

而城下，却无人为少年惊呼和哀哭。他已然完成了自己的使命，他的使命，便是将更多的人送进那扇被他砍掉了铁锁的城门里头。毕竟，像他这样出身贫贱的人一能够以这样的方式而死，已经足够体面了。

在他临死之前，空中飘来了一团黑色的雾气，里头吐出一口化作脓液的婴灵，却没有将他啃食，而是变成了一只幼小细嫩的、雪白的手，轻轻地攀上了他的臂膀。

温暖的、稚气的、婴孩的手。

少年恍然间想起了幼时零碎的记忆片段——母亲本想要再生下一个弟弟，然而，降生的却是一个女婴。焰国那年刚刚颁布了新法令，唯有生子才会被奖励粮食与银两，才能给贫寒的农户带来生存下去的希望。可偏偏是女婴，爹娘气急败坏地将刚出生不足半个时辰的妹妹摔死在了地上，唯有年幼的他抱起妹妹的尸体，默默地哭泣了一整晚。当时的他，就是这样轻轻抚摸着妹妹幼小的臂膀，哽咽地悼念着："要好好往生去啊，千万别被迷惑，别做了孤魂野鬼。可是妹妹啊，记得来世不要为人，做花草，做树木，做鸟儿，做一只白兔，哪怕是做一块石头，也不要做人了……"

做人，太苦了。他忽然觉得极其疲倦，闭上眼，吐出了最后一口气。

那只细嫩的手，一直将他送去了安稳的地面，然后重新缩进了黑团里，再度化作其中一摊脓液。

饕餮站在城下，远远地望见了这乱世末日般的一切，缓缓低下了头。她心中悲苦交加，为这无可奈何的人世惨剧。

耳边忽然响起秘密传话："饕餮，稳住阵脚，你的使命马上就要来临了。"

饕餮一怔，容不得有丝毫动摇，她赶忙循声望去，竟见自己的背上坐着林冉冉。她不知何时来到了这里，露出一抹志在必得的笑意，并轻轻靠近饕餮，伏在她的毛发之间耳语："接下来，才是好戏的开始呢。"

饕餮眼里有困惑，而难民则在此时发出疯狂的欢呼："内城攻破了！我们有救了！"

哪知等在城内的，竟是数不清的卫兵。负责指挥的贵族是出身名门望族的苏侯，他下令道："不许一个贱民进入城内！必要让他们堵住妖灵，护我大焰血统！"

但眼下已然陷入了绝境，难民们是万万不会撤退的，即使面对无数利剑，他们也绝对不会去作妖灵的美餐。便是在此时，巨大的黑团一点点地遮天蔽日，城内的贵族与城外的难民见到此景，吓得屁滚尿流，有好几人竟是当场翻了白眼、一命呜呼。

"锁……锁上城门……快！"苏侯冷汗直冒，颤抖着下达命令。

然而，为时已晚，婴灵们等待的正是这一刻。她们受命附身在贵族的肉躯上，如今城门已开，贵族就在城内，婴灵们蠢蠢欲动，如同猎食的猛兽，她们翻滚着前行，脓液所到之处，草木皆枯，城石腐朽，尸作死物，剑化锈水，巨大的脓液黑团发出令人毛骨悚然的哭啼声，那声音割裂了盔甲、战袍和铁马，猛然间幻化出不计其数的婴灵身躯，她们飞舞在空中，以迅雷不及掩耳之势穿透进了每一个贵族的肉躯。

刹那间，婴灵与肉身融合的裂缝之中迸发出了大量的恶念，那是来自婴灵的恶，也有凡人肉躯的恶！

恶念聚集在空中，形成了一张大到可以将整个苍穹都遮住的巨网。霎时间，狂风吹起尘沙，树枝颤动、瓦片坠落，朵朵乌云滚滚飘浮，网里有一只长着眼睛的鬼手在不停地寻觅着下方的众人。

那只带有血丝的眼球不停地转动着，最终，他找到了饕餮，几乎是迅猛地朝她压过来。

鬼手的目标十分明确，便是想要将饕餮捏碎。饕餮也是隐约嗅出这恶中蕴藏的熟悉气息，正是辜峤。然而，被恶念包裹的辜峤早已失去了生而为人时的人性，如今的他是魔，是鬼，是恶的化身。

真是讽刺啊，一代身居高位的堂堂帝师，竟沦落成将灵魂献祭的穷凶极恶之物！饕餮不忍见辜峤融化在这般丑陋的恶念之中，便吐出一团巨大烟火，将那天罗地网般的恶念统统包围了起来。

鬼手在一望无尽的烈火之中发出怒吼，它倏地睁开了所有恶念之眼，顷刻间，便有千万只眼睛破云而出，那眼中放射出流沙般的幢幢鬼影，试图迷惑饕餮。但饕餮看准了方向，四蹄腾火，一头冲向鬼眼真身，露出尖锐獠牙，撕扯般地将鬼手的眼珠咬出一个血淋淋的缺口。

鬼手疼痛难忍，狂吼着挥舞起乌云打向饕餮，那力度挟着飓风，卷起无数妖云，连同恶念一起铺天盖地地袭向了饕餮！

而饕餮等待已久的，便是这一刻！

"饕餮！"林冉冉大喝一声，饕餮再度腾空而起，她张开深渊一般的血盆大口，如同要将山川河水都吸进腹中那般，吞噬了那几乎惊天撼地的恶念！

一旦打开缺口，鬼眼作为恶欲的源头，自然是支撑不了太久的。且在吞噬的过程中，饕餮口中还不断喷出天火，烧灼着鬼眼，使鬼眼剧痛无比。待到鬼眼被烧尽成灰，漆黑浓重的恶欲也统统涌进了饕餮的口中，她听见有数不清的"喵喵"声回响在耳畔，是那群婴灵在忧心忡忡地呼唤着她们的父亲。便是因此，饕餮有片刻的恍惚，她仿佛回想起了辜峤曾温和地抚摸着她额头时的景象。

他微笑着望着她，唤着她："葵儿。"

就在这分神的刹那间，本已吞入口中的恶念忽然有挣脱之意，饕餮立即醒悟，她不允许自己再有丝毫犹豫，只管加大了吞噬的力度。她生怕落下一丝一缕的恶，连同全身毛发都一并竖起了。

紧接着，空中出现了一条幽幽的金色道路，似是阴阳重合一般，有一抹身影出现在了那道间，黑发如漆，长袍如墨，负手而立，露出腰间的赤红玉佩。转眼间，他身形一闪，已经出现在饕餮面前。

是冥帝！

一股奇妙的清冷馨香净化了周身恶臭，和墨轻轻抬起手臂，长袍里散发出千丝万缕的金光，那些光芒将附在贵族身上的婴灵轻柔地推了出来，而后，指引着数以万计的婴灵走向了那条漫长、无尽的金色道路。

牛头、马面、黑白无常分别守在金色道路两侧，指引着婴灵去往轮回的方向。

在最后一只婴灵被推出肉躯时，饕餮已经吸食尽了所有来自婴灵与贵族身上的恶念，她忽觉饱腹，低头嘶吼了半晌，惹得林冉冉担忧不已地不停抚摸她的毛发，结果到头来，她竟是打出了一个饱嗝。

和墨见状，抬手抚了抚饕餮那巨大的脑袋，淡然笑道："真是有劳你了，竟能将这般巨大的恶念都吸食干净，实在是表现得极好。"

饕餮还未重归人形，自是说不出话来，可她心中知道，若是没有冥帝及时相助，这些婴灵也无法投身往生。想来婴灵只有在尚未完全融入人体的时，才有被解救的机会，而冥帝便是掐准了这个时机现身，将那十万婴灵统统带回了冥府。

然而，和墨却忽然皱起了眉头，他望向天际，似乎嗅到了婴灵残存的味道。

林冉冉也察觉到事情还未结束，循着和墨的视线一同看向依旧乌云蔽日的天边，忍不住低声叹道："看来，这场天劫仍有变数。"

而那边还在为若干婴灵引路的牛头、马面则是小声窃语着："其实一直以来，我都觉得冥界婴灵亭女婴积压，怒气冲天，浊气下沉，早晚会天发杀机。"

黑白无常闻言，低声接话道："要说这人世真是奇人无数，竟会想到炼制出十万婴灵来附身人间的十万民众，导致冥界轮回混乱不说，还会令人间恶念丛生。"

牛头摇了摇头，叹道："若是成功了，那些被婴灵代替的民众既没有思考能力，也不知善恶，心中只有主人下达的命令，并且绝对遵从。倘若真成了一支军队，那便是一支战无不胜的铁血大军，必然会令人间的战乱升级，届时，人界的九州大陆，将会是一派乱象。"

黑白无常二鬼听后，不禁感到背脊发凉，不约而同道："世人心肠险恶，实在叫我等鬼怪叹为观止。"

和墨听着四位鬼差的悄悄话，转而看向饕餮，静默地同她说道："美之为美，斯不美矣；善之为善，斯不善矣。善与恶，是一个相辅相成的存在。从来这二者之间的分解，都是玄奥难辨的。也许，想要坚持的善，到头来也未必是善。吞噬殆尽的恶，或许也未必是恶。我等执念，未必是对，也难说是错。"

话虽如此，饕餮仍旧觉得炼制婴灵是祸乱人间之事。然而归根结底，也都是人心惹出的祸端。因人心贪婪，千千万万的百姓妻离子散、家破人亡；因欲念横流，数以万计的女婴死在了亲生父母手中。

且是今日才知，辜峤属意贵族为婴灵的肉身，无非是打算控制朝臣与将相。难道说，辜峤的真正想法是企图控制焰国？乃至于整个天下？

也许，没有饕餮转世的话，辜峤的心愿未必不会成功。他悉心静候多年，只为将自己献祭给婴灵，从而控制她们，让她们为他所用，自然也会因此而惹得人间恶念横飞，盛世不再，乱世枯骨。唯独一个饕餮可吞尽世间万恶源头，才使得他苦心熬制的一切功败垂成。

然而，婴灵都已被召回去了冥府，这持续了数十年的"奖励生子"之策，也该走到终点了吧？

饕餮微微叹息，抬起了头，却见暮色仍旧笼罩在南雀城池上头，她沉下眼，深知这一切尚未结束。

而在这时，随饕餮身体一同变大的回廊弯刀则在她的脊背处发出了奇妙的金色光芒。且饕餮的腹中，也有一团金光在忽明忽灭，饕餮不由得闭上眼睛，她感受到了，那是被她吞噬掉的恶念中的一缕意识在浮动。

那意识，竟是来自辜峤的心脏。

细细碎碎的风声，满树盛放的桃花散落芳香，饕餮被引得跟随着这缕意识进入了梦境之中。

在梦境里，她化为了南葵的人形模样。

她循着桃花芳香不停地向前走，最终慢慢停到黑暗中的一角，大概是地面，又像是湖面，因为脚下立刻晕染开了一层层的涟漪，她在一片黑色的湖上缓缓踱步。

前方的光景逐渐清晰，琅琅读书声也飘入耳中，一片片桃花花瓣如亮起的盏盏灯火，它们引着南葵朝梦境的最深处走去。

在一座破败的茅屋外，南葵看到了一名身穿青色布衫的少年。约莫十一二岁的模样，眉眼清秀，眸中流光，左眼角下方有一颗痣，正是年轻时的辜峤了。

他手里拿着的虽是一本老旧残坏的书卷，可却依然兴致高昂地同面前围坐着的幼童们读诗，教他们学字，而那天，他在念的是："君使臣以礼，臣事君以忠；临之以庄，则敬；孝慈，则忠；举善而教不能，则劝……"

那时的辜峤意气风发，眼中没有丝毫戾气，更不是那融入婴灵脓液之时狰狞而扭曲的模样。那时，他只是辜峤，是怀揣着满心希望与期许的辜峤。

第三十三节　最终节

边境百姓的日子向来窘迫，这是焰国人尽皆知的惨状。在先皇统治期间，由于没有修建抵御外袭的长城，居住在边境一带的子民时常会沦为战争的牺牲品。他们既不属于焰国，也不是崮城的子民，因为他们从出生起就居于此地，没有足够的钱财买那一张证明隶属焰国的居住令，便无法进入焰国内地生活。由于边境百姓无依无靠，贫苦居多，他们一生拼尽全力都是为了得到居住令，有的人为此死在了赚钱的路上，而更多的人，大概都逃不掉被焰国人贩为奴隶的命运。

诚然，偌大的焰国中，不仅仅有焰国人，按照等级严格划分的话，还要分崮城人与边境人。而辜峤，便是出身最为底层的边境人。

他的父母双亲死得早，从三岁起，便跟着一个叫作阿公的七旬老人共同生活。但那并不是他真正的阿公，他父母是孤儿，也没有为他留下兄弟或是姐妹，那位孤寡的阿公只是恰巧住在他家隔壁的茅屋，若不是阿公及时发现了他，怕是他也会和死去的双亲一样，落得被野兽啃食入腹的下场。

边境战乱层出不穷，山野豺狼自是肆虐横行，他自幼年起，便见惯了杀戮与争夺。在边境，因无人管制，贫穷的人会掠夺更为弱小的人，只为了填饱肚子，或是抢一块铜板，都会大开杀戒，力量成了王法，刀剑则是护身的符咒。

人心叵测，恶念如魔。见得多了，便也就心生厌倦。唯一值得庆幸的，是在这阴暗、潮湿、仿佛见不到光的贫民窟中，辜峤如背阴生长的苔藓，他避开了污泥与恶臭，一点点地长高、长大。阿公虽识字不多，却总是会把捡回来的书卷给他看，久而久之，他竟成了附近识得最多字的人，也总是会念书中的文章给其他孩子听。在那些崇拜、期许的眼神中，他自是逐渐形成了一腔雄心抱负，竟想要离开边境，去焰国内地出人头地。

孟婆传奇之南葵篇

到了十二岁那年，阿公因旧疾复发而辞世。他一贫如洗，也只能草草地将阿公埋葬。那之后，见他孤零一人，便有歹人企图抢走他的茅屋，鸠占鹊巢，他不肯将阿公留给他的茅屋拱手让人，誓死不从，挨了一顿暴打，却还是执拗地不肯妥协。

而那一天，是先皇的帝师遭奸人毒杀的日子。朝中流言纷扰，说帝师是被善妒的右丞傅愍杀害的，且众口一词，许是平日里都受到了傅愍的刁难，直道他为人阴毒，行事狠辣，眼下杀了帝师，没准下一个就是先皇了。

可惜的是，当时的先皇全然不在乎众臣口舌，只要右丞尽快寻觅新的帝师人选，倒不是为了先皇，而是日后要立太子，太子不可无帝师。

右丞那日也是兴起，坐着马车去了边境。想来正值黄昏，他本想着去看看落日风光的，毕竟边境靠近森林，是空气最好的地段。

可他没有看见令人流连忘返的余晖，反而看见了一个骨瘦如柴的少年被打得七窍流血。

右丞撩开纱幔车帘，冷漠地瞥见那在地上奄奄一息，却始终不肯求饶一句的少年。就那样观察了一会儿，便派人去问个究竟，才知少年死了唯一的亲人，而打人的那三四个壮汉，是来抢少年的房屋的。

倒也是无趣的世俗琐事。右丞放下纱幔，正欲再走，忽听少年从齿缝里挤出一句雄心壮志："若今日……你等打不死我，日后……我定把今日之辱尽数奉还，且……要百倍，要万倍……"

又是一脚踹下去，伴随着嘲弄的嬉笑声，少年口中飞溅出一口鲜血。再之后的事情，他恍惚地记不真切了，只见天际血色漫天，眼前模糊黏腻，腥重的血气铺天盖地，他好像昏过去了，不一会儿，等恢复意识时，是一桶凉水泼在他头上，他骤然睁开眼，竟发现之前围打他的四名壮汉已经身首异处，正尽数躺在他身旁。

血流成了溪，漫到他身下，他惊吓般地坐起身，一抬头，见到了那个改变了他人生轨迹的年轻男子。

那是焰国的右丞傅愍，年仅二十九岁，已在朝廷里翻手为云、覆手为雨。他正擦拭着手中染血的利剑，一侧头，命手下再去泼辜峤凉水。

辜峤当即喊道自己已经醒了，便不要再拿凉水来泼。可两个耳光随之而来，下人平静地斥责他："右丞面前，怎可这般妄自直视？既已清醒，还不快跪地谢恩。"

辜峤身上的肋骨都折了，实在跪不下去，但他知道这是天赐的良机，即使再痛，也要把头磕在右丞脚边。

右丞居高临下地望着他，缓缓走来，以剑身托起他下颚，审视着他那张乌青肿胀的脸孔，竟是笑道："眼里这光，倒不显得卑贱，你像是个聪慧识礼的，不该被淹没在这死人窟中，就随我去焰国吧，我会让你脱掉这身腐臭的。"

那一日，透过右丞背阴所站的方位，他看见了在阴郁的角落疯长的苔藓，竟开出了一朵嫩黄的花。虽卑弱，却顽强。他被花蕊的颜色迷了眼睛，所以抬手抓住了右丞的长袍衣角。右丞俯瞰着他，他眼里倒映着右丞的尊容，便从此下了决心，他要活成他曾仰望着的这副模样。

那天是命运的转折，他被右丞收作义子，是为了给他一个尊贵的身份。

从十二岁开始，一直到十五岁，这短暂却漫长的三年是他的梦魇，是他的幸福，也是他的炼狱。他虽有了吃饱穿暖的生活，有了一个可以遮风避雨的屋檐，却要成为右丞与朝臣博弈的工具。

他知道，右丞对他近乎折磨般的教化与栽培，是要他博得先皇的青睐，从而成为日后太子的帝师人选。

他必要上知天文，下知地理，也要学得一手精湛剑术，不能只做手无缚鸡之力的文弱书生。而每一日嘈杂在耳畔的，皆是那如咒术一般的众口铄金，几近积毁销骨——"若不是得了右丞的接济，一个边境出身的蝼蚁也能来到内地？""呵，无非是生得一副好皮相，又会吟诗作赋，获得右丞青睐罢了。""只怕没了右丞做靠山，他在朝中也掀不起波澜，就凭他，也配成为台辅？"

即便十五岁那年，他入宫，从一众青年才俊中脱颖而出，凭借右丞推崇与自身资质博得了太子侍读一职，却仍旧没能令那些质疑的声音减弱。而最为杀人诛心的，是隔日，太子死在了寝殿之中，先皇痛失爱子，至此之后，再无立诸之心。

右丞便是因此，露出了略显失望的眼神。而他，不愿见义父失落，便越发刻苦起来。才十五岁的年纪，自是年轻气盛，他一心想要实现右丞的心愿，久而久之，竟也在其中渐渐迷失了自己。

他本愿出人头地，却也只是希望边境再无战乱与杀戮而已。可如今，他也不知自己究竟是想要做朝廷的帝师，还是想要在权力欲海之中杀出一片属

于自己的天地。

少年自有凌云志，为家国，为百姓，却不是为他自己。

阿公曾说过，得一张居住令，就是边境人民毕生祈求的美事，那代表着改变身份，成为焰国人，会过上太平、惬意的生活，再不需要担惊受怕、忍饥挨饿。

阿公说："阿峤啊，一生这么短，和一阵风一样，就应该安安稳稳、平平静静地度过。像阿公这种人，就想远离尘世，躲进一栋小院里，朝起暮落，死的时候，做个饱死鬼，就心满意足了。"

但如今，他已是离阿公的期盼越行越远。他已经知道了，岂止是战乱不止的边境，即便是盛世繁华的焰国内地，也日日上演着人吃人的戏码。朝臣争斗、皇子相残，即便是掌握着至高权力的先皇，也是不能为所欲为的。

更何况，他只是一个弱小的，想要在夹缝中谨慎求得生存的辜峤罢了。

他的迷惘与无助，无人能知，即便是对他寄予了莫大期许的右丞，也未能及时察觉他的困顿。可他日渐长大，到了十六岁，已是皇城之中远近闻名的英俊才子。一张面容虽不苟言笑，但眉眼是温和轻柔的，竟也得了宫中六公主的思慕，便是因此，又令右丞看到了转机。

一旦做了皇室的乘龙快婿，也可得到更强大的靠山，若有朝一日先皇想开了，再立太子，便也能近水楼台。可他自打来到右丞身边后，便被逼着埋头用功，从未有闲情逸致去考虑过任何风月之事，陡然听说右丞有意暗示先皇赐婚，竟觉得十分惶恐。旁人高攀不上的事，他却恐惧至极，而一定要逼他在这时成亲，他不得已说出了自己的属意之人。

右丞万万想不到，他是对自己的女儿傅嬟有着说不清、道不明的情愫。

细细回想之下，便也能察觉到几分端倪。想他十二岁入了右丞府，那会儿傅嬟才只有九岁。如今也是到了亭亭玉立的豆蔻年华，二人正值情窦初开，难免会分不清其中的好感究竟所谓何意。

辜峤尚且不能确定自己对傅嬟是否有着男女之情，但傅嬟钟爱辜峤，却是右丞早就看在眼里的。傅嬟是庶出，即便是嫡女，又怎配与六公主夺爱呢？右丞可不想这桩美事被毁，就将辜峤安置去了两条街开外的别院，并暗中下令给所有下人，不得傅嬟与之相见。

然而，局中二人是被蒙在鼓里的，他们两个年轻得很，倒也不清楚该怎样表述内心情意，偏巧那一日，六公主大驾到右丞府上，竟见辜峤不在，心生无趣。可刚一走出庭院，便看到了傅嬟在和侍女追赶蝴蝶，六公主瞥见她姿容不俗，又见右丞府上的下人将一封信捎给傅嬟，悄声说道："是辜峤少爷写给小姐的。"那瞬间，傅嬟面露羞容，惹得六公主霎时间变了脸色。

过了几日，正逢夜晚，辜峤心想也该回去府上给右丞问安了，他路过小摊前看到一支漂亮的蝴蝶梳子，不禁泛起微笑，正想为傅嬟买回去，却听茶馆里的说书人在唱着新故事。

他静默地站在茶馆外头，遗世独立般地听着那故事被唱尽，手里的蝴蝶梳子摔落在地，折成了两截。

那戏中，戏谑地唱着："皇室公主狠辣刁蛮，直把可怜庶女摧残！傅相叱咤朝廷十余年，却也还是不敢同皇室理论亡女心酸！一朝追蝶惹嫉心，推那庶女落池底，水深寒彻骨，庶女命呜呼！苦哉，苦哉！"

只五日不曾相见，他断然不会料想到，曾在心中漾起过一丝涟漪的少女，竟成了说书人口中的消遣亡魂。

当他浑浑噩噩地来到右丞房中，却未见到右丞脸上有过多悲伤。他开口询问此事，右丞却震怒地斥他大胆，怎敢污蔑公主！是傅嬟自己贪玩儿才会落水，断然与六公主无关！

"可是，义父！"他睁大了眼睛，流下两行泪水，"嬟儿是你的亲生骨肉啊。你怎能，怎能眼睁睁地见死不救，又不肯为她报仇雪恨！"

右丞面露不耐，走上前来，扬起手，给了他一记耳光。

那耳光令他恍然后退，迷蒙间环顾四周，这才惊觉整栋府里无人着丧服，连那口游满了金鲤的池塘都好端端地溢满了清水，死了一个活生生的人，却没有半点变化。

而右丞还要漠然地叮嘱他道："为臣死忠，死又何妨。你且记牢了，日后你必是要成为一国帝师的，便不可有丝毫优柔寡断的软弱。唯有国君是你要侍奉的，其余人等，不过是助你早日登上青云的草芥，便是死上万千又如何？你理应事事顺意皇室，其余之事，无须关心，也不要忤逆。"

为臣死忠，死又何妨。这话令他痛彻心扉，混沌悲怆之中，他回想起从前与阿公一起奔走在边境的日子，虽然贫苦饥寒，可阿公依然咬牙给他买了笔墨，还将他写出的第一个字贴在茅屋的木门上头，是个"忠"字，但几日后，阿公就撤下了那字，又要他写了一个"和"字。

和，太平，无战。唯有一个"和"字。

他是在此般时候才惊醒，明白了阿公的心意，阿公从不要他大富大贵，更不要他出人头地，阿公只想他能和和美美地度过一生，不作孽，不杀人，不留憾。

又何必去目睹鲜血，手染鲜血呢？

然而他已无路可退，脚下早已是万丈深渊，身后则是虎豹豺狼。他无声无息地抬起头，顺着唯一的一条钢索，只管朝前步履艰辛。

他回不了头了。

自那之后，他明晰了自己的处境，也不再有任何痴心妄想。如果他能成为帝师，能够主宰国君的思想，他便理应去做。

十七岁那年，右丞重病，先皇昏聩，他作为朝中时常谏言之人而被帝后青睐。由此一来，他成了帝后党羽，又因献策攻打周边小国大获全胜而得了人心，他逐渐崭露头角，终于顺理成章地成了台辅一职的候选之人。到了年底，瘟疫四起，右丞命不久矣，他在右丞房中陪了三天三夜，直到右丞辞世，留给他的最后一句话是："这天下，不是你的，是国君家的，你莫要忘了为臣之心，峤儿，不可逆天而行。"

那时，他尚且不知右丞话中深意，只是应下右丞的嘱托，可他却忘不了右丞撒手人寰时的眼神，那并不是安心，而是遗憾。

自右丞离世后，傅家的府邸便都归为他所有。但他宅心仁厚，只留下了右丞的宅子居住，其余别院，都一并送给了右丞的正妻与妾室。

又过了两年，焰国受荆国入侵，彼时的他已是皇子阿焰的心腹。在忍辱负重的复国之路中，他与阿焰共患难，几乎情同手足，也曾立下誓言，要一统焰国，令百姓享受盛世。而阿焰也如他所愿，一路斩尽仇敌，在最终的一战中，打得十分惨烈。他为阿焰谋划出声东击西的计策，也终于助阿焰得了仇人首级，坐回了属于阿焰的王座。从此，焰国得了新帝，也得了新的台辅，九州大陆无人不知焰国国君的左右臂膀，是帝师辜峤与将军虞陶，这二人可令国君所向披靡、战无不胜。

当战乱平息后，辜峤因与虞陶政见不合，一度令朝堂分裂。为稳固局面，国君不得不暂且派遣辜峤前往边境崮城，大抵是苦肉计。但也是从那时开始，国君与台辅之间，产生了一道不为人知的浅浅裂痕。

一如多年后的北方战乱爆发，辜峤在那场惨绝人寰的战斗中痛失爱妻，也使他多年来的信仰一夜崩塌。

他以为以和治世，才能令百姓享有太平。可一个"和"字又岂是他一己之力就能实现的？在实现"和"字期间，他为何却护不了自己的妻儿？一个连家庭都守护不了的人，又谈何忠义，谈何家国？

诚然，在最初，辜峤只想夺回爱妻的性命。他从梦中获悉了阵法图与七星灯的来历，便产生了炼制婴灵的念头。然而，那种抽离胎光制作婴灵的感觉，令他深觉自己是个十恶不赦的刽子手。他将婴灵们安置在那个淹死过傅嫿的池塘下头，也将他的爱妻放在了琉璃棺木中，为的是镇压着他内心最后残存的一丝良知。

他每日、每夜都活在煎熬之中。他知婴灵们在他的紫金坛里相互残杀，而他却只能选择对此视而不见。在这期间，他一度想过放弃，可当看见那个曾经迷茫无助的阿焰忘记了与他之间的约定，竟整日沉迷于奢靡享乐时的模样，他再度拾起了自己的恶念。

倘若焰国将在国君手中山河破碎、百姓疾苦，那不如，由他来改变命运的轨迹。因那阿焰早已不再是建立功勋之前的阿焰，他已是冷血无情的国君，为了巩固政权，竟以一座城为诱饵，导致城破人亡，此等暴政，令身为帝师的他痛心疾首。

"是我已经无法再相信阿焰了。他曾答应过我，会做一位贤明君主，而我记忆中的阿焰，也仍旧是那个眼中尽是雄心壮志的皇子。可惜了，人，纵然是会变，只是，不知究竟是他变了，还是我变了，抑或是，我和他都不再是从前的那个自己了。"茫茫无尽的桃花雨下，辜峤站在其中，讲述到这里，他遥望着空中尽落的花瓣，眼中的戾气已归于平和。

南葵远远地望着他，听他诉尽了自己的一生，不禁为之动容，忍不住问："婴灵本是纯善之物，你为何要将她们变得丑陋残忍？"

良久，他缓缓低头，静默道："的确，婴灵本是至善纯净之物，可当她们聚集在一处后，就如同凡人一般产生了不同的立场、意见，从而产生了厮杀。"

南葵咬了咬唇："难道无论是人还是妖，就算是婴灵，但凡三五成群后，就必定会有争斗不成？"

他低声道："若想世无战乱，必要斩尽杀绝。只要有半个人在，战乱便永不会停止。到了如今，我已释然了。想来，乱世中的人早就已被恶念侵蚀，本打算让婴灵去占据他们的人体，十万婴灵，分别控制九州大陆的国君

大臣，兵不血刃地一统天下，实在是件美事。更何况，这些婴灵几乎尽是女婴，是当年在奖励生子政策下，注定要被湮灭的女婴，此等做法，也是为了助她们解脱。然而，到了这般时候，我才意识到自己的愚昧与执念。"

南葵沉默不语。

辜峤轻叹道："一直以来，我只是在用自己的方式一意孤行，试图摆布这乱世局面。战武卒可守护焰国百姓，而婴灵可控天下精英，我企图成就一场盛世太平，损小利大，何乐而不为？上天让我辜峤生于乱世、降于贫苦，便是要我来担当大任，护得天下太平。可是，我不该忘却我最初的心意。"

南葵闻言，忽地心生酸涩，不由得低低念道："君使臣以礼，臣事君以忠；临之以庄，则敬；孝慈，则忠；举善而教不能，则劝……"

辜峤似乎微微一笑，他转过头，望向南葵："多谢你了，在此陪我审视我的过往，我虽不知你究竟是何人，却也有几分似曾相识。或许到了来世，你我再见时，方能忆起其中点滴。"

这般说着，辜峤的身影渐渐模糊散去，他的声音一如少年时那般清越温柔，唯独眼神中藏满了沧桑与悲凉。

南葵眼中似乎因此而滴下了一滴泪，她缓缓走上前去，拾起了那一本遗落在地的破旧书卷。而辜峤，早已烟消云散了。

唯独阿公送给他的那本书是刻骨铭心的遗愿。南葵抚着皱巴巴的纸张，喃声道："穷尽毕生之力，使得天下再无昏君之政、法度之昏、贪渎之耻与良民之冤……只可惜一手鲜血，终是被执念所误。"

一阵清风吹来，满树桃花纷落，像是辜峤那年与妻子初遇时的清雪。

或许，他与她在魂魄尽处，终可得以安稳一世。

而这个时候的南雀城内城中，林冉冉在帮助饕餮寻找最后残存的婴灵。

她知饕餮尚未从梦境中醒来，便只身一人来到皇宫内院，循着婴灵的味道，一路找到了国君的寝宫。

残存的婴灵气息极为强烈，怕是与普通婴灵大有不同。林冉冉见寝宫外头有潺潺流水在石桥之下流淌着，艳丽的杜鹃在这里盛开得最为妖冶，越走这条路越觉得熟悉，林冉冉竟知道青石道两旁的红海棠四季常开不败，且花径尽头，是一道雕刻睚眦的拱门，穿过那门往后头走，就能找到一座小殿。

那是国君用来招待"熟客"的别院，林冉冉狐疑地推开那扇门，挂在门上的珠玉帘子顿时发出"哗啦哗啦"的声响。

婴灵的气息更重了，她警惕地环顾昏暗的四周，谨慎地迈着步子，一阵妖风拂过，她猛地循望过去。幽幽烛火随着风向摇动，清冽的香气缓缓飘散。迷离的光晕之中，林冉冉看到房间尽头的屏风上有缭乱的鬼魅影子在盘旋。

那便是辜峤亲自为国君选择的恶念最深的婴灵，俗称双胎婴灵。其要比其他普通婴灵更为执着，甚至会破坏肉身灵魂。这只婴灵附在国君的身上不肯离去，国君已然被其操控，哪怕是内心深处在与之抗衡，却还是敌不过鬼魅操纵。

撕心裂肺的求饶声从屏风后不断传出，奴婢小厮们在不停地哭喊着哀求，可那一闪又一闪的刀光如厉鬼索命般砍下了数不清的头颅，刀刃撕裂血肉的声音响在耳畔。恰巧有一颗带着一串飞洒的血珠从屏风后飞了出来，湿漉漉、血淋淋地滚了几滚，惊恐的表情还僵在脸上，那头停在了林冉冉脚边，引得一条浅如小溪的血流淌了出来。

林冉冉摸了摸自己的脸颊，竟有几滴血迹。怕是那砍人的刀剑力度过大，直接穿透屏风，洒到了她面上。

而屏风也因破损，"砰"的一声倒下，赫然呈现在林冉冉眼中的，是满地的尸首，以及血流成河。手持昆仑神铁铸就的神剑的国君，正一身血污地站在尸堆之中，他略一扬起头，轻轻呵气，一股黑色气息从他的口中飘散而出，是婴灵的魅惑。

偏偏在见到他姿容的刹那，林冉冉觉得头疼欲裂，她心跳如鼓，额鬓中竟渗出涔涔冷汗，紧接着双腿一软，她竟然瘫跪在地。

究竟是怎么了？仿佛有恐惧的记忆要苏醒，林冉冉惊愕地捂住耳朵，极度抗拒着想起前尘。而大开杀戒的国君却没有注意到她的存在，他提着手中的剑，踉跄着朝前门走去，哪知一道桃色身影飞奔而来，死死地抱住了国君的身躯，她哀求道："陛下！停手吧，你是天子，不能被恶灵蛊惑了思绪！"

这声音引得林冉冉醒了醒神，她略一抬头，恍惚地去看，那挡在国君面前的身影竟与自己有几分神似。她当即知道了对方的身份，是林妃虞北棠，可这位林妃的挽留并无法让国君停止杀戮，他反而举起了手中的剑，向她刺了过去。

殿外飞鸟惊起，树丫洒落枯叶。

林冉冉迅速地附身去了虞北棠身上，企图为她挡住那致命一剑。凡人肉

躯，哪里能承受得了无情刀剑？可惜，终究是晚了一步，虞北棠的胸口涌出猩红鲜血，溅满了国君面目。

血迹从她的嘴角渗下，她痛苦地以双手握紧了插在自己胸前的剑身，吃力地抬起头望向国君，奈何命已垂危，她已无法说出话来。

身处她体内的林冉冉心中焦急，她只能代替虞北棠轻启唇瓣，试图说出她最后想要对国君留下的话语："陛下，妾身知你是贤明君主，可这盛世，也不能消耗它对陛下的宽容。只愿陛下今后能怜爱百姓，妾身愿陛下……长命百岁……"最后，一滴灰白的泪水从她眼角滑下，她疲乏地闭上了眼睛，终于能够放下这尘世牵绊，去见她的白袍少将了。

这光景似曾相识，数年之前，他也曾这样送走过他挚爱的女子。便是因此，国君的神志恢复了清醒，附在他体内的恶灵见势不好，只能脱身而逃。国君恍惚地低下头，将怀中女子紧紧抱住。

林冉冉感到他的手臂有片刻的迟疑，而后，他才揽着她的腰肢，眼眸中竟泄露出一丝久违的深情，他说："阿皓，连你也要离我而去了。"

有那么一刹那，林冉冉甚至想抬起手，抚平这个手握万里山河、脚踏星云宫殿的国君眉心间的，那一抹痛彻心扉的皱痕。可她无法去做，并且，她心中绞痛，在身处这殿内的每一分、每一刻于她而言，都是巨大的折磨。

她离开了虞北棠的身体，急迫地逃出了国君的别院。耳畔仿佛传来一声苍白如梦魇的呼唤："林将军。"

她心中惊恐，咬紧牙关，飞速去追赶那逃亡的婴灵，一剑击中其要害，抓着那只双胎婴灵准备去见饕餮。

身后一阵狂风拂过，只余下国君怀抱着虞北棠的尸体。他跌跌撞撞地站起来，残风之中，虞北棠雪白纤柔的手臂垂了下去。

随着最后残余的婴灵被抓获引入冥府，笼罩在焰国上空的乌云终于缓缓散去了。明亮的光芒笔直地照射下来，南雀城内的百姓与贵族们从地上爬起身，彼此交换着疑惑的眼神，仿佛刚刚做了一场噩梦，如今梦醒了，一切都还是原本的模样。

焰国历二百七十六年，街市上依旧是一派车水马龙的繁华景象，小贩们扯着嗓子吆喝，衣香鬓影的女子们乘车游玩，自是一番安居乐业、美不胜收的景色。

顺着长街向南走，有坐落在青山下的贞山道观，是历代国君前来祈福还愿的宝地。先帝在世时便经常陪伴先太后来道中求签，于是观外种满了垂丝海棠，寓意大焰将会代代玉堂富贵。

正值七月二十一，每逢这个时节的贞山道观都会被百姓们挤得水泄不通。然而今日却被众多侍卫封锁了，正是因为国君带着朝臣来观中祈福。

国君焚香立于观中神牌前拜了三拜，停驻了很长时间之后，才将手中的香插进紫檀木香坛里。陪伴于他身侧的舒妃也双手合十地祈求着，半晌过后她睁开眼，一双美目格外晶莹清澈，双云鬓上的金玉步摇更是将她的肤色衬得玉白通透。

"陛下。"她转身面向国君，语调轻柔，道，"臣妾刚刚向神明祈求——希望神明能够保佑在天灾中逝世的人们得以早日轮回。"

国君闻言，神色黯淡，舒妃见他神情仍有余悸，便安慰道："已经过去这么多时日了，北棠妹妹说不定已经轮入了好人家。只是，可惜了辜峤……也丧命在那天场天灾之中。臣妾以为，辜峤生前心系百姓、保家护国，上天在他死后也绝不会亏欠他的。"

国君抬起头，凝望着神像，久久沉默不语。观外风来，吹起了垂丝海棠的花与叶。国君走出观来，启程回宫。途中他听闻嬉戏的孩童们喊出一声"我有妹妹了"，他随即撩开车帘探望，只见那几名孩童已经跑远，只留下一路的嬉闹欢声。

国君心中怅然苦闷，放下车帘再度叹息，喊来跟在车外的宋侍郎道："传寡人口谕，为辜台辅举国哀悼，且三年内不准册封帝师。"

宋侍郎得令道："遵旨。"

自辜氏殉国三年后，焰国再无帝师。直至焰国历三百零一年，臣子数次呈上奏折选立帝师，均被国君拒回。虽然那一场婴灵降世的灾难被以"天灾"命名，国君心中却深知是因果轮回。且在那三十年间，他也完成了统一大业。鼓励生子的政策虽已撤销，但却并没有什么效果。焰国百姓的思想还未得到改善，国君便需要推行仁政，凡是从他国来到焰国的人民，都会奖励耕地。同时，鼓励农耕，减轻赋税，对于家中恶意堕女胎者予以惩罚。

这世道在缓缓地改变着，想来，曾经的虞大将军想要和平，所以以杀止杀；帝师辜氏期盼和平，选择了制造婴灵；焰国之帝寻求和平，从暴虐中选择隐忍与等待；也有无数像虞北棠那般具备智慧的女子渴望和平，奈何有心无力……

然而，他们都在以自己的方式去抗争、去拼取，哪怕对错相抵，也是因命运坎坷多磨。

焰国历二百七十六年夏，七月二十三，国君追封虞北棠为皇贵妃，赐号婉。入葬皇家陵园，举国同悲。

虞氏将军府也挂起了长达七七四十九日的白幡。自从虞北棠去世以来，虞府便总是会有宾客前来祭拜悼念。而虞陶因受到婴灵作乱波及，也大病一场，是在病中听闻长女死讯，禁不住这火上浇油，自是一病不起了。

虞北栀既要照顾重病的父亲，又要为长姐守孝，不过数月光景，她已是面容憔悴。白日里，她时常站在长姐的灵位香案前出神，极勤地更换着花瓶里的花束，灵牌上映出她落寞苍凉的身影，漆黑的眼睛空茫却又执着。

虞陶病重不久后，国君多次登门探望。虞北栀曾听见二人在房内谈着年少过往，言语之间竟多了几分释然与从容，可父亲的剧咳打断了一切，他怕是时日无多了。

那天夜里，虞北栀收到了一封书信、一块白色的玉佩、一张青松画卷、一份拓印诗笺……

她站在孤寂的烛光中，静默地读了信，而后缓缓抬起头，望向窗外皎月，惨淡月光照着她单薄的身躯，如一枝雪中素梅，萧瑟却坚韧。

信中寥寥数语，写着：

> 世无乱世，归路重顾。方留恋处，舟催人走。多情无别，所爱清栀。晓风残月，人间逢处。

她倚靠在木门栏杆上，一行清泪划破夜色，只是，她的唇边却噙着一抹淡然笑意。她知道，他已经走了，将辜府钱财散尽、仆人遣退后，他只身乘坐一叶孤舟去游历天下。为了兴善事，忘忧愁，待到世无乱世之时，待到她守孝期过，纵然是人间仅剩下那晓风残月，他也会与她再度重逢。

他在等着她，而她，也暗自决定待一切尘埃落定后，自会动身去寻他。

而此般时候，城南姬府中，姬牧弈缓缓地合上了近来正在看的书卷，深深叹了一声，苦涩无奈地道："是吗……葵儿她，到底还是回去她该回的地方了。"

站在他面前的姬仁宣已然将这一切向叔父诉尽，不由垂下眼睫，怜惜叔父思女之心，轻声道："南葵并非有意不告而别，只是她不想叔父和叔母伤心，才没有来见你们最后一面的。"

姬牧弈自是点头道："我是她的父亲，又怎会不知她的心性呢？葵儿向来果断，且她本已在昆仑了结了尘缘，此番回到人间，也是怜悯我与她母亲，我已是万分知足了。"

这些年来，姬牧弈深知自己的命是昆仑圣姑所救，而南葵命丧昆仑，也算是轮回起始，他并无怨言，不过是心中思念女儿的面容罢了。只不过，既然是南葵认定的事情，作为她的父亲，他也会认可她的抉择，便释然地打趣道："待到来日，我可以自豪地同旁人道我的女儿掌管着奈何桥，这普天之下，怕是没人敢和我作对了！"

姬仁宣静默地轻笑，眼里却有伤怀之色一闪而过。他侧眼望向窗外明月当空，不禁想着，此刻身在冥府的南葵，是否也能看到这般美丽的月色。

寂静幽暗的冥府中，红莲灼灼，忘川潺潺。南葵双手托腮坐在奈何桥上，正等着新一批死魂被牛头、马面带到桥上喝她熬好的汤。

想来和墨并没因她刚刚处理完一桩人间大事而宽限她歇息几日，反而是要她马不停蹄地上岗尽职，毕竟孟婆怠慢的话，赶着投胎的死魂可就要在冥府里积压成山了。

倒是林冉冉自打回来便关在自己殿中不肯出门，按理说，鬼差是不会生病的，但和墨看穿了林冉冉，只对南葵高深莫测地说了一句："是心病，医不得。"

南葵担心林冉冉，想着处理完这几日积压的死魂，便去她殿中探望。可鬼门迟迟未开，她独自坐着便有些百无聊赖。昏昏欲睡中，她回想起了前些日子尚在人间时的光景。

那天是黄昏落日，晚霞如血，余晖赤朱，魁味居的雅间中，姬仁宣端来一道糖醋酱藕。

南葵极为贪婪地嗅了嗅热腾腾的香气，陶醉地舒出一口气："这美味真是久违了，我心心念念了好久，一直盼着吃到这道莲藕佳肴。"

姬仁宣笑笑不语，只将碗筷放好在她面前，然后才慢慢坐下："我只做了这一道菜。你就要返回冥府了，我想让你记得这唯一的味道，这样你才会总是回忆起这道莲藕，也会回想起我。"

南葵夹起莲藕的动作停了下来，她知自己即刻就要离开人间，所以，更

是不敢去看姬仁宣的眼睛,只埋下头,佯装轻巧地笑道:"我怎会忘记仁宣哥哥呢,就算……"接下来的话,她没有再说下去,也不知该说些什么好,静静地吃着莲藕,忽然觉得吃进腹中的味道变成了苦涩。

人间数日,她与他二人共同历经了无数危险困苦、磨难悲欢,在刚刚度过了一场灭顶之灾后,她却要与他阴阳两隔。思及此,南葵于心不忍地抬起脸,不舍地凝视着姬仁宣,竟是伸出手去握住他的手,哽咽道:"仁宣哥哥……你,你可不能忘了我。"

这话,令姬仁宣的手指蓦地一抖,他回望她,见她那张清丽容颜依旧是记忆中的模样,便忍不住反握住了她的手,声音中带着淡淡的悲伤:"我会去找你的,南葵,总有一天,我们会再次相见。"

有什么东西从南葵的眼睛里流淌而下,一滴又一滴,砸落在腰间的回廊弯刀上。

刀身闪耀出影影绰绰的金光,透过那光芒,南葵看到了过往,几乎每一块碎片里,都有着姬仁宣陪伴在她身边的景象。

原来早在很久很久之前,她与他,就已经密不可分了。他是她的兄长,是她的伙伴,也是她最为信任的挚友。

南葵仿若是如梦初醒一般惊觉,姬仁宣竟是她姬南葵最为刻骨铭心的执念。

然而她知道得太晚,以至于错过了许多能与他坦诚心意的瞬间。

可如今,她早已不是人间的南葵,她已是冥府的孟婆,再不配谈及任何情与执,更是不该累赘他知道她的这份心意。

便是因此,她悲伤地低下了眼,喃喃道:"仁宣哥哥,这一世,是你守护着我,若有下一世,便由我来守护你。哪怕你我记忆都已不复存在,哪怕你再也认不出我,只要能再次见到你,我便别无他求了。"

姬仁宣欲言又止,最终,他轻轻叹息,只握紧了她的手,对她展露出一个温和的笑容,点头道:"我等着那一天到来。"

四周安安静静,只有余晖与花影。他们相顾无言,再也没有说话,就这样任凭彼此容颜湮没在细碎的晚风之中。

纵然是三界九州,生死枯荣,轮回流转,日月交替,仙也好,人也罢,即便是妖,也有着一颗愿沉浮在七情六欲中的真心。此番浩劫过后,大地上的污浊皆已散去,渺小如蝼蚁般的人们历经殊死拼搏,也各自了却执念,四海升平，八荒安宁，人君治世，百姓安逸。

只愿世人再不受颠沛流离之疾苦，山峦河川都将在大漠荒原中绽放新绿。

心有星火，代代方不息。

一朝明君千年业，名将帝师如走马。倘若真的有来世，苍生子民仍会为自由与新生而不惜血战，可天地广袤，九州四海，繁华盛世下，也该容得下一对最平凡的有情之人。

所幸这世间身怀宿命的人也都在完成其缘孽之后回归平静。一转眼，百年匆匆而过。

约莫一百三十年后，在人间的翠松竹林里，是成群而居的深山猎户，有一人家的男童长成少年，穿着漂亮的毛皮胡服，正踩在巨岩上拉弓射猎。他一箭射出去，精准地射中了一只肥美的野兔。

他露出兴奋的笑容，吹了一声口哨，身后便有一只巨大的野兽飞奔而出，腾起四蹄，飞快地将那野兔叼了回来。

少年是兽的主人，他将野兔挂在腰间的铁钩上，转手去抚摸着野兽的脑袋。那兽也极为亲昵地蹭着少年的手。

少年唇边的笑意温和，眉眼间显露出几分贵气。而仔细看那兽，竟似那古老壁画中的上古神兽，是为饕餮。

（全书完）

番外篇：林冉冉（上篇）

【墓志铭】

伽人薛林氏，闺字冉冉。定远侯之女，出身名门，幼时聪慧顽劣，少为金戈铁马，沙场征伐，骁勇善战，曾为人女，为人臣，为人妻，朝中首席女将军，收复西北蒙得盛宠。爱繁华，爱歌舞，喜酒，喜美食，喜骏马，喜缨枪，喜丝竹，识得乐章，写得好字，也会描凤绘鸟，常以酒作乐，又以剑舞闻名，自少时心怀志向，为家为国，热忱满腔，然，生不逢时，半世郁郁，梦碎伽国。曾妄图河山大好，百姓长乐，奈何病榻凄凉，残刀铁锈，无人可诉。

可，杀敌无数，俘敌千万，不曾迷于红妆，也不愿锦绣素裹。唯愿凌云壮志写史书，却一朝天翻地覆，权欲胁迫，枉死此志。

铭曰：面姣好，身轻盈，剑可舞，性情烈，曾得皇恩承蒙，叹是皇门可危。

退而入狱，放而从嫁，归于薛郎，三年四月，病床而亡。

卒年，二十有四。

【一】

暴雨打湿了墙上的告示，上头画着清瘦姿容的少年，可若是细细端详，便会发现那是位少女。而画像旁头写着的字样却极为狠辣了：朝廷罪臣林氏杀沈氏一家七口，罪大恶极，各州府见必捉拿，生擒可赏，死亦不咎。

头戴斗笠的林冉冉冷眼凝望了那告示一会儿，转而投身走进了暴虐的雨幕之中。

她已在泥泞的山路中奔走三日，原本拴在客栈的马被偷了，她只得携着护身的利剑连夜赶路。原没想会遇到这般妖异的暴雨，自是不会寻得到避雨的伞，罩在锦衣外头的斗笠也是路边捡拾的，实在破旧不堪。

可艰难的困境并不会令她停止步伐，她心中盼着这雨下得再久一些，最好能断去她来时的路。

绕过山脚，有一家小茶栈。她踩着泥水推门而进，栈里竟坐满了人，纷纷闻声来看她。见是个衣衫褴褛的少年模样，便也不足为奇。店小二招呼她坐下，又给她倒了茶水。她脱掉了鞋子，将积水倒出去，其间听到后面那桌人的闲谈。

"此话可当真？那名盛一时的林将军当真从朝中逃了出来？"

"这还能有假，我胞弟是在皇城里当差的，这个林将军跑的当天晚上便引得不少人去追了，着实惹怒了圣驾呢……呵，岂能让她逃掉。"

"可她杀了沈家那么多人，可是灭门惨案啊，抓她回去后也是要被问斩的，她断然是要逃之夭夭。"末了又压低声音窃窃道，"可依我看，圣上怕是舍不得。"

"嘘！这话可不能乱说。"

"你就别装糊涂了，这伽国上下，谁人不知皇上与林将军之间的……"

圣上。

这二字陡然入耳，林冉冉握着茶盏的力度便又加大了一些。只听那几人仍在夸夸其谈道："可惜了，那位林将军也算是个旷世奇才了，虽说是女儿身，但她年仅十四岁时就收复了西北，定远侯家的女子当真是巾帼不让须眉。"

"她不是还有位哥哥吗，同样是声名赫赫，如今已当上了刑部侍郎，怕是不会被他妹妹的事情连累到，依我看啊，那些铺天盖地的告示都是为了把她逼回宫里去，女人家嘛，哄哄也就不闹了。"

"这等女人可不是寻常的女人，她是将相之才，是带兵征战的强将，怎么可能就混了一个虚名，再不征战四方了呢？"

"哎哟，这可就是当今圣上的计谋了，你我这等草芥贱民，又如何能揣摩皇权心思呢？只怕是谁人见到了林将军，也是无法将她捉拿成功的，且要是真把她的尸体带去请赏，那才真是会丢了自己的脑袋呢……"

"呵，如此说来，倒成了一出障眼法了？"

想来还是这太平盛世让百姓们的日子过得太舒坦了，竟有闲心说起朝中那些虚无缥缈之事。然而林冉冉本人听着，却觉得极为可笑。她端起茶盏，抿了一口，茶已凉，她留下两个铜板，起身走出栈。望着夜幕之中的厚重雨帘，她不再犹豫，义无反顾地走了进去。

待到天色蒙蒙亮，雨逐渐停下，她已经走到了城关。本以为这下终于可以出城，林冉冉却远远望到城关处站着御林护卫。他们三三两两地围在一起，同守城的官兵交头接耳。

摆明了是守株待兔。林冉冉心知是走不出城门了。她转眼望向身后的山峦，想着如若是绕行的话，估计还没走到半山腰，就要饿死在山中了。

正心中踌躇时，身后忽然传来一个谨慎的声音："林将军。"

林冉冉惊得一怔，动作利落地持剑回身，对方当即退后一步，林冉冉这才看清他的脸，不由得放下戒备，言语之中略有一抹讶然，道："魏大人……"

魏恒潾穿的是布衣，头上也戴着不起眼的帷帽，他向林冉冉伸出食指，比在唇前，悄声说："林将军，借一步说话。"

林冉冉收起利剑，跟着他走去了停靠在不远处的马车旁。魏恒潾率先上了马车，林冉冉迟疑着没有行动。似是察觉到了她的疑虑，魏恒潾撩开车帘，催促道："你我之间，都要怀疑了吗？"

林冉冉抿了抿嘴角，直言不讳道："你知我的难处。"

"正是知晓，才冒死前来助你一臂之力。"魏恒潾苦涩道，"如今的伽国，除了我，在这般人人避之不及的时刻，又还会有谁这样前来见你？"

林冉冉闻言，百般犹豫，到底还是钻进了他的马车里。魏恒潾立即命车夫启程，林冉冉摘下头上斗笠，接过他递来的一块蚕丝帕子擦起鬓边雨水，又忙不迭地问："你是如何找到我的？"

魏恒潾道："以我对你多年的了解，便知你不会走大道，更不会选小路，唯有山路会令你觉得安全些。且这几日暴雨不停，按照骑马的路程，不出一日会到城关，若是脚程的话，三日也该到了。"

林冉冉失笑："魏大人能猜得到，旁人也会猜得到，难怪城关附近都是御林卫，就算我如何身经百战，也是寡不敌众。"

魏恒潾淡淡一笑，凝视着林冉冉那张虽苍白，却秀美的面容，不禁怜恺道："旁人猜得到也好，猜不到也罢，总归是不能让你落入别人手上的，万一是个愚钝的官僚，免不了要好好折磨一番，何苦要受那些皮肉之痛。"

林冉冉却默然垂下眼，神色极为晦暗。随着马车的颠簸，她思虑了片刻，忽然抬起手，抓住了魏恒潾的臂膀，掀开他的衣襟一看，猛地抬起眼："你这烧伤这么新，如何来的？"

魏恒潾立刻拂开她的手，将脸别开到一旁，又赶忙放下袖子遮掩，低声道："何必问呢，你从逃走的那天起，就该心知肚明。"

林冉冉蹙紧眉心，胸口像被重锤猛击一般闷痛，她痛心疾首道："便是拿你们泄愤也是无济于事，我料想到会是这样，可我素来不会在人前与你有过多交谈，正是怕会有今日，且不说你，就算是我的侍从……"

"他们早死了。"魏恒潾面无表情地道，"有的被活活打死，有的被直接烧了，还有一个最惨，被砍掉了所有指头，又浸到盐水里，反反复复了很多次，直到他被折磨得咽下最后一口气。"

林冉冉咬住牙，脸色已是惨白如纸。魏恒潾叹了一声，语气清冷道："没人能说出你的下落，不过，好在才过了三天，要是再晚些日子，真不知还要死多少人。林将军，你可不能害了大家啊。"

这话落下的瞬间，马车也停了下来。外面传来嘈杂的喧哗声，林冉冉缓缓地睁大了双眼，她忽然间如梦初醒一般地意识到了什么，猛地推开车门想要逃。

然而，为时已晚。

一双绣着赤金龙纹的乌皮靴映入她眼底，她心中轰然塌陷，抬起一双眼，望向那站在被群臣簇拥的核心中央之人。他穿着暗海靛青色的锦衣，上头绣着云卷凤鸟纹，手里捏着一块赤红色的玉佩，骨节匀称、曲线优美的手指把玩着那块美玉，一张冷淡中透露着戾气的面容上泛着雍容华贵的艳绝，尚且湿漉的鬓发垂在胸前，看起来还是少年的模样，可那眉眼，却深冷如渊，幽深如潭，他戏谑地轻挑嘴角，仿若要诛心一般的话语随之而出："几日不见，爱卿怎么这般憔悴了？"随即令道，"来人，扶林将军下来，随寡人回宫。"

林冉冉惊愕地被拉下了马车，她倒吸一口凉气，恍惚中听见魏恒潾哀求般地同她道："林将军，你宽恕微臣吧，微臣的妻儿……微臣……实在是不得已而为之……"

是啊。魏恒潾的软肋是他的妻儿，若是遭到胁迫，出卖她一个林冉冉也是未尝不可。是她犯了蠢，竟以为他还是那个青梅竹马的玩伴。早都已经物是人非了，是她不该轻信于人。

说到底，她也只是刚刚逃出皇宫三天……仅仅三天而已。

而那走在前方的人略微侧过脸，望向身后的她，缓缓地笑了。

凌迟一般的居高临下的笑容，仿佛可以在瞬间便将她的身心千刀万剐。

【二】

夜幕时分，秋雨淅淅，晚秋时节本就寒凉，宫内的红砖泛着地底的潮气，单单走在上头，都觉得脚底发冷。而侍女奴仆们匆匆走过，都能瞥见那跪在寝殿大门外的身影，谁也不敢上前问候，皆慌慌忙忙地低下了头。

雨又大了一些，一开口，便能呵出一团雾气。跪在地上的人瑟瑟发抖起来，刚要弯下身，上头便有一大盆温水当头浇下，侍卫们用空了水盆，又回去蓄水，吩咐侍女试好水温，不可太凉，也不可太热，唯独温水浇身，瞬间的温暖过后，便会被秋雨冻结成冰霜，那才是彻骨逼人的寒。

然而，即便被这般折磨，林冉冉也是一声未吭，脸都冻得青紫了。门外的侍郎李华看在眼里，又正好得了屋内传唤，便赶快猫着腰进了殿，恭恭敬敬地道："陛下可有吩咐？"

那坐在红木雕椅上的人正在批阅奏折，头也不抬地说了句："添点火，屋子冷了。"

李华立刻喊来奴仆照办，不一会儿便有火盆送了进来。那火光映着伽国国君燕珩的面容，冷逸俊秀中平添了几抹妖异瑰丽，的确是九州大陆二十七国之中仆首屈一指的美男子。

且自打他还是个寂寂无名的皇子时，李华就跟随在他身边了，可谓是一路看着他长大成人，是为数不多的遗老。但陛下如今已是二十有三，却还未有一儿半女，实在叫群臣急成热锅上的蚂蚁。且李华也是私心盼着陛下早早诞下继承人，便斗胆提了句："陛下，林将军已在雨中跪了三个时辰了，只怕时间久了，要伤了身子，落下病根就不好治了。"

燕珩却也不以为意，手中的折子又翻了一页，冷淡道："习武之人，没那么娇贵，且落了病倒也好，至少不敢再动那逃跑的歪心思。"

李华又壮着胆子嗫嚅着："陛下，若是林将军早日为陛下开枝散叶，自然也就能一心一意地……"

"李华。"燕珩抬起眼，黯然道，"你可是舍得自己的舌头，还是有多余的脑袋能被砍？"

李华登时瘫跪在地，连连叩首求饶道："陛下息怒，是小人不知天高地厚，小人这就掌嘴！"

燕珩也懒得理他，满脸嫌恶地传人进来，问了句外头的人的情形，侍卫回道："陛下，林将军已经昏过去数次，都被温水浇醒了过来，眼下已经跪不住了。"

"跪不住了？"燕珩合上奏折，"那便传她进来吧。"

"回陛下，林将军的双腿冻住了，已然是起不了身的。"

"难不成还要寡人去接她进来？"燕珩又冷下了眼，摆手道，"拖她进来，而后你等便退下吧。"

侍卫得令而去，不出片刻，便将狼狈不堪的林冉冉拖进了殿内。她感到火盆的温度，反而抖得更加厉害，燕珩给那还在掌嘴的李华使了个眼色，那肿着脸的老奴立即心领神会，赶快起身把侍卫一同轰了下去，随后又关紧了殿门。

偌大的寝殿之中，只剩下燕珩与林冉冉君臣二人，死一般的沉寂中，林冉冉意识混浊地瞥见燕珩踱步走近，他负手而立，与她近在咫尺。林冉冉先是看见那双乌皮靴，再是一身皇袍，最后，是他的脸。

她恍惚中听见他问："爱卿，你莫不是觉得这是寡人的寝殿，眼下又只有你与寡人两个，你便可以不行君臣之礼了？"

林冉冉咬紧了牙齿，她试图俯身去叩首，奈何双腿冻成了冰雕一般不听使唤，连同双手也通红发颤，欲张开嘴，声音都不受她的控制了。

便听燕珩越发肆虐地奚落道："堂堂林大将军，叱咤沙场，威风凛凛，竟也有今日这般如老妪残喘般的架势，实在是令寡人不忍目睹啊。"

她慢慢地抬起眼，狠戾之色涌动而出，那神情戳进燕珩心底，令他不仅为之感到触动，竟蹲下他那尊贵的天子之身，一把抓住她的后颈笑了笑："寡人最喜欢见的，就是你这般要将寡人碎尸万段的眼神。"

林冉冉感到屈辱地移开了视线，偏生不再去看他，反而惹怒了燕珩，转手一个狠辣的耳光打下来，力度极重，林冉冉啐了一口，几滴血溅在地上。燕珩掐着她的脖子，逼得她与他直视："林将军，寡人已是对你仁至义尽了，你害得沈氏满门尽灭，这一笔账，寡人还未来得及同你清算透彻，你反而连夜逃出了宫，岂是将寡人当成了傻子来耍弄吗？"

"微臣不敢。"林冉冉身上的寒，渐渐平缓，她吃力地从齿缝里挤出辩驳："沈氏窝藏敌将……搜刮民脂，微臣既任了刑部主事，便要为陛下分忧解难。即便沈氏是位高权重的御史……可微臣证据确凿，问心无愧。"

好一个问心无愧。可那沈氏是燕珩乳娘的亲舅，虽出身草莽，却效忠燕珩，尽管人品不端，但依仗着燕珩偏袒，群臣也是敢怒不敢言。唯独一个林冉冉，竟敢动用私刑，逼问御史公不成，便直接带人抄了沈氏的家，倒也是御史公不服林冉冉是女臣，又只是个芝麻小的刑部主事，加上出言不讳，仅仅一夜，令林冉冉手刃他全家七口。

"无非是说了你一句魅惑君上，他们都是些莽夫俗客罢了，你何必那般狠绝？"燕珩感到痛心地松开了林冉冉，沈氏到底是他的亲信，这般做法，无疑是在朝臣面前抹黑他作为君主的圣明。

林冉冉心中却轻蔑嗤笑，岂止是一句魅惑君上，太多不入耳的下流话她都听过，可知那些有眼无珠的豺狼走狗，又如何能一一杀得过来？偏偏只有沈氏，她是无论如何也留不得。只有沈氏，谏言可憎，早在林冉冉心中扎上了一根刺。

"陛下不必多虑。"林冉冉这时淡淡提议道，"沈氏一案，连同微臣畏罪潜逃一事，都足够陛下将微臣处死十余次了。趁此良机，陛下自当能以死罪问责微臣，微臣绝无怨言。"

"你想死？"燕珩站起身形，俯瞰着她惨白的一张脸，忽地扬起嘴角，冷笑道，"爱卿，你最好趁早打消这可笑的念头吧，纵然你想一死了之，也要等日后才行。寡人的陪葬品，你可是在花名册上的。能入得了皇家陵园，也是你祖辈修来的福分，必要感恩戴德才是。"

林冉冉死死地盯住他，眼中的杀意并不是从这一刻才起的。早从四年前开始，那一场秋夜，是她绝望深渊的源头。

那年，她仅有十六岁，而他，也不过刚刚十九岁。

【三】

四年前。

在三国鼎立之前，九州大陆上共有大大小小二十七个国家，这伽国虽不是最大，但却极为富庶，倚靠着毋国卫国的势力积淀起了底蕴与财力，渐渐在各国之中崭露头角，也因其国内的盛世繁华引得一众小国艳羡。且说伽国先皇荒淫无度，膝下子嗣多如牛毛，单皇子就有三十六个，公主更是数不胜数。要想在这些皇子之中拔得头筹，可不是一件容易事，但嫡子登基，本是规矩，先皇后母家势力可谓遮天蔽日，自是无人敢质疑她的长子登基称帝。

哪料先皇退位前后，大国姜国的世子挂帅亲征，带兵杀进了伽国皇都兰江城，光是伽国皇子就有二十余个死在他刀下，若不是定远侯林家誓死相抵，伽国燕氏怕是会被斩草除根地断了后。

由此，林家功不可没，奠定了世代都在朝中有一席之地的根基。而那战艰难逼退敌军之后，便是贵妃家的三皇子称了帝，只因太子死在了战乱之中，害得先皇后也大病不起，紧随先皇而去了。

然，新帝登基三五载之后，死在了一顿被下了毒的红鱼上。继任的，是为人还算贤德的锦宸王。可也还是不得善终，才执政了六年，就因朝务负荷过重而吐血身亡，留下的子嗣极为稀少，无非是皇后姒氏所出的四皇子，还有其他几位妃嫔诞下的大皇子、三皇子和二皇子、五皇子。

到了最后，倚靠姒氏母家的强硬背景，四皇子在十九岁时被推上了皇座，便是当今伽国的圣上燕珩了。

由于他父皇死得暴急，他在称帝之前也并非诸君，且在他还是皇子时，就因行径怪异而被奴仆们在私下里众说纷纭。燕珩喜好男色这件事，在偌大的皇宫内院中，从来都不是秘密。

这等艳事在史书里也有过寥寥几笔，无非是讲伽国的某任国君不问三宫，佳丽都是长着阳具的，倒也极具荒淫，时常三五成群地在寝宫别院内夜夜笙歌，皆是与样貌清秀的男子彻夜欢好。

他母后也因此而费尽了心神，为了矫正他这令人心惧的取向，她在普天之下搜罗着绝色美人，总痴心妄想他能改邪归正，若是有倾城美人入宫做妃，他又何必去喜欢那些男不男女不女的白脸面首？

其实早在若干年前，他那还在世的父皇就已经发现了他这令人难以启齿的癖好端倪。如此家丑实在是有辱皇威，怕群臣知晓此事，那重极了脸面的先皇硬是把他关进了漆黑的地窖里逼他改了恶习，这一关，就是数月。

再如何正常的人关得久了，都要害病，更何况他那时候只有九岁，本应是该被捧在手心里细细呵护的年纪，何苦就要他尝尽寂寞悲凉，以及黑暗绝望？

那会儿的李华还是先皇的人，他可怜幼主，便在地窖上头给他挖出了一个不易被人察觉到的、黄豆般大小的洞。九岁的他便是透过那卑微的洞口去张望外头的光景。其他的兄弟们可以奔跑在庭院里玩耍，追着侍女嬉笑，他却只能被关在地窖里，也不知为何要关着他。

于是每次被放出来，他都阴着一张脸，非但不认错，还同先皇顶撞，先皇气极了，打骂是小事，重则要罚他去跪殿外的凉石板，跪得晕了，就再拖去地窖里头闭门思过。一来二去，滋生出了他阴暗的本性，随手捏死一只机敏灵活的鸟儿，也是常有的事情。

唯独他母后，整日哭肿了眼。任凭她怎样去恳求他父皇，也是枉然。她也知道，先皇心中属意他日后继位，自是要对他严加管教，可她也就只有他这么一个孩儿，如何能眼睁睁地看着他受苦受罪？竟也任由他胡作非为，哪怕是目睹他和男子私会，她也是做了天下母亲都会做的包庇与纵容之事。自古慈母多败儿，她不是不知，但情感上由不得她，她甚至会派人为他把守，只为瞒着先皇。

奈何时间久了，她自己都有些疯魔了，这般大逆不道的行径，简直在煎熬她的心。一次恍神，被先皇冲进了他别院，见她守在此处，先皇勃然大怒，竟也不顾颜面了，带着侍卫冲进房里，把那床上的一双男子拖了下来，其中一个被当场杀了，剩下的那个是他，先皇气得咳出了血，命人将他狠狠地毒打一顿，最后痛哭流涕地哀诉道："燕珩啊燕珩，你将来是要执政大伽的，可你这般下贱行径，岂不是要全国上下的百姓笑你嘲你？寡人只知鸡畜才做此般行径，你是寡人的骨血，万万不能坏了人伦规矩、纲常伦理！只盼若遭天谴，也谴在寡人身上，饶了你这愚昧的稚儿吧！"

怎料这话一语成谶，没多久，先皇便重病不起。许久后，某日回光返照，非要起身见一眼他不成气候的稚儿。派人去唤，却只见侍卫独自回来，支支吾吾地说了半天，才肯道出实情："四皇子……四皇子他在别院……忙着和，俊秀的男子们……行乐欢好。"

先皇听罢，一口鲜血呕出来，就此辞了世。而后人们津津乐道的，却都是他为了伽国呕心沥血，是累死在江山社稷上的。

反倒是当年初秋，四皇子燕珩将要登基称帝。他母后尚未从失去夫君的悲痛中醒神，但即刻就要成为皇太后，她便要为燕珩充实后宫才是。整个伽国被翻了个遍，能找得到的美人都被搜进了宫里，可到底还是要看血统，所以筛选下来，符合心意的也不算多数。

再看那择日便要做一国之君的四皇子，还在他的别院里望着外头的枫叶出神。彼时的他只罩着一件单衣，裸露着前胸，盘腿坐在窗下，身后的纱幔里传来几声似女子般的软语，他也懒得去理，手里的烟枪吸进一口，吞云吐雾间，看到树下走来一人。

先看见的，是一双墨黑的乌皂靴，再往上，是朝臣所穿的赤袍。不过这人的穿戴有所不同，上身罩着浅朱色的软质铠甲，黑发束了个低鬓，头上戴着官帽，却是与文臣有别的黑纱帽，是武将。帽中间镶嵌了一颗金色玉石，极为尊贵精致，自是位阶不凡。

而那人高高昂起的颈子，玉白通透的，像极了傲慢的仙鹤。

竟不知朝中还有这样的人物，他略有兴致地唤了一声，那人闻声望来，不偏不倚，与他的眼神相撞。

只淡淡一瞥，那人随即收回了视线。转身离去时，身为人臣的红衫袍角随风漾出了一层涟漪般的优柔弧度，也在不经意间，漾去了他心底。

一股难以言喻的感觉狠狠地撕扯了他的心，比起欲，比起情，倒好像是一种妄念了。

偏巧那日，是他的加冕日，仆人们纷纷入了别院，龙袍玉冠，五重华服，乌纱罗衣，金杯玉液，这般隆重的登基仪式，却被他忘在了脑后。

【四】

那日的加冕之礼由当朝台辅晋桓公主持，许多贵族女眷也被允许前来观礼，这可谓是皇太后之心，人尽皆知。群臣都心中明晰，如此大费周折地引

得女眷面圣，无非是想要引起新帝对女色的意图，果真是可怜天下父母心，着实令一众臣子心中嗤笑。

明堂之上，燕珩身穿繁复金裳，宽大长袍透迤身后，徐步穿过织锦铺陈的玉阶，在先皇祖像前跪拜，三次叩首，起身站立，耳边来风，风像是从皇宫门口瑟瑟吹来的，惹得宫灯在风中缓缓旋转，簌簌作响。

略有几滴小雨落下，晋桓公担忧圣上沾染雨雾，便宣读了登基礼词，不出半炷香的工夫儿，加冕终了，燕珩在晋桓公的示意下走进了朝堂，群臣已在殿内恭候多时，见到新帝，纷纷双掌交叠，屏息跪下，俯首叩拜，在众臣的跪拜中，燕珩款款坐上皇座，面向前方，抬手令道："众卿平身。"

"谢圣上隆恩。"一众朝臣款款起身，略微扬起脸庞，恭敬地立身于殿中。

燕珩的视线在堂内掠过，他像是在寻找着什么，最终，他淡淡瞥过站在左边正中间的臣子，那是名身着赤红锦衣的武将，仅仅一瞥，心中竟是窃喜。他不动声色地回过脸，自是映进了满眼惊鸿的韶华，如火一般，燎在他心头。

陪在燕珩跟前的李华眼尖，他老谋深算，几乎是瞬间就猜透了燕珩在打的主意，惊愕之中，倒也有几分喜悦。暗暗道着：莫不是皇太后日日祈求神明，今日终于得以显灵？

而站在那臣子身侧的武官瞧见新帝的视线，虽停留不多，却确有其事，便悄声凑近那臣子道："林将军，陛下方才多看了你一眼。"

那被称作林将军的，自然是朝中唯一的女臣，又是唯一的三品武将林冉冉了。她那年刚满十六，于先皇尚且在位时期，就已经因杀敌有功而占据了朝廷一席之地，加之有定远侯做靠山，可谓是一路平步青云。她也曾听过新帝的许多花边趣闻，只知他是年少无畏，如今得以见到圣颜，才知他年轻得可怕，竟也是没比她大上几岁。

"孟赢兄怎会知道陛下多看了谁？"林冉冉小声嗤笑道，"莫不是孟赢兄一直在盯着陛下看，才会知晓得这般详细？"

武官孟赢的脸上浮现出几分恼意，李华闻声扫视而来，令孟赢不得不噤声垂首，林冉冉偏还要在旁奚落一句："凭孟赢兄的姿容，做面首已是足矣。"

孟赢忍着羞意，一直到早朝结束，他才追上大步流星地走在前方的林冉冉，一把抓住她的手臂数落起来："林将军，你在朝上的那番言辞究竟何意？你我同年封官，按理来说不分官阶尊卑，你怎可如此轻蔑于我？"

林冉冉不以为然地笑道："孟赢兄，我明明是一番美意，怎就让你这般恼羞成怒了？身为伽国子民，谁人不知当今圣上……"

尚书魏恒潾在这时出现在二人身后，他负手而立，对二人皱起了眉，又环顾四周，不禁埋怨起他们："你们两个也太无法无天了，此处还是皇宫内院，早朝才散，群臣来往，怎可如此大言不惭？若被旁人听了去，小心脑袋搬家。"

林冉冉环起双臂在胸前，表情略显顽劣，到底还是小心翼翼地压低了声音，道："都怪孟赢兄，是他抓着我不放的，我可不想惹祸上身。"

魏恒潾便又瞪向孟赢："你也是，明知林将军心直口快、喜形于色，你何必在众目睽睽之下去招惹她？"

孟赢是哑巴吃黄连，有苦说不出，他随意摆手，道着罢了罢了，正欲离开，李华在这时带人来到了几位跟前，林冉冉首先看见他，立刻拽了拽孟赢，魏恒潾也一并恭敬俯身，三人一同问候道："见过李侍郎。"

李华和颜悦色地道："三位不必多礼，老臣是来传陛下口谕的。今日黄昏时分，还请三位到后花园参加晚宴，陛下也会出席的。"说罢，他颔首离开，剩下三人面面相觑。

林冉冉刚要开口，孟赢一把捂住她的嘴巴，他可不想听到任何狗嘴里吐不出象牙的话。

待到晌午时分，定远侯府上的老仆开了门，把林冉冉迎了回来。紧随老仆身后跑来的两个少年一前一后地围着林冉冉，他们二人是自小便在府上做事的小厮，一个叫作阿赤，另一个则叫阿渊，由于和林冉冉年岁相仿，三人时常混在一起吃喝玩乐，竟也没了主仆规矩。眼下，那阿赤手里还拿着扫院的长扫帚，嬉笑着对林冉冉道："将军，你上早朝的那工夫儿，就又有人来府上提亲了。"

阿渊也笑道："夫人刚刚送走他们，要是你早回来一些，正好能见到他们。"

林冉冉不怎么愉快地皱起眉，想问这次又是哪家的贵族。谁料阿赤和阿渊竟是略带嘲笑般地窃窃私语着："依我看，那公子孱弱的身子骨可不是咱们家将军的对手。"

"真要闹起了夫妻仗势，那公子都会被咱们将军打成肉泥。"

林冉冉突然一挥拳，斥他二人道："我先把你们两个不知天高地厚的混账打成肉泥再说！"

阿赤和阿渊连忙逃之夭夭，林冉冉气不过地还要去追，那莲塘后头传来一声轻柔的呼唤，她停住脚，回过身，见是母亲在侍女的陪同下穿过两进长廊，哭笑不得地对着林冉冉轻叹："都已经这般年岁了，怎还是如此浮躁？不要整日把打打杀杀挂在嘴上，怪不像话的。"

林冉冉撇了撇嘴，在母亲面前，她总是略有娇嗔，凑上前去依偎着道："孩儿带兵打仗这么多年，早就习惯杀来杀去的，哪里能改得掉。"

母亲溺爱地微笑着："今日可见到新帝了？"

"自是见过了，看那模样，顶多比我年长个两三岁而已。"林冉冉同母亲走在池塘边，忽而想起来，"陛下今晚要召见我与魏恒潾，还有其他武官。不知是否还邀了其他臣子吃宴，便是想要同我们这些先皇的旧臣套套近乎吧。"

能得新帝赏识，自然是件极好的事。且说林家世世代代皆为武将，天性果敢凌厉，骁勇善战，又有定远侯美誉，是朝中地位显赫的世家大族。而大伽燕氏也是靠得林家代代守护才享尽荣华，自祖辈起，林家便为历代皇帝建造城池、抵御外敌，地位自是举足轻重。可，男大当婚，女大当嫁，这一脉的林氏除去林冉冉，都已成家立业，前年刚刚嫁出了二女儿，长子的孩子都可以跑在地上放风筝了，唯独林冉冉还没有许人家，母亲在近来为此而有些忧思，反倒是那做父亲的老侯爷始终耀武扬威，他总是说："普天之下，谁人能配得上我那征战四方、杀敌万千的冉冉？若不是一个堂堂正正的盖世英雄，便不配踏进我林府的门来提亲！"

但女儿家家，理应在合适的年纪学做红妆、绣花刺鸳，才能在日后做个相夫教子的贤良正妻。每每想到此处，母亲都要唉声叹气一句："都怪你父亲偏要教导你练武，虽破格成了朝中唯一的女臣，可这般高高在上，哪里有公子敢娶你回家呢？"

林冉冉听罢，不以为然道："母亲不必为此烦忧，我既身为伽国大将军，便是要报效国家的。如果新帝属意于我，我自当愿为他南征北战，若是可以一统整个九州大陆，新帝就将成为名垂千古的明君，而我，也将是功勋赫赫的林氏名将，便要我终身不嫁，又有何不可？我志在凌云，断然是不屑那贤良淑德的婆妈之事的。"

这一番豪情壮志，也是令母亲为之动容。她也总是会抚摸着女儿的鬓发，宽慰地笑着："可惜我的小女儿不是男儿身，这世道对女子总是不善，母亲不是不懂你的抱负，只是，你注定要走一条不同于凡人的坎坷之路，好在你坚韧勇敢，母亲不再担忧了。"

林冉冉回以粲然笑意："母亲，我既是女儿身，也从不输于任何男子。倘若他们胆敢同我比试一番，我也会让他们输得心服口服。伽国可以没有一个叫作林冉冉的女子，却不能没有一个叫作林冉冉的将军，我能够保家护国，也能带兵杀敌，陛下也会同先皇一样重用于我，否则，岂不是他的损失？"

母亲含笑望她，抬手摘下一朵海棠花戴在她鬓上，衬得她容颜更加娇俏了几分。

"母亲并没有别的奢求。"那日，她的母亲这样对她说，"只望你日日都能像今朝这般谈笑风生、满面春风。"

却不知那日夜晚，竟是噩梦的开端。

【五】

黄昏时分，皇宫后花园内的晚宴极尽奢华。

满座臣子十余人，都是受到李华传旨而来的。这会儿，夕阳已经爬上天际，赤红光晕迷离氤氲，器乐班子跟随侍女前来，他们一个个捧着琵琶、古琴、瑟、筝，还有笛与笙，连同钟、鼓、锣、磬一应俱全，二十多人的器乐阵，井然有序地落座，开始弹奏曼妙曲音。

林冉冉早就听闻燕珩在做皇子的时候就对戏曲痴迷，不承想他还在宫中养着这么一群专业人士。想来在尔虞我诈的欲海浮沉中，燕珩还能寻一处角落供自己赏花弄月，也实属不易。

正想着，园内的所有歌女舞姬忽然倾巢而出，在丝竹迭奏声中踏歌而舞。她们身姿曼妙，风情万种，一时之间花影风动，桃花婆娑，如同天上人间。

林冉冉凝望着这景象，心情也不由得大好。偏生有文臣起身提议献诗一

首，为陛下助兴，且又极会拍马地将盏中酒水一饮而尽，好不畅快。

其他臣子也不甘示弱，争先恐后地谄媚圣上，坐在林冉冉身侧的魏恒潾同她悄声道："作诗可不是你的拿手绝活，我这儿有一首，你且先背下来，免得待会儿闹笑话。"

林冉冉虽不情愿，也只得照做。不出片刻，她旁侧的孟赢已经起身作诗道："舒卷江山万里图，明君光照天下路，四海八荒皆收复，醉卧兰江朝天阙。"

一众人等连连拍手赞道："真没想到孟少将如此博学，不仅武艺了得，才情也是不输在座文臣半分啊。"

孟赢厚脸皮地合拳道："各位见笑了，见笑了。"

再到林冉冉，她利落地起了身，正欲举杯，燕珩忽然唤人赐了她一杯酒，还是由李华亲自呈过去的。

这一举动彰显分量，众人屏息不语，气氛反而显得有几分尴尬，林冉冉困惑地看向燕珩，那御座上的国君却低垂着眼，把玩着手中的酒盏，一张清俊得还残存稚气的容颜上看不出喜怒，只以慵懒的语气催她一句："林将军莫要耽搁。"

他的声音极冷，又无比淡漠，即便是在战场上杀敌如麻的林冉冉，也不禁蹿起一丝寒意。她自知不可惹陛下不快，便忙将魏恒潾教她的诗背出："朱颜不及金戈甲，千古江山雨打风。铁马入敌三万里，名将功成美人舞。"

这诗作罢，周遭极静，黄昏已落，晚风而袭，花香扑鼻的刹那，燕珩将酒杯放到桌上，他道："这诗不好。"

林冉冉身形一抖。

他又道："林将军理应自罚三杯。"

旁边那群趋炎附势的臣子们听出燕珩话中的奚落之意，便当即附和起来："林将军快快斟酒吧，这可是陛下赏赐给你的酒，你可要畅饮才是。"

可这诗是魏恒潾的主意，他斗胆起身，向燕珩恭恭敬敬道："陛下，还是由微臣替林将军喝这御赐的三杯酒吧，林将军她……"

话还没说完，燕珩就略一抬手，示意他闭上嘴。

魏恒潾再不敢吭声，林冉冉也不想连累他，拿起桌上酒壶，接连几杯饮下，她因喝得急而红了脸，坐下时有些摇晃。众人笑笑，又都眉飞色舞地侃侃而谈起来。魏恒潾担忧林冉冉，悄悄地问她："你可还好？"

"三杯酒罢了，倒也不碍事。"林冉冉怪他道，"都是你的破烂诗，害我被陛下责难。"

魏恒潾冤枉得很，他可不知那诗哪里出了问题。再一转眼的工夫儿，大家脸上都有了几分醉意，唯独燕珩清醒冷峻，他见时候不早，就命人遣散了宴席。魏恒潾本就不胜酒力，起身时有些摇摇晃晃，刚想同林冉冉一起打道回府，谁知恍惚之间，见到李华拦住了林冉冉的去路。那如老狐一般的官宦对林冉冉卑躬屈膝般低声道："林将军留步，陛下有请。"

当时的魏恒潾还在心中暗暗嫉妒、羡慕，想着陛下偏要留下林冉冉一个，定是偏爱她林家定远侯的背景。可走着走着，魏恒潾落在众人的最后头，他停住脚，迎面一阵冷风吹来，他似乎醒了酒，鬼使神差地转头去看向身后，见李华引着那醉得走路都走不稳的林冉冉进了燕珩的寝殿别院。

那别院是燕珩在作为皇子时期就有的，且是他用来与面首们颠鸾倒凤的地点。据说，若哪个男子有幸上了他的龙床，将会得到足够一生挥霍的金银与宅邸。想必今日来赴宴的朝臣之中也有打算媚惑君主的私心之人，毕竟，那是位以贪慕男色而闻名的伽国国君。

可，林冉冉是个女子。

魏恒潾皱起眉头，百思不得其解之际，忽然听到那别院里传出撕心裂肺的惨叫声，他被吓得冒出一头冷汗，跌跌撞撞地转身就跑，跑着跑着，竟莫名地哭了出来。

大抵是他料想到了那发生在别院里的光景，毕竟，那是翻手为云覆手为雨的国君，他想做什么，普天之下无人能够阻拦。只是在行那周公之礼的时候，燕珩才满脸惊愕地望着身下的人，喃声问道："你竟是女人？"

没有一个人告诉过他，这英姿绰约的林将军是个女儿身。他也不知朝中竟还有这么一个女臣，不禁意识到是自己中了那狗东西李华的计，想必李华早就知道实情，唯有瞒着，才能令他和女人欢好。

可林冉冉在他愣神的空当，抓着衣裳披于身上，连连跪下祈求他莫要坏了伦理纲常。她是伽国的臣子，伽国自古有规，圣上不可与臣子私通款曲，若是男臣也就罢了，这规矩偏生是立给女臣的，便是防着女臣想要借机勾引皇帝、祸乱前朝与后宫。

一旦坏了规矩，这女臣在朝中将会失了地位，连同家族也一并蒙羞，她苦苦哀求着陛下三思，陛下三思啊！

燕珩凝视着她这张早已扰乱了他心弦的脸，抬手抓住她的鬓发，竟是笑道："今夜过后，寡人会立你为妃的，你不必担心那国规，这伽国都是寡人的，寡人想怎样，便怎样。"

毕竟，这可是他十九年来第一次对女人动了那么点儿心思，又怎能让这心思白白熄灭呢？

待到隔日天大亮，定远侯府内的夫人与老爷已在正堂里来来回回地走了一整夜。夫人忧心忡忡地念叨着："除了行军在外，冉儿从不会这样一夜不归，我真怕她出了什么差池。"

老爷负手踱步，阴着脸色直道："谁人能奈何得了她？除了当今圣上，她根本不必惧怕任何人！"

这话说罢，家奴忽然大喊一声，夫人与老爷双双望向堂外，是宫里来了一行人，为首的是李华，夫人老爷立即拜见，李华却要他们免礼，随后他命人把林冉冉扶了进来，是在看见她的那一瞬，夫人惊吓般地坐去了椅子上，老爷也愣在原地。李华含笑着要二老照看好林将军，又说了句恭喜定远侯，昨夜，林将军是在陛下寝宫过的。

这一句无疑是万箭穿心，夫人忍着眼泪将失魂落魄的林冉冉抱进怀里，还要恭送李华等人离去。定远侯则是震惊得瘫坐在地，而下人们纷纷围上来询问是否要为将军换一身衣衫，她那一身……都已经……

林冉冉悲痛地闭上眼，将脸埋进了母亲怀里。母亲顷刻间痛哭失声，但定远侯忽然斥责她小声点，李华还没走远，不可被他们听见。

【六】

伽国历年二百一十六年，月历金，乙亥日，列位朝臣一致反对皇帝欲册封武臣林氏为妃一事。众臣皆道，这般大逆不道的做法实属违反伦理纲常，哪朝哪代也未有将当朝臣子收入后宫的史实，且那林氏是定远侯府上的功臣，如此做派岂不是往老将军定远侯的脸上抹了一把臭屎？倒不如杀了他来得痛快。更有甚者，约莫三十位文臣于殿下哀哭长跪，扬言若陛下执迷不悟，我等将弃官归隐。

燕珩是在那时才意识到，这皇帝做得没意思，连纳个女子做妃都要费尽周折。李华在一旁谄媚道："陛下，话是不能这么说。那女子又怎是普通女子呢？定远侯虽去颐养天年了，可皇恩犹在，林将军又屡立战功，着实是朝中重臣，仅做后宫嫔妃……的确是委屈了那将相之才了。"

燕珩却不以为意，只道一个女人罢了，再如何骁勇也还是要嫁作人妇，做天子的女人乃是她的荣耀，嫌妃位分小，干脆破格提成贵妃，能讨她的欢心，可比那上战场杀敌来得惬意。

李华连连称是，还说太后也是赞同陛下的，能被陛下看上，那实在是天大的福分。毕竟那三宫六院里的妃子们都成了闲置的物件儿，若是能讨到个陛下喜欢的女人，即便是九天仙女，太后也要把她抓来下凡。

只是，眼下被群臣反对，自是无法顺顺利利地把她收进自己囊中了。但她那副傲慢的将军气焰，也着实需要被打消。燕珩虽喜欢见她扬起脖颈的神气姿态，却也不想助长她的威风，既然这事情在朝野之间传遍了，也就顺势免去了她的武将称号。

"遣她日后去刑部做个主事吧。"燕珩随口下了个旨意，"妇道人家，还是尽好本分才是。"

"刑部主事？"魏恒潾在听到这个官衔时，先是震惊，而后垂首，咬着牙关道，"那分明是个闲职，竟罢去了兵权，还要打发你去那种地方受罪……"

林冉冉坐在房中桌前，手里握着一杯热茶。她已有十日没去早朝，人瘦了一圈，满脸憔悴。她眼里的光好似没有了，只平静道："有什么法子呢，天子定的事情，身为人臣，岂能不从？"

魏恒潾欲言又止，可在看见林冉冉脸上的倦容时，他到底还是生生地把要说的话给咽了回去。其实，早在那晚过后，朝中就已炸开了锅。林冉冉被抓上龙床这事被传出了百般花样，无非是亲者痛、仇者快，唯独太后那边乐开了怀。陛下宠幸女人于她而言，代表了大伽江山将会后继有人，就算受朝臣阻挠而不能立妃，也是不耽误召见侍寝的。

偏生是要定远侯府上蒙羞，这一桩飞来横祸令定远侯与夫人一夜白头般地衰老，他们自是有苦难言，好端端的世家大族竟被新帝如此糟践，好比杀人诛心般惨绝人寰。只是，凭着林冉冉的脾性，她竟然没有大动干戈，也是令人倍感凄楚。魏恒潾知晓，林冉冉不敢忤逆燕珩，是想到了会被株连九族的后果。

且遭遇了这般磨难，林冉冉却还能宽慰道："罢了，待到陛下兴致过去，我也就能再做回我的林将军了。无非是觉得新鲜，维持不了多久的。"

这话令魏恒潾想到行百里者半九十，小狐汔济濡其尾。而失道失德的新帝，当真会有信于臣吗？然而，魏恒潾是不会知道这十日以来，林冉冉夜夜将自己关在房里，她手中的剑劈坏了不计其数的屏风，而此时树在他眼前的那扇水墨屏风则是今早刚搬来的，是为了遮挡那后头，已被砍得不堪入目的墙壁。是啊，林冉冉虽嘴上逞强，内心里到底还是不服的。

堂堂伽国护国将军，怎会甘心为人玩物？即便这是林冉冉的孽债，她也终究不愿低头。

待到五日后，林氏被罢免的将军一职由出身显赫的武官孟赢接任，刑部主事林冉冉只是个七品芝麻官，断然是不能再上早朝的。

她去了刑部就任，在当天就点起了上任的第一把火，调出陈年旧账一一查处，还带着人去了二品尚书的家中敲山震虎。按照常理，这些事不该由林冉冉出头，她的官职位卑权小，更是不能对尚书大人不敬。但她心高气傲，就是要让朝臣知道，她即便沦落至此，也还是没忘记她的雄心壮志。

且在最初，燕珩对此也是睁一只眼闭一只眼，即便有奏折来报，他也只是充耳不闻。可架不住上奏的折子越来越多，他嫌烦了，就命人传林冉冉来见，谁料林冉冉以身体不适为由不肯见圣，这可触怒了天子，又有沈氏在旁献策道："陛下，林氏区区一介女流之辈，竟妄想与男子并肩行事，此举实在不妥。且伽国百年来，唯有先皇在位期间破天荒地立了她林氏为女臣，无非是看在定远侯对国有功。如今是陛下执政，断然不能因女子为臣而被世人耻笑，就算为臣，也必要乖顺、明理才是。"

燕珩拉不下脸面，只好照沈氏所说的去做了。无非是带了一班人去她那刑部问罪，又杀鸡儆猴般地将她的顶头上司罚了一年俸禄，而那些跟着她去尚书府闹腾的小人物，就地问斩。剩下她，燕珩有点儿心疼，迟迟没有降罪。哪料沈氏不肯罢休，又在燕珩耳边吹起邪风："陛下，这刑部主事不吃点儿苦头，怕是还摆不正自身的位置。若今朝不能端平一碗水，往后，群臣还如何为陛下效忠呢？"

燕珩盯着跪在面前的林冉冉，乌沉沉的眸子里极尽挣扎。想来他登基称帝之后，也逐渐明白了父皇的难处。国君虽是帝，却不见得事事都能顺自己的心思，身边大臣左一个想要蛊惑他，右一个企图摆布他，而他生性纨绔，断然没有那些深不见底的坏败，只是世道逼迫于他，他也不得不适应这宫廷之中的心狠手辣、手段歹毒。

若他坐不稳皇帝的御座，其他兄弟也会找准空子，踩着他的头颅登位，尽管他本意并不愿去欣赏那些惨无人道的杀戮行为，可若不那样做，又如何掌控天下呢？

偏巧林冉冉在这时抬起头，眼里的戾气直射他心底。

他想的是连这样一个女人都不肯听从于他，那他岂不是要在群臣面前颜面尽失？

燕珩心中燃起了怒火，俯瞰着林冉冉那心不甘、情不愿的脸，残忍无情地说："赏她五十大板。"

他就是要在场的所有人都知道，不归顺于他的人，就要和她的下场一样惨。

沈氏落井下石地偷偷命那行刑的人道："板子沾了水再打，上面再涂上点细盐。"

这话被林冉冉一字不落地听进耳里，自然也被燕珩听见。可他无动于衷，任凭行刑的人将那又是水又是盐的板子打在她身上。林冉冉伏在刑木上咬紧牙关，额角冷汗不停渗出，她始终一声不吭，到了最后，嘴唇都被咬破出了一条长而深的血口子。

五十大板一板不少，林冉冉的臀已是血淋淋的一片。燕珩走到她面前，命她抬起头来。

她垂死一般地顺了他的意，却依然还是以那种蔑视的眼神望向他。燕珩蹙起眉，心中极为不快的同时，竟也酥酥痒痒。他到底还是喜欢看她这副狼狈之中透露着坚韧的绝望模样，纵然是打不服的一条母狗。燕珩唇边笑意戏谑，传御医来给她收拾伤口，还留下一句："看紧她，别让她乱跑、乱动，待到伤势好了，就送来寡人的寝宫。"

在场的一众人等都发出窃窃嗤笑，尤其是那心肠毒辣的沈氏，他笑那抢了无数朝臣风头的定远侯家也有今天这般造化，真是陛下隆恩、老天开眼啊。而林冉冉充血的眼眸死死地盯住沈氏，她发誓有朝一日，必要千刀万剐地杀了沈氏全家，绝他后世！

番外篇·林冉冉（下篇）

【七】

一晃便是两年过去，一代武将沦为弄臣这般丑事，已在伽国大街小巷中成了市井百姓的闲谈笑柄。竟也有茶楼里的说书人剪出了皇帝与林氏的皮影，不厌其烦、一日又一日地给看客们讲着他们败坏朝廷纲常的君臣苟合故事。

那贪好男色的皇帝不爱男子反爱林氏，那巾帼不让须眉的护国将军如骈死于槽枥之中的母马，实在是唏嘘至极，唏嘘至极啊！

而这两年间，以虚职度日的林冉冉也成了朝臣的耻笑，连同她在朝中任着侍郎的兄长的日子也委实不算好过。母亲郁郁寡欢，不常说笑了；父亲老态尽显，整日剧咳。定远侯府竟成了人间炼狱，煎熬着上上下下全府人的心。

燕珩时常带着侍卫与随从来府上小住，大抵都是在林冉冉闺房里度过的。没有他的旨意，旁人不许靠近这房间，除了守在门口的侍卫，就连定远侯夫妻也不得接近半步。

尽管金银绫罗源源不断地赏赐而来，林氏长子的官位也在朝中一升再升，但定远侯府何时缺过这些被他们视作破铜烂铁的物件？且林契就算是有朝一日要升为宰相，也免不了被群臣孤立奚落。

他定远侯府可是世世代代的武将之家啊！从未有哪代皇帝敢这般轻贱林氏，便是一个乳臭未干的燕珩如此失道！

"干脆杀了那狗皇帝，我再与妹妹一同策反朝廷。"林契一度疯魔般地丢出此话，吓得一旁的妻子赶忙去捂他的嘴。

就连定远侯也哀求他道："这般拖累九族的话可是不能再说了！"

"难不成要一直这般忍辱负重地苟延残喘下去？"林契拍桌起身，愤怒道，"我的妹妹可是征服了西北蛮夷的大将军啊，是先皇钦点的！然而如今……如今成了什么？竟成了那狗皇帝的弄妾了！"

定远侯怒气冲冲地扬手给了林契一记耳光，惊惧仓皇道："愚蠢！莫非还执迷不悟地看不透彻吗？老夫这定远侯的大势已去，陛下已为冉冉坏了伽国国规，一旦连陛下也不再护着林家的话，那班朝臣顷刻间就会将林家生吞入腹！眼下这定远侯府，早已是岌岌可危、不复当年了！"

林契红着双眼质问父亲："这些都是谁人害的？害得我们林家摇摇欲坠的，不正是那狗皇帝吗？天下女子那么多，他随便选哪一个不好，偏要毁了朝中女臣，若不是他，冉冉依然还是那征战四方的护国将军，她还会为伽国建立赫赫功勋，怎会像现在……人不人、鬼不鬼的，全然都不像是原来的她了……"

说到痛心处，林契失声痛哭起来，一旁那始终沉默的母亲早已泪流满面。她怀里还有孙儿怔怔地看着祖母，不知发生了何事，多日未见姑姑，问着姑姑的去向。

"姑姑她……她在陪伴陛下。"林契的夫人擦拭着泪眼，对自己的孩儿轻声道，"禹儿听话，要好好习武，等到日后长大，定要重振林家。"

稚童缓缓地点头，指着门外不远处的林冉冉闺房道："等禹儿长大，便替林家和姑姑报仇，去杀了那狗皇帝。"

一语惊醒了在座的四个林家人，尤其是定远侯，他飞奔着冲过来抱住那稚童，念着禹儿莫要乱说话，可念着念着，他自己却痛心疾首地哽咽了。

且在那烛光微弱的林冉冉房内，一缕袅袅烟雾从白色帐幔中飘飘而出，燕珩裸着上身，手里抬着烟枪，吐出一口烟，责难般地淡淡道："你若是能怀上个一儿半女，寡人也能有个缘由再在朝上提册封你的事儿。"

林冉冉不言不语，黯着一双眼，是全然不在意的神色。燕珩瞥见她这模样，不禁觉得愠怒，忍不住抓着她坐起身，冷声问她道："你可是瞧不起寡人的后宫？难不成，要寡人把这王位让给你来坐，你才会对寡人笑一下吗？"

他是傲慢惯了的国君，自然是受不住她对他的忽视，倘若这话是对他那群面首与妃嫔说出的话，那帮人必然是要受宠若惊、心花怒放了。可林冉冉是连他的皇位也感到不屑的，只低垂了脸，默然一句："微臣不敢。"

燕珩最讨厌的便是她时时刻刻端着个臣子的身份，即便被罢了将军一

职，也还不肯去适应芝麻小官的差事。他觉得没趣，命她道："服侍寡人穿上衣衫，寡人今夜要回宫去。"

林冉冉顺从地照做，为他扣上衣领扣子时，却被他一把抓住了手。

她看向他，他则挖苦她道："你别以为那护国将军的位置非你莫属，如今你不做那差了，孟赢也做得不比你差。寡人如今宠着你，你便要好生知足，一个女人，是逃不掉生儿育女的，你最好别给寡人要什么花招，被寡人抓到的话，必定生剥了你的皮。"

诚然，林冉冉只知自己日日被燕珩折磨，却不知燕珩也是要在她看不见的地方受着折磨的。如若不是这两年来他减少了百姓税收，又赈济东南，还试图修建城墙来抵御外袭的话，民心是得不到的，臣子们也在见缝插针地搞阴谋诡计。好在昏君一词在他身上是亦正亦邪，百姓虽揶揄他那不入流的情事，但也从心里认准了他是品行端正的皇帝，人非圣贤，孰能无过，便是天子，也是要在情关上栽栽跟头的。

而这会儿，他刚从定远侯府回到宫里，就见老臣孟繁九候在他殿外。

燕珩知他又要说那些惹人烦的话，随即冷下一张脸，孟繁九赶忙来见过圣驾，随着燕珩进了殿内，在侍女点燃宫灯退下后，孟繁九才将连夜见圣的目的呈上。他说："陛下，老臣今日先去见了太后，就有关陛下的子嗣问题，太后与老臣的顾虑不谋而合。"

燕珩听得心烦，不耐烦道："便是又要说林氏至今尚未怀上龙种，于公于私，都是留不得了吧？"

孟繁九沉声道："陛下圣明。恕臣直言，陛下因林氏而冷落了整个后宫，自是惹得群臣不满。那后宫妃嫔皆是朝臣近亲，理应不甘落在林氏后头。"

燕珩冷哼："依寡人所看，是你这个老东西看不惯寡人宠着林氏，而疏于理会你那蠢笨的儿子。"

孟繁九闻言，一张老脸青红相间，他索性也不拐弯抹角，干脆直言不讳道："陛下，犬子孟赢的资质确实不如林氏，可他既已经胜任护国将军一职，便是为陛下、为伽国鞠躬尽瘁的。老臣的确有着私心，倘若那林氏一朝不生出龙裔，她的存在，便威胁着孟赢的官位！她毕竟是伽国臣子，哪天不得了圣宠，以恢复官职来从陛下这里讨个便宜，也是未尝不可啊！"

燕珩眼神狠戾地看向孟繁九："你这心思歹毒的老东西，竟是怕这种子虚乌有的事情？枉费定远侯当年于我父皇在世时谏言提拔你孟家，你却趁夜跑来寡人这里落井下石？"

孟繁九"扑通"一声跪下身，哀恸道："陛下！朝中人人皆知你偏袒林氏，想来她与其兄长林契这两年来在刑部里应外合，扳倒了不少曾对伽国有功的老臣，他们那把年岁，在牢狱里是万万吃不得丝毫苦头的。而陛下明知此事，却从不问罪林氏，连太后都道她媚惑君主，休要被列国看作笑柄。倘若陛下继续被她迷了心神，这伽国岂不是要变成林家的天下？她林氏生得出孩子倒好了，陛下纳她进后宫也是顺理成章，群臣看在皇嗣的分儿上也不会再反对，可若生不出呢，陛下恢复她官职的话，孟蠃可是无法再在朝中见人了！"

燕珩觉得可笑，起身踢了孟繁九一脚，吓得那老臣赶忙往后躲，燕珩便踩住了他伏在地上的手，用力踩，那老臣也不敢呼痛，见了点儿血后，燕珩才略一低头，冷言冷语道："孟繁九，寡人劝你好生关心自己家的坟头事为好。你那点儿陈芝麻烂谷子的破账，寡人心里自有分寸。她林氏还不敢动你，你莫要跑来寡人面前虚张声势了。"

见被识穿来意，孟繁九心中一阵忐忑。且说这燕珩的确是已经对皇权轻车熟路了，他等曾在燕珩刚刚登基称帝时骑在新帝头上作威作福的日子怕是已成幻影，如今的燕珩无人能够猜透。究竟林氏自作主张，抑或是他借林氏之手铲除异党，都已不得而知，只不过，孟繁九仍旧冒死问出："陛下……为何如此信任那傲慢无礼的林氏？当真是要为了她，而连太后的颜面也不放在眼里了吗？"

燕珩阴下脸，眼底的狠戾之色令孟繁九不敢再多嘴，只得不停叩头，直喊着陛下息怒，老臣罪该万死。

谁想到燕珩顺势传来了侍卫，令道："拖下去，扔进大牢。"

孟繁九傻了眼，仓皇地求饶道："陛下饶命，陛下饶命啊！老臣……是老臣糊涂！陛下——"

空旷的大殿内，徒留燕珩一人独坐。门外残留着的孟繁九的哀号声，也渐行渐远了。他仰头望着雕画在墙上的异域彩图，是他登基那年差人画上去的。图中是仙子彩云，成群的女仙衣香鬓影，裸露酥胸，腰间围着薄如蝉翼的轻纱，脚上的绣鞋赤红如霞，一个一个腾云驾雾，似一团团氤氲香风。

其中只有一个女仙有着清晰的五官，她容颜清丽，眼眸水灵，长发束鬓，衣衫为朱。燕珩起身走到那画前，抬手去抚她雪白的脖颈，就像去撩开林氏领口衣衫那般轻柔。

他近来总是回想起第一次将她拖上床时的情景。那会儿，他以为她是个清俊秀丽的男子，便是喜好男色的他也不曾见到过这般样貌美丽的绝色，可由于她是朝中臣子，又是定远侯家的，断然不能太过放肆，费尽周折地差李华预备了一场鸿门宴，留下醉醺醺的她，就是为了那一晚承欢。

可她酒醒后极力反抗的劲道的确是自幼习武才有的强劲，他险些败下阵来，她却因他是皇帝而不敢过分造次，便是趁这个空子让他得了手，但扒开衣服的刹那间，他才猛地发现她是个女人。

他厌恶女人。是看见他眼中这份清晰的厌恶，她才借机求饶起来。

然而，他那夜鬼迷心窍了，竟抬手拭掉她嘴角那被他打出的一丝血迹，将那血抹在她唇上，这般樱红唇瓣，着实美艳。他看着，心情也大好，平日里也断不会这样温柔地去对待任何一个人。他指尖抚过她比珠玉白贝还要莹润的臂膀，心想着女人而已，也没什么碰不得的。

只是，她惨白的脸色也毫不避讳地显露出了她对他的厌恶。这女人是个带兵打仗的，大抵是个只想着保家卫国的榆木脑袋，必是从未尝过男欢女爱之事。

唯独她眼里的那份厌恶令他心生不快，想他经历过险恶诡诈的人心反复，见识过争权夺位的残忍血腥，如今登上帝座，又怎会有人胆敢对他厌恶？

理应毁了她。那一晚，他的的确确是这样做了。

怎料一夜过后，他成了穷途末路的追心者。这么多年来，他本以为肌肤相亲就是一件快事，再无须去在乎其他。可与她之间，除去肉体纠缠却始终无法心意相通。如此，反倒令他倍感折磨。

燕珩盯着那画像中的女仙，眼神里说不清是爱，还是恨，抑或是那在初见时就纠缠着他的妄念。

【八】

伽国历二百一十七年，邻国启国迎来新帝，那是位狡诈好战的暴君。即位五日后，便派使臣到伽国，妄图与伽国进行联姻。伽帝婉拒，启帝借由挑起大战，史称"囚鹿之战"。

　　由于启帝亲自率兵出征，伽帝也必要回以相同礼节。要说先皇对待燕珩极为苛刻，自他幼年起便要他学练武艺，前去战场杀敌对他来说并不是一件稀奇事，想他十一岁那年，就已经被先皇安排混在军营里厮杀疆场，刀下的亡魂究竟有多少，他也懒得去数。

　　这一战并无回头路，伽帝负责冲阵，孟赢紧随其后，哪料两军交战时，那启帝竟挑衅伽帝道：看来伽国真如传闻中的一样再无名将了，骁勇善战的林氏一旦成了国君的掌中玩物，那负责护国的大将之位便只能交由无名小卒来滥竽充数。

　　孟赢心觉受辱，当即怒喝着冲上前去与之大战。而燕珩手段阴毒，竟绕去后方一剑砍断了启帝战马的四蹄，启帝跌落下马，反应敏捷地站起身，下令士兵围攻伽军，他自己则单枪匹马地与燕珩一较高低。

　　燕珩四肢轻捷，总是能躲开启帝的重剑。但孟赢那边的态势却不容乐观，他心浮气躁，缺乏战术，率领士兵进入启军圈套，遭遇敌军大量流箭，孟赢自己也双腿中箭，后头又有大量埋伏的启军趁机追上，包围住了孟赢的军队。燕珩见状不好，正欲前去支援，却被启帝的剑猛地刺穿了腹部。

　　且一剑还不够解恨，启帝将剑柄转了几转，剑刃在燕珩腹里搅动着他的肠子，令他的表情也一并扭曲如鬼。

　　启帝心满意足，笑得阴恻恻："都说伽国的国君年轻又貌美，是列国之中的第一美男子，也不知把你这张俊俏的脸皮剥下来戴到本王的脸上，是不是也能迷倒一众男女臣子？"

　　这话一语双关，极为不敬。燕珩想着定要将他凌迟处死，可奈何孟赢等人无法救驾，他徒手握住那腹中剑刃，正想拼力推出，眼前忽然晃过一缕赤红朱色，他惊愕地抬起眼，那马背上的人影快如电闪，一个翻身腾空，便砍掉了启帝的头颅。

　　燕珩回身去看，那人影身着赤色软甲映进他眼底，且那红衫随风而舞。他探出手去，试图抓住她，她也伸出手来，一把握住他的手，将他拖到了自己的马背上。

　　她策马直奔前方的荒野茂林之中。所经之处，自有敌军阻拦，她手中的红缨枪利落刺下，动作快得看不清章法，待到回过神时，只余遍野尸横。她携他如飞鸟投林般突破包围，疾驰进那幽暗荒林。

山涧瀑布流水，周遭密林如屏。在隐蔽的巨岩后头，林冉冉勒住了马缰。在她马背上被颠簸了一路的燕珩紧蹙眉头，他蹒跚地下了马，倚靠在一棵树旁坐下，捂着腹部血淋淋的伤口，斜睨向她。

林冉冉也没打算遮掩，翻身下马，走到他面前，冷声道："还请陛下恕罪，微臣无意冲锋陷阵，而是见不得陛下战败，方才铤而走险。"

燕珩疼得钻心入骨，他咬紧了牙关，瞪着她："你胆敢混入军队，已是死罪……"

林冉冉当即负手躬身，道："有劳陛下赐臣一死。"

燕珩额际的冷汗顺着下颚流淌滴落，他的意识逐渐浑浊，在眼前黑下去的前一刻，他抬手去唤她："冉冉，你来寡人身边……"

她惊了惊，没有动，看着他陷入昏迷，她藏在身后的短刀停住了动作。不知是因那一声饱含深情的冉冉，还是因他泄露了一丝从未有过的软弱无助，错综复杂的诸多因素阻碍了她杀他的决心。

这一刻，是最好的时机。但凡她杀了他，在这荒郊野岭中，即便孟嬴那帮人幸得生还，找到他时也只会是一具尸骨，又如何能疑到她头上来？只当是他战死罢了，而她也不必再做他的玩物，林家也不必再因她而蒙羞，一切都该有个了结。

但，她犹豫着，转头看向停在树旁的战马，那是她的飓风。

飓风乌黑的眼眸盯着她，像是看穿了她的彷徨与迷惘，如同通人性一般地俯首，去咬了几株草药。

她沉下眼，颓唐地拾起那草药，而后在燕珩面前坐下来，盯着他看了很久，心中的恨意升腾成毒，蔓延遍布她全身。她终于举起手中的短刀，狠绝地刺了下去。

隔日天际发白，鸟鸣声乍起，树下的燕珩疲乏地睁开双眼，他昏昏沉沉地低下头，见自己腹上黏着被嚼烂的止血的草药，他怔了怔，忽闻马匹嘶鸣。他循望而去，轻柔的晨光下，身穿赤朱铠甲的妙龄女子正在策马奔腾，她在享受久违的与战马共舞的乐趣。从前，她是在马背上度日的，她一直认定持剑杀敌是她的归宿，而这一刻短暂的驰骋，为她带来的是自由与快意。

她的脸上有洒脱的笑容，是他从未见过的，美得惊心动魄的笑。

他静默地望着眼前这光景，心中阴郁地想，若想留住一只野鸟，唯有扯断它的翅膀。

【九】

林氏任刑部主事的第三年，是启国与伽国签订互不侵犯条约的年头，也是伽帝推行变革的第一年。羽翼已丰的年轻国君在朝中大刀阔斧地实行变革，换掉了约莫半数遗老，涉及受贿、买官的官员都在证据确凿的情况下被抄了家，连同祖孙三代都被押去了刑部受审。

在那段时间里，林冉冉处理了许多过去的官僚老臣，也学会了用更狠的刑与更狠的罚，连见惯了血腥的狱卒在外头听见里面的惨叫声都会感到毛骨悚然。而近来任刑部侍郎的林契在处置了一个压迫百姓的前知府后，来到刑部查看林冉冉当差的情况。他一进牢狱，便闻到潮湿浓重的血腥味儿，再往里看，就见昨日还是朝中臣子的两名四品官员悬吊在空中，身上囚衣血淋淋一片，裸露在外的皮肤也是血肉外翻，着实触目惊心。

林冉冉正背着手站在牢房里，竟是在认认真真地听着那两名老臣对她的咒骂。其中一囚言辞狠毒，连带着当今陛下也一同骂得不堪入耳："那无孔不入的狗皇帝，奸男睡女，便是你这贱妇作他的屠刀来折磨我等，待到黄泉路上见着了面，我定生吃了你们！"

林冉冉不急不恼，面色平淡，一张素脸背着光，显出几分苍白，便是见惯了大场面，对此等小差事也提不起兴致，只命人拿了细盐，去撒在那囚犯的伤口上。

如凶兽嘶吼般的惨叫让林契止步难行，他感到恶心，捂着嘴冲出牢房。林冉冉余光瞥见他，缓缓走到他身边，倒也公私分明地恭敬道："卑职见过林大人。"

林契擦了擦嘴，皱着眉头和林冉冉借一步说话。无非是责难她手段残忍，何必如此不厌其烦地折磨囚犯？林冉冉并不以为意，林契当即觉得是燕珩害得她如今这般人鬼难辨，懊恼地叹道："若你那日能了结他性命，便会扭转局势了。可惜了啊，你到底是妇人之仁，错过了那再不会有的绝佳良机。"

她曾在战场上救驾这件事，除了燕珩，其实没有旁人知晓。林契会这么说，是因为他太了解他妹妹。那日，她穿戴上许久不曾碰过的铠甲，骑上飓风从家门中飞驰而去的时候，林契就知道，她到底还是要去那沙场的。她太

清楚战争的走向，从来不是她需要战争，而是战争需要她。只是，如若在那场囚鹿之战中趁机杀了燕珩，她便能从男女情事中彻底解脱。

林契不止一次地问过她为何没有动手。她也只回答过一次："他算是一个好皇帝。"

征兵、修城、减税、改革……他的确在为百姓创建盛世。哪怕，他之于她，是噩梦，是深渊。

可，木秀于林，风必摧之；堆出于岸，流必湍之；譬如水也，通之斯为川焉，塞之斯为渊焉，升之则云雨，沉之则地润，体清以洗物，不乱于浊。古之王者，盖以一人治天下，不以天下奉一人也；古之仕者，盖以官行其义，不以利冒其官也。古之君子，盖耻得之而弗能治也。

"死生，命也。"林冉冉静默道，"虽说竹杖芒鞋轻胜马，一蓑烟雨任平生。然而，终究是人各有命。"说罢，她又道，"我信命，但不认命。"

纵然是天地不仁，以万物为刍狗。然，民不畏死，奈何以死惧之？她自然晓得自己的弱，与皇权相比，她只是一颗沙砾，可就算这是她的命，只要还有一线生机，她就要试图去抓住那微弱的希望。

只不过，她到底还是小看了人性的恶。

那一晚，因曾是燕珩面首之一的贵族泊眹君不满燕珩近来对他的冷淡，便将一口恶气都撒在了林冉冉身上。他趁着夜色浓重，听闻林氏兄妹都在刑部忙着审理案件，便私下里带着几个随从去了定远侯府。

他自然是不敢去和林冉冉当面嚣张的，只是想去林氏府上撒泼一番，泄愤罢了。要知她父亲也被燕珩贬了官职，自是泥菩萨过江，自身难保，他这下没了靠山，又失了皇宠，断然不会以卵击石。

到了林府，报了名号，家奴便要他先去堂内坐坐，这便去请老爷夫人前来。他想着也好，毕竟定远侯已老，给老东西个下马威也未尝不可。正等候时，见到外头的侍女带着林契的孩儿去厢房小睡。那男童非哭闹着要纸船，侍女无奈之下，只得折返回少夫人的房内取纸船。泊眹君见男童落单，便走出去同他逗趣。男童困倦，心情也恼，又见泊眹君穿着鲜艳，竟是童言无忌道："哪里跑来的花妖精，不男不女的，真是难看晦气！"

这话令泊眹君震怒，他抓住那男童，扬言要替林契好生教育一番，可男童哪里肯从，喊叫着打他踹他，气急了便朝泊眹君的手咬了下去，泊眹君咒骂着打了他一耳光，男童因此而脚下不稳，一个不留神就摔进了身后的池塘里。

男童只有五岁，尚且不会游泳，那池子里的水又深又凉，他只扑腾了几下，甚至连呼救声都没发出，就沉了下去。泊眹君见状，心惊肉跳，连忙和侍从逃出了定远侯府。

等到尸首被打捞出来时，已经是两个时辰之后了。林契夫妻二人跪抱着孩子的尸体痛哭悲泣，定远侯与夫人更是双双晕死过去，而林冉冉站在众人之中，脸上布满惊色。

家奴在一旁断断续续地啜泣着："本来……本来是不认识那位公子的，可看他打扮是位贵族，他自称刘氏，是三小姐的旧识，才放他进来府中的。怎想到，竟会害了小少爷……"

林冉冉一声不吭，她静默地站立着，冷风扑面而来，背脊蹿起一阵阵寒意，回过神时，她已然杀气腾腾地提着剑冲出了府去。

约莫子时，皇宫内院，李华跌跌撞撞地来和燕珩报了那惨事，燕珩听后，立刻带人前去王氏府上。等到了门外，见家奴已有三三两两地倒在地上，四肢受了刀伤，流了满地鲜血。

燕珩顺着那血迹一路向前走去，李华试图阻拦他，直道："陛下，待老奴前去一探究竟，陛下龙体受不得污浊……"

燕珩一摆手，眸中的怒煞之气吓得李华噤了声。等他走进了王氏房内，满屋子的血腥气与喘息声令人心惊，林冉冉踩在泊眹君的身上，手中利剑刺穿其背部，她因愤怒、绝望、悲痛而粗重地喘息，哪怕泊眹君早已是具死尸，她还是将那剑刃反复地割、刺他的皮肉，连同她脸上的泪痕，都化作了恶鬼一般的血印。

燕珩死死盯住她，眼中杀意泛红，他的声音如钝器，阴郁而沉重："来人，生擒了林氏。"

林冉冉闻声回过头，袭向她的是无数锦衣侍卫，她却像杀红了眼，反手握住那把跟随了她十余年的利剑，将来者的头颅一一斩下。如果这就是她的命，那她宁愿以自己的命来换回禹儿的命。如果日后等待她的只有无尽的痛苦和折磨，那不如就让所有挣扎都在这一夜挫骨扬灰、化作灰烬。她知她无路可逃，也知普天之下，没有她的容身之处，可禹儿为何要替她去死？不，即便是枉死，也不该是她林氏一族，她终究是不认这命！

然而流箭放出，她双腿中箭倒地，一众侍卫飞扑上来欲将她擒拿，但她

拼尽全力爬起了身，转身砍下利落一剑，三名侍卫身首分离。但放眼一望，她已被团团包围，弩箭瞄准了她，加之身上伤势沉重，她今日怕是难逃一死，那索性……她眼神阴狠地寻找到了站在树下的燕珩，他那条命，本就是她救回来的。

如今，也该还了。

"冉冉……"

那一声来自父亲的呼唤，让林冉冉手中的剑停在了半空。

她惊愕地循声望去，她的父亲定远侯不知何时被带到了此处。他眼中有恳求，纵横着老泪，摇头道："不可忘了君臣之礼，冉冉，快快向陛下求饶吧。"

她看见了那架在父亲脖颈上的刀刃，刹那间懂了，手中的剑也失魂落魄地放下，众多侍卫趁机一拥而上，将她五花大绑地擒到了燕珩面前。

【十】

那是她被折磨得最痛不欲生的一次。

在定远侯的面前，燕珩命人竭尽所能地去折磨她，把她的双手、双脚死死地绑住，再在她腰间拴上一块巨石，任凭野马拖着她在院内狂乱地奔跑。马蹄践踏在她身上，被流箭射中的伤口皮开肉绽，燕珩还是觉得不解恨，干脆亲自上阵，将她拖拽着来到水缸前，把她的头按进水里数次，一旦她昏厥，就要人拿鞭子将她抽醒，待她略清醒的片刻，他逼近她咬牙切齿地质问："你怎会如此狠毒？竟敢残杀寡人身边的人？"

她的面目被血渍模糊，却仍然不服道："微臣曾听闻冥界有一地狱，是要将凡间作恶多端、倚仗权势的人剥光衣服，投入热油锅内翻炸……是用来惩罚罪孽深重之人的……油温高热，烧而不死，反反复复，无休无止……"

燕珩愠怒，她冷笑道："陛下明知微臣是能为国效力之人，却偏偏将微臣视作玩物，你以为……微臣不恨绝了你吗？而陛下，却纵容王泊暎来害微臣兄长的孩儿，如何叫微臣能咽下这口气？"

纵容。她竟认为是纵容。那王泊暎的老父已被他罢去官职，其家族怨声载道，这般时刻闹出如此祸乱，岂不是要他复了那老奸巨猾的臣子官位才能消解仇怨？他并不是气她杀了王泊睎，而是气她明知他的难处，却还要生生地来绊他一脚！

"寡人自是待你不薄。"燕珩气到极致，牙齿都咯咯作响，"如若不是为了你，定远侯早年的作风也是要被群臣揪出来弹劾一番！你以为你林家全都同你一样铁骨铮铮、为官清白吗？你那兄长做过何事，寡人一清二楚！不要来和寡人讲条件，更不可借着寡人宠着你，就忘了你自己的本分！"

说罢，燕珩一把将她甩到地上，歇斯底里地大声令道："把她给寡人打入大狱！没有寡人同意，谁也不许给她一口饭食！"

定远侯满面长泪地望着女儿被人拖走，可他却连为其求情都不敢。只怕惹怒了燕珩，将会祸及九族，他自是不敢轻举妄动。

而林冉冉入狱后，长达半月几乎无水可喝、无饭可吃，就连伤口都化了脓，溃烂成疾。又过了数日，李华来传皇帝的旨意，要御医进狱中为她诊治。可是吓坏了那御医，年过半百，还没见过那般凄惨的伤患，若不是从小习武练得一身强健体魄，她怕是早已死过千百次了。

一晃半年过去，她都是在狱中疗伤。这期间无人敢来探望她，只有她的兄长林契和魏恒潾不怕死地来过一次，至于燕珩，是断然没有出现过的。而林契最后一次来看她时，要她安心再等等，一旦时机成熟，他便能替禹儿报仇，也替她报仇。这话她是没有放在心上，全然不知林契在打的危险主意。直到伤势痊愈，已是到了梅雨时节，燕珩终于松了口，把她放了出来。

时隔八个月，再次相见，仍然是初遇时的别院。他让李华备了一套华服给她换上，是血红得让人血脉偾张的嫁衣。她换好之后来到他面前，衣衫红绡，绾近香鬓，一缕鬓发垂落下来，拂过玉白脸颊。他有些动情似的抬手抚那丝鬓发，捋去她耳后，对她说："便罢了官，做寡人的妃，若你乖顺，日后，那皇后也会是你。"

她没说话，也没看他，只垂着一双眼，忽而问道："听闻陛下数月来都在打理政事，不问后宫？"

他一怔，蹙起眉，像是不痛快似的，半晌过后，他又妥协般叹了一声气："那后宫里没什么看头，要是你去了的话，寡人才会常去后宫的。"

她道："陛下为何独独宠幸微臣？微臣何德何能？而且……微臣也不是男子，只是个女子罢了。"

他反而笑了："你竟也知道你是个女子？既是女子，何必执着于报效国家？"

她沉下眼："众人皆俗，各有执念。"

他道："你与其执念国家，为何不执念于寡人？伽国是寡人的，寡人要你做什么，你才会有什么，惹寡人不高兴，你还会有好果子吃吗？"

她平静道："执念不分喜好，也是求不得，才要去求。"

他有些不耐烦："看来你在狱里思过了七个月都是徒劳，同从前一样，仍旧是顽固不化。"

她却淡淡一笑，斗胆道："陛下自己又何曾不是呢？"

她从没对他这样笑过，四年来，这怕是头一遭。他自是心神一荡，伸出手拉她坐进自己怀里，吻上了她的额头。

同年，在燕珩下旨罢免林冉冉官职的当日，她带着手下人等去手刃了沈氏满门，而后，连夜逃出宫去。燕珩在得知此事之后异常暴虐，先是斩了她那几个手下，而后又逼迫她素日来最为要好的魏恒潾。

起初，魏恒潾也是肝胆相照地讲着义气，誓死不肯去为燕珩效这份不仁不义之力。然而，燕珩以他妻儿的性命做威胁，魏恒潾也不得不低了头。

可他算计着她会去的地方，且当真把她找到了之后，燕珩言而无信，不仅杀了他的妻儿，还将他关进狱中做终身囚徒。这也是人之常情，他魏恒潾明明爱慕林冉冉数年，却始终不敢承认，围绕在林冉冉身边碍着燕珩的眼，便是早就留不得了。

但最为可恨的是，林契与原是三皇子的赈亲王密谋造反，却在起事时被早已得知此事的燕珩来了个"黄雀在后"。

林冉冉救兄心切，再度犯了那天不怕地不怕的老毛病，竟持剑冲进皇宫救人。然而寡不敌众，林氏兄妹被双双捉拿，燕珩逼迫林冉冉弑了兄长，以证明自己从未参与篡位谋反。

林冉冉断然不肯，还说一切都是她的主意，到底是令燕珩勃然大怒。

其实天子也是凡人，无论血统如何高贵，沾上了执念，也是要犯糊涂的。他的的确确以为林冉冉还没有断了想杀他的心，又因这次事件而脸上无光，竟一时失去理智，把林契按在林冉冉面前，让人敲碎了他的头盖骨。

林契是被活活折磨死的。就在林冉冉的面前。

她目睹长兄在惨叫哀号中咽了最后一口气，定远侯家唯一的男嗣就此亡了。

偏生是认定林氏为媚主奸臣的一众臣子纷纷谏言，要燕珩废了窝藏逆反之心的林氏。奸臣不除，人心不稳，燕珩圣明何在？百姓如何能服？

"陛下！林氏一族欺君罔上、媚君惑主，若再留她性命，只怕会惹起更大的祸端！如果陛下今日还要念及与林氏旧情，我等老臣将誓死不从！"

那班朝臣逼着燕珩作出令他们满意的决定，燕珩恍惚之间只轻轻颔首，便有朝臣趁势道："陛下旨意！赐死林氏！"

燕珩如梦初醒般，却见一群黑压压的人将林冉冉从殿内拖了出去，她非但没有挣扎，反而是极为从容地放声大笑。不出半炷香的工夫儿，他见她被群臣从大殿台上推了下去，接着一把火燃起了她的尸身，灰飞烟灭间，燕珩的脸上映满了火光。

他想着她本不必死的，而他的臣子们之所以恨她，是因为她坏了伽国的规矩。

她死了，那帮人才能解气，但最要紧的，逼着她坏了规矩的人是他。君主与臣子扯上男女情事，本就乱了礼数，而将那蛊惑君主的女臣处死，自是还了圣上一个英明。这桩本将遗臭万年的丑事就在一场火里被烧得干净，从今往后，再无人提及，更无人知晓。

伽国需要的是国君，而不是扰乱国君心智的妖臣。他本是想去护她、疼她，却因自身欲望而把她推向了绝望深渊。如果那一夜，他没把她拖上床，她还是为国鞠躬尽瘁死而后已的常胜将军，岂会落至这般凄凄惨惨、家破人亡的田地？

思及此，燕珩眼神无助，他抬手捂住嘴，颤抖着手指，胸中一股炽热逼上头来，他剧咳一声，一口鲜血喷在了掌心。

同年秋，燕珩卧病不起。太后寻遍天下名医，无人能治其病，燕珩在病榻上躺了三个月，面容一天比一天苍老，油尽灯枯之际，他忽然抬起手在空中胡乱地抓。他呓语着："抓不到那只鸟儿啊，红色的，寡人最喜欢的那只鸟……"

这话说完，他垂下手，死不瞑目。年仅二十七岁。

再说林冉冉，那日殿上一跃的人，并非是她。孟嬴怜悯她这些年来受尽磨难，也早料到群臣想杀她的心，便早早布好了局，带着一群亲信，趁乱来了个狸猫换太子，用一名女囚换出了她，并将真正的林冉冉暂且安顿在乡下

隐蔽处。不久之后，定远侯一家携林冉冉离开了伽国，前往他国生活。说来也怪，林冉冉在那日醒来后就忘记了曾经发生过的一切，包括燕珩，包括林契的死，她全然都不记得了。只知自己曾是伽国的护国将军，并认定自己至今仍是。

到了那小国，定远侯一家也算是能安稳度日。恰逢当地一户贵族薛氏来府上提亲，定远侯与夫人商量着，便也答应将林冉冉嫁去薛家。

林冉冉出嫁那天，是燕珩驾崩之日。

一个记不得过去的将军，一个放不下执念的国君。

一个不认其命，一个求而不得。

心魔作祟，心乱，人乱，此生乱。

又有道士说伽国几代国君接连暴毙，是国号不吉。新帝信其话，改了国号，至此，称作焰国。

【终】

漆黑不见五指的地窖，唯黄豆般大的洞口里探出一道光。九岁的燕珩睁大眼睛去看那洞外的天空，有一只羽毛漂亮的鸟儿在飞舞，通体赤红，眼眸乌黑。

他想着要去摸一摸那鸟儿的羽毛。

哪怕，那只鸟根本不会记住他是谁。

哪怕，那只鸟到了地面，会变成身穿赤红铠甲，策马奔驰、持剑沙场的红衣女子。

她手握缰绳，率领千军万马驰骋山河，尽忠尽义，是为一代名将。

只可惜，她一生短暂，戎马半生，不得其志，史册无名，唯剩寂寥。

后　记

　　从 2019 年年初开始写"孟婆系列"的第一本渥丹篇，到今天已经用了三年时间。从第一部渥丹篇的 18 万字，到第二部桑黛篇的 21 万字，第三部沉宸篇的 25 万字，第四部墨舞篇的 26 万字，再到这第五部南葵篇的 32 万字。絮絮叨叨地写完这套书，竟也有 122 万余字。

　　这一路坚持下来，多亏了家人和朋友们的鼓励与支持，有时自己写着写着就开始心猿意马，开始各种犯懒，但所幸总能克服情绪坚持下去。

　　笔下的五位孟婆，她们的性格、身份、秉性各异（唯一共同点：爱吃美食，这是代入了我自己的好吃特质而写），有热血无私的大将军渥丹，有清冷善良的公主桑黛，有仁心仁术的医者沉宸，有历经情劫修仙的墨舞，还有心系三界众生的南葵。在她们之中，我个人的特性导致可能偏爱沉宸与墨舞一些。当然，每位读者也有自身的喜好与判断。相较于孟婆，冥府之中的林冉冉、冥帝和墨、牛头、马面、黑白无常等等，皆是有血有肉、有喜有悲的鲜活形象。

　　这套小说的可读性或许并不如其他畅销小说，因为里面夹杂了很多道家的哲学观、宇宙观，以及中国传统的"天人合一"的理念。为的就是能以这样一种看似轻松的方式，将其更为广泛地介绍给年轻人。"天道""人道"都是符合于"道"的运行规则，当我们每日忙碌于红尘之时，是否能体悟到无所不在的"道"，又是否能做到"依道而行"。如何"清静，渐入真道"地认识大道的本质，超脱七情六欲所造成的短视与偏见，以更高的维度视角去看待生活与生命。

　　在这五部作品之中，有我对亲情、友情、爱情，以及战争与和平的思考与认知。这里并没有什么说教，也没有必然的标准答案，所期望的只是读者能代入其中，在面临种种问题与选择之时，思考自己将如何面对与抉择。

《道德经》第四十四章写道："得与亡孰病？甚爱必大费，多藏必厚亡。故知足不辱，知止不殆，可以长久。"我将这段话写在了工作室的黑板之上，常常提醒自己对于"甚爱"与"厚藏"的度与界限。

在前言之中我写了自己喜欢的《敦盛》，在整套书的后记之中，附上自己由衷热爱的《清静经》中的一段话：

夫人神好清，而心扰之；人心好静，而欲牵之。常能遣其欲，而心自静，澄其心而神自清。自然六欲不生，三毒消灭。所以不能者，为心未澄，欲未遣也。能遣之者，内观其心，心无其心；外观其形，形无其形；远观其物，物无其物。三者既悟，唯见于空唯见于空；观空亦空，空无所空；所空既无，无无亦无；无无既无，湛然常寂；寂无所寂，欲岂能生？欲既不生，即是真静。真常应物，真常得性；常应常静，常清静矣。如此清静，渐入真道；既入真道，名为得道，虽名得道，实无所得；为化众生，名为得道；能悟之者，可传圣道。

老君曰：上士无争，下士好争；上德不德，下德执德。执着之者，不名道德。众生所以不得真道者，为有妄心。既有妄心，即惊其神；既惊其神，即著万物；既著万物，即生贪求；即生贪求，即是烦恼。烦恼妄想，忧苦身心。但遭浊辱。流浪生死，常沉苦海，永失真道。真常之道，悟者自得，得悟道者，常清静矣。

在此愿诸位：四时吉祥、平安喜乐。

李莎

2022 年元月于广州工作室